I0817928

NORTE *y* SUR

ALMA CLÁSICOS ILUSTRADOS

NORTE
y SUR

ELIZABETH GASKELL

Traducción de
CONCHA CARDEÑOSO

Traducción de los versos que encabezan cada capítulo de
ÁNGEL FERRER

Ilustrado por
MAR AZABAL

Título original: *North and South*

www.editorialalma.com

 @almaeditorial

Diseño de la colección: lookatcia.com
Diseño de cubierta: lookatcia.com
Maquetación y revisión: LocTeam, S.L.

ISBN: 978-84-19599-20-9
Depósito legal: B-14.851-2024

Impreso en España
Printed in Spain

Este libro contiene papel de color natural de alta calidad que no amarillea (deterioro por oxidación) con el paso del tiempo y proviene de bosques gestionados de manera sostenible.

ÍNDICE

NOTA DE LA AUTORA 9
CAPÍTULO I. Rápido, a la boda 11
CAPÍTULO II. Rosas y espinas 23
CAPÍTULO III. La prisa es mala consejera 31
CAPÍTULO IV. Dudas y dificultades 43
CAPÍTULO V. Decisión 53
CAPÍTULO VI. La despedida 65
CAPÍTULO VII. Escenas y caras nuevas 73
CAPÍTULO VIII. Añoranza 81
CAPÍTULO IX. Vestirse para el té 93
CAPÍTULO X. Hierro forjado y oro 99
CAPÍTULO XI. Primeras impresiones 109
CAPÍTULO XII. Visitas matinales 119
CAPÍTULO XIII. Una brisa fresca en un lugar sofocante 125
CAPÍTULO XIV. El motín 133

CAPÍTULO XV. Patronos y obreros ... 139
CAPÍTULO XVI. La sombra de la muerte ... 157
CAPÍTULO XVII. ¿Qué es una huelga? ... 165
CAPÍTULO XVIII. Gustos y disgustos ... 173
CAPÍTULO XIX. Las visitas del ángel ... 183
CAPÍTULO XX. Hombres y caballeros ... 195
CAPÍTULO XXI. La oscura noche ... 207
CAPÍTULO XXII. Un golpe y sus consecuencias ... 215
CAPÍTULO XXIII. Errores ... 229
CAPÍTULO XXIV. Errores enmendados ... 237
CAPÍTULO XXV. Frederick ... 243
CAPÍTULO XXVI. Madre e hijo ... 253
CAPÍTULO XXVII. Fruta ... 259
CAPÍTULO XXVIII. Consuelo en el pesar ... 267
CAPÍTULO XXIX. Un rayo de sol ... 285
CAPÍTULO XXX. Por fin en casa ... 293
CAPÍTULO XXXI. ¿Hay que olvidar a los viejos amigos? ... 307
CAPÍTULO XXXII. Fatalidades ... 319
CAPÍTULO XXXIII. Paz ... 325

CAPÍTULO XXXIV. Falso y verdadero 331
CAPÍTULO XXXV. Expiación 337
CAPÍTULO XXXVI. La unión no siempre hace la fuerza 353
CAPÍTULO XXXVII. Pinceladas del sur 365
CAPÍTULO XXXVIII. Promesas cumplidas 375
CAPÍTULO XXXIX. Nuevas amistades 389
CAPÍTULO XL. Desafinada 399
CAPÍTULO XLI. El final del viaje 413
CAPÍTULO XLII. ¡Sola! ¡Sola! 425
CAPÍTULO XLIII. Margaret desaparece 437
CAPÍTULO XLIV. Tranquila, no en paz 447
CAPÍTULO XLV. No todo es un sueño 459
CAPÍTULO XLVI. Antes y después 463
CAPÍTULO XLVII. Algo falta 481
CAPÍTULO XLVIII. Adiós para siempre 487
CAPÍTULO XLIX. Respirar con tranquilidad 493
CAPÍTULO L. Cambios en Milton 501
CAPÍTULO LI. El reencuentro 511
CAPÍTULO LII. Adiós, nubarrones 519

NOTA DE LA AUTORA

Norte y Sur se publicó por primera vez en *Household Words*[1] y la autora tuvo que adaptarse a las condiciones que imponía la publicación por entregas semanales y, por lo tanto, ceñirse a ciertos límites para mantener el interés del público. Aunque dichas condiciones fueron lo más livianas posible, a la autora le impidieron desarrollar la historia según su idea primera y, sobre todo, se vio obligada a precipitar los acontecimientos para llegar al final, con la consiguiente pérdida de verosimilitud. Como remedio de este defecto, evidente en cierta medida, se han insertado algunos breves pasajes y se han añadido varios capítulos. Sirva esta breve explicación para encomendar el relato a la bondad del lector y rogarle humildemente que por clemencia y piedad sea comprensivo con su desmañada hechura.

1 Revista semanal editada por Charles Dickens en la década de los ochenta del siglo XIX. [En adelante, todas las notas son de la traductora].

CAPÍTULO I
RÁPIDO, A LA BODA

Cortejada, casada y demás.

—¡Edith! —la llamó Margaret en voz baja—. ¡Edith!

Pero, tal como sospechaba, se había quedado dormida, acurrucada en el sofá de la salita de atrás, en Harley Street, preciosa con el vestido de muselina blanca y lazos azules. Se la podría haber confundido con Titania, si esta hubiera lucido alguna vez un vestido de muselina blanca con lazos azules y se hubiera quedado dormida en un sofá de damasco carmesí en una salita de atrás. Margaret se asombró una vez más de la belleza de su prima. Habían crecido juntas desde la infancia y todo el mundo había reparado siempre en lo bonita que era, excepto Margaret, que nunca había pensado en eso hasta hacía unos días, cuando la idea de perder tan pronto a su compañera pareció poner de relieve todas las dulces cualidades y encantos que la caracterizaban. Habían hablado de vestidos de boda y de ceremonias, del capitán Lennox y de lo que este le había contado de su vida futura en Corfú, donde estaba destinado su regimiento; de lo difícil que sería mantener el piano afinado (obstáculo que Edith consideraba el más grave que podría sucederle en su vida de casada) y de los vestidos que llevaría para las visitas que haría en Escocia inmediatamente después de la boda; pero la conversación en susurros había ido adquiriendo un tono más soñoliento y, tras una pausa de unos minutos, Margaret comprobó, tal como sospechaba, que, a pesar del rumor de la habitación contigua, Edith se había acurrucado y, como una suave bola de muselina, lazos y rizos sedosos, se había sumido en una plácida siestecilla.

Iba a contarle las ideas que se le habían ocurrido y las cosas que se había imaginado que haría en su vida futura en la rectoría rural, donde vivían su padre y su madre y en la que había pasado todas sus espléndidas vacaciones, aunque desde hacía diez años consideraba la casa de su tía Shaw su propio hogar. Sin embargo, al no tener quien la escuchara, hubo de seguir pensando en ese cambio de vida en silencio, como siempre. Eran pensamientos alegres, aunque salpicados de cierto pesar por tener que separarse indefinidamente de su amable tía y de su querida prima. Mientras se imaginaba el placer de llenar el importante puesto de hija única en la rectoría de Helstone, empezó a oír retazos de la conversación que llegaban de la habitación de al lado. Su tía Shaw hablaba con las cinco o seis señoras que habían cenado con ellas, y cuyos maridos se encontraban todavía en el comedor. Eran las amistades más habituales de la casa, vecinas a las que la señora Shaw llamaba amigas porque se reunían para cenar más a menudo que con otras personas y porque, si Edith o ella necesitaban cualquier cosa de ellas, o viceversa, no dudaban en hacerse una visita incluso antes del almuerzo. Habían invitado a estas señoras y a sus maridos, en calidad de amigos, a una cena de despedida en honor de la inminente boda de Edith, aunque la joven habría preferido no celebrarla, porque esperaba la llegada del capitán Lennox esa misma noche, en el último tren, pero, aunque era una niña consentida, también era tan despreocupada e indolente que no tenía mucha voluntad propia y cedió sin más cuando vio que su madre había encargado ya las exquisiteces de la temporada supuestamente infalibles contra el exceso de pena en las celebraciones de despedida. Se había limitado a reclinarse en la silla y a juguetear con la comida del plato en actitud seria y ausente, mientras todos los presentes disfrutaban de las genialidades del señor Grey, el caballero que siempre se sentaba al fondo de la mesa en las cenas de la señora Shaw y después, en el salón, pedía a Edith que los deleitara con un poco de música. El señor Grey estaba más simpático que de costumbre aquel día y los caballeros se demoraron abajo más de lo habitual, afortunadamente, a juzgar por los fragmentos de conversación que Margaret oyó sin querer.

—Yo lo pasé muy mal; no es que no fuera felicísima con mi querido general, pobrecito, pero la diferencia de edad no deja de ser un inconveniente, y yo no estaba dispuesta a que Edith tuviera que pasar por lo mismo. No es porque sea su madre, naturalmente, pero sabía que mi querida hija podía casarse pronto; es más, siempre he sabido que se casaría antes de cumplir diecinueve años. Tuve una sensación muy profética cuando el capitán Lennox...

La voz se perdió en un susurro, pero Margaret supo llenar el hueco. En el caso de Edith, el amor verdadero se había desarrollado sin la menor traba. La señora Shaw había dado rienda suelta a su presentimiento, como lo llamaba ella, y había propiciado la boda todo lo posible, a pesar de que el pretendiente no cumplía todas las expectativas que tenían para ella muchas de sus amistades, por tratarse de una heredera tan joven y bonita. Pero la señora Shaw dijo que su hija tenía que casarse por amor... y suspiró enfáticamente, como si ella no se hubiera casado con el general por amor. La señora Shaw disfrutaba del compromiso romántico de su hija más que la interesada. No es que Edith no estuviera profunda y debidamente enamorada, aunque, de todos modos, habría preferido una buena casa en Belgravia a la vida que el capitán Lennox le había descrito en Corfú, por muy pintoresca que fuera. Los detalles de esa vida que hacían resplandecer a Margaret cuando los escuchaba eran precisamente con los que Edith fingía temblar y estremecerse; en parte por el gusto que le daba que su cariñoso enamorado intentara hacerle cambiar de opinión y en parte porque realmente detestaba cuanto tuviera que ver con una vida errante, al estilo gitano, o improvisada. Con todo, si se hubiera presentado otro pretendiente con una casa elegante y una buena hacienda, además de un título envidiable, Edith no habría renunciado al capitán Lennox... mientras le durase la tentación, porque, cuando se le pasase, es posible que hubiera tenido alguna duda, un cierto arrepentimiento mal disimulado por haber elegido al capitán Lennox, que no reunía en su persona todo lo que era deseable. En este aspecto, era digna hija de su madre, que, después de casarse deliberadamente con el general Shaw sin sentir nada más que respeto por él y por su posición, no había dejado de lamentar con discreción la mala suerte de haber tenido que casarse con un hombre del que no podía enamorarse.

—No he escatimado gastos en el ajuar —fue lo siguiente que oyó Margaret—. Le he dado todos los preciosos chales y pañuelos indios que me regaló el general y que nunca volveré a lucir.

—Es una joven afortunada —replicó otra voz; Margaret sabía que era la de la señora Gibson, que estaba doblemente interesada en la conversación porque una de sus hijas se había casado hacía unas semanas—. A Helen le hacía mucha ilusión un chal indio que había visto, pero la verdad es que cuando me enteré del precio desorbitado que pedían por él, tuve que decirle que no. Le dará mucha envidia cuando sepa que Edith va a tener varios. ¿De cuáles son? ¿De los de Delhi, con esos bordecitos tan adorables?

Margaret oyó de nuevo la voz de su tía, y le dio la impresión de que se había incorporado de su postura reclinada y estaba mirando hacia la relativa oscuridad de la salita de atrás.

—¡Edith! ¡Edith! —llamó a su hija, y volvió a reclinarse como agotada por el esfuerzo.

—Edith está dormida, tía Shaw —se adelantó Margaret—, ¿necesita usted algo?

—¡Pobrecita! —exclamaron todas las señoras, alarmadas, al oírlo.

Hasta la perrita faldera que la señora Shaw sostenía en brazos empezó a ladrar como estimulada por el brote de compasión.

—¡Calla, Tiny! ¡Niña mala! Vas a despertar a tu amita. Solo quería pedirle que le dijera a Newton que trajera los chales. ¿Puedes decírselo tú, Margaret, querida?

Margaret subió hasta el último piso de la casa, a los antiguos cuartos de los niños, donde se encontraba Newton preparando unos encajes que iban a necesitar para la boda. Mientras Newton (protestando entre dientes) iba a desdoblar los chales, que se habían exhibido cuatro o cinco veces ese día, Margaret echó un vistazo a la habitación, la primera de esa casa con la que se había familiarizado hacía nueve años, cuando, asilvestrada del bosque, la llevaron allí para compartir hogar, juegos y estudios con su prima Edith. Recordó el cuarto londinense de los niños, oscuro, un poco lóbrego, presidido por una niñera austera y ceremoniosa, una grandísima maniática de las manos limpias y los desgarrones en los vestidos. Se acordó del primer té allí arriba, separada de su padre y de su tía, que estaban cenando en alguna parte, al final de unas escaleras de profundidad infinita; porque, si ella estaba arriba en el cielo (era lo que le parecía), ellos tenían que estar hundidos en las entrañas de la tierra. En su casa —antes de ir a vivir a Harley Street—, su cuarto de los niños era el vestidor de su madre y, como en la casa parroquial se acostaban y se levantaban temprano, Margaret siempre comía con su padre y con su madre. ¡Ah, cuánto se acordaba la impresionante joven de dieciocho años de las amargas lágrimas que la niñita de nueve derramó con una pasión desatada, tapándose la cara con las mantas, aquella primera noche! Y de la niñera, que le prohibió llorar para que no despertara a la señorita Edith; y de que siguió llorando desconsoladamente, pero más bajito, hasta que la tía que acababa de conocer, tan imponente y elegante, subió las escaleras sin hacer ruido con el señor Hale para que viera a su hijita dormida. La pequeña Margaret sofocó entonces los gemidos y procuró quedarse muy quieta, como si durmiera, para no disgustar a su padre si la veía tan triste, ni expresar su pena delante de su tía, porque además le parecía que no estaba bien sentirse así, con la de tiempo que habían esperado, lo mucho que se habían esforzado sus padres y lo que les había costado ingeniárselas para procurarle un guardarropa adecuado a las circunstancias..., y con lo que su padre había tardado en encontrar el momento de poder dejar la parroquia para ir a Londres unos días.

Pero después le había tomado cariño al viejo cuarto de los niños. Aunque la habitación estaba desmantelada, al pensar que tres días después se iría de allí para siempre, volvió a mirarlo todo con algo semejante a un lamento gatuno.

—¡Ay, Newton! —exclamó—. Creo que a todas nos pesará dejar este querido cuarto.

—Muy cierto, señorita. Pero a mí no. Mi vista ya no es lo que era y aquí la luz es tan mala que, para remendar encajes, solo alcanzo a ver algo junto a la ventana, donde siempre hay una corriente tremenda, ¡para morirse de frío!

—Bueno, yo creo que tendrá buena luz y todo el calor que quiera en Nápoles. Deje para entonces toda la que pueda. Gracias, los bajo yo misma..., tiene mucho trabajo aquí.

Y Margaret bajó cargada con los chales, aspirando el especiado olor oriental que desprendían. Su tía le pidió que hiciera de maniquí para exhibirlos, porque Edith seguía dormida. Nadie se dio cuenta, pero la alta y esbelta figura de Margaret, con el vestido negro de seda, que llevaba en señal de duelo por la muerte de un familiar lejano de su padre, realzaba los espléndidos pliegues largos de los maravillosos chales que habrían medio ahogado a Edith. Margaret, silenciosa y pasiva, se encontraba exactamente debajo de la araña de luces, mientras su tía le ajustaba los pliegues. De vez en cuando, siempre que la hacían girarse, sonreía al verse un momento en el espejo de encima de la chimenea —la imagen de siempre, pero ataviada como una princesa, tocando delicadamente los chales que la envolvían, disfrutando del tacto suave, de los brillantes colores y de verse vestida con tanto esplendor— y gozaba como una niña, con su silenciosa sonrisa de placer en los labios. En ese momento se abrió la puerta y de pronto anunciaron al señor Henry Lennox. Algunas señoras se sobresaltaron, un poco avergonzadas de su femenino interés por las telas. La señora Shaw tendió las manos hacia el recién llegado; Margaret no se movió, pensando que tal vez tuviera que seguir haciendo de maniquí con los chales, pero miró al señor Lennox con una expresión luminosa y traviesa, como si estuviera segura de que él comprendía su sensación de ridículo al ser sorprendida en semejante entretenimiento.

La señora Shaw se dedicó tan plenamente a hacer al señor Lennox —que no había podido asistir a la comida— toda clase de preguntas sobre su hermano, el novio, la hermana, que sería la dama de honor (y acudiría desde Escocia para la ocasión con su hermano, el capitán), y sobre varios miembros más de la familia Lennox, que Margaret se dio cuenta de que ya no haría falta seguir con la exhibición de los chales y se dedicó a atender a las demás visitas, de las que su tía se había olvidado por completo momentáneamente. Casi al instante llegó Edith de la salita de atrás, parpadeando y guiñando los ojos a la intensa luz del salón, y se apartó de la cara los despeinados bucles: parecía la mismísima Bella Durmiente recién despertada del sueño. Incluso dormida había percibido instintivamente que valía la pena despertarse por un Lennox; y tenía muchas preguntas que hacerle sobre la querida Janet, la futura y desconocida cuñada a la que profesaba tanto afecto que, si Margaret no hubiera sido tan orgullosa, habría podido sentir celos de esa rival advenediza. Cuando la señora Shaw volvió a unirse a la conversación general, Margaret se retiró al fondo discretamente; entonces vio que Henry Lennox miraba la silla vacía que había a su lado y supo al momento que, tan pronto como Edith lo liberara del interrogatorio, iría a sentarse allí. Por las confusas explicaciones que le había dado su tía sobre los compromisos del señor Lennox, Margaret no estaba segura de si acudiría ese día, de modo que casi fue una sorpresa que se presentara; a partir de ese momento pensó que la velada sería amena, pues tenían gustos muy

parecidos, le agradaban y le desagradaban prácticamente las mismas cosas que a ella. Se le iluminó el rostro con una clara expresión animosa y sincera. Al rato, el señor Lennox se acercó. Lo recibió con una sonrisa, sin rastro de timidez ni de ñoñería.

—Bueno, supongo que están ustedes inmersas en sus asuntos..., asuntos de señoras, quiero decir. Muy distintos de los míos, que son auténticos asuntos legales. Jugar con chales no se parece en nada a redactar acuerdos.

—¡Ah! Sabía que le haría mucha gracia sorprendernos admirando galas varias con tanto afán. Pero lo cierto es que los chales indios son perfectos por lo que son.

—No me cabe la menor duda. También su precio es perfecto, lógicamente.

Los caballeros fueron llegando de uno en uno y el murmullo de las conversaciones aumentó.

—Esta es su última cena, ¿verdad? Ya no hay más hasta el jueves, que yo sepa.

—No. Creo que a partir de esta noche podremos descansar, cosa que no me es posible desde hace muchas semanas; al menos el descanso que conlleva no tener nada más entre manos, porque ya hemos terminado todos los preparativos para el acontecimiento que nos llenará la cabeza y el corazón. Disfrutaré de tiempo para pensar, y seguro que Edith también.

—¿Edith también? Lo dudo; pero usted sí, desde luego. Las últimas veces que la he visto, siempre estaba enredada en una vorágine de asuntos ajenos.

—Sí —dijo Margaret con cierto pesar, acordándose de la eterna conmoción por menudencias en la que vivían desde hacía más de un mes—. Me pregunto si antes de una boda siempre tiene que ser todo «una vorágine», como dice usted, o si es posible que, en algún caso, puedan ser unos días de calma y tranquilidad.

—Sí, claro, y que se encargue el hada madrina de Cenicienta del ajuar, de organizar el banquete de bodas y de escribir las invitaciones, por ejemplo —dijo el señor Lennox riéndose.

—Pero ¿de verdad es necesario tomarse tantas molestias? —preguntó ella mirándolo directamente a la cara en espera de una respuesta.

En ese momento la invadió una indescifrable sensación de hartazgo de los esfuerzos por conseguir un buen efecto, que en las últimas seis semanas habían ocupado a Edith, como autoridad suprema; realmente necesitaba que alguien la ayudara con un par de ideas para una boda agradable y tranquila.

—¡Por descontado! —respondió él en un tono más serio—. Hay que cumplir con ciertos protocolos y ceremonias, no por gusto, sino para cerrar la boca al mundo, sin lo cual la vida resultaría poco satisfactoria. Pero ¿cómo organizaría usted una boda?

—Bueno, nunca he pensado demasiado en eso; solo que me gustaría que fuera una bonita mañana de verano; iría andando a la iglesia, a la sombra de los árboles; y sin tantas damas de honor ni banquete de bodas. Parece que precisamente me estoy poniendo en contra de lo que más me ha molestado estos días.

—No, no creo. La idea de una dignidad sencilla responde muy bien a su forma de ser.

A Margaret no le satisfizo esta respuesta; y con mayor motivo la rechazó al recordar otros momentos en los que él (adoptando una actitud elogiosa) había intentado que hablara de sí misma, de su forma de afrontar las cosas. Y lo cortó en seco diciendo:

—Es lógico que me imagine la iglesia de Helstone y el paseo hasta ella, en vez de una iglesia de Londres, en medio de una calle adoquinada.

—Cuénteme algo de Helstone. Nunca me ha dicho cómo es. Me gustaría hacerme una idea del sitio en el que va a vivir cuando el noventa y seis de Harley Street se quede abandonado, sucio, triste y cerrado. En primer lugar: ¿Helstone es un pueblo o una ciudad?

—¡Ah, no es más que una aldea! No creo que pueda llamarse pueblo, siquiera. Es una iglesia con unas pocas casas alrededor, en el campo —cabañas, mejor dicho—, y rosas que crecen por todas partes.

—Y que florecen todo el año, sobre todo en Navidad..., para completar la estampa —dijo él.

—No —replicó Margaret un poco molesta—, no estoy inventando una estampa. Intento contarle cómo es Helstone en realidad. No tenía que haber dicho eso.

—Lo lamento —respondió él—. Es que me ha sonado a pueblecito de cuento, más que a realidad.

—Es que lo es —respondió ella, orgullosa—. Todos los lugares de Inglaterra que conozco me parecen muy ásperos y sosos en comparación con New Forest.

Helstone es como un pueblo de poema..., de un poema de Tennyson. Pero ya no le voy a contar nada más porque se burlaría de mí si le dijera lo que pienso de Helstone..., de lo que es en verdad.

—Le aseguro que no. Pero veo que la decisión es firme. Bien, en tal caso, cuénteme una cosa que seguro que me gustará más: ¿cómo es la rectoría?

—¡Ah! ¡Imposible describir mi casa! Es mi casa, no sabría poner su encanto en palabras.

—Me rindo. Está usted muy castigadora esta noche, Margaret.

—¿Cómo? —respondió ella, volviendo sus tiernos ojos para mirarlo de frente—, no era esa mi intención.

—Bueno, solo porque he hecho un comentario desafortunado usted se niega a hablarme de Helstone y de su casa, aunque le he dicho que me gustaría muchísimo saber cómo son, sobre todo la casa.

—Pero es que de verdad no encuentro palabras para describirla. No me parece un tema del que se pueda hablar si no la conoce.

—Bien, entonces —hizo una breve pausa— cuénteme lo que hace allí. Aquí, lee, recibe clases o se cultiva de cualquier otra forma hasta el mediodía; da un paseo antes de comer, después sale en coche con su tía y por la noche tiene algún compromiso. A ver, cuénteme cómo van a ser los días en Helstone. ¿Montará a caballo, irá en coche, paseará?

—Pasearé, sin duda. No tenemos caballos, ni siquiera para mi padre. Va andando hasta los últimos confines de la parroquia. Los paseos son preciosos, sería una lástima ir en coche... y casi una vergüenza ir a caballo.

—¿Se dedicará mucho al huerto? Tengo entendido que es una actividad muy adecuada para las muchachas del campo.

—No sé. Me temo que no va a gustarme un trabajo tan duro.

—¿Competiciones de tiro con arco? ¿Meriendas campestres? ¿Bailes? ¿Cacerías?

—¡No, no! —exclamó ella riéndose—. El sustento de mi padre no da para tanto; y, aunque pudiéramos permitirnos esas cosas, no creo que me dedicara a ellas.

—Ya veo que no me va a contar nada. Solo me dice que no hará esto o aquello. Creo que, antes de que terminen las vacaciones, le haré una visita para ver a qué se dedica.

—Eso espero. Así verá por sí mismo lo bonito que es Helstone. Ahora tengo que dejarlo. Edith se ha sentado a tocar y solo sé suficiente música para pasarle las páginas; por otra parte, a tía Shaw no le gustaría que siguiéramos hablando.

Edith estaba tocando espléndidamente cuando, a la mitad de la pieza, la puerta se entreabrió y vio al capitán Lennox, que no sabía si entrar o no. Dejó de tocar y corrió a su encuentro; Margaret, confusa y sonrojada, explicó al asombrado público el motivo de la repentina huida de su prima. El capitán Lennox había llegado antes de lo previsto; ¿o acaso el tiempo había volado? Todos consultaron el reloj y, asombrados, se despidieron.

Edith volvió radiante de felicidad, entre tímida y orgullosa, con su alto y bien parecido capitán. Su hermano le dio un apretón de manos y la señora Shaw lo recibió amablemente, a su estilo un poco quejumbroso, secuela de su arraigada costumbre de considerarse víctima de un matrimonio poco satisfactorio. Como su marido, el general, había muerto y ella disfrutaba de una vida estupenda, sin inconvenientes apenas, no entendía el motivo de cierta ansiedad, por no decir dolor, que la aquejaba. Últimamente pensaba en su salud con aprensión y, cada vez que se acordaba, le sobrevenía una tosecilla nerviosa. Un médico complaciente le había prescrito justo lo que deseaba hacer: pasar un invierno en Italia. La señora Shaw tenía deseos grandes y pequeños, como casi todo el mundo, pero no le gustaba hacer las cosas abiertamente ni reconocer que las hacía por voluntad y gusto propios; prefería que otra persona la obligara a darse una satisfacción. En realidad, se convencía de que se sometía a una u otra ineludible necesidad externa y, de este modo, podía quejarse y protestar a su discreta manera, cuando en realidad siempre hacía lo que le venía en gana.

Con esa actitud empezó a explicar su viaje al capitán Lennox, que asentía, como es debido, a cuanto decía su futura suegra, pero sin perder de vista a Edith, que había empezado a reorganizar la mesa del té y a pedir toda clase de platos, a pesar de que él le había asegurado que había comido algo hacía menos de dos horas.

El señor Henry Lennox, apoyado en la repisa de la chimenea, se entretuvo contemplando la escena familiar. Estaba cerca de su atractivo hermano; él era el feúcho de una familia particularmente bien parecida, pero tenía un rostro expresivo, inteligente y atento; Margaret se preguntó en qué estaría pensando mientras observaba en silencio, con un interés levemente sarcástico, cuanto hacían Edith y ella. El sarcasmo apareció al observar a su hermano hablando con la señora Shaw, algo muy distinto del interés que le suscitaba contemplar a las dos primas, que se afanaban alrededor de la mesa, pues le parecía una estampa entrañable. Edith quería ocuparse de casi todo. Disfrutaba demostrando a su amado lo bien que haría el papel de mujer de un soldado. Cuando se dio cuenta de que el agua de la tetera se había enfriado, ordenó que trajeran el gran hervidor de la cocina; se acercó a la puerta para hacerse cargo de él y llevarlo a la mesa, pero pesaba mucho y puso mala cara; además le dejó una mancha negra en la muselina blanca, y el asa del hervidor, una marca en la delicada mano; enseguida fue a enseñársela al capitán Lennox como una niñita que se ha hecho pupa; como era de esperar, el remedio fue el mismo para ambas cosas. La lámpara de alcohol a la que recurrió Margaret fue lo más eficaz, aunque no más que el campamento gitano con el que Edith, caprichosamente, comparó la vida en un campamento militar.

A partir de esa noche, todo fue un puro ajetreo hasta después de la boda.

CAPÍTULO II

ROSAS Y ESPINAS

A la suave luz verde del claro del bosque,
en esas orillas musgosas donde jugabas en tu niñez;
junto a ese árbol familiar a través del que tus ojos
por primera vez miraron enamorados el cielo de verano.

MRS. HEMANS

Margaret, de nuevo con su vestido de mañana, viajaba en silencio con su padre, que había ido a Londres para asistir a la boda. La madre se había quedado en casa por varios motivos que nadie entendió del todo, salvo el señor Hale, pues sabía perfectamente que no habían servido de nada todos sus argumentos a favor del traje gris de satén, bastante usado; como no podía equiparla con galas nuevas de la cabeza a los pies, no se presentaría a la boda de la única hija de su única hermana. Si la señora Shaw hubiera sospechado el verdadero motivo de la señora Hale para no acompañar a su marido, la habría cubierto de vestidos nuevos; pero hacía casi veinte años que la señora Shaw había sido la pobre y bonita señorita Beresford, y en realidad se le habían olvidado todos los inconvenientes, excepto el pesar de estar casada con un hombre mucho mayor, del que podía lamentarse cada media hora. La queridísima Maria, en cambio, se había casado con el hombre del que estaba enamorada, solo ocho años mayor que ella, de temperamento dulcísimo y con un extraordinario pelo negro azulado. El señor Hale era uno de los predicadores más encantadores que conocía, amén de un modelo perfecto de párroco. Cada vez que la señora Shaw pensaba en la suerte de su hermana siempre deducía de estas premisas, quizá con cierta falta de lógica, la misma conclusión: «Se casó por amor, ¿qué más puede pedirle mi querida Maria a la vida?». Si la señora Hale hubiera respondido a esta pregunta con sinceridad, la lista habría sido larga: «Un vestido gris plateado de tafetán tornasol, una capota blanca de palma. ¡Ah! Y muchas cosas para la boda y muchas más para la casa».

Margaret solo sabía que a su madre no le había parecido oportuno asistir, y se alegraba de reencontrarse con ella en la rectoría de Helstone, en vez de entre el revuelo que en los últimos dos o tres días se había sumido la casa de Harley Street, en la que tenía que hacer de Fígaro, porque la requerían en todas partes al mismo tiempo. Le dolían el cuerpo y la cabeza al recordar todo lo que había dicho y hecho en las últimas cuarenta y ocho horas. Las apuradas despedidas, aparte de los demás adioses, de las personas con las que había vivido tanto tiempo la llenaban de pesar por unos tiempos que no volverían jamás; daba igual lo que hubieran sido, se habían ido para nunca más volver. Estaba más afligida de lo que nunca se habría imaginado volviendo a su querida casa, a los lugares y a la vida que tanto había echado de menos en esos años, en los momentos más propicios para añorar y anhelar, poco antes de que los sentidos despiertos se pierdan en el sueño. Rechazó el recuerdo del pasado con determinación e, ilusionada y animada, empezó a pensar en el esperanzador futuro. Dejó las visiones del pasado para abrir los ojos a la realidad del presente: a su querido padre, que dormía recostado en el respaldo del asiento del tren. El pelo negro azulado se había vuelto blanco y le caía, escaso, sobre la frente. Se le notaban perfectamente los huesos de la cara, demasiado para resultar bien parecido, con las facciones tan marcadas, aunque conservaban cierto encanto, si no una belleza particular. La cara estaba en reposo, el reposo después del cansancio, más que la calma serena del rostro de quien llevaba una vida plácida y satisfactoria. Percibió con angustia la expresión ajada y apesadumbrada y pensó en las circunstancias conocidas y reconocidas de la vida de su padre buscando el motivo de las arrugas, que denotaban claramente una preocupación y una depresión continuas.

«¡Pobre Frederick! —suspiró para sí—. ¡Ay! ¡Si Frederick se hubiera ordenado sacerdote, en vez de alistarse a la marina y perderse para todos nosotros...! Me gustaría saber qué pasó. Tía Shaw no me lo aclaró; solo sé que no puede volver a Inglaterra por aquel asunto horrible. ¡Pobre papá! ¡Qué triste parece! Me alegro muchísimo de volver a casa y poder consolarlos a los dos».

Cuando su padre se despertó, lo saludó con una sonrisa radiante, sin rastro de fatiga. Él sonrió a su vez, pero débilmente, como si le costara un esfuerzo desacostumbrado. El rostro recuperó las arrugas de preocupación continua. Tenía una forma de entreabrir la boca, como si fuera a hablar, que le deformaba la línea de los labios todo el tiempo y le daba una expresión indecisa. Pero los ojos, grandes y tiernos, eran los que había heredado su hija: unos ojos que se movían en las órbitas con lentitud, casi majestuosamente, y bien custodiados por unos transparentes párpados blancos. Margaret se parecía más a él que a su madre. A veces la gente se asombraba de que unos padres tan bien parecidos hubieran tenido una hija tan poco agraciada, «nada bonita en absoluto», decían algunos. Tenía la boca grande, no un capullo que solo se abría para decir «sí» o «no» y «por favor, señor», una boca grande suavemente curvada, con los labios carnosos y rojos; y una piel, si no blanca y hermosa, tersa y delicada como el marfil. Aunque la expresión general resultaba demasiado seria y reservada para una persona tan joven, en ese momento, hablando con su padre, era luminosa como la mañana, con hoyuelos y miradas que revelaban una alegría infantil y una esperanza infinita en el futuro.

Margaret volvió a casa a finales de julio. El bosque era una tupida umbría verde oscuro; los helechos del suelo atrapaban los rayos que se filtraban; hacía un calor sofocante, no corría una brizna de aire. Margaret solía pasear con su padre aplastando los helechos con una alegría cruel al notar los crujidos bajo sus pies ligeros y el olor peculiar que desprendían; salían a los extensos campos del ejido, a la cálida luz perfumada, y veían toda clase de animales silvestres, libres, disfrutando a la luz del sol, y las plantas y las flores que crecían por doquier. Esta vida —al menos estos paseos— colmaba todos sus deseos. Estaba orgullosa de su bosque. Era amiga entusiasta de sus gentes, porque era su gente; aprendía su vocabulario particular y se deleitaba usándolo; reencontró la libertad entre ellos: cuidaba a los pequeños, hablaba con los ancianos o les leía con voz clara, lentamente, y llevaba platos exquisitos a los enfermos. Poco después decidió dar clases en la escuela, a la que su padre acudía a diario como un deber más, pero a menudo sucumbía a la tentación de ir a ver a alguien en particular —hombre, mujer o niño— a las cabañas de la verdosa sombra del bosque. La vida fuera de casa era perfecta. En cambio, dentro, surgieron algunos inconvenientes. Con unos sanos remordimientos infantiles, se avergonzó de su perspicacia al darse cuenta de que en casa las cosas no estaban como debían. De vez en cuando, su madre —siempre tan cariñosa y tierna con ella— parecía muy descontenta con la situación; pensaba que el obispo descuidaba sus deberes episcopales por no proporcionar al señor Hale un medio de vida más holgado, y casi reprochaba a su marido que no se decidiera a comunicar que deseaba dejar la parroquia y ocuparse de otra más importante. El hombre suspiraba clamorosamente cuando le respondía que daba gracias si podía cumplir su misión en la pequeña aldea de Helstone; pero cada día estaba más desbordado, el mundo se le hacía confuso. Margaret vio que su padre se retraía más y más cada vez que la madre insistía en que solicitara un ascenso, y en esos momentos ella intentaba reconciliarla con la aldea. La señora Hale decía que estar tan rodeada de árboles le afectaba la salud, y Margaret procuró convencerla de ir hasta los hermosos campos elevados del ejido, donde podía disfrutar del sol y de la sombra; estaba convencida de que su madre se había acostumbrado demasiado a estar siempre en casa; no solía pasear más allá de la iglesia, la escuela y las cabañas vecinas. La idea funcionó una temporada, pero cuando llegó el otoño y el tiempo se puso inestable, la madre volvió a insistir en la idea de que Helstone era insalubre y se lamentaba con mayor frecuencia de que su marido, más sabio que el señor Hume y mejor párroco que el señor Houldsworth, no se hubiera visto tan favorecido como estos dos antiguos vecinos suyos.

Margaret no estaba preparada para tantas horas de descontento, que echaban a perder la paz del hogar. Sabía —y se había regocijado con la idea— que tendría que renunciar a muchos de los lujos que en Harley Street le habían coartado la libertad. El orgullo consciente de saber que, si era necesario, podía prescindir de los placeres sensoriales de los que disfrutaba con entusiasmo, los equilibraba e incluso los vencía. Pero los nubarrones nunca aparecen por el lado que se los espera. Antes, cuando pasaba las vacaciones con sus padres, a veces su madre se quejaba un poco o se lamentaba someramente por alguna cosa sin importancia relacionada con Helstone y con la posición de su padre en el pueblo; pero el grato recuerdo general que tenía de aquellos tiempos le había hecho pasar por alto los pequeños detalles desagradables.

En la segunda mitad de septiembre llegaron las lluvias de otoño y Margaret se vio obligada a quedarse en casa más tiempo. Helstone estaba un poco alejado del círculo social propio de los Hale.

—Desde luego, es uno de los sitios más remotos de toda Inglaterra —se quejó la señora Hale—. Lamento constantemente que tu padre no tenga verdaderos amigos aquí, no lo puedo evitar, ¡qué desperdiciado está! Solo se relaciona con granjeros y peones, una semana tras otra. Si al menos viviéramos en el otro lado de la parroquia, ya sería algo; allí al menos estaríamos casi a un paseo de los Stanfield, y a dos pasos de los Gorman, desde luego.

—¿Los Gorman? —dijo Margaret—. ¿Te refieres a los Gorman que han encontrado la fortuna comerciando en Southampton? ¡Bueno! ¡Me alegro de no tener que hacerles visitas! No me gusta la gente que se dedica al comercio. Creo que estamos mucho mejor con los vecinos de las cabañas y con los peones, que no son nada pretenciosos.

—No seas tan escrupulosa, Margaret, querida —replicó la madre, pensando para sí en un atractivo y joven señor Gorman, al que había visto una vez en casa del señor Hume.

—¡No! Considero que tengo unos gustos bastante amplios; me gustan todas las personas que se dedican a trabajar la tierra; me gustan los soldados y los marineros, y los profesionales del derecho, de la medicina y de la teología. Seguro que no deseas que admire a carniceros y panaderos ni a los que trabajan la cera, ¿verdad, mamá?

—Pero los Gorman no son carniceros ni panaderos, son unos fabricantes de carruajes muy respetables.

—Muy bien. Pero fabricar carruajes también es una actividad comercial, y además me parece mucho menos práctica que la carnicería o la panadería. ¡Ay! ¡No sabes lo harta que estaba de los viajecitos diarios en el coche de tía Shaw ni lo mucho que echaba de menos los paseos!

Y, sin duda, Margaret paseaba a pesar del mal tiempo. Cuando salía con su padre casi bailaba de contento; y cuando el viento del oeste soplaba desde atrás con suave violencia al cruzar por un páramo, le daba la sensación de que flotaba hacia delante, ligera y liviana como una hoja seca en la brisa de otoño. Pero no era fácil llenar las tardes de una forma agradable. Después de comer, el padre se retiraba a su pequeña biblioteca y Margaret se quedaba a solas con su madre. La señora Hale nunca había tenido mucho interés en los libros y desde el principio del matrimonio había desanimado a su marido, que deseaba leerle en voz alta mientras ella cosía o bordaba. En algún momento había probado a jugar al *backgammon;* pero, a medida que el señor Hale se interesaba más por su escuela y sus parroquianos, comprendió que, para su mujer, las interrupciones debidas a estos dos deberes eran una pesadez, no los aceptaba como actividad natural de su profesión, sino que se quejaba y se oponía a que hiciera esas cosas, que siempre iban en aumento. Y así, cuando los niños eran pequeños, se acostumbró a retirarse a la biblioteca y a pasar allí las tardes (si no tenía que salir) leyendo libros de contenido especulativo y metafísico, que eran los que le gustaban.

Cuando Margaret volvía a casa en vacaciones, llevaba una gran caja de libros que le habían recomendado los profesores o las institutrices, pero los días de verano se hacían muy cortos para leer todos los que debía antes de volver a la ciudad. Al trasladarse definitivamente solo disponía de los bien encuadernados y poco leídos clásicos ingleses, que había sacado de la biblioteca de su padre para ponerlos en la estantería de la salita. *Estaciones,* de Thomson, *Cowper,* de Hayley, y *Cicerón,* de Middleton, eran, con diferencia, los más ligeros, recientes y divertidos. Las estanterías no ofrecían muchos recursos. Margaret contó a su madre todos los detalles de su vida en Londres, la madre lo escuchó todo con interés, riéndose unas veces o haciéndole preguntas; otras, comparando las circunstancias de la vida holgada y fácil que llevaba su hermana con la escasez de medios en la rectoría de Helstone. En esos momentos, Margaret solía dejar de hablar de repente para oír el tintineo de la lluvia en los emplomados de la pequeña ventana saled既. En un par de ocasiones se sorprendió contando mecánicamente las repeticiones del monótono ruido mientras se preguntaba si se atrevería a hacer una pregunta sobre un tema que le interesaba en especial: dónde estaba ahora Frederick, qué hacía, desde cuándo no sabían nada de él. Pero era consciente de que la delicada salud de su madre y el rechazo que sentía por Helstone habían comenzado en el mismo momento, en la época del motín en el que había participado Frederick —cuyo relato completo no le había contado nadie y que parecía tristemente enterrado en el olvido—, por lo que se obligaba a no preguntar y procuraba dejar de pensar en ello. Cuando estaba con su madre, le parecía que su padre era la persona adecuada para pedir información; y cuando estaba con él, le parecía que sería más fácil abordar a su madre. Seguramente no habría gran cosa que contar que no supiera ya. En una carta que había recibido antes de irse de Harley Street, su padre le decía que habían tenido noticias de Frederick; que seguía en Río, que se encontraba bien de salud y que le mandaba todo su cariño. Muy bien, pero ningún detalle sobre lo que hacía, que era lo que le interesaba. Las pocas veces que se hablaba de Frederick siempre decían «el pobre Frederick». Conservaban su habitación tal como la había dejado; Dixon, la doncella de la señora Hale, limpiaba el polvo y la mantenía en orden; era la única tarea doméstica que hacía, pero siempre se acordaba del día en que lady Beresford la había contratado como doncella de las protegidas de sir John, las bonitas señoritas Beresford, las damas más bellas de Ruthlandshire. Para Dixon, el señor Hale siempre había sido la plaga que había caído sobre las perspectivas de futuro de la joven. Si la señorita Beresford no hubiera tenido tanta prisa por casarse con un pobre clérigo de pueblo, quién sabe hasta dónde habría podido llegar. Pero ella era demasiado fiel para abandonarla en la desgracia y la caída (es decir, en la vida de casada). Se quedó con ella y se entregó a la tarea de velar por sus intereses; se consideraba el hada buena y protectora cuyo deber consistía en poner impedimentos al maligno gigante, el señor Hale. El señorito Frederick había sido su preferido y su orgullo, y se enternecía considerablemente cuando arreglaba su habitación, un día a la semana, con el mismo primor que si el joven fuera a volver a casa esa misma noche.

Sin poder evitarlo, Margaret creyó que había alguna novedad sobre Frederick que su madre ignoraba, y por eso su padre estaba preocupado e inquieto. La señora Hale no parecía percibir ningún cambio en el aspecto ni en las costumbres de su marido. Estaba tan atento y cariñoso como siempre, se preocupaba por cualquier cosa que pudiera afectar el bienestar ajeno. Si asistía a alguien en el lecho de muerte o se enteraba de alguna fechoría, pasaba unos días deprimido. Pero últimamente Margaret le notaba una actitud ausente, como si le agobiara alguna otra cosa que no podía aliviar mediante la rutina diaria de consolar a los supervivientes y dar clases en la escuela con la esperanza de que la siguiente generación sufriera menos males. Salía menos que de costumbre con sus parroquianos; pasaba muchas más horas encerrado en la biblioteca; esperaba con impaciencia al cartero del pueblo, que siempre llamaba con un golpe en el postigo de la ventana de la cocina, que daba a la parte de atrás de la casa, una llamada que en otros tiempos tenía que repetir a menudo hasta que alguien que estuviera vivo a esas horas del día entendiera lo que significaba y saliera a buscar el correo. Sin embargo hacía unos días que el señor Hale merodeaba por el jardín si hacía buen tiempo por la mañana y, si no, se asomaba soñadoramente a la ventana del estudio hasta que llamaba el cartero, o se iba calle abajo y saludaba, con un movimiento de cabeza entre respetuoso y confidencial, al pastor anglicano, que lo veía alejarse más allá del seto de brezo y del gran madroño, hasta que volvía a la habitación visiblemente apesadumbrado y sumido en sus pensamientos, para empezar el trabajo diario.

Pero Margaret estaba en una edad en la que cualquier pesadumbre que no se basara estrictamente en el conocimiento de los hechos desaparecía con facilidad ante un día espléndido o una halagüeña circunstancia externa. Y cuando llegaron los días brillantes del veranillo de octubre, el viento se llevó las preocupaciones como si fueran leves vilanos y Margaret solo pensaba en disfrutar del bosque. La temporada de siega del helecho se había terminado y, después de las lluvias, se podía llegar a muchos calveros profundos que Margaret solo había podido entrever en julio y agosto. Había aprendido a pintar a la acuarela con Edith, y los días de mal tiempo había echado tanto de menos el placer de la belleza de los bosques que se propuso dibujar todo lo que pudiera antes de que el frío se asentara. Y así, una mañana estaba preparando los útiles de pintura cuando Sarah, la criada, abrió la puerta de la salita de par en par y anunció: «El señor Henry Lennox».

CAPÍTULO III

LA PRISA ES MALA CONSEJERA

Aprende a ganarte la fe de una dama
noblemente, como asunto elevado que es;
valerosamente, como en la vida y en la muerte,
con una fiel seriedad.

Llévatela de esos festivos tablados,
señálale los cielos estrellados,
protege, con tus palabras verdaderas,
su pureza de esos halagos del cortejo.

MRS. BROWNING

—El señor Henry Lennox.

Hacía solo un momento que Margaret había pensado en él al recordar las preguntas que le había hecho sobre sus actividades en casa. Esto era talmente *parler du soleil et l'on en voit les rayons;* y la luz del sol le iluminó de pronto la cara al dejar el dibujo; se acercó a darle un apretón de manos.

—Avisa a mi madre, Sarah —le pidió a la criada—. Mamá y yo queremos saber cosas de Edith; le agradezco mucho la visita.

—¿No le dije que vendría? —replicó él en un tono de voz más grave que el de ella.

—Pero, como sabía que se encontraba lejos, en las Tierras Altas, no pensaba que fuera a pasar por Hampshire.

—¡Ah! —exclamó él, más animado—, la joven pareja no paraba de hacer locuras ni de arriesgarse continuamente escalando montañas y navegando en los lagos, de manera que me pareció que realmente necesitaban un mentor que cuidara de ellos. A mi tío se le fueron de las manos, el hombre pasó dieciséis horas, de veinticuatro, con un miedo horrible. Al ver que no estaban preparados para irse solos, me vi en el deber de acompañarlos hasta verlos embarcados sanos y salvos en Plymouth.

—¿Ha estado en Plymouth? ¡Ah! Edith no me lo contó. Me habrá escrito las últimas cartas con mucha prisa, seguro. Entonces, ¿zarparon el martes?

—Zarparon, sí, y me liberaron de muchas responsabilidades. Edith me dio muchos mensajes para usted. Creo que tengo una notita por aquí..., sí, tenga.

—¡Ah, muchas gracias! —exclamó Margaret.

Y, deseando leerla a solas, sin nadie que la mirara, se fue so pretexto de avisar a su madre (sin duda Sarah no lo había entendido) de la visita del señor Lennox.

Cuando Margaret salió de la habitación, el señor Lennox empezó a mirarlo todo con su acostumbrada agudeza. La pequeña salita resplandecía al sol de la mañana. La ventana central estaba abierta y los racimos de rosas y madreselva roja se asomaban por un lado; el césped rebosaba de verbena y geranios de vivos colores. Pero, en comparación con el esplendor de fuera, la estancia parecía pobre y descolorida: la moqueta era vieja; las cortinas se habían lavado muchas veces; toda la habitación era más pequeña y estaba más avejentada de lo que esperaba, para ser el fondo y el marco de Margaret, con lo regia que era ella. Levantó un libro de la mesa; era el *Paradiso* de Dante, adecuadamente encuadernado a la italiana en vitela blanca con dorados; había un diccionario a su lado y unas palabras que Margaret había copiado. No era más que una lista de palabras, pero le gustó mirarlas. Dejó la lista con un suspiro.

«Es evidente que el sustento del padre no da para mucho, tal como me dijo ella. Se me hace raro, porque los Beresford son una familia acomodada».

Entretanto, Margaret había encontrado a su madre. La señora Hale tenía un día malo, todo le parecía difícil y pesado, incluso la visita del señor Lennox, aunque en su fuero interno le halagó que pensara que valía la pena pasar por su casa.

—¡Qué inoportuno! Precisamente hoy, que comemos temprano y que no tengo previsto nada más que fiambre, para que las criadas puedan dedicarse a la plancha; sin embargo, tenemos que invitarlo a comer..., al fin y al cabo, es el cuñado de Edith. Y tu padre está tan desanimado esta mañana por algo que desconozco... Acabo de ir al estudio y lo he encontrado con la cara entre las manos. Le dije que estaba segura de que el aire de Helstone le sentaba tan mal como a mí y de repente levantó la cabeza y me rogó que no culpara a Helstone, que no lo soportaba. Diga lo que diga, estoy segura de que este aire húmedo y cargante tiene mucho que ver.

A Margaret le dio la sensación de que una fina nube fría se interponía entre el sol y ella. Había escuchado pacientemente con la esperanza de que a su madre le aliviara explayarse; pero tuvo que recordarle otra vez al señor Lennox.

—Papá aprecia al señor Lennox; en el banquete de la boda se entendieron muy bien. Creo que le sentará de perlas verlo otra vez. Y no te preocupes por la comida, mamá, querida. El fiambre es perfecto para un almuerzo, y seguro que es lo que más le apetece al señor Lennox a las dos de la tarde.

—Pero ¿qué vamos a hacer con él entretanto? Son solo las diez y media.

—Le pediré que salga conmigo a pintar. Sé que le gusta; así no tendrás que estar pendiente de él, mamá. Pero ahora vamos con él; le parecería muy raro que no lo saludaras.

La señora Hale se quitó el delantal negro de seda y se pasó las manos por la cara. Parecía una señora refinada y bonita cuando saludó al señor Lennox con la cordialidad debida, tratándose casi de un familiar. Evidentemente, él esperaba que lo invitaran a pasar el día y aceptó la invitación con una alegría y una prontitud tales que la señora Hale deseó disponer de algo más que fiambre de buey. Todo le parecía bien; aceptó encantado la idea de salir a pintar con Margaret; no molestaría al señor Hale por nada del mundo, sabiendo que lo iba a ver enseguida, a la hora de comer. Margaret sacó el material para que eligiera lo que quisiera y, después de seleccionar papel y pinceles, se fueron los dos de muy buen humor.

—Por favor, párese aquí un par de minutos —dijo Margaret—. Esas son las cabañas que tanto me reproché no haber pintado en los quince días de lluvia.

—Antes de que se derrumbaran y dejaran de existir. Ahora en serio, si hay que pintarlas, y me parecen muy pintorescas, más vale que no lo dejemos para el año que viene. Pero ¿dónde nos sentamos?

—¡Ah! ¡Parece que haya venido directamente desde los despachos de El Temple, en vez de haberse pasado dos meses en las Tierras Altas! Fíjese

en este precioso tronco de árbol que los leñadores han dejado en el mejor sitio para la luz. Voy a poner la manta encima y será un excelente trono del bosque.

—¡Con los pies en ese charco a modo de real escabel! Un momento, voy a moverlo, y luego acérquese por este lado. ¿Quién vive en las cabañas?

—Las construyeron los propios ocupantes ilegales hace cincuenta o sesenta años. En una no vive nadie y los guardabosques van a derruirla en cuanto muera el anciano que vive en la otra, ¡pobre hombre! Mire, ahí está. Voy a hablar con él. Está tan sordo que oirá usted todos nuestros secretos desde aquí.

El anciano estaba a la puerta de la cabaña, bajo el sol, con la cabeza descubierta y apoyado en un bastón. La expresión rígida de la cara se ablandó al sonreír lentamente a Margaret mientras ella se acercaba a saludarlo. El señor Lennox dibujó las dos figuras rápidamente en su boceto y completó el paisaje subordinándolo a los personajes, como advirtió Margaret cuando llegó el momento de levantarse, tirar el agua sobrante y deshacerse de los papeles inservibles para enseñarse mutuamente el resultado. Ella se rio y se sonrojó mientras el señor Lennox la observaba.

—¡Vaya! A eso lo llamo traición —dijo—. Ni se me pasó por la cabeza que nos tomaría por modelos a Isaac y a mí cuando me pidió que le preguntara por la historia de las cabañas.

—No he podido resistirme. No se imagina lo fuerte que ha sido la tentación. Ni siquiera me atrevo a decirle el valor que va a tener este boceto para mí.

No estaba seguro de que Margaret hubiera oído la última frase antes de acercarse al arroyo a limpiar la paleta. Volvió bastante sonrojada, pero parecía completamente ajena e inconsciente. El señor Lennox se alegró, porque se le habían escapado las palabras sin querer, cosa rara en un hombre como él, que lo hacía todo con premeditación.

La casa se veía perfecta y luminosa cuando llegaron. La madre estaba más animada gracias a la propicia influencia de un refuerzo de carpas que providencialmente le había llevado una vecina. El señor Hale había vuelto de su ronda matutina y esperaba al invitado en el portillo que llevaba al jardín. Parecía un perfecto caballero con su raída levita y su gastado sombrero. Margaret estaba muy orgullosa de él; cada vez que veía la impresión tan favorable que causaba a los demás volvía a sentir una tierna satisfacción; sin embargo, al fijarse en su rostro descubrió rastros de una inquietud singular, apartada de momento, pero no solucionada.

El señor Hale les pidió que le enseñaran los dibujos.

—Creo que el tono de la techumbre es demasiado oscuro, ¿no te parece? —dijo, al devolverle el suyo a su hija.

Tendió la mano para que el señor Lennox le enseñara su trabajo, pero él lo retuvo un breve momento.

—¡No, papá! Creo que no. La siempreviva de los tejados y la uña de gato se han oscurecido mucho con la lluvia. ¿No es así, papá? —dijo ella, mirando por encima del hombro de su padre las figuras del dibujo del señor Lennox.

—Sí, es muy posible. Tu figura y tu postura están perfectas. Y el pobre Isaac, con la larga y reumática espalda toda encorvada. ¿Qué es esto que cuelga de la rama del árbol? Un nido de pájaros no, seguro.

—¡No, no! Es mi capota. Siempre me la quito para pintar, me calienta mucho la cabeza. No sé si sería capaz de dibujar figuras. Por aquí hay mucha gente a la que me gustaría dibujar.

—Diría que, cuando se desea mucho dibujar a alguien, seguro que se consigue —dijo el señor Lennox—. Confío muchísimo en la fuerza de voluntad. Creo que a usted la he dibujado muy bien.

El señor Hale se había retirado ya hacia la casa y Margaret se entretuvo en cortar unas rosas para ponérselas en el vestido a la hora de comer.

«Cualquier muchacha de Londres habría entendido el significado implícito de lo que he dicho —pensó el señor Lennox—. Procuraría adivinar la sombra de un halago en cada frase que le dedicara un joven. Pero parece que Margaret no...».

—¡Un momento! —exclamó a continuación—. Permítame ayudarla.

Cortó unas rosas aterciopeladas de un rojo encendido que estaban fuera del alcance de Margaret, después separó dos y se las puso en el ojal; Margaret, satisfecha y contenta, fue a casa a colocarse las suyas en el vestido.

En la mesa, la conversación resultó agradable, tranquila y fluida. Ambas partes tenían muchas preguntas que hacerse sobre las últimas noticias de la señora Shaw en Italia. Por el interés de los temas, por la sencillez y la falta de pretenciosidad de los habitantes de la rectoría y sobre todo por encontrarse cerca de Margaret, al señor Lennox se le olvidó la pequeña desilusión que se había llevado al principio, cuando comprobó que lo que ella le había contado sobre el sustento de su padre era la pura verdad.

—Margaret, querida, podías haber traído unas peras para el postre —dijo el señor Hale cuando dejó en la mesa, en honor del invitado, el lujo de una botella de vino recién decantado.

La señora Hale se apuró. Parecía que el postre fuera algo improvisado e insólito en la rectoría, cuando, si el señor Hale hubiera mirado un momento a su espalda, habría visto galletas y mermelada perfectamente colocadas en el aparador. Pero al señor Hale le apetecían peras y no iba a renunciar.

—Hay unas cuantas de donguindo en el muro sur que valen más que toda la fruta y la mermelada importada. ¡Anda, Margaret! ¡Corre a buscar unas cuantas!

—Propongo que salgamos al jardín y nos las comamos allí —dijo el señor Lennox—. No hay nada tan delicioso como hincar el diente a una fruta crujiente y jugosa templada y perfumada por el sol. Lo malo es que las avispas son tan desvergonzadas que se atreven a disputárnoslas en el momento de mayor placer.

Se levantó como si fuera a seguir a Margaret, que había desaparecido por la puertaventana; solo estaba esperando que la señora Hale le diera permiso. Ella habría preferido concluir la comida como es debido, sobre todo porque había ayudado a Dixon a sacar de la despensa los lavafrutas de cristal a propósito, para ser tan correcta como correspondía a la hermana de la viuda del general Shaw. Sin embargo, como el señor Hale se levantó inmediatamente, dispuesto a acompañar a su invitado, tuvo que ceder.

—Voy a llevarme un cuchillo —dijo el señor Hale—. A mí se me ha pasado la época de comer fruta de la forma primitiva a la que se ha referido usted. Tengo que pelarla y cortarla para disfrutarla.

Margaret improvisó una fuente para colocar las peras con unas hojas de remolacha, sobre las que destacaba admirablemente su color tostado. El señor Lennox la miraba más a ella que a las peras; pero el padre, dispuesto a exprimir al máximo el placer y la perfección del tiempo que le había robado a la ansiedad, eligió con delicadeza la pera más madura y se sentó en el banco del jardín a disfrutarla a su gusto. Margaret y el señor Lennox recorrieron el paseo de la pequeña terraza del muro sur, donde las abejas seguían zumbando y trabajando afanosamente en las colmenas.

—¡Qué vida tan perfecta lleva usted aquí! Hasta ahora, los deseos de los poetas siempre me habían parecido despreciables, con sus «Para mí una cabaña al pie de una montaña» y cosas por el estilo; pero lo cierto es que ahora me doy cuenta de que solo he vivido en la ciudad y tengo la sensación de que veinte años de arduos estudios de leyes se compensarían holgadamente con un año de vida exquisita y serena como esta: ¡bajo estos cielos —y miró arriba—, con este follaje rojo y ámbar totalmente inmóvil! —y señaló los grandes árboles del bosque que cobijaban el jardín como si fuera un nido.

—¡Ah! No olvide que nuestros cielos no están siempre tan azules como ahora. También llueve, las hojas caen y se ensucian, aunque, a mi entender, Helstone sea el lugar más perfecto del mundo. ¿Se acuerda de cómo se burló de lo que dije una noche en Harley Street? Lo llamó «un pueblecito de cuento».

—¿Burlarme, Margaret? Es una palabra muy severa.

—Tal vez. Lo único que sé es que me habría gustado contarle las cosas que más añoraba en aquel momento, pero usted..., ¿cómo decirlo?, habló irrespetuosamente de Helstone, lo trató de simple pueblecito de cuento.

—Jamás lo repetiré —dijo él cálidamente.

Doblaron la esquina del paseo.

—Margaret, casi desearía... —vaciló.

Era tan raro que ese abogado tan locuaz vacilara que Margaret lo miró asombrada e inquisitiva; por algo que percibió en él, sin saber muy bien qué, deseó estar otra vez con su madre, con su padre o en cualquier sitio lejos de él, porque estaba segura de que iba a decir algo a lo que no sabría responder. Al momento siguiente, su indomable orgullo se impuso a la súbita inquietud, y esperaba que él no la hubiera percibido. Podría responder, naturalmente, y responder bien; ¡qué debilidad tan despreciable, acobardarse ante cualquier cosa que quisiera decirle! ¡Como si no supiera ella cortarle la palabra sin perder un ápice de dignidad femenina!

—Margaret —repitió él, tomándola por sorpresa y apoderándose de su mano, de manera que se vio obligada a detenerse y a escuchar, sin dejar de reprocharse todo el tiempo que el corazón se le hubiera acelerado—. Margaret, desearía que no le gustara tanto Helstone, que la vida aquí no le pareciera tan tranquila y alegre. Esperaba que hubiera echado Londres de menos en estos últimos tres meses, y un poco también a sus amigos de allí, lo suficiente para que escuchara con más benevolencia —y es que Margaret no paraba de forcejear discretamente para soltarse de él— a quien no tiene más que ofrecer, eso es cierto, que perspectivas de futuro, pero que la ama, Margaret, casi a su pesar. ¿Tanto la he alarmado? ¡Diga algo!

Vio que le temblaban los labios casi como si fuera a empezar a llorar, pero Margaret, con un gran esfuerzo por calmarse, no habló hasta que logró dominar la voz; y entonces dijo:

—Me he alarmado. No sabía que sintiera usted esa clase de interés por mí. Siempre lo he considerado un amigo y, por favor, preferiría que siguiera siendo así. No me gusta que me hable como lo ha hecho. No puedo responderle como le gustaría a usted, y lamentaría mucho decepcionarlo.

—Margaret —dijo él mirándola a los ojos, que lo miraban a su vez directa y sinceramente, con una expresión de la mejor buena fe y el deseo de no hacerle daño. «¿Está usted enamorada de otro?», iba a preguntarle, pero comprendió que semejante pregunta sería un insulto para la serenidad transparente de esa mirada—. ¡Perdóneme! Me ha castigado por mi brusquedad. Pero deme esperanzas. Concédame el triste consuelo de saber que no conoce a ningún otro del que pueda decir...

Titubeó de nuevo. No pudo terminar la frase. Margaret se reprochó amargamente haberle causado tan gran disgusto.

—¡Ay, si no se le hubiera metido ese capricho en la cabeza! ¡Era tan agradable contar con usted como amigo...!

—Pero puedo tener esperanzas, ¿verdad, Margaret?, de que en algún momento piense en mí como algo más. No ahora, claro, no hay prisa, pero algún día...

Antes de responder, Margaret guardó silencio unos momentos para buscar la verdad en el fondo del corazón.

—Nunca he pensado en usted —dijo al fin— más que como amigo. Disfruto de su amistad, pero estoy convencida de que nunca podré pensar en usted de otra manera. Le ruego que olvidemos los dos toda esta —iba a decir «desagradable», pero se contuvo— conversación.

Antes de responder, el señor Lennox hizo una pausa, y después, con el tono frío de costumbre, dijo:

—Naturalmente, puesto que está segura de sus sentimientos; esta conversación ha sido tan desagradable para usted que es mejor no recordarla. Todo eso está muy bien en teoría, esa idea de olvidar lo doloroso, pero, al menos para mí, va a ser difícil llevarla a cabo.

—Está disgustado —replicó ella—, pero ¿cómo podría evitarlo yo?

Lo dijo con un pesar tan sincero que él tuvo que sobreponerse un momento a la gran decepción para responder, en un tono más animado, pero todavía con un deje duro en la voz:

—Margaret, sea comprensiva con la mortificación de un hombre que no solo la ama, sino que no es nada dado al romanticismo en general (prudente y mundano me consideran algunos), pero que se ha visto arrastrado por la pasión a renunciar a sus costumbres..., bien, no nos adentremos más en eso; y que, para una vez que da rienda suelta a sus mejores y más profundos sentimientos, es rechazado y menospreciado tajantemente. Tendré que consolarme burlándome de mi locura. ¡Un abogado bisoño pensando en casarse!

Margaret no pudo responder. La irritaba el tono de la conversación. Rozaba y evocaba todas las diferencias que siempre le habían repelido de él; sin embargo, era el hombre más agradable, el amigo más comprensivo, la persona que mejor la entendía de toda Harley Street. Una sombra de desprecio se mezcló con la consternación por haberlo rechazado. Los bellos labios se curvaron en una leve expresión de desdén. Se alegró de encontrarse de repente con el señor Hale, después de haber dado la vuelta al jardín; no sabían dónde estaba, se habían olvidado de él. El vicario no había terminado de comerse la pera, que había pelado delicadamente en una tira larga, fina como el papel de seda, y la estaba degustando con gran deleite. Era como el cuento del rey de Oriente, que, a una orden del mago, hundió la cabeza en una bacía de agua y antes de sacarla al instante vivió toda una vida. Margaret estaba anonadada, era incapaz de recobrar la serenidad suficiente para participar en la conversación trivial que iniciaron los dos hombres. Estaba seria, poco dispuesta a hablar y preguntándose cuándo se iría el señor Lennox para poder pensar con tranquilidad en los acontecimientos del último cuarto de hora. Él estaba casi tan impaciente por marcharse como ella por que se fuera; pero él debía a su mortificada vanidad o a su propia autoestima el sacrificio de unos minutos de conversación ligera y despreocupada, por mucho esfuerzo que le requiriera. De vez en cuando miraba a Margaret, que estaba triste y pesarosa.

«No le soy tan indiferente como cree —pensó él para sí—. No renuncio a la esperanza».

Antes de que pasara un cuarto de hora, había adoptado un tono ligeramente sarcástico mientras hablaba de la vida en Londres y en el campo, como si fuera consciente de su otro yo burlón y temiera sus burlas. El señor Hale estaba perplejo. El visitante era un hombre muy distinto al que había visto en el banquete de bodas, y ese mismo día en la comida: un hombre más frívolo, inteligente y mundano y, por lo tanto, muy diferente del señor Hale. Fue un alivio para los tres cuando por fin anunció que tenía que irse enseguida si quería llegar al tren de las cinco. Se dirigieron a la casa para que se despidiera de la señora Hale. En el último momento el verdadero yo de Henry Lennox salió del cascarón.

—Margaret, no me desprecie; tengo un corazón, aunque hable de esta forma superficial. Como prueba de ello, creo que estoy más enamorado que nunca de usted, si no la odio, por el desdén con el que me ha escuchado en esta última media hora. Adiós, Margaret... ¡Margaret!

CAPÍTULO IV

DUDAS Y DIFICULTADES

Arrójame a cualquier desnuda orilla
donde solo pueda seguir
la huella de alguna triste desgracia,
si allí estás tú, aunque los mares rujan,
no imploraré más apacible calma.

HABINGTON

Se fue. Cerraron la casa para pasar la noche. Se acabaron los cielos azules y los colores rojos y ambarinos. Margaret subió a cambiarse para el té y se encontró a Dixon de muy mal humor por la interrupción que había causado la visita en un día de mucho trabajo. Lo demostró cepillándole el pelo con saña so pretexto de tener mucha prisa para ir a atender a la señora Hale. Y, sin embargo, Margaret tuvo que esperar un buen rato en la salita a que bajara su madre. Se sentó sola junto al fuego, dando la espalda a las velas de la mesa, que todavía no habían encendido, y pensando en el día, en el grato paseo de la mañana, en la grata sesión de dibujo, en la animada comida y en el incómodo y triste paseo por el jardín.

¡Qué diferentes eran los hombres de las mujeres! Y ahí estaba ella, disgustada y desdichada porque el instinto solo le había permitido rechazarlo; mientras que él, pocos minutos después de haberle negado lo que habría sido la proposición más profunda y sagrada de su vida, había sido capaz de hablar de sus casos, de su éxito y de todas las consecuencias superficiales de una buena casa o de unas amistades inteligentes y amenas, como si eso fuera lo único deseable. ¡Ay, Dios! ¡Se habría enamorado perdidamente si él hubiera sido diferente! Una diferencia que, pensándolo bien, sería muy profunda. Pero entonces cayó en la cuenta de que, al fin y al cabo, tanta superficialidad podía haber sido fingida, para disimular la amargura de una decepción que a ella, si la hubieran rechazado, se le habría clavado en el corazón.

Antes de poder ordenar este remolino de pensamientos llegó su madre. Tuvo que dejar de pensar en lo que se había hecho y dicho a lo largo del día para prestarle oídos comprensivamente mientras le contaba las quejas de Dixon, porque se había vuelto a quemar la sábana de la plancha; y que Susan Lightfoot se había puesto flores artificiales en la capota, señal inequívoca de una personalidad frívola y atolondrada. El señor Hale se tomó el té en silencio, abstraído; Margaret se respondía sola a todas las preguntas. No entendía cómo podían ser sus padres tan olvidadizos, tan indiferentes a la visita que los había acompañado todo el día, que ni siquiera pronunciaron su nombre una vez. No tuvo en cuenta que, a ellos, el señor Lennox no les había hecho ninguna proposición.

Después del té, el señor Hale se levantó y se quedó junto a la chimenea, con el codo apoyado en la repisa y la cabeza en la mano, dándole vueltas a algo y suspirando profundamente de vez en cuando. La señora Hale fue a hablar con Dixon sobre la ropa de invierno para los pobres. Margaret preparó la labor de su madre temiendo la larga velada que se le presentaba y deseando que llegara la hora de irse a la cama para poder repasar una vez más lo sucedido a lo largo del día.

—¡Margaret! —la llamó por fin su padre de repente, en un tono de desesperación que la sobresaltó—. ¿Corre mucha prisa preparar el telar? Es decir, ¿puedes dejarlo un momento y acompañarme al estudio? Quiero hablar contigo de una cosa muy importante para todos nosotros.

«Muy importante para todos nosotros». El señor Lennox no había tenido la oportunidad de hablar en privado con su padre después de que ella lo rechazara; de lo contrario, eso sí que habría sido un asunto muy importante. La primera reacción de Margaret fue de culpabilidad y vergüenza por haber llegado a una edad en la que debía pensar en casarse; después, no estaba segura de si a su padre le habría parecido bien que hubiera decidido rechazar la oferta del señor Lennox sin consultárselo. Pero enseguida entendió que una cosa tan repentina, que acababa de suceder, no podía dar lugar a ideas complicadas de las que su padre quisiera hablar con ella. El señor Hale le indicó que se sentara a su lado y removió el fuego, apagó las velas y suspiró un par de veces antes de decidirse a hablar, cosa que hizo por fin súbitamente:

—¡Margaret! Voy a dejar Helstone.

—¿Dejar Helstone, papá? ¿Por qué?

El señor Hale tardó unos momentos en responder. Revolvió los papeles de la mesa con nerviosismo, confuso; separó los labios varias veces como si fuera a hablar, pero los cerró sin haber encontrado el valor para pronunciar ni una sola palabra. Margaret no podía soportar tanta expectación, más angustiosa para su padre que para ella.

—¿Por qué, papá querido? ¡Dímelo!

La miró de pronto y, con una forzada calma lenta, dijo:

—Porque no puedo seguir siendo ministro de la Iglesia de Inglaterra.

Margaret se había imaginado que por fin le habían concedido un nombramiento de los que tanto deseaba su madre, cosa que lo obligaría a dejar el querido y precioso Helstone para ir a vivir a un edificio episcopal imponente y silencioso, como los que había visto a veces cerca de las catedrales. Eran majestuosos, sin duda, pero si, para ir allí, era preciso dejar Helstone para siempre, sería una pérdida triste y duradera. Pero nada comparado con el impacto de las últimas palabras de su padre. ¿Qué quería decir? Y lo peor era el misterio. La lastimosa aflicción de su rostro, casi implorando un juicio compasivo y clemente a su hija, la escandalizó de repente. ¿Se habría implicado en algo relacionado con Frederick? Frederick era un proscrito. ¿Su padre, por amor paterno, habría accedido a hacer algo...?

—¡Ay! ¿Qué es? ¡Habla, papá! ¡Cuéntamelo todo! ¿Por qué no puedes seguir siendo ministro de la Iglesia? Si el obispo supiera todo lo que sabemos de Frederick, de la dureza y la injusticia de...

—No tiene nada que ver con Frederick; el obispo no podría hacer nada. Soy yo, Margaret, voy a explicártelo. Responderé a todas las preguntas por esta vez, pero a partir de esta noche no quiero que volvamos a hablar de esto. Puedo enfrentarme a las consecuencias de mis dolorosas y desgraciadas dudas; pero no tengo fuerzas para hablar de lo que tanto me ha hecho sufrir.

—¿Dudas, papá? ¿Dudas de carácter religioso? —preguntó Margaret, más impresionada que nunca.

—¡No! De carácter religioso no; de eso no tengo la menor duda.

Hizo una pausa. Margaret suspiró como si estuviera al borde de un nuevo horror. El padre continuó, hablando rápidamente, como para terminar de una vez con una tarea obligatoria.

—No lo entenderías todo aunque te lo contara: los años de incertidumbre por saber si tenía derecho a seguir en la rectoría, los esfuerzos por aplastar las sofocantes dudas por medio de la autoridad de la Iglesia. ¡Ah, Margaret! ¡Cuánto amo la santa Iglesia de la que seré desterrado!

Se quedó sin habla unos momentos. Margaret no sabía qué decir; le parecía todo un misterio tan terrible como si su padre fuera a convertirse al islamismo.

—Hoy he leído la historia de los doscientos hombres que fueron expulsados de su iglesia —prosiguió el señor Hale sonriendo débilmente— por ver si me contagiaban un poco de valentía; pero no me ha servido de nada..., de nada..., lo siento en lo más hondo, no puedo evitarlo.

—Pero, papá, ¿lo has considerado bien? ¡Ay, es que parece tan terrible, tan impactante! —dijo Margaret, y rompió a llorar.

El cimiento más sólido de su hogar, de la idea que tenía de su querido padre, se tambaleaba. ¿Qué podía decirle? ¿Qué había que hacer? Al verla tan descompuesta, el señor Hale intentó dominarse y procurarle algún consuelo. Contuvo los gemidos secos que le subían desde el corazón y lo ahogaban, se dirigió a la estantería de libros y sacó un ejemplar que leía a menudo últimamente y que le había proporcionado fuerza para afrontar el camino que debía recorrer en ese momento.

—Escucha, mi querida Margaret —dijo, rodeándole la cintura con un brazo. Ella le tomó la mano y se la apretó, pero estaba tan perturbada que no fue capaz de levantar la cabeza, ni mucho menos de prestar atención a lo que le leyó—. Es el soliloquio de un hombre que había sido clérigo en una parroquia de pueblo, como yo; lo escribió un tal señor Oldfield, ministro de Carsington, en Derbyshire, hace ciento sesenta años o más. Ya ha dejado de sufrir. Luchó cuanto le permitieron sus fuerzas. —Pronunció las dos últimas frases en voz baja, como para sí mismo, y a continuación leyó en voz alta—: «Si te fuere imposible continuar con tu obra sin deshonrar a Dios, sin desacreditar la religión, renunciando a la integridad, vulnerando la conciencia, destrozando la paz de tu vida y poniendo en peligro la salvación de tu alma, en resumen, si las condiciones en las que continuarías (si continuares) con la obra son pecaminosas e injustificadas según la palabra de Dios, deberías creer, sí, debes creer que el silencio, la suspensión, la desposesión y el alejamiento serán a la mayor gloria de Dios y por el fomento del Evangelio. Si Dios no te emplea en una cosa, te empleará en otra. Nunca faltarán ocasiones de servirlo y honrarlo al alma que lo desea; no limites al santísimo de Israel pensando que solo tiene una forma de glorificarse a través de ti. El silencio lo glorifica tanto como la prédica, y el alejamiento del ejercicio eclesiástico tanto como continuar con él. Fingir que se ofrece el mayor servicio a Dios o llevar a cabo la obra más ardua no excusa el menor pecado, aunque ese pecado nos capacite o nos dé la ocasión de cumplir con la obra. ¡Poco se te agradecerá, alma mía, si te acusaren de corromper el culto a Dios falseando los votos so pretexto de continuar con el ministerio!».

A medida que leía y ojeaba más de lo que leía en voz alta fue cobrando resolución hasta creer que también él podía ser firme y valiente para hacer lo que consideraba justo; pero, cuando terminó, oyó los discretos gemidos convulsos de Margaret y perdió el valor por el sufrimiento que infligía.

—¡Mi querida Margaret! —dijo, acercándosela más—. Acuérdate de los primeros mártires, de los miles que sufrieron.

—Pero, padre —respondió ella levantando de pronto el rostro, arrebolado y cubierto de lágrimas—, los primeros mártires sufrieron por la verdad, mientras que tú..., ¡ay, mi queridísimo padre!

—Yo sufro un cargo de conciencia, hija mía —replicó él con dignidad, trémulamente, debido a su marcado carácter sensible—. Tengo que hacer lo que me dicta la conciencia. He soportado mucho tiempo unos remordimientos que habrían hecho reaccionar mucho antes a cualquiera menos decidido y cobarde que yo. —Con un movimiento negativo de cabeza prosiguió—: El deseo más preciado de tu madre (que, irónicamente, se verá cumplido por fin, como suele suceder siempre con los deseos intensos, manzanas envenenadas es lo que son) ha provocado esta crisis, a la que debería estar agradecido, y espero que así sea. No hace ni un mes que el obispo me ofreció otro cargo; si lo hubiera aceptado habría tenido que renovar la declaración de conformidad con la liturgia de mi institución. Y lo intenté, Margaret, intenté conformarme con rechazar el ascenso nada más pero quedándome aquí discretamente, con la conciencia amordazada, como lo he hecho hasta ahora, ¡que Dios me perdone!

Se levantó y recorrió la estancia de un lado a otro murmurando reproches y humillaciones contra sí mismo que Margaret agradeció no oír muy bien. Al final dijo:

—Volviendo a la triste carga otra vez, Margaret: tenemos que marcharnos de Helstone.

—¡Sí! Ya veo, pero ¿cuándo?

—He escrito al obispo..., creo que ya te lo había dicho, pero ahora se me olvidan las cosas —dijo el señor Hale, volviendo a la anterior pesadumbre tan pronto como empezó a hablar de los penosos detalles prácticos—; le he escrito, decía, para informarlo de mi intención de renunciar a la rectoría. Ha sido muy amable; me ha dado toda clase de argumentos y de protestas, pero en vano..., en vano. Los mismos que me he dado yo sin mejor resultado. Tengo que llevar el documento de renuncia al obispo en persona y despedirme de él. Será una tortura, pero lo peor de todo va a ser dejar a mis queridos parroquianos. Han nombrado a un coadjutor para que lea las oraciones..., un tal señor Brown, que vendrá mañana a casa. El próximo domingo daré el sermón de despedida.

«¿Tan pronto va a ser?», pensó Margaret; aunque tal vez fuera lo mejor. Retrasarlo solo aumentaría la aflicción; más valía que la inmediatez de los preparativos la dejara como atontada, aunque parecía que ya estaba casi todo hecho desde antes de que se lo contara.

—¿Qué dice mamá? —preguntó con un profundo suspiro.

Para su gran asombro, el padre empezó a recorrer la habitación otra vez antes de responder. Por fin se detuvo y dijo:

—Margaret, no soy más que un pobre cobarde. No soporto infligir sufrimiento. Sé perfectamente que la vida de casada de tu madre no ha sido como ella esperaba, y con toda la razón, y esto va a ser un golpe tan tremendo para ella que no he tenido agallas, he sido incapaz de decírselo. Hay que contárselo ahora —añadió, mirando a su hija con melancolía.

A Margaret le abrumó que su madre no supiera nada, estando todo tan avanzado.

—¡Sí, claro! Tenemos que decírselo. A lo mejor en realidad no le... ¡Cómo que no...! Se va a llevar un gran disgusto —se desdijo, al notar de nuevo el impacto del golpe cuando pensó en cómo reaccionaría otra persona—. ¿Dónde vamos a ir? —preguntó entonces, intrigada otra vez con el futuro, si es que su padre había pensado en algo.

—A Milton del Norte —respondió con apagada indiferencia, porque se había dado cuenta de que, aunque su hija, por amor, comprendía sus motivos y había procurado consolarlo con su cariño, seguía profundamente apenada.

—¡Milton del Norte! ¿La ciudad industrial de Darkshire?[2]

—Sí —dijo él con la misma actitud indiferente y abatida.

—¿Por qué esa ciudad, papá?

—Porque allí podré ganar el pan para mi familia. Porque no conozco a nadie allí y nadie conoce Helstone ni habrá oído hablar de este pueblo.

—¡El pan para tu familia! Creía que mamá y tú teníais...

Cortó la frase y contuvo el interés natural por su futuro al ver la pesadumbre que embargaba a su padre. Pero él, con su rápida capacidad de comprensión, leyó en el rostro de su hija, como si fuera un espejo, el reflejo de su propio estado de ánimo, y, haciendo un esfuerzo, lo disimuló.

—Te lo contaré todo, Margaret. Pero ayúdame a anunciárselo a tu madre. Podría hacer cualquier cosa menos eso; solo de pensar en el disgusto que se va a llevar me pongo enfermo de miedo. Si te lo cuento todo a ti, tal vez puedas comunicárselo tú mañana. Estaré fuera todo el día, quiero despedirme de Dobson, el granjero, y de los pobres del ejido de Bracy. ¿Te desagradaría mucho hacerlo tú, Margaret?

Pues sí, muchísimo, la asustaba más que cualquier cosa que hubiera tenido que hacer en la vida. Se quedó sin habla al instante. El padre dijo:

—Sí, ya veo que sí, ¿verdad, Margaret?

Pero ella se sobrepuso y, con una firme sonrisa en la cara, respondió:

—Será doloroso, pero hay que hacerlo, y lo haré lo mejor que pueda. Seguro que tú tienes muchas cosas dolorosas que hacer.

El señor Hale hizo un gesto de desánimo con la cabeza y le apretó la mano en señal de agradecimiento. A Margaret casi se le saltaron las lágrimas otra vez. Por pensar en otra cosa, dijo:

—Bien, papá, cuéntame qué es lo que vamos a hacer. Mamá y tú tenéis algún dinero, aparte de los emolumentos de tu cargo, ¿no es así? Sé que tía Shaw sí.

---

2 Milton del Norte y Darkshire son nombres de ficción, representan a Manchester y a Lancashire respectivamente.

—Sí. Creo que tenemos unas ciento setenta libras anuales. Las setenta siempre se las mandamos a Frederick, desde que está en el extranjero. No sé si le hacen falta —continuó, vacilante—. Seguro que algo recibe por servir en el ejército español.

—Frederick no debe sufrir más —dijo Margaret, resuelta—; está en un país extranjero después de haber sido tratado injustamente en el suyo. Quedan cien. ¿No crees que mamá, tú y yo podríamos vivir con cien al año en alguna parte muy barata... y tranquila de Inglaterra? ¡Yo creo que sí!

—¡No! —replicó el señor Hale—. Eso no me sirve. Tengo que hacer algo, tengo que buscarme una ocupación para no dejarme llevar por pensamientos malsanos. Por otra parte, una parroquia del campo me recordaría constantemente a Helstone y mis deberes aquí y me dolería. No lo soportaría, Margaret, y cien libras al año no dan para mucho, una vez cubiertos los gastos domésticos y procurarle a tu madre todas las comodidades a las que está acostumbrada y que se merece. No: tenemos que ir a Milton. Eso es inamovible. Siempre puedo decidir mejor yo solo, sin la influencia de mis seres queridos —dijo, como disculpándose por haber tomado tantas decisiones antes de comunicar sus intenciones a la familia—. No soporto las objeciones, me vuelven indeciso.

Margaret decidió guardar silencio. Al fin y al cabo, ¿qué más daba a dónde fueran, en comparación con el terrible cambio en sí?

—Hace unos meses —continuó el señor Hale—, cuando ya no podía soportar más las dudas en silencio, escribí al señor Bell..., ¿te acuerdas de él, Margaret?

—No; no lo he conocido, creo, pero sé quién es. Es el padrino de Frederick, tu antiguo tutor en Oxford, ¿no es eso?

—Sí. Es miembro de la sociedad Plymouth College de Oxford, y creo que es hijo de Milton del Norte. Sea como fuere, tiene propiedades allí, cuyo valor ha subido mucho desde que Milton se ha convertido en una ciudad industrial tan grande. Sin embargo, tenía motivos para sospechar, para imaginarme, mejor dicho, que era mejor no decirle nada, aunque estaba seguro de que el señor Bell me comprendería. Aunque no me dio muchas fuerzas, creo. Ha llevado una buena vida en la facultad todo este tiempo. Pero fue sumamente amable. Y por eso vamos a ir a Milton.

—¿Por qué? —preguntó Margaret.

—Bueno, él tiene arrendatarios, casas y fábricas allí, así que, aunque la ciudad no le gusta (es demasiado bulliciosa para una persona de costumbres tranquilas como él), mantiene algunas relaciones por necesidad, y me ha dicho que, al parecer, hay buenas oportunidades para impartir clases particulares.

—¡Clases particulares! —exclamó Margaret en un tono de burla—. ¿Qué interés pueden tener los industriales por los clásicos, la literatura o los conocimientos de los caballeros?

—¡Ah! —dijo el padre—. Al parecer algunos son bastante despiertos y conscientes de sus deficiencias, que es más de lo que se puede decir de muchos hombres de Oxford. Hay unos cuantos que están dispuestos a aprender, aunque ya tienen una edad. Otros quieren que sus hijos reciban una educación mejor que la que tuvieron ellos. Sea como fuere, hay buenas oportunidades para un profesor particular, como ya he dicho. El señor Bell me ha recomendado a un tal señor Thornton, arrendatario suyo y, a juzgar por sus cartas, es un hombre muy inteligente. Además, Margaret, en Milton hay mucha vida, aunque no sea la ideal, y gentes y paisajes tan diferentes que no me recordarán a Helstone.

Ahí estaba el motivo secreto, tal como lo sentía la propia Margaret. Sería diferente, discordante incluso —casi detestable, con todo lo que había oído decir del norte de Inglaterra, las fábricas, la gente, el campo arrasado y abandonado—, pero recomendable por un solo motivo: sería diferente de Helstone y no les recordaría en nada a su querido pueblo.

—¿Cuándo nos vamos? —preguntó, después de un breve silencio.

—No lo sé con exactitud. Quería hablarlo contigo. Es que tu madre todavía no sabe nada, pero creo que será dentro de quince días; en cuanto entregue el documento de renuncia no tendré derecho a quedarme.

—¡Quince días! —exclamó Margaret, anonadada.

—Bueno, no exactamente quince días, todavía no hay nada seguro —dijo el padre con vacilación, preocupado al ver que el disgusto le empañaba los ojos a su hija y le cambiaba la expresión de la cara. Pero se rehízo en un instante y respondió:

—Sí, papá, lo mejor es asegurarlo todo con decisión, como dices tú. Lo malo es que mamá no sabe nada todavía.

—¡Pobre Maria! —replicó el señor Hale con ternura—. ¡Pobrecita mía! ¡Ay! Si no estuviera casado..., ¡qué fácil sería todo si estuviera solo en el mundo! Pero, Margaret, el caso es que no tengo valor para decírselo.

—No —respondió ella con tristeza—, se lo diré yo. Dame hasta mañana por la noche, elegiré el momento. ¡Ay, papá! —suplicó de pronto con vehemencia—. Dime... dime que todo esto es una pesadilla, un sueño horroroso, ¡que no es la realidad! No es posible que quieras dejar la Iglesia, renunciar a Helstone y separarte de mamá y de mí para siempre arrastrado por un delirio, por una tentación. ¡No es posible que sea real, papá!

El señor Hale la escuchó rígido en el asiento. Después la miró a la cara y, en un tono lento y mesurado, le dijo con voz ronca:

—Es posible, Margaret. No te engañes, no dudes de la veracidad de mis palabras, ni de mis intenciones inamovibles ni de mi resolución.

Siguió mirándola fijamente, impasible. Ella también lo miró con la súplica en los ojos, no podía creer que fuera irrevocable. Después se levantó y se fue hacia la puerta sin una palabra más, sin mirar atrás. Cuando puso la mano en el tirador, él la llamó de nuevo. Estaba de pie junto a la chimenea, encorvado, agachado, pero cuando ella se acercó, se irguió en toda su estatura, le puso las manos en la cabeza y le dijo solemnemente:

—¡Que Dios te bendiga, hija mía!

—Y que te devuelva a Su Iglesia —respondió ella con todo el corazón.

Al instante temió haber cometido una irreverencia, haber hecho mal respondiendo de semejante manera a la bendición; podía dolerle por venir de su hija, y le rodeó el cuello con los brazos. Él la abrazó unos momentos y Margaret le oyó murmurar:

—Los mártires y los penitentes tuvieron que soportar más dolor... No me arrepiento.

Los sorprendió la voz de la señora Hale, que llamaba a su hija. Se separaron sabiendo perfectamente lo que les esperaba.

—Vete, Margaret, vete —dijo el señor Hale, apurado—. Mañana estaré todo el día fuera. Antes de la noche se lo habrás dicho a tu madre.

—Sí —dijo ella, y volvió a la salita anonadada y mareada.

CAPÍTULO V
DECISIÓN

> Te pido un considerado amor,
> una constante y sabia vigilancia,
> que satisfaga a los alegres con sonrisas de alegría
> y enjugue los ojos llorosos;
> un corazón libre de sí mismo
> que alivie y se compadezca.
>
> ANÓNIMO

Margaret escuchó diligentemente cuanto su madre tenía que contarle sobre algunas cosas que quería añadir al lote de los parroquianos más pobres. No podía evitarlo, pero cada cosa que le decía era como una puñalada en el corazón. Cuando la helada se hubiera asentado estarían muy lejos de Helstone. El anciano Simon podía empeorar del reúma y de la vista; nadie iría a leerle y a consolarlo con una escudilla de caldo y una buena manta roja, o, si iba alguien, sería una persona desconocida y el anciano la buscaría a ella en vano. El niñito tullido de Mary Domville se arrastraría hasta la puerta para verla aparecer por el bosque, en vano también. Estos pobres amigos jamás entenderían por qué los había abandonado; tampoco otros muchos.

—Tu padre siempre dedica las rentas de sus emolumentos a la parroquia. No sé si estoy abusando de ese dinero, pero el próximo invierno va a ser crudo y es preciso ayudar a nuestros pobres.

—¡Ah, mamá! Hagámoslo lo mejor posible —dijo Margaret con brío, sin percibir la prudencia de las palabras de su madre, pensando solo en que sería la última vez que iban a ofrecer ayuda—, a lo mejor nos vamos pronto de aquí.

—¿Te encuentras mal, cielo? —preguntó la señora Hale, preocupada, malinterpretando la alusión a la posibilidad de no seguir viviendo en Helstone—.

Estás pálida y cansada. Es por culpa de este aire tan cargante, húmedo y malsano.

—No..., no, mamá, no es eso; este aire es delicioso. En comparación con los humos de Harley Street, es lo más fresco, puro y fragante que conozco. Pero estoy cansada, seguro que ya es casi la hora de irse a la cama.

—No falta mucho, son las nueve y media. Más vale que te vayas a dormir enseguida, querida. Pide a Dixon unas gachas suaves. Iré a verte en cuanto te acuestes. Me temo que te hayas resfriado o que hayas respirado el aire de algún estanque putrefacto...

—¡Ay, mamá! —dijo Margaret sonriendo débilmente al besarla—, me encuentro muy bien..., no te alarmes por mí. Solo estoy cansada.

Margaret subió a la habitación. Se tomó el tazón de gachas por tranquilizar a su madre. Estaba tumbada lánguidamente en la cama cuando llegó la señora Hale a ver qué tal estaba y a darle un beso antes de retirarse ella también a su dormitorio. Pero, en cuanto oyó cerrarse la puerta de su madre, se levantó, se puso una bata sobre los hombros y empezó a ir de un lado a otro de la habitación, hasta que el crujido de un tablón le recordó que no debía hacer ruido. Se acurrucó en el pequeño y hondo asiento de la ventana. Esa misma mañana, cuando miró fuera, se había puesto muy contenta al ver la luz clara y brillante en la torre de la iglesia, que prometía un espléndido día soleado. Esa misma noche —solo habían pasado dieciséis horas— se sentó allí, tan apesadumbrada que no podía llorar, con un dolor sordo y frío en el corazón que parecía haberle arrebatado la juventud y la alegría para siempre. La visita del señor Lennox, la proposición, eran como un sueño, algo que había ocurrido en otra vida. La cruda realidad era que su padre había reconocido unas dudas que lo habían convertido en cismático, en un paria; todos los cambios consiguientes eran consecuencia de ese único acontecimiento tan demoledor.

Miró el perfil gris oscuro de la torre de la iglesia, cuadrado y recto, que ocupaba el centro de la vista, recortado contra las transparentes profundidades azul oscuro del cielo, en las que se adentró y creyó que podría seguir adentrándose para siempre, cada vez más arriba, ¡pero sin encontrar rastro de Dios! En ese momento tuvo la sensación de que la tierra estaba más desolada que si la cubriera una cúpula de hierro, y que, tal vez, al otro lado se encontraran la paz y la gloria indelebles del Todopoderoso. Esos espacios de profundidad infinita, tan quietos y serenos, se le antojaron más burlones que todos los límites materiales que encerraban el llanto de los que sufrían en la tierra, y que tal vez ascendieran a esa espléndida inmensidad sin fin y se perdieran... para siempre, antes de alcanzar Su trono. Sumida en este estado de ánimo, no oyó llegar a su padre. La luna iluminaba lo suficiente para que él la viera en su sitio de costumbre y en la misma actitud de siempre. Llegó a su lado sin que ella lo percibiera y le tocó un hombro.

—Margaret, te he oído aquí arriba. He querido venir a pedirte que reces conmigo: recemos el Padrenuestro, nos sentará bien a los dos.

Se arrodillaron junto al asiento de la ventana, él, mirando hacia arriba, ella, con la cabeza agachada, humilde y avergonzada. Dios estaba allí, cerca de ellos, oyendo el murmullo de sus palabras. Aunque su padre fuera un herético, ¿no había sido ella mucho más escéptica no hacía ni cinco minutos con sus dudas desesperadas? No pronunció una sola palabra, pero, tan pronto como su padre salió de la habitación, se fue a la cama como una niña avergonzada de su pecado. Si en el mundo había tantas cuestiones desconcertantes, confiaría y solo pediría ver el paso que debía dar a cada momento. Esa noche, el señor Lennox —la visita, la proposición, cuyos recuerdos habían quedado brutalmente relegados al olvido a causa de los siguientes acontecimientos del día— pobló sus sueños. Estaba trepando a un árbol de una altura fabulosa para llegar a la rama de la que colgaba su capota: se cayó y ella quería salvarlo, pero una fortísima mano invisible se lo impedía. El hombre murió. Pero entonces, cambió la escena y ella se encontraba de nuevo en la salita de Harley Street hablando con él como antes, pero sabiendo todo el tiempo que lo había visto morir de la terrible caída.

¡Qué noche tan triste e inquieta! ¡Mala preparación para el día que despuntaba! Se despertó con un sobresalto, sin haber descansado y consciente de una realidad más cruel que los febriles sueños. De repente se acordó de todo: no solo de la aflicción, sino de la discordancia de la propia aflicción. Deseaba preguntar hasta qué punto se había separado su padre, llevado por unas dudas que ella consideraba tentaciones del maligno, pero por nada del mundo habría escuchado la respuesta.

Hacía una mañana fresca y espléndida y su madre estaba contenta, se encontraba particularmente bien a la hora del desayuno. Habló sin parar de las buenas obras que harían en el pueblo, sin prestar atención al silencio de su marido ni a las breves respuestas de su hija. El señor Hale se levantó antes de que quitaran la mesa; apoyó una mano en una esquina, como para sostenerse, y dijo:

—No volveré a casa hasta la noche, voy al ejido de Bracy, así que pediré a Dobson que me dé algo de comer. Volveré hacia las siete para cenar.

No miró a ninguna de las dos, pero Margaret sabía lo que significaba eso. A las siete tenía que habérselo contado todo a su madre. El señor Hale habría retrasado el anuncio hasta las seis y media, pero Margaret no opinaba lo mismo. No podría soportar ese peso aplastante en la cabeza todo el día; mejor hacerlo cuanto antes, así dispondría de más horas para consolar a su madre. Pero, mientras estaba al lado de la ventana pensando en cómo empezar y esperando a que la criada se retirase, su madre subió arriba a vestirse para ir a la escuela. Bajó perfectamente equipada, más llena de energía que de costumbre.

—Madre, sal conmigo al jardín esta mañana, demos solo una vuelta —dijo Margaret, y le puso la mano alrededor de la cintura.

Salieron por la puertaventana. La señora Hale habló, dijo algo que Margaret no oyó. Se fijó en una abeja que se hundió en una flor de cáliz profundo; cuando la abeja saliera con su botín ella empezaría: esa sería la señal. Y la abeja salió.

—Mamá, papá va a dejar Helstone —soltó de pronto—. Va a dejar la iglesia y se va a ir a vivir a Milton del Norte.

Ahí quedaban aquellas tres cuestiones tremendas, a palo seco.

—¿Por qué dices eso? —preguntó la señora Hale en un tono de sorpresa e incredulidad—. ¿Quién te ha contado esas tonterías?

—Papá en persona —dijo Margaret, deseando añadir algo amable y consolador, pero sin saber qué. Estaban cerca de un banco. La señora Hale se sentó y empezó a llorar.

—No te entiendo —dijo—. O te equivocas por completo o no te entiendo.

—No, madre, no me equivoco. Papá ha escrito al obispo para decirle que tiene unas dudas tan grandes que, en conciencia, no puede seguir siendo párroco de la Iglesia de Inglaterra y que tiene que dejar Helstone. También lo ha consultado con el señor Bell, el padrino de Frederick, ya sabes, mamá, y han acordado que vayamos a vivir a Milton del Norte.

La señora Hale no dejó de mirar a su hija mientras hablaba, y en su rostro sombrío comprendió por fin que lo que decía era verdad.

—No puedo creer que sea verdad —dijo al cabo de un rato—. Me habría dicho algo antes de llegar a semejante situación.

Margaret se daba perfecta cuenta de que se lo tenían que haber dicho a su madre; de que, a pesar de las múltiples quejas y reproches que ella hubiera podido hacerle, su padre había cometido un error permitiendo que fuera su hija, más enterada de todo, quien le comunicase sus cuitas y el cambio de vida que iban a tener. Se sentó al lado de ella y le apoyó la cabeza en su pecho; la madre no opuso resistencia y Margaret le acarició la cara con sus suaves mejillas.

—¡Mi queridísima madre! Temíamos mucho darte un disgusto tan grande. Papá ya no podía más..., sabes que no eres fuerte y habrías pasado unos días horribles.

—¿Cuándo te lo contó, Margaret?

—Ayer mismo —respondió, detectando los celos que motivaban la pregunta—. ¡Pobre papá! —exclamó en un intento de derivar los pensamientos de su madre hacia la compasión por su padre, por lo mal que lo había pasado.

—¿Qué quiere decir que tiene dudas? —preguntó la señora Hale irguiendo la cabeza—. No puede creer que piensa de otra manera..., que sabe él más que la Iglesia.

Margaret hizo un gesto negativo con la cabeza y se le inundaron los ojos de lágrimas al aludir su madre a lo más doloroso de su propio sentir.

—¿Es que el obispo no puede convencerlo? —preguntó la señora Hale con cierta impaciencia.

—Me temo que no —respondió Margaret—, pero no se lo pregunté. No habría podido soportar la respuesta, fuera cual fuese. De todos modos, ya está todo decidido. Va a irse de Helstone dentro de quince días. No estoy segura de si dijo que había mandado el documento de renuncia.

—¿Dentro de quince días? —exclamó la señora Hale—. Realmente me parece muy raro... y una equivocación. Una falta de sensibilidad —añadió, aflojando la tensión en forma de lágrimas—. Dices que tiene dudas y que deja su puesto sin haberlo consultado conmigo. Considero que, si me las hubiera confiado desde el primer momento, se las habría cortado de raíz.

Aunque Margaret consideraba que el proceder de su padre había sido un gran error, no podía soportar que su madre se lo reprochara. Sabía que, si él no había dicho nada, era por lo tiernamente que la amaba; aunque hubiera sido una cobardía, no había sido insensible.

—Mamá, casi tenía la esperanza de que te alegraras de salir de Helstone —le dijo después de una pausa—. Este aire nunca te ha sentado bien, ya sabes.

—No creerás que el humo de una ciudad industrial como Milton del Norte, con todas las chimeneas y la suciedad, tendrá un aire mejor que este, que es puro y dulce, aunque demasiado cargante y húmedo. ¡Menuda gracia, vivir entre fábricas e industriales! Aunque, desde luego, si tu padre abandona la Iglesia, nos rechazarán en cualquier círculo social. ¡Será una desgracia para nosotras! ¡Pobre sir John! Gracias a Dios no ha vivido para ver hasta dónde ha caído tu padre. De pequeña, cuando vivía en Beresford Court con tu tía Shaw, todos los días después de cenar, el primer brindis de sir John era: «¡Por la Iglesia, por el rey y abajo los parlamentarios desleales!».

Margaret se alegró de que su madre hubiera dejado de pensar en el silencio que había guardado su marido cuando más tendría que habérselo contado todo. Esta era la circunstancia del caso que más dolor le causaba, junto con la grave angustia vital que le inspiraba la clase de dudas que tendría su padre.

—Mamá, ya sabes que aquí nuestro círculo social es muy reducido. Los Gorman, que son los que viven más cerca (por considerarlos círculo social, aunque apenas nos vemos), llevan en el comercio tanto tiempo como las gentes de Milton del Norte.

—Sí —replicó la señora Hale casi indignada—, pero los Gorman construían carruajes para la mitad de las familias acomodadas del país, de manera que tenían cierta relación con esos círculos; sin embargo, estos industriales de las fábricas, ¡por Dios! ¿Quién se vestiría de algodón si pudiera vestirse de lino?

—Bueno, mamá, renuncio a los hiladores de algodón, no los defiendo más que a otros de las demás ramas del comercio. Tampoco hará falta que nos relacionemos mucho con ellos.

—¡Por qué ha decidido tu padre irse a vivir a Milton del Norte, por Dios!

—En parte —dijo Margaret con un suspiro— porque es completamente distinto de Helstone, pero también porque el señor Bell dice que allí hay oportunidades para un profesor particular.

—¡Profesor particular en Milton! ¿Por qué no va a Oxford y hace lo mismo, pero con caballeros?

—Mamá, recuerda que abandona la Iglesia a causa de sus opiniones... Esas dudas no le ayudarían nada en Oxford.

La señora Hale guardó silencio unos momentos, llorando serenamente, hasta que añadió:

—¡Y los muebles, Dios mío! ¿Cómo vamos a hacer el traslado? No he hecho un traslado en mi vida ¡y con solo quince días para pensarlo!

A Margaret le alivió indeciblemente que el disgusto y la angustia de su madre bajaran hasta ese aspecto, tan insignificante para ella y en el que podía ayudar mucho. Le propuso pensar y hacer juntas todos los preparativos posibles antes de saber con exactitud las intenciones del señor Hale. No la dejó sola ni un momento en todo el día; se esforzó con toda el alma en comprenderla, según los cambios de estado emocional por los que pasaba; sobre todo al caer la tarde, cuando aumentó su preocupación por que su padre las encontrara bien dispuestas cuando volviera, afligido y agotado, de la triste jornada. Recordó a su madre lo que debía de haberle supuesto guardar el secreto tanto tiempo; pero ella respondió fríamente que tenía que habérselo contado y que, en cualquier caso, le habría servido de consejera. Margaret flaqueó al oír los pasos del padre en el vestíbulo. No se atrevió a salir a su encuentro para contarle lo que había hecho en todo el día por no despertar los celos de su madre otra vez. Lo oyó entretenerse, como si estuviera esperándola o aguardando alguna señal suya; y no osó moverse; vio que su madre también lo había oído llegar en el temblor de los labios y el cambio de color. Por fin abrió la puerta y se detuvo, sin saber si entrar o no. Estaba pálido y ceniciento, con una expresión tímida y temerosa en los ojos, muy lastimosa en el rostro de un hombre; pero esa expresión de incertidumbre y abatimiento, de desfallecimiento físico y mental, tocó las fibras sensibles de su madre. Se acercó a él y lo abrazó sollozando:

—¡Ay, Richard, Richard! ¡Tenías que habérmelo confiado antes!

Entonces Margaret, llorando, la dejó, corrió escaleras arriba y se tiró de bruces en la cama, con la cara entre las almohadas, para sofocar los histéricos gemidos, que por fin encontraron salida después del rígido control a lo largo del día.

No sabía cuánto tiempo había estado así. No oyó ningún ruido, aunque entró la doncella a arreglar la habitación. La muchacha, asustada, volvió a salir de puntillas y fue a decirle a la señora Dixon que la señorita Hale estaba llorando a lágrima viva y que seguro que, si seguía así, se moriría. Después, Margaret notó que le tocaban el hombro y, sobresaltada, se sentó enseguida; vio la habitación de siempre; a Dixon en la penumbra, con una vela en la mano, un poco por detrás de ella para no hacerle más daño con la luz en los hinchados y enceguecidos ojos.

—¡Ah, Dixon! ¡No te he oído entrar! —exclamó Margaret, temblorosa, pero conteniéndose otra vez—. ¿Es muy tarde? —añadió levantándose lánguidamente de la cama.

Posó los pies en el suelo pero se quedó sentada, apartándose los revueltos mechones húmedos de la cara y fingiendo que no pasaba nada, que solo estaba durmiendo.

—No sé ni qué hora es —contestó Dixon en un tono afligido—. Desde que su madre me contó la terrible noticia, mientras la vestía para la cena, he perdido la noción del tiempo. No sé qué va a ser de nosotras. Cuando Charlotte me dijo que estaba usted llorando, señorita Hale, pensé: «no es para menos, ¡pobrecita!». ¡Y el señor pensando en hacerse disidente a estas alturas de la vida! Aunque no se puede decir que haya prosperado mucho en la Iglesia, tampoco le ha ido mal. Un primo mío, señorita, se hizo predicador metodista a los cincuenta años, había sido sastre toda la vida, pero es que él nunca consiguió hacer unos pantalones como Dios manda en toda su carrera, así que no me extraña; pero ¡el señor!, como le dije a la señora: «¿Qué habría dicho el pobre sir John? Nunca le gustó que se casara con el señor Hale, pero si hubiera sabido que las cosas iban a llegar a esto, ¡habría blasfemado más que nunca si cabe!».

Dixon estaba tan acostumbrada a comentar con la señora Hale (que la escuchaba o no, según de qué humor estuviera) las cosas que hacía su marido que no se dio cuenta de la mirada fulminante de Margaret ni de la dilatación de las fosas nasales. ¡Que una doncella se permitiera hablar así de su padre con ella!

—Dixon —le dijo en el tono grave que siempre empleaba cuando se ponía nerviosa, y que parecía un tumulto lejano o la amenaza de una tormenta que se acercaba—. ¡Dixon! No olvides con quién estás hablando. —Se puso en pie firmemente y se enfrentó a la dama de compañía mirándola sin parpadear—.

Soy la hija del señor Hale. ¡Vete! Has cometido un error inexplicable, seguro que cuando lo pienses, el sentido común te hará lamentarlo.

Dixon se quedó otro par de minutos en la habitación sin saber qué hacer.

—Puedes irte, Dixon —insistió Margaret—. Quiero que te vayas.

Dixon no sabía si ofenderse por la cruda orden o si echarse a llorar; hiciera lo que hiciera, el efecto sería el mismo, pero, como se decía a sí misma: «La señorita Margaret tiene algo del anciano caballero, y también el pobre señorito Frederick; ¿de dónde lo habrán sacado?», y ella, que se habría ofendido si alguien menos altivo y firme le hubiera dicho semejantes palabras, se sometió lo suficiente para decir en un tono entre humilde y dolido:

—¿No quiere que le desate los cordones del vestido, señorita, y que le cepille el pelo?

—No, esta noche no, gracias.

Margaret le indicó seriamente que se fuera y cerró la puerta. A partir de ese momento, Dixon obedeció y admiró a Margaret. Decía que era porque se parecía mucho al pobre señorito Frederick, pero la verdad era que a Dixon, como a mucha gente, le gustaba que la gobernaran con fuerza y decisión.

Margaret necesitaba toda la ayuda de Dixon y todo su silencio; la dama de compañía, convencida de que debía expresar de alguna manera que estaba ofendida, estuvo un tiempo hablando con la joven señorita lo menos posible; de esta forma, la energía se empleaba en hacer cosas, más que en hablar. Quince días era un plazo muy corto para hacer los preparativos de un traslado tan grande; Dixon dijo: «Cualquiera menos un caballero..., cualquier otro caballero, la verdad...», pero al ver el ceño serio de Margaret, tosió dejando la frase en el aire y sumisamente se tomó las gotas de marrubio que le ofreció Margaret para parar «este cosquilleo del pecho, señorita». Pero cualquiera, menos el señor Hale, habría tenido suficiente sentido práctico para saber que sería muy difícil encontrar una casa en Milton del Norte, o donde fuera, a la que trasladar todos los muebles que tenían que sacar necesariamente de la rectoría.

La señora Hale, abrumada con la cantidad de complicaciones y de decisiones domésticas que debía tomar sobre la marcha, cayó enferma de verdad, y casi fue un alivio para Margaret que su madre se fuera a la cama y lo dejara todo en sus manos. Dixon, fiel a su puesto de guardaespaldas, cuidó a su señora diligentemente y solo salió del dormitorio de la señora Hale para hacer gestos negativos con la cabeza y murmurar para sí palabras que Margaret no quiso oír. Lo único que claramente tenían que hacer era irse de Helstone. Nombraron al sucesor del señor Hale y, en cualquier caso, desde el momento en que su padre tomó la decisión, no debían quedarse mucho más tiempo allí, tanto por él como por todas las demás consideraciones. Cada noche volvía a casa más deprimido habiendo cumplido con la necesidad de despedirse, como se había propuesto, de todos y cada uno de sus parroquianos. Margaret, poco ducha en todas las cosas que se debían hacer, no sabía a quién pedir consejo. La cocinera y Charlotte trabajaron sin tregua, bien dispuestas y valientes, guardando y empaquetándolo todo; en ese aspecto, Margaret, con una sensatez admirable, logró entender la mejor manera de hacer las cosas, así como dirigirlas. Pero ¿dónde iban a ir? Tenían que marcharse dentro de una semana, ¿directamente a Milton o adónde? Había muchas cosas que dependían de eso, y una noche decidió preguntárselo a su padre, a pesar de lo agotado y triste que estaba.

—¡Hija mía! He tenido tanto en lo que pensar que no he resuelto esa cuestión. ¿Qué dice tu madre? ¿Qué es lo que quiere? ¡Pobre Maria!

Se oyó un eco más fuerte que su suspiro. Dixon acababa de entrar en la habitación a buscar otra taza de té para la señora Hale; al oír las últimas palabras del señor Hale y considerándose protegida por su presencia de la mirada reprobadora de Margaret, se envalentonó y exclamó:

—¡Mi pobre señora!

—No habrá empeorado hoy, ¿verdad? —preguntó el señor Hale volviéndose de repente.

—No sabría decirlo, señor. No soy quién para juzgarlo. Parece que lo peor está en la cabeza, no en el cuerpo.

El señor Hale puso una cara de disgusto infinito.

—Dixon, llévale el té a mamá enseguida, antes de que se enfríe —dijo Margaret en un discreto tono autoritario.

—¡Ay! ¡Lo siento mucho, señorita! Es que estaba pensado en mi pobre..., en la señora Hale.

—Papá —dijo Margaret—, es esta incertidumbre lo que os hace daño a los dos. Es normal que a mamá le afecten tus cambios de opinión, eso es inevitable

—continuó en voz baja—, pero ahora sabemos lo que hay que hacer, al menos hasta cierto punto. Y, papá, creo que podría conseguir que mamá me ayudara con los preparativos si al menos me contaras para qué nos preparamos. Ella no ha dicho que quiera nada en ningún momento, solo piensa en lo inevitable. ¿Vamos a ir directamente a Milton? ¿Ya has encontrado casa allí?

—No —dijo él—. Supongo que nos alojaremos en algún sitio y buscaremos una casa.

—¿Y embalaremos los muebles para dejarlos en la estación hasta que la encontremos?

—Supongo que sí. Haz lo que mejor te parezca. Pero recuerda que no podemos gastar mucho dinero.

Nunca habían podido gastar mucho dinero, que ella recordara. Le pareció que de pronto le cargaban un peso tremendo en los hombros. Cuatro meses antes, las únicas decisiones que tenía que tomar eran qué vestido ponerse para la cena y ayudar a Edith a hacer las listas de quién debía acompañar a quién al comedor en las comidas con invitados. Tampoco había mucho que decidir en la casa en la que había vivido. Excepto el gran acontecimiento de la proposición del capitán Lennox, todo sucedía con la regularidad de un reloj. Una vez al año su tía y su prima sostenían un largo debate sobre si ir a la isla de Wight, al extranjero o a Escocia; pero en aquellos momentos Margaret no tenía que hacer ningún esfuerzo, porque sabía que ella se iría al tranquilo refugio de Helstone. Sin embargo, desde el día en que se presentó el señor Lennox y la obligó a dar una respuesta, no habían parado de surgir cuestiones muy importantes para ella y para sus seres queridos, cuestiones que debían resolverse.

Después de cenar, el padre subió a hacer compañía a su mujer. Margaret se quedó sola en el comedor. De repente se fue al estudio de su padre con una vela a consultar un gran atlas, se lo llevó a la salita y se puso a estudiar el mapa de Inglaterra. Cuando su padre bajó, estaba en condiciones de recibirlo con una gran sonrisa.

—Se me ha ocurrido una idea estupenda. Mira, en Darkshire, apenas a un dedo de Milton, se encuentra Heston, que, según he oído decir a gente que vive en el norte, es una pequeña y agradable localidad de baños. Bien, pues, ¿no te parece que podríamos mandar allí a mamá con Dixon, mientras tú y yo buscamos casa en Milton y la preparamos para ella? Podría respirar un poco de aire marino que la fortalezca para el invierno y se ahorraría las fatigas, y a Dixon le gustaría cuidarla.

—¿Dixon va a venir con nosotros? —preguntó el señor Hale, impotente y descorazonado.

—¡Sí, claro! —dijo Margaret—, es lo que quiere, y además no sé qué haría mamá sin ella.

—Pero vamos a tener que adaptarnos a una forma de vida muy distinta, me temo. En las ciudades todo es mucho más caro. Dudo que Dixon sea capaz de encontrarse a gusto. Si te digo la verdad, Margaret, a veces me parece que esa mujer se da aires de superioridad.

—No lo dudes, papá —respondió Margaret—, y si ella va a tener que acostumbrarse a otra forma de vida, nosotros tendremos que acostumbrarnos a sus aires de superioridad, que será peor. Pero en realidad nos quiere mucho a todos y se pondría triste si tuviera que dejarnos, estoy segura, sobre todo por el cambio; así que, por el bien de mamá y por la fidelidad de Dixon, creo que debemos llevárnosla.

—Muy bien, querida. Adelante. Me resigno. ¿A qué distancia está Heston de Milton? Un dedo tuyo no me da una idea precisa.

—Bueno, a unas treinta millas, calculo. ¡No es tanto!

—No, como distancia no, pero como... Da igual. Si de verdad te parece que a tu madre le sentará bien, que así sea.

Fue un gran paso, que permitió a Margaret trabajar, actuar y prepararlo todo con seguridad. Y la señora Hale podía recuperarse de la debilidad pensando en el placer de ir a la costa. Lo único que lamentaba era que el señor Hale no estaría con ella las dos semanas que pasaría en la costa, como les había pasado ya una vez, cuando se prometieron y ella vivía con sir John y lady Beresford en Torquay.

CAPÍTULO VI

LA DESPEDIDA

Desatendidas, la rama del jardín temblará,
esa tierna flor aleteará abatida,
malqueridos, el haya se amarronará,
el arce se inmolará;

sin amor, el girasol brillará honorable
soleadamente rodeado de llamas su cogollo de pepitas
y muchos claveles rosados que alimentan
con su aroma especiado el aire zumbador;

* * * * * * * *

hasta que entre ese jardín y lo salvaje
una nueva hermandad estalle,
y año tras año el paisaje se expanda
acostumbrado a ese hijo forastero;

mientras cada año el labrador cultiva
su gleba, avezado, o siega los calveros,
y de año en año nuestra memoria se desvanece
entre el anillo de esas colinas.

TENNYSON

Llegó el último día; la casa estaba llena de cajas de embalaje, que iban transportando a la puerta y, de allí, a la estación de tren. Daba pena ver el bonito césped de al lado de la casa todo cubierto de paja, que había salido volando por la puerta y las ventanas abiertas. Había un eco extraño en las habitaciones —y la luz entraba agresivamente por las ventanas sin cortinas—, que tan raras y desconocidas parecían ya. El tocador de la señora Hale no se desmontó hasta el último momento, y allí estaban Dixon y ella empaquetando ropa; a menudo se interrumpían la una a la otra, cada vez que encontraban un tesoro olvidado y se lo mostraban con ternura, como, por ejemplo, una reliquia de los niños cuando eran pequeños. No avanzaban mucho en la tarea. Abajo, Margaret, tranquila y dueña de sí, se ofrecía a ayudar o a aconsejar a los hombres a los que habían contratado para descargar un poco a Charlotte y a la cocinera, que, entre paquete y paquete, se preguntaban cómo podía la joven señorita estar tan serena el último día, y concluyeron que seguramente no le tenía mucho apego a Helstone porque había vivido muchos años en Londres. Allí estaba ella, pálida y silenciosa, observándolo todo con sus grandes ojos, muy seria, todo, hasta la menor de las circunstancias. No entendían el dolor que sentía, el peso en el corazón, que ningún suspiro podía aliviar, ni la estricta contención para estar pendiente de todo, que era la única forma de evitar que se le saltaran las lágrimas de congoja. Además, si se dejaba llevar, ¿quién dirigiría el trabajo? Su padre estaba en la sacristía examinando papeles, libros, registros y demás con el sacristán y, cuando volviera, tendría que empaquetar sus libros, porque era el único que lo haría a su plena satisfacción. Por otra parte, ¿iba a darse rienda suelta delante de desconocidos, o ni siquiera delante de amigas como la cocinera y Charlotte? Ni hablar. Pero por fin los cuatro ayudantes se fueron a la cocina a tomar el té y Margaret, rígida, con lentitud, dejó el recibidor en el que tanto tiempo llevaba, pasó por el salón, vacío y sonoro, y salió a la luz crepuscular del atardecer de noviembre. Una fina capa de neblina gris y húmeda oscurecía todas las cosas sin ocultarlas y las teñía de un matiz violáceo, pues el sol no se había puesto del todo; cantaba un petirrojo..., tal vez el mismo, pensó, al que su padre llamaba a menudo «su mascota de invierno», para el que había construido con sus propias manos una casita junto a la ventana del estudio. El follaje estaba más espléndido que nunca; caería al suelo con la primera helada. Algunas ramas ya se combaban, ambarinas y doradas a la luz del sol poniente.

Recorrió el paseo que seguía el muro del peral. No había vuelto a pasar por allí desde que lo hiciera al lado de Henry Lennox. Ahí, junto a esa mata de tomillo, él había empezado a hablar de lo que no debía recordar en ese momento. Mirando ese rosal tardío había pensado en qué responderle y se había hecho una idea de la vívida belleza de las frondosas hojas de las zanahorias justo en medio de la última frase que había dicho él. ¡Solo hacía quince días! ¡Cuánto había cambiado todo! ¿Dónde estaría en ese momento? En Londres, haciendo lo mismo que siempre, cenando en Harley Street con los ancianos de costumbre o con amigos suyos, más jóvenes y divertidos. En esos mismos instantes, mientras ella paseaba con tristeza por el húmedo y monótono huerto, en la penumbra, y todo caía, se desdibujaba y se pudría a su alrededor, él podía acabar de cerrar los libros de derecho después de una jornada de trabajo satisfactorio e ir a despejarse, tal como hacía a menudo, según le contó, dando un paseo por los jardines de El Temple, oyendo a lo lejos el intenso tumulto inarticulado del ajetreo de decenas de miles de hombres, casi de noche, pero no todavía, y entreviendo siempre, en las curvas, las luces de la ciudad cuyo reflejo subía desde las profundidades del río. Le había hablado muchas veces de estos paseos rápidos, que robaba en el intervalo entre el estudio y la cena. Se lo contaba en sus mejores momentos, del mejor humor posible, y ella se los había imaginado. En el jardín de la rectoría no se oía nada. El petirrojo había volado hacia la inmensa noche silenciosa. De vez en cuando, a lo lejos, se abría y se cerraba la puerta de una cabaña, como si el labrador, fatigado, entrara en casa; pero se oía muy lejos. Un ruidito sigiloso de algo que se arrastraba entre las crujientes hojas del suelo del bosque, fuera del jardín, parecía que estuviera ahí mismo. Margaret sabía que se trataba de un furtivo. El otoño anterior, sentada en su habitación con la vela apagada, disfrutando de la solemne belleza del cielo y de la tierra, algunas veces había visto a los furtivos saltar la valla del jardín sigilosa y levemente, avanzar a pasos rápidos por el césped, húmedo de rocío e iluminado por la luna, y desaparecer más allá, entre las inmóviles sombras. Se había imaginado su vida de aventuras y libertad y les había deseado éxitos; no les tenía miedo. Pero esa noche sí, no sabía por qué. Oyó a Charlotte cerrar las ventanas, pero esta no se dio cuenta de que alguien había entrado en el jardín. Una rama —tal vez se había podrido o tal vez la partiera alguien— cayó pesadamente en la parte más cercana del bosque; Margaret echó a correr hacia la ventana tan veloz como Camila[3] y llamó con una premura y un temblor tales que Charlotte se sobresaltó.

—¡Ábreme! ¡Ábreme! ¡Soy yo, Charlotte!

3 Velocísima guerrera en la *Eneida* de Homero.

No recuperó el ritmo normal del corazón hasta que se vio a salvo en la salita, con las ventanas cerradas a cal y canto, protegida entre las paredes conocidas. Se sentó en una caja de embalaje; la habitación había perdido la alegría, estaba helada e inhóspita, sin fuego ni más luz que la larga vela de Charlotte. La muchacha la miró sorprendida, y Margaret, que lo percibió, más que verlo, se levantó.

—Creí que me ibas a dejar fuera, Charlotte —dijo con una sonrisa incierta—. Desde la cocina no me habrías oído y las puertas que dan al callejón y a la iglesia están cerradas desde hace rato.

—¡Ay, señorita! Seguro que enseguida la habríamos echado de menos. Los hombres esperarían sus instrucciones. He llevado la cena al estudio del señor, que es la habitación más cómoda, por decirlo de alguna manera.

—Gracias, Charlotte. Eres muy amable. Lamento tener que dejarte. Escríbeme si alguna vez crees que puedo ayudarte en algo o darte un buen consejo. Ya sabes que siempre me alegraré de recibir una carta tuya desde Helstone. Te mandaré nuestra dirección tan pronto como la sepa.

La cena estaba dispuesta en el estudio. Había un buen fuego encendido y unas velas apagadas en la mesa. Margaret se sentó en la moqueta para entrar en calor, pues llevaba en el vestido la humedad de la noche y el cansancio la había destemplado. Se abrazó las rodillas y juntó las manos; bajó la cabeza un poco hacia el pecho, era una actitud de abatimiento, fuera cual fuese su estado de ánimo. Pero al oír los pasos de su padre en la grava de fuera, se levantó sobresaltada; rápidamente se echó la gruesa mata de pelo negro hacia atrás, se secó unas pocas lágrimas que habían llegado a las mejillas sin saber cómo y fue a abrirle la puerta. Él parecía mucho más deprimido que ella. Apenas consiguió hacerle hablar, aunque abordó temas que podían interesarle haciendo un esfuerzo que cada vez le parecía que sería el último.

—¿Has dado un paseo muy largo hoy? —le preguntó, al ver que no quería comer nada de nada.

—He ido hasta Fordham Beeches. Quería ver a la viuda de Maltby; está muy triste por no haber podido despedirse de ti. Dice que la pequeña Susan ha estado todos estos días vigilando el callejón, a ver si llegabas. ¡Margaret, hija! ¿Qué te pasa?

La imagen de la niña esperándola inútilmente un día tras otro —y no por olvido, sino porque le había sido imposible salir de casa— fue la gota que colmó el vaso y la pobre Margaret se echó a llorar como si le fuera a romper el corazón. El señor Hale, afligido y sobresaltado, se levantó y empezó a andar nerviosamente de un lado a otro de la habitación. Margaret procuró calmarse, pero no quiso hablar hasta que pudo hacerlo con firmeza. Oyó murmurar a su padre como para sí.

—No lo soporto. No soporto ver el sufrimiento ajeno. Creo que por mí mismo lo soportaría con paciencia. ¡Ay! ¿Esto no tiene vuelta atrás?

—No, padre —dijo Margaret mirándolo directamente, en voz baja y calmada—. No debes creer que te has equivocado, sería infinitamente peor que fueras un hipócrita. —Bajó la voz al decir las últimas palabras, como si le pareciera una falta de respeto relacionar a su padre con la hipocresía ni un momento—. Es que esta noche estoy cansada, nada más, no creas que sufro por lo que has hecho, querido papá. Me parece que no es buen momento para hablar de esto, ni para ti ni para mí —añadió, pero las lágrimas y los gemidos amenazaban con volver—. Voy a llevar este té a mamá. Cenó temprano y no pude ir a verla porque tenía mucho que hacer, pero seguro que se alegrará de tomar esta taza.

Por la mañana, el horario del tren los arrancó inexorablemente de su querido y precioso Helstone. Se fueron; habían visto por última vez la casa baja y alargada de la rectoría, semicubierta de rosas chinas y espino albar, más encantadora que nunca bajo el sol de la mañana que destellaba en las ventanas de cada una de las entrañables habitaciones. Casi antes de acomodarse en el coche que les habían mandado de Southampton para llevarlos a la estación, ya se habían ido para nunca más volver. Con una punzada en el corazón, Margaret quiso mirar fuera para llevarse la última imagen de la torre de la vieja iglesia al pasar por una curva, en la que sabía que asomaba por encima de los árboles del bosque; pero su padre también se acordó de ese detalle y, en silencio, reconoció que él tenía más derecho a la única ventanilla desde la que se podía ver. Se echó hacia atrás y cerró los ojos; se le escaparon unas lágrimas, que brillaron un instante entre las pestañas y rodaron después lentamente por las mejillas hasta caer inadvertidamente en el vestido.

Iban a hacer noche en Londres, en un hotel tranquilo. La pobre señora Hale había llorado a su manera casi todo el camino, y Dixon demostraba su pena con un humor pésimo, intentando todo el tiempo, con gesto irritado, apartar sus faldas del menor roce con el inconsciente señor Hale, al que consideraba el origen de todo ese sufrimiento.

Pasaron por calles conocidas, dejaron atrás casas a las que habían ido de visita a menudo, tiendas en las que había esperado con impaciencia a que su tía tomara una importante e interminable decisión, y lo que es más, gente a la que conocía; porque, aunque la mañana se les había hecho increíblemente larga y tenían la sensación de que ya hacía horas que tendría que estar todo cerrado y preparado para el descanso nocturno, en realidad, cuando llegaron, era la hora de mayor ajetreo en una tarde de noviembre en Londres. Hacía mucho tiempo que la señora Hale no había estado en la capital, y se irguió a mirar las calles casi como una niña, lanzando exclamaciones al ver las tiendas y los carruajes.

—¡Ah, ahí está Harrison's, donde compré gran parte de mis cosas de la boda! ¡Ay, cuánto ha cambiado! ¡Qué escaparates tan enormes tienen, son más grandes que los de Crawford's en Southampton! ¡Ah, y ese es...; no, no lo es...; sí, sí, lo es...! ¡Margaret, acabamos de pasar al lado del señor Henry Lennox! ¿Adónde irá entre tantas tiendas?

Margaret se inclinó rápidamente hacia delante y al momento volvió a echarse atrás, sonriendo para sí por el movimiento tan repentino. Ya estaban a más de cien metros de él; pero a ella le pareció un vestigio de Helstone: lo tenía asociado a una mañana espléndida, a un día tranquilo, y le habría gustado verlo sin ser vista, sin la posibilidad de detenerse a hablar.

La tarde, sin nada que hacer en una habitación de hotel en un piso alto, se hizo larga y pesada. El señor Hale fue a su librería y a visitar a un par de amigos. Todo el mundo, tanto en el hotel como en la calle, parecía tener prisa por llegar a una cita o estar esperando a alguien. Solo ellas parecían extrañas, sin amigos, desoladas. Sin embargo, Margaret conocía todas las casas en una milla a la redonda, en las que tanto ella por sí misma como su madre por su tía Shaw habrían sido muy bien recibidas si se hubieran presentado con alegría o, al menos, en un estado de ánimo sereno. Si iban lamentándose y buscando comprensión en unas circunstancias tan complicadas como las presentes, habrían caído como una sombra en todas esas casas de conocidos íntimos, ya que no amigos. La vida en Londres es como un torbellino de actividades que no admite ni una hora de ese sentimiento silencioso y profundo que los amigos de Job mostraron cuando «se sentaron con él en tierra por siete días y siete noches, y ninguno le hablaba palabra, porque veían que su dolor era muy grande».[4]

4 Job 2, 13.

CAPÍTULO VII

ESCENAS Y CARAS NUEVAS

> La niebla entorpece la luz del día,
> humeantes y enanos hogares
> nos rodean por todas partes.
>
> MATTHEW ARNOLD

El día siguiente por la tarde, a unas veinte millas de Milton del Norte, entraron en la pequeña desviación del ferrocarril que llevaba a Heston. La localidad no era más que una larga y tortuosa calle que corría paralela al mar. Tenía carácter propio, tan distinto de las pequeñas poblaciones de baños de Inglaterra como estas de las europeas. Por decirlo a la escocesa, todo parecía más «a propósito». Los carruajes tenían más hierro y menos madera y cuero en los arreos de los caballos; en la calle, la actitud de la gente, aunque estaba de vacaciones, parecía más práctica; los colores se veían más grises, más resistentes, no tan bonitos y alegres. Nadie iba en bata de trabajo, ni los campesinos; habían dejado de usarlas porque entorpecían los movimientos y podían engancharse en las máquinas. En otras poblaciones de ese estilo, en el sur de Inglaterra, Margaret había visto que los empleados de las tiendas, cuando no estaban atendiendo, salían a la puerta a disfrutar del aire libre y a mirar la calle. En cambio en Heston, si en algún momento no había clientela, se buscaban algo que hacer dentro de la tienda, como enrollar y desenrollar cintas, cosa que a ella le parecía innecesaria. Estas diferencias la sorprendieron cuando, la mañana siguiente, salió con su madre a buscar alojamiento.

Las dos noches de hotel salieron más caras de lo que el señor Hale pensaba, y se alegraron de quedarse con las primeras habitaciones limpias y alegres que encontraron libres. Allí, por primera vez en muchos días, Margaret pudo descansar. Ese descanso tenía además un no sé qué de ensueño que hacía el reposo más perfecto y opulento. A lo lejos, el oleaje que llegaba mesuradamente a la playa de arena; más cerca, las voces de los muchachos que alquilaban burritos; las escenas nuevas que contemplaba como si fueran cuadros y que, por pura indolencia, no se esforzaba en descifrar antes de que terminaran; el paseo hasta la playa para respirar en la orilla arenosa el aire marino, denso y cálido, a pesar de estar a finales de noviembre; la larga e inmensa línea del mar tocando el cielo claro; la vela blanca de un barco a lo lejos, que un rayo de sol teñía de plata: era como si pudiera quedarse toda la vida allí, soñando y pensando entre tanta opulencia, disfrutando del presente, sin atreverse a recordar el pasado, sin deseos de pensar en el futuro.

Pero había que enfrentarse al futuro, por muy severo y férreo que fuera. Un día su padre y ella acordaron ir la mañana siguiente a Milton del Norte a buscar una casa. El señor Hale había recibido varias cartas del señor Bell y un par del señor Thornton, y estaba impaciente por determinar cuanto antes varias cuestiones relacionadas con la posición y las posibilidades de éxito que tendría allí, y solo podría hacerlo concertando una entrevista con este último caballero. Margaret sabía que tenían que irse, pero le repugnaba la idea de la ciudad industrial y creía que a su madre le venía muy bien el aire de Heston, por eso habría retrasado voluntariamente el viaje a Milton.

Unas millas antes de llegar a la ciudad, avistaron una nube plomiza en el horizonte, en la dirección en la que iban. Parecía aún más oscura en contraste con el azul claro y grisáceo del cielo invernal; en Heston ya habían visto las primeras señales de helada. Al acercarse más, el aire adquirió un olor y un sabor a humo; aunque tal vez era más la falta de fragancia de hierba y follaje que un verdadero olor o sabor. Enseguida entraron en unas calles largas, rectas, sin ningún encanto, flanqueadas de casas iguales, pequeñas, de ladrillo. De vez en cuando destacaba el edificio de una fábrica, alargado y con muchas ventanas, como una gallina entre polluelos, que echaba al aire un humo negro «antiparlamentario»: seguramente, la nube que Margaret había considerado un anuncio de lluvia. En el trayecto de la estación al hotel, al pasar por calles más largas y anchas, tenían que pararse constantemente: grandes camiones impedían pasar al carruaje por la calzada, que no era tan ancha como parecía. En los viajes con su tía, Margaret había ido a algunas ciudades, pero en ellas, los vehículos pesados parecían cumplir funciones diversas, mientras que en Milton, todos los furgones, vagonetas y camiones transportaban algodón, ya fuera crudo, en sacos, o tejido, en balas de lienzo. Las aceras estaban atestadas de gente bien vestida con trajes de tela buena, pero con un desaliño que la sorprendió, por el contraste con la elegancia de los trajes viejos y gastados de la misma clase social londinense.

—New Street —dijo el señor Hale—. Creo que esta es la calle principal de Milton. Bell me ha hablado de ella a menudo. Antes era una calleja, pero hace treinta años la ampliaron y por eso aumentó tanto el valor de sus propiedades. La fábrica del señor Thornton debe de estar por aquí cerca, porque es arrendatario del señor Bell, aunque supongo que se referirá al almacén.

—¿Dónde está nuestro hotel, papá?

—Al final de esta calle, creo. ¿Comemos antes o después de ir a ver las casas que hemos señalado en el *Milton Times*?

—Hagamos el trabajo antes.

—Muy bien. Entonces, voy a pasar un momento por la recepción, a ver si hay algún recado o carta para mí del señor Thornton, porque dijo que, si se enteraba de alguna casa, me lo haría saber. Después nos ponemos manos a la obra. Quedémonos con el coche, así no nos perderemos ni llegaremos tarde al tren de la tarde.

No había cartas para él. Iniciaron la búsqueda de una casa. El único presupuesto del que disponían era de treinta libras anuales; por ese precio, en Hampshire habrían encontrado una vivienda espaciosa con un amplio jardín. En Milton, hasta el mínimo de dos salitas y cuatro dormitorios parecía inalcanzable. Recorrieron todas las que habían seleccionado y las rechazaron al momento. Después se miraron con desaliento.

—Creo que tenemos que volver a la segunda. La de Crampton, la del barrio residencial, como lo llaman, ¿no? Tenía tres salitas. ¿Te acuerdas de que nos hizo gracia la proporción: tres salitas y tres dormitorios? Pero lo he pensado todo. La habitación de abajo que da a la fachada será tu estudio y nuestro comedor (¡pobre papá!), porque, ya sabes, quedamos en que mamá tendría la salita más alegre que podamos proporcionarle, y la habitación de arriba que da a la fachada, la del papel horrible azul y rosa y la cornisa gruesa, tiene al fondo una vista bonita de la llanura y la amplia curva del río, o canal, o lo que sea. Yo puedo quedarme con el dormitorio pequeño de atrás, el del saliente del primer tramo de las escaleras (encima de la cocina, ya sabes), y mamá y tú, la habitación de detrás de la salita, con el cuartito de la ropa, que será un vestidor espléndido.

—Pero ¿Dixon y la criada que habrá que buscar?

—¡Un momento! Estoy asombrada de lo bien que se me da esto... Dixon estará..., a ver, ya lo tenía..., la salita de atrás. Creo que le gustará. En Heston protesta mucho por tener que subir y bajar escaleras; y para la criada, la buhardilla que está encima de vuestro dormitorio. ¿Qué te parece?

—Muy bien. Pero el papel de la pared... ¡qué mal gusto, sobrecargar una casa como esa con tanto color y cornisas tan gruesas!

—¡Eso es lo de menos, papá! Seguro que convences al propietario de que cambie el papel de un par de habitaciones: la salita y vuestro dormitorio, porque es en las que más estará mamá. Tus estanterías ocultarán casi todo el del comedor.

—Entonces, ¿te parece que es la mejor? En tal caso, hay que ir a ver inmediatamente a este tal señor Donkin al que remite el anuncio. Te llevo al hotel para que encargues la comida y descanses y, cuando vuelva, ya estará lista. Espero que se avenga a cambiar el papel.

Margaret también lo esperaba, aunque no lo dijo. Nunca había tenido verdadero contacto con personas de gustos recargados, ni malos ni buenos, solo conocía la sencillez y la discreción que constituyen el marco de la elegancia.

Su padre entró en el hotel con ella, la dejó al pie de las escaleras y se fue a la dirección del propietario de la casa en la que se habían puesto de acuerdo. En cuanto Margaret tocó la puerta de su salita, un camarero la siguió a paso rápido:

—Discúlpeme, señora. El caballero se ha ido muy deprisa y no he tenido tiempo de decírselo. El señor Thornton pasó por aquí cuando ustedes se acababan de ir y, por lo que dijo el caballero, entendí que tardarían una hora en volver, y así se lo comuniqué al señor Thornton; entonces volvió hará unos cinco minutos y dijo que esperaría al señor Hale. Ahora se encuentra en su habitación.

—Gracias; mi padre volverá enseguida y se lo podrá decir usted.

Margaret abrió la puerta y entró con la actitud erguida, decidida y digna que le era habitual. No se cohibió, sabía estar en sociedad. Allí había una persona que tenía algo que tratar con su padre y, como había sido tan amable con él, estaba dispuesta a dispensarle el mejor trato posible. El señor Thornton se quedó mucho más sorprendido y desconcertado que ella. En vez de un clérigo silencioso y maduro, se le acercó una señorita joven sumamente digna: una joven muy distinta de las que conocía. Llevaba un vestido sencillo, una capota de paja ajustada del mejor material y la mejor forma, adornada con una cinta blanca; un vestido oscuro de seda sin volantes ni adornos, un gran chal indio que le caía desde los hombros en gruesos pliegues y que lucía como una emperatriz sus galas. No entendió quién era al encontrarse con esa mirada franca, directa e impertérrita, que demostraba que su presencia allí carecía de interés para la hermosa aparición y no provocaba el menor sonrojo en el claro rostro marfileño. Le habían dicho que el señor Hale tenía una hija, pero se había imaginado que era una niña pequeña.

—¡El señor Thornton, supongo! —exclamó Margaret después de una breve pausa en la que él no fue capaz de pronunciar palabra—. Siéntese, por favor. Mi padre me ha acompañado hasta la puerta no hace ni un minuto, pero desafortunadamente no lo avisaron de que estaba usted aquí y se ha ido a hacer un recado. Pero volverá enseguida. Lamento que haya tenido que venir dos veces.

El señor Thornton estaba acostumbrado a dar órdenes, pero parecía que ella hubiera tomado inmediatamente las riendas de la situación. Justo antes de que llegara ella, estaba impaciente por perder tanto tiempo en un día de mercado y, sin embargo, obedeció la orden y se sentó con calma.

—¿Sabe adónde ha ido el señor Hale? Quizá pueda encontrarlo.

—Ha ido a ver al señor Donkin a Canute Street. Es el propietario de la casa que desea alquilar en Crampton.

El señor Thornton sabía a cuál se refería. Después de leer el anuncio había ido a echarle un vistazo cumpliendo con la petición del señor Bell de que lo ayudara en todo lo posible; y también porque sentía curiosidad por un clérigo que renuncia a su puesto en circunstancias como las del señor Hale. Al señor Thornton le había parecido que la casa de Crampton era idónea para el clérigo; pero, al ver a Margaret, con esa forma magnífica de moverse y de mirar, empezó a avergonzarse de haber creído que sería la más adecuada para los Hale, a pesar de que le había llamado la atención una cierta vulgaridad de la vivienda.

Margaret no podía evitar ser como era, pero la curva del breve labio superior, la barbilla rotunda e imponente, la posición de la cabeza y los movimientos, dotados de una sutil insolencia femenina, siempre causaban en los desconocidos una impresión de altivez. En ese momento estaba cansada, habría preferido guardar silencio y descansar tal como le había dicho su padre; pero, naturalmente, tenía la obligación de demostrar buenos modales y de hablar cortésmente de vez en cuando con ese desconocido, que no iba demasiado atildado ni demasiado lustroso, dicho sea de paso, después del trajín de las calles y de las multitudes de Milton. Habría preferido que se fuera, como había dicho al principio, en vez de quedarse allí y responder secamente a los comentarios de ella. Se había quitado el chal y lo había colgado en el respaldo de la silla. Se sentó enfrente de él, con toda la luz en la cara; él la vio en toda su belleza: el cuello blanco y flexible que salía de la generosa pero estilizada figura; los labios, que apenas se movían al hablar y no afectaban la fría actitud serena del rostro a cada cambio de la deliciosa y altiva curva; los ojos, que lo miraban con una sombra de tristeza y una silenciosa libertad femenina. Antes de terminar la conversación, él estuvo a punto de decirse que no le gustaba; una forma de compensar la sensación de mortificación que tenía, porque no podía evitar mirarla con una admiración irrefrenable mientras que ella, solo con orgullo e indiferencia, tomándolo, pensó con irritación, por lo que él mismo creía ser: un tipo grandote y rudo sin ninguna gracia ni refinamiento. Interpretó la actitud fría y serena como señal de desprecio y le dolió tanto que a punto estuvo de levantarse e irse sin querer volver a saber nada de esos Hale tan arrogantes.

En el preciso momento en que a Margaret se le terminaron los temas de conversación —si podía llamarse así a unas pocas palabras y unas cuantas frases breves— llegó su padre y, disculpándose a su estilo caballeroso y cortés, restauró el buen nombre de la familia en opinión del señor Thornton.

Los dos hombres tenían mucho que comentar de su amigo común, el señor Bell, y Margaret se alegró de que el deber de charlar con la visita hubiera terminado para ella; se acercó a la ventana para familiarizarse un poco con la extraña vista de la calle. Estaba tan absorta mirando lo que sucedía fuera que ni siquiera oyó a su padre cuando la llamó, y el hombre tuvo que insistir:

—¡Margaret! El propietario dice que ese papel horroroso le gusta mucho... Me temo que habrá que quedarse con él.

—¡Ay, qué lástima! ¡Cuánto lo siento! —respondió y empezó a pensar en la posibilidad de taparlo un poco, al menos, poniendo encima algunos bocetos suyos, pero al final decidió que no, porque sería peor el remedio que la enfermedad. Entretanto, su padre, con su amable hospitalidad campesina, insistía en que el señor Thornton se quedara a comer con ellos. Para este sería un gran inconveniente, aunque le parecía que aceptaría si Margaret, con una palabra o una mirada, hubiera secundado la invitación de su padre; se alegró de que no lo hiciera, pero al mismo tiempo le irritó la falta de respuesta. Ella se despidió de él con una profunda inclinación de cabeza que le hizo sentirse más torpe y avergonzado que en toda su vida.

—Bien, Margaret, ahora, vamos a comer lo más rápido posible. ¿Has encargado algo?

—No, papá; cuando llegué ese hombre ya estaba aquí y no he tenido ocasión de hacerlo.

—En tal caso, comeremos cualquier cosa. Ha debido de esperar mucho tiempo, me temo.

—A mí se me ha hecho larguísimo. Cuando llegaste ya no me quedaba aliento. No seguía ningún tema, solo daba respuestas cortas y bruscas.

—Un hombre muy práctico, supongo. Es inteligente. Ha dicho (no sé si lo has oído) que Crampton está construido sobre un terreno de grava y que es, con diferencia, el barrio residencial más saludable de los alrededores de Milton.

Cuando volvieron a Heston, le contaron a la señora Hale todo lo que habían hecho. Ella les hizo muchas preguntas, que le fueron contestadas entre sorbo y sorbo de té.

—¿Y cómo es tu corresponsal, ese tal señor Thornton?

—Pregúntaselo a Margaret —respondió el marido—. Tuvieron un buen rato para darse conversación mientras yo hablaba con el propietario.

—¡Oh! Apenas me fijé en él —dijo Margaret con indolencia, demasiado cansada para hacer el esfuerzo. Pero se levantó y añadió—: Es alto, de hombros anchos, de unos..., ¿cuántos años tendrá, papá?

—Unos treinta, me imagino.

—Unos treinta; no es exactamente feo ni bien parecido, no tiene nada que lo distinga..., tampoco es un caballero, como era de esperar.

—Pero no es vulgar ni zafio —terció el padre, descontento con la disparidad de opiniones sobre el único amigo que tenía en Milton.

—¡No, no! —dijo Margaret—. Con una expresión de voluntad y poder como la suya, ningún rostro, por feo que sea, resulta vulgar ni zafio. No me gustaría tener que enfrentarme con él; debe de ser muy inflexible. En general, parece hecho a medida para el lugar que ocupa, mamá: fuerte y sagaz, como tienen que ser los grandes comerciantes.

—No llames comerciantes a los industriales de Milton, Margaret —dijo el padre—. Son muy distintos.

—¿Ah, sí? Así es como llamo a todo el que tiene algo tangible que vender; pero si la palabra no te parece correcta, papá, no la usaré más. ¡Ah, mamá! Hablando de cosas vulgares y zafias, prepárate para el papel de las paredes que vamos a tener. ¡Flores azules y rosas con hojas amarillas! ¡Y una cornisa muy gruesa alrededor de toda la habitación!

Pero cuando llegaron a la nueva casa de Milton, el papel espantoso había desaparecido. El propietario aceptó los agradecimientos con compostura y permitió que pensaran, si así lo preferían, que había renunciado a la determinación expresa de no cambiar el papel. No era necesario puntualizar que lo que no había querido hacer a petición de un tal reverendo señor Hale, desconocido en Milton, lo había hecho de mil amores a una breve y contundente amonestación del señor Thornton, el rico industrial.

CAPÍTULO VIII
AÑORANZA

> Y es el hogar, el hogar, el hogar,
> en casa con gusto quisiera estar.
>
> ALLAN CUNNINGHAM

Fue necesario empapelar las habitaciones con un bonito tono claro para que la familia se reconciliara con Milton. Pero hacía falta algo más... que no se podía conseguir. Llegaron las densas brumas amarillentas de noviembre; la vista de la llanura del valle y la amplia curva del río no se distinguían cuando la señora Hale entró en su nuevo hogar.

Margaret y Dixon llevaban dos días trabajando, abriendo cajas y colocando cosas, pero la casa seguía desordenada; fuera, la espesa niebla llegaba hasta las ventanas y cada vez que se abría una puerta se colaba en asfixiantes y malsanas espirales blancuzcas.

—¡Ay, Margaret! ¿Tenemos que vivir aquí? —preguntó la señora Hale con desánimo.

El triste tono de la pregunta encontró eco en el corazón de Margaret. Apenas pudo dominarse lo suficiente para decir:

—¡Bueno, a veces la niebla de Londres es mucho peor!

—Ya, pero sabías que todo Londres y tus amigos estaban allí. Aquí..., ¡en fin! Esto es una desolación. ¡Ay, Dixon, qué sitio este!

—Desde luego, señora. Seguro que esto acaba con usted en cuatro días. Y luego ya sé quién va a... ¡Un momento!, señorita Hale, eso pesa demasiado para que lo levante sola.

—No, Dixon, qué va, muchas gracias —respondió Margaret con frialdad—. Lo mejor que podemos hacer por mamá es prepararle la habitación para que se acueste; entretanto, voy a traerle un café.

El señor Hale también estaba abatido y buscó la comprensión de Margaret.

—Margaret, este aire me parece verdaderamente perjudicial. Imagínate si por eso enferma tu madre..., o tú. Tenía que haber elegido algún sitio de campo en Gales; esto es terrible —dijo acercándose a la ventana.

No había consuelo posible. Se habían instalado en Milton y tendrían que soportar el humo y la niebla una temporada; ciertamente, parecía que una bruma de circunstancias tan espesa como la de fuera les hubiera cerrado las puertas a cualquier otra clase de vida. El día anterior el señor Hale había hecho las cuentas de lo que les habían costado el traslado y los quince días en Heston y había comprobado con consternación que se habían gastado casi todo el dinero disponible. ¡No! Estaban allí y allí tendrían que quedarse.

Por la noche, cuando Margaret se dio cuenta de esto, estuvo a punto de caer en un trance de desesperación. El denso aire cargado de humo rodeaba su habitación, que ocupaba un saliente de la parte trasera de la casa. La ventana, situada a un lado de la esquina, daba a una pared lisa de otro saliente parecido, a solo unos diez pies de distancia. Se adivinaba entre la niebla como una barrera inmensa a la esperanza. La habitación estaba muy desordenada, todos los esfuerzos se habían dedicado a adecentar la de su madre. Margaret se sentó en una caja y se fijó en la tarjeta de la dirección, que habían escrito en Helstone, ¡su querido y precioso Helstone! Abatida, se le llenó la cabeza de pensamientos funestos, hasta que decidió distraerse del presente y de pronto se acordó de que tenía una carta de Edith que, por el trajín de la mañana, no había terminado de leer. Le contaba la llegada a Corfú, el viaje por el Mediterráneo, la música y los bailes de a bordo, la alegre vida que la esperaba, la casa, con su balcón y su celosía, y las vistas de las montañas blancas y el mar azul oscuro.

Edith escribía bien, con fluidez, por no decir gráficamente. Además de captar lo más representativo de un paisaje, sabía dar suficientes detalles para que Margaret se lo pudiera imaginar. El capitán Lennox y otro oficial recién casado compartían una villa situada en lo alto de un risco que dominaba el mar. Daba la impresión de que pasaban los días navegando o en meriendas campestres, a pesar de ser casi finales de año; todas las actividades eran en el exterior, alegres y placenteras. La vida de su prima parecía igual que la alta bóveda azul del cielo que la cobijaba: limpia..., completamente limpia de nubes y obstáculos. Su marido tenía que asistir a la instrucción y ella, la más musical entre las mujeres de los oficiales, copiaba las canciones nuevas y populares de la música inglesa más reciente para el director de la banda; por lo visto estas eran las tareas más arduas y pesadas que debían llevar a cabo. Le decía con todo cariño que, si el regimiento tenía que pasar otro año en Corfú, esperaba que pudiera ir a pasar una larga temporada con ella. Le preguntaba si se acordaba de aquel día, hacía doce meses, cuando llovía tanto en Harley Street y ella, Edith, se negó a ponerse el vestido nuevo para ir a una comida estúpida, porque no quería que la lluvia se lo echara a perder al ir hasta el carruaje, y que precisamente en esa comida había conocido al capitán Lennox.

¡Sí! Se acordaba perfectamente. Edith y la señora Shaw habían ido a la cena y Margaret se había unido a la fiesta más tarde. El recuerdo del lujo y la abundancia de cuanto hacían, de la regia elegancia del mobiliario, del tamaño de la casa, de las apacibles visitas que recibían..., se le presentó vívidamente, en extraño contraste con el momento presente. El mar en calma de aquella vida anterior se cerró sin haber dejado ningún rastro que indicara dónde habían estado todos. Las acostumbradas cenas, las visitas, las compras, los bailes nocturnos, todo seguía existiendo, existiendo para siempre, aunque su tía Shaw y Edith ya no estuvieran allí; y, naturalmente, a ella ni siquiera la echarían de menos. No creía que ninguno de los antiguos amigos se acordara de ella, excepto Henry Lennox. Pero sabía que también él procuraría olvidarla por el daño que le había hecho. Le había oído presumir a menudo de lo bien que se le daba apartar los recuerdos desagradables. Después siguió pensando en lo que podía haber sido. Si se hubiera interesado por él como pretendiente y lo hubiera aceptado, y después hubiera ocurrido el cambio de opinión de su padre, con el consecuente cambio de posición social, seguro que el señor Lennox no se lo habría tomado bien. En cierto modo eso la mortificaba amargamente; pero podía soportarlo con paciencia, porque sabía que los propósitos de su padre eran puros y eso la ayudaba a sobrellevar los errores, por más que a ella le parecieran graves. Pero al señor Lennox le habría irritado y abrumado que el mundo considerara una degradación el brusco proceder de su padre. Al comprender lo que podía haber sucedido se alegró de que las cosas estuvieran como estaban. Ciertamente, habían tocado fondo, no podían estar peor. Tendría que afrontar el asombro de Edith y la consternación de tía Shaw cuando llegaran las cartas. Se levantó y empezó a desvestirse lentamente disfrutando del lujo de hacerlo a su ritmo, a pesar de lo tarde que era, después de las prisas del día. Se durmió con la esperanza de encontrar alguna luz, ya fuera interna o externa. Pero si hubiera sabido cuánto iba a tardar en aparecer, se habría deprimido. Esa época del año era la menos propicia para la salud y para los ánimos. Su madre pasó un constipado muy fuerte y Dixon tampoco se encontraba bien, era evidente, aunque lo más insultante que Margaret podía hacer era intentar protegerla o cuidarla. No encontraron a nadie que pudiera echarle una mano. Todas las muchachas trabajaban en las fábricas y las pocas que se presentaron se llevaron una buena reprimenda de Dixon por creer que se les podía confiar el cuidado de la casa de un caballero. Y tuvieron que conformarse con una fregona prácticamente fija. Margaret quería mandar a alguien a buscar a Charlotte, pero, aparte del inconveniente de que era mejor criada de lo que podían permitirse en esos momentos, vivía muy lejos.

El señor Hale reunió a varios alumnos que le había recomendado el señor Bell o que le había mandado el señor Thornton. La mayoría tenían la edad en la que muchos chicos estarían estudiando todavía, pero, según la mentalidad y las ideas de Milton, aparentemente bien fundadas, para que un muchacho se convirtiera en un buen comerciante, tenía que empezar pronto y aclimatarse a la vida de la fábrica, de la oficina o del almacén. Si lo mandaran a una universidad escocesa, volvería sin preparación para las actividades comerciales; y peor aún si fuera a Oxford o a Cambridge, donde, además, no podía entrar hasta los dieciocho años.

Por eso la mayoría de los industriales colocaban a sus hijos de aprendices a los catorce o quince años, podando sin contemplaciones cualquier rebrote que se desviara hacia la literatura o hacia formas más elevadas de cultivarse, con el fin de que toda la fuerza y vigor de la planta fuera para el comercio. De todos modos, algunos padres más avisados y algunos jóvenes que habían visto lo suficiente para saber que tenían algunas carencias deseaban remediarlas; mejor dicho, ya no eran tan jóvenes, sino hombres en la flor de la vida que sabían reconocer su ignorancia y estaban dispuestos a aprender tarde lo que tendrían que haber aprendido mucho antes. El señor Thornton debía de ser el mayor de los alumnos del señor Hale, y sin duda era el predilecto. El señor Hale tenía por costumbre dar su opinión tan a menudo y con tanto interés que en casa se bromeaba sobre el tiempo de la hora pactada para la instrucción que realmente dedicaba a enseñar, pues parecía que casi siempre estaban de conversación.

Margaret contribuía cuanto podía a restar importancia y tomarse un poco a broma la relación de su padre con el señor Thornton, porque sabía que esta amistad provocaba celos a su madre. Cuando dedicaba todo el tiempo a sus libros y a sus parroquianos, como en Helstone, no parecía que le afectara verlo mucho o poco, pero en Milton, el señor Hale esperaba con impaciencia la hora de encontrarse de nuevo con el señor Thornton y eso la molestaba y le dolía, como si, por primera vez, su marido menospreciara su compañía. Las excesivas alabanzas del profesor hicieron el efecto que suelen hacer en los que las oyen: rebelarse contra Arístides porque siempre lo llamaban «el Justo».[5]

Después de más de veinte años de vida tranquila en una parroquia rural, al señor Hale lo deslumbraba esa energía que superaba dificultades inmensas con toda facilidad; el poder de las máquinas de Milton y el ímpetu de sus hombres le daban una sensación de grandeza que aceptaba sin pensar en los detalles de su aplicación. Pero Margaret no salía tanto, no se mezclaba tan a menudo con las máquinas ni con los hombres; no percibía tan claramente el efecto público del poder; además, resultó que tuvo un encuentro con un par de personas de las que, en todo lo que se refiere a las masas, son las que sufren más por el bien de muchos. La cuestión es siempre la misma: ¿se ha hecho todo lo posible para reducir al mínimo el sufrimiento de esas excepciones o los desvalidos han sido pisoteados al paso de la multitud triunfante, en vez de haberlos apartado con cuidado del camino del conquistador al que no pueden acompañar en su marcha?

Le correspondió a Margaret buscar a una criada que ayudara a Dixon, quien, en principio, se había propuesto encontrar a la muchacha idónea para hacer las tareas más pesadas de la casa. Pero el concepto que tenía de chicas adecuadas para el cargo se basaba en el recuerdo de las pulcras jovencitas de

---

5 Plutarco cuenta en *Vidas paralelas* que un hombre votó por Arístides para que lo condenaran al ostracismo y, cuando este (sin identificarse) le preguntó el motivo, le respondió que estaba harto de que todos lo llamaran «el Justo».

la escuela de Helstone, que se enorgullecían de ser admitidas en la rectoría cuando había mucho trabajo y la trataban con tanto respeto como al señor y la señora Hale..., y con mucho más temor. Ella se daba cuenta perfectamente y no le disgustaba, al contrario, la halagaba tanto como a Luis XIV, el Rey Sol, que los cortesanos, deslumbrados por su grandeza, se taparan los ojos en su presencia. Pero, por la fidelidad y el cariño que le profesaba a la señora Hale, soportaba la actitud ruda e insolente, común a todas las chicas de Milton que se presentaban para el puesto, con la que respondían a sus preguntas sobre lo que sabían hacer. Incluso llegaban a interrogarla a ella, pues no se fiaban de la solvencia de una familia que vivía en una casa de solo treinta libras al año pero que se daba mucha importancia, y que, por si fuera poco, tenía dos criadas, una de ellas muy engreída y mandona. Al señor Hale ya no se le consideraba el vicario de Helstone, sino un hombre que tenía mucho cuidado con el dinero. A Margaret la impacientaba y le preocupaba que Dixon hablara constantemente con su madre del comportamiento de estas futuras criadas. También a ella le repelían los modales rudos de esas chicas maleducadas, rechazaba con quisquilloso orgullo la insolencia con la que pretendían tratarla y le molestaba profundamente la curiosidad descarada que demostraban por los medios económicos y la posición de cualquier familia de Milton, aunque no tuviera nada que ver con el comercio. Pero cuanto más impertinentes le parecían, menos hablaba del tema y, además, si se encargaba ella de buscar a una criada, le evitaría a su madre el repertorio de decepciones e insultos imaginados o reales.

Y así se lanzó a la búsqueda de una muchacha sin par en carnicerías y verdulerías, pero las esperanzas y las expectativas se reducían de semana en semana, pues, en una ciudad industrial, era muy difícil encontrar a alguien dispuesto a trabajar por un salario menor y con menos independencia que en una fábrica. En cierto modo le resultaba penoso salir sola al ajetreo y al gentío de las calles. La señora Shaw, por sus ideas sobre el decoro y por lo mucho que dependía de los demás, siempre había insistido en que un lacayo acompañara a Edith y a Margaret si iban más allá de Harley Street o alrededores. En aquella época se había rebelado en silencio contra esa regla de su tía, que le restaba independencia, y con mayor motivo, por el contraste entre ambas situaciones, había disfrutado de los paseos y correrías de su vida en el bosque. Por allí caminaba a paso ligero, sin temor, y de vez en cuando echaba a correr como si tuviera prisa, o se quedaba completamente quieta mirando o escuchando a las criaturas silvestres que cantaban entre el follaje o atisbaban con ojos brillantes y atentos entre las matas bajas o las enredadas zarzas. Era un tormento renunciar a la velocidad o a la inmovilidad, a la propia voluntad, y tener que adoptar el paso regular e incluso decoroso que se precisa en la calle. Pero se habría reído de sí misma por lamentar este cambio si no hubiera ido acompañado de una molestia más incómoda.

La parte de la ciudad en la que se encontraba Crampton era principalmente una vía de paso para la gente de las fábricas. Muchas se concentraban en las calles laterales de los alrededores y de ellas salían ríos de hombres y mujeres dos o tres veces al día, con los que tuvo la mala suerte de topar constantemente hasta que descubrió los horarios de entrada y de salida. Pasaban a toda prisa, con una expresión atrevida y resuelta en la cara, riéndose y bromeando a voces, sobre todo a propósito de los que aparentemente estaban por encima de ellos en rango y puesto. Al principio la asustaban un poco el tono tan alto y la falta de las normas más comunes de civismo en la calle. Las muchachas, con un estilo brusco no carente de cordialidad, hacían comentarios sobre su vestido e incluso le tocaban el chal o la falda para asegurarse de la clase de tela que era, incluso en un par de ocasiones le preguntaron por algo que les llamó la atención especialmente; y lo hicieron con una espontaneidad y una confianza tan natural en que sería amable y comprendería su afición a los vestidos, que les respondió encantada en cuanto las entendió, además de escuchar sus comentarios con una leve sonrisa. No le molestaba encontrarse con grandes grupos de muchachas, aunque fueran tan bulliciosas y hablaran a voces. En cambio temía a los obreros y se enardecía contra ellos, porque no hacían comentarios sobre su vestido, sino sobre su aspecto, con la misma franqueza y el mismo atrevimiento. Ella, que hasta entonces consideraba que incluso el comentario más refinado sobre el aspecto personal era una impertinencia, tenía que soportar la admiración expresa de esos hombres tan audaces. Pero esa misma audacia significaba que lo hacían con inocencia, sin intención de faltarle al respeto, y lo habría percibido si no le hubieran asustado tanto el tumulto y el desorden. Al oír algunos de esos comentarios se sonrojaba de temor y de indignación y echaba chispas por los ojos. Sin embargo, cuando llegaba a casa sana y salva, le hacían gracia algunas de las cosas que le habían dicho, aunque también la irritaban.

Por ejemplo, un día, después de pasar entre varios hombres, que le dedicaron el habitual halago de que les gustaría que fuera su amor, uno de ellos añadió: «Esa carita resplandece más que el sol de la mañana, niña mía». Y otro día, mientras sonreía sin darse cuenta pensando en algo, un obrero de mediana edad, mal vestido, le dijo: «¡A sonreír, niña mía! ¡Cuántas sonreirían si tuvieran una cara tan bonita!». El hombre tenía un aspecto tan apesadumbrado que, sin poder evitarlo, le respondió con una sonrisa y se alegró de que sus encantos, por decirlo así, le hubieran inspirado un pensamiento agradable. Le pareció que el hombre entendía ese gesto de aceptación y, a partir de entonces, cuando se encontraban en la calle por casualidad, se cruzaban una mirada de reconocimiento. Nunca se dijeron una palabra más que aquel primer cumplido y, sin embargo, Margaret tenía a ese hombre en mayor consideración que a cualquier otro en Milton. En un par de ocasiones, en domingo, lo vio paseando con una muchacha, su hija evidentemente, que parecía más enferma que él.

Un día, a principios de primavera, Margaret y su padre habían ido hasta los campos que rodeaban la ciudad y ella había cortado unas flores de los setos y las zanjas, violetas, botones de oro y otras por el estilo, lamentando en silencio no encontrar la profusión floral del sur. Después, él se había ido a hacer un recado a Milton. En el camino de vuelta, Margaret se encontró con sus humildes amigos. La chica miró las flores con ilusión y ella, dejándose llevar por un impulso repentino, se las regaló. Los ojos azul claro de la muchacha se iluminaron al recibirlas y el padre habló por ella:

—Gracias, señorita. A Bessy le van a encantar estas flores, seguro, y yo estaré *encantao* con su *bondá*. *Usté* no es de por aquí, *¿verdá?*

—¡No! —dijo Margaret casi suspirando—. Soy del sur, de Hampshire —añadió temiendo ofenderlo si no conocía el nombre.

—Eso está más allá de Londres, *¿verdá?* Yo soy de la parte de Burnley, cuarenta millas al norte. Y ya ve, el norte y el sur se han *encontrao* y se han hecho casi amigos en este sitio tan grande y lleno de humo.

Margaret aminoró el paso para seguir al lado del hombre y de su débil hija, que caminaba lentamente. Se dirigió a la muchacha en un tono tierno y compasivo que al padre le llegó al corazón.

—Parece que no estás muy fuerte.

—No —dijo ella—, ni voy a mejorar nunca.

—Ahora viene la primavera —dijo Margaret, por decir algo agradable y esperanzador.

—Ni la primavera ni el verano me pondrán mejor —dijo la muchacha en voz baja.

Margaret miró al hombre casi esperando que contradijera a su hija, o al menos que dijera algo que paliara la total desesperanza de su respuesta. Sin embargo, dijo:

—Por desgracia no miente. Por desgracia se la come la consunción.

—Pero será primavera en el sitio al que voy a ir, y además habrá flores y amarantos y vestidos brillantes.

—¡Pobre niña mía! ¡Pobrecilla! —dijo el padre bajando la voz—. Yo no sé si eso será verdad, pero a ella la consuela, pobre hija mía, pobrecilla. ¡Pobre padre! Qué poco le queda.

Margaret se quedó atónita, pero las palabras del padre, lejos de desagradarle, le despertaron interés.

—¿Dónde viven? Creo que somos vecinos, nos encontramos a menudo en esta calle.

—Estamos en Frances Street, número 9, la segunda a la izquierda después del Goulden Dragon.

—¿Y cómo se llama usted? No quiero que se me olvide.

—No me avergüenzo de mi nombre. Soy Nicholas Higgins. La niña se llama Bessy Higgins. ¿Por qué quiere saberlo?

Esta última pregunta la sorprendió, porque en Helstone se habría sabido que, si pedía esos datos, era para ir a visitar al vecino pobre en cuestión.

—Pensaba... Tengo intención de hacerle una visita.

De pronto se avergonzó, pues no tenía más motivo para ir a verlo a su casa que un interés amable por una persona desconocida. Había cometido una impertinencia, y lo corroboró en la mirada del hombre.

—No me gusta meter desconocidos en mi casa. —Pero, al ver que ella se ruborizaba, se aplacó y añadió—: *Usté* es forastera, se puede decir, y a lo mejor no conoce a mucha gente, y le ha *regalao* a mi hija unas flores que ha *cortao* con sus propias manos..., puede hacernos una visita si quiere.

La respuesta le hizo gracia y la molestó a partes iguales. No estaba segura de si iría a un sitio en el que la recibirían como si le hicieran un favor. Pero cuando llegaron a Frances Street, Bessy se paró un momento y dijo:

—Que no se le olvide que tiene que venir a vernos.

—Claro, claro —dijo el padre con impaciencia—, claro que vendrá. Está un poco seria porque piensa que tenía que haberle *hablao* con más educación; pero verás como lo piensa dos veces y viene. Lo leo en esa cara tan orgullosa y bonita como si fuera un libro abierto. Vamos, Bess; ya suena la sirena de la fábrica.

Margaret se fue a casa admirada con sus nuevas amistades, sonriendo al recordar la perspicacia del hombre, que había adivinado sus pensamientos. A partir de ese día, Milton le pareció un sitio más alegre, pero no por los largos días de primavera bajo un sol pálido ni porque, con el tiempo, empezara a reconciliarse con la ciudad en la que vivía, sino porque había encontrado un interés humano.

CAPÍTULO IX

VESTIRSE PARA EL TÉ

> Que la tierra de China, adornada con manchas de colores,
> dibujada en oro y veteada con franjas azules,
> ese grato aroma de la hoja india
> o la tostada semilla de moca gustosa reciba.
>
> MRS. BARBAULD

Al día siguiente del encuentro con Higgins y su hija, el señor Hale fue a la pequeña salita de arriba a una hora intempestiva. Se acercó a diferentes objetos de la habitación como si los estuviera examinando, pero Margaret vio que lo hacía por nerviosismo: una forma de retrasar algo que deseaba y temía decir. Hasta que por fin:

—¡Querida! He invitado al señor Thornton a tomar el té.

La señora Hale estaba recostada en su sillón, con los ojos cerrados y una expresión de dolor en la cara que últimamente ya era habitual. Pero se irguió, quejumbrosa, al oír el anuncio de su marido.

—¡El señor Thornton... esta tarde! ¡Por Dios! ¿Para qué tiene que venir aquí ese hombre? Dixon está lavando mis vestidos de muselina y mis cintas; y no tenemos agua blanda, con estos vientos horribles del este, que supongo que soplarán todo el año en Milton.

—El viento está cambiando de dirección, querida —dijo el señor Hale mirando el humo del exterior, que se movía desde el este, pero, como aún no entendía los puntos cardinales, los situaba como le parecía, según las circunstancias.

—¡No me lo digas! —exclamó la señora Hale con un estremecimiento, arropándose con el chal—. Pero sople del este o del oeste, supongo que ese hombre vendrá de todos modos.

—¡Ay, mamá! Se nota que nunca has visto al señor Thornton. Es una persona que con gusto se enfrentaría a cualquier adversidad que le saliera en el camino, ya fueran enemigos, vientos o circunstancias. Cuanto más llueva y más viento haga, más seguro es que vendrá. Pero voy a ayudar a Dixon. Voy a ser una gran almidonadora, porque seguro que solo le interesará hablar con papá. Papá, me muero de ganas de conocer al Pitias de tu Damón.[6] Es que solo lo he visto una vez, pero estábamos los dos tan perplejos que no sabíamos qué decirnos, y no nos entendimos muy bien.

—No creo que llegues a apreciarlo nunca, Margaret, ni siquiera te parecerá agradable. No es de los que tratan a menudo con mujeres.

Margaret hizo un gesto burlón torciendo el cuello.

—No admiro especialmente a los hombres que tratan a menudo con mujeres, papá. Pero el señor Thornton viene aquí como amigo tuyo, como persona que te aprecia...

—La única en todo Milton —dijo la señora Hale.

—Por eso lo recibiremos como es debido y lo invitaremos a pastas de coco. A Dixon le halagará que le pidamos que las haga, y yo me ocuparé de planchar tus capotas, mamá.

Esa mañana, Margaret deseó varias veces no tener que recibir al señor Thornton. Tenía otros quehaceres: escribir a Edith, leer a Dante un buen rato, ir a ver a los Higgins... Pero tuvo que ponerse a planchar y soportar las quejas de Dixon con la esperanza de que, si le demostraba mucha comprensión, tal vez evitara que se las fuera a contar a la señora Hale. Cada dos por tres tenía que recordarse el interés que sentía su padre por el señor Thornton para acallar la irritación y el cansancio que amenazaban con asaltarla y con darle un gran dolor de cabeza de los que sufría últimamente. Apenas podía hablar cuando por fin se sentó y le dijo a su madre que ya no era Peggy, la lavandera, sino Margaret Hale, la señorita. Lo dijo en son de broma, pero se arrepintió al momento, al ver que su madre se lo tomaba en serio.

—¡Sí! Si, cuando era la señorita Beresford y una de las jóvenes más bellas del país, me hubieran dicho que una hija mía tendría que pasarse la mitad del día en un cuartucho trabajando como una criada para preparar

6 Dos filósofos pitagóricos del siglo IV a. C., cuya amistad pasó a la historia por su gran nobleza.

debidamente la visita de un comerciante, y que ese comerciante sería el único...

—¡Ay, mamá! —replicó Margaret levantándose—. ¡No me castigues tanto por haber dicho una tontería! No me molesta planchar ni ninguna otra tarea que tenga que hacer por papá y por ti. He nacido y me han educado para ser una señorita en cualquier ocasión, aunque se trate de fregar suelos o fregar platos. Ahora estoy cansada, pero se me pasará enseguida. Dentro de media hora podré volver a hacerlo todo otra vez. En cuanto a la profesión del señor Thornton, no podemos evitar que sea comerciante, pobre hombre. No creo que esté preparado para mucho más.

Se había levantado despacio y enseguida se fue a su habitación; en ese momento no podía soportarlo más.

Entretanto, en casa del señor Thornton se desarrollaba una escena parecida, aunque diferente. Una señora bastante mayor, alta y con capota estaba sentada en un comedor austero pero muy bien amueblado. Tenía unas facciones y un aspecto general fuerte y compacto, más que relleno, y unas expresiones faciales decididas que pasaban fácilmente de una a otra, aunque con pocas variaciones; pero cuando se la miraba una vez, por lo general se la volvía a mirar, incluso los transeúntes con los que se cruzaba por la calle volvían la cabeza un instante para ver a esa mujer tan firme, seria y digna, que nunca cedía el paso ni se detenía en su camino hacia el objetivo claramente definido hacia el que se dirigiera.

Vestía impecablemente de seda negra nueva, nada descolorida. Estaba zurciendo un mantel grande de tela finísima y de vez en cuando lo levantaba hacia la luz en busca de las partes desgastadas que precisaban de un cuidado delicado. En la habitación no había más libros que unos *Comentarios a la Biblia* de Matthew Henry, seis de cuyos tomos se encontraban en el centro del macizo aparador, entre una tetera y una lámpara. Se oían ejercicios de piano en alguna parte de la casa. Estaban practicando un aire de salón a gran velocidad, fallando o saltándose por completo una nota de cada tres por término medio y tocando mal y muy fuerte los últimos acordes, pero, al parecer, a plena satisfacción de la intérprete. La señora Thornton oyó unos pasos tan decididos y característicos como los suyos que se acercaban al comedor.

—¡John! ¿Eres tú? —Su hijo abrió la puerta y entró—. ¿Cómo es que has vuelto tan pronto? Creía que ibas a tomar el té en casa de ese amigo del señor Bell, ese tal señor Hale.

—Así es, madre. ¡He venido a vestirme!

—¡A vestirte! ¡Hum! Cuando era pequeña los hombres se conformaban con vestirse una vez al día. ¿Por qué tienes que vestirte para ir a tomar una taza de té con un pastor viejo?

—El señor Hale es un caballero, y su mujer y su hija son auténticas damas.

—¡Mujer e hija! ¿Ellas también dan clases? ¿A qué se dedican? Nunca me habías hablado de ellas.

—¡No, madre! Porque no conozco a la señora Hale, y a la señorita Hale solo la he visto media hora.

—¡Ten cuidado, John, no te vaya a cazar una chica pobre!

—No soy tan fácil de cazar, madre, como muy bien sabe. Pero no hable de esa forma de la señorita Hale, porque me ofende. Hasta ahora, no he sabido de ninguna joven que pretendiera cazarme, ni creo que ninguna se haya tomado la molestia inútilmente, siquiera.

La señora Thornton no se dio por vencida, o bien estaba muy orgullosa de su sexo en general.

—¡Bueno! Yo solo te digo que tengas cuidado. Quizá las chicas de Milton sean demasiado decididas y sensatas para ir a la caza de un marido; pero esa señorita Hale viene de condados aristocráticos, en los que, según dicen, un marido rico es una presa muy codiciada.

El señor Thornton frunció el ceño y avanzó un paso.

—Madre —dijo con una risita burlona—, me obliga a confesar. La única vez que vi a la señorita Hale me trató con una cortesía arrogante teñida de desprecio, marcando unas distancias como si fuera una reina y yo su humilde y sucio vasallo. Tranquilícese, madre.

—¡No! Ni estoy tranquila ni satisfecha. ¿Con qué derecho se cree superior a ti la hija de un clérigo renegado? Yo en tu lugar no me vestiría ni para el padre ni para la hija..., ¡menudos impertinentes!

—El señor Hale es bueno, amable y sabio. No es impertinente —replicó él al salir de la estancia—. En cuanto a la señorita Hale, ya le contaré esta noche cómo es, si le interesa. —Cerró la puerta y se fue.

—¡Despreciar a mi hijo! ¡Tratarlo como a un vasallo! ¡Hum! ¿Dónde iba a encontrar otro mejor? ¡Tiene el corazón más firme y noble de todos los hombres y niños que he conocido! Y no es porque sea su madre; veo lo que hay, no estoy ciega. ¡Sé quiénes son Fanny y John! ¡Despreciarlo! ¡La aborrezco!

CAPÍTULO X

HIERRO FORJADO Y ORO

Somos los árboles quienes temblorosos nos aferramos más.

GEORGE HERBERT

El señor Thornton se fue de casa sin pasar otra vez por el comedor. Iba con retraso y salió a paso vivo hacia Crampton. No quería desairar a su nuevo amigo llegando tarde a la cita. El reloj de la iglesia dio las siete y media cuando esperaba a que Dixon, moviéndose con mayor lentitud que de costumbre por verse degradada a tener que abrir la puerta, le franqueara la entrada. Lo condujo a la salita, donde el señor Hale lo recibió cordialmente y lo llevó arriba, a saludar a su mujer, que estaba pálida y envuelta en un chal, a modo de excusa por la lánguida bienvenida que le ofreció. Cuando entró, Margaret estaba encendiendo una lámpara, pues el día ya oscurecía. La lámpara alumbraba cálidamente el centro de la habitación sumida en el crepúsculo, de la que, por sus costumbres rurales, no excluían la vista de los cielos nocturnos ni la oscuridad del aire exterior. Esta habitación contrastaba con la que él acababa de dejar; atractiva, cargada, sin detalles femeninos, a excepción del sitio que ocupaba su madre, y sin nada que indicara que se usara para algo más que comer y beber. Era un comedor, desde luego; su madre prefería estar allí y los deseos de la madre eran ley en la casa. Pero la salita no era así. Era el doble de elegante... o veinte veces más, e inhóspita. En cambio, en esta salita no había espejos ni nada de cristal que reflejara la luz y cumpliera la función del agua en un paisaje; ni dorados; solo una sobria y cálida gama de colores armoniosamente realzados por las queridas cortinas antiguas de cretona y la tapicería de las sillas. Enfrente de la puerta, al pie de una ventana, había un escritorio abierto; al pie de la otra, un velador con un alto jarrón blanco de porcelana con un arreglo de ramas de hiedra inglesa y hojas verde claro de abedul y cobrizas de haya. Unas bonitas cestas de labores adornaban otros rincones; en una mesa se veían, como si los acabaran de dejar allí, unos libros bien encuadernados. Detrás de la puerta, la mesa preparada para el té con un mantel blanco sobre el que destacaban las pastas de coco y un cesto de naranjas y sonrosadas manzanas americanas dispuestas entre hojas verdes.

El señor Thornton supuso que todos estos detalles delicados eran habituales en la familia y muy propios de Margaret, que se encontraba junto a la mesa del té con un vestido claro de muselina en el que dominaba el color rosa. Parecía ajena a la conversación, completamente dedicada a llenar las tazas, entre las que movía las marfileñas manos con toda delicadeza, sin hacer ruido. Llevaba una pulsera en el fino brazo que se le caía hasta la muñeca. El señor Thornton se quedó mirando, con más atención que la que le prestaba al padre, cómo se recolocaba el molesto adorno. Parecía fascinado al verla subirse la pulsera con impaciencia, hasta que quedó sujeta alrededor del suave brazo... solo para volver a aflojarse y caer de nuevo. Casi habría exclamado: «¡Ahí va otra vez!». Cuando él llegó estaba todo prácticamente hecho y casi lamentó tener que ponerse a beber y a comer tan pronto y no poder seguir contemplando a Margaret. Esta le ofreció una taza de té con una actitud orgullosa de esclava forzada; en cambio, enseguida se dio cuenta del momento en que estaba en disposición de tomarse otra; y él casi anheló pedirle que le dejara hacer lo que le había visto hacer a su padre, que le sujetó el dedo meñique y el pulgar con su mano masculina a modo de pinzas para ponerse un terrón de azúcar. El señor Thornton se fijó en la mirada luminosa que dedicaba a su padre, entre risueña y cariñosa, mientras hacían este juego compartido creyendo que nadie los veía. A Margaret todavía le dolía la cabeza, como demostraban la palidez del rostro y el silencio que guardaba; pero estaba dispuesta a intervenir en caso de que se produjera una pausa larga e incómoda, para que el amigo, alumno e invitado de su padre no llegara a pensar que no lo atendían bien. Pero la conversación continuó con normalidad y ella se retiró a un rincón con su labor, junto a su madre, en cuanto se llevaron las cosas del té; y le parecía que podía dedicarse a sus pensamientos sin temor a tener que intervenir para rellenar un vacío.

El señor Thornton y el señor Hale siguieron hablando de un tema que habían empezado la última vez que se habían visto. Un comentario trivial que hizo su madre en susurros devolvió a Margaret al presente y, al levantar la vista de la labor, le llamó la atención el contraste entre el aspecto de su padre y el del señor Thornton, que reflejaba dos modos de ser muy distintos. Su padre era delgado y por eso parecía más alto de lo que era si no había con quién compararlo, no como en ese momento, al lado de un hombre fornido y de gran estatura. Las arrugas del rostro de su padre eran suaves y curvadas, se ondulaban en movimientos casi temblorosos a cada cambio de emoción; los párpados, grandes y arqueados, conferían a los ojos una peculiar belleza lánguida casi femenina. Las cejas describían un arco finamente delineado, pero, debido al tamaño de los párpados soñadores, parecían estar muy por encima de los ojos. Por el contrario, las rectas cejas del señor Thornton estaban más cerca de los ojos, claros, hundidos y atentos que, sin llegar a ser inquisitivos, parecían empeñados en entrar hasta el fondo de lo que miraba. Tenía pocas arrugas, pero eran firmes, como esculpidas en mármol, y se acumulaban alrededor de los labios, ligeramente apretados por encima de una dentadura tan impecable y bonita que, las pocas veces que sonreía y le brillaban los ojos un instante, parecía que saliera el sol; le cambiaba por completo la expresión seria y resuelta de hombre dispuesto a hacer cualquier cosa y disfrutaba intensa y limpiamente del momento con una intrepidez instantánea muy poco común, excepto en los niños. A Margaret le gustó esa sonrisa; fue lo primero que admiró de ese nuevo amigo de su padre; y el carácter opuesto que indicaban todos estos detalles externos que acababa de percibir justificaba la mutua atracción que evidentemente sentían los dos hombres.

Colocó el cesto de la labor de su madre y volvió a sus pensamientos, mientras el señor Thornton la olvidaba por completo, como si no estuviera presente, enzarzado en explicar al señor Hale la magnífica potencia y el delicado ajuste del poderoso martillo pilón, que al señor Hale le recordaba a los cuentos fantásticos de genios serviciales de *Las mil y una noches,* que tan pronto crecían y se estiraban desde la tierra hasta el cielo tapando todo el horizonte, como regresaban obedientemente a una lámpara tan pequeña que cabía en la mano de un niño.

—Y este dominio de la potencia, esta conversión de un pensamiento gigante en algo práctico se debe al cerebro de un hombre de nuestra ciudad. El mismo que, paso a paso, logrará maravillas más increíbles. Y me atrevería a decir que, si él se fuera, muchos de nosotros nos pondríamos manos a la obra y continuaríamos con la lucha que obliga y obligará a toda potencia material a someterse a la ciencia.

—Tanto alarde me recuerda a unos versos antiguos:

> Tengo cien capitanes en Inglaterra, dijo, que valen tanto o más que él.

Margaret levantó la cabeza de pronto al oír la cita de su padre y lo miró inquisitivamente. ¿Cómo habían llegado de máquinas y engranajes a Chevy Chace?[7]

—No alardeo —replicó el señor Thornton—, es la pura verdad. No negaré que estoy orgulloso de ser de una ciudad, aunque tal vez debería decir de una región, cuyas necesidades dan lugar a tan grandes ideas. Preferiría deslomarme trabajando e incluso tropezar y fracasar aquí que llevar una vida próspera y aburrida en los trillados surcos de lo que llaman sociedad aristocrática del sur, dejando pasar el tiempo lentamente, sin preocupaciones. Eso es como estar atrapado en miel sin poder levantar el vuelo.

—Se equivoca —terció Margaret ante semejante difamación de su querido sur, asumiendo una cariñosa y vehemente defensa que le puso los colores en la cara y unas lágrimas de furia en los ojos—. Usted no sabe nada del sur. Aunque sea menos emprendedor o menos progresista, y supongo que no debo decir menos emocionante, que ese arriesgado espíritu comercial del norte, que parece un requisito imprescindible para forzar inventos maravillosos, también hay menos sufrimiento. En estas calles veo a hombres que agachan la cabeza como abatidos por las preocupaciones y las penalidades y que, además de sufrir, odian. Pues bien, en el sur también hay pobres, pero no tienen esa expresión terrible en la cara, una expresión de rencor y de sentido de la injusticia que abunda aquí. Usted no conoce el sur, señor Thornton —concluyó, y se sumió en un silencio total, enfadada consigo por haber hablado tanto.

—¿Me permite decir que usted no conoce el norte? —preguntó él con una amabilidad indecible al ver que la había ofendido de verdad.

7 Antigua balada inglesa.

Ella se obcecó en su silencio; añoró los deliciosos rincones que había dejado atrás, en Hampshire, con una nostalgia apasionada que le hizo pensar que le temblaría la voz si decía algo.

—Sea como fuere, señor Thornton —dijo la señora Hale—, convendrá conmigo en que en Milton hay mucho más humo y que es una ciudad mucho más sucia que cualquiera del sur.

—Me temo que debo renunciar a la limpieza —respondió el señor Thornton al momento con una sonrisa deslumbrante—. El Parlamento nos prohíbe producir humo, así que tendremos que obedecer como niños buenos... algún día.

—Pero creía que me había dicho que había reformado las chimeneas para que absorbieran el humo, ¿no es así? —preguntó el señor Hale.

—Reformé las mías voluntariamente, antes de que el Parlamento interfiriera en el asunto. Fue un gran desembolso, pero lo he amortizado, porque ahorramos carbón. No sé si lo habría hecho si hubiera esperado a que se aprobara la ley, en cuyo caso habría esperado a que me denunciaran y me multaran y les habría causado todas las molestias posibles dentro de la legalidad. Pero, si para imponer una ley hay que recurrir a las denuncias y a las multas, se hacen tan odiosas que se incumplen. Dudo que se haya denunciado alguna chimenea en Milton en estos últimos cinco años, aunque algunas mandan al aire un tercio del carbón que gastan, que es lo que aquí llamamos «humo antiparlamentario».

—Yo solo sé que aquí es imposible tener limpios los visillos de muselina más de una semana, mientras que en Helstone nos duraban un mes o más y ni siquiera entonces se veían sucios. Por no hablar de las manos: Margaret, ¿cuántas veces has dicho que te has lavado las manos hoy antes de las doce del mediodía? Tres, ¿verdad?

—Sí, mamá.

—Por lo visto pone usted muchas objeciones a las leyes parlamentarias y a toda la legislación que afecta a su forma de llevar los negocios en Milton —dijo el señor Hale.

—Pues sí, en efecto, como muchos otros. Y es justo, creo. Toda la maquinaria de la industria del algodón, y ahora no me refiero a la de la madera y el hierro, es tan novedosa que es natural que no funcione toda bien en todas partes al mismo tiempo. ¿Qué era hace setenta años? ¿Qué no es ahora? Las materias primas, en crudo, se juntaron; hombres con un mismo nivel de educación y categoría se situaron de pronto en diferentes posiciones, patronos y obreros, según la inteligencia innata de cada cual en lo referente a oportunidades y probabilidades, así como a la visión para darse cuenta del futuro que se abría ante ellos con aquella rudimentaria máquina hiladora de sir Richard Arkwright. El rápido desarrollo de lo que podría denominarse una industria nueva proporcionó a aquellos primeros amos grandes fortunas y mucho poder. Y no solo sobre los obreros, también sobre los compradores y sobre el mercado mundial. Permítanme que les ponga un ejemplo de un anuncio que se publicó no hace ni cincuenta años en un periódico de Milton: decía que tal empresa (una de las seis que estampaban percal en aquella época) cerraría los almacenes diariamente a las doce del mediodía y que, por lo tanto, los compradores debían presentarse antes de esa hora. Tiene gracia que un hombre impusiera de esta forma el horario de venta. Pues créanme que, si a un buen cliente se le ocurre venir a medianoche, yo me levanto y me planto, sombrero en mano, para recibir el pedido.

Margaret frunció los labios, pero se vio obligada a escuchar; no podía seguir abstraída en sus pensamientos.

—Les cuento esto solo para demostrar el poder casi ilimitado que tenían los fabricantes a principios de siglo. Un poder que los embriagaba. Que un hombre triunfara en su empresa no significaba que estuviera muy equilibrado en las demás cosas. Al contrario, en muchos casos, el exceso de riqueza que les llovía aplastaba por completo el sentido de la justicia y la sencillez. Se cuentan historias extrañas de la vida derrochadora y extravagante que llevaban y de las fiestas que celebraban los primeros señores de la industria algodonera. Tampoco cabe duda de la tiranía a la que sometían a los obreros. Ya sabe usted el proverbio, señor Hale: «Pon a un mendigo a caballo y cabalgará de cabeza al infierno», pues bien, algunos de estos primeros fabricantes cabalgaron hasta el infierno con toda magnificencia: aplastando carne y huesos humanos bajo los cascos del caballo sin el menor remordimiento. Pero, con el tiempo, llegó una reacción: había más fábricas, más patronos, se necesitaban más hombres. El poder de los amos y el de los obreros se equilibró en cierta medida; y ahora la batalla está bastante igualada. No nos sometemos a la decisión de un árbitro, y menos aún a la interferencia de entrometidos que apenas conocen la realidad del caso, aunque esos entrometidos sean el tribunal supremo del Parlamento.

—¿Es necesario llamarlo batalla entre las dos clases? —preguntó el señor Hale—. Sé, por su forma de expresarse, que da una idea certera de cómo están las cosas en realidad, según su punto de vista.

—Cierto; y creo que es necesario, porque la prudencia y la buena conducta siempre se oponen a la ignorancia y a la falta de previsión y batallan contra ellas. Es uno de los aspectos más admirables de nuestro sistema, pues un obrero puede llegar al poder y situarse como patrón gracias a su esfuerzo y a su conducta; todo el que se conduce con decencia y sobriedad y cumple con sus deberes asciende en nuestras filas; tal vez no siempre como patrón, pero sí como supervisor, cajero, contable, oficinista, es decir, alguien que está en el bando de la autoridad y el orden.

—Entonces, si interpreto correctamente sus palabras, usted considera su enemigo a todo aquel que no logra subir de categoría en el mundo, sea por el motivo que sea —dijo Margaret con una voz clara y fría.

—Enemigos de sí mismos, sin duda —respondió él rápidamente, bastante molesto por la arrogante censura que implicaban la expresión y el tono.

Sin embargo, el señor Thornton se dio cuenta enseguida de que esas palabras directas y verdaderas no eran más que una respuesta nimia y sin peso a la pregunta que le había hecho ella; por muy burlona que se pusiera, se debía a sí mismo ofrecerle una explicación lo más sincera posible de lo que quería decir. De todos modos, no era fácil diferenciar el sentido que daba ella a su respuesta de su verdadero significado. Podía ilustrar lo que realmente quería decir con algo de su propia vida, pero ¿no sería una cuestión demasiado personal para hablar de ello con unos desconocidos? De todos modos, era la forma más sencilla y directa de explicar lo que quería decir, y así, sobreponiéndose a la timidez que le hizo sonrojarse un momento, dijo:

—No hablo por hablar. Mi padre murió hace dieciséis años en unas circunstancias deplorables. Me sacaron de la escuela y tuve que convertirme en un hombre en poco tiempo, como buenamente pude. Por suerte, mi madre es de las que no abundan, una mujer muy fuerte y resuelta. Nos fuimos a una pequeña población rural en la que la vida era más barata que en Milton; encontré trabajo en una pañería, el mejor sitio para conocer la mercancía. Ganaba quince chelines semanales, con los que teníamos que vivir tres personas. Mi madre se administraba tan bien que podía ahorrar tres de los quince todas las semanas. Y así empezó todo, así aprendí lo que es la abnegación. Ahora que puedo darle todas las comodidades que se merece, más por su edad que por su capricho, le agradezco en silencio a todas horas lo mucho que me enseñó desde pequeño. No obstante, me parece que mi caso no se debe a la buena suerte, ni a méritos o talentos propios, sino simplemente a una forma de vida que me enseñó a despreciar las indulgencias que no se ganan a pulso, hasta el punto de que ni siquiera pienso en ellas; ahora creo que el sufrimiento que la señorita Hale dice que ve impreso en el rostro de las gentes de Milton no es más que el castigo natural por permitirse placeres inmerecidos en alguna época anterior de su vida. No considero dignas de aborrecimiento a las personas sensuales e indulgentes consigo mismas, sencillamente las desprecio por su debilidad de carácter.

—Pero usted ha recibido los principios de una buena educación —dijo el señor Hale—. Lee usted a Homero con un entusiasmo y una agilidad que demuestran que conoce el libro; usted ya lo había leído antes y ahora solo está recuperando ese conocimiento anterior.

—Cierto, lo leí en la escuela, pero con poco provecho; sin embargo, en aquella época me consideraban un buen estudioso de los clásicos, aunque el latín y el griego se me han olvidado. Pero dígame: ¿de qué me habrían servido para la vida que llevo ahora? Para nada. Para nada en absoluto. En lo tocante a estudios, cualquiera que sepa leer y escribir tiene tantos conocimientos prácticos como yo en aquella época.

—¡Ah! No estoy de acuerdo. Pero tal vez sea un perfeccionista en este aspecto. ¿Acaso no le infundió valor el recuerdo de la heroica sencillez de la vida homérica?

—¡Ni pizca! —exclamó el señor Thornton riéndose—. No tenía tiempo para pensar en muertos mientras me peleaba con los vivos por el pan. Ahora que he puesto a mi madre a salvo en un sitio tranquilo, como conviene a su edad, y en recompensa por todos sus esfuerzos pasados, ahora es cuando puedo volver a esa antigua narración y disfrutarla a fondo.

—Diría que mi comentario se debe a cierta deformación profesional... Cada uno lleva el agua a su molino —respondió el señor Hale.

Cuando el señor Thornton se levantó para irse, después de dar un apretón de manos al señor y a la señora Hale, se dirigió a Margaret para despedirse de la misma forma. Era la costumbre franca y familiar de Milton; pero Margaret no estaba preparada para eso. Se limitó a despedirse con una inclinación de cabeza; pero en el instante en que le vio empezar a tender la mano y retirarla de nuevo rápidamente lamentó no haberse dado cuenta de la intención. En cambio el señor Thornton no lo percibió e, irguiéndose en toda su estatura, salió de la casa murmurando para sí:

—En mi vida había visto a una muchacha tan orgullosa y desagradable. Con esos modales tan burlones, hasta se olvida uno de lo bonita que es.

CAPÍTULO XI

PRIMERAS IMPRESIONES

Tenemos hierro, dicen, en toda nuestra sangre
y un grano o dos tal vez sea bueno;
pero la suya, me hace sentir con aspereza,
tiene un poquito más de acero.

ANÓNIMO

—¡Margaret! —la llamó el señor Hale cuando volvió de acompañar a su invitado a la puerta—. Me ha preocupado ver la cara que ponías cuando el señor Thornton reveló que había sido dependiente en una tienda. A mí me lo había contado todo el señor Bell, así que sabía lo que iba a explicarnos; creía que ibas a levantarte y a salir de la habitación.

—¡Ay, papá! ¿De verdad crees que soy tan tonta? Lo que nos contó de su vida me gustó mucho más que todo lo demás. Las otras cosas me repugnaban por lo crudas que eran; pero de sí mismo habló con tanta sencillez, sin asomo de esa pretenciosidad que hace tan vulgares a los comerciantes, y con tanta ternura cuando se refería a su madre, que estaba menos dispuesta a salir de la habitación que cuando presumía de Milton como si fuera el mejor lugar del mundo o cuando afirmaba fríamente que despreciaba a las personas por su falta de previsión y su despilfarro, pero sin pensar ni un momento en que tiene el deber de procurar que cambien, de enseñarles algo de lo que su madre le enseñó a él, y que, en cierto modo, les debe lo que ha conseguido, sea lo que sea. ¡No! Lo que más me gustó de todo fue que nos contara que había sido dependiente de una tienda.

—Me sorprendes, Margaret —dijo la madre—. Precisamente tú, que siempre acusabas a la gente de Helstone de ser comerciantes. Señor Hale, me parece que no ha sido buena idea presentarnos a esa persona sin habernos dicho lo que había sido. Temí que se me notara lo mucho que me escandalizaban algunas de las cosas que dijo, como lo de su padre, que «murió en unas circunstancias deplorables». ¡Como si hubiera sido en un asilo para pobres!

—No sé si no sería en peores circunstancias que en un asilo para pobres —replicó su marido—. Antes de venir aquí, el señor Bell me contó muchas cosas de su vida anterior y, como ya os ha explicado él una parte, voy a deciros lo que se ha callado. Su padre especuló sin mesura, fracasó y después se quitó la vida porque no podía soportar la desgracia. Todos sus amigos lo abandonaron cuando salieron a la luz las apuestas deshonestas y los esfuerzos desesperados que había hecho con dinero ajeno para recuperar su pequeña parte de capital. Nadie dio un paso para ayudar a la madre y al hijo. Y había además una niña pequeña, creo, demasiado pequeña para trabajar, pero, como es natural, era preciso mantenerla. Ningún amigo, como digo, se prestó a ayudarlos inmediatamente, y, por lo que sé la señora Thornton no es de las que se quedan esperando una ayuda tardía. Por eso se fueron de Milton. Sabía que había trabajado en una tienda y que, con su sueldo y una mínima propiedad de su madre, tuvieron que subsistir mucho tiempo. Según el señor Bell, pasaron años viviendo a base de gachas de agua, aunque no sabía cómo lo habían hecho; pero mucho después de que los acreedores perdieran la esperanza de recuperar lo que les debía el padre del señor Thornton (si es que no la habían perdido por completo cuando se suicidó), este joven volvió a Milton y fue a ver a cada uno de ellos discretamente para pagarles el primer plazo del dinero que se les debía. Sin ruido, sin reuniones de todos los acreedores, lo hizo con total discreción, hasta que por fin saldó las deudas, con la ayuda material de uno de ellos, un viejo cascarrabias, a decir del señor Bell, que aceptó al señor Thornton como socio.

—Eso está muy bien —dijo Margaret—. Qué lástima que una persona así cargue con la lacra de ser un industrial de Milton.

—¿La lacra? —replicó el padre.

—¡Ay, papá! Me refiero a esa forma de medirlo todo por el rasero de la riqueza. Cuando se refirió a la potencia de las máquinas, evidentemente solo las tenía en cuenta como herramientas nuevas para ampliar el negocio y ganar más dinero. Y considera que los pobres que tiene alrededor son pobres porque son viciosos, y no cuentan con su comprensión porque les faltan el carácter de hierro y las cualidades que tiene él por ser rico.

—No, viciosos no, eso no es lo que ha dicho. Ha dicho «por su falta de previsión y su carácter débil».

Margaret empezó a guardar la labor de su madre y a prepararse para ir a la cama. Cuando iba a salir vaciló un momento: estaba dispuesta a reconocer algo que creía que complacería a su padre, pero, para que fuera la pura verdad, tenía que matizarlo con cierta disconformidad. Y habló así:

—Papá, creo que el señor Thornton es un hombre extraordinario, pero personalmente no me gusta nada.

—¡Pero a mí sí! —respondió el señor Hale riéndose—. Y también personalmente, como tú dices. Aunque no me parezca un héroe ni nada de eso. Buenas noches, hija. Parece que tu madre está muy cansada esta noche.

Hacía un tiempo que a Margaret le preocupaba el mal aspecto de su madre, y esa observación de su padre la mandó a la cama con un temor oscuro que le oprimía el corazón. La señora Hale no estaba acostumbrada a la vida en Milton, tan distinta de la que había llevado en Helstone, siempre con aire fresco, dentro y fuera de casa; el aire mismo era diferente, no tenía nada de vivificante; las preocupaciones domésticas eran apremiantes y afectaban a las mujeres de la familia de una forma tan nueva y sórdida que había buenas razones para temer que la salud de su madre se resintiera. Había además otros detalles de la señora Hale que no le gustaban nada. Tenía conversaciones misteriosas con Dixon en el dormitorio, de las que la doncella salía llorando y enfadada, como siempre que el menor malestar de su señora le tocaba la fibra sensible. En una ocasión, Margaret entró en el dormitorio en cuanto salió Dixon y encontró a su madre de rodillas y, al salir sigilosamente, oyó unas palabras, que eran sin duda una plegaria en la que pedía fuerza y paciencia para soportar un gran dolor físico. Anhelaba recobrar el vínculo de intimidad y confianza con ella, que había perdido por haber vivido tantos años en casa de su tía Shaw, y procuraba volver poco a poco al rincón más cálido de su corazón prodigándole mimos y palabras amables. Pero, aunque recibía a cambio una profusión de caricias y apelativos cariñosos, que en otro tiempo la habrían hecho feliz, tenía la sensación de que le ocultaba un secreto sobre su salud. Esa noche tardó mucho en dormirse pensando en formas de aliviar la mala influencia que la vida en

Milton ejercía sobre la delicada mujer. Encontraría una criada fija para Dixon si dedicaba todo el tiempo a buscarla, para que su madre pudiera disponer de la atención personal que necesitaba, tal como la había tenido siempre.

Empleó varios días y todos sus pensamientos en consultar las listas de gente que se ofrecía para trabajar y entrevistando a toda clase de personas nada aptas y algunas, muy escasas, poco aptas. Una tarde se encontró con Bessy Higgins en la calle y se detuvo a hablar con ella.

—Hola, Bessy, ¿qué tal estás? Espero que mejor, ahora que ha cambiado el viento.

—Mejor y peor, no sé si me entiende.

—No exactamente —contestó Margaret sonriendo.

—Estoy mejor porque la tos no me destroza el pecho por las noches, pero estoy agotada y muy harta de Milton, con muchas ganas de irme a la tierra de Beula;[8] y cuando pienso que estoy tan lejos, el corazón me da un vuelco y no estoy mejor, estoy peor.

Margaret dio media vuelta para seguir andando con ella poco a poco hacia su casa. Guardó silencio un par de minutos y al final, en voz baja, le dijo:

—Bessy, ¿deseas morir? —A ella le acobardaba la muerte, le tenía mucho apego a la vida, como es natural en las personas jóvenes y sanas.

Bessy también guardó silencio un par de minutos, y después dijo:

—Si viviera *usté* como yo y estuviera tan cansada de la vida y a veces pensara: «A lo mejor duro cincuenta o sesenta años, como les pasa a algunas...». Yo es que me mareo y me pongo mala porque esos sesenta años empiezan a dar vueltas a mi alrededor, se burlan de mí con sus horas largas y sus minutos y sus inacabables trocitos de tiempo. ¡Ah, chica! Le aseguro que se alegraría cuando el médico dijera: «Sintiéndolo mucho, no llegará al próximo invierno».

—¿Por qué, Bessy? ¿Cómo ha sido tu vida?

—Como la de muchos otros, me imagino, solo que yo me he rebelado contra ella y los otros no.

—Pero ¿por qué? Verás, es que soy nueva aquí, quizá por eso no entiendo lo que quieres decir tan bien como si hubiera vivido en Milton toda la vida.

---

8 Isaías 62, 4.

—A lo mejor se lo habría *explicao* si hubiera venido a mi casa cuando lo dijo. Pero mi padre dice que es como los demás: ojos que no ven, corazón que no siente.

—No sé quiénes son los demás; pero he tenido mucho que hacer y, para ser sincera, se me olvidó que te lo había prometido...

—Fue cosa suya, nadie le pidió nada.

—Se me olvidó —continuó Margaret en voz baja—. Debí acordarme cuando tenía menos que hacer. ¿Puedo ir contigo ahora?

Bessy la miró de pronto a la cara para ver si lo deseaba de verdad. La brusca mirada adquirió una expresión anhelante al encontrarse con la de Margaret, tierna y cordial.

—Casi nadie se preocupa por mí; si *usté* sí, puede venir.

Y siguieron caminando juntas en silencio. Al llegar a un patio que se abría en una callejuela, Bessy dijo:

—No se asuste si mi padre está en casa y al principio protesta contra *usté*. Es que le cayó bien y esperaba que viniera a vernos, y por eso se enfadó, porque no vino.

—No te preocupes, Bessy.

Pero Nicholas no estaba en casa cuando llegaron. Una muchacha grandota y desaliñada, menor que Bessy, pero más alta y más fuerte, lavaba algo en una palangana con brusquedad y eficacia, pero haciendo tanto ruido que Margaret lo lamentó por Bessy, que se había sentado en la primera silla que encontró como si el paseo la hubiera agotado. Margaret le pidió a la hermana un vaso de agua y, mientras la muchacha corría a buscarlo (tirando en el camino las tenazas de la chimenea y una silla), ella le desató a Bessy las cintas de la capota para que respirase mejor.

—¿Le parece que vale la pena vivir así? —preguntó Bessy entrecortadamente. Margaret no respondió, sino que le acercó el vaso de agua a los labios. Bessy bebió febrilmente y después se reclinó en la silla y cerró los ojos. Margaret la oyó murmurar—: No tendrán hambre ni sed, ni el calor ni el sol los afligirá.[9]

—Bessy —dijo Margaret inclinándose hacia ella—, no te enfades con la vida, sea cual sea o haya sido. Piensa en quien te la dio y la hizo como es.

9 Isaías 49, 10.

Se sobresaltó al oír a Nicholas detrás; había entrado por sorpresa.

—¡No sermonee a mi hija! Ya tiene bastante con lo que tiene: sueños, tonterías religiosas, visiones de ciudades con puertas de oro y piedras preciosas...; si le sirve de algo, que sueñe cuanto quiera. Pero no consiento que le echen más bobadas encima.

—Pero seguro que usted —contestó Margaret dándose media vuelta— cree en lo que acabo de decir, que Dios le dio la vida y quiso que fuera como es.

—Yo solo creo en lo que veo, mujer. No creo todo lo que oigo... ¡No! ¡Por nada del mundo! Oí a una jovencita preguntar dónde vivíamos y decir que vendría a vernos. Y mi hijita no pensaba en otra cosa, y se emocionaba muchas veces cuando no sabía que la miraba al oír pasos desconocidos. Pero al final ha venido, y la recibimos con gusto siempre y cuando no se ponga a llenarle la cabeza de a saber qué tonterías.

Bessy no había perdido de vista a Margaret; se incorporó un poco en la silla para hablar y tocó a Margaret en el brazo con un gesto suplicante.

—No se ofenda con él..., hay muchos que piensan igual, muchos, y más por aquí. Si los oyera hablar, no la escandalizaría lo que dice él; mi padre es bueno, de los pocos, pero ¡ay! —exclamó, reclinándose otra vez con desesperación—, a veces dice unas cosas que me entran más ganas de morirme que nunca, porque yo quisiera saber muchas cosas y me corroen las dudas.

—Pobrecilla, pobrecilla mía. No quiero disgustarte, pero un hombre tiene que decir la *verdá* y, cuando veo lo mal que va el mundo, tan *preocupao* por cosas que no sé y sin arreglar nada de lo que tiene a mano...; bueno, lo que yo digo es que dejen de hablar solo de religión y se pongan a trabajar en lo que ven y saben. Esa es mi religión. Es fácil, la tenemos a mano y no cuesta tanto esfuerzo.

Pero la niña seguía suplicándole a Margaret.

—No lo juzgue con dureza..., es un buen hombre. A veces me parece que hasta en la Ciudad de Dios voy a ser desgraciada si mi padre no está allí. —Le ardían la cara y los ojos de fiebre—. ¡Pero estarás allí, padre! ¡Estarás allí! ¡Ay, el corazón! —Se llevó la mano al pecho y se quedó muy pálida.

Margaret la sujetó entre los brazos y le apoyó la exánime cabeza contra su pecho. Le retiró el fino pelo de las sienes y se las refrescó con agua. Con la inmediatez del amor, Nicholas entendió todas las cosas que Margaret le pedía por señas, y hasta la hermana, con sus ojos redondos, procuró moverse con

cuidado cuando Margaret pidió silencio. El espasmo precursor de la muerte pasó, Bessy volvió en sí y dijo:

—Me voy a la cama..., es lo mejor, pero —agarró a Margaret por el vestido— vuelva..., sé que volverá..., pero ¡dígamelo!

—Vendré mañana —dijo Margaret.

Bessy se recostó en su padre, que se preparó para subirla al dormitorio y, cuando Margaret se levantó para irse, el hombre hizo un esfuerzo para decirle:

—Desearía que Dios existiera solo para pedirle que la bendijera a *usté*.

Margaret se fue muy triste y pensativa.

Llegó tarde a cenar. En Helstone, su madre consideraba una falta grave la impuntualidad a las horas de comer, pero en Milton esa falta y otras de menor importancia ya no la molestaban tanto, y Margaret casi echó de menos las quejas.

—¿Has encontrado criada, hija mía?

—No, mamá; esa Anne Buckley no nos habría servido.

—¿Y si lo intento yo? —dijo el señor Hale—. Todo el mundo ha tratado de solucionar esta cuestión tan difícil. Ahora me toca a mí. A lo mejor resulta que soy la Cenicienta a la que le encaja el zapato.

Margaret estaba tan abatida después de la visita a los Higgins que no pudo reírle la gracia a su padre y apenas sonrió.

—¿Qué piensas hacer, papá? ¿Cómo te las vas a arreglar?

—Pues le pediré a alguna buena ama de casa que me recomiende a una que conozca, ella misma o sus criadas.

—Muy bien, pero antes tienes que encontrar a esa buena ama de casa.

—Pues ya la has encontrado. O, mejor dicho, mañana caerá en la trampa y la encontrarás, si eres habilidosa.

—¿Qué significa eso, señor Hale? —preguntó su mujer, intrigada.

—Pues que mi mejor alumno, como lo llama Margaret, me ha dicho que su madre tiene intención de hacer una visita mañana a la señora y a la señorita Hale.

—¡La señora Thornton! —exclamó la señora Hale.

—¿La madre de la que nos habló? —preguntó Margaret.

—La señora Thornton, sí, la única madre que tiene, según tengo entendido —respondió el señor Hale en voz baja.

—Me gustará conocerla. Debe de ser una persona fuera de lo común —añadió la madre—. Tal vez sepa de alguien que nos convenga y se alegre de trabajar aquí. Por lo que dijo su hijo, debe de ser tan gran administradora que me gustaría contar con alguien de la misma familia.

—Querida mía —dijo el señor Hale, alarmado—, por favor, no te quedes con esa idea. Sospecho que la señora Thornton es tan altiva y orgullosa a su manera como nuestra querida Margaret a la suya, y que no se va a referir para nada a la época de escasez y penurias de la que habló su hijo con tanta libertad. De todos modos, tengo el convencimiento de que no le gustaría que ningún desconocido supiera de su pasado.

—Papá, ten en cuenta que yo no soy altiva de ninguna manera; no estoy de acuerdo con esa acusación que me haces cada dos por tres.

—Tampoco sé con certeza que lo sea ella, pero es la impresión que tengo por algunos detalles que me ha contado su hijo.

No se molestaron en preguntar lo que le había contado el hijo respecto de la madre. Margaret solo quería saber si tenía que quedarse a recibirla, en cuyo caso no podría ir a ver a Bessy hasta más tarde, pues dedicaba las primeras horas de la mañana a las tareas domésticas; después se dio cuenta de que no podía permitir que su madre cargara sola con todo el peso de la visita.

CAPÍTULO XII
VISITAS MATINALES

Bien, supongo que es necesario.

FRIENDS IN COUNCIL

Al señor Thornton no le resultó fácil convencer a su madre de tener un detalle deseable de cortesía. No solía ir de visita y, cuando lo hacía, procedía con el mismo rigor que en todas sus obligaciones. Su hijo le había regalado un carruaje, pero se negaba a mantener los caballos necesarios y los alquilaba en ocasiones solemnes, cuando tenía que ir a ver a alguien por la mañana o por la tarde. No hacía ni dos semanas que había alquilado caballos tres días seguidos para «rematar» a todas sus amistades y entonces serían estas las que tendrían que tomarse la molestia y el gasto de devolverle la visita. Pero Crampton estaba muy lejos para ir andando y le preguntó varias veces a su hijo si de verdad podían permitirse el gasto de un coche de alquiler solo por satisfacer ese empeño suyo en que se presentara a las Hale. Se habría alegrado si le hubiera dicho que no, porque, como argumentaba ella, «no veía la necesidad de intimar con todos los profesores y maestros de Milton; ¡a ver si después le iba a pedir que hiciera una visita a la mujer del profesor de danza de Fanny!».

—Pues lo haría, madre, si el señor Mason y su mujer vivieran en un sitio extraño y no tuvieran ningún amigo, como los Hale.

—¡Bueno, no hay necesidad de decir las cosas así! Iré mañana. Solo quería que entendieras exactamente lo que pienso.

—Si va a ir mañana, alquilaré unos caballos.

—Tonterías, John. Cualquiera diría que eres un banco.

—No del todo, todavía. Pero lo de los caballos es seguro. La última vez que salió usted en un coche de alquiler volvió a casa con dolor de cabeza por culpa del traqueteo.

—Pues no me quejé, te lo aseguro.

—¡No! Mi madre nunca se queja —dijo él con cierto orgullo—. Razón de más para que la cuide yo. Por otra parte, a Fanny le sentará bien hacer un pequeño esfuerzo.

—Fanny no es como tú, John. Ella no lo soportaría.

A continuación, la señora Thornton se calló, porque sus últimas palabras aludían a una cuestión que la mortificaba. Inconscientemente despreciaba a las personas de carácter débil, y Fanny lo era en los mismos aspectos en que su madre y su hermano eran fuertes. La señora Thornton no era muy dada a los razonamientos, le bastaba su capacidad de enjuiciar con rapidez y de tomar resoluciones firmes y no tenía necesidad de sostener largos debates consigo misma; sabía por instinto que no había forma de conseguir que Fanny soportara las privaciones con entereza o afrontara las dificultades con valentía; y, aunque le estremecía reconocer esta debilidad de su hija, la trataba con una ternura compasiva como la que suelen prodigar las madres a los hijos débiles y enfermizos. Un desconocido, un observador cualquiera, podría considerar que la señora Thornton quería más a Fanny que a John, pero se equivocaría por completo. La crudeza con que madre e hijo se decían las verdades desagradables demostraba una confianza total en la firmeza de espíritu del otro, mientras que la ternura forzada que dedicaba a su hija, la vergüenza con la que procuraba ocultar que la niña carecía de todas las cualidades que la caracterizaban a ella y que tanto valoraba en los demás, esta vergüenza delataba la falta de seguridad en el objeto de su afecto. A su hijo siempre lo llamaba John, nada más; las palabras como «cariño», «querida» y otras por el estilo las reservaba solo para Fanny. Pero daba gracias por su hijo de día y de noche, y entre las mujeres podía sentirse orgullosa por él.

—¡Fanny, cielo! Hoy voy a poner caballos en el carruaje para ir a ver a esas Hale. ¿No te gustaría ir a ver a la niñera? Su casa está de camino y siempre se alegra mucho de verte. Podrías ir con ella mientras yo estoy con las Hale.

—¡Ay, *mama*! ¡Es que está muy lejos y yo estoy muy cansada!

—¿De qué? —preguntó la señora Thornton frunciendo el ceño ligeramente.

—No sé, será por el tiempo, supongo. Está tan cargante... ¿Por qué no traes a la niñera aquí, eh? El carruaje puede pasar a buscarla y así pasaría el día conmigo, seguro que le apetece.

La señora Thornton no dijo nada, dejó la labor en la mesa y se quedó pensando.

—Pero el camino es largo para que vuelva andando a su casa por la noche.

—¡Ah, sí! La mandaría en un coche de alquiler. Ni se me ocurriría que volviera andando.

En ese momento entró el señor Thornton, que se iba a la fábrica.

—Madre, no hace falta decir que si la señora Hale necesita cualquier cosa que la ayude en la invalidez se la ofrecerá, ¿verdad?

—Si lo averiguo, sí. Pero, como yo nunca he estado enferma, no sé muy bien qué puede necesitar una persona postrada en cama.

—¡Bueno! Aquí está Fanny, que siempre se queja de algo. Quizá ella sepa darle una indicación, ¿verdad, Fan?

—¡Yo no me quejo siempre de algo! —dijo Fanny de mal humor—. Y no voy a ir con *mama*. Hoy me duele la cabeza y no pienso salir.

El señor Thornton parecía contrariado. La madre miraba la labor que tenía entre manos y cosía tan rápidamente como solía.

—¡Fanny! Quiero que vayas —dijo él en tono autoritario—. Te sentará bien, ya verás. Te agradecería que fueras y no se hable más.

Y salió bruscamente de la habitación.

Si se hubiera quedado un minuto más, Fanny se habría echado a llorar, a pesar de que le había dicho «te agradecería». Pero, como se fue, se limitó a refunfuñar:

—John siempre dice que me invento las enfermedades, pero yo no me invento nada. ¿Quiénes son esas Hale que tanto le importan?

—Fanny, no hables así de tu hermano. Sus razones tendrá, las que sean, para que quiera que vayamos. Vístete, anda, date prisa.

El pequeño altercado entre sus hijos no logró que la señora Thornton se inclinara a favor de «esas Hale». Celosa, repitió para sí la pregunta de su hija: «¿Quiénes son, para que tenga tanto interés en que seamos atentas con ellas?».

Le resonaba en la cabeza como una cantinela incluso mucho después de que a Fanny se le olvidara todo mientras, entusiasmada, admiraba en el espejo lo mucho que le favorecía una capota nueva.

La señora Thornton era tímida. Hacía pocos años que disponía de tiempo para relacionarse con otras personas, pero la sociedad como tal no la satisfacía. Le gustaba organizar cenas y criticar las de los demás, pero ir a conocer a gente nueva era una cosa muy distinta. Entró tensa y parecía más severa e imponente que de costumbre cuando llegó a la pequeña salita de las Hale.

Margaret bordaba una camisita de batista para el niño que esperaba Edith: «Una labor insulsa e inútil», se dijo la señora Thornton. Le gustó mucho más la labor de punto de media que hacía la señora Hale, era más práctica en su estilo. La habitación estaba repleta de objetos pequeños, se tardaría mucho en quitarles el polvo y, para quien tiene ingresos limitados, el tiempo es dinero.

Hacía todas estas reflexiones mientras hablaba con la señora Hale a su manera majestuosa, diciendo todos los lugares comunes a los que suele recurrir la gente cuando no piensa en lo que dice. La señora Hale se esforzaba mucho más en sus respuestas, cautivada como estaba por un encaje antiguo que llevaba la señora Thornton. «Un encaje —le diría después a Dixon— de ese punto inglés de antes, que ya no se hace ni se puede comprar. Debe de ser una reliquia familiar, lo que significa que tiene antepasados». Y así, la dueña de la reliquia familiar se hizo merecedora de algo más que los lánguidos esfuerzos para ser amable con la visita con los que la habría atendido. Por otra parte, Margaret, exprimiéndose el cerebro para hablar con Fanny, oyó a su madre y a la señora Thornton sumirse en el interminable tema del servicio.

—Supongo que no es aficionada a la música —dijo Fanny—, no veo ningún piano por aquí.

—Me gusta escuchar buena música, aunque no toco muy bien; a mis padres no les interesa especialmente, así que vendimos el piano que teníamos antes de venir aquí.

—No sé cómo puede sobrevivir sin un piano. Para mí es casi una necesidad vital.

«¡Quince chelines semanales y aún ahorraban tres! —exclamó Margaret en su fuero interno—. Pero ella debía de ser muy joven. Seguramente ya no recuerda cómo fue. Sin embargo, tiene que saber algo de aquella época». Cuando volvió a hablar, lo hizo con mayor frialdad que antes.

—Al parecer, hay buenos conciertos aquí.

—¡Ah, sí! ¡Deliciosos! Lo peor es la cantidad de gente. Los directores admiten indiscriminadamente a cualquiera. Pero aquí oímos la música más reciente, eso sí. Después de cada concierto siempre hago un pedido muy nutrido en Johnson's.

—Entonces, ¿le gustan las novedades musicales solo porque son novedades?

—¡Ah! Se sabe que están de moda en Londres, porque, si no, los cantantes no las traerían aquí. Conoce usted Londres, por supuesto.

—Sí —dijo Margaret—, viví allí unos cuantos años.

—¡Ay! ¡Londres y la Alhambra son los dos sitios que más deseo ver!

—¡Londres y la Alhambra!

—¡Sí! Desde que leí los *Cuentos de la Alhambra*. ¿No los conoce?

—No, no creo, pero el viaje a Londres es fácil.

—Sí, pero, no sé por qué —dijo Fanny bajando la voz—, *mama* no ha ido nunca y no entiende mi deseo. Está muy orgullosa de Milton, con lo sucio y lleno de humo que está, a mi parecer. Creo que le gusta tanto justo por eso.

—Si la señora Thornton ha vivido aquí unos años, entiendo que le tenga cariño —dijo Margaret con voz cristalina.

—¿Qué dice usted de mí, señorita Hale, si me permite la pregunta?

Margaret no tenía preparada una respuesta para esa pregunta, que la tomó por sorpresa, y respondió la señorita Thornton.

—¡Ay, *mama*! Solo buscábamos una justificación que explicara el cariño que le tienes a Milton.

—Gracias —dijo la señora Thornton—. No creo que el cariño espontáneo que le tengo al sitio en el que nací y me crie..., y en el que hace años que vivo, necesite justificación.

Margaret se disgustó. Tal como lo había dicho Fanny, parecía que hubieran cometido la impertinencia de hablar de los gustos de la señora Thornton; y también la sublevó la forma en que la señora había dado a entender que la había ofendido.

—¿Conoce usted Milton un poco? —continuó la señora Thornton después de una pausa—. ¿Ha visto nuestras fábricas y nuestros magníficos almacenes?

—No —respondió Margaret—. Todavía no he visto nada de todo eso. —De pronto le pareció que, si ocultaba que esos lugares le resultaban completamente indiferentes, mentía, por lo que añadió—: Mi padre ya me habría llevado a verlos si creyera que me interesaban, pero la verdad es que no me llama la atención conocerlos.

—Son sitios muy curiosos —dijo la señora Hale—, pero muy ruidosos y sucios. Recuerdo que una vez fui a ver una fábrica de velas; llevaba un vestido de seda de color lila y se me estropeó por completo.

—Muy probable —dijo la señora Thornton breve y desagradablemente—. Solo he pensado que, como recién llegadas a una ciudad que ha alcanzado tanta prominencia en el país gracias al progreso de su industria particular, tal vez les habría apetecido visitar algunos sitios en los que se lleva a cabo; son únicos en el reino, según me han dicho. Si la señorita Hale cambia de opinión y se digna a sentir curiosidad por las manufacturas de Milton, solo quiero decirle que estaré encantada de facilitarle la entrada a las salas de estampación o de tejido de la fábrica de mi hijo, o a las de hilado, que son más sencillas. Tengo entendido que ahí se pueden ver todas las mejoras de la maquinaria a la perfección.

—Me alegro mucho de que no le gusten las fábricas, ni las manufacturas ni todas esas cosas —dijo Fanny en un susurro al levantarse para acompañar a su madre, que se estaba despidiendo de la señora Hale con mucha dignidad y recrujir de telas.

—Creo que a mí me encantaría conocerlas a fondo si estuviera en su lugar —respondió Margaret en voz baja.

—¡Fanny! —dijo su madre en el camino de vuelta—. Trataremos a esas Hale con cortesía, pero que no se te ocurra hacerte amiga de la hija. No es una buena influencia para ti, estoy segura. La madre parece muy enferma, pero es amable y agradable.

—No quiero ser amiga de la señorita Hale, *mama* —replicó Fanny con un mohín—. Creía que tenía el deber de hablar con ella y de procurar que se lo pasara bien.

—¡Bien! John estará satisfecho ahora, desde luego.

CAPÍTULO XIII
UNA BRISA FRESCA EN UN LUGAR SOFOCANTE

Que la duda y los pesares, el miedo y el dolor
y la angustia, son todo sombras vanas;
que la muerte misma no permanecerá;

Que fatigosos desiertos podremos recorrer,
un lúgubre laberinto cruzar,
a través de oscuros caminos subterráneos ser conducidos:

Aun así, si a un Guía vamos a obedecer,
el más triste sendero, el camino más misterioso
nos llevará al día celestial;

Y nosotros, en diversas orillas ahora arrojados,
nos encontraremos, pasado nuestro peligroso viaje,
todos en la casa de nuestro Padre ¡al fin!

R. C. TRENCH

Margaret subió volando a su habitación en cuanto las visitas se fueron, se puso la capota y el chal y se fue inmediatamente a ver a Bessy Higgins y a pasar con ella todo el rato que pudiera hasta la hora de comer. Caminando por las estrechas calles atestadas se dio cuenta del interés que habían cobrado para ella por el simple hecho de haber empezado a cuidar a una de sus habitantes.

Mary Higgins, la desaliñada hermana menor, se había propuesto limpiar la casa lo mejor posible para la visita que esperaban. Había restregado las losas del centro del suelo, pero no las de debajo de las sillas, de la mesa y de los bordes de las paredes, que seguían igual de mugrientas. Aunque hacía un día caluroso, el gran hogar estaba encendido y la estancia parecía un horno; Margaret no entendió que el derroche de carbón era una señal de hospitalidad que le ofrecía Mary y creyó que tanto calor era necesario para Bessy, que yacía en una especie de sofá situado al pie de la ventana. Estaba mucho más débil que el día anterior y cansada de levantarse cada vez que oía pasos para mirar por la ventana si era la persona a la que esperaba. Cuando por fin Margaret se sentó en una silla a su lado, la muchacha se tumbó en silencio, satisfecha con mirarle la cara y tocarle el vestido admirando la delicada tela como una niña pequeña.

—Antes no sabía por qué a los de la Biblia les gustaban las telas finas. Pero debe de ser agradable vestirse como usted, tan diferente de los demás. Los trajes de la gente elegante me cansan los ojos con tantos colores, pero su ropa me los descansa, no sé por qué. ¿Dónde compró este vestido?

—En Londres —dijo Margaret risueñamente.

—¡En Londres! ¿Ha *estao* en Londres?

—¡Sí! Viví allí unos años. Pero mi casa estaba en un bosque, en el campo.

—Cuéntemelo —dijo Bessy—. Me gusta que me cuenten cosas del campo, de los árboles y todo eso.

Se recostó de nuevo, cerró los ojos y cruzó las manos sobre el pecho para escuchar en paz todo lo que Margaret fuera a contarle.

Margaret no había vuelto a hablar de Helstone desde que se fue, aunque alguna vez lo había nombrado por casualidad. Lo veía en sueños más vívidamente que nunca y, por la noche, cuando empezaba a dormirse, recordaba los rincones más queridos. Pero estaba dispuesta a complacer a la niña.

—¡Ah, Bessy! No sabes cuánto me gustaba el hogar del que nos fuimos. ¡Si pudieras verlo...! No tengo palabras para contarte ni la mitad de lo bonito que era. Hay árboles enormes por todas partes, con largas ramas regulares que dan una sombra tupida y protectora incluso a mediodía. Y, aunque parezca que las hojas no se mueven, siempre se oye un murmullo alrededor..., un poco más allá. En unos sitios, el suelo es blando y suave como el terciopelo, en otros, está húmedo y lleno de vegetación gracias a la continua humedad de un arroyuelo escondido que discurre por allí cerca. Y en otros, crecen los ondulantes helechos: grandes franjas de helechos, unos a la sombra verde, otros brillando bajo los largos rayos dorados de sol..., como si fuera el mar.

—Nunca he visto el mar —murmuró Bessy—, pero siga, siga.

—También hay grandes ejidos en las partes más altas, tan arriba que están por encima de los árboles...

—Cuánto me alegro. Porque abajo me asfixiaba o algo así. Cuando salía de excursión, siempre quería ir a sitios altos para ver a lo lejos y respirar ese aire limpio. Milton ya me asfixia bastante, y creo que ese murmullo que dice que se oye siempre entre los árboles me marearía; por eso me dolía tanto la cabeza en la fábrica. Bueno, supongo que en esos ejidos no habrá mucho ruido, ¿verdad?

—No —dijo Margaret—, no se oye nada más que alguna alondra de vez en cuando en lo alto del cielo. Alguna vez oí a un granjero regañando a sus peones a voces; pero estaba tan lejos que solo me recordaba lo a gusto que estaba yo sentada en el brezal sin hacer nada mientras otros, en algún sitio mucho más allá, tenían que trabajar.

—Una vez pensé que si pudiera estar un día sin hacer nada, solo descansar, un día en un sitio tranquilo como ese que me cuenta..., a lo mejor me curaría. Pero ahora ya he estado muchos días sin hacer nada y estoy tan harta como cuando trabajaba. A veces me canso tanto que me parece que no podré disfrutar del Cielo si no tengo antes un tiempo de descanso. Me da un poco de miedo ir allí directamente sin haber podido dormir a gusto en la tumba para recuperarme.

—No tengas miedo, Bessy —dijo Margaret, tocándole la mano—. Dios puede concederte un descanso más perfecto que el ocio en la tierra o el sueño de los muertos en la tumba.

Bessy se inquietó un momento y dijo:

—¡Si mi padre no hablara como habla...! Tiene buena intención, como le dije ayer y le diré mil veces, pero es que, aunque por el día no creo una palabra de lo que dice, por la noche, cuando estoy en un duermevela y me sube la fiebre, me acuerdo de todo lo que ha dicho y..., ¡es horrible! Pienso que si esto es lo único que hay y que solo he nacido para trabajar toda la vida y para estar enferma en este sitio tan triste, con todo el ruido de las fábricas siempre en los oídos, que hasta me pondría a gritar que parasen y me dejaran un ratito de silencio..., y con los pulmones llenos de pelusa, que es que me muero por una bocanada larga y profunda de aire limpio como ese que me cuenta *usté*..., y sin mi madre, que se fue sin poder decirle otra vez lo mucho que la quería ni contarle todas mis penas..., pienso que si la vida es esto y si no hay Dios que seque todas las lágrimas de todos los ojos... ¡Ay, chica, chica! —exclamó, y se sentó y agarró la mano a Margaret violentamente, casi con fiereza—, podría volverme loca y matarla a usted, sí, matarla.

Se dejó caer hacia atrás completamente exhausta de pasión. Margaret se arrodilló a su lado.

—Bessy, tenemos un Padre en el Cielo.

—¡Ya lo sé! Lo sé —gimió, moviendo la cabeza con inquietud de un lado a otro—. ¡Qué mala soy! ¡Qué cosas tan malas he dicho! ¡Ay, no se asuste tanto que no quiera volver nunca más! No le tocaría ni un pelo de la cabeza. Y —abrió mucho los ojos y miró fijamente a Margaret— tal vez crea más que usted en lo que nos espera. He leído el Apocalipsis hasta aprendérmelo de memoria, y, cuando estoy despierta y consciente, nunca dudo de la gloria que me espera.

—No hablemos de los delirios que tienes cuando te sube la fiebre. Prefiero que me cuentes lo que hacías cuando estabas sana.

—Creo que estaba sana cuando murió mi madre, pero nunca he estado fuerte de verdad desde entonces. Poco después empecé a trabajar en una nave de carda, se me llenaron los pulmones de pelusa y me envenené.

—¿Pelusa? —preguntó Margaret.

—Pelusa —repitió Bessy—. Briznas que se sueltan del algodón cuando lo cardan, llenan el aire como si fueran un polvo blanco. Dicen que se enredan alrededor de los pulmones y los comprimen. La cosa es que muchas de las que trabajan en la carda se ponen enfermas, se envenenan con la pelusa y tosen y escupen sangre.

—Pero ¿no se puede evitar de alguna manera? —preguntó Margaret.

—No sé. En algunas naves ponen una rueda muy grande al fondo, que mueve el aire y se lleva el polvo, pero cuesta mucho dinero, puede que quinientas o seiscientas libras, y no da beneficios, por eso son tan pocos los patronos que la ponen, y, según he oído, algunos obreros no quieren trabajar en los talleres que tienen la rueda porque dicen que les entra hambre, porque estaban acostumbrados a tragar mucha pelusa, y que tendrían que pagarles más por trabajar en esos sitios. Así que, entre los amos y los obreros, no ponen las ruedas. Pero yo sé que habría preferido que en nuestra sala hubieran puesto una.

—¿Tu padre no lo sabía? —preguntó Margaret.

—¡Sí! Y lo sentía mucho. Pero nuestra fábrica era de las buenas en casi todo; era una gente muy formal, y mi padre no quería que fuera a una nave desconocida, porque, aunque ahora no lo parezca, en aquella época muchos decían que era una chica muy guapa. Y no me gustaba que me tomaran por una persona débil y poco trabajadora, y Mary tenía que seguir yendo a la escuela, decía mi madre, y a mi padre le gustaba comprar libros y también ir a conferencias de lo que fuera... Todas esas cosas costaban dinero, así que seguí trabajando en ese mundo hasta que el ruido se me metió en los oídos para siempre y la pelusa en la garganta. Y ya está.

—¿Cuántos años tienes? —le preguntó Margaret.

—Voy a cumplir diecinueve en julio.

—Yo también tengo diecinueve años.

Más entristecida que Bessy, pensó en la diferencia que había entre ellas. Se quedó un momento en silencio procurando dominar la emoción que la embargaba.

—Y Mary... —dijo Bessy—, quería pedirle que sea amiga suya. Tiene diecisiete años, pero es la más pequeña y no quiero que vaya a trabajar a la fábrica, aunque no sé para qué otra cosa servirá.

—No podría... —Margaret miró inconscientemente a los rincones sucios de la habitación—. No podría trabajar de criada, ¿verdad? Tenemos una muy fiel, que ya es mayor, es casi una amiga, y necesita ayuda, pero es muy exigente y no estaría bien atormentarla con una ayudante que en realidad solo la estorbaría y la haría enfadar.

—No, claro, lo comprendo. Seguro que tiene razón. Nuestra Mary es buena chica, pero no ha tenido quien le enseñara a cuidar de una casa. Ni mi madre ni yo, porque estaba en la fábrica, hasta que me quedé inservible y solo podía reñirla por hacer mal lo que yo tampoco sabía hacer. Pero me habría gustado que pudiera vivir con usted, eso seguro.

—No sé si está capacitada del todo para venir a vivir con nosotros de criada, aunque nunca se sabe..., pero procuraré ser siempre amiga suya por ti, Bessy. Tengo que irme ya. Volveré lo antes posible, pero si no vuelvo mañana o pasado mañana o incluso hasta dentro de una semana o dos, no creas que me he olvidado de ti. Será porque tengo mucho que hacer.

—Sé que no volverá a olvidarse de mí. Ahora confío en usted. Pero piense que dentro de una semana o dos ¡puedo estar muerta y enterrada!

—Volveré tan pronto como pueda, Bessy —dijo Margaret, apretándole la mano—. Pero, si empeoras, házmelo saber.

—Sí, así lo haré —dijo Bessy, apretándole la mano a su vez.

A partir de entonces, la señora Hale empezó a encontrarse peor. Se acercaba el aniversario de la boda de Edith y, pensando en la cantidad de desgracias que habían pasado en un año, Margaret se preguntó cómo había podido superarlas. Si lo hubiera sabido de antemano, se habría acobardado y habría huido de lo que estaba por venir. Y, sin embargo, vivido todo día a día, había sido bastante llevadero: en medio de tantos pesares, siempre había habido momentos luminosos que había disfrutado íntimamente. Hacía un año, cuando volvió a Helstone y por primera vez se dio cuenta en silencio de lo quejumbrosa que estaba su madre, habría protestado amargamente al pensar que tendría que soportar una enfermedad larga en una ciudad desconocida, desolada y ruidosa, con más estrecheces en todos los aspectos de la vida doméstica. Pero, al cerciorarse de que los motivos de queja eran graves y justos, su madre había adoptado una entereza que antes no tenía. Cuando la acosaba el dolor físico intenso se mostraba amable y silenciosa, casi en la misma medida que la actitud inquieta y deprimida cuando no tenía motivos reales para sufrir. El señor Hale pasaba exactamente por ese estado de aprensión en el que los hombres de su temple se obstinan en no ver lo que tienen delante. Le irritaba como nunca que su hija le expresara su inquietud.

—De verdad, Margaret, ¡te estás volviendo fantasiosa! Bien sabe Dios que yo sería el primero en alarmarme si tu madre estuviera enferma de gravedad; en Helstone, siempre sabíamos cuándo le dolía la cabeza, aunque no nos lo dijera. Cuando está enferma se pone muy pálida, pero ahora tiene muy buen color en las mejillas, igual que cuando la conocí.

—Pero, papá —dijo Margaret con vacilación—, es que a mí me parece que son los colores de la fiebre.

—Tonterías, Margaret. Estás fantaseando, te lo aseguro. Sospecho que eres tú la que no está bien. Manda llamar al médico mañana, pero para ti, y después, para que te quedes tranquila, que vea también a tu madre.

—Gracias, papá querido. Sí, me quedaré más tranquila, desde luego.

Y se acercó a darle un beso, pero él la rechazó, con ternura, eso sí, aunque como si hubiera insinuado ideas desagradables y estuviera deseando deshacerse de ella lo antes posible. Empezó a dar vueltas de un lado a otro de la habitación.

—¡Pobre Maria! —exclamó, casi hablando solo—. ¡Ay, si pudiera cumplir con mi deber sin sacrificar a los demás! Voy a aborrecer esta ciudad y a mí mismo si ella... Dime, Margaret, ¿tu madre habla mucho de los sitios de antes? De Helstone, quiero decir.

—No, papá —respondió ella con tristeza.

—Entonces, no es que lo eche tanto de menos, ¿verdad? Siempre me ha consolado pensar que tu madre es tan sencilla y sincera que la conozco a fondo, hasta sus más nimios motivos de queja. Si de verdad estuviera enferma de gravedad, no me lo ocultaría, ¿verdad, Margaret? Estoy seguro de que no. Así que no me vengas con esas ideas infundadas y malsanas. Ven, dame un beso y vete a la cama.

Pero lo oyó dar vueltas (mapachear, como lo llamaban Edith y ella) hasta mucho después de que terminara de desvestirse lánguida y lentamente, hasta mucho después de que empezara a oírlo tumbada en la cama.

CAPÍTULO XIV

EL MOTÍN

Estaba acostumbrada
a dormir por las noches tan dulcemente como un niño,
ahora, si el viento soplaba fuerte, me sobresaltaba,
y pensaba en mi pobre hijo zarandeado
sobre los rugientes mares. Y entonces me parecía
sentir que era cruel alejarlo de mí
por tan pequeño error.

SOUTHEY

En esta época, para Margaret fue un consuelo descubrir que su madre se acercaba a ella con más ternura y confianza que nunca desde la infancia. La tomó como amiga íntima, un lugar que siempre había deseado ocupar y había envidiado a Dixon por ser la preferida de las dos. Margaret se desvivía por responder a todas sus peticiones de comprensión, que eran muchas, incluso cuando se trataba de nimiedades en las que se habría fijado menos que un elefante en un palito del suelo, que luego, a la orden de su cuidador, levantara con toda delicadeza. Inconscientemente, Margaret se acercaba a una recompensa.

Una tarde, en ausencia del señor Hale, la madre empezó a hablar de Frederick, el hermano de Margaret, un tema sobre el que tenía muchas ganas de preguntar, casi el único en el que la timidez se había impuesto a su espontaneidad natural. Cuanto mayor era su deseo de saber cosas de él, más difícil era que preguntara algo.

—¡Ay, Margaret! ¡Cuánto viento hizo anoche! Entraba aullando por la chimenea de nuestra habitación y no me dejaba dormir. Esos vientos tan fuertes siempre me quitan el sueño. Empecé a acostumbrarme a estar en vela cuando el pobre Frederick se hizo a la mar; y ahora, aunque no me despierte inmediatamente, sueño que está en el barco en medio de una tormenta, rodeado de olas enormes de un verde cristalino, que envuelven la nave por los dos costados, pero mucho más altas que los mástiles, y caen sobre ella con una cruel y terrible espuma blanca como una serpiente empenachada gigantesca. Ese sueño se repite desde hace tiempo siempre que ruge el viento, hasta que afortunadamente me despierto y me siento en la cama, rígida de terror. ¡Pobre Frederick! Ahora está en tierra, así que el viento ya no puede hacerle daño. Aunque pensé que podía tirar unas cuantas chimeneas de esas tan altas.

—¿Dónde está Frederick ahora, mamá? Ya sé que le mandamos las cartas a Cádiz, a la atención de los señores Barbour, pero ¿dónde está mi hermano?

—No me acuerdo del nombre del sitio, pero no lleva el apellido Hale, Margaret, que no se te olvide. ¿No te has fijado que en las esquinas de las cartas pone «F. D.»? Ha adoptado el apellido de Dickenson. Yo quería que se hubiera puesto Beresford, porque tiene cierto derecho a adoptarlo, pero a tu padre no le pareció bien, porque podrían reconocerlo si lo llamaran por mi apellido.

—Mamá —dijo Margaret—. Yo estaba en casa de tía Shaw cuando pasó todo, y supongo que no tenía edad suficiente para que me lo contaran. Me gustaría saberlo ahora, si es posible, si no te entristece demasiado hablar de ello.

—No me entristece, no —respondió la señora Hale ruborizándose—, aunque me da mucha pena pensar que tal vez nunca vuelva a ver a mi querido hijo. Porque él actuó bien, Margaret. Digan lo que digan, tengo sus cartas, que lo demuestran, y, aunque sea mi hijo, yo le creo a él antes que a cualquier tribunal militar del mundo. Anda, cielo, trae las cartas que están en el segundo cajón de la izquierda de la vitrina japonesa.

Allí estaban las cartas amarillentas teñidas de mar, con ese olor peculiar que tienen cuando llegan del océano. Se las llevó a su madre, que desató la cinta de seda con dedos temblorosos; después, mirando la fecha, empezó a pasárselas a Margaret para que las leyera e iba haciendo comentarios rápidos y anhelantes casi antes de que su hija pudiera entender lo que decían.

—Como ves, Margaret, el capitán Reid le desagradó desde el primer momento. Ocupaba el puesto de alférez en el barco, el Orion, y era la primera vez que se hacía a la mar. Pobrecito mío, qué bien le sentaba el uniforme de guardiamarina, con el puñal en la mano, abriendo todos los periódicos con él como si fuera un abrecartas. Pero, al parecer, ese tal señor Reid le tomó inquina desde el principio. Y después..., ¡un momento! Estas son las que escribió a bordo del Russell. Cuando lo destinaron a ese barco y vio que su antiguo enemigo, el capitán Reid, estaba al mando, se propuso soportar su tiranía pacientemente. ¡Fíjate! Aquí está la carta. Léela, Margaret. Ahí donde dice, a ver..., «mi padre puede confiar en que soportaré con la debida paciencia cuanto un oficial y caballero pueda soportar de otro. Pero, como conozco al capitán, confieso que preveo con aprensión una larga singladura tiránica a bordo del Russell». Ya lo ves, se compromete a soportarlo con paciencia, y estoy segura de que fue así, porque era el muchacho más dulce del mundo cuando no lo irritaban. ¿Es esa la carta en la que habla de la impaciencia del capitán Reid con la tripulación por no hacer las maniobras a la misma velocidad que el Avenger? Fíjate, dice que había muchos hombres nuevos a bordo del Russell, mientras que el Avenger llevaba casi tres años de servicio, sin nada más que hacer que ahuyentar a los esclavistas y entrenar a sus hombres hasta que subían y bajaban por las jarcias como ratas o como monos.

Margaret leyó la carta despacio, porque la tinta se había desvaído y resultaba casi ilegible. Parecía ser, y debía de serlo, una declaración sobre las formas imperiosas del capitán Reid en cuestiones de poca importancia muy exagerada por parte del narrador, que la habría escrito en caliente, cuando acababa de suceder la escena del altercado. Unos cuantos marineros habían subido a la jarcia del palo mayor, el capitán les ordenó que bajaran inmediatamente y los amenazó diciendo que el último sería castigado con el gato de nueve colas. El que estaba en lo más alto de la verga, al ver que le sería imposible sobrepasar a los demás y horrorizado ante la idea de los latigazos, se arrojó desesperadamente con intención de agarrarse a un cabo que estaba mucho más abajo, no lo consiguió y cayó en cubierta sin sentido. Sobrevivió solo unas horas y el joven Hale había escrito la carta cuando la indignación de la tripulación estaba en pleno apogeo.

—Pero esta carta no la recibimos hasta mucho después de tener noticias del motín. ¡Pobre Fred! Seguro que escribirlo todo le sirvió de consuelo, aunque no supiera cómo mandarlo, pobrecito mío. Y después, mucho antes de que nos llegara la carta de Fred, publicaron un informe en la prensa, según el cual había estallado un motín atroz en el Russell, que los amotinados habían tomado posesión del barco y se habían ido, probablemente para dedicarse a la piratería, se suponía; y que al capitán Reid lo habían abandonado a su suerte en un bote con algunos hombres, oficiales o algo así, de los que se sabía el nombre porque habían sido rescatados por un vapor de la West Indian. ¡Ay, Margaret! ¡Locos nos volvimos tu padre y yo dándole vueltas a la lista de nombres! ¡No encontrábamos el de Frederick Hale! Pensamos que sería un error, porque el pobre Fred era muy bueno, aunque tal vez demasiado apasionado; y, como los periódicos no son muy cuidadosos, teníamos la esperanza de que el apellido Carr, que estaba en la lista, fuera una errata, en vez de Hale. Al día siguiente, hacia la hora en que llegaba el correo, tu padre se fue andando a Southampton a buscar la prensa; yo no podía parar en casa, así que salí a su encuentro. Pero no llegaba, tardaba mucho más de lo que yo esperaba, así que me senté a la sombra de un seto. Por fin apareció, con los brazos colgando, la cabeza gacha, andando trabajosamente, como si cada paso le costara un gran esfuerzo. Margaret, todavía lo veo.

—No sigas, mamá. Lo entiendo muy bien —dijo Margaret, inclinándose cariñosamente hacia ella y besándole la mano.

—No, no lo entiendes, Margaret. No lo entendería nadie que no lo hubiera visto en ese momento. Casi no podía levantarme para recibirlo: era como si todo me diera vueltas. Y cuando lo alcancé, no me dijo nada, parecía sorprendido de verme allí, a más de tres millas de casa, junto al haya de Oldham; pero me apoyó el brazo en el suyo y me acarició la mano una y otra vez, como si quisiera tranquilizarme por algo horrible que hubiera sucedido; y cuando empecé a temblar de la cabeza a los pies y no podía hablar, me abrazó, puso la cabeza encima de la mía y se echó a llorar de una forma rara, agitadamente, como ahogado, con una voz rasposa, hasta que yo, atemorizada, dejé de temblar y solo le rogaba que me dijera lo que había oído. Entonces, movió la mano como si le tiraran de ella en contra de su voluntad y me dio un periódico horrible para que lo leyera, en el que llamaban a Frederick «traidor de la peor calaña» y decían que era «una vergüenza, una vileza y un gran desagradecimiento para con la profesión». ¡Ay! No puedo repetir todas las cosas horrendas que escribieron de él. Me puse a leer el periódico y, en cuanto terminé, lo partí en mil pedazos. Creo que hasta lo rasgué con los dientes, pero no lloré. No podía. Me ardía la cara, echaba fuego por los ojos. Vi que tu padre me miraba con gran seriedad. Dije que todo eso era mentira. Esta carta llegó meses más tarde, y ya ves lo que movió a Frederick. No se rebeló por sí mismo ni por lo que le hubieran hecho a él; pero tenía que decirle al capitán Reid lo que pensaba, y así la cosa fue de mal en peor; y casi todos los marineros se pusieron de parte de tu hermano.

»Creo, Margaret —continuó después de una pausa, con una voz temblorosa y exhausta—, que me alegro mucho..., me enorgullece más que Frederick se plantara ante el capitán por una injusticia que si hubiera actuado simplemente como un buen oficial.

—Yo también, estoy segura —dijo Margaret en un tono firme y decidido—. Está bien ser leal y obediente a la sabiduría y a la justicia; pero todavía es mejor desafiar al poder arbitrario que se ejerce injusta y cruelmente, y no en el beneficio propio sino por otros más desvalidos.

—Por todo eso quisiera ver a Frederick una vez más, solo una. Es mi primer hijo, Margaret.

La señora Hale lo dijo con tristeza, casi como disculpándose por la vehemencia de su gran deseo, como si así menospreciara a la hija que le quedaba. Pero a Margaret no se le pasó por la cabeza esa idea, porque estaba pensando en cómo complacer el anhelo de su madre.

—Eso fue hace seis o siete años, ¿crees que todavía lo detendrían, mamá? Si viniera y se sometiera a juicio, ¿cuál sería el castigo? Sin duda podría demostrar todo lo que sucedió.

—No serviría de nada —respondió la señora Hale—. Detuvieron a algunos soldados de los que apoyaron a Frederick y los llevaron ante un tribunal militar a bordo del Amicia. Creí todo lo que declararon en su defensa, pobres hombres, porque confirmaba lo que nos había contado Frederick, pero no sirvió de nada...

Y, por primera vez en toda la conversación, la señora Hale empezó a llorar; sin embargo, Margaret se sintió obligada a pedirle más información, una información que intuía y temía.

—¿Qué les pasó, mamá? —preguntó.

—Los colgaron del palo mayor —dijo la señora Hale solemnemente—. Y lo peor fue que el tribunal, al condenarlos a muerte, declaró que sus oficiales superiores los habían arrastrado a la desobediencia.

Se quedaron en silencio unos largos momentos.

—Y Frederick estuvo unos años en Sudamérica, ¿verdad?

—Sí. Y ahora está en España, en Cádiz o en algún sitio cerca. Si viene a Inglaterra lo colgarán. Nunca volveré a verlo..., porque si viene a Inglaterra lo colgarán.

No había consuelo posible. La señora Hale volvió la cara a la pared y se quedó inmóvil de desesperación maternal. No había palabras de alivio. Se soltó de la mano de Margaret con un leve movimiento de impaciencia, como si prefiriera quedarse a solas con el recuerdo del hijo. Cuando llegó el señor Hale, Margaret salió de la habitación presa de un gran abatimiento; no veía esperanzas luminosas en ninguna parte del horizonte.

CAPÍTULO XV

PATRONOS Y OBREROS

El pensamiento lucha contra el pensamiento; surge una chispa de verdad entre el choque de la espada con el escudo.

W. S. Landor

—Margaret —dijo el padre al día siguiente—, tenemos que devolver la visita a la señora Thornton. Tu madre no se encuentra muy bien y dice que no puede andar tanto, pero tú y yo iremos esta tarde.

Por el camino, el señor Hale empezó a hablar de la salud de su mujer con cierta preocupación mal disimulada, y Margaret se alegró de que por fin hubiera abierto los ojos.

—¿Consultaste al médico, Margaret? ¿Le pediste que fuera a casa?

—No, papá. Dijiste que lo llamara para que me mirase a mí, pero yo estoy bien. Si al menos conociera a uno bueno, iría esta misma tarde y le pediría que fuera a casa, porque estoy convencida de que la indisposición de mamá es grave.

Le dijo la verdad claramente, con firmeza, porque la última vez que le había confiado sus temores, él no le había hecho el menor caso. Pero había cambiado desde aquel día, y respondió con desaliento:

—¿Crees que nos oculta alguna enfermedad? ¿Te parece que de verdad está muy mal? ¡Ay, Margaret! Me acosa el temor de que venir a Milton pueda ser la causa de su muerte. ¡Mi pobre Maria!

—¡Ay, papá! ¡No pienses esas cosas! —replicó Margaret, escandalizada—. No se encuentra bien, nada más. Mucha gente enferma una temporada, y con buenos consejos mejora y se pone más fuerte que nunca.

—Pero ¿Dixon te ha dicho algo?

—¡No! Ya sabes cuánto le gusta ponerse misteriosa con tonterías, y últimamente está un poco misteriosa con la salud de mamá, cosa que me ha alarmado un poco, pero nada más, y sin motivo, diría. Como dijiste el otro día, estoy un tanto fantasiosa.

—Eso espero. Pero no pienses en lo que te dije el otro día. Prefiero que lo de la salud de tu madre sea pura fantasía. Cuéntame tus fantasías sin temor, me gusta saberlas, aunque te respondí como si estuviera enfadado. Vamos a pedirle a la señora Thornton que nos recomiende un buen médico. No vamos a tirar el dinero si no es el mejor que podamos encontrar. Un momento, hay que torcer por esta calle.

No parecía que la calle pudiera albergar una casa suficientemente grande para la señora Thornton. Su hijo nunca les había dado una idea de cómo era la casa, pero, inconscientemente, Margaret se había imaginado que la impresionante y bien vestida señora Thornton vivía en una mansión acorde con su regio aspecto. Sin embargo, la calle Marlborough consistía en largas hileras de casitas con un muro ciego de vez en cuando; al menos eso era lo que se veía desde donde estaban.

—Me dijo que vivía en la calle Marlborough, estoy seguro —dijo el señor Hale bastante asombrado.

—Tal vez todavía prefiera economizar en algunas cosas y por eso tiene una vivienda pequeña. Pero hay mucha gente por aquí; voy a preguntar.

Preguntó a un transeúnte, que la informó de que el señor Thornton vivía cerca de los talleres y le señaló la garita de entrada a la fábrica, que se encontraba al final de un largo muro ciego en el que se habían fijado.

La entrada era como la cancela de un jardín cualquiera; a un lado había unas grandes puertas cerradas para el paso de carros y camiones. El portero de la garita les franqueó la entrada a un gran patio rectangular; en un lado se encontraban las oficinas para las transacciones del negocio; en el otro, un edificio inmenso con muchas ventanas, de donde procedían el estruendo continuo de la maquinaria y el rugido quejumbroso de la máquina de vapor, que podían ensordecer a todo el que viviera en las cercanías. Enfrente del muro que daba a la calle, en uno de los lados estrechos del rectángulo, se levantaba una bonita casa recubierta de piedra, ennegrecida, claro está, por el humo, pero con la pintura, las ventanas y los peldaños escrupulosamente limpios. Era evidente que se había construido hacía unos cincuenta o sesenta años: el revestimiento de piedra, las ventanas largas y estrechas y la cantidad de ellas, los peldaños que subían hasta la puerta por ambos lados con sus respectivos pasamanos, todo delataba la época en la que se había construido. Margaret no entendía que quien podía permitirse una casa de tanta calidad y tan perfectamente mantenida no prefiriera una mucho más pequeña en el campo o en las afueras, y no en medio del trajín y el ruido continuos de la fábrica. No estaba acostumbrada a tanto alboroto y apenas oía lo que decía su padre mientras esperaban a que les abrieran la puerta. Además, las habitaciones de la casa se asomaban a la desolación del patio, limitado por las grandes puertas del final del muro ciego, como comprobó Margaret después de subir las anticuadas escaleras y llegar a una sala cuyas tres ventanas quedaban por encima de la puerta principal y de la habitación de la derecha de la entrada. No había nadie allí. Parecía que nunca hubiera habido nadie allí desde el día en que se habían cubierto los muebles con tanto esmero como si la lava fuera a inundarlo todo para ser descubierto mil años después. Las paredes eran de color rosa y dorado; los motivos de la alfombra, ramos de flores sobre un fondo claro, pero el centro estaba cuidadosamente protegido con una gruesa tela de lino crudo. Las cortinas eran de encaje; todos los sillones y sofás tenían sus pañitos de redecilla o de punto. Grandes grupos de figuras de alabastro cubrían todas las superficies disponibles, protegidas del polvo por campanas de cristal. En el centro de la habitación, justo debajo de la araña, tapada con una funda, había una gran mesa redonda con libros elegantemente encuadernados, dispuestos a intervalos regulares alrededor del borde de la pulida superficie como alegres y coloridos rayos de una rueda. Todo reflejaba la luz, nada la absorbía. La estancia daba una penosa sensación de estar moteada, jaspeada y salpicada; esto desagradó tanto a Margaret que apenas se dio cuenta de la gran atención que se requería para tenerlo todo tan inmaculado y puro en semejante ambiente, ni de las molestias que se tomarían de buen grado para mantener el efecto de helada incomodidad, blanca como la nieve. Mirara donde mirase, se notaban el cuidado y el trabajo, pero no para procurar comodidad ni contribuir a unas costumbres caseras tranquilas; solo como adorno y para mantener los adornos a salvo de la suciedad y del deterioro.

Antes de que apareciera la señora Thornton, tuvieron tiempo de observar y hablar entre ellos en voz baja de cosas que cualquiera podía oír, pero suele suceder que, en habitaciones como esa, la gente baja la voz como para no levantar ecos desacostumbrados.

Por fin llegó la señora Thornton con un recrujir de espléndida seda negra, como de costumbre; los complementos de muselina y de encaje rivalizaban, sin superarla, la pura blancura de las muselinas y las redecillas de la habitación. Margaret le explicó el motivo por el que su madre no había podido acompañarlos a devolverle la visita, pero, con la idea de no recordar de nuevo sus temores a su padre de una forma demasiado vívida, dio una excusa insuficiente y a la señora Thornton le quedó la impresión de que la indisposición de la señora Hale no era nada más que un malestar pasajero o imaginario, de esos a los que recurren las señoras elegantes, y que podría haber sobrellevado por un motivo más imperioso: o, en todo caso, si era demasiado grave para permitirle salir ese día, se podía haber retrasado la visita. Al acordarse, además, de que había tenido que alquilar unos caballos para el carruaje el día que fue a visitar a las Hale y de la forma en que el señor Thornton había ordenado a Fanny que la acompañara para presentarles los debidos respetos, la señora Thornton se irguió ligeramente ofendida y no demostró la menor comprensión con Margaret ni concedió el menor crédito a la excusa de la indisposición de su madre.

—¿Cómo está el señor Thornton? —preguntó el señor Hale—. Temo que no se encuentre bien, por la nota que dejó ayer tan apresuradamente.

—Mi hijo no suele enfermar y, cuando lo hace, no habla de ello ni lo utiliza como excusa para no hacer nada. Me dijo que no había encontrado tiempo para leer con usted anoche, señor. Y lo lamentó, estoy convencida; tiene en alta estima las horas que pasa con usted.

—Le aseguro que para mí también son muy agradables —respondió el señor Hale—. Me rejuvenece verlo disfrutar y apreciar la literatura clásica.

—No dudo de que los clásicos sean muy recomendables para quienes disfrutan de tiempo libre. Pero confieso que mi hijo ha reanudado esos estudios en contra de mi parecer. Considero que la época y el lugar en los que vive requieren toda su energía y atención. Los clásicos pueden venir muy bien a los hombres que se permiten perder el tiempo en el campo o en las facultades, pero los de Milton deben dedicarse por entero, en cuerpo y alma, al trabajo diario. Al menos es lo que opino yo.

Esta última frase la dijo con «el orgullo que imita la humildad como un mono».[10]

—Pero sin duda, si uno se dedica tanto a un solo objetivo, los pensamientos se volverán rígidos e inflexibles, incapaces de interesarse por otras cosas —dijo Margaret.

—No entiendo muy bien lo que quiere decir eso de pensamientos rígidos e inflexibles. Tampoco admiro a las personas volubles que un día se vuelcan en una cosa y al siguiente se olvidan de todo para volcarse en otra distinta. La diversidad de intereses no encaja en la vida de un fabricante de Milton. Para él es suficiente, o debería serlo, tener un solo deseo importante y encauzar todos los propósitos de su vida hacia la consecución de ese deseo.

—¿Y cuál es ese deseo? —preguntó el señor Hale.

—Alcanzar y mantener un puesto elevado y honorable entre los comerciantes de su país... —respondió ella, con la cara y los ojos iluminados—, entre los hombres de esta ciudad. Mi hijo ha ganado ese lugar por méritos propios. Vaya donde vaya, y no me refiero solo a Inglaterra, sino a toda Europa, todos los empresarios conocen y respetan el nombre de John Thornton de Milton. Naturalmente, en los círculos de moda lo desconocen —continuó en un tono burlón—. Los caballeros y las damas ociosos no saben nada de los fabricantes de Milton, a menos que lleguen al Parlamento o se casen con la hija de un lord.

Tanto el señor Hale como Margaret se avergonzaron un poco al darse cuenta de que nunca habían oído ese gran nombre hasta que el señor Bell les indicó que el señor Thornton sería un buen amigo con el que podían contar en Milton. El mundo de la orgullosa madre no era ni su mundo elegante de Harley Street ni el del clero del campo o los caballeros de Hampshire. A pesar de los esfuerzos que hizo Margaret por limitarse a escuchar, la señora Thornton adivinó lo que sentía por su expresión.

---

10 *The Devil's Thoughts*, de S.T. Colerigde y Robert Southey.

—Señorita Hale, está usted pensando que nunca oyó hablar de mi maravilloso hijo. Cree que soy una vieja que solo piensa en Milton y en que su hijo es el ser más excepcional que existe.

—No —dijo Margaret con viveza—. Puede que estuviera pensando en que nunca había oído el nombre del señor Thornton hasta que vine a Milton. Sin embargo, desde que llegué, he oído lo suficiente para respetarlo y admirarlo, y para considerar que lo que usted dice de él es justo y verdadero.

—¿Quién le ha hablado de él? —preguntó la señora Thornton, un tanto aplacada, pero celosa, por si otra persona cualquiera no le había hecho suficiente justicia a su hijo.

Margaret vaciló. No le gustaba esa forma autoritaria de interrogarla. El señor Hale acudió al rescate, o eso creía.

—Fue lo que nos contó el propio señor Thornton lo que nos dio a conocer la clase de persona que es, ¿verdad, Margaret?

La señora Thornton se irguió y dijo:

—Mi hijo no es de los que van por ahí hablando de sus logros. ¿Me permite preguntarle otra vez, señorita Hale, a quién se debe esa opinión favorable que se ha formado de él? Las madres sentimos curiosidad y deseamos oír las cosas buenas que se dicen de nuestros hijos, ¿verdad?

—Se debe a lo que el señor Thornton no mencionó de todo lo que nos había contado el señor Bell de su vida anterior... Lo que nos hizo pensar a todos que tiene usted motivos para estar orgullosa es precisamente lo que no dijo.

—¡El señor Bell! ¿Qué sabe él de John? Él, que vive ociosamente en una facultad adormecida. Pero se lo agradezco, señorita Hale. Pocas jóvenes remilgadas estarían dispuestas a dar a una vieja el gusto de saber que se habla bien de su hijo.

—¿Por qué? —preguntó Margaret mirando directamente a la señora Thornton con cara de perplejidad.

—Pues supongo que porque no querrían que pareciera que pretendían ganarse a la vieja madre para su causa, en caso de que tuvieran intenciones de conquistar al hijo.

Sonrió con seriedad, le había gustado la franqueza de Margaret; tal vez pensó que había hecho demasiadas preguntas, como si tuviera algún derecho a dar lecciones. Margaret se rio abiertamente, soltó una carcajada alegre que a la señora Thornton le chirrió en los oídos como si las palabras que la habían provocado hubieran sido la mayor ridiculez posible. Margaret dejó de reírse en cuanto vio la cara de fastidio que ponía la señora Thornton.

—Lo siento mucho, señora, discúlpeme. Pero le agradezco infinitamente que no me considere sospechosa de concebir ideas respecto al señor Thornton.

—Otras jóvenes lo han intentado —replicó la señora Thornton, muy digna.

—Espero que la señorita Thornton se encuentre bien —terció el señor Hale, deseando cambiar el rumbo de la conversación.

—Está como siempre. No es una joven muy fuerte —respondió la señora Thornton brevemente.

—¿Y el señor Thornton? Supongo que tendré el gusto de verlo el jueves.

—No puedo responder por los compromisos de mi hijo. Hay cierta agitación en la ciudad, una amenaza de huelga. Si es así, sus amigos querrán hacerle toda clase de consultas debido a su gran experiencia y sensatez. Pero creo que el jueves podrá ir. De todos modos, lo avisará en caso de que no pueda.

—¡Una huelga! —exclamó Margaret—. ¿Cuál es el motivo? ¿Para qué se van a poner en huelga?

—Para mangonear la propiedad ajena y apoderarse de ella —respondió la señora Thornton con un bufido de desprecio—. Todas las huelgas son por el mismo motivo. Si los obreros de mi hijo van a la huelga, lo único que diré es que son una manada de perros desagradecidos. Pero estoy segura de que lo harán.

—Supongo que quieren un aumento de salario, ¿no es así? —preguntó el señor Hale.

—Esa es la disculpa, pero lo cierto es que quieren ser los dueños y convertir a los dueños en esclavos en su propio terreno. No dejan de intentarlo una y otra vez; no piensan en otra cosa, y cada cinco o seis años estalla la lucha entre patronos y obreros. Esta vez verán que se equivocan, que las cosas no les salen como habían calculado. Si se van, tal vez no les resulte tan fácil volver. Creo que los patronos tienen un par de ideas para darles una lección y que no corran a ponerse en huelga si lo intentan esta vez.

—¿Revolucionará toda la ciudad? —preguntó Margaret.

—¡Claro que sí! Pero usted no es cobarde, ¿verdad? Milton no es lugar para cobardes. En una ocasión tuve que abrirme camino entre una multitud de

GENERAL
STRIKE

hombres blancos, enardecidos, todos jurando que se cobrarían la sangre de Makinson en cuanto asomara la nariz por las puertas de la fábrica; y él no sabía nada, así que alguien tenía que ir a avisarlo; y tenía que ser una mujer..., así que fui. Y conseguí entrar, pero no pude salir. Me iba la vida en ello. Entonces subí al tejado, donde había un montón de piedras preparadas para arrojárselas a la cabeza a la turba si intentaban forzar las puertas de la fábrica. Y se las habría tirado con tan buena puntería como el mejor, pero perdí el conocimiento por los apuros que había pasado. Para vivir en Milton hay que tener coraje, señorita Hale.

—Lo procuraré por todos los medios —dijo Margaret bastante pálida—. No sabré si soy valiente o no hasta que me pongan a prueba, pero mucho me temo que soy cobarde.

—A los campesinos del sur a menudo los asusta lo que para nuestros hombres y mujeres de Darkshire no es sino la vida y la lucha diaria. Pero, créame, cuando lleve diez años entre gente que siempre le guarda rencor a sus superiores y solo espera la ocasión de resarcirse, entonces sabrá si es cobarde o no.

Esa noche, el señor Thornton fue a casa del señor Hale. Lo condujeron a la salita, donde el señor Hale leía en voz alta para su mujer y su hija.

—He venido a traerle una nota de mi madre y a disculparme por no haber tenido tiempo ayer. En la nota encontrará la dirección que le pidió, la del doctor Donaldson.

—¡Gracias! —se apresuró a decir Margaret.

Tendió la mano para que le diera la nota, porque no quería que su madre oyera que estaban buscando un médico. Se alegró de que, al parecer, el señor Thornton se diera cuenta enseguida de la situación y se la entregara sin más explicaciones.

El señor Hale empezó a hablar de la huelga y el señor Thornton puso una cara tan parecida a la peor de su madre que Margaret dejó de mirarlo inmediatamente.

—Sí, los muy necios van a ir a la huelga. Pues que vayan. Nos conviene. Pero les hemos dado una oportunidad. Creen que los negocios van tan bien como el año pasado. Hemos visto nubes de tormenta en el horizonte y hemos arriado las velas. Pero, como no les explicamos nuestros motivos, creen que no hacemos las cosas bien. Tenemos que justificar ante ellos la forma en que decidimos gastar o no gastar nuestro dinero. Henderson intentó hacerles una jugada a sus hombres, en Ashley, y le salió mal. Prefería una huelga, le habría venido mucho mejor. Y, cuando los obreros fueron a pedirle el cinco por ciento que reclamaban, les dijo que tenía que pensarlo y que les daría la respuesta el día de paga, aunque sabía de sobra lo que les iba a decir, desde luego, pero con la idea de que creyeran que iban a salirse con la suya. Sin embargo, fueron más astutos que él: se enteraron de que las perspectivas del comercio no eran buenas y el viernes se presentaron, cobraron lo que reclamaban y entonces se vio obligado a seguir trabajando. Pero nosotros, la patronal de Milton, les hemos mandado hoy nuestra decisión: que no vamos a adelantarles ni un penique, que tal vez tengamos que bajar los sueldos y que no podemos permitirnos un aumento. Y ahora estamos esperando su respuesta.

—¿En qué va a consistir? —preguntó el señor Hale.

—Supongo que se pondrán en huelga todos a la vez. Señorita Hale, verá usted Milton sin humo unos cuantos días.

—Pero ¿cómo? —preguntó ella—. ¿Es que no les pueden explicar los motivos por los que esperan que el comercio decaiga? No sé si he empleado las palabras adecuadas, pero seguro que entiende lo que quiero decir.

—¿Acaso explica a sus criadas los gastos que tiene o cómo administra usted el funcionamiento de su economía? Nosotros, los dueños del capital, tenemos derecho a hacer con él lo que mejor nos parezca.

—Un derecho humano —dijo Margaret en voz muy baja.

—¿Cómo dice? Lo siento, no la he oído.

—Prefiero no repetirlo —dijo ella—, apela a un sentimiento que no creo que comparta.

—¿No quiere intentarlo? —insistió él, empeñado en saber lo que había dicho.

A Margaret le molestó la insistencia, pero prefirió no darle mucha importancia a lo que había dicho.

—He dicho que humanamente tiene usted derecho. O, lo que es lo mismo, parece que solo algún motivo religioso podría oponerse a que hiciera lo que quisiera con lo suyo.

—Sé que no estamos de acuerdo en cuestiones de religión, pero ¿no me reconoce el mérito de tener una opinión al respecto, aunque no sea la misma que la suya?

Él hablaba en voz baja, como solo para ella. Pero ella no quería esa exclusividad, y respondió en su tono de costumbre:

—No creo que tenga que considerar sus particulares motivos religiosos en este asunto. Lo único que quería decir es que no hay ley humana que prohíba a los patronos derrochar o malgastar todo su dinero, si así lo desean; pero en la Biblia hay pasajes de los que se deduce, o al menos yo deduzco, que si lo hicieran faltarían a sus deberes de siervos.[11] De todos modos, es tan poco lo que sé de huelgas, de pagas proporcionales, de capital y de mano de obra que es mejor que no hable con un economista político como usted.

—Al contrario, con mayor motivo —respondió él, entusiasmado—. Me complacería mucho explicarle todo lo que pueda parecer anómalo o extraño a una persona ajena, sobre todo en estos tiempos, en que cualquier escritorzuelo que sepa usar una pluma escudriña y analiza todo lo que hacemos.

—Gracias —respondió ella fríamente—. Como es lógico, acudiré a mi padre en primer lugar para que me informe si hay algo que no entiendo en esta sociedad extraña.

—¿Por qué le parece extraña?

—No sé..., supongo que, sin profundizar mucho, veo dos clases que dependen la una de la otra en todos los aspectos y, sin embargo, cada una considera que los intereses de la otra se oponen a los suyos. Nunca había vivido en un sitio en el que dos grupos de personas se desacreditaran mutuamente a todas horas.

—¿A quién ha oído desacreditar a los patronos? No le pregunto a quién ha oído hablar mal de los obreros, porque comprendo que sigue interpretando mal lo que dije el otro día. Pero ¿a quién ha oído hablar mal de los patronos?

Margaret se ruborizó; después, sonriendo, dijo:

—No me gusta que me den lecciones. Me niego a responder a su pregunta. Por otra parte, no tiene nada que ver con lo que estamos hablando. Fíese de lo que le digo: que he oído a algunos obreros, o tal vez solo a uno, hablar como si

11 Posible alusión a la parábola de los talentos, Mateo 25, 14-30.

a los amos solo les interesara impedirles ganar dinero, porque se harían muy independientes si tuvieran ahorros en el banco.

—Seguro que fue ese tal Higgins el que se lo dijo —terció la señora Hale.

El señor Thornton hizo como si no hubiera oído lo que, evidentemente, Margaret no quería que supiera. Sin embargo, lo oyó.

—Y no solo eso, también que los amos consideran una ventaja que los obreros sean ignorantes, no leguleyos, como llamaba el capitán Lennox a los hombres de su compañía que ponían en duda todas las órdenes y creían saber los motivos.

La última frase iba dirigida a su padre, más que al señor Thornton. «¿Quién es el capitán Lennox?», se preguntó este último, tan molesto que no fue capaz de responder enseguida. El padre tomó la palabra.

—Nunca te gustaron mucho las escuelas, Margaret; de lo contrario habrías visto y sabrías desde hace tiempo lo bien que funciona la educación en Milton.

—No —replicó ella en un tono más suave—. Sé que no me preocupo lo suficiente por la escuela. Pero el saber y la ignorancia a las que me refería no tienen que ver con leer y escribir, que es lo que se les puede enseñar a los niños. Estoy seguro de que se refería a ignorar la sabiduría que habrá de iluminar a los hombres y a las mujeres. No sé en qué consistirá. Pero, por lo que dijo mi informador, entiendo que a los amos les gustaría que sus obreros fueran como niños grandes, que viven el momento presente y obedecen ciegamente, pero son incapaces de razonar.

—En resumen, señorita Hale, es evidente que su informador encontró a una oyente muy dispuesta a escuchar todas las calumnias que quiso contra los patronos —dijo el señor Thornton en un tono ofendido.

Margaret no respondió. Le disgustaba el carácter personal que el señor Thornton adjudicaba a lo que le había contado.

—Tengo que reconocer —intervino el señor Hale— que, aunque no he intimado tanto como Margaret con ningún obrero, me asombra mucho el antagonismo entre patronos y empleados que se aprecia, al menos superficialmente. Es la impresión que me da lo que ha dicho usted algunas veces.

El señor Thornton tardó un poco en contestar. Margaret acababa de salir de la habitación y él se había quedado a disgusto con la falta de entendimiento entre ellos. Sin embargo, este pequeño contratiempo le hizo distanciarse y pensar, y le prestó mayor dignidad a su respuesta.

—Tengo la teoría de que mis intereses y los de mis obreros son idénticos, y viceversa. Sé que a la señorita Hale no le gusta que a los obreros se les llame «mano de obra», de manera que no usaré esa expresión, aunque es la más frecuente técnicamente hablando y cuyo origen, sea el que fuere, es anterior a nuestros tiempos. Tal vez en el futuro, en algún otro milenio, pueda lograrse esta unidad, utópica en la práctica, del mismo modo que me imagino que la forma más perfecta de gobierno es la república.

—En cuanto terminemos con Homero leeremos *La República* de Platón.

—Bien, pudiera ser que en la ciudad platónica ideal todos nosotros, hombres, mujeres y niños, estuviéramos preparados para una república, pero de momento, según el estado presente de moralidad y conocimientos, prefiero una monarquía constitucional. En la infancia necesitamos que nos gobierne un despotismo juicioso. Lo cierto es que incluso mucho después de la infancia, los niños y los jóvenes son los más felices bajo las leyes infalibles de una autoridad firme y discreta. Estoy de acuerdo con la señorita Hale en considerar a nuestra gente como niños, aunque niego que nosotros, los patronos, tengamos algo que ver con que lo sean o lo sigan siendo. Afirmo que el despotismo es la mejor forma de gobierno para ellos; por eso, las horas que paso en contacto con mis hombres tengo que ser necesariamente un autócrata. Aplicaré mi mejor criterio, sin farsas ni sentimientos filantrópicos de los que tanto hemos visto en el norte, para establecer unas reglas sensatas y tomar decisiones justas en la ordenación de mis negocios, reglas y decisiones que me favorezcan a mí en primer lugar y a ellos en segundo; pero nadie me va a obligar a explicar mis motivos ni voy a moverme un ápice de la resolución que he anunciado. ¡Que se planten! Yo sufriré igual que ellos; pero al final verán que no he cedido ni he cambiado una coma.

Margaret había vuelto a la salita con la labor entre las manos, pero no dijo nada. El señor Hale replicó:

—Hablo con poco conocimiento de causa, pero, por lo poco que sé, diría que las masas están pasando rápidamente a la conflictiva etapa que media entre la infancia y la madurez, tanto en lo individual como en lo colectivo. Pues bien, el error que cometen muchos padres en el tratamiento de esta etapa es insistir en la obediencia automática, como cuando el único deber que tenían los hijos era cumplir unas normas concretas, como «Ven cuando se te llama» o «Haz lo que te dicen». Pero un padre sensato se adapta al deseo de actuar con independencia y se hace amigo y consejero cuando su autoridad basada en normas absolutas llega a su fin. Si este razonamiento no es correcto, le recuerdo que ha sido usted el que ha propuesto la analogía.

—Hace muy poco —dijo Margaret— me contaron una cosa que sucedió en Núremberg hace solo tres o cuatro años. Un hombre rico vivía solo en una mansión inmensa de las que antes comprendían la casa y los almacenes. Se decía que tenía un hijo, pero no se sabía a ciencia cierta. El rumor siguió circulando con más o menos vigencia sin llegar a desaparecer. Cuando el hombre murió se descubrió que era cierto: tenía un hijo, un hombre adulto con la inteligencia de un niño que no ha ejercitado las capacidades intelectuales, al que había criado de esa forma extraña para evitarle las tentaciones y los errores. Pero, como es natural, cuando este hijo adulto salió al mundo, cualquier mal consejero podía manejarlo. No distinguía el bien del mal. Su padre había cometido el peor error posible dejándolo crecer en la ignorancia tomándola por inocencia; después de catorce meses de vida desenfrenada, las autoridades de la ciudad tuvieron que hacerse cargo de él para salvarlo de la inanición. Ni siquiera dominaba la lengua lo suficiente para sobrevivir como mendigo.

—Tal como sugirió la señorita Hale, he comparado la posición del patrono con la del padre, así que no debería quejarme de que me lance una sonrisa a modo de arma arrojadiza. Sin embargo, señor Hale, cuando nos puso al padre prudente como modelo a seguir, dijo que se adaptaba al deseo de independencia de sus hijos. Pero, sin duda, todavía no ha llegado el momento de que los obreros actúen con independencia en las horas de trabajo, en cuyo caso no sé lo que ha querido usted decir con eso. Y lo que es más, los patronos despojarían a los obreros de su independencia de una forma injustificable, al menos en mi opinión, si interfieran en la vida que llevan fuera de las fábricas. No creo que, porque trabajen diez horas al día para nosotros, tengamos ningún derecho a imponerles riendas el resto del tiempo. La independencia vale tanto para mí que no me imagino mayor degradación que la de tener a otro hombre dirigiéndome, aconsejándome y aleccionándome constantemente, ni siquiera influyendo demasiado en las acciones que desee emprender. Aunque fuera el sabio o el más poderoso, me rebelaría contra él y no aceptaría que se entrometiera. Supongo que esta actitud es más propia del norte de Inglaterra que del sur.

—Discúlpeme, pero ¿eso no se debe a que no se ha dado la igualdad de la amistad entre el consejero y las clases aconsejadas? ¿A que cada uno ha tenido que adoptar una postura aislada y no cristiana, separado de su hermano y celoso de él, siempre con el temor de que le pisoteen sus derechos?

—Me limito a poner los hechos en claro. Lamento decir que tengo una cita a las ocho, y que debo tomar los hechos como vengan esta noche, sin intentar justificarlos, aunque en realidad no habría ninguna diferencia en el momento de determinar qué hacer, tal como están las cosas: hay que reconocer los hechos.

—Pero —dijo Margaret en voz baja— a mí me parece que habría una gran diferencia.

Su padre le indicó por señas que se callara y dejara terminar de hablar al señor Thornton, que ya se había levantado y se preparaba para irse.

—Convendrá conmigo en que, habida cuenta del carácter tan independiente de los hombres de Darkshire, ¿tendría algún derecho a imponer mi punto de vista sobre lo que otros deben hacer (cosa que yo mismo no soportaría) solo porque ellos tienen trabajo que vender y yo, capital para comprar?

—No, ni mucho menos —respondió Margaret, resuelta a decir esta única cosa—: Ni mucho menos porque unos tengan trabajo y los otros, capital, sea el que sea, sino porque usted es un hombre que trata con un grupo de hombres sobre los que tiene un poder inmenso, lo ejerza o no; solo porque la vida y el bienestar de todos ustedes está íntimamente entretejido. Dios nos ha hecho dependientes los unos de los otros. Aunque pasemos por alto nuestra propia dependencia o nos neguemos a reconocer que otros dependen de nosotros en más aspectos que la paga semanal, el caso es que dependemos unos de otros. Ni usted ni ningún otro patrón pueden evitarlo. Hasta el hombre más orgulloso de su independencia depende de los que lo rodean, que influyen imperceptiblemente en su carácter, en su vida. Y hasta el más aislado de todos los egos de Darkshire tiene gente que depende de él por todas partes; no se los puede quitar de encima, del mismo modo que la gran roca a la que se parece no puede quitarse de encima...

—Te ruego que no vuelvas a los símiles, Margaret, ya nos has desviado una vez —dijo su padre sonriendo, pero molesto, porque creía que estaban reteniendo al señor Thornton contra su voluntad; pero se equivocaba, porque estaba disfrutando de la situación, siempre y cuando Margaret hablara, aunque lo que decía solo conseguía irritarlo.

—Dígame, señorita Hale, ¿usted se deja influenciar por algo? No, esta no es la forma de decirlo, pero, si es usted siempre consciente de que está influenciada por otros, y no por las circunstancias, ¿esos otros lo hacen de forma directa o indirecta? ¿Se esfuerzan por exhortarla, por imponerse, por actuar justamente para dar buen ejemplo, o sencillamente son personas honradas que asumen sus deberes y los cumplen sin vacilar, sin pensar en que sus actos son para hacer diligente a tal hombre o ahorrador a tal otro? Porque, si yo fuera un obrero, me impresionaría veinte veces más saber que mi patrón lo hace todo con honradez, puntualidad, rapidez y resolución (y le aseguro que los obreros observadores son mejores espías incluso que los ayudas de cámara) que cualquier interferencia, por muy bienintencionada que sea, en mi manera de actuar fuera de las horas de trabajo. Prefiero no pensar muy a fondo en lo que soy, pero creo y confío en la honradez de mis hombres y en el carácter abierto de su oposición, en contraposición con la forma en que se llevará a cabo el resultado de este conflicto en algunas fábricas, solo porque saben que no me aprovecharé vilmente ni haré trampas bajo mano. Esto va más allá que todo un ciclo de conferencias sobre «La honradez como mejor política», que sería diluir la vida en palabras. ¡No, no! Los hombres actuarán como actúe el patrón, aunque no lo piense demasiado.

—Toda una declaración —dijo Margaret riéndose—. Cuando vea a los hombres luchando por sus derechos con violencia y obstinación, podré deducir sin temor a equivocarme que el patrón es igual; que no conoce a ese espíritu sufrido, que es benigno y que no busca lo suyo.[12]

—Es usted como todos los profanos que no conocen el funcionamiento de nuestro sistema, señorita Hale. Cree que nuestros hombres son títeres de pasta blanda que podemos modelar a nuestro antojo. Se olvida de que solo tenemos algo que ver con ellos en menos de un tercio de su vida, y parece que no se da

12 1 Corintios 13, 4-5.

cuenta de que los deberes de un fabricante son de mucho mayor alcance que el simple hecho de darles trabajo: tenemos un carácter comercial que mantener, que nos convierte en los grandes pioneros de la civilización.

—Gran labor podría hacerse aquí —dijo el señor Hale sonriendo—, con estos hombres de Milton, tan rudos y paganos como son.

—Lo son —respondió el señor Thornton—. El agua de rosas no les hace nada. Cromwell habría sido un patrón de primer orden, señorita Hale. Si lo tuviéramos aquí, sabría desmontar la huelga.

—No admiro a Cromwell —dijo ella fríamente—, pero intento reconciliar lo mucho que admira usted el despotismo con el respeto que le inspira la independencia de carácter de los demás.

—Prefiero ser —replicó él sonrojándose por el tono de voz— el patrón irresponsable e incuestionable de mis hombres durante las horas que trabajan para mí. Pero nuestra relación termina al mismo tiempo que esas horas, y a partir de ahí guardo por su independencia el mismo respeto que exijo para la mía.

Tardó unos momentos en volver a hablar, estaba disgustado. Pero lo olvidó, les dio las buenas noches al señor y a la señora Hale y después, acercándose a Margaret, le dijo en voz baja:

—Esta noche me he dirigido a usted una vez precipitadamente, me temo, incluso con rudeza. Pero ya sabe que soy un grosero fabricante de Milton. ¿Me perdona?

—Naturalmente —dijo ella mirándolo con una sonrisa, y le vio una expresión inquieta y abrumada, que no se suavizó ante el dulce y luminoso rostro del que había desaparecido por completo el efecto de la dura discusión. Pero no le tendió la mano, y él, resentido otra vez, lo achacó al orgullo.

CAPÍTULO XVI

LA SOMBRA DE LA MUERTE

> Confía en esa mano oculta, que no
> conduce a nadie por ese camino que seguiría;
> y estate siempre preparado para el cambio,
> porque la ley del mundo es un ir y venir.
>
> DE LA TRADICIÓN ÁRABE

La tarde siguiente el doctor Donaldson fue a visitar a la señora Hale. Volvió la actitud misteriosa que Margaret esperaba haber vencido gracias a la intimidad que había recuperado con su madre últimamente: no le permitieron entrar en la habitación, pero a Dixon sí. Margaret no dispensaba amor a diestro y siniestro, pero cuando quería a alguien, lo hacía con pasión y grandes dosis de celos.

Fue al dormitorio de su madre, pegado a la pared de atrás de la salita, y se puso a recorrerlo de punta a punta esperando a que el médico saliera. Se detenía de vez en cuando a escuchar; le pareció oír un gemido. Apretó las manos y contuvo el aliento. Estaba segura de haberlo oído. Después, todo quedó en silencio unos minutos más; a continuación, movimiento de sillas, voces más altas..., todos los detalles de una despedida.

Cuando oyó abrirse la puerta, salió rápidamente al rellano.

—Doctor Donaldson, mi padre no se encuentra en casa en estos momentos, está impartiendo una clase. ¿Puedo pedirle que me acompañe abajo, a su estudio?

Vio y superó todos los obstáculos que Dixon le puso en el camino adoptando una legítima actitud de hija de la casa, un poco al estilo de su hermano mayor, que aplacó eficazmente el celo excesivo de la doncella. Esta forma inconsciente de ponerse tan digna con la mujer le hizo gracia un momento, a pesar de la preocupación. Por la cara de sorpresa que puso Dixon, se imaginó lo ridícula que debía de parecer en ese momento, y con esa idea bajó las escaleras hasta el estudio; esto le permitió olvidar por unos instantes la realidad del asunto al que iba a enfrentarse; pero enseguida lo recordó otra vez y casi se le cortó el aliento. Tardó un poco en poder pronunciar palabra. Pero, con un aire de dominio, preguntó:

—¿Qué le pasa a mi madre? Le agradecería que me dijera simplemente la verdad. —Pero, al ver que el médico vacilaba ligeramente, añadió—: Soy la única hija que tiene..., es decir, aquí presente. Mi padre no está muy alarmado, me temo, y, por lo tanto, si hay sospecha de algo grave, debemos decírselo con suavidad, cosa de la que puedo encargarme yo. También puedo cuidar de mi madre. Le ruego que hable, señor; mirarle a la cara y no saber qué pensar me da más miedo que todo lo que me pueda decir.

—Mi querida señorita, al parecer su madre tiene la criada más atenta y eficiente, más bien parece una amiga que...

—Y yo soy la hija, señor.

—Pero si le digo que me ha pedido expresamente que no le cuente a usted...

—No estoy dispuesta a acatar esa prohibición, no soy tan buena ni tengo tanta paciencia. Además, seguro que es usted demasiado sensato y tiene la suficiente experiencia para no haberse comprometido a guardar semejante secreto.

—Bien —dijo él, sonriendo un poco, pero con tristeza—, tiene razón, no me he comprometido. Lo cierto es que el secreto saldrá pronto a la luz sin necesidad de que lo revele yo.

Hizo una pausa. Margaret se puso muy pálida y apretó los labios. Por lo demás, no se inmutó. El doctor Donaldson, con la perspicacia sin la que un médico no podría llegar a ser una eminencia como él, vio que la joven le iba a exigir toda la verdad; que si le ocultaba el menor detalle lo adivinaría y que ocultárselo la torturaría más que saberlo. Dijo dos frases cortas en voz baja, sin dejar de mirarla, y observó que se le dilataban las pupilas de horror y que la pálida tez se tornaba lívida. Terminó de hablar. Esperó a que se le pasara un poco el efecto del impacto y recuperase el aliento.

—Señor, le agradezco muchísimo —le dijo— que me lo haya confiado. Hace semanas que me lo temía; está agonizando. ¡Pobre mamá! —Empezaron a temblarle los labios y el médico la dejó llorar convencido de su entereza para dominarse.

Fueron solo unas pocas lágrimas, hasta que empezó a pensar en las mil preguntas que deseaba hacerle.

—¿Va a sufrir mucho?

—Eso no se sabe —dijo, haciendo un gesto negativo con la cabeza—. Depende de la constitución y de mil cosas más. Pero los últimos descubrimientos de medicina nos permiten aliviar el dolor en gran medida.

—¡Mi padre! —exclamó Margaret temblando de pies a cabeza.

—No conozco al señor Hale. Es decir, no es fácil dar consejos. Pero le diría que afronte con serenidad lo que me ha obligado a confesarle tan bruscamente, hasta que se haya familiarizado usted un poco con la realidad que no he podido ocultarle, y así, más adelante, podrá ofrecer consuelo a su padre con mayor facilidad. Pero hasta entonces, mis visitas, que naturalmente repetiré de vez en cuando (aunque mucho me temo que no podré hacer nada más que aliviar) y otros mil detalles que sucederán lo pondrán sobre aviso y estará mejor preparado. Vamos, mi querida señorita, vamos, querida... He visto al señor Thornton y considero muy honorable el sacrificio que ha hecho su padre, por muy equivocado que esté, en mi opinión. En fin, no hay más que decir, si le parece bien, querida. Pero recuerde, cuando vuelva, será como amigo. Aprenda a considerarme un amigo, porque vernos y llegar a conocernos en momentos como estos vale más que años de visitas matinales.

Margaret no pudo hablar porque se le saltarían las lágrimas, pero le apretó la mano con fuerza al despedirse.

«¡Una muchacha estupenda! —pensó el doctor Donaldson cuando se subió al carruaje y tuvo tiempo de mirarse la mano del anillo, que le había clavado en el dedo con el apretón—. ¡Quién iba a decir que una mano tan pequeña podría apretar tanto! Pero los huesos estaban en su sitio y eso da una fuerza tremenda. ¡Es una auténtica reina! Primero, con la cabeza alta, obligándome a decir la verdad; después, inclinada hacia delante, escuchando con atención. ¡Pobrecita! Tengo que procurar que no se fatigue en exceso. Aunque es asombroso lo que pueden llegar a hacer y a soportar estas criaturas tan bien criadas. Esta joven tiene un temple inmejorable. Cualquier otra que se hubiera quedado lívida, se habría desmayado o se habría puesto histérica..., ¡pero ella no! Y supo dominarse a fuerza de voluntad. Si tuviera treinta años menos, me conquistaría una muchacha como ella. Ahora ya es tarde. ¡Ah! Ya hemos llegado a casa de los Archer». Y se apeó equipado con sus pensamientos, su sabiduría, su experiencia y su comprensión, dispuesto a atender los requerimientos de esa familia como si no hubiera otra en el mundo.

Entretanto, Margaret volvió al estudio de su padre un momento, para recuperar fuerzas antes de subir a ver a su madre.

«¡Ay, Dios mío, Dios mío! ¡Esto es terrible! ¿Cómo lo voy a soportar? ¡Una enfermedad tan mortal! ¡Sin esperanza! ¡Ay, mamá, mamá! No tenía que haberme ido a casa de tía Shaw, tantos años lejos de ti. ¡Pobre mamá! ¡Cuánto habrá sufrido! ¡Ay, Dios mío, te ruego que el dolor no sea tan tremendo, tan insoportable! ¿Cómo voy a poder verla sufrir tanto? ¿Cómo voy a soportar la agonía de papá? No se lo puedo decir todavía, no todo a la vez. Se moriría. Pero no voy a perder ni un minuto más de no estar con mi preciosísima madre».

Corrió escaleras arriba. Dixon no estaba en la habitación. La señora Hale se encontraba en una mecedora, arropada en una suave toquilla blanca y con una capota que le sentaba bien, lo que se había puesto para recibir al médico. Tenía algo de color en la cara, una expresión pacífica, cansada como estaba después del examen del médico. A su hija la sorprendió verla tan serena.

—¡Margaret! ¡Estás muy rara! ¿Qué te pasa? —Y entonces, como si se le hubiera ocurrido de repente, añadió con cierto disgusto—: No habrás hablado con el médico ni le habrás hecho preguntas, ¿verdad, hija? —Margaret no respondió, se limitó a mirarla pensativamente. La señora Hale se disgustó más—. Seguro que no habrá faltado a lo que...

—Sí, mamá, me lo ha dicho, lo obligué. Fui yo..., la culpa es mía.

Se arrodilló al lado de su madre y le tomó la mano..., no se la soltaría por mucho que la señora Hale quisiera retirarla. Se la cubrió de besos y de lágrimas ardientes.

—Margaret, te has portado muy mal. Sabías que no quería que lo supieras. —Pero, cansada del tira y afloja, dejó la mano a merced de su hija y al cabo de un rato volvió a apretársela débilmente. Esto animó a Margaret a hablar.

—¡Ay, mamá! ¡Déjame cuidarte! Aprenderé todo lo que pueda enseñarme Dixon. Soy tu hija y creo que tengo derecho a hacer por ti todo lo que sea necesario.

—No sabes lo que pides —dijo la señora Hale, estremecida.

—Sí lo sé. Sé mucho más de lo que te imaginas. Déjame ser tu enfermera. Déjame intentarlo, al menos. Nunca habrá nadie que se emplee tan a fondo como yo. Para mí sería un consuelo, mamá.

—¡Pobre hija mía! Bien, puedes intentarlo. ¿Sabes una cosa, Margaret? Dixon y yo pensábamos que no querrías estar conmigo si supieras...

—¡Dixon pensaba! —exclamó Margaret frunciendo el labio—. ¡Dixon no me cree capaz de quererte de verdad..., tanto como ella! Supongo que piensa que soy una pobre mujercita endeble que prefiere pasarse el día en un lecho de rosas con alguien que la abanique. No permitas que las fantasías de Dixon se interpongan más entre nosotras, mamá. ¡No, por favor! —le suplicó.

—No te enfades con Dixon —dijo la señora Hale, preocupada.

—No —dijo Margaret, recobrándose enseguida—. Voy a intentarlo, voy a ser humilde y aprenderé de ella, si me dejas hacer todo lo que pueda por ti. Déjeme ser la primera, madre..., lo ansío tanto. Cuando estaba en casa de tía Shaw me imaginaba que me olvidarías y muchas noches me dormía llorando con esa idea en la cabeza.

—Y yo pensaba que cómo ibas a soportar nuestra pobreza después de todas las comodidades y lujos de Harley Street, incluso muchas veces me avergonzaba más que vieras tú los inventos a los que teníamos que recurrir en Helstone que si los hubiera descubierto otra persona cualquiera.

—¡Pues a mí me encantaban, mamá! Eran mucho más divertidos que todas las actividades de Harley Street. ¡La balda con asas del armario ropero que servía de bandeja para la cena en las grandes ocasiones! Y los cajones viejos de té, rellenos y forrados que hacían de divanes. Creo que lo que tú llamas inventos improvisados de nuestro querido Helstone eran una parte encantadora de la vida allí.

—No volveré a Helstone nunca más, Margaret —dijo la señora Hale con los ojos llenos de lágrimas. Margaret no pudo responder. La señora Hale continuó—: Cuando vivía allí, siempre quería irme a otra parte. Cualquier otro sitio me parecía mejor. Y ahora me voy a morir lejos de allí. Es el castigo que me merezco.

—¡No digas esas cosas! —replicó Margaret con impaciencia—. El médico ha dicho que vivirás muchos años. ¡Vamos, mamá, verás como te llevaremos otra vez a Helstone!

—¡No, jamás! Es el castigo que me merezco. Pero, Margaret..., ¡Frederick!

Nada más pronunciar ese nombre, la señora Hale dio un grito como si algo le doliera horriblemente. Pensar en él la descompuso por completo, le destrozó la serenidad, pudo más que el agotamiento. Siguió gritando una y otra vez con vehemencia, como loca: «¡Frederick! ¡Frederick! ¡Ven a verme! Me estoy muriendo. ¡Mi primer hijo, mi pequeño, vuelve conmigo!».

Era un violento ataque de histeria. Margaret, aterrorizada, fue a avisar a Dixon, que llegó hecha una furia y acusó a Margaret de haber puesto a su madre en semejante estado de excitación. Margaret aguantó el chaparrón mansamente, esperando solo que su padre no volviera todavía. A pesar de lo alarmada que estaba, bastante más de lo que requería la ocasión, obedeció todas las instrucciones de Dixon al momento y a la perfección, sin autojustificarse. De esta forma aplacó a la acusadora. Llevaron a la madre a la cama y Margaret se quedó a su lado hasta que se durmió, y después, hasta que Dixon le indicó que la acompañara fuera de la habitación y, con cara de pocos amigos, como a su pesar, la llevó a la salita y le dijo que se tomara la taza de café que le había preparado; y se quedó mirándola en una actitud imperiosa hasta que se la terminó.

—No tenía que haber sido tan curiosa, señorita, así no tendría que preocuparse antes de tiempo. Lo habría sabido enseguida. Supongo que ahora se lo dirá al señor y... ¡tendré que ocuparme de todos!

—No, Dixon —respondió Margaret con tristeza—. No se lo voy a decir a mi padre todavía. No lo soportaría como yo.

Y, para demostrar lo bien que lo soportaba, rompió a llorar.

—¡Sí, claro! Ya lo sabía yo. Ha despertado a su madre cuando se acababa de dormir tranquilamente. Señorita Margaret, querida mía, llevo semanas callándome y, aunque sé que no puedo quererla tanto como usted, la quiero más que a cualquier hombre, mujer o niño..., solo al señorito Frederick lo quiero casi tanto como a ella. Desde que la doncella de lady Beresford me llevó por primera vez a vestirla de crespón blanco, con espigas y amapolas rojas, y me clavé una aguja y se me rompió dentro, y ella rasgó su pañuelo bordado después de sacármela, y luego, después del baile (en el que había sido la joven más bonita de todas), volvió para humedecer el vendaje con una loción, pues desde aquel día no he querido a nadie como a ella. Qué poco me imaginaba entonces que viviría para verla caer tan bajo. No es que se lo reproche a nadie. Muchos dicen que es usted muy bonita y elegante y no sé cuántas cosas más. Hasta los búhos lo ven incluso en este sitio tan lleno de humo, que se queda una ciega. Pero usted nunca será tan bonita como su madre..., nunca, no, aunque viva cien años.

—Mamá es muy bonita todavía. ¡Pobrecita!

—Bueno, no empiece otra vez, que me va a hacer llorar a mí también —dijo, entre gemidos—. A este paso, no podrá presentarse ante su padre, cuando vuelva, ni responder a sus preguntas. Salga a dar un paseo y serénese. ¡Cuántas veces he deseado salir yo a dar un paseo para dejar de pensar en lo que le pasa y en cómo terminará todo!

—¡Ay, Dixon! —dijo Margaret—. ¡Cuántas veces me he enfadado contigo sin saber el terrible secreto que guardabas!

—¡Que Dios la bendiga, niña! Así me gusta, que demuestre un poco de entereza. Es esa excelente sangre de los Beresford. El antepenúltimo sir John mató de un tiro a su ayuda de cámara al momento solo porque le dijo que se aprovechaba de sus arrendatarios, y la verdad era que se aprovechaba de ellos hasta que los dejaba secos.

—Está bien, Dixon, yo no voy a matarte de un tiro y procuraré no volver a enfadarme.

—No lo hace nunca. Si yo lo digo a veces, siempre es como para mí misma, solo para mí, es solo por hablar un poco cuando no tengo con quién. Y cuando se enfada usted, es la viva imagen del señorito Frederick. A veces me dan ganas de hacerla enfadar solo por ver esa cara que pone, como si un nubarrón la cubriera. Pero salga, señorita. Yo me quedo con la señora; en cuanto al señor, tendrá compañía suficiente con sus libros, cuando llegue.

—Sí, me voy —dijo Margaret.

Se quedó un par de minutos cerca de Dixon, temerosa e irresoluta; de pronto le dio un beso y salió rápidamente de la habitación.

—¡Bendita sea! —exclamó Dixon—. Es más dulce que la miel. Quiero a tres personas: a la señora, al señorito Frederick y a ella. Solo a ellos tres. Nada más. Los demás, que los parta un rayo, no sé ni qué pintan en el mundo. Supongo que el señor nació para casarse con la señora. Si creyera que la quiere como Dios manda, a lo mejor también llegaba a quererlo a él. Pero tenía que haber hecho muchas más cosas por ella, y no estar siempre leyendo y pensando, leyendo y pensando. ¡Ya ves a dónde lo ha llevado! Muchos que no leen nunca ni piensan siquiera llegan a ser rectores o deanes o lo que sea; y seguro que el señor podía, si se hubiera ocupado un poco más de la señora y se hubiera dejado de tanto leer y pensar... Ahí va la señorita —dijo, mirando por la ventana al oír cerrarse la puerta de la calle—. ¡Pobrecita mía! Qué vieja parece su ropa, en comparación con hace un año, cuando acababa de llegar a Helstone. No traía ni una media con remiendos ni un par de guantes para limpiar en todo el guardarropa. ¡Y mira ahora...!

CAPÍTULO XVII

¿QUÉ ES UNA HUELGA?

Hay zarzas invadiendo cada sendero,
que requieren una sosegada atención;
hay una cruz en cada destino,
y una ferviente necesidad de oración.

ANÓNIMO

Margaret salió pesarosa y en contra de su voluntad. Pero el aire de la larga calle —sí, el aire de una calle de Milton— la reanimó antes de llegar al primer cruce. Aligeró el paso, los labios cobraron color. Empezó a fijarse en las cosas, en vez de seguir dando vueltas a sus pensamientos. Había mucha más gente que de costumbre deambulando por las aceras: hombres que paseaban con las manos en los bolsillos; grupos de chicas que se reían y hablaban a voces, como emocionadas por algo que excitaba su carácter independiente y bullicioso. Los hombres de aspecto más envilecido —la deshonrosa minoría—, apostados en las escaleras de las cervecerías y de las tabernas, fumaban y hacían comentarios con total libertad sobre todo el que pasaba. A Margaret le desagradó la idea de cruzar esas calles para llegar a los campos a los que se había propuesto ir. Bien, pues, entonces, iría a ver a Bessy Higgins. No sería tan refrescante como un paseo tranquilo por el campo, pero quizá fuera lo mejor.

Nicholas Higgins fumaba junto al fuego cuando ella entró. Bessy se mecía en el lado opuesto.

Nicholas se quitó la pipa de la boca, se levantó y ofreció la silla a Margaret; se apoyó en la repisa de la chimenea en actitud relajada mientras ella preguntaba a Bessy qué tal se encontraba.

—Está bastante desanimada, pero mejor de salud. No le gusta esta huelga. Prefiere la paz y la tranquilidad a cualquier precio.

—Es la tercera huelga que veo —dijo ella suspirando, como si fuera la respuesta y la explicación de todo.

—Bueno, a la tercera va la vencida. Ya verás como esta vez machacamos a los patronos. Ya verás como vienen a rogarnos que volvamos pagándonos lo que pedimos. Y ya está. Hasta ahora no habíamos *podío* con ellos, pero esta vez vamos muy en serio.

—¿Por qué van a la huelga? —preguntó Margaret—. Ir a la huelga es dejar de trabajar hasta que les den el sueldo que piden, ¿verdad? No se extrañe de mi ignorancia, donde vivía nunca oí hablar de huelgas.

—Cuánto me gustaría estar allí —dijo Bessy, fatigada—. Pero yo no tengo derecho a estar harta de huelgas. Esta será la última que vea: antes de que termine estaré en la Gran Ciudad..., en la Santa Jerusalén.

—No habla más que de la vida futura, no piensa en la presente. Pero yo tengo que hacerlo lo mejor posible aquí. Creo que vale más pájaro en mano que ciento volando. Ya ve el punto de vista tan distinto que tenemos de la huelga.

—Pero —dijo Margaret—, donde yo vivía, si la gente fuera a la huelga, como dice usted, como la mayoría son campesinos, nadie plantaría semillas ni segaría la hierba ni recogería la cosecha.

—¿Y? —dijo él, con la pipa en la boca otra vez y la palabra «y» en forma interrogativa.

—Pues... —dijo ella—, ¿qué sería entonces de los campesinos?

—Supongo —respondió él dando una calada a la pipa— que tendrían que abandonar las tierras o pagar salarios justos.

—Supongamos que no quisieran o no pudieran hacer lo segundo; no podrían abandonar los campos todos a la vez por más que lo desearan; no tendrían heno ni maíz que vender ese año, así que, ¿de dónde sacarían el dinero para pagar a los trabajadores al año siguiente?

—No sé cómo hacen las cosas en el sur —dijo, después de unas cuantas caladas más—: Por lo visto, son unos hombres apocados que se dejan pisotear y que están tan muertos de hambre que ni se dan cuenta de que abusan de ellos. Pero aquí es distinto. Sabemos cuándo abusan de nosotros y nos hierve la sangre y no lo soportamos. Por eso nos plantamos y decimos: «¡Aunque nos matéis de hambre, no vais a abusar de nosotros, patronos!». Y esta vez, ¡que se fastidien, porque vamos a ganar!

—Cuánto me gustaría vivir en el sur —dijo Bessy.

—Allí también lo pasan mal —dijo Margaret—. En todas partes se sufre. El trabajo que hacen exige mucho esfuerzo físico y no comen lo suficiente para estar fuertes.

—Pero trabajan al aire libre —dijo Bessy—, sin un ruido que no para nunca y sin un calor asfixiante.

—A veces tienen que soportar la lluvia y, otras veces, un frío que cala hasta los huesos. Los jóvenes lo pueden soportar, pero los mayores enferman de reumatismo, se encorvan y se marchitan antes de tiempo; pero tienen que seguir trabajando, o si no, ir a un asilo para pobres.

—Creía que le gustaba mucho la vida del sur.

—Y me gusta —dijo Margaret sonriendo ligeramente, al verse descubierta en una contradicción—. Lo que quiero decir, Bessy, es que en todas partes hay cosas buenas y malas; y, como estás tan resentida con lo malo de aquí, me pareció justo que supieras lo malo de allá.

—¿Y dice que en el sur nunca van a la huelga? —preguntó Nicholas de repente.

—No —respondió Margaret—. Creo que son demasiado sensatos.

—Y yo creo —replicó él, sacudiendo la ceniza de la pipa con tanta fuerza que la rompió— que no es que sean demasiado sensatos, sino que les faltan redaños.

—¡Ay, padre! —exclamó Bessy—. ¿Qué habéis sacado con las huelgas? Piensa en la primera, cuando murió madre, el hambre que pasamos todos, y tú el que más; y muchos siguieron trabajando por el mismo salario, hasta que todos volvieron a su puesto, y algunos se quedaron de mendigos para siempre.

—Ya —dijo él—. Aquella huelga estuvo mal organizada. Los que la llevaban eran unos charlatanes o nos engañaban. Pero esta vez será diferente, ya verás.

—Pero todavía no sé por qué es la huelga esta vez —insistió Margaret.

—Pues, verá, hay cinco o seis patronos que se han *empeñao* en seguir pagando los mismos salarios de los dos últimos años, mientras ellos prosperan y se enriquecen a nuestra costa. Y ahora van y nos dicen que nos bajarán el salario. Y no estamos dispuestos. Antes nos morimos de hambre y a ver quién les hace el trabajo. Sería como matar a la gallina de los huevos de oro, digo yo.

—Entonces, ¿tienen intención de morirse para vengarse de ellos?

—No —dijo él—, no es eso. Espero tener la oportunidad de morirme en mi puesto sin rendirme, como dicen de los buenos soldados que mueren con honor. Si lo dicen de ellos, ¿por qué no de un humilde tejedor?

—Pero los soldados mueren por la nación..., por los demás.

—Mi querida señorita —dijo él, riéndose secamente—, es usted muy joven, pero no creerá que puedo mantener a tres personas, Bessy, Mary y yo mismo, con dieciséis chelines a la semana, ¿verdad? ¿Le parece que estoy en huelga en estos momentos por mí mismo? Es por todos nosotros, igual que los soldados..., solo que a lo mejor ellos mueren por alguien a quien ni siquiera han visto ni oído una vez en toda su vida, mientras que yo defiendo la causa de John Boucher, que es mi vecino, y la de su mujer, que está enferma, y la de sus ocho hijos, que ni siquiera están en edad de ir a la fábrica. Y no solo defiendo su causa, aunque sea un inútil que solo sabe manejar dos telares a la vez, defiendo la causa de la justicia. ¿Por qué vamos a tener que cobrar menos ahora que hace dos años, pregunto?

—A mí no me pregunte —dijo Margaret—, soy muy ignorante. Pregúnteselo a sus patronos. Seguro que le dirán por qué. No es que hayan tomado una decisión arbitrariamente sin ningún motivo.

—*Usté* no es nada más que una forastera —dijo él despectivamente—. Se cree que lo sabe todo. ¡Pregúnteselo a sus patronos! ¡Ja! Nos dirían que metiéramos las narices en nuestros asuntos, que de los suyos se ocupan ellos. Se entiende que nuestros asuntos son aceptar el salario rebajado y dar las gracias; y el suyo, claro está, bajárnoslos hasta matarnos de hambre mientras ellos engordan; así son las cosas.

—Pero —dijo Margaret, dispuesta a no ceder, aunque sabía que lo estaba irritando— tal vez la situación del comercio no permite mantener la misma remuneración.

—¡La situación del comercio! ¡Ja! ¡Paparruchas de los patronos! Yo hablo de una paga proporcional. La situación del comercio está en sus propias manos y nos quieren asustar con ella como a los niños malos con el coco, para que nos portemos bien. Le aseguro que lo que pretenden, su objetivo, como dicen algunos, es que cedamos para engordar su fortuna; pero nosotros tenemos que plantarnos y luchar con fuerza..., y no solo por nosotros, sino por todos los que tenemos alrededor: por la justicia y el juego limpio. Los ayudamos a sacar beneficios, así que tenemos derecho a ayudarlos a gastarlos. Esta vez no queremos su dinero, como en otras ocasiones. Tenemos dinero ahorrado para esto y estamos decididos a resistir o a caer juntos; ni uno solo de nosotros trabajará por menos de lo que dice el sindicato. Así que yo digo: «¡Viva la huelga!». ¡Y a ver qué les parece a Thornton, a Slickson y a Hamper!

—¿Thornton? —preguntó Margaret—. ¿El señor Thornton de Marlborough Street?

—El mismo, Thornton de la fábrica Marlborough, como lo llamamos.

—¿Es uno de los patronos contra los que luchan? ¿Qué tal patrón es?

—¿Ha visto alguna vez un bulldog? Pues eso es John Thornton: un bulldog sobre dos patas, vestido con levita y pantalones.

—¡Qué va! —exclamó Margaret riéndose—. No estoy de acuerdo. El señor Thornton es bastante feo, desde luego, pero no se parece a un bulldog, no tiene la nariz aplastada ni la boca torcida.

—No me refería al aspecto físico. Es que, cuando se le mete algo entre ceja y ceja, se aferra a ello como un bulldog, no lo suelta ni a tiros. Es un digno contrincante. En cuanto a Slickson, sospecho que un día de estos va a engatusar a sus hombres con promesas para que vuelvan, pero los engañará en cuanto los tenga otra vez en su poder. Y le aseguro que luego les ajustará las cuentas con sus multas. Es más escurridizo que una anguila. Es como los gatos: zalamero, astuto y feroz. La lucha contra él nunca será honrada y limpia, como con Thornton, que es más inflexible que un lingote de hierro; ¡ese viejo bulldog es más terco que una mula!

—¡Pobre Bessy! —exclamó Margaret volviéndose hacia ella—. Tú solo suspiras ante todo esto. No te gustan las peleas ni las luchas, pero a tu padre sí, ¿verdad?

—No —dijo ella con pesadumbre—. Estoy harta de todo eso. Habría preferido oír hablar de otras cosas en mis últimos días, y no todo el jaleo, el alboroto y el barullo que llevo soportando toda la vida sobre los salarios, los amos, los obreros y los rompehuelgas.

—¡Pobre hija! Estos días se los llevará el aire. Hasta tienes mejor cara ya, con este poco de movimiento y de cambios. Además, yo estaré bastante aquí contigo para hacértelos más llevaderos.

—¡El humo del tabaco me ahoga! —se quejó ella.

—¡Pues no fumaré en casa nunca más! —respondió él con ternura—. Pero ¿por qué no me lo habías dicho antes, tontina?

La muchacha tardó un poco en hablar y, cuando lo hizo, fue en una voz tan baja que solo la oyó Margaret:

—Supongo que buscará refugio en la pipa y en la bebida hasta que haya pasado todo.

El padre salió a la calle, para terminar la pipa, evidentemente.

—¡Ay, qué tonta soy! —exclamó Bessy con vehemencia—. ¿No le parece, señorita? ¡Ya está! Sabía que tenía que procurar que se quedara en casa para no juntarse con esos que siempre están dispuestos a tentarlo a beber en tiempos de huelga... y ¡hala! ¡Ahí salto yo con que me molesta el humo de la pipa! Y entonces él se va; sé que va a salir cada vez que quiera fumar... y quién sabe dónde terminará. Tenía que haberme callado, aunque me ahogara.

—Pero ¿tu padre bebe? —preguntó Margaret.

—No, lo que se dice beber, no —respondió ella, todavía en el mismo tono exaltado—. Pero ¿qué le vas a hacer? Supongo que le pasa a todo el mundo, que unos días te levantas y te pasas las horas deseando algún cambio, alguna emoción o algo. A mí me pasa a veces, que voy a otra panadería, no a la de siempre, y compro un pan de cuatro libras solo porque estoy harta de oír siempre lo mismo y de comer siempre lo mismo y de pensar siempre en lo mismo (si es que pienso algo, claro), y así un día tras otro, un día tras otro. A veces quisiera ser hombre y andar por ahí, aunque solo fuera un vagabundo, y llegar a un sitio nuevo y buscar trabajo. Y a mi padre, y a todos los hombres, les pasa eso, pero más fuerte que a mí, que se cansan de que el trabajo y todo sea siempre igual. ¿Y qué van a hacer? No se les puede reprochar que vayan a la taberna para animarse y a ver cosas que nunca pueden ver, como cuadros, espejos y cosas así. Pero mi padre no es un borracho, aunque a lo mejor a veces bebe más de la cuenta. Solo que, claro —continuó en un tono triste y plañidero—, cuando están en huelga, hay cosas que los tumban, porque, claro, empiezan con mucha esperanza, pero ¿de dónde van a sacar consuelo? Se enfadan, se ponen como locos y luego se cansan de enfadarse y de ponerse como locos, pero a lo mejor entretanto han hecho algo que después preferirían olvidar. ¡Bendita sea esa dulce cara de compasión que pone! Pero todavía no sabe lo que es una huelga.

—Anda, Bessy —dijo Margaret—, no voy a decir que exageras porque no sé lo suficiente; pero a lo mejor, como no estás bien del todo, solo ves un lado de las cosas, pero seguro que hay otro más alegre al que mirar.

—*Usté* dirá lo que le parezca, porque ha vivido en sitios bonitos y verdes toda la vida, sin necesidades ni preocupaciones... ni rodeada de maldad, encima.

—No juzgues a la ligera, Bessy —replicó Margaret, sonrojada y con los ojos brillantes—. Me voy a casa con mi madre, que está muy enferma...; tanto, Bessy, que la única forma de salir de la prisión del dolor que padece es la muerte; y, sin embargo, tengo que animarme para hablar con mi padre, pues todavía no sabe nada de su verdadero estado de salud y tendré que decírselo poco a poco. La única persona, la única que me comprendería y me ayudaría y cuya presencia consolaría a mi madre más que nada en el mundo, ha sido acusada en falso y correría peligro de muerte si viniera a ver a su madre en el lecho de muerte. Te lo he dicho solo a ti, Bessy. No se lo cuentes a nadie. En Milton nadie lo sabe, ni en toda Inglaterra prácticamente. ¿Que no tengo preocupaciones? ¿Que no sé lo que es la angustia, aunque vaya bien vestida y tenga alimentos suficientes? ¡Ay, Bessy! Dios es justo y nos da a cada uno lo que le corresponde, aunque solo Él sabe la amargura que llevamos en el alma.

—Le pido perdón —dijo Bessy humildemente—. A veces, cuando pienso en mi vida y en lo poco que he disfrutado, creo que estoy condenada a morir cuando se caiga una estrella del cielo. «Y el nombre de la estrella es Ajenjo. Y la tercera parte de las aguas se convirtió en ajenjo; y muchos hombres murieron a causa de esas aguas, porque se hicieron amargas».[13] El dolor y la pena se llevan mejor si pensamos que nos los habían profetizado hace mucho tiempo, porque entonces parece que son necesarios para que la profecía se cumpla; si no, no servirían de nada.

—Vamos, Bessy, ¡piensa! —dijo Margaret—. Dios no inflige daño a propósito. No pienses tanto en las profecías, lee otras partes más inspiradoras de la Biblia.

—Sí, claro, sería lo mejor, pero ¿dónde iba a oír yo tan grandes promesas, cosas tan diferentes de este mundo horrible y de esta ciudad, sino en el Apocalipsis? He repetido muchas veces para mí los versos del capítulo séptimo

13 Apocalipsis 8, 11.

solo por oír esas palabras. Es como si oyera un órgano, y tan distinto de la vida diaria, además. No, no puedo renunciar al Apocalipsis. Es el libro que más me consuela de toda la Biblia.

—Vendré a leerte los capítulos que más me gustan a mí.

—Sí —dijo, ansiosa—, venga. A lo mejor la escucha también mi padre. A mí ya no me oye; dice que todo eso no tiene nada que ver con las cosas de ahora, que son las que le preocupan a él.

—¿Dónde está tu hermana?

—Ha ido a cortar fustán. Yo no quería que fuera, pero de algo tenemos que vivir; y el sindicato no puede con todos los gastos.

—Tengo que irme, Bessy. Me has hecho un gran bien.

—¡Yo le he hecho un gran bien!

—Sí. Cuando vine estaba muy triste y a punto de pensar que yo era la única que sufría en este mundo. Y ahora, que me has contado lo que has tenido que soportar todos estos años, me has fortalecido.

—¡Bendita sea! Creía que hacer el bien era solo cosa de la gente educada. Ahora estaré muy orgullosa pensando que puedo hacerle bien a *usté*.

—Si lo piensas no lo harás. Pero si lo haces, solo conseguirás confundirte, y eso es un consuelo.

—*Usté* no se parece a nadie que conozca. No sé ni qué pensar de *usté*.

—Ni yo. ¡Adiós!

Bessy dejó de mecerse para verla salir.

«¿Habrá mucha gente como ella en el sur? Es como una brisa del campo, no sé. Me refresca mucho. ¿Quién iba a decir que esa cara, luminosa y fuerte como la del ángel con el que soñé, habría conocido el sufrimiento del que ha hablado? ¿Cuál será su pecado? Todos pecamos de alguna manera. La aprecio mucho, y padre también, lo sé. Y hasta Mary, que apenas se fija en las cosas».

CAPÍTULO XVIII

GUSTOS Y DISGUSTOS

> Mi corazón se rebela por dentro
> y dos voces se hacen oír en mi pecho.
>
> WALLENSTEIN

Cuando Margaret llegó a casa encontró dos cartas en la mesa: una era una nota para su madre; la otra, que había llegado por correo, era evidentemente de su tía Shaw, toda llena de matasellos extranjeros, delgada, plateada y crujiente. Leyó primero la otra y estaba releyéndola cuando entró su padre de repente:

—¡Así que tu madre está cansada y se ha ido pronto a la cama! Con este tiempo tan tormentoso, no habrá sido el mejor día para que viniera a verla el médico. ¿Qué ha dicho? Según Dixon, ha hablado contigo después de la visita. —Margaret vaciló. Su padre puso una cara más seria e impaciente y añadió—: No le habrá parecido que su estado es grave, ¿verdad?

—No por ahora; ha dicho que necesita cuidados; es muy amable y dijo que volvería para ver qué tal responde a las medicinas.

—Solo cuidados..., ¿no ha recomendado un cambio de aires? No habrá dicho que el humo de esta ciudad le hacía daño, ¿eh, Margaret?

—No, ni una palabra —respondió ella, muy seria—. Creo que estaba inquieto.

—Los médicos siempre parecen inquietos por algo; es cosa profesional —dijo él.

Margaret vio, en el nerviosismo del padre, que por primera vez tenía una idea de la posible gravedad de la situación, aunque fingiera tomarse con ligereza lo que le decía ella. No podía olvidarlo, era incapaz de hablar de otra cosa; durante toda la velada volvió una y otra vez a lo mismo, poco dispuesto a recibir ni la menor idea desfavorable, cosa que a Margaret le dio una pena indecible.

—Ha llegado carta de tía Shaw, papá. Ya está en Nápoles y le parece demasiado caluroso, así que se ha instalado en un apartamento en Sorrento. Pero me parece que Italia no le gusta mucho.

—No ha dicho nada de dietas, ¿verdad?

—Que comiera cosas alimenticias y de fácil digestión. Creo que mamá tiene buen apetito.

—Sí, por eso me parecía raro que la hubiera puesto a dieta o algo.

—Se lo he preguntado, papá. —Otra pausa. Y Margaret continuó—: Tía Shaw dice que me ha mandado unos adornos de coral, pero —añadió con una leve sonrisa— teme que los disidentes de Milton no sepan apreciarlos. Cree que los disidentes son todos cuáqueros, ¿verdad?

—Si en algún momento te das cuenta de que tu madre quiere algo en especial o te lo dice, dímelo a mí enseguida. Es que tengo la impresión de que no siempre me confía sus deseos. Haz el favor de mirar lo de la muchacha que nos recomendó la señora Thornton. Si encontráramos una criada buena y eficiente, Dixon podría dedicarse a tu madre por completo y seguro que podría volver con nosotros enseguida..., que no sea por falta de cuidados. Últimamente está muy cansada, con el calor que hace y lo difícil que es encontrar criada... Le vendría muy bien un descanso, ¿verdad, Margaret?

—Eso espero —dijo ella, pero con tanta tristeza que su padre lo percibió. Le pellizcó la mejilla.

—¡Vamos! Si te pones tan pálida, voy a tener que sacarte los colores. Cuídate, hija, o serás la siguiente que necesite al médico.

Pero esa noche el señor Hale era incapaz de centrarse en algo. Iba y volvía constantemente, andando de puntillas, a ver si su mujer seguía dormida. A Margaret le pesaba verlo tan desasosegado, intentando ahogar y acallar el horrible temor que acechaba entre las sombras más recónditas de su corazón.

Por fin volvió un poco más tranquilo de la habitación de la señora Hale.

—Se ha despertado, Margaret. Ha sonreído un poco al verme a su lado. Su sonrisa de siempre. Y dice que se encuentra mejor y con ganas de tomar el té. ¿Dónde está la nota que le han mandado? Quiere verla. Se la voy a leer mientras preparas el té.

La nota resultó ser de la señora Thornton: una invitación formal a cenar en su casa el día veintiuno del mes en curso, para los tres. A Margaret la sorprendió que estuvieran dispuestos a aceptarla, después de las tristes posibilidades que habían surgido a lo largo del día. Pero así fue. A la señora Hale le sedujo la idea de que su marido y su hija asistieran a esa cena antes incluso de que Margaret se enterara de lo que decía la nota. Era una novedad que rompería la monotonía de la vida de la enferma, e insistió obstinadamente en que fueran cuando Margaret se opuso.

—En fin, Margaret, si ella quiere, seguro que tú y yo estamos más que dispuestos. Tu madre no se empeñaría en que fuéramos si no se encontrara mejor de verdad..., mucho mejor de lo que pensábamos, ¿no te parece? —dijo el señor Hale animadamente al día siguiente, cuando su hija iba a ponerse a escribir una nota de aceptación—. ¿Eh, Margaret? —insistió, moviendo las manos con nerviosismo.

Sería cruel negarle el consuelo que ansiaba. Por otra parte, esa forma apasionada de negarse a reconocer la existencia del miedo casi le insuflaba esperanzas a ella.

—Creo que ha mejorado desde anoche —dijo ella—. Le brillan más los ojos y tiene mejor color.

—Dios te bendiga —dijo el padre, aliviado . Pero ¿es verdad? Ayer hizo un día tan bochornoso que todo el mundo se encontraba mal. Qué mala suerte que precisamente ayer viniera a verla el doctor Donaldson, ¡el peor día de todos!

Y se fue a cumplir con sus tareas del día, que habían aumentado, pues debía preparar unas conferencias que se había comprometido a impartir a los trabajadores de un liceo cercano. Había elegido como tema la arquitectura eclesiástica, más de su propio gusto y acorde a sus conocimientos que al carácter del lugar o a las cuestiones que más podían interesar a las personas a las que irían destinadas. La institución, por su parte, sintiéndose en deuda con él, agradecía que un hombre tan erudito y educado como el señor Hale les regalara un curso, fuera cual fuere el tema.

—A ver, madre —dijo el señor Thornton esa noche—, ¿quién ha aceptado la invitación para el día veintiuno?

—Fanny, ¿dónde están las notas? Han aceptado los Slickson, los Collingbrook, los Stephen; los Brown no. Los Hale, padre e hija, vienen, la madre está postrada en cama; los Macpherson vienen, y el señor Horsfall y el señor Young también. Estaba pensando en invitar a los Porter, ya que los Brown no van a venir.

—Muy bien. La verdad es que, a juzgar por lo que dice el doctor Donaldson, mucho me temo que la salud de la señora Hale deja que desear.

—¡Qué raro que acepten la invitación si está muy enferma! —dijo Fanny.

—No he dicho que esté muy enferma —replicó su hermano con brusquedad—, he dicho que su salud deja que desear. Es posible que ellos no lo sepan.

Y de pronto se acordó de que, por lo que le había contado el médico, Margaret al menos debía de saber con precisión el estado en que se encontraba su madre.

—Es muy probable que se hayan dado cuenta de lo que dijiste ayer, John: la gran ventaja que les supondría, es decir, al señor Hale, conocer a personas como los Stephen y los Collingbrook.

—Estoy convencido de que eso no habrá influido en su decisión. ¡No! Creo que entiendo sus motivos.

—¡John! —exclamó Fanny soltando una risita débil y nerviosa—. ¡Cuánto presumes de entender a esos Hale y qué poco nos cuentas de ellos! ¿De verdad son tan diferentes de la gente normal?

No lo dijo con intención de ofenderlo, pero, de haberlo intentado, no habría podido hacerlo mejor. Él se irritó en su fuero interno, pero no se dignó contestar.

—A mí me parecen tan normales como cualquiera —dijo la señora Thornton—. Él parece un buen hombre; demasiado simple para el comercio, así que tal vez acertó dedicándose al clero desde el principio, y ahora, de profesor. Ella es la dama delicada de salud débil. En cuanto a la chica..., es la única que me hace dudar cuando pienso en ella, cosa que no me sucede a menudo. Parece que se da mucha importancia, pero no sé por qué. A veces es como si se creyera por encima de los demás. Pero no son ricos ni lo han sido nunca, que yo sepa.

—Y no tiene estudios, *mama*. No toca el piano.

—Sigue, Fanny. ¿Qué más le falta para estar a tu altura?

—¡Vamos, John! —exclamó la madre—. Fanny no ha dicho nada malo. Yo misma oí decir a la señorita Hale que no sabía tocar. Si nos dejaras en paz, a lo mejor llegaba a gustarnos, si le viéramos los méritos.

—A mí no, eso seguro —murmuró Fanny, protegiéndose en su madre.

La señora Thornton la oyó, pero no se molestó en responder. El señor Thornton iba de un lado a otro del comedor deseando que su madre ordenara encender las velas para poder sentarse a leer o a escribir y terminar la conversación de una vez. Pero jamás se le ocurriría entrometerse en ninguna de las costumbres domésticas de la señora Thornton, en recuerdo de su antigua forma de economizar.

—Madre —dijo, y se paró en seco para decirle valientemente una verdad—: Preferiría que le agradara la señorita Hale.

—¿Por qué? —preguntó, sobresaltada por el tono emocional, aunque tierno—. No estarás pensando en casarte con ella, ¿verdad? ¡Una chica que no tiene ni un penique!

—Jamás me aceptaría —respondió él con una breve carcajada.

—No, seguro que no —replicó la madre—. Se rio en mis narices cuando la alabé por haberme dicho una cosa favorable de ti que le había comentado el señor Bell. Me gustó ese detalle de sinceridad en ella, porque eso me confirmó que no tiene ningún interés por ti; pero al momento siguiente me ofendió, porque parecía que pensara que... ¡Bueno, da igual! Pero tienes razón, se cree demasiado importante para pensar en ti. ¡La muy fresca! ¡A ver dónde encuentra a uno mejor que tú!

Si estas palabras molestaron al hijo, la penumbra impidió que se le notara en la cara. Un minuto después se acercó alegremente a su madre y, poniéndole la mano en el hombro con ligereza, le dijo:

—Bien, estoy tan convencido como usted de que lo que ha dicho es la pura verdad y, además, no pienso, ni espero, pedirle que se case conmigo; por lo tanto, a partir de ahora no tengo el menor interés en hablar de ella, créame. Preveo que la muchacha va a pasarlo mal, tal vez por falta de atención maternal, y lo único que le pido, madre, es que esté dispuesta a ser amiga suya, en caso de que lo necesite. Fanny —continuó—, confío en que tengas la delicadeza de comprender que para la señorita Hale sería una injuria tan grande como para mí que te imaginaras que tengo otras razones, además de las que he dicho, para pediros a madre y a ti que le prodiguéis todas las atenciones posibles.

—Yo no le perdono el orgullo —dijo la madre—; seré su amiga, si lo necesita, porque me lo pides tú, John. Me haría amiga de Jezabel si me lo pidieras tú. Pero esa chica, que nos mira a todos por encima del hombro..., sobre todo a ti.

—No, madre; nunca me he expuesto ni nunca me expondré a su desprecio.

—¡Desprecio, sin duda! —exclamó la señora Thornton con su típico bufido expresivo—. Si tengo que ser amable con la señorita Hale, no sigas hablando de ella, John. Cuando estoy con ella, no sé si me agrada o me desagrada más; pero cuando pienso en ella y te oigo hablar de ella, la aborrezco. Sé que te ha mirado por encima del hombro como si me lo hubieras contado tú mismo.

—Si así fuera... —dijo él, e hizo una pausa—. No soy un niño —continuó—, no me acobarda la mirada orgullosa de ninguna mujer y me da igual que me malinterprete a mí y a mi actitud. ¡Me río de eso!

—Sí, seguro, y de ella también, de sus acertadas ideas y de sus gestos desdeñosos.

—Entonces, no sé por qué habláis tanto de ella —dijo Fanny—. Os aseguro que ya estoy harta del tema.

—Bien —dijo su hermano con cierta amargura—. Vamos a buscar otro más agradable. ¿Qué os parece la huelga? Por hablar de algo apetecible...

—¿Los obreros han dejado de trabajar en realidad? —preguntó la señora Thornton con gran interés.

—Los de Hamper han salido de la fábrica. Los míos están terminando la semana por miedo a que los denuncie por incumplimiento de contrato. Les advertí que denunciaría y castigaría a todo el que abandonara su puesto antes de tiempo.

—El gasto en abogados sería muy superior al precio de sus horas..., ¡qué hatajo de inútiles desagradecidos! —dijo la madre.

—Sin duda. Pero les habría demostrado que cumplo mi palabra y que tengo intención de que cumplan la suya. Ahora ya me conocen. Los obreros de Slickson no se han presentado, están muy seguros de que el patrón no se va a gastar ni un penique en denunciarlos. Los míos pararán dentro de nada, madre.

—No tendrías muchos pedidos pendientes, ¿verdad?

—Pues claro que sí. Lo saben de sobra. Pero no lo entienden, aunque ellos creen que sí.

—¿Qué quieres decir, John?

Habían encendido las velas y Fanny tenía entre manos una labor interminable; bostezaba y, de vez en cuando, se recostaba en el sofá y miraba al vacío sin pensar en nada, a su aire.

—Pues —dijo él— que los Estados Unidos han inundado el mercado con sus tejidos y solo nos queda la posibilidad de producir los nuestros a un precio más bajo. Si no lo conseguimos, es posible que tengamos que cerrar inmediatamente y nos quedemos todos en paro, amos y obreros. Sí, esos necios han vuelto a los precios que se pagaban hace tres años; y ni eso, algunos de sus dirigentes ponen por ejemplo los precios de Dickinson, aunque saben de sobra que, con las multas que les descontará del salario como ningún hombre de honor se atrevería, además de otras rebajas que yo, desde luego, jamás emplearía, al final Dickinson paga menos que nosotros. Te aseguro, madre, que preferiría que siguiera vigente la antigua ley que prohibía los sindicatos. Es una desgracia que unos necios, unos hombres ignorantes y rebeldes como esos, solo por juntar esas cabezas huecas que tienen, pretendan gobernar la fortuna de los que aportan toda la sabiduría que dan el conocimiento y la experiencia, y a menudo el gran esfuerzo intelectual y la preocupación. Lo siguiente será, si es que no lo es ya, tener que ir a pedir humildemente, sombrero en mano, al secretario del sindicato de tejedores que nos haga el favor de proporcionarnos mano de obra al precio que se le antoje. Eso es lo que quieren, ellos, que ni siquiera se dan cuenta de que, si no ganamos una buena parte de los beneficios para compensarnos por el desgaste aquí en Inglaterra, podemos irnos a otro país cualquiera, y que, entre la competencia de aquí y la de fuera, ninguno vamos a poder sacar más de lo suficiente y aún tendremos que dar gracias si conseguimos mantenernos un tiempo.

—¿No puedes traer mano de obra de Irlanda? Yo no me quedaría con esos hombres ni un día más. Les enseñaría lo que es un patrón y que puedo dar empleo a quien quiera.

—¡Sí! ¡Claro que puedo! Y lo haré, si la huelga se alarga. Será complicado y caro y me temo que un tanto arriesgado, pero lo haré antes que ceder.

—Si va a haber tanto gasto extraordinario, lamento haber pensado en esa cena precisamente ahora.

—Yo también, pero no por el gasto, sino porque voy a tener que pensar en muchas cosas y recibir muchas visitas inesperadas que me robarán tiempo. Pero necesitamos que venga el señor Horsfall, y no se va a quedar mucho tiempo en Milton. En cuanto a los demás, les debemos algunas cenas, y así cumplimos con ellos.

Siguió recorriendo la habitación de un lado a otro, inquieto, sin hablar más, pero suspirando con fuerza de vez en cuando, como quitándose un mal pensamiento de la cabeza. Fanny le hizo varias preguntas a su madre que no tenían nada que ver con el tema que cualquiera un poco más sensato habría visto que la tenía completamente ocupada. Por eso solo recibió respuestas cortas. No lo lamentó cuando, a las diez en punto, los criados se presentaron para las oraciones. Siempre las leía la madre, empezando por un capítulo. En esos días avanzaban en el Antiguo Testamento. Terminadas las oraciones y después de dar las buenas noches a su hijo con una mirada larga y fija que no expresaba la ternura que albergaba en el corazón, pero que tenía el peso de una bendición, el señor Thornton reanudó sus paseos. Todas las ideas que tenía para el negocio deberían esperar, habían sufrido un parón repentino a causa del estallido del conflicto. De nada habían servido las preocupaciones ni el tiempo que había dedicado a pensar, todo se había perdido por causa de esos necios lunáticos, que iban a hacerse más daño a sí mismos que a él, aunque nadie podía poner freno a tanto desastre. Y esos eran los hombres que se consideraban aptos para dirigir las inversiones de capital de sus patronos. Ese mismo día, Hamper había dicho que, si se arruinaba con la huelga, empezaría la vida de nuevo, animado por la convicción de que los que la habían provocado se quedarían en una situación mucho peor que la suya, porque ellos solo tenían manos, por ser la mano de obra, mientras que él, además, tenía cabeza, y, si obligaban a su mercado a irse a otra parte, no podrían seguirlo ni dedicarse a otra cosa. Pero este razonamiento no consolaba al señor Thornton. Tal vez porque la venganza no le reportaba placer alguno; o tal vez porque apreciaba tanto la posición social que había ganado con el sudor de su frente que le dolía en el alma verla en peligro por la necedad de otros, y tan profundamente que no podía dedicar ningún pensamiento a las consecuencias que tendría para ellos lo que ellos mismos habían provocado. Siguió paseando de un lado a otro, apretando los dientes un poco de vez en cuando. Al final dieron las dos. Las velas parpadeaban en los candeleros. Encendió la suya murmurando para sí:

—Van a saber de una vez por todas a quién se enfrentan. Les daré quince días, ni uno más. Si no ven que esto es una locura antes de ese plazo, traeré mano de obra de Irlanda. Creo que ha sido cosa de Slickson, ¡maldito sea! ¡Malditos sean sus trucos! Creía que tenía demasiadas existencias, por eso pareció que cedía al principio, cuando los delegados fueron a verlo... y, naturalmente, se limitó a darles la razón, como había pensado. Y ahí empezó a extenderse el conflicto.

CAPÍTULO XIX

LAS VISITAS DEL ÁNGEL

Como ángeles que en algún radiante sueño
convocan el alma cuando el hombre duerme,
así algunas singulares ideas trascienden nuestros
pensamientos cotidianos,
y a la gloria se asoman.

HENRY VAUGHAN

La señora Hale estaba ilusionada con la idea de la cena en casa de los Thornton. No paraba de pensar en los detalles con la simplicidad de una niña pequeña que quiere que le cuenten todas las cosas de las que va a disfrutar cuando llegue el día señalado. Pero la vida monótona de los enfermos a veces los hace como niños, que no entienden la proporción de los acontecimientos y parecen creer que las paredes y las cortinas que encierran su mundo dejando fuera todo lo demás son por fuerza más anchos que lo que ocultan detrás. Por otra parte, la señora Hale había tenido sus vanidades de jovencita y tal vez le había mortificado en exceso renunciar a ellas cuando se convirtió en la mujer de un clérigo pobre: las había aplastado, las había silenciado, pero no se habían extinguido; y le gustaba la idea de ver a Margaret vestirse para un banquete y hablar de lo que debía ponerse con una inquietud que a su hija le hacía gracia, pues, en el primer año en Harley Street, se había acostumbrado mejor a estar en sociedad que su madre en veinticinco en Helstone.

—Entonces, vas a ponerte el vestido blanco de seda. ¿Seguro que es adecuado? ¡Hace casi un año de la boda de Edith!

—¡Sí, mamá! Lo hizo la señora Murray, seguro que es adecuado; a lo mejor me sobra o me falta un poco de cintura, según haya engordado o adelgazado, aunque creo que estoy igual.

—¿No será mejor que te lo vea Dixon? A lo mejor ha amarilleado un poco de estar guardado.

—Como quieras, mamá. Pero, en el peor de los casos, tengo uno rosa muy bonito de gasa que me dio tía Shaw hace dos o tres meses, antes de la boda de Edith. Ese no ha podido ponerse amarillento.

—No, pero a lo mejor se ha descolorido.

—Bueno, pero además tengo uno verde de seda. ¡Parezco rica, con tanto donde elegir!

—¡Ay, si supiera cuál es el mejor! —exclamó la señora Hale, nerviosa.

—¿Quieres que me los pruebe todos, mamá —dijo Margaret, cambiando de actitud inmediatamente— y así decides cuál prefieres?

—Pero... ¡sí!, será lo mejor.

Y Margaret se puso manos a la obra. Le entraron ganas de jugar un poco al verse tan vestida a esa hora: se puso a dar vueltas para inflar las faldas del vestido blanco de seda como si fuera un queso, se retiró caminando hacia atrás como si su madre fuera una reina... Pero, al darse cuenta de que la señora Hale se tomaba esas tonterías suyas como interrupciones del serio asunto que tenían entre manos, y que la molestaban, se puso seria y dejó de hacerlas. No entendía qué había pasado en el mundo (en el de su madre) para que se tomara tantas molestias por un vestido; pero esa misma tarde, cuando le contó a Bessy Higgins lo de la cena (hablando de la criada que les estaba buscando la señora Thornton), la muchacha se emocionó mucho.

—¡Ahí va! ¿De verdad va a ir a cenar a casa de Thornton, el de la fábrica de Marlborough?

—Sí, Bessy. ¿Por qué te sorprende tanto?

—Ah, no sé. Pero reciben a las mejores familias de Milton.

—Y a ti no te parece que nosotros seamos de las mejores familias de Milton, ¿verdad?

—Bueno —dijo Bessy, ligeramente sonrojada al verse descubierta con tanta facilidad—, es que aquí se considera que el dinero es lo más importante, y creo que *usté* no tiene mucho.

—No —respondió Margaret—, eso es cierto. Pero somos personas educadas y hemos vivido entre personas educadas. ¿No te parece maravilloso que nos invite a cenar un hombre que se considera inferior a mi padre al someterse a sus enseñanzas? No lo digo en contra del señor Thornton. Pocos dependientes de pañerías, como lo fue él en un tiempo, habrían sido capaces de convertirse en lo que es él ahora.

—Pero *¿usté* puede darle una cena a él en esa casita tan pequeña? La de Thornton es tres veces más grande.

—Pues creo que podríamos arreglárnoslas para darle una cena, como dices tú. No en un comedor tan grande ni con tantos invitados, pero tampoco habíamos pensado en eso.

—¡Quién iba a decir que cenaría *usté* con los Thornton! —insistió Bessy—. ¡Si hasta cenan allí el alcalde y los miembros del Parlamento y todo eso!

—Creo que podré soportar el honor de conocer al alcalde de Milton.

—Pero ¡las señoras van muy arregladas! —exclamó Bessy, mirando con preocupación el vestido estampado de Margaret, cuya tela calculó a siete peniques la yarda.

—Gracias, Bessy —dijo Margaret con una alegre sonrisa—, gracias por esa idea tan amable de lo bien que quedaré entre toda esa gente elegante. Pero tengo vestidos espléndidos... Hace una semana habría dicho que demasiado espléndidos para volver a ponérmelos alguna vez. Pero, como voy a cenar en casa del señor Thornton y quizá coincida con el alcalde, me pondré el más bonito de todos, te lo aseguro.

—¿Qué se va a poner? —preguntó Bessy, un tanto aliviada.

—Uno blanco de seda —dijo Margaret—. El que me puse hace un año para la boda de una prima mía.

—¡Ah, eso estará muy bien! —dijo Bessy, y se reclinó en la mecedora—. No me gustaría que la miraran por encima del hombro.

—Me pondré muy elegante, si así me libro de que me miren por encima del hombro en Milton.

—Me gustaría verla vestida de punta en blanco —dijo Bessy—. No es *usté* lo que la gente diría guapa, le falta blanco y rojo para serlo. Pero ¿sabe una cosa? Había *soñao* con *usté* mucho antes de verla por primera vez.

—¡Qué tontería, Bessy!

—Ya, pero es cierto. Su misma cara..., mirándome con esos ojos claros y directos desde la oscuridad, con el aire echándole el pelo hacia atrás, rodeada de rayos que le salían de la cabeza, una cabeza tan suave y recta como ahora mismo..., y siempre venía a darme fuerzas, esas fuerzas que me llegan desde sus ojos consoladores..., y llevaba ropas brillantes, tal como se va a vestir para la cena. Así era, como se lo cuento.

—No, Bessy —dijo Margaret—; no era más que un sueño.

—¿Y por qué no voy a poder soñar lo que sueño en mi aflicción, como los demás? ¿No soñaban tantos en la Biblia? Eso, y tenían visiones también. ¡Hasta a mi padre le importan los sueños! Se lo repito, la vi en sueños, acercándose rápidamente a mí, con el pelo hacia atrás al avanzar tan deprisa, todo suelto, como flotando, y con el vestido blanco brillante que se va a poner. Déjeme ir a verla con ese vestido. Quiero verla y tocarla como si estuviera en mi sueño.

—Mi querida Bessy, ¡qué imaginación tienes!

—Imaginación o no..., pero *usté* ha venido y yo sabía que vendría cuando la vi moverse en el sueño..., y, cuando está aquí conmigo, le aseguro que la cabeza me funciona mejor, y que me reconforta como el fuego en un día helado. Ha dicho que será el día veintiuno; si Dios quiere, iré a verla.

—¡Ay, Bessy! Puedes ir cuando quieras y serás bien recibida, pero por favor no digas esas cosas..., me dan mucha pena, en serio.

—Bien, pues me lo callo, me muerdo la lengua. Aunque es la pura verdad.

—Podemos hablar de ello otro día si crees que es verdad —dijo Margaret después de un silencio—. Pero ahora no. Dime, ¿tu padre ha ido a la huelga?

—¡Sí! —dijo Bessy con pesadumbre, en un tono muy distinto al de hacía un minuto—. Él y otros muchos..., todos los obreros de Hamper... y otros cuantos más. Y esta vez las mujeres están tan furiosas como los hombres. Es porque los alimentos han subido y necesitan comida para sus hijos. Si los Thornton les dieran lo que se van a gastar en esa cena y pudieran comprar patatas y harina, muchos niños dejarían de llorar de hambre y las madres se quedarían más tranquilas.

—¡No digas esas cosas! —exclamó Margaret—. Harás que me sienta mala y culpable por ir a esa cena.

—¡No! —dijo Bessy—. Unos son elegidos para ir a fiestas suntuosas y vestir de púrpura y lino fino..., tal vez sea *usté* uno de ellos. Otros trabajan y se afanan toda la vida y ni los perros se apiadan de ellos, como en los tiempos de Lázaro. Pero si me pide que le refresque la lengua con la punta del dedo, cruzaré la gran sima para llegar hasta *usté* solo por lo que ha sido para mí en esta tierra.[14]

—¡Bessy, tienes mucha fiebre! Lo sé porque te arde la mano y estás delirando. No habrá sima insalvable cuando llegue el día, no habrá separación entre los que aquí hayan sido ricos o pobres..., no se nos juzgará por ese mísero accidente, sino por haber seguido las enseñanzas de Jesús.

Margaret se levantó a buscar agua. Empapó el pañuelo, se lo puso a Bessy en la frente y empezó a frotarle los helados pies. Bessy cerró los ojos y se dejó aliviar. Un rato después dijo:

—Habría perdido los cinco sentidos, igual que yo, si hubiera tenido que aguantarlos a todos, uno detrás de otro, que venían preguntando por padre y se ponían a contarme cada cual su cuento. Unos hablaban con un odio mortal y me helaban la sangre en las venas con las cosas horribles que decían de los amos, pero otros, sobre todo las mujeres, se quejaban y se quejaban (llorando sin parar, sin quitarse las lágrimas, sin darse cuenta siquiera) del precio de la carne y de que sus hijos no podían dormir por la noche por culpa del hambre.

—¿Y creen que eso se solucionará con la huelga? —preguntó Margaret.

—Eso dicen —respondió Bessy—. Dicen que el comercio ha sido bueno muchos años y que los amos han ganado muchísimo dinero; padre no sabe cuánto, pero el sindicato lo sabrá con el tiempo; y, como es natural, quiere su parte de los beneficios, ahora que la carne está tan cara; y el sindicato dice que, si no obligan a los amos a darles su parte, no estarán cumpliendo con su deber. Pero los amos tienen la sartén por el mango, y me temo que no la van a soltar nunca. Es como la gran batalla de Armagedón, siguen y siguen enseñándose los dientes y luchando unos contra otros, hasta que, en medio de la lucha, caen en el abismo.

En ese momento llegó Nicholas Higgins y oyó las últimas palabras de su hija.

—¡Sí! Y yo seguiré luchando también, y esta vez lo conseguiré. No tardarán en dar su brazo a torcer, porque tienen muchos pedidos con los contratos *firmaos;* enseguida se darán cuenta de que es mejor que nos den nuestro cinco

14 Referencia a Lucas 16, 19-31.

por ciento que perder los beneficios que ganarían; por no hablar de las multas por no cumplir el contrato. ¡Ajá, queridos patronos! Sé quién va a ganar.

Margaret se imaginó que el hombre había bebido, no tanto por lo que dijo sino por la vehemencia con la que lo dijo. Y confirmó la sospecha por la forma en que Bessy se apresuró a despedirla diciéndole:

—El día veintiuno..., del jueves en una semana. Puedo ir a verla vestida para la cena de Thornton, ¿verdad? ¿A qué hora será?

—¡Thornton! —exclamó Higgins antes de que Margaret pudiera contestar—. ¿Va a cenar con Thornton? Dígale que brinde por el éxito de sus pedidos. Calculo que el veintiuno se estará devanando los sesos para sacarlos adelante a tiempo. Dígale que tan pronto como pague el cinco por ciento, setecientos hombres irán a la fábrica de Marlborough la mañana siguiente para ayudarlo a cumplir sus contratos en un visto y no visto. Estarán todos allí; mi patrón, Hamper, es de los anticuados. Cuando se encuentra con un obrero siempre tiene una mala palabra o una maldición en la boca. Cualquiera diría que se moriría si me hablara con educación; pero al final, perro ladrador, poco mordedor, y, si quiere, dígale que esto lo ha dicho uno de sus huelguistas. Pero ya verá, se encontrará a unos cuantos dueños de fábricas en casa de Thornton. Me gustaría decirles unas palabras cuando se queden traspuestos después de la cena y no puedan echar a correr aunque les vaya la vida en ello. Les diría lo que pienso. ¡Les echaría en cara el mal trato que nos dan!

—¡Adiós! —dijo Margaret, apurada—. ¡Adiós, Bessy! Espero verte el veintiuno, si te encuentras mejor.

Las medicinas y el tratamiento que el doctor Donaldson prescribió para la señora Hale le sentaron tan bien al principio que no solo ella, sino Margaret también, empezaron a pensar que tal vez se hubiera equivocado y que podría recuperarse por completo. En cuanto al señor Hale, aunque no había llegado a formarse una idea de la gravedad de las aprensiones de ambas, les ganó la partida a esos temores con evidente alivio, cosa que demostró cuánto le había afectado lo poco que había visto de la posible enfermedad. Dixon era la única que seguía augurando desgracias a Margaret al oído, pero ella no le hacía caso y se aferraba a la esperanza.

Necesitaban este rayo de luz en la casa, porque en la calle reinaban un descontento y una pesadumbre que hasta ellos, ajenos al conflicto, percibían.

El señor Hale también conocía a algunos obreros y le entristecía oírlos hablar con rabia del sufrimiento que soportaban desde hacía tiempo. Se habrían burlado de quien pretendiera hablar de lo que tenían que soportar con quienes, por su posición, lo sabían de antemano. Y, sin embargo, ahí estaba ese hombre de un condado lejano, que se asombraba del funcionamiento de un sistema en el que se encontraba inmerso por casualidad, y todos deseaban convertirlo en juez y aportar testimonios de sus motivos de descontento. Después, el señor Hale llevaba todo el paquete de reivindicaciones y se las exponía al señor Thornton para que, con su experiencia de patrón, las ordenara y le explicara el origen; cosa que hacía siempre basándose en sólidos principios económicos; le demostraba que, tal como funcionaba el mercado, siempre tenía que haber momentos más favorables y menos favorables, y que en los menos favorables se arruinaban unos cuantos patronos, además de unos cuantos obreros, y nunca más se los volvía a ver en las filas de los felices y prósperos. Se lo decía como si esta consecuencia fuera totalmente lógica y ni los amos ni los empleados tuvieran derecho a quejarse si les tocaba la mala suerte: al amo, retirarse de la carrera en la que ya no podía participar con una amarga sensación de incompetencia y fracaso, herido en la lucha, pisoteado por sus iguales en la ambición por hacerse ricos, menospreciado donde antes se le honraba, pidiendo humildemente trabajo en vez de ofrecerlo con mano señorial. Naturalmente, aunque hablara así de una suerte que podía correr él mismo debido a las fluctuaciones del mercado, no se compadecía de la de sus hombres, que se quedaban atrás después de las rápidas y despiadadas mejoras o cambios y desearían enterrarse y desaparecer en silencio de un mundo que ya no los necesitaba, pero que les parecía que no podrían descansar en paz en la tumba oyendo siempre los gritos de los seres amados y desamparados que dejarían atrás; que envidiaban la suerte de las aves silvestres, capaces de alimentar a sus crías con su propia sangre. Margaret se sublevaba contra él cuando le oía hablar de esa forma, como si el comercio lo fuera todo y la humanidad, nada. Casi no pudo ni agradecerle la amable oferta que le hizo esa misma noche —en privado por tratarse de algo tan delicado— de todas las comodidades para casos de postración en cama que, por su propia salud y por la previsión de su madre, habían acumulado en la casa y que, según le había dicho el doctor Donaldson, podía necesitar la señora Hale. Su mera presencia —después de las cosas que había dicho y de esa forma de ponerle ante los ojos el sino de su madre, del que en vano procuraba convencerse de que tal vez pudiera evitarse todavía—, todo contribuía a crisparla mientras lo miraba y escuchaba. ¿Qué derecho tenía él a ser la única persona, excepto Donaldson y Dixon, que participaba del horrible secreto —que guardaba encerrado en el rincón más oscuro del corazón, sin atreverse a mirarlo, solo para pedir fuerzas al Cielo para soportarlo— de que un día, pronto, llamaría a su madre a gritos y no encontraría respuesta en la negra y muda oscuridad? Y sin embargo, él lo sabía todo. Lo veía en la piedad de su mirada. Lo oía en la voz, grave y trémula. ¿Cómo conciliar esa mirada, esa voz, con el implacable razonamiento, con esa forma seca y despiadada de aplicar los axiomas del mercado y seguirlos hasta sus últimas consecuencias? La discordancia la conmocionaba indeciblemente. Y más aún por el cúmulo de desgracias que le había contado Bessy. El padre, Nicholas Higgins, hablaría sin duda de otra forma. Lo habían nombrado delegado del comité de huelga y decía que sabía secretos que no conocía nadie de fuera. Lo dijo específicamente y con mucho énfasis precisamente el día anterior al banquete de la señora Thornton, cuando Margaret fue a ver a Bessy y se encontró al padre argumentando sobre la cuestión con Boucher, el vecino del que había oído hablar a menudo, el que unas veces inspiraba compasión a Higgins por lo inútil que era, y con una familia muy numerosa a su cargo, y otras enfurecía por la falta de lo que llamaba espíritu, en comparación con sí mismo, que era tan enérgico y activo. Era evidente que Higgins estaba muy exaltado cuando llegó Margaret. Boucher estaba apoyado en la alta repisa de la chimenea con las dos manos, meciéndose levemente y mirando el fuego con los ojos desorbitados y una desesperación que irritaba a Higgins, a pesar de la lástima que le inspiraba. Bessy se mecía también, violentamente, como solía (Margaret ya lo sabía a esas alturas) cuando estaba nerviosa. Su hermana Mary se ataba la capota (con grandes lazadas torpes, iguales que sus grandes manos torpes) para ir a cortar fustán sin dejar de lloriquear en voz alta y, sin duda, deseando dejar atrás esa escena que tanto la inquietaba.

Tal era la escena con la que se encontró Margaret. Se quedó un momento en el umbral; después, con un dedo en los labios, se acercó sigilosamente al diván y se sentó al lado de Bessy. Nicholas la vio entrar y la saludó con un movimiento de cabeza, enfurruñado, pero no hostil. Mary se fue enseguida aprovechando que la puerta estaba abierta; se echó a llorar en cuanto desapareció de la presencia de su padre. John Boucher fue el único que no se dio cuenta de quién entraba y quién salía.

—Es inútil, Higgins. No puede durar mucho así. Se está consumiendo..., pero no por falta de alimento, sino porque no soporta ver el hambre que pasan los pequeños. ¡Eso, hambre! Cinco chelines a la semana pueden ser suficientes para ti, que tienes dos bocas que alimentar y una de ellas es una chica que puede ganarse su propio pan. Pero nosotros pasamos hambre. Y te lo digo como lo siento, si se muere, como creo que pasará, antes de que nos den el cinco por ciento, le tiro el dinero al amo a la cara y le digo: «¡Maldito seas tú y todo este mundo cruel, que me habéis quitado a la mejor mujer que jamás dio hijos a un hombre!». Y mira lo que te digo, chico, te odiaré, a ti y a toda esa manada del sindicato. Eso, y mi odio os perseguirá por cielo y tierra... ¡Sí, chico! Te odiaré si me arrastras a la perdición en este asunto. Nicholas, me dijiste el miércoles *pasao* (y ya estamos a martes de la semana siguiente) que antes de quince días los amos vendrían a suplicarnos que volviéramos al trabajo al precio que les pedimos..., y el plazo se acaba..., y nuestro pequeño Jack, en cama, sin fuerzas ni para gritar, solo llora de hambre cada poco..., nuestro pequeño Jack, ¡te lo digo, chico! Ella no se ha repuesto desde que lo tuvo, y lo quiere como a su propia vida, así es, y te digo que me ha costado ese precio tan caro..., nuestro pequeño Jack, que me despertaba por las mañanas poniendo esa boquita suya en mi carota rasposa, buscando un sitio suave en el que besarme..., y se me muere de hambre.

Unos gemidos profundos le atascaron la garganta al pobre hombre, y Nicholas levantó la cabeza y miró a Margaret con los ojos llenos de lágrimas, hasta que encontró valor para hablar.

—Anímate, hombre. Tu pequeño Jack no se va a morir de hambre. Tengo dinero y vamos a ir a comprar leche y un pan de cuatro libras ahora mismo. Lo que es mío es tuyo si te hace falta, ya lo sabes. Pero no te desanimes, chico —siguió diciéndole mientras buscaba en una lata el dinero que le quedaba—. Por mi alma y mi corazón que esta vez ganamos; es solo cuestión de aguantar una semana más, y ya verás como entonces los amos vienen a rogar que volvamos a las fábricas. Y el sindicato..., es decir, yo, me ocuparé de que tengas bastante para los niños y la mujer. Así que no te derrumbes ni vayas a ir a pedir trabajo a los tiranos.

Al oír esas palabras, el hombre se volvió con una cara tan pálida y demacrada, tan llena de lágrimas y desesperanza que esa misma calma hizo llorar a Margaret.

—Ya sabes que un amo más tirano que los propios amos dice: «Muérete de hambre tú y todo el que se atreva a ir contra el sindicato». Lo sabes de sobra, Nicholas, porque eres uno de ellos. Aunque de uno en uno tengáis buen corazón, todos juntos tenéis menos compasión de un hombre que un lobo salvaje loco de hambre.

Nicholas tenía la mano en el pomo de la puerta; se detuvo y se volvió a Boucher, que lo seguía de cerca.

—Pues que Dios se apiade de mí si no creo que estoy haciendo todo lo posible por ti y por todos nosotros. Si me equivoco cuando creo que acierto, la culpa es de los que me dejan donde estoy, en la ignorancia. Me he *devanao* los sesos hasta no poder más de dolor...; créeme, John, es la verdad. Y repito que no tenemos más remedio que confiar en el sindicato. ¡Ganarán la partida, ya lo verás!

Margaret y Bessy no habían dicho ni una palabra. Cruzaron una mirada que les arrancó un suspiro desde lo más hondo del alma.

—Jamás creí —dijo Bessy al fin— que padre fuera a invocar a Dios nunca más. Pero ya lo ha oído, ha dicho: «Que Dios se apiade de mí».

—¡Sí! —dijo Margaret—. Déjame que te traiga el poco dinero que me sobra... y algo de comer para los hijos de ese pobre hombre. Diles que es de tu padre. Será muy poco.

Bessy se reclinó sin prestar atención a lo que había dicho Margaret. No lloraba, solo le temblaba la respiración.

—Tengo el corazón seco de tanto llorar —dijo—. Hace unos días que Boucher viene aquí a contarme sus temores y sus angustias. Es un hombre débil, ya lo sé, pero es un hombre a pesar de todo; y, aunque me he *enfadao* muchas veces con él y con su mujer, que es una calamidad igual que su marido, pues, ya ves, no todo el mundo es sabio, pero Dios les da la vida..., sí, y les da alguien a quien querer y que los quiera, como al rey Salomón. Y si les ocurre una desgracia a los que quieren, les duele tanto como a Salomón. No lo sé. A lo mejor está bien que el sindicato cuide a un hombre como Boucher. Pero me gustaría ver a los sindicalistas cara a cara con él, de uno en uno. Seguro que si le escucharan de uno en uno le dirían que volviera al trabajo y que cobrara lo que pudiera, aunque no fuera todo lo que ellos mandan.

Margaret guardaba silencio. ¿Cómo iba a volver a la comodidad y a olvidar la voz de ese hombre, con ese tono de pura angustia, más locuaz que las palabras mismas? Sacó el monedero; no tenía mucho dinero que pudiera considerar suyo, pero lo que tenía se lo puso a Bessy en la mano sin decir nada.

—Gracias. Hay muchos que tienen lo mismo que él, aunque parece que se las arreglan... o al menos no se les nota tanto como a él. Pero padre no permitirá que pasen necesidad, ahora que lo sabe. A Boucher lo hunden los hijos y la mujer, que está muy débil, y todo lo que podían empeñar ha desaparecido en estos últimos doce meses. Pero no crea que los vamos a dejar morir de hambre, aunque nosotros también pasamos apuros, pero si los vecinos no nos cuidamos los unos a los otros, no sé quién lo va a hacer. —Parecía que Bessy estaba preocupada porque Margaret pudiera pensar que no tenían la intención ni, hasta cierto punto, la posibilidad de ayudar a una persona que evidentemente consideraba que dependía de ellos—. Por otra parte —continuó—, padre está seguro y convencido de que los amos cederán un día de estos..., que no pueden esperar mucho más. Pero se lo agradezco de todos modos..., se lo agradezco por mí tanto como por Boucher, porque cada vez le tengo más cariño a *usté*.

Bessy estaba mucho más serena, pero terriblemente lánguida y agotada. Cuando terminó de hablar, parecía tan débil y exánime que Margaret se alarmó.

—No, no —dijo Bessy—, no me muero todavía. Pasé muy mala noche, con pesadillas o algo parecido, porque estaba completamente despierta..., y hoy estoy como marcada..., solo ese pobre hombre me ha devuelto a la vida. ¡No! Todavía no me muero, pero no tardaré mucho. Eso, tápeme, que a lo mejor me duermo, si la tos me deja. Buenas noches..., buenas tardes, creo que debería decir..., pero la luz es tenue y neblinosa hoy.

CAPÍTULO XX

HOMBRES Y CABALLEROS

Jóvenes y viejos, muchacho, deja que todos coman, eso es;
aunque tengan diez dientes por barba, no me importa.

ROLLO, DUQUE DE NORMANDÍA

Margaret volvió a casa tan dolida por todo lo que había visto y oído que no sabía cómo empezar a cumplir con los deberes que la esperaban: la necesidad de mantener una conversación animada y fluida con su madre, que, como ya no podía salir a la calle, siempre esperaba que Margaret volviera incluso del paseo más corto con novedades que contarle.

—Entonces, ¿tu amiga de la fábrica quiere venir el jueves para verte vestida?

—Estaba tan enferma que ni se me ocurrió pedírselo —dijo Margaret con tristeza.

—¡Ay, Señor! Parece que a todo el mundo le pasa algo malo —dijo la señora Hale, con ese poquito de celos que un enfermo le puede tener a otro—. Pero será tristísimo estar enferma en una de esas casitas de las callejuelas más pobres —lamentó, dejándose ganar por su bondadoso carácter y el recuerdo de las viejas costumbres de Helstone—. Con lo triste que es aquí... ¿Puedes hacer algo por ella, Margaret? El señor Thornton me ha mandado un poco de vino añejo de Oporto cuando estabas fuera. ¿Le vendría bien una botella? ¿Qué te parece?

—¡No, mamá! Creo que no son tan pobres... Al menos no se quejan de eso y, de todos modos, lo que aqueja a Bessy es consunción, así que el vino no le hace ninguna falta. A lo mejor podría llevarle un poco de mermelada de nuestra fruta de Helstone. ¡No! Hay otra familia a la que sí debería darle... ¡Ay, mamá, mamá! ¿Cómo voy a vestirme de gala para ir a fiestas elegantes después del sufrimiento que he visto hoy? —exclamó Margaret.

Y, saltándose la contención que se había propuesto sostener antes de llegar a casa, le contó a su madre todo lo que había visto y oído en casa de Higgins.

La señora Hale se disgustó en exceso. Estuvo inquieta e irritada hasta que pensó en algo que podía hacer. Mandó a Margaret que llenara una cesta allí mismo para mandársela inmediatamente a esa familia; y casi se enfadó con su hija cuando dijo que en realidad podían mandársela al día siguiente, porque sabía que Higgins le había dado suficiente para las necesidades inmediatas e incluso ella había dejado dinero a Bessy para ellos. La señora Hale le dijo que era una insensible y no se dio un respiro hasta que la cesta salió de la casa.

—Pero —dijo después— es posible que esto esté mal. La última vez que vino el señor Thornton, dijo que los que contribuían a que la huelga se alargara ayudando a los huelguistas no eran verdaderos amigos. Y ese tal Boucher es un huelguista, ¿verdad?

Lo consultó con el señor Hale, cuando subió a verla, recién llegado de la clase con el señor Thornton, que había terminado con una conversación, como de costumbre. A Margaret le daba igual que sus regalos alargaran la huelga; estaba tan alborotada que no pensaba más allá.

El señor Hale la escuchó e intentó sopesar la situación con la serenidad de un juez; recordó todo lo que le había parecido tan claro hablando con el señor Thornton, no hacía ni media hora; y después llegó a un compromiso insatisfactorio. Su mujer y su hija no solo habían hecho bien en ese caso, sino que ni siquiera se imaginaba que hubieran podido actuar de otro modo. Sin embargo, en general, lo que decía el señor Thornton era muy cierto: que si la huelga se alargaba, terminaría obligando a los patronos a traer mano de obra de fuera (en caso de que el resultado final no fuera, como había sucedido otras veces, que inventaran una máquina nueva que terminara para siempre con la necesidad de mano de obra), de manera que estaba claro que lo mejor era negarles la ayuda que contribuyera a animarlos a seguir en su absurda postura. Pero, en cuanto a ese tal Boucher, iría a su casa al día siguiente a primera hora para ver qué se podía hacer por él.

Y eso fue lo que hizo. Boucher no estaba en casa, pero habló con su mujer largo y tendido; le prometió que solicitaría un volante del médico para que pudiera ir al hospital; y, al ver la abundancia de cosas que les había mandado la señora Hale, y que los niños, dueños de la cocina en ausencia de su padre, tenían de todo, volvió a casa con un relato mucho más animoso que el que Margaret se hubiera atrevido a imaginar; el caso es que, por lo que había contado ella el día anterior, su padre se había hecho una idea mucho peor y, por contraste, lo que vio le pareció mucho mejor de lo que era en realidad, y así se lo contó.

—Pero iré otra vez, quiero hablar con ese hombre —dijo el señor Hale—. Todavía no sé cómo comparar estas casas con las cabañas de Helstone. Veo muebles que nuestros trabajadores jamás habrían soñado, y alimentos que habrían considerado de lujo; sin embargo, parece que ahora no están cobrando la paga semanal, el único recurso de estas familias es la tienda de empeños. Aquí, en Milton, hay que aprender un lenguaje diferente y medir las cosas por otro rasero.

Bessy también se encontraba mejor ese día. De todos modos, estaba tan débil que parecía haber olvidado por completo el deseo de ver a Margaret vestida..., si es que no había sido todo producto de los delirios de la fiebre.

Margaret no pudo evitar comparar esa extraña forma de disponerse a ir a un sitio que no le interesaba, pues otras preocupaciones le cargaban el corazón, con los alegres preparativos a los que se entregaban Edith y ella no hacía ni un año. La única satisfacción que en ese momento extraía de arreglarse para la cena era el gusto que le daría a su madre verla bien vestida. Se sonrojó cuando, al abrir la puerta de la salita, Dixon admiró su aspecto.

—La señorita está bien, ¿verdad, señora? El coral de la señora Shaw no ha podido ser más oportuno. Le da el toque justo de color, señora. Si no, la señorita Margaret habría parecido demasiado pálida.

Margaret tenía un pelo tan abundante y sedoso que no se podía trenzar: tenía que darle vueltas y vueltas para comprimirlo en gruesas espirales, enroscarlo alrededor de la cabeza como una corona y sujetárselo por detrás en un gran moño con dos largas horquillas de coral como dos flechitas. Las blancas mangas de seda se doblaban sobre sí mismas con tiras de la misma tela, y en el cuello, justo por debajo de la base de la grácil y blanquísima garganta, llevaba las gruesas cuentas de coral.

—¡Ay, Margaret! Cuánto me gustaría poder ir contigo a una de aquellas reuniones de Barrington…, llevarte conmigo como me llevaba lady Beresford a mí.

Margaret le agradeció este pequeño estallido de vanidad maternal con un beso, pero estaba tan desanimada que no pudo sonreír.

—Preferiría quedarme en casa contigo…, me gustaría mucho más, mamá.

—¡Tonterías, cielo! Fíjate bien en todo. Me encantará saber cómo hacen estas cosas en Milton. Principalmente el segundo plato. A ver qué sirven en vez de caza.

Más que interesarle, a la señora Hale le habría asombrado la suntuosidad de la mesa y de lo que se sirvió. A Margaret, con su refinamiento cultivado en Londres, le resultó excesiva la cantidad de exquisiteces; con la mitad habría sido suficiente, y el efecto general, más ligero y elegante. Pero una de las rigurosas reglas de hospitalidad de la señora Thornton consistía en servir de cada plato exquisito la cantidad suficiente para que todos los invitados lo probaran si lo deseaban. No le importaba comer y beber con frugalidad en la vida diaria, pero se enorgullecía de complacer generosamente los gustos de los comensales. Y su hijo también. No conocía otra forma de relación social —aunque se la podía imaginar y la habría disfrutado— que la que se daba en estos intercambios de grandes cenas; e incluso en esos momentos en que se negaba a sí mismo hasta el menor gasto superfluo y había lamentado más de una vez que su madre ya hubiera mandado las invitaciones, se alegró de ver los preparativos de la magnífica celebración.

Margaret y su padre fueron los primeros en llegar. El señor Hale quería sobre todo acudir puntualmente a la cita. Arriba, en la sala, solo estaban la señora Thornton y Fanny. Habían retirado todas las fundas de los muebles y la estancia deslumbraba de seda adamascada de color amarillo y alfombras de flores brillantes. Había adornos en todos los rincones, hasta el punto de resultar cargante, y tanta abundancia contrastaba de una forma extraña con la fea desnudez del gran patio de la fábrica, donde estaban abiertas las grandes puertas plegables de la salida y entrada de vehículos. La fábrica se alzaba en el lado izquierdo de las ventanas y proyectaba la sombra de los diversos pisos del edificio, de manera que oscurecía el atardecer de verano antes de tiempo.

—Mi hijo ha estado ocupado en sus asuntos hasta el último momento. Vendrá directamente, señor Hale. Tome asiento, por favor.

El señor Hale se encontraba junto a una ventana mientras la señora Thornton hablaba. Y se volvió para decir lo siguiente:

—¿A veces no le resulta desagradable vivir tan cerca de la fábrica?

—Nunca —respondió ella levantándose—. No me he refinado tanto que desee olvidar la fuente de la riqueza y el poder de mi hijo. Por otra parte, no hay otra fábrica igual en Milton. Una sola nave mide doscientas veinte yardas cuadradas.

—Me refería al humo y al ruido..., al constante ir y venir de los obreros, ¿eso no le molesta?

—¡Opino lo mismo que usted, señor Hale! —terció Fanny—. Siempre huele a vapor y a lubricante de máquinas... y el ruido es ensordecedor.

—Yo he oído ruidos mucho más ensordecedores a los que llaman música. La sala de máquinas está del lado de la calle, apenas se oye desde aquí, menos en verano, cuando las ventanas están abiertas; en cuanto al murmullo constante de los obreros, no me molesta más que el zumbido de una colmena. Si pienso en todo eso, lo conecto con mi hijo y siento que todo es suyo y que suya es la cabeza que lo dirige todo. En estos momentos, no se oye ningún ruido en la fábrica; los obreros son tan desagradecidos que se han puesto en huelga, como tal vez sepa ya. Pero los asuntos de mi hijo a los que me he referido al principio tienen que ver con las medidas que va a tomar para poner a los obreros en su sitio.

La expresión de su rostro, siempre severa, se tiñó de una sombra oscura al decir esas palabras. Y no desapareció cuando el señor Thornton entró en la sala, porque vio al instante el peso de la preocupación e inquietud que no podía quitarse de encima, aunque saludó a los invitados con aparente alegría y cordialidad. A Margaret le dio un apretón de manos. Él sabía que era la primera vez que sus manos se tocaban, pero ella no se dio cuenta. Se interesó por la salud de la señora Hale, y el señor Hale le respondió con optimismo y esperanza; entonces miró a Margaret para ver si estaba de acuerdo con su padre y no vio la menor sombra de disensión en su rostro. Y, al mirarla con esa intención, volvió a sorprenderle su gran belleza. Nunca la había visto así ataviada y, sin embargo, era como si la elegancia del traje conviniera tan perfectamente a la noble figura y a la altiva serenidad del rostro que debiera ir siempre vestida de esa forma. Estaba hablando con Fanny de algo que él no alcanzaba a oír, pero vio que su hermana se toqueteaba con inquietud alguna parte del vestido continuamente y que sus ojos vagaban de un lado a otro sin ningún propósito; y, desazonado, los comparó con los grandes ojos tiernos que observaban un objeto con atención, como si de su luz emanara una suave influencia de reposo, con los labios levemente separados, interesados en lo que le decía su compañera, y la cabeza un poco adelantada, describiendo una larga línea curva desde la coronilla, donde la luz se acumulaba en el brillante pelo negro, hasta la suave curva del hombro marfileño; y los blancos brazos torneados y las finas manos, que reposaban, ligeras, una encima de la otra, pero perfectamente inmóviles en su bonita postura. El señor Thornton suspiró al percibir todos estos detalles con una sola de sus miradas envolventes. Después dio la espalda a las jóvenes y, con un esfuerzo, pero con toda el alma, empezó a hablar con el señor Hale.

Llegaron más invitados, muchos más. Fanny dejó a Margaret para ayudar a su madre a recibirlos. El señor Thornton vio que, con tanta afluencia de gente, nadie estaba hablando con Margaret y se inquietó, aunque aparentaba no darse cuenta. Pero no se acercó a ella, ni siquiera la miraba; sin embargo, sabía lo que hacía o dejaba de hacer mejor que de cualquier otra persona de la sala. Margaret estaba tan entretenida mirando a los demás que ni se acordaba de si estaba sola o no. Alguien la acompañó al comedor, no entendió el nombre, aunque tampoco parecía tener muchas ganas de hablar con ella. Los caballeros conversaban muy animadamente; la mayoría de las damas guardaban silencio y se distraían tomando nota de los platos de la cena y criticándose el vestido unas a otras. Margaret entendió el tema de la conversación, le interesó y se puso a escuchar atentamente. El señor Horsfall, el desconocido cuya visita a la ciudad había propiciado la fiesta, preguntaba sobre la actividad comercial y manufacturera de la localidad; y los demás caballeros —todos hombres de Milton— le respondían y le daban explicaciones. Surgió una desavenencia, a la que respondieron con entusiasmo; consultaron al señor Thornton, que apenas había hablado, pero en ese momento dio una opinión tan bien fundada y tan claramente expuesta que hasta los oponentes se rindieron. Y así fue como Margaret centró la atención en él. Como señor de la casa y anfitrión de la fiesta atendía a sus amigos de una forma directa, aunque sencilla y modesta, que

le pareció muy digna. Incluso pensó que nunca lo había visto tan favorecido. Cuando iba a su casa a ver a su padre, siempre había percibido algo en él, una impaciencia o una especie de enojo, como si estuviera predispuesto a creer que lo iban a juzgar mal, pero que, por orgullo, no intentara darse a entender mejor. Sin embargo, en esos momentos, entre sus amigos, su actitud era totalmente segura. Lo consideraban un hombre con mucho carácter, poderoso en muchos aspectos. No necesitaba esforzarse para ganarse el respeto. Se lo tenían y lo sabía; y esta seguridad le prestaba una calma imponente y admirable, tanto en la voz como en la actitud, que Margaret no había percibido hasta entonces.

No solía hablar con las mujeres, y lo poco que decía era muy formal. Apenas se dirigió a Margaret. La sorprendió darse cuenta de lo mucho que estaba disfrutando de la cena. Ya sabía suficientes cosas para entender gran parte de los intereses de la ciudad e incluso algunas palabras técnicas que decían los entusiastas propietarios de las fábricas. En silencio tomó partido decididamente en la cuestión que estaban debatiendo. En cualquier caso, hablaban con impaciencia, pero no de la misma forma que tanto la aburría en las fiestas de Londres. Le llamó la atención que, con tanto referirse a la industria y al comercio de la ciudad, no aludieran para nada a la huelga que estaba en marcha. Todavía no sabía con cuánta frialdad se tomaban esas cosas los patronos, sabiendo que solo había un final posible. Sin duda, los obreros iban a su propia destrucción, como les había pasado ya tantas veces; pero si eran tan necios que se ponían en manos del puñado de granujas que eran los representantes sindicales, que se atuvieran a las consecuencias. Un par de amigos manifestaron que Thornton parecía desanimado; naturalmente, saldría perdiendo. Pero era una consecuencia que también podría afectarlos a ellos cualquier día, y Thornton sabía manejar una huelga tan bien como cualquiera de ellos, porque era tan fuerte como el mejor de Milton. Los obreros se habían equivocado con él al intentar hacerle esa jugarreta. Los patronos se reían para sus adentros al pensar en el desconcierto y la derrota de los obreros, si creían que lograrían cambiar en lo más mínimo lo que Thornton había decretado.

Después de cenar, las damas se fueron al salón y Margaret pasó un rato bastante aburrido, hasta que llegaron los caballeros, y no solo porque cruzó una mirada con su padre que le quitó la soñolencia, sino porque podía oír cosas más interesantes e importantes que las nimiedades de las que habían estado hablando las señoras. Le gustaba la jubilosa sensación de poder que tenían esos hombres de Milton. Aunque resultaran un tanto presuntuosos y exagerados, daba la impresión de que desafiaran los viejos límites de lo posible, como si los embriagara el recuerdo de lo que habían conseguido y de lo que podrían llegar a alcanzar. Aunque en los momentos en que pensaba más fríamente no aprobaba ese espíritu en todos los aspectos, le parecía admirable esa forma de olvidarse de sí mismos y del presente, mientras preveían triunfos futuros sobre toda la materia inanimada, que ninguno de ellos viviría para ver. Se sobresaltó al oír al señor Thornton, que, situado a su lado, le decía:

—He visto que estaba usted de nuestra parte en la discusión de la cena, ¿no es así, señorita Hale?

—Muy cierto. Pero sé muy poco de todo eso. Sin embargo, me sorprendió lo que dijo el señor Horsfall, que había otros con unas ideas diametralmente opuestas, como el señor Morison al que se refirió. No puede ser un caballero, ¿verdad?

—No soy quién para decidir quién es un caballero y quién no, señorita Hale. En realidad, no sé muy bien a qué se refiere con esa palabra. Pero diría que ese tal Morison no es un «hombre de verdad». No sé quién es, solo lo juzgo por lo que ha dicho el señor Horsfall.

—Sospecho que mi «caballero» es lo mismo que su «hombre de verdad».

—Y mucho más, si me permite. No estoy de acuerdo con usted. Para mí un hombre es un ser muy superior y más completo que un caballero.

—¿Qué quiere decir? —preguntó Margaret. Debemos de tener ideas diferentes de lo que significa la palabra.

—Considero que la palabra «caballero» se refiere solo a una persona en relación con las demás; pero si decimos que es «un hombre», no lo consideramos solo en relación con sus congéneres, sino en relación consigo mismo, con la vida, con el tiempo, con la eternidad. Si aludimos a un marginado como Robinson Crusoe, a un prisionero encarcelado de por vida, o mejor, a un santo ermitaño, la mejor forma de referirnos a su resistencia, a su fuerza, a su fe es hablando de él como hombre. Estoy cansado de la palabra «caballerosidad»; a menudo me parece que no se usa con propiedad, que se le da un sentido tan exageradamente distorsionado, sin reconocer la sencillez del sustantivo «hombre» o del adjetivo «humano», que me llega a parecer pura hipocresía.

Margaret se quedó pensando un momento, pero antes de que pudiera manifestar su opinión, llamaron al señor Thornton unos compañeros entusiastas cuyas palabras ella no alcanzaba a oír, aunque pudo adivinar lo que querían por las claras y breves respuestas del señor Thornton, que le llegaron firmes y seguras como la detonación de un arma a lo lejos. Evidentemente hablaban de la huelga y del mejor curso de acción que debían emprender. Oyó decir lo siguiente al señor Thornton:

—Eso ya está hecho. —Entonces se oyó un murmullo apresurado, al que se unieron otros dos o tres.

—Todas esas medidas ya se han tomado.

El señor Slickson planteó unas dudas y nombró algunas dificultades agarrando del brazo al señor Thornton, para que le entendiera mejor. El señor Thornton se separó un poco, enarcó las cejas ligeramente y respondió:

—Asumo el riesgo. No tiene por qué sumarse si no lo desea. —Se plantearon más temores.

—No me asusta una vileza como un incendio provocado. Somos enemigos declarados, y puedo protegerme si sospecho de cualquier acto violento. Y sin duda protegeré también a todo el que venga a mí dispuesto a trabajar. Ellos ya saben cuál es mi postura tan bien como ustedes.

El señor Horsfall se lo llevó un poco aparte, para hacerle alguna pregunta más sobre la huelga, supuso Margaret, pero en realidad era para que le dijera quién era esa mujer... tan silenciosa, tan regia, tan bella.

—¿Es una dama de Milton? —le preguntó después de que le dijera el nombre.

—No. Procede del sur de Inglaterra, de Hampshire, creo —respondió él con fría indiferencia.

La señora Slickson estaba interrogando a Fanny sobre el mismo tema.

—¿Quién es esa chica tan fina y distinguida? ¿Es hermana del señor Horsfall?

—¡Huy, no, qué va! Aquel es el señor Hale, el padre, el que está hablando con el señor Stephens. Da clases, es decir, lee con algunos jóvenes. Mi hermano John va con él dos veces a la semana, por eso pidió a mi madre que los invitara hoy, para que lo conozcan todos. Creo que tenemos unos prospectos suyos, si quiere uno.

—¡El señor Thornton! ¿De verdad tiene tiempo para ir a leer con un profesor en medio de todo este jaleo... y además esa huelga abominable?

Por el tono de la señora Slickson, Fanny no estaba segura de si debía sentirse orgullosa o avergonzada de la conducta de su hermano; y, como todo el que opina según la opinión de los demás, solía sonrojarse ante conductas difíciles de juzgar. Se le pasó la vergüenza en cuanto los invitados empezaron a dispersarse.

CAPÍTULO XXI

LA OSCURA NOCHE

En la tierra se desconoce
la sonrisa que no sea compañera de una lágrima.

EBENEZER ELLIOTT

Margaret y su padre volvieron a casa andando. Hacía una buena noche, las calles estaban limpias y, con su bonito vestido blanco de seda «levantado hasta la rodilla», como Leezie Lindsay con sus faldas verdes de satén en la popular balada, se fue con su padre dispuesta a bailar por el camino con la emoción del fresco aire nocturno.

—Creo que en realidad Thornton no está muy tranquilo con esta huelga. Esta noche parecía preocupado.

—Lo raro sería que no lo estuviera. Pero, en el momento en que íbamos a salir, hablaba con el aplomo de siempre cuando los demás proponían otras soluciones.

—Y también después de la cena. Debe de ser muy difícil hacerle perder la compostura; pero, por la expresión de la cara, creo que está muy preocupado.

—Yo, en su lugar, también lo estaría. Seguro que sabe que sus obreros están cada vez más enfadados y lo aborrecen más; todo el mundo lo considera lo que en la Biblia llaman «un hombre duro»,[15] no injusto, sino insensible; tiene las cosas claras y defiende sus «derechos» como no debería hacerlo ningún ser

15 Parábola de los talentos, Mateo 25, 24.

humano, habida cuenta de lo que somos nosotros y nuestros nimios derechos a ojos del Todopoderoso. Me alegro de que te parezca que está preocupado. Cada vez que me acuerdo de la desesperación de Boucher, no soporto la frialdad con la que habla el señor Thornton.

—En primer lugar, no creo que Boucher esté tan desesperado como dices. Estaba muy necesitado en ese momento, no lo dudo. Pero esos sindicatos siempre disponen de algo de dinero y, por lo que has dicho, es evidente que es muy apasionado y expresivo y que habló con gran vehemencia de sus sentimientos.

—¡Ay, papá!

—Bueno, solo pretendo que seas justa con el señor Thornton, que sospecho que es todo lo contrario: demasiado orgulloso para mostrar los suyos. Justo lo que yo creía que más admirarías de él, Margaret.

—Y lo admiro... o debería; pero no estoy tan convencida como tú de que esos sentimientos sean reales. Tiene un carácter muy fuerte... y una inteligencia poco común, teniendo en cuenta que ha contado con pocas ventajas.

—No tan pocas. Ha llevado una vida práctica desde pequeño, ha tenido que ejercer el juicio y el control de sí mismo. Todo eso desarrolla una parte de la inteligencia. Sin duda necesita también conocer un poco el pasado, que siempre proporciona las bases más certeras para hacer conjeturas sobre el futuro; pero sabe que lo necesita..., lo percibe, y eso ya es algo. Tienes muchos prejuicios en contra del señor Thornton, Margaret.

—Es el primer ejemplar de industrial, de persona que se dedica al comercio, que he tenido ocasión de estudiar, papá. Es, como si dijéramos, la primera vez que pruebo una aceituna: permítame que tuerza el gesto mientras me la como. Sé que es bueno en su estilo, un estilo que acabará gustándome con el tiempo. Es más, creo que ya empieza a gustarme. Me ha interesado mucho todo lo que decían los caballeros, aunque no entendía ni la mitad. Lamenté que la señorita Thornton viniera a buscarme para llevarme al otro extremo del salón diciendo que sin duda estaría incómoda siendo la única dama entre tantos señores. Ni se me había ocurrido pensarlo, estaba muy entretenida escuchando; y las damas eran un aburrimiento, papá, ¡un auténtico aburrimiento! Aunque también tenían su gracia. Me recordaron al viejo juego de hacer una frase con muchos nombres.

—¿Qué juego es ese, hija? —preguntó el señor Hale.

—Pues se elegían palabras que tuvieran que ver con la riqueza, como ama de llaves, ayudante de jardinero, tamaño de espejos, encajes caros, diamantes y cosas así, y cada una decía un discurso en el que entraran todas esas palabras de la forma más sonora y espontánea posible.

—Estarás orgullosa de tu única criada cuando la conozcas, si lo que dice de ella la señora Thornton es cierto.

—No lo dudo. Esta noche he tenido la sensación de ser la mayor hipócrita del mundo, ahí sentada, con mi vestido blanco de seda, con las manos ociosas en el regazo, al pensar en la cantidad de trabajo que habrán hecho hoy en esa casa. Seguro que les parecí una dama refinada.

—Hasta yo me he equivocado tanto que me has parecido toda una dama, querida mía —dijo el señor Hale sonriendo.

Pero las sonrisas se tornaron palidez y temblor cuando Dixon les abrió la puerta y le vieron la cara.

—¡Ay, señor! ¡Ay, señorita Margaret! ¡Gracias a Dios que han vuelto! Ha venido el doctor Donaldson. Fue a buscarlo la criada de la vecina, porque la fregona se ha ido a casa. Ya está mejor, pero ¡ay, señor! Hace una hora creía que se moría.

El señor Hale se agarró del brazo de Margaret para no caerse. La miró y vio una expresión de sorpresa e inmenso pesar, pero no la pena terrorífica que le comprimía el corazón a él, que no estaba preparado. Ella sabía más que él y sin embargo escuchaba con una expresión desalentada de terrible aprensión.

—¡Ay! No tenía que haberme movido de su lado..., ¡qué mala hija soy! —se lamentó Margaret, mientras sujetaba a su tembloroso padre y lo ayudaba a subir las escaleras. El doctor Donaldson salió a su encuentro en el rellano.

—Ya está mejor —dijo en susurros—. El opiáceo le ha hecho efecto. Ha tenido unos espasmos muy dolorosos, no me extraña que la doncella se asustara, pero esta vez lo superará.

—¡Esta vez! ¡Quiero ir a verla!

Media hora antes, el señor Hale era un hombre maduro, pero de pronto se le nubló la vista, le fallaban los sentidos, andaba a pasitos como si tuviera setenta años.

El doctor Donaldson lo agarró del brazo y lo acompañó al dormitorio. Margaret los siguió. Allí estaba su madre, con una expresión inconfundible en la cara. Aunque ya se encontrara mejor, porque estaba dormida, la muerte la había señalado para sí y estaba claro que no tardaría mucho en volver para tomar posesión. El señor Hale se quedó un rato mirándola sin decir palabra. Después empezó a temblar de pies a cabeza y, rechazando la preocupada atención del médico, fue a tientas en busca de la puerta; no la veía, aunque habían encendido muchas velas en el dormitorio. Entró en la salita a trompicones y, palpando, buscó una silla. El doctor Donaldson le acercó una y lo ayudó a sentarse. Le tomó el pulso.

—Hable con él, señorita Hale. Tenemos que espabilarlo.

—¡Papá! —dijo Margaret con una voz lacrimosa, embargada de dolor—. ¡Papá! ¡Dime algo!

La mirada reflejó que estaba pensando de nuevo y, haciendo un gran esfuerzo, dijo:

—Margaret, ¿tú lo sabías? ¡Ah, qué cruel has sido!

—No, señor, no ha sido cruel —replicó el médico con rapidez y decisión—. La señorita Hale solo ha seguido mis instrucciones. Tal vez haya sido un error, pero no una crueldad. Confío en que mañana su mujer sea otra persona. Ha tenido espasmos, tal como preví desde el principio, aunque a la señorita Hale no la informé de mis temores. Le he administrado el opiáceo que traía conmigo. Dormirá bien, y mañana, ese aspecto que tanto lo ha alarmado habrá desaparecido.

—Pero ¿la enfermedad no?

El doctor Donaldson miró a Margaret. La cabeza gacha, el rostro levantado sin un ruego para que no revelara nada, demostraron a este perspicaz observador de la conducta humana que la joven prefería que dijera la verdad de una vez por todas.

—La enfermedad no. No podemos hacer nada por la enfermedad con los pocos conocimientos que tenemos, solamente retrasar el avance y aliviar el dolor. Pórtese como un hombre, señor..., como un cristiano. Tenga fe en la inmortalidad del alma, a la que no afectan ni el sufrimiento ni las enfermedades mortales.

Pero la única respuesta que recibió el doctor Donaldson, pronunciada con una voz rota, fue: «Usted no está casado, doctor Donaldson; no sabe lo que es esto», además de los profundos y varoniles gemidos que resonaron en la quietud de la noche como un pulso doliente y angustioso.

Margaret, con lágrimas en los ojos, se arrodilló a su lado y lo acarició. Nadie, ni siquiera el médico, se dio cuenta de cómo pasaba el tiempo. El señor Hale fue el primero en atreverse a hablar de las necesidades del momento presente.

—¿Qué tenemos que hacer? —preguntó—. Díganoslo a los dos. Margaret es mi ayudante..., mi mano derecha.

El doctor Donaldson les dio unas indicaciones claras y sensatas. Que no temieran nada esa noche, que al día siguiente tendrían una paz que duraría muchos días todavía. Pero que no había esperanzas de que se recuperara. Aconsejó al señor Hale que se fuera a la cama y que solo una persona se quedara de guardia, aunque esperaba que no sucediera nada. Prometió volver temprano por la mañana. Y se despidió de ellos con un cálido y atento apretón de manos.

Hablaron muy poco; estaban tan exhaustos de terror que solo tenían fuerzas para decidir sobre la marcha. El señor Hale estaba dispuesto a pasar la noche en vela y lo único que pudo hacer Margaret fue convencerlo de que descansara en el sofá de la salita. Dixon se negó en redondo a ir a la cama y, en cuanto a Margaret, le era imposible dejar a su madre, por mucho que todos los médicos hablaran de «ahorrar recursos» y dijeran que solo hacía falta una persona de guardia. Dixon se sentó, se quedó mirando, parpadeó, dio una cabezada, se espabiló con un sobresalto y por fin se rindió y empezó a roncar sonoramente. Margaret se quitó el vestido, lo dejó con disgusto e impaciencia y se puso una bata. Le parecía que no podría volver a dormir nunca más, como si tuviera todos los sentidos alerta y redoblados para vigilar mejor. Cada suspiro, cada ruido..., incluso cada pensamiento le ponía algún nervio de punta. Estuvo más de dos horas oyendo los inquietos movimientos de su padre en la habitación de al lado. El hombre se acercaba cada poco a la puerta del dormitorio de la enferma y se quedaba escuchando hasta que la hija, sin saber que el padre se encontraba tan cerca, la abrió y, en respuesta a las preguntas que el señor Hale apenas podía formular con los labios resecos, le dijo que todo estaba bien. Por fin él también se durmió y la casa se sumió en el silencio. Margaret se sentó detrás de la cortina y se puso a pensar. Todos los intereses de los últimos días parecían muy lejanos en el tiempo y en el espacio. No hacía ni treinta y seis horas estaba preocupada por Bessy y por su padre y acongojada por Boucher; pero en esos momentos todo le parecía una ensoñación, un recuerdo de otra vida; lo que había sucedido fuera de casa era ajeno a su madre y, por lo tanto, le parecía irreal. Incluso Harley Street le resultaba más cercana: cuando vivía allí le gustaba escudriñar el rostro de su tía buscando el parecido con el de su madre; y cuando llegaban cartas añoraba intensamente su querida casa. Helstone quedaba en un pasado nebuloso. Los días grises del invierno y la primavera anteriores, tan anodinos y monótonos, guardaban mayor relación con su mayor preocupación presente. Si hubiera podido, los habría agarrado por los pies y habría suplicado que regresaran y le devolvieran lo que había valorado tan poco cuando todavía lo tenía. ¡Qué espectáculo tan frívolo era la vida! ¡Qué insustancial y volátil, qué vagaroso! Era como si, en un campanario, muy por encima del trajín y el bullicio de la tierra, una campana sonara a todas horas diciendo: «¡Todo son sombras! ¡Todo pasa! ¡Todo es pasado!». Y cuando llegó la mañana, fría y gris como muchas otras más alegres en otra época, Margaret fue a ver a los durmientes de uno en uno y le dio la impresión de que toda la horrible noche había sido irreal como un sueño; también era una sombra, también era el pasado.

Cuando la señora Hale se despertó, no era consciente de lo enferma que se había puesto la noche anterior. No esperaba la visita temprana del doctor Donaldson y no entendía la expresión de angustia de su marido y su hija. Consintió en quedarse en la cama ese día diciendo que sí, que estaba cansada; pero al siguiente insistió en levantarse; el médico le dio permiso para volver a la salita. Estaba incómoda e inquieta en cualquier postura, y antes de que llegara la noche le subió mucho la fiebre. El señor Hale se encontraba en un estado de apatía tal que era incapaz de tomar decisiones.

—¿Qué podemos hacer para que mamá no pase otra noche igual? —preguntó Margaret el tercer día.

—Hasta cierto punto, es la reacción normal a los fuertes opiáceos que he tenido que administrarle, pero creo que lo soporta ella mejor que usted. Se me ocurre que un colchón de agua podría sernos de ayuda. Además, mañana estará mejor, más o menos como se encontraba antes del último ataque. De todas formas, le vendría muy bien un colchón de agua. Sé que el señor Thornton tiene uno. Procuraré ir a verlo esta tarde. Un momento —dijo, fijándose en lo pálida que estaba Margaret debido a las guardias continuas en la habitación de la enferma—; en realidad no sé si podré ir; hoy tengo una ronda muy larga.

A usted no le vendría nada mal un buen paseo hasta Marlborough Street; podría preguntar a la señora Thornton si se lo puede prestar.

—Desde luego —dijo Margaret—. Puedo ir esta tarde, mientras mi madre duerme. Seguro que la señora Thornton nos lo presta.

La experta predicción del doctor Donaldson se cumplió. Parecía que la señora Hale se había librado de las consecuencias del ataque y esa tarde estaba más animada y en mejores condiciones de lo que Margaret esperaba. La hija la dejó después de comer, sentada en la mecedora, con la mano en la de su marido, que parecía mucho más enfermo y doliente que ella. De todos modos, fue capaz de sonreír, poco a poco, débilmente, cierto; sin embargo, uno o dos días antes Margaret había pensado que no volvería a verlo sonreír nunca más.

Había unas dos millas desde su casa en Crampton Crescent a Marlborough Street. Hacía demasiado calor para caminar deprisa. A las tres de la tarde caía un sol de castigo sobre las calles. Margaret recorrió la primera milla y media sin percibir nada muy distinto de lo normal; iba absorta en sus pensamientos y se había acostumbrado a andar entre la corriente irregular de seres humanos que se movía por las calles de Milton. Pero después, al entrar en otra calle, la sorprendió el gentío que pululaba por la atestada vía. No parecía que se desplazaran, sino que estuvieran charlando con mucha emoción, sin moverse apenas del sitio. Sin embargo, a medida que le abrían el paso e inmersa como iba en el objeto de la visita y en la necesidad que lo impulsaba, tardó más de lo normal que si hubiera estado tranquila en darse cuenta de que había llegado a Marlborough Street sin percatarse de la inquietud, de la opresiva sensación de irritación que había entre la gente: un ambiente atronador, tanto moral como físicamente. De todas las callejuelas que daban a Marlborough Street llegaba un rugido grave y lejano, como de millares de gritos de indignación. Los habitantes de todas las míseras viviendas se habían reunido delante de puertas y ventanas e incluso se habían plantado en medio de las estrechas callejas, y todos con la mirada clavada en un punto: la propia Marlborough Street era el objeto de todos los ojos humanos, que revelaban intensos y variados estados de ánimo: unos, iracundos; otros, amenazadores; aun otros, dilatados de temor o suplicantes. Y, cuando llegó a la pequeña entrada lateral, junto a las grandes puertas plegables del gran muro ciego del patio de la fábrica y esperó a que el portero de la fábrica saliera a abrir, miró alrededor y oyó el primer retumbar lejano de la tormenta: vio aparecer lentamente la primera ola de gente con su cresta de gritos amenazadores, la vio doblarse y replegarse al fondo de la calle, que un momento antes parecía tan llena de ruido reprimido y que de pronto se quedó sombríamente silenciosa. Vio todas estas circunstancias, pero no calaron en su preocupado corazón. No sabía lo que significaban; solo sabía lo que significaba la constante y afilada presión del cuchillo que pronto se le clavaría hasta lo más hondo del alma, cuando se quedara huérfana de madre. Intentaba darse cuenta de lo que iba a suceder, quería estar preparada, cuando llegara el momento, para poder consolar a su padre.

El portero abrió la puerta un resquicio, insuficiente para que Margaret pudiera pasar.

—Ah, es usted, ¿verdad, señorita? —preguntó respirando hondo.

Abrió un poco más, pero no del todo. Margaret entró y el hombre cerró inmediatamente otra vez.

—Parece que la gente viene hacia aquí, ¿no? —le preguntó él.

—No sé. Creo que pasa algo raro, pero me ha parecido que esta calle estaba casi vacía.

Cruzó el patio y subió los escalones hasta la puerta de la casa. No se oía ruido cerca: ni el golpe y el bufido de la máquina de vapor ni el traqueteo de las otras máquinas; tampoco el barullo de fuertes voces mezcladas. Pero el rugido amenazador y el profundo clamor de las masas resonaban a lo lejos.

CAPÍTULO XXII

UN GOLPE Y SUS CONSECUENCIAS

> Pero el trabajo escaseaba y el pan se encarecía,
> los salarios también disminuían;
> porque las hordas irlandesas, sin cuidado,
> pujaban por hacer nuestro trabajo mal pagado.
>
> *Rimas de la ley de los cereales,*
> EBENEZER ELLIOTT

Condujeron a Margaret a la sala, que había recobrado su aspecto habitual: todo el mobiliario protegido con fundas y cubiertas. Las ventanas estaban entreabiertas debido al calor, con las persianas bajadas, tapando los cristales, de manera que una luz lóbrega y gris, que se reflejaba desde el pavimento de fuera, proyectaba sombras equívocas y, combinada con el tono verdoso de la luz del techo, daba una apariencia pálida y cadavérica incluso a la cara de Margaret, que se vio en los espejos. Se sentó a esperar, pero no llegaba nadie. El viento parecía acercar de vez en cuando las voces de la multitud, que resonaban a lo lejos, pero ¡no hacía viento! Y, entre vez y vez, todo se sumía en una profunda quietud.

Por fin llegó Fanny.

—Mi madre viene enseguida, señorita Hale. Le manda sus disculpas. Tal vez ya sepa que mi hermano ha traído mano de obra de Irlanda, cosa que ha irritado muchísimo a la gente de Milton..., ¡como si no tuviera derecho a buscarla donde pudiera! Esos estúpidos desgraciados no quieren trabajar en su fábrica, y ahora han amenazado tanto a los pobres irlandeses muertos de hambre que les han metido el miedo en el cuerpo y no nos atrevemos a dejarlos salir. Mire, están allí, todos escondidos en una habitación del piso más alto de la fábrica... y tendrán que dormir ahí para estar a salvo de esos brutos, que ni quieren trabajar ni les dejan trabajar a ellos. *Mama* está ocupada con su comida y John está hablando con ellos, porque algunas mujeres se han echado a llorar y dicen que quieren volver a su casa. ¡Ah, ahí llega *mama*!

La señora Thornton entró con un gesto tan severo en la cara que Margaret pensó que había ido en muy mal momento a molestarla con su petición. Sin embargo, la propia señora Thornton le había dicho que le pidiera cuanto necesitara para su madre. La señora Thornton frunció el entrecejo y apretó la boca mientras Margaret le contaba con delicada modestia el malestar de su madre y el consejo del doctor Donaldson de que un colchón de agua podía aliviarla. Cuando terminó, la señora Thornton no respondió al momento. Después se levantó y exclamó de pronto:

—¡Están a las puertas! Fanny, avisa a John... ¡que vuelva de la fábrica! ¡Están a las puertas! ¡Las van a derribar! ¡Avisa a John te estoy diciendo!

Al mismo tiempo, el ruido de muchos pasos —que era lo que estaba escuchando en vez de prestar atención a Margaret— se oyó justo al otro lado del muro y un tumulto creciente de voces furiosas se levantó por el otro lado de la barrera de madera, que tembló como si la multitud invisible la empujara con el cuerpo, se retirara un poco y volviera a empujarla con más ímpetu, hasta que las grandes embestidas la hicieron tambalearse como juncos al viento.

Las mujeres de la casa se acercaron a las ventanas y miraron, fascinadas, la escena que las aterrorizaba. La señora Thornton, las criadas, Margaret: todas. Fanny volvió gritando por las escaleras como si la persiguieran a cada paso y se tiró en el sofá llorando histéricamente. La señora Thornton buscaba a su hijo, que todavía estaba en la fábrica. Por fin salió al patio, miró hacia las ventanas y las vio —unas cuantas caras pálidas amontonadas—, les sonrió deseándoles coraje y cerró la puerta de la fábrica. A continuación pidió a una de las mujeres que bajara a abrirle la puerta de casa, pues Fanny la había cerrado a cal y canto al volver presa del pánico. Bajó la señora Thornton en persona. Al oírse la autoritaria y conocida voz del patrón, fue como si la enfurecida multitud hubiera probado sangre. Hasta entonces se habían quedado sin voz, sin palabras, concentrando todos los esfuerzos en tirar las puertas abajo. Pero en ese momento, al oírle hablar en el patio, lanzaron un grito tan tremendo e inhumano que hasta la señora Thornton palideció cuando entraba delante de él en la habitación. Él estaba un poco sofocado, pero le brillaban los ojos como respondiendo al sonoro toque de alarma: la orgullosa expresión desafiante de la cara le hacía parecer muy noble, si no atractivo. Margaret siempre había temido que el valor le pudiera fallar en una situación de emergencia y le demostrara que era lo que más temía ser: una cobarde. Pero en esos momentos de verdadero temor fundado, cercano al pánico, se olvidó de sí misma y lo único que sintió fue una intensa compasión, intensa hasta el dolor, por lo que estaba sucediendo.

El señor Thornton se adelantó con toda franqueza:

—Señorita Hale, lamento que haya venido a vernos en estas desafortunadas circunstancias, pues podría verse envuelta en los peligros que tal vez tengamos que afrontar. ¡Madre! ¿No sería mejor que se fueran a las habitaciones de atrás? No sé si habrán venido desde Pinner's Lane hasta el patio, pero si no, estarán más seguras allí que aquí. ¡Vete, Jane! —le ordenó a la gobernanta. Y la mujer se fue rápidamente llevándose a todas las demás.

—¡Yo me quedo aquí! —dijo la madre—. Donde estés tú estaré yo.

Y, ciertamente, retirarse a las habitaciones de atrás era inútil; la multitud había rodeado los edificios hasta la parte de atrás y no paraba de vocear amenazadoramente. Las criadas se refugiaron en las buhardillas entre gemidos y gritos. El señor Thornton sonrió burlonamente al oírlas. Miró a Margaret, que estaba sola en la ventana más cercana a la fábrica. Le brillaban los ojos y tenía un color encendido en las mejillas y en los labios. Como si hubiera notado que la miraba, se volvió hacia él y le preguntó lo que llevaba un tiempo pensando:

—¿Dónde están los obreros pobres que ha traído? ¿En la fábrica?

—Sí. Los he dejado acongojados en una habitación pequeña, al final de unas escaleras traseras, y les he dicho que corran el riesgo de escaparse si oyen un ataque a las puertas de la fábrica. Pero no los buscan a ellos, sino a mí.

—¿Cuándo van a llegar los soldados? —preguntó la madre en voz baja, pero firme.

Él sacó el reloj con la misma compostura mesurada con la que lo hacía todo y calculó:

—Suponiendo que William saliera en cuanto se lo dije y no haya tenido que sortearlos..., faltan unos veinte minutos todavía.

—¡Veinte minutos! —exclamó la madre en un tono aterrorizado por primera vez.

—Madre, cierre las ventanas ahora mismo —dijo él—. Las puertas no van a aguantar mucho más. Cierre esa ventana, señorita Hale.

Margaret obedeció y fue a ayudar a la temblorosa señora Thornton.

Por algún motivo, en la calle se produjo una pausa de varios minutos. La señora Thornton miró a su hijo con angustia, como esperando una explicación para ese súbito silencio. Él tenía un gesto de desprecio y desafío que no reflejaba ni esperanza ni temor. Fanny se levantó.

—¿Se han ido? —preguntó en un susurro.

—¿Que si se han ido? ¡Escucha!

Fanny escuchó; todos oyeron la fuerte respiración de un gran esfuerzo conjunto, el crujido de la madera que cedía lentamente, los hierros que se doblaban, el gran desplome de las macizas puertas. Fanny se levantó tambaleándose, dio un par de pasos hacia su madre y se derrumbó, desmayada, en sus brazos. La señora Thornton la levantó con una fuerza que tanto era de voluntad como física, y se la llevó de allí.

—¡Gracias a Dios! —dijo el señor Thornton mirándolas—. Señorita Hale, ¿no estaría usted mejor arriba?

Margaret dijo que no, pero él no lo oyó debido al estruendo de una multitud de pies justo al lado de la pared de la casa y al gruñido terrible de muchas voces graves y enfurecidas que murmuraban de satisfacción, más terrorífico que el griterío de unos minutos antes.

—¡Da igual! —dijo él con intención de animarla—. Lamento mucho que se vea atrapada en este jaleo; pero no creo que dure mucho más; los soldados no tardarán en llegar.

—¡Ay, Dios! —exclamó Margaret de pronto—. ¡Ese es Boucher! Lo conozco, aunque está lívido de ira... y empuja para llegar a las primeras filas... ¡Mire, mire!

—¿Quién es Boucher? —preguntó el señor Thornton fríamente.

Se acercó a la ventana para ver al hombre que tanto interesaba a Margaret. En cuanto vieron al señor Thornton lanzaron un grito... Decir que fue inhumano se quedaría corto, porque fue el deseo demoniaco de una terrible fiera salvaje a la que roban su presa. Hasta él se retiró un momento, desalentado por la intensidad del odio que había provocado.

—¡Que griten cuanto quieran! —dijo él—. Dentro de cinco minutos... Solo espero que mis pobres irlandeses no se vuelvan locos con esta algarabía infernal. ¡Coraje, señorita Hale, cinco minutos más!

—No tema por mí —se apresuró a decir ella—. Pero ¿por qué cinco minutos? ¿No puede usted hacer nada para calmar a esos pobres hombres? Da pena verlos.

—Los soldados llegarán enseguida y les harán entrar en razón.

—¡En razón! —exclamó Margaret inmediatamente—. ¿Qué clase de razón?

—La única que sirve con hombres que se convierten en bestias salvajes. ¡Por Dios! ¡Ahora van contra la puerta de la fábrica!

—Señor Thornton —dijo Margaret, temblando de emoción—. Baje ahora mismo si no es un cobarde. Baje y enfréntese como un hombre. Salve a esos pobres forasteros a los que ha traído engañados. Hable con sus hombres como si fueran seres humanos. Hábleles amablemente. No permita que entren los soldados y carguen contra esos pobres que han enloquecido. Ahí veo a uno que se ha vuelto loco. Si tiene usted algo de valor o de nobleza, salga y hable con ellos de hombre a hombre.

Se volvió y la miró mientras lo arengaba. Se le ensombreció el rostro escuchándola. Apretó los dientes al oír sus palabras.

—Iré. ¿Puedo pedirle que me acompañe abajo y atranque la puerta en cuanto salga? Mi madre y mi hermana necesitan estar protegidas.

—¡Ah, señor Thornton! No sé..., quizá me equivoque..., pero es que...

Pero ya se había ido, estaba abajo, en el vestíbulo; había descorrido la tranca de la puerta principal; lo único que pudo hacer ella fue seguirlo rápidamente y cerrar de nuevo; después volvió a subir las escaleras mareada, con el corazón en un puño, y regresó a su puesto de la última ventana. El señor Thornton estaba en las escaleras de abajo; lo supo por la dirección en que miraban mil ojos furiosos; pero no veía ni oía nada más que el salvaje murmullo de satisfacción de la turba. Abrió la ventana de par en par. Había muchos chicos jóvenes entre el gentío, crueles e impulsivos..., crueles porque eran impulsivos. También había hombres, demacrados como lobos ansiosos de presas. Sabía lo que les pasaba, eran como Boucher —sus hijos tenían hambre—, confiaban en que por fin sus esfuerzos por un salario más alto dieran resultado y se habían enfurecido desmesuradamente al enterarse de que traerían a unos irlandeses que robarían el pan a sus pequeños. Margaret lo sabía todo: lo leía en la cara de Boucher, desolada, desesperada y lívida de ira. Si al menos el señor Thornton les dijera algo —simplemente que oyeran su voz—, sería mejor que todo ese griterío y esa rabia contra un silencio de piedra que no les devolvía ni una palabra, ni de reproche ni de furia. Pero tal vez les estaba diciendo algo ya: la algarabía, inarticulada como la de una manada de animales, cesó momentáneamente. Margaret se quitó la capota y se inclinó para oír. Solo pudo ver, porque, si el señor Thornton había intentado decirles algo, el instinto pasajero de escucharle pasó enseguida y la gente se alborotó más que nunca. Él estaba cruzado de brazos, quieto como una estatua, pálido de agitación contenida. Estaban intentando intimidarlo, conseguir que se acobardara; se pedían unos a otros que iniciaran algún movimiento violento contra él. Margaret intuyó que estallaría un tumulto de un momento a otro; el primer roce provocaría una explosión en la que, entre tantos centenares de hombres enfurecidos y muchachos impulsivos, hasta la vida del señor Thornton correría peligro; creyó que al instante siguiente, las tormentosas pasiones traspasarían los límites y saltarían todas las barreras de la razón y del peso de las consecuencias. Y vio al fondo a algunos que se agachaban para quitarse los zuecos de madera: el proyectil que tenían más a mano. Entendió que sería la chispa que encendería la pólvora y, con un grito que nadie oyó, salió de la habitación, corrió escaleras abajo, descorrió la pesada tranca de hierro con una fuerza imperiosa, abrió la puerta de par en par y se plantó allí, enfrente del mar de hombres enfurecidos, lanzándoles enardecidas miradas de reproche como dardos. Los zuecos no se movieron de las manos que los sujetaban. Los rostros, tan feroces hacía un momento, se quedaron sin saber qué hacer, como preguntándose qué significaba todo eso. Porque la mujer estaba entre ellos y el enemigo. Margaret no podía hablar, pero levantó los brazos hacia ellos hasta que recuperó el aliento.

—¡Nada de violencia! Sois muchos hombres contra uno solo.

Pero sus palabras cayeron en el vacío, porque no le salió la voz, sino un susurro ronco. El señor Thornton se había puesto a un lado para no quedarse justo detrás de ella, como celoso de que algo se interpusiera entre el peligro y él.

—¡Marchaos! —continuó ella con una voz que era más un grito que otra cosa—. Van a venir los soldados..., están a punto de llegar. Idos en paz. Marchaos. Vuestras quejas serán atendidas, sean cuales fueren.

—¿Van a devolver a esos irlandeses canallas? —preguntó uno de la multitud en un fiero tono amenazador.

—¡No porque lo mandéis vosotros! —exclamó el señor Thornton.

Y al instante estalló la tormenta. Un abucheo general llenó el aire, pero Margaret no le prestó atención. Estaba pendiente del grupo de chicos que antes se había armado con los zuecos. Les vio la actitud, sabía lo que significaba, entendió lo que se proponían. Al momento siguiente el señor Thornton caería herido, y había sido ella la que lo había instado a exponerse a semejante peligro. Solo pensó en cómo salvarlo. Lo abrazó, hizo de su cuerpo un escudo para protegerlo de la furiosa multitud. Él, incluso cruzado de brazos, quiso deshacerse de ella.

—Váyase —le dijo en un tono grave—. Este no es sitio para usted.

—¡Sí lo es! —replicó ella—. Usted no ha visto lo que he visto yo.

Si creía que por ser mujer no le harían nada, si, con los ojos entornados, había dado la espalda a la rabia tremenda de esos hombres con la esperanza de volverse de nuevo y ver que se habían detenido, que lo habían pensado, que se dispersaban y desaparecían, estaba muy equivocada. La temeraria pasión los había arrastrado tan lejos que no podían parar, al menos algunos, porque siempre son los jóvenes iracundos, que tanto gustan de las emociones crueles, quienes inician los disturbios, sin importarles que todo pueda terminar con derramamiento de sangre. Un zueco silbó por el aire. Margaret, fascinada, lo vio llegar; no dio en la diana; ella tuvo mucho miedo, pero no se movió, solo ocultó la cara en el brazo del señor Thornton. Después volvió a dirigirse a la multitud:

—¡Por amor de Dios! ¡No echéis a perder vuestra causa por culpa de la violencia! No sabéis lo que hacéis.

Procuró hablar con toda claridad. Un guijarro afilado pasó rozándole la frente y la mejilla y una luz deslumbrante le cegó los ojos. Se derrumbó como muerta sobre el hombro del señor Thornton. Entonces él descruzó los brazos y la sujetó un instante.

—¡Qué bien lo hacéis! —dijo—. Venís a expulsar a unos forasteros inocentes. Sois centenares contra un hombre solo y, cuando una mujer se dirige a vosotros para pediros que seáis razonables por vuestro propio bien, ¡descargáis vuestra ira contra ella como cobardes! ¡Qué bien lo hacéis!

Lo escucharon en silencio. Miraban, con los ojos como platos y la boca abierta, el hilo de sangre oscura que los despertó del trance pasional. Los que estaban más cerca de las puertas se fueron avergonzados; la muchedumbre se movió: empezó a retirarse. Solo una voz gritó:

—La piedra era para usted, ¡pero se escondió detrás de una mujer!

El señor Thornton tembló de ira. El hilo de sangre devolvió la consciencia a Margaret, pero estaba aturdida. La depositó con cuidado en el peldaño más alto de la escalera, con la cabeza apoya en la jamba.

—¿Puede quedarse aquí? —le preguntó.

Pero no esperó a que le respondiera y, lentamente, bajó las escaleras y se plantó en medio de la multitud.

—Matadme ahora, si es lo que queréis. No hay mujeres protegiéndome. Podéis golpearme hasta la muerte, pero no me echaré atrás; he tomado una decisión, yo, no vosotros, y la cumpliré.

Se quedó entre ellos con los brazos cruzados, en la misma actitud que cuando estaba en las escaleras.

Pero ya había empezado la retirada hacia las puertas, quizá tan irrazonable y ciegamente como había estallado la cólera. O, tal vez, por la idea de que llegarían los soldados y por el espectáculo del pálido rostro de ojos cerrados, inmóvil y triste, como de mármol, aunque las lágrimas se desbordaban entre la maraña de las pestañas y caían; y más denso, más lento que las lágrimas, caía el hilo de sangre de la herida. Hasta el más desesperado, el propio Boucher, retrocedió, vaciló, frunció el ceño y finalmente se marchó murmurando maldiciones contra el amo, que no se había movido de su postura y, con una mirada desafiante, los veía alejarse. En cuanto la retirada se convirtió en huida (como no podía ser de otro modo tratándose de ellos), se acercó rápidamente a Margaret.

Ella intentó levantarse sin ayuda.

—No es nada —dijo con una sonrisa débil—. Solo me ha rozado la piel y me he aturdido un momento. ¡Cuánto me alegro de que se hayan ido! —Y estalló en un llanto inconsolable.

Él no podía compadecerla. Seguía tan furioso como antes o, mejor dicho, más que antes, a medida que pasaba la sensación de peligro inminente. Se oyó el ruido de los soldados a lo lejos; llegaban cinco minutos tarde para enseñar a esa turba lo que era el poder de la autoridad y el orden. Esperaba que al menos los hubieran visto y se les hubieran quitado las ganas de alborotar más, pensando en que se habían librado por muy poco. Mientras se decía estas cosas, Margaret buscó sostén en la jamba de la puerta, pero se le nubló la vista y él tuvo el tiempo justo para impedir que se cayera.

—¡Madre! ¡Madre! —gritó—. ¡Baje! ¡Ya se han ido y la señorita Hale está herida!

La llevó al comedor y la acostó en el sofá con mucho cuidado; al mirar el puro rostro blanco, la sensación de lo que significaba ella para él lo desbordó de tal manera que, dolorido, dijo en voz alta:

—¡Ay, mi Margaret! ¡Mi Margaret! ¡Nadie sabe lo que eres para mí! Muerta..., fría, como yaces ahora, ¡eres la única mujer a la que he amado en mi vida! ¡Ay, Margaret, Margaret!

Arrodillado a su lado, gimió las palabras, más que pronunciarlas, y, sobresaltado y avergonzado de sí mismo, se levantó al ver entrar a su madre. La mujer solo vio a su hijo un poco más pálido, un poco más serio que de costumbre.

—Madre, la señorita Hale está herida. Le han dado en la sien con una piedra. Ha perdido bastante sangre, me temo.

—Parece una herida grave..., casi diría que está muerta —dijo la señora Thornton bastante alarmada.

—Solo se ha desmayado. Hemos hablado después de la pedrada.

Pero, mientras se lo decía, toda la sangre del cuerpo se le acumuló en el corazón y empezó a temblar.

—Llama a Jane, que me traiga todo lo necesario, y luego vete a ver a los irlandeses, que no paran de llorar y gritar como si estuvieran muertos de miedo.

Así lo hizo. Se fue como si un peso lo lastrara a cada paso que lo alejaba de ella. Llamó a Jane, llamó a su hermana. Que le prodigaran todos los cuidados femeninos y la atendieran con delicadeza. Pero notaba cada latido del corazón al recordar que había bajado para afrontar un gran peligro..., ¿para salvarlo a él, tal vez? Pero había querido apartarla, le había hablado ásperamente, solo había visto que se había puesto en peligro sin necesidad. Fue a ver a los irlandeses pensando en ella, con los nervios de punta, y le resultó difícil entender del todo lo que le decían, calmarlos y despejar sus temores. Declararon que no se quedarían y exigieron que los devolviera a su casa.

Y tuvo que pensar, hablar y razonar.

La señora Thornton refrescó las sienes a Margaret con agua de colonia. Cuando el alcohol tocó la herida, que hasta entonces no habían visto ni la señora Thornton ni Jane, Margaret abrió los ojos; pero era evidente que no sabía dónde estaba ni quiénes eran esas mujeres. Se le pronunciaron las ojeras, los labios temblaron y se contrajeron; volvió a perder el sentido.

—Ha recibido un golpe tremendo —dijo la señora Thornton—. ¿Hay alguien dispuesto a ir a buscar al médico?

—Yo no, señora, por favor —dijo Jane, atemorizada—. Puede que esa chusma ande todavía por ahí; por lo que veo, me parece que el corte no es tan profundo, señora.

—No voy a correr el riesgo. La han herido en nuestra casa. Si eres cobarde, Jane, yo no. Voy yo.

—Señora, le ruego que me deje mandar a un guardia. Han venido muchos, y soldados también.

—¡Y aun así te da miedo salir! No voy a robarles su tiempo con mis recados. Bastante tienen con atrapar a unos cuantos alborotadores. No te dará miedo quedarte en casa y seguir refrescando la frente a la señorita Hale, ¿verdad? —le preguntó con desprecio—. No tardaré ni diez minutos en volver.

—¿No podría ir Hannah, señora?

—¿Por qué Hannah? ¿Por qué cualquiera menos tú? No, Jane, si no vas tú, voy yo.

La señora Thornton pasó primero por la habitación en la que había dejado a Fanny tumbada en la cama. La joven se sobresaltó al ver entrar a su madre.

—¡Ay, *mama,* qué susto me has dado! Creía que eras un hombre que se había colado en casa.

—¡Tonterías! Ya se han ido todos. La casa está rodeada de soldados que no han llegado a tiempo para hacer su trabajo. La señorita Hale está tumbada en el sofá del comedor, está malherida. Voy a buscar al médico.

—¡Ay, no, *mama*! ¡Te matarán!

Agarró a su madre por las faldas, pero la señora Thornton se soltó con un ademán brusco.

—Entonces, busca a alguien que vaya; no quiero que esa chica muera desangrada.

—¡Sangre! ¡Ay, qué horror! ¿Cómo es que está herida?

—No sé..., no he tenido tiempo de preguntar. Baja con ella, Fanny, y procura ser útil. Jane está cuidándola. Y espero que sea más leve de lo que parece. Jane se ha negado a salir de casa, ¡qué cobarde! Y no quiero que ninguna criada más me diga que no, así que voy yo.

—¡Ay, ay, ay! —dijo Fanny llorando, preparándose para bajar, mejor que quedarse sola pensando en heridas y sangre en la casa.

—¡Ay, Jane! —dijo, entrando despacio en el comedor—. ¿Qué pasa? ¡Qué pálida está! ¿Cómo se ha hecho eso? ¿Tiraron piedras al comedor?

Margaret estaba realmente muy pálida y lánguida, aunque empezaba a volver en sí. Pero el agobiante mareo del desvanecimiento la debilitaba por completo. Era consciente del movimiento que había alrededor y del frescor del agua de colonia, y de que deseaba que no dejaran de refrescarla; pero cuando paraban para hablar, ella no podía abrir los ojos, ni hablar ni pedir que siguieran, igual que las personas que yacen como muertas, que no pueden moverse, ni decir una palabra para que dejen de hacer los preparativos del entierro cuando todavía son plenamente conscientes, no solo de lo que hacen quienes tienen alrededor, sino también del motivo de esos preparativos.

Jane dejó de refrescarla para responder a las preguntas de la señorita Thornton.

—No le habría pasado nada si no se hubiera movido de aquí, señorita, o hubiera subido con nosotras; estábamos en la buhardilla de delante y lo vimos todo sin ponernos en peligro.

—Entonces, ¿dónde estaba ella? —dijo Fanny, acercándose poco a poco, a medida que se acostumbraba a la palidez de Margaret.

—Pues en la puerta principal... con el señor —dijo Jane intencionadamente.

—¡Con John! ¡Con mi hermano! ¿Cómo llegó allí?

—No, señorita; yo no soy la persona indicada para contárselo —respondió Jane con un leve movimiento de cabeza—. Fue Sarah la que...

—Fue Sarah la que... ¿qué? —preguntó Fanny, con impaciente curiosidad.

Jane siguió refrescando a Margaret como si le desagradara hablar de lo que Sarah hubiera dicho o hecho.

—La que ¿qué? —insistió Fanny secamente—. No me dejes las frases a medias porque no te entiendo.

—Está bien, señorita, ya que insiste... Es que Sarah estaba en el mejor sitio para verlo todo, en la ventana de la derecha; y dice, como dijo en ese mismo momento, que vio a la señorita Hale con los brazos alrededor del cuello del señor, que lo abrazó delante de todo el mundo.

—No lo creo —dijo Fanny—. Sé que mi hermano le interesa, eso lo ve cualquiera; y seguro que daría los ojos por casarse con él..., pero él jamás se casará con ella, te lo aseguro. Pero no creo que sea tan atrevida y directa para echarle los brazos alrededor del cuello.

—¡Pobre señorita! Pues lo ha pagado bien caro. Yo creo que el golpe ha hecho que se le fuera toda la sangre a la cabeza y que no se va a recuperar. Ahora mismo parece un cadáver.

—¡Ay! ¡Cuándo volverá mi madre! —se lamentó Fanny retorciéndose las manos—. Nunca he estado en una habitación con un muerto.

—¡Mire, señorita! No está muerta: le tiemblan los párpados y le salen lágrimas de los ojos, hasta las mejillas. ¡Dígale algo, señorita Fanny!

—¿Se encuentra mejor? —preguntó Fanny con voz trémula.

No hubo respuesta ni señales de reconocimiento; pero los labios cobraron un pálido tono rosado, aunque el rostro seguía igual de blanco que antes.

La señora Thornton entró presurosamente con el primer médico que había encontrado.

—¿Cómo está? ¿Está usted mejor, querida? —le preguntó, mientras Margaret abría los ojos empañados y la miraba como en sueños—. El doctor Lowe ha venido a verla.

La señora Thornton hablaba en voz alta y clara, como dirigiéndose a una persona sorda. Margaret intentó incorporarse e instintivamente se tapó la herida con un mechón del enredado y abundante pelo.

—Ya estoy mejor —dijo, en voz muy baja y débil—. Me he mareado un poco.

Se dejó tomar el pulso. Le volvió el color a la cara un momento cuando el médico le preguntó si podía examinarle la herida de la frente; luego miró a Jane como si temiera más que la examinara la criada que el médico.

—Creo que no es gran cosa. Me encuentro mejor. Tengo que irme a casa.

—No hasta que le haya tapado la herida y descanse usted un poco.

Se sentó rápidamente sin decir nada más y se dejó vendar la herida.

—Ahora, por favor —dijo—, tengo que irme. Creo que mi madre no lo verá. Lo tapa el pelo, ¿verdad?

—Sí; no se ve nada.

—Pero no puede irse —dijo la señora Thornton con impaciencia—. No está en condiciones.

—Es preciso —dijo Margaret con decisión—. Piense en mi madre. Si llegara a enterarse... Además tengo que irme —insistió con vehemencia—. No puedo quedarme aquí. ¿Puedo pedir un coche de alquiler?

—Está usted muy sofocada y febril —observó el doctor Lowe.

—Es que quiero irme, pero sigo aquí, nada más. El aire de la calle, cuando me vaya, me sentará mejor que cualquier otra cosa —le dijo, suplicante.

—Creo que tiene razón —respondió el doctor Lowe—. Si su madre está tan enferma como me contó usted al venir hacia aquí, puede afectarle mucho si llega a saber que ha habido disturbios y su hija no llega a la hora prevista. La herida es superficial. Voy a buscar un coche de alquiler, si sus criadas todavía tienen miedo de salir a la calle.

—¡Ah, muchas gracias! —dijo Margaret—. Será lo mejor para mí. Lo que me marea es el aire de esta habitación.

Se recostó en el sofá y cerró los ojos. Fanny indicó a su madre que saliera un momento de la habitación con ella y le dijo algo que la hizo desear tanto como su hija que Margaret se marchara cuanto antes. No creyó del todo lo que le había contado, pero sí lo suficiente para que se despidiera de Margaret de una forma muy contenida.

El señor Lowe volvió en el coche.

—Señorita Hale, si me lo permite, la acompaño a casa. Todavía hay jaleo en las calles.

Margaret podía pensar en el presente con la claridad necesaria para desear librarse del señor Lowe y del coche antes de llegar a Crampton Crescent; no quería alarmar a sus padres. Y se negó a pensar nada más. No podría olvidar nunca ese sueño horrible, esas palabras insolentes que le habían dedicado, pero ya pensaría en ellas cuando recuperara las fuerzas... porque, ¡ay, qué débil se encontraba! Solo quería atenerse al presente inmediato y aferrarse a él para no volver a perderse en otro desvanecimiento.

CAPÍTULO XXIII

ERRORES

> Que su madre, al verlo, para sí dolida,
> se estremeció sin saber bien qué pensar.
>
> SPENSER

No hacía ni cinco minutos que Margaret se había ido cuando llegó el señor Thornton con una expresión radiante.

—No he podido venir antes; el portero quería... ¿Dónde está? —Miró a todas partes y después, casi violentamente, a su madre, que estaba en silencio, poniendo los muebles descolocados en su sitio, y no respondió enseguida—. ¿Dónde está la señorita Hale? —insistió.

—Se ha ido a casa —dijo ella secamente.

—¡Se ha ido a casa!

—Sí. Se encontraba mucho mejor. La verdad es que no creo que le doliera mucho; lo que pasa es que algunas se desmayan a la mínima.

—Lamento que se haya ido a casa —dijo él, intranquilo, dando unos pasos—. Seguro que no estaba en condiciones.

—Ella dijo que sí y el doctor Lowe también. Fui a buscarlo yo misma.

—Gracias, madre.

Se detuvo e inició el gesto de tender la mano para darle un apretón de agradecimiento. Pero ella no lo percibió.

—¿Qué has hecho con los irlandeses?

—Los he mandado al Dragon a comer, pobres desgraciados. Y después tuve la suerte de encontrarme con el padre Grady; le he pedido que hable con ellos y los convenza de que no se vayan todos a la vez. ¿Cómo se fue la señorita Hale a casa? No creo que pudiera ir andando.

—Se fue en un coche de alquiler. Todo se ha hecho como debe ser, incluso lo he pagado. Hablemos de otra cosa. Ya nos ha dado bastantes dolores de cabeza.

—No sé qué habría sido de mí sin ella.

—¿Tan desvalido te has vuelto que necesitas que te defienda una chica? —preguntó la señora Thornton sarcásticamente.

—Pocas chicas se habrían atrevido —respondió él sonrojándose— a recibir los golpes que eran para mí, y con tan buena voluntad, además.

—Cuando una chica se enamora es capaz de muchas cosas —replicó la señora Thornton en un tono cortante.

—¡Madre!

Avanzó un paso; se detuvo; temblaba de pasión.

La madre se sobresaltó un poco al ver el esfuerzo que hacía por dominarse. No estaba segura de las emociones que le había provocado. Lo único claro era lo violentas que eran. ¿Lo había enfurecido? Le brillaban los ojos, parecía que fuera a estallar, respiraba con esfuerzo, a bocanadas rápidas. Era una mezcla de júbilo, de cólera, de orgullo, de sorpresa grata, de duda y jadeo entrecortado, pero ella no logró descifrar lo que le pasaba. No obstante, la intranquilizó, como suele suceder siempre en presencia de un sentimiento fuerte cuya causa no se conoce del todo o no se comprende. Se acercó al aparador, abrió un cajón y sacó un paño que guardaba allí para cuando fuera necesario. Había visto una gota de agua de colonia en el pulido brazo del sofá e instintivamente quiso limpiarla. Pero se quedó de espalda a su hijo mucho más tiempo del necesario y, cuando habló, lo hizo con una voz extraña y contenida:

—Supongo que has tomado algunas medidas con los alborotadores, ¿no? No esperas más actos violentos, ¿es así? ¿Dónde está la policía? ¡Nunca está cuando se la necesita!

—Al contrario, vi a dos o tres guardias cuando las puertas cedieron, estaban repartiendo porrazos a diestro y siniestro y, cuando empezaron a despejar el patio, vi que llegaban otros cuantos corriendo. Habría denunciado a algunos en ese momento, si se me hubiera ocurrido. Pero será fácil, los puede identificar mucha gente.

—Pero ¿volverán esta noche?

—Voy a pedir que nos pongan vigilancia suficiente en las instalaciones. He quedado con el capitán Hanbury dentro de media hora en la estación.

—Pero antes cena algo.

—¡Cenar! Sí, supongo que sí. Son las seis y media y a lo mejor tardo un rato en volver. No me espere despierta, madre.

—¿Crees que me voy a ir a la cama sin verte en casa sano y salvo?

—Bueno, quizá no. —Vaciló un poco—. Pero, si me da tiempo, pasaré por Crampton después de hablar con la policía y de ver a Hamper y a Clarkson.

Se miraron fijamente un minuto, hasta que la madre preguntó:

—¿Por qué vas a pasar por Crampton?

—Para saber qué tal está la señorita Hale.

—Mandaré a alguien. Williams tiene que llevarles el colchón de agua que vino a pedir. Él se encargará de preguntar por ella.

—Tengo que ir yo.

—¿No solo para preguntar qué tal se encuentra?

—No, no solo para eso. Quiero darle las gracias por haberse interpuesto entre la turba y yo.

—¿Por qué tuviste que bajar? ¡Era como meterse en la boca del lobo!

Le clavó la mirada y vio que no sabía lo que había pasado en el comedor entre Margaret y él, y respondió con otra pregunta:

—¿Le da miedo quedarse sin mí hasta que traiga a algunos policías o prefiere mandar a Williams a buscarlos ahora, y así ya estarán aquí cuando termine de cenar? No hay tiempo que perder. Tengo que salir dentro de un cuarto de hora.

La señora Thornton salió de la habitación. Las criadas se asombraron de las órdenes tan imprecisas que les dio, cuando siempre era tan escuetas y decididas. El señor Thornton se quedó en el comedor intentando pensar en lo que tenía que hacer en la comisaría, pero en realidad pensando en Margaret. Todo lo que no fuera el roce de sus brazos alrededor del cuello, el suave abrazo que le hacía palidecer y sonrojarse al recordarlo, le parecía nebuloso, irreal.

La cena habría sido muy silenciosa si Fanny hubiera dejado de hablar de lo mal que lo había pasado, de lo mucho que se había alarmado, de que había creído que se habían ido..., y luego el mareo, la debilidad, el temblor de todo el cuerpo.

—Bien, es suficiente —le dijo el hermano levantándose de la mesa—. Ya he tenido bastante con la realidad.

Iba a salir del comedor cuando su madre lo detuvo poniéndole una mano en el brazo.

—Ven a casa antes de ir donde los Hale —le dijo en voz baja, preocupada.

—Yo sé lo que sé —dijo Fanny para sí.

—¿Por qué? ¿Será muy tarde para molestarlos?

—John, ven a casa esta noche, hazlo por mí. Será tarde para la señora Hale. Pero no lo digo por eso. Vete mañana, pero esta noche ¡vuelve a casa, John!

No solía suplicarle a su hijo, era demasiado orgullosa, pero las pocas veces que lo había hecho no había sido en vano.

—Volveré directamente después de atender mis asuntos. ¿Se asegurará de preguntar por ellos..., por ella?

En ausencia de su hijo, la señora Thornton no fue una buena compañía para Fanny: ni habló mucho ni le prestó atención. En cambio, cuando volvió su hijo, abrió bien los ojos y aguzó el oído para ver y oír todos los detalles que pudiera darle sobre las medidas que había tomado en lo tocante a su seguridad y a la de los obreros irlandeses, para que no se repitieran las atrocidades de esa tarde. Él lo veía muy claro: el castigo y el sufrimiento como consecuencias naturales para los que habían participado en los disturbios y todo lo que fuera necesario para proteger la propiedad y que la voluntad del propietario se cumpliera con todo rigor.

—Madre, ¿sabe lo que tengo que decirle a la señorita Hale mañana?

La pregunta la sorprendió por lo repentina e inesperada, durante una pausa en la que, al menos ella, se había olvidado de Margaret. Miró a su hijo.

—Sí, lo sé. No puedes hacer otra cosa.

—¿Que no puedo hacer otra cosa? ¡No la entiendo!

—Quiero decir que, después de haber permitido que se dejara llevar por sus sentimientos, considero que es una cuestión de honor que te...

—Cuestión de honor —repitió él sarcásticamente—. El honor no tiene nada que ver en esto. ¡Que se dejara llevar por sus sentimientos! ¿A qué sentimientos se refiere?

—Vamos, John, no hay necesidad de que te enfades. ¿Acaso no bajó corriendo y te abrazó para salvarte del peligro?

—Sí —dijo él—, pero, madre —continuó y se paró en seco justo enfrente de ella—. No me atrevo a tener la menor esperanza. Nunca me había faltado el valor, pero no creo que semejante mujer tenga el menor interés en mí.

—¡No digas tonterías, John! ¡Semejante mujer! ¡Como si fuera hija de un duque! ¿Y qué mayor prueba necesitas de que se interesa por ti, me pregunto? Puedo creer que ha sostenido una batalla con sus aristocráticos puntos de vista; pero la aprecio más porque al fin lo haya visto claro, que es mucho decir por mi parte —sentenció la señora Thornton con una lenta sonrisa en los ojos—, porque, a partir de esta noche, paso al segundo lugar. Te he rogado que no fueras hasta mañana por tenerte para mí, solo para mí, unas pocas horas más.

—¡Mi queridísima madre! —Sin embargo, el amor es egoísta y, en un instante, volvió a sus temores y esperanzas de una forma que tendió una sombra fría y sigilosa sobre el corazón de la señora Thornton—. Pero sé que no tiene el menor interés en mí. Me pondré a sus pies..., tengo que hacerlo. Lo intentaría si tuviera al menos una posibilidad entre mil... o entre un millón.

—¡No temas! —replicó la madre, dejando a un lado la mortificación personal por el poco caso que le había hecho a su singular estallido de amor maternal, así como los celos que revelaban la intensidad de su amor desatendido—. ¡No tengas miedo! —repitió fríamente—. En lo que a amor se refiere, tal vez sea digna de ti. Tiene que haberte costado mucho sobreponerte a su orgullo. No tengas miedo, John —dijo, al tiempo que le deseaba buenas noches con un beso.

La madre salió del comedor con parsimonia y majestad, pero cuando llegó a su habitación, cerró la puerta, se sentó e, insólitamente, se puso a llorar.

Margaret entró en la habitación (donde todavía estaban sus padres hablando) muy pálida y demacrada. Se acercó a ellos, pero no estaba segura de poder dominar la voz.

—Mamá, la señora Thornton mandará el colchón de agua.

—¡Hija, qué cansada estás! ¿Tanto calor hace?

—Mucho, y las calles están alborotadas con la huelga.

Margaret recuperó el color con mayor viveza que nunca, pero lo perdió al instante.

—Ha llegado una nota de Bessy Higgins, dice que vayas a verla —dijo la señora Hale—. Pero me parece que estás demasiado cansada.

Sí —respondió Margaret—. Estoy muy cansada, no puedo ir.

Preparó el té en silencio, temblando. Se alegró de que su padre estuviera muy pendiente de su madre y no se fijara en ella. Y, cuando la madre se fue a la cama, no se conformó con separarse de ella y se fue a leerle hasta que se durmiera. Margaret se quedó sola.

«Ahora voy a pensarlo..., ahora voy a recordarlo todo. Antes no podía, no me atrevía. —Se quedó en la silla, con las manos pegadas a las rodillas, los labios apretados y la mirada fija, como si tuviera una visión. Respiró hondo—. Yo, que no soporto las escenas; yo, que he despreciado a mucha gente por demostrar sus emociones, que he considerado que les faltaba control de sí mismos..., bajé y tuve que meterme en medio como una estúpida romántica. ¿Sirvió de algo? Seguro que se habrían ido de todos modos. —Pero esto era una conclusión irracional, como le dictó enseguida su buen juicio—. No, quizá no. De algo sirvió. Pero ¿qué me impulsó a defender a ese hombre como si fuera un niño desvalido? ¡Ah! —se dijo, retorciéndose las manos—. Seguro que pensaron que estaba enamorada de él después de ponerme en evidencia delante de todos. Enamorada y... ¡de él, claro!». Las pálidas mejillas le ardieron de pronto y se tapó la cara con las manos. Cuando las apartó, las tenía mojadas de lágrimas ardientes.

«¡Ay, qué bajo he caído para que digan eso de mí! No habría sido tan valiente por nadie más, solo porque me es completamente indiferente..., por no decir que me desagrada. Y por eso sentí mayor necesidad de que ambas partes jugaran limpio. No era justo —pensó con vehemencia— que estuviera allí a cubierto esperando a los soldados (que podían haber caído sobre esos pobres enloquecidos tapándoles la salida) sin hacer nada por su parte para que entraran en razón. Y fue más injusto todavía que lo amenazaran de aquella forma. Pues yo lo volvería a hacer y que digan de mí lo que quieran. Si evité un golpe cruel, una acción violenta, que tal vez se hubiera llegado a cometer, hice lo que le corresponde a una mujer. Que insulten mi orgullo de doncella cuanto quieran..., ¡soy pura a los ojos de Dios!».

Levantó la vista y una paz noble descendió sobre su rostro y lo calmó hasta que pareció «más sereno que cincelado en mármol».[16]

Entró Dixon.

—Por favor, señorita Margaret, la señora Thornton ha mandado el colchón de agua. Es tarde para ponérselo esta noche, me temo, porque la señora está casi dormida; pero servirá muy bien para mañana.

—Sí —dijo Margaret—. Mándales nuestro mayor agradecimiento.

Dixon salió un momento de la habitación.

—Disculpe, señorita Margaret, el criado dice que tiene que preguntar especialmente qué tal se encuentra usted. Supongo que se referirá a la señora, pero dice que las últimas palabras del señor fueron que preguntara qué tal se encontraba la señorita Hale.

—¿Yo? —exclamó Margaret levantándose de la silla—. Estoy muy bien. Dígale que me encuentro perfectamente.

Sin embargo estaba más blanca que su pañuelo de bolsillo y la cabeza le dolía muchísimo.

En ese momento llegó el señor Hale. Había dejado a su mujer dormida y quería que Margaret, como pudo comprobar por sí misma, lo distrajera un poco contándole lo que tuviera que contar. Soportó el dolor con paciencia y dulzura, sin una queja, y recurrió a un sinnúmero de temas menores de conversación, todos menos los disturbios, que no nombró ni una sola vez. Se ponía enferma de pensar en ello.

—Buenas noches, Margaret. Seguro que yo sí las voy a tener, y tú estás muy pálida con tantas noches en vela. Si tu madre necesita algo, llamaré a Dixon. Vete a la cama y duerme como un tronco, porque estoy seguro de que lo necesitas, pobrecita mía.

—Buenas noches, papá.

Le desapareció el color de las mejillas y la forzada sonrisa de los labios; el dolor le nubló la vista. Liberó a su férrea voluntad de la pesada carga: podía sentirse enferma y cansada hasta la mañana siguiente.

Se acostó y se quedó inmóvil. Mover una mano, un pie o un dedo siquiera le habría exigido un esfuerzo fuera del alcance de la voluntad y del propio

16 Cita de «A Dream of Fair Woman», poema de Tennyson (1833).

movimiento. Estaba tan agotada, tan aturdida, que creía que podría dormir; los febriles pensamientos pasaban de un lado a otro entre el sueño y la vigilia sin perder su triste identidad. No la dejaban estar sola, postrada e impotente como se encontraba: una nube de rostros la miraba sin asomo de cólera vívida y feroz, no se sentía amenazada, solo profundamente avergonzada por ser el objeto de todas las miradas; una sensación de vergüenza tan aguda que le habría gustado que la tierra se la tragara, pero ni así se habría librado de la mirada impertérrita de tantos ojos.

CAPÍTULO XXIV

ERRORES ENMENDADOS

> Tu belleza fue la primera que ganó su lugar
> y escaló los muros de mi indomable corazón,
> que, cautivo ahora, languidece en una cautiva situación,
> cruelmente condenado al rigor del abandono;
> mas no por ello menos siervo tuyo permanecerá,
> a pesar del crudo rechazo o de ese silencioso orgullo.
>
> WILLIAM FOWLER

Por la mañana, Margaret se levantó agradeciendo que hubiera terminado la noche...; no se encontraba fresca, pero había descansado. En la casa la noche había sido tranquila: su madre solo se había despertado una vez. Una suave brisa movía el aire caliente y, aunque no había árboles en los que el viento jugueteara con las hojas, sabía que en alguna parte, en las orillas de los caminos, en las arboledas o en los bosques frondosos, se oía un delicioso murmullo bailarín, un crujido de hojas, cuya mera idea era un eco lejano de alegría para su corazón.

Se sentó con la labor en la habitación de la señora Hale. En cuanto se despertara de ese sueño de media mañana la ayudaría a vestirse; después de comer iría a ver a Bessy Higgins. Borraría de la memoria todo recuerdo de la familia Thornton..., no había necesidad de pensar en ellos hasta que los tuviera delante en carne y hueso. Pero, naturalmente, el esfuerzo de no pensar en ellos se los recordó con más viveza y, de vez en cuando, le ardía la pálida cara, que se le inundaba de color, como se mueve rápidamente un rayo de sol en el mar entre nubes de agua.

Dixon abrió la puerta con mucho cuidado, se acercó a Margaret de puntillas y se sentó a la sombra de la ventana.

—Señorita Margaret, el señor Thornton está en la salita.

Margaret soltó la costura.

—¿Ha preguntado por mí? ¿Papá no está en casa?

—Ha preguntado por usted, señorita, y el señor ha salido.

—Muy bien, ahora voy —respondió en voz baja. Pero, curiosamente, se quedó un poco más.

El señor Thornton estaba junto a una ventana, de espalda a la puerta, parecía absorto en algo que veía en la calle. Pero en realidad tenía miedo de sí mismo. Se le aceleró el corazón al pensar que ella iba a llegar. No podía olvidar el roce de sus brazos alrededor del cuello, a pesar de la impaciencia que le había causado en el momento; pero el recuerdo de cómo lo había defendido pegándose a él lo emocionaba profundamente, le derretía todas las resoluciones, toda la capacidad de control, como la cera ante el fuego. Temía ir a su encuentro con los brazos tendidos, invitándola sin palabras a que se refugiara entre ellos, como el día anterior, aunque él no hubiera reaccionado, pero eso no volvería a suceder jamás. Le latía el corazón con fuerza, ruidosamente. A pesar de ser un hombre fuerte, temblaba pensando en lo que tenía que decirle y en cómo se lo tomaría ella. Tal vez flaqueara, se ruborizara y se cayera en sus brazos, como si fueran su hogar y su descanso natural. Hervía de impaciencia al pensar que esto fuera posible, pero al instante temía un rechazo tajante, cuya sola idea le marchitaba el futuro como una sequía mortal, hasta el punto de negarse a pensar en ello siquiera. Se sobresaltó al notar que había alguien más en la habitación. Dio media vuelta. Ella había entrado tan silenciosamente que no la había oído; aunque no les prestaba atención, los ruidos de la calle se oían mejor que su lento andar con el suave vestido de muselina.

Estaba al lado de la mesa, no le ofreció asiento; tenía los párpados entornados; los dientes juntos, sin apretar; los labios ligeramente separados, lo justo para ver la línea blanca entre ellos. Respiraba lentamente, dilatando las finas y bellas aletas de la nariz; era el único movimiento que se percibía en el rostro. La lisa tez, el óvalo de las mejillas, el generoso perfil de la boca, los hoyuelos junto a las comisuras, estaban todos pálidos en ese momento; la densa sombra del pelo oscuro, que le tapaba las sienes para ocultar la herida que le habían hecho, resaltaba la falta del sano color natural de costumbre. A pesar de tener los párpados entornados, llevaba la cabeza erguida en la actitud orgullosa de siempre. Los brazos colgaban, inmóviles, a los lados. En general parecía una prisionera acusada en falso de un delito aborrecible y despreciable, y tan indignante que no estaba dispuesta a justificarse.

El señor Thornton dio un par de pasos rápidos y, dominándose, se acercó decidida y mesuradamente a la puerta, que ella había dejado abierta, y la cerró. Después volvió y se situó enfrente de ella para contemplar su belleza un momento antes de atreverse a molestarla, o a disgustarla tal vez, con lo que tenía que decirle.

—Señorita Hale, ayer no supe agradecerle...

—No tiene nada que agradecerme —dijo ella, levantando los párpados y mirándolo directamente—. Supongo que quiere decir que cree estar en deuda conmigo por lo que hice. —A pesar de sí misma y de la cólera que sentía, volvió a sonrojarse hasta los ojos, que no obstante sostuvieron la seria y firme mirada—. Fue solo un instinto natural; cualquier mujer habría hecho lo mismo. Cuando vemos peligro, todas consideramos que gozamos del gran privilegio de la protección de nuestro sacrosanto sexo. Pero es al contrario —se apresuró a añadir—: Soy yo la que debe pedir disculpas por haber hablado sin pensar y haberlo mandado directamente al peligro.

—No fueron sus palabras, sino la verdad que daban a entender con mordacidad, tal como se expresó. Pero esa no es la cuestión, no se va a librar de que le exprese lo agradecido que estoy por...

Se encontraba al límite; no quería hablar con el acaloramiento de su ardiente pasión; sopesaría cada palabra. Así lo haría; y lo consiguió: se detuvo en la mitad de la carrera.

—No pretendo librarme de nada —dijo ella—, digo sencillamente que no me debe nada, y permítame añadir que si insiste en agradecerme algo, me resultará doloroso, porque creo que no lo merezco. De todas formas, si le parece que así se librará de una obligación inexistente, adelante, hable.

—No quiero librarme de ninguna obligación —dijo él, provocado por su serena actitud—, ni existente ni no existente..., me da igual lo que sea, pero resulta que creo que le debo la vida... Sí, sonría y piense que exagero, si lo desea. Yo lo creo así, porque aumenta el valor de esa vida pensar... ¡Ah, señorita Hale! —continuó bajando la voz con una pasión tan tierna e intensa que Margaret se estremeció delante de él—, pensar que por esa circunstancia, a partir de ahora, cada vez que me regocije con la vida podré decir: «¡Toda esta felicidad, todo el orgullo honrado que siento por mi trabajo en la vida, toda esta intensa sensación de ser: todo se lo debo a ella!». Y redobla la alegría, hace resplandecer el orgullo, agudiza el sentido de la existencia hasta el punto de no saber si es dolor o placer pensar que se lo debo a una..., vamos, tiene que oírlo —dijo, dando un paso adelante con determinación—, a una persona a la que amo como no creo que haya amado ningún hombre a una mujer.

Le tomó la mano con firmeza. Jadeante, esperó lo que tuviera que suceder. Soltó la mano con indignación al oír el tono gélido, porque era gélido, aunque las palabras salieron entrecortadamente, como si no las encontrara.

—Me escandaliza esa forma de hablar. Es injuriosa. No puedo evitar la primera impresión que me causan. Tal vez no lo sería, supongo, si yo entendiera el sentimiento del que habla. No quiero ofenderlo y, además, tenemos que hablar muy bajo, porque mi madre está durmiendo; pero todo esto me ofende...

—¿Qué? —exclamó él—. ¡La ofende! ¡Qué desgracia la mía!

—Sí —dijo ella, recomponiéndose—. Me ofende y con razón, creo. Parece que se imagina que lo que hice ayer —volvió a sonrojarse intensamente, pero esta vez con una mirada de indignación, más que de vergüenza— fue una cosa personal entre usted y yo, y que puede venir a darme las gracias por ello, en vez de comprender como un caballero..., ¡sí, como un caballero! —repitió, aludiendo a la conversación que habían tenido sobre esa palabra—, que cualquier mujer digna de tal nombre habría salido a proteger con su sacrosanta indefensión a un hombre que corriera peligro de ser víctima de un acto violento estando él solo frente a muchos.

—¡Y al caballero rescatado se le prohíbe dar las gracias! —replicó desdeñosamente—. Yo soy un hombre y reclamo el derecho a expresar lo que siento.

—Y yo se lo cedo; simplemente digo que me hace daño que insista —contestó con orgullo—. Pero al parecer se imagina que no me impulsó el instinto femenino, sino... —y en ese momento las apasionadas lágrimas (tanto tiempo contenidas y ahogadas con vehemencia) se le escaparon y le cortaron la voz—, sino un interés particular en usted..., ¡en usted! Pues sepa que no había un solo hombre, ni un solo pobre hombre desesperado en toda la multitud, por el que no sintiera más compasión, por el que no hubiera hecho con mayor entusiasmo lo poco que hice por usted.

—Puede seguir hablando, señorita Hale. Veo que comprende mejor a quienes no lo merecen. Ahora creo que fue solo su sentido innato de la opresión (sí, aunque sea amo también puedo sufrir opresión) lo que la impulsó a hacer una cosa tan noble. Sé que me desprecia; permítame decirle que es porque no me entiende.

—No tengo ningún interés en entenderlo —contestó ella.

Buscó apoyo en la mesa, porque el señor Thornton le pareció cruel, y es que lo era, y a ella la debilitaba la indignación.

—Ya lo veo. Es usted injusta y desconsiderada.

Margaret apretó los labios. No pensaba responder a semejantes acusaciones. Pero, a pesar de todo, a pesar de las brutales palabras, él se habría arrojado a sus pies y le habría besado el borde del vestido. Ella no dijo nada, no se movió. Las lágrimas del orgullo herido se derramaban, calientes y abundantes. Él esperó un poco, deseaba que ella dijera algo, aunque fuera una provocación a la que pudiera replicar, pero seguía en silencio. Tomó el sombrero y dijo:

—Una palabra más. Parece que piensa que mi amor la mancillaría. Pero no puedo evitarlo. Y tampoco yo, si quisiera, podría limpiarla ni lo haría aunque pudiera. Nunca había querido a una mujer hasta ahora; he tenido siempre mucho trabajo y la cabeza absorta en otras cosas. Ahora amo y amaré. Pero no tema grandes expresiones por mi parte.

—No temo —respondió ella, irguiéndose—. Hasta ahora, nadie se ha atrevido a cometer una impertinencia conmigo ni nadie se atreverá jamás. Pero, señor Thornton, ha sido usted muy atento con mi padre —le dijo cambiando el tono por completo a uno más suave y femenino—. Procuremos no volver a enfadarnos, se lo ruego.

Él hizo caso omiso de estas palabras mientras peinaba la copa del sombrero con la manga de la levita, operación que le llevó medio minuto o así; después, rechazó la mano que le ofrecía y, fingiendo que no veía lo disgustada que estaba, dio media vuelta bruscamente y salió de la habitación. Margaret pudo verle la cara un momento antes de que se marchara.

Cuando se fue, le pareció que había visto el brillo de un resto de lágrimas en los ojos; entonces, el orgulloso desagrado que sentía se convirtió en algo distinto y más tierno, aunque casi igual de doloroso: un reproche por haber mortificado tanto a una persona.

«Pero ¿cómo iba a evitarlo? —se preguntó—. No me ha gustado desde el primer momento. Lo he tratado con educación, pero no me he molestado en disimular que me es indiferente. Lo cierto es que no he pensado en él ni en mí en ningún momento, así que se habrá notado en la actitud. Está confundido con lo de ayer, pero eso es cosa suya, no mía. Lo volvería a hacer si fuera necesario, aunque tuviera que pasar de nuevo por esta vergüenza y este disgusto».

CAPÍTULO XXV

FREDERICK

La venganza puede tener la suya propia; la disciplina enardecida
proclama en voz alta su causa, y las flotas heridas instan a sus leyes rotas.

BYRON

Margaret empezó a preguntarse si las declaraciones eran siempre tan inesperadas, tan perturbadoras, como las dos que le habían hecho. Sin darse cuenta empezó a comparar mentalmente al señor Lennox con el señor Thornton. Había lamentado que Henry Lennox, apremiado por las circunstancias, le hubiera propuesto algo más que amistad. Ese remordimiento había sido el sentimiento predominante en aquella primera declaración. Pero no se había quedado tan atónita ni le había impresionado tanto como la segunda, cuando el eco de la voz del señor Thornton todavía flotaba en la habitación. En el caso de Lennox, era como si se hubiera deslizado un momento por encima del límite entre la amistad y el amor y, al instante, lo hubiera lamentado casi en la misma medida que ella, aunque por diferentes motivos. En el caso del señor Thornton, que Margaret supiera, no había habido una amistad previa. Su relación había sido una serie continua de encontronazos. Tenían criterios diametralmente opuestos y, además, nunca le había parecido que sus opiniones le interesaran por ser suyas como persona individual. Si desafiaban su inamovible carácter o la fuerza de su pasión, parecía que las apartara de sí con menosprecio, hasta que ella se hartaba del esfuerzo de protestar para nada; y de pronto se había presentado de esa forma tan extraña y vehemente ¡para declararle su amor! Al principio creyó que se había visto obligado a hacerlo por compasión, porque se había expuesto públicamente de forma que tanto él como los demás podían malinterpretarlo; sin embargo, antes de que se marchara, y desde luego menos de cinco minutos después, entendió con total claridad que en realidad la amaba; que la había amado; que la amaría. Y se estremeció y se acobardó como fascinada por un gran poder que contrariaba toda su vida anterior. Dejó de pensar en ello, se escondió de esa idea. Pero en vano. Por darle la vuelta a un verso del Tasso de Fairfax:

> La poderosa noción de él vagaba por el pensamiento de ella.[17]

Aún lo detestaba más por haberse adueñado de su voluntad. ¿Cómo se atrevía a decirle que la seguiría amando aunque lo rechazara con desprecio? Deseó haber hablado más: con más fuerza. Le venían a la cabeza frases cortantes y decisivas que ya era tarde para pronunciar. La entrevista le había dejado una impresión tan profunda como una imagen horrible de un sueño, que no se va ni al despertarnos ni al frotarnos los ojos y nos pone una sonrisa rígida en los labios. Está ahí…, ahí, acechando y farfullando, mirando fijamente, horriblemente desde algún rincón del cuarto, escuchando, a ver si nos atrevemos a susurrar a alguien que se encuentra ahí. Y no nos atrevemos porque ¡somos cobardes!

Se estremeció ante la amenaza de un amor duradero. ¿Qué quería decir? ¿Acaso no era ella capaz de desalentarlo? Ya vería. Amenazarla de esa forma era un gran atrevimiento en un hombre. ¿Se basaba en el desgraciado suceso del día anterior? Si fuera necesario, lo repetiría al siguiente sin pensarlo y de todo corazón por un mendigo tullido, pero por él, sería igual de valiente, a pesar de sus deducciones y de la infamante impertinencia de las mujeres. Lo hizo porque era lo que tenía que hacer simple y sinceramente, para salvar lo que podía salvar ella, o aunque solo fuera por intentarlo. *Fais ce que dois, advienne que pourra.*

No se había movido de donde la había dejado: ninguna circunstancia exterior la había sacado del trance reflexivo en el que la habían sumido las últimas palabras de él y la mirada intensa y apasionada, cuyo ardor había apagado

17 *La Jerusalén liberada,* de Torquato Tasso, según la traducción inglesa de Edward Fairfax (1600).

el de la suya. Se acercó a la ventana y la abrió para disipar la opresión que la rodeaba. Abrió también la puerta con un deseo impetuoso de quitarse de encima el recuerdo de la última media hora buscando la compañía de los demás o poniéndose a hacer cualquier esfuerzo físico. Pero la casa estaba en absoluto silencio en la quietud del mediodía, cuando las personas postradas caen en un sueño poco reparador que les ha sido negado en las horas nocturnas. Margaret no quería estar sola. ¿Qué podía hacer? «Ir a ver a Bessy Higgins, claro», se dijo, al acordarse de pronto de la nota que le habían mandado la noche anterior. Y se fue a verla.

Cuando llegó, encontró a Bessy en el diván, que habían colocado cerca del fuego, aunque hacía un día sofocante y bochornoso. Estaba completamente tumbada, como descansando sin fuerzas después de un ataque muy doloroso. Margaret estaba segura de que una postura más erguida le facilitaría la respiración y, sin una palabra, la incorporó un poco y la apoyó en las almohadas para que estuviera mejor, a pesar del agotamiento.

—Creía que no volvería a verla —le dijo por fin, mirándola con tristeza.

—Me temo que has empeorado. Pero ayer no pude venir, mi madre estaba muy mal... por varios motivos —dijo Margaret ruborizándose.

—A lo mejor le pareció inoportuno que mandara a Mary a buscarla. Pero las discusiones y el ruido me habían *destrozao* y, cuando mi padre se fue, pensé: «¡Ay! Si al menos pudiera oír su voz leyéndome unas palabras de paz y de promesas, podría morirme en silencio y descansar en el seno divino como una madre duerme a su hijito con una nana».

—¿Quieres que te lea un capítulo ahora?

¡Sí, por favor! A lo mejor al principio no presto atención al sentido de las palabras, me parecerán lejanas, hasta que llegue a las que me gustan, a las que me consuelan, que son más cercanas, como si me pasaran por dentro.

Margaret empezó a leer. Bessy estaba agitada, no paraba de moverse. Si, con gran esfuerzo, escuchaba un momento, al siguiente volvía otra vez con fuerzas redobladas. Por fin explotó:

—No siga leyendo, es inútil. No paro de blasfemar para mis adentros pensando en lo que no se puede evitar. ¿Se enteró de lo del alboroto de ayer en la fábrica Marlborough? La fábrica de Thornton, ya sabe.

—Tu padre no estaba allí, ¿verdad? —preguntó Margaret muy ruborizada.

—No, él no. Él habría dado la mano derecha por evitarlo. Eso es lo que me preocupa. Le ha *afectao* mucho lo que pasó. No sirve de nada decirle que siempre hay locos que se pasan de la raya. No ha visto *usté* hombre más hundido que él.

—Pero ¿por qué? —preguntó Margaret—. No lo entiendo.

—Es que, verá, él está en el comité de huelga. El sindicato lo nombró porque, aunque no debería decirlo yo, lo consideran firme y fiel hasta el tuétano. Y entre él y los otros del comité habían hecho un plan de acción. Tenían que seguir unidos pasara lo que pasara y los demás tenían que acatar las decisiones de la mayoría, tanto si estaban de acuerdo como si no. Y lo más importante era que no se podía ir contra la ley. La gente se uniría a ellos si los veían aguantando y pasando hambre con toda la paciencia; pero, si hacían el menor amago de enfrentamiento o de lucha, aunque fuera por los rompehuelgas, el plan se echaría a perder, como sabían por la experiencia de tantas otras veces. Intentarían hablar con los irlandeses, convencerlos, razonar con ellos y a lo mejor hacerles una advertencia para que se fueran; pero, pasara lo que pasara, el comité dijo a todos los sindicalistas que tenían que estar tranquilos y morir, si era necesario, sin dar ni un solo golpe, porque así seguro que la opinión pública se pondría de su parte. Y, aparte de todo eso, el comité sabía que sus peticiones eran justas y no querían que lo bueno se mezclara con lo malo y que la gente ya no pudiera separar lo uno de lo otro, como no se pueden separar los polvos medicinales de la gelatina que me dio *usté* para mezclarla; la gelatina es buena, pero los polvos la impregnan con su sabor. Bueno, ya le he contado todo, pero estoy agotada. Imagínese lo que habrá sido para mi padre ver todo su trabajo *tirao* a la basura, y por un inútil como Boucher, que ha tenido que ponerse otra vez en contra de las órdenes del comité y echar la huelga a perder como si fuera el mismísimo Judas. Pero, desde luego, mi padre lo puso en su sitio anoche. Incluso llegó a decirle que le diría a la policía dónde podía encontrar al cabecilla del disturbio; que se lo entregaría a los amos para que hicieran con él lo que quisieran. Demostraría al mundo que los verdaderos cabecillas de la huelga no eran Boucher y otros como él, sino unos hombres que pensaban con la cabeza, que eran buenos obreros y buenos ciudadanos, que cumplían la ley y que apoyaban el orden; que solo pedían el sueldo al que tenían derecho y no irían a trabajar, aunque se murieran de hambre, hasta que se lo dieran; pero que jamás irían contra la propiedad ni contra la vida. Porque —bajó el tono de voz— dicen que Boucher tiró una piedra a la hermana de Thornton que casi la mata.

—Eso no es cierto —dijo Margaret—. No fue Boucher el que la tiró —dijo, y se puso roja y después blanca.

—Entonces, ¿estaba *usté* allí? —preguntó Bessy lánguidamente; en realidad había hecho muchas pausas mientras hablaba, como si le costara un esfuerzo fuera de lo común.

—Sí. Pero da igual. Sigue. Aunque no fue Boucher quien tiró la piedra. Pero ¿qué le contestó a tu padre?

—No dijo nada. No hacía más que temblar de rabia; no podía ni mirarlo. Le oí jadear y en algún momento me pareció que lloraba. Pero cuando mi padre le dijo que lo denunciaría a la policía, empezó a gritar, le dio un puñetazo a mi padre en la cara y se fue a la velocidad del rayo. A pesar de lo débil que estaba de rabia y de hambre, dejó a mi padre aturdido; mi padre se sentó un momento y se tapó los ojos con la mano, pero luego fue a la puerta. No sé de dónde saqué las fuerzas, pero me levanté del diván y lo abracé. «¡Padre, padre! —le dije—. ¡No vaya a denunciar a ese pobre muerto de hambre! ¡No voy a soltarlo hasta que me diga que no va a ir!». «No seas tonta —me dijo él—. Son cosas que se dicen sin pensar. Jamás se me ocurriría denunciarlo; aunque por Dios que se lo merece, y no me importaría que otro se encargara del trabajo sucio y lo encerraran. Aunque me haya *dao* un puñetazo, ahora lo denunciaría menos que nunca, porque incitaría a otros a meterse. Pero si se libra de esta y me lo encuentro en condiciones, vamos a tener una buena pelea él y yo a zueco limpio, y a ver qué tal parado sale». Y entonces me apartó, porque estaba muy debilitada y desvaída, y él, muy pálido donde no tenía la cara manchada de sangre, y me quedé que daba pena verme. No sé si me dormí o no, ni si me desmayé, hasta que llegó Mary y le dije que fuera a buscarla a *usté*. Y ahora no me diga nada, solo léame el capítulo. Ya lo he *soltao* todo y estoy más tranquila; pero quiero oír palabras del mundo remoto para quitarme de la boca el sabor agotador de este. Léame..., pero no un sermón, sino una historia de las que llevan dibujo y que veo con los ojos cerrados. Lea lo del cielo nuevo y la tierra nueva[18] y a lo mejor se me olvida esto.

18 Apocalipsis 21.

Margaret leyó con voz suave. Bessy estuvo un rato escuchando con los ojos cerrados, porque las lágrimas se le acumulaban en las pestañas. Al final se durmió entre sobresaltos y murmullos suplicantes. Margaret la arropó y se fue, porque tenía la inquietante sensación de que la necesitaban en casa, aunque, hasta ese momento, le había parecido una crueldad dejar sola a la niña moribunda.

La señora Hale estaba en la salita cuando volvió su hija. Se encontraba mejor que otros días y estaba encantada con el colchón de agua. Se parecía mucho a las camas de la casa de sir John Beresford, más que cualquier otra en la que hubiera dormido desde entonces. No sabía por qué, pero le parecía que se había perdido el arte de hacer colchones como los que había conocido en su juventud, no podía ser muy difícil: las plumas seguían siendo plumas, como siempre y, sin embargo, no se acordaba de haber dormido a gusto hasta la noche anterior.

El señor Hale opinó que los méritos de los colchones de plumas del pasado podían atribuirse a la gran actividad de la juventud, que después podía dormir a pierna suelta; pero a su mujer no le pareció una idea justa.

—No, no, señor Hale, el mérito era de las camas de la casa de sir John. A ver, Margaret, tú eres joven y haces cosas todo el día. ¿Las camas te parecen cómodas? Dime tu opinión. ¿Te dan la sensación de un reposo perfecto cuando te acuestas o más bien es como si te expulsaran mientras intentas encontrar una postura cómoda y luego, por la mañana, te despiertas tan cansada como cuando te fuiste a dormir?

—Si te digo la verdad, mamá —dijo Margaret riéndose—, nunca he pensado en la cama, ni en si el colchón es de plumas o de otra cosa. Por la noche tengo mucho sueño y me quedaría dormida enseguida en cualquier sitio que me acostara, así que no creo que mi testimonio sirva de mucho en este caso. Además, nunca tuve la oportunidad de probar las camas de sir John Beresford. Nunca fui a Oxenham.

—¿Ah, no? ¡No, claro! Fue al pobre Fred al que me llevé, ahora me acuerdo. Después de casarme, solo volví una vez a Oxenham, a la boda de tu tía Shaw, y el pobre Fred era muy pequeño entonces. Y sé que a Dixon no le hizo ninguna gracia dejar de ser doncella para hacer de niñera, y temí que si la llevaba cerca de su antiguo hogar, con su gente, tal vez quisiera dejarme. Pero el pobrecito se puso malo en Oxenham, porque le estaban saliendo los dientes y, claro, como me pasaba casi todo el tiempo con Anna antes de la boda y no estaba muy fuerte de salud, Dixon tuvo que ocuparse mucho más de él; y así le tomó tanto cariño y la enorgullecía tanto que no quisiera ir con nadie más que con ella que creo que no volvió a pensar en dejarme nunca más; aunque lo que tenía que hacer era muy distinto de lo que había hecho hasta entonces. ¡Pobre Fred! Todo el mundo lo quería. Tenía el don innato de ganarse a la gente. Por eso tengo tan mala opinión del capitán Reid desde que sé que no apreciaba a mi querido hijo. Me parece una prueba irrefutable de su mal corazón. ¡Ay, tu pobre padre, Margaret! Se ha ido de aquí porque no soporta que hablemos de Fred.

—A mí me encanta, mamá. Cuéntame todo lo que quieras, que no me canso. Cuéntame cómo era de pequeño.

—Pues, Margaret, no te ofendas, pero era mucho más guapo que tú. Recuerdo que, la primera vez que te vi en brazos de Dixon, me dije: «¡Ay, Señor, qué cosita tan fea!». Y ella dijo: «¡Pocos recién nacidos son tan guapos como el señorito Fred, bendito sea!». ¡Ay, me acuerdo perfectamente! En aquella época tenía a Fred en brazos a todas horas, y la cuna estaba al lado de mi cama, pero ahora, ahora... ¡Margaret! No sé dónde está mi hijo y a veces pienso que no volveré a verlo nunca más.

Margaret se sentó junto al sofá de su madre, en un taburete pequeño, y le tomó la mano suavemente, se la acarició y se la besó tratando de consolarla. La señora Hale lloraba sin reservas. Por fin se sentó en el sofá, erguida y tiesa y, volviéndose a su hija, dijo con una vehemencia llorosa, casi solemne:

—Margaret, si mejoro un poco, si Dios me da la ocasión de recuperarme, será para que pueda ver a mi hijo Frederick una vez más. Él dará fuerzas a la poca salud que me queda.

Hizo una pausa como si quisiera cobrar aliento para decir algo más. Siguió hablando con voz ronca, temblando, igual que si contemplara una idea extraña pero muy presente:

—Y, Margaret, si voy a morirme..., si soy una de las que morirán en las próximas semanas, antes tengo que ver a mi hijo. No sé cómo se podrá hacer, pero te encargo a ti, igual que tú desearás algún consuelo en tu última enfermedad, que me lo traigas para que pueda bendecirlo. Solo cinco minutos,

Margaret. No pasará nada por cinco minutos. ¡Ah, Margaret, haz que pueda verlo antes de morir!

A Margaret no le pareció una súplica descabellada, porque, cuando un enfermo de muerte pide algo con tanta pasión, no pensamos con lógica ni con prudencia; nos pesa el recuerdo de miles de oportunidades perdidas de complacer los deseos de quien pronto nos va a dejar, y, si nos pidieran la felicidad futura de nuestra vida, la pondríamos a sus pies y no la querríamos para nosotros. Pero el deseo de la señora Hale era tan natural, tan justo, tan cabal para las dos partes, que Margaret creyó, tanto por Frederick como por su madre, que debía comprometerse a hacer todo lo posible para cumplirlo sin tener en cuenta los posibles peligros. Los grandes ojos suplicantes y dilatados la miraban fijamente, con tristeza, con firmeza, aunque los resecos labios blancos temblaban como los de un niño. Margaret se levantó despacio y se puso enfrente de su frágil madre, para que le viera en el rostro, sereno y dueño de sí, la promesa del cumplimiento de su deseo.

—Mamá, esta noche escribo a Frederick y le cuento lo que has dicho. Estoy tan segura de que vendrá directamente como lo estoy de mi vida. Tranquilízate, mamá, lo verás, te lo prometo, puesto que es humanamente posible.

—¿Vas a escribirle esta noche, Margaret? ¡Pero, ay, el correo sale a las cinco...! Llegarás a tiempo, ¿verdad? Me quedan muy pocas horas... Cielo, tengo la sensación de que no me voy a recuperar, aunque a veces tu padre me convence de tener esperanza. Escríbele ahora, por favor. No pierdas el próximo correo, porque podría no llegar a tiempo justo por ese correo.

—Pero, mamá, papá ha salido.

—Papá ha salido... ¿Y qué? ¿Crees que me negaría este último deseo, Margaret? Mira, yo no estaría enferma, muriéndome, si no me hubiera sacado de Helstone para traerme a este sitio tan malsano, tan lleno de humo, tan falto de sol.

—¡Ay, mamá! —exclamó Margaret.

—Sí, así es, sin duda. Lo sabe muy bien, me lo ha dicho muchas veces. Haría cualquier cosa por mí; no querrás decir que me negaría este último deseo, ruego, si lo prefieres. Te aseguro, Margaret, que el deseo de ver a Frederick se interpone entre Dios y yo. No podré rezar hasta que se cumpla, de verdad, no podré. No pierdas tiempo, mi querida, mi queridísima Margaret. Escribe, no pierdas el próximo correo. Porque entonces él podría estar aquí... aquí dentro de veintidós días. Porque seguro que vendrá. No hay cuerdas ni cadenas que lo puedan retener. Veré a mi hijo dentro de veintidós días.

Dejó caer la cabeza hacia atrás un momento sin darse cuenta de que Margaret estaba inmóvil, tapándose los ojos con las manos.

—¿No has empezado a escribir? —le dijo por fin—. Tráeme papel y pluma, intentaré escribirle yo misma.

Volvió a erguirse en el asiento, temblando de ansiedad febril. Margaret le bajó la mano y la miró con tristeza.

—Espera a que llegue papá. Vamos a preguntarle qué es lo mejor que podemos hacer.

—No hace ni un cuarto de hora que me lo has prometido, Margaret..., dijiste que vendría.

—Y vendrá, mamá; no llores, mi queridísima madre. Voy a escribirle ahora mismo, aquí mismo, me verás hacerlo, y la carta saldrá en ese correo; y si a papá le parece bien, que le escriba él también cuando vuelva..., solo será un día de retraso. ¡Ay, mamá, no llores así! ¡Me partes el corazón!

La señora Hale no podía dejar de llorar, lloraba histéricamente y en realidad, lejos de hacer el menor esfuerzo por dominarse, evocaba escenas del pasado feliz y de un futuro probable, se imaginaba cuando yaciera como un cadáver, con el hijo al que tanto anhelaba ver en vida llorando a su lado, y ella, sin saber que estaba ahí; se dejó arrastrar por la autocompasión hasta un estado de agotamiento y lágrimas que a Margaret la conmovía hasta el dolor. Pero por fin se calmó y se quedó mirando a su hija con anhelo, mientras Margaret empezaba a escribir la carta, un ruego urgente y breve, y la sellaba con lacre rápidamente por temor a que su madre quisiera leerla; después, para mayor seguridad y a requerimiento de la señora Hale, la llevó ella misma a la oficina de correos. Cuando volvía a casa la alcanzó su padre por la calle.

—¿De dónde vienes, mi hermosa doncella? —le preguntó.

—De la oficina de correos..., de mandar una carta... a Frederick. ¡Ay, papá! A lo mejor he hecho mal, pero mamá desea tanto verlo..., dijo que verlo la sanará, que quiere verlo antes de morir... No sé explicarte cómo se ha puesto. ¿He hecho mal?

El señor Hale tardó unos momentos en responder.

—Tenías que haber esperado a que volviera yo, Margaret —le dijo.

—Intenté convencerla... —dijo, y se calló.

—No sé —dijo el señor Hale después de una pausa—. Tiene que verlo, si tanto lo desea; creo que le sentaría mucho mejor que todas las medicinas del médico... y a lo mejor hasta se recupera. Pero me temo que él correrá un peligro muy grande.

—¿Aunque haya pasado tanto tiempo del motín, papá?

—Sí. Naturalmente, el gobierno necesita aplicar medidas muy estrictas para impedir el desacato a la autoridad, sobre todo en la marina, donde un oficial al mando debe despertar en sus hombres una vívida conciencia de todo el poder que lo respalda en su país, y defender su causa y vengar cuantas injurias se cometan, si es preciso. ¡Les da igual que sus autoridades hayan tiranizado y conducido a hombres de temperamento impetuoso a la locura! O, si en todo caso eso pudiera ser una excusa después, en principio no se tiene en cuenta; no reparan en dispendio: mandan barcos a buscarlos, recorren los mares hasta dar con ellos; por muchos años que pasen, no olvidan el delito; queda inscrito en los libros del almirantazgo como si fuera reciente, hasta que se borra con sangre.

—¡Ay, papá! ¿Qué he hecho? Pero en ese momento me pareció que era lo correcto. Seguro que Frederick está dispuesto a correr el riesgo.

—Seguro, y debe hacerlo. Sí, Margaret, me alegro de que le hayas escrito, aunque yo no me habría atrevido. Agradezco que esté hecho. Yo habría dudado hasta que tal vez hubiera sido demasiado tarde. Querida Margaret, has hecho muy bien, y el final no está en nuestras manos.

Perfecto, pero esa forma implacable de castigar los motines que le había descrito su padre la hacía temblar, la acongojaba. ¡Había tentado a su hermano a volver a Inglaterra para borrar el secreto de su error con su propia sangre! Vio que la preocupación de su padre era mucho más profunda que el origen de lo que acababa de decir tan animosamente. Lo agarró del brazo y siguió andando con él, pensativa y desalentada.

CAPÍTULO XXVI

MADRE E HIJO

> He encontrado ese lugar sagrado de reposo
> todavía inmutable.
>
> MRS. HEMANS

Aquella mañana el señor Thornton salió de la casa ciego de cólera. Estaba tan mareado como si Margaret, en vez de ser, hablar y moverse como una mujer tierna y hermosa, hubiera sido una robusta pescadera y le hubiera propinado un puñetazo descomunal. Tenía un dolor físico, un desesperante dolor de cabeza, un latido machacón e intermitente. No podía soportar el ruido, la luz chillona, el ajetreo y el ruido constante de la calle. Se llamó necio por sufrir tanto, aunque de momento no conseguía recordar el motivo del malestar ni si era adecuado a sus consecuencias. Le habría aliviado mucho sentarse en un portal a lamentarse al lado de un niño que bramaba, enfurecido y lloroso, por algo que le habían hecho. Se dijo que odiaba a Margaret, pero una sensación amorosa, afilada y brutal, atravesó el torturante y sordo malestar como un rayo en el momento en que expresó ese odio. Solo lo consolaba abrazar el tormento y saber que, tal como le había dicho a ella, aunque lo despreciara, lo desdeñara y lo tratara con soberana indiferencia, sus sentimientos no cambiarían ni un ápice. Ella no podía hacerle cambiar. La amaba y la seguiría amando; la desafiaría a ella y al lacerante dolor físico.

Se detuvo un momento para afirmar y aclarar esta resolución. Pasó un ómnibus que se dirigía al campo; el cobrador creyó que deseaba subirse e hizo parar el vehículo junto a la acera. Era demasiado esfuerzo disculparse y dar explicaciones, así que se subió y se lo llevaron dejando atrás largas hileras de casas y, más adelante, villas aisladas con bonitos jardines, hasta que llegaron a pleno campo, entre hileras de setos y, paso a paso, a una pequeña ciudad rural. Allí se apeó todo el mundo, también el señor Thornton y, como los demás echaron a andar, él hizo lo mismo. Fue a los campos a paso vivo, porque el movimiento rápido le aliviaba la cabeza. Lo recordaba todo: la lástima que debía de haber dado, lo absurdo de haber ido y haber hecho lo que tantas veces había pensado que sería la mayor insensatez del mundo; y se había encontrado exactamente con las consecuencias que había previsto en los momentos de lucidez, si alguna vez se atrevía a ponerse en ridículo de esa forma. ¿Lo habían embrujado sus ojos, los suspiros de la carnosa boca entreabierta, que tan solo el día anterior se había recostado en su hombro? Ni siquiera era capaz de olvidar que la había tenido tan cerca, que lo había abrazado... y que nunca más lo abrazaría. Solo entreveía algunas cosas, pero en realidad no la entendía: unas veces tan valiente, otras tan tímida; tan tierna en un momento y tan altiva y orgullosa al siguiente. Y volvió a pensar en todas las ocasiones en que la había visto con la intención de olvidarla para siempre. La vio con todos los vestidos, en todos los estados de ánimo y no supo decidir cuál le sentaba mejor. Y qué magnifica estaba esa misma mañana, ¡cómo lo había mirado porque se hubiera hecho la idea de que, por haberlo abrazado, tenía el menor interés en él!

Si el señor Thornton era un necio por la mañana, tal como se dijo al menos veinte veces, por la tarde seguía igual. Lo único que consiguió a cambio de los seis peniques del viaje en el ómnibus fue estar mucho más convencido de que jamás había existido ni podría existir nadie como Margaret; de que no lo amaba ni lo amaría jamás; pero que por nada del mundo podría impedirle que dejara de amarla. ¡No! Volvió a la pequeña plaza del mercado, subió de nuevo al ómnibus y regresó a Milton.

Cuando se apeó, cerca de su almacén, ya estaba avanzada la tarde. El entorno conocido lo devolvió a los hábitos y a los pensamientos de siempre. Sabía que tenía mucho que hacer: más que de costumbre, debido a la conmoción del día anterior: ir a ver a los magistrados; terminar los preparativos, que solo había iniciado por la mañana, para acomodar y poner a salvo a los obreros irlandeses; asegurarse de que no tuvieran la menor ocasión de comunicarse con los descontentos obreros de Milton. Y, por último, ir a casa a ver a su madre.

La señora Thornton había pasado el día en el comedor, esperando a cada momento noticias de que la señorita Hale había aceptado a su hijo. Se había preparado para recibirlo muchas veces, cada vez que oía un ruido repentino en la casa; había vuelto a la labor semiabandonada y había puesto la aguja a trabajar con diligencia, aunque tenía las gafas empañadas y le temblaba el pulso. La puerta se había abierto muchas veces y había entrado una persona cualquiera a hacer algo insignificante. Después, la expresión gris y helada de la rígida cara se distendió, las facciones se relajaron en otra de desaliento, casi desconocida para su severidad habitual. Dejó de contemplar los temidos cambios que tendría que afrontar cuando su hijo se casara y obligó a los pensamientos a seguir por los surcos domésticos habituales. La futura pareja de recién casados necesitaría un equipo nuevo de ropa blanca; la señora Thornton sacó cestas y más cestas de mantelerías y empezó a repasar el contenido. Las suyas, marcadas con las iniciales G. H. T. (de George y Hannah Thornton), estaban entremezcladas con las que había comprado su hijo con su dinero y llevaban sus iniciales. Algunas de las suyas eran de damasco holandés antiguo, finísimas y exquisitas; ya no las había tan delicadas. Se quedó mirándolas un largo rato, pues habían sido su orgullo cuando se casó. Después frunció el entrecejo, apretó los labios y, con cuidado, descosió la G. y la H. Incluso fue a buscar el hilo rojo especial para bordar las nuevas iniciales, pero se había terminado y no tenía ánimos para mandar a comprar más en ese momento. Se quedó mirando al vacío, imaginando una serie de escenas en las que su hijo era el objeto principal, el único: su hijo, su orgullo, su propiedad. Pero él seguía sin llegar. Sin duda estaba con la señorita Hale. El nuevo amor ya empezaba a desplazarla del primer lugar que ocupaba en su corazón. Un dolor terrible, un pinchazo de celos vanos, la estremeció de arriba abajo; no sabía si era físico o mental, pero tuvo que sentarse. Se levantó al momento más erguida que nunca, con una sonrisa forzada en la cara por primera vez en el día, preparada para oír abrirse la puerta y recibir al jubiloso triunfador, que jamás sabría la profunda amargura que ese matrimonio le causaría a su madre. No pensaba para nada en la futura nuera como persona.

Iba a ser la mujer de John. Iba a quitarle el puesto de señora de la casa, y eso no era más que una de las magníficas consecuencias que engalanaban la gloria suprema: toda la abundancia y la comodidad de la casa, toda la ropa púrpura y la blanca, honor, amor, obediencia, multitud de amistades, todo llegaría con la naturalidad de las piedras preciosas al atavío de un rey, y tan poco como un rey pensarían en ello por su propio valor. Que John eligiera a una mujer, aunque hubiera sido una fregona, significaba que la distinguiría del resto del mundo. La señorita Hale no estaba tan mal. Si hubiera sido de Milton, la habría complacido un poco, porque era una joven mordaz, tenía gusto, vitalidad y personalidad. Aunque, lamentablemente, también tenía muchos prejuicios y era muy ignorante; pero ¿qué se iba a esperar de una hija del sur? La mortificó compararla mentalmente de pronto con Fanny y, por una vez, se dirigió a su hija en un tono áspero, la cubrió de duros improperios; y después, a modo de penitencia, abrió los *Comentarios* de Henry e intentó concentrarse en la lectura, en vez de seguir con la labor de la que tanto se enorgullecía y tanto placer le daba: la de repasar las mantelerías.

¡Por fin, sus pasos! Los oyó incluso cuando creía que estaba terminando una frase; mientras pasaba la vista por las palabras y podría haberlas repetido mecánicamente de memoria, una a una, lo oyó entrar por la puerta del vestíbulo. Aguzando el oído, supo interpretar todos los ruidos: estaba en el perchero de los sombreros...; después, justo a la puerta de la habitación. ¿Por qué se detenía? Que le diera de una vez la mala noticia.

Sin embargo, inclinó la cabeza hacia el libro, no la levantó. Él se acercó a la mesa y se quedó allí, esperando a que ella terminara el párrafo que, al parecer, la tenía tan absorta. Con un esfuerzo, la madre levantó la cabeza.

—¿Y bien, John?

Él sabía lo que significaban esas pocas palabras. Pero había reunido fuerzas. Deseaba responder algo ingenioso y burlón, y la amargura que sentía se lo habría permitido, pero su madre no se lo merecía. Se puso detrás de ella para que no le viera la cara y, atrayéndole la pétrea cara gris, la besó y murmuró:

—Nadie me quiere..., a nadie le intereso, solo a ti, madre.

Dio media vuelta y se quedó junto a la chimenea, con la cabeza apoyada en la repisa, derramando unas viriles lágrimas que no logró contener. Ella se levantó, se tambaleó. Por primera vez en su vida, esa mujer fuerte se tambaleó. Le puso las manos en los hombros, era bastante alta. Lo miró a la cara y lo obligó a mirarla a ella.

—John, el amor de una madre viene de Dios. Dura toda la vida, para siempre. El amor de una chica es una bocanada de humo..., cambia según el viento. Y no te ha aceptado, hijo mío, ¿es eso?

Apretó los dientes y los enseñó como un perro, en toda la extensión de la boca. Él hizo un gesto negativo con la cabeza.

—No soy digno de ella, madre; y lo sabía.

La madre masculló unas palabras entre los apretados dientes. Él no la oyó, pero, por la expresión de los ojos, supo que era una maldición, la peor intencionada del mundo, aunque no expresada con tan rudas palabras. Sin embargo, el corazón saltó de alegría en el pecho materno, porque su hijo volvía a ser suyo.

—¡Madre! —exclamó él enseguida—. No quiero oír una palabra en su contra. ¡Evítemelo! Me ha destrozado... y todavía la quiero, la quiero más que nunca.

—Y yo la aborrezco —dijo la señora Thornton ferozmente, en voz baja—. Intenté no aborrecerla cuando se interpuso entre tú y yo porque pensé que te haría feliz, y daría toda mi sangre por que fueras feliz. Pero ahora la aborrezco por la desgracia que te ha hecho. Sí, John, no sirve de nada que me ocultes el dolor que sientes. Soy la madre que te trajo al mundo y tu pesar es mi agonía; y si tú no la aborreces, yo sí.

—Entonces, madre, la querré más. La trata injustamente y tengo que compensarlo. Pero ¿por qué hablamos de amor y de aborrecimiento? No le intereso para nada y con eso basta... y es demasiado. No volvamos a hablar nunca más de esto. Es lo único que puede hacer por mí en este asunto. No la nombremos nunca más.

—Con toda mi alma, hijo. Solo me gustaría que ella y todo lo que se relacione con ella volvieran al sitio del que vinieron.

El señor Thornton no se movió, siguió mirando el fuego unos minutos. Insólitamente, a la señora Thornton se le llenaron de lágrimas los secos ojos apagados mientras miraba a su hijo; pero, cuando él habló, ella parecía tan seria y serena como siempre.

—Se ha ordenado la detención de tres hombres por la conspiración, madre. Los disturbios de ayer han contribuido a terminar con la huelga.

Y el nombre de Margaret no volvió a pronunciarse entre la señora Thornton y su hijo. Siguieron hablando como tenían por costumbre: de hechos, no de opiniones y ni mucho menos de sentimientos. Hablaron en un tono tranquilo y frío; si los hubiera oído un desconocido, habría pensado que jamás había visto una actitud tan indiferente y fría entre dos personas tan cercanas.

CAPÍTULO XXVII

FRUTA

Porque nunca cosa alguna puede estar mal
cuando la sencillez y el deber la propician.

Sueño de una noche de verano

Al día siguiente, el señor Thornton se ocupó de todos sus asuntos con diligencia y precisión. Había una pequeña demanda de productos terminados y, como afectaba a su rama de la industria, aprovechó la ocasión y cerró acuerdos provechosos. Llegó puntualmente a la reunión con sus colegas magistrados y les proporcionó los mejores consejos gracias a su gran sentido y capacidad de entender las consecuencias a primera vista y, por lo tanto, de tomar decisiones rápidamente. Los hombres mayores, que llevaban mucho tiempo en la ciudad y tenían fortunas mucho mayores, invertidas en tierras —mientras que la suya era todo capital flotante invertido en su industria—, acudían a él en busca de sabios consejos. Se encargó de tratar con la policía y de dirigir los pasos que debían darse. La deferencia con la que lo trataban inconscientemente lo afectaba menos que el suave viento del oeste, que apenas lograba desviar el humo de las grandes chimeneas de su curso recto hacia el cielo. No se daba cuenta del respeto que le guardaban en silencio. De lo contrario, lo habría considerado un obstáculo en su avance hacia el objetivo que tenía en mente. El caso es que de lo único que se ocupaba era de conseguirlo lo más rápidamente posible. Su madre, en cambio, absorbía con voracidad los comentarios de las mujeres de estos magistrados y hombres ricos sobre la gran consideración en que tenían a su hijo: que si él no hubiera estado allí, las cosas habrían salido de otra forma..., muy mal, sin duda. El señor Thornton ventiló sus obligaciones aquel día con total eficiencia. Fue como si la profunda mortificación del día anterior y la inútil estupefacción de las horas posteriores le hubiera disipado las brumas de la cabeza. Percibía su capacidad y se regocijaba en ella. Casi podía desafiar a sus sentimientos. Habría cantado la canción tradicional del molinero que vivía a la orilla del río Dee, si la hubiera sabido:

Yo no quiero a nadie,
nadie me quiere a mí.

Le presentaron las pruebas contra Boucher y otros cabecillas de los disturbios, aunque faltaban las de otros tres por conspiración. Sin embargo, encargó encarecidamente a la policía que no bajara la guardia, porque el largo brazo de la ley debía estar preparado para actuar en cuanto se pudiera demostrar una falta. Cuando terminó en la recalentada y maloliente sala del juzgado salió a la calle, más fresca, pero sofocante de todos modos. Fue como si se rindiera de pronto; estaba tan debilitado que no podía controlar los pensamientos, que volvían a ella una y otra vez, pero no al rechazo y la repulsa del día anterior, sino a la escena de hacía dos. Caminaba automáticamente por las calles atestadas, sorteando a la gente pero sin verla, casi mareado de anhelo por volver a aquella media hora, a aquel breve espacio de tiempo en el que lo abrazó y notó el latido de su corazón contra el pecho.

—¡Eh, señor Thornton! ¿Me ha retirado el saludo? ¿Y qué tal se encuentra la señora Thornton? ¡Menudo tiempo hace! A los médicos no nos gusta este tiempo, se lo aseguro.

—Discúlpeme, doctor Donaldson. Es que no le he visto. Mi madre está bien, gracias. Hace un buen día, estupendo para la cosecha, espero. Si el grano es productivo, habrá un comercio próspero el año que viene, aunque a los médicos no les guste.

—Eso, eso, cada loco con su tema. Su mal tiempo y sus malos tiempos son buenos para mí. Cuando la industria cae, la salud se resiente y acelera la muerte entre los hombres de Milton más de lo que cree.

—A mí no me afecta, doctor. Soy de hierro. No me acelera el pulso ni la peor deuda que haya tenido en mi vida. Esta huelga, que me afecta a mí más que a nadie en todo Milton, más que a Hamper, no me quita el apetito, ni mucho menos. Si quiere pacientes, no cuente conmigo, doctor.

—Por cierto, me ha recomendado una buena paciente, ¡pobre mujer! Pero no sigamos hablando en este tono tan cruel. Sinceramente, creo que a la señora Hale, esa mujer de Crampton, ya sabe, no le quedan muchas semanas de vida; nunca tuve esperanzas de que sanara, como creo que ya le conté, pero es que he ido a verla hoy y la he encontrado muy mal.

El señor Thornton no dijo nada. El pulso firme del que presumía le falló un instante.

—¿Puedo hacer algo por ella, doctor? —le preguntó con la voz alterada—. Ya sabe..., porque lo habrá visto, que no nadan en la abundancia. ¿Se le puede ofrecer alguna comodidad o algún detalle que la alivie?

—No —dijo el médico haciendo gestos negativos con la cabeza—. Lo que más desea es fruta..., tiene delirio por la fruta; pero creo que unas peras tempranas serían suficiente, y en el mercado abundan.

—Me dirá si puedo hacer algo más, ¿verdad? —añadió el señor Thornton—. Confío en usted.

—¡Ah, descuide! No voy a ahorrarle gastos..., sé que está bien provisto. Sería estupendo que me diera carta blanca para las necesidades de todos mis pacientes.

Pero la benevolencia del señor Thornton tenía un límite, no era cosa de filantropía universal; pocos lo habrían considerado una persona de grandes afectos. Sin embargo, fue directamente a la primera frutería de Milton y eligió el racimo de uvas moradas del tono más delicado que encontró, los melocotones más suculentos y las hojas de parra más frescas. Lo colocaron todo en una cesta y el empleado se quedó esperando la respuesta a su pregunta: «¿Dónde hay que mandarlo, señor?».

No hubo respuesta.

—A la fábrica Marlborough, supongo, ¿no, señor?

—No —dijo el señor Thornton—. Deme la cesta, la llevaré yo.

Tuvo que emplear las dos manos para cargarla y pasar por la parte de tiendas femeninas más concurrida de la ciudad. Muchas jóvenes que lo conocían se volvieron a mirarlo y les pareció extraño verlo en esas circunstancias, como un repartidor o un chico de los recados cualquiera.

Iba pensando: «No voy a dejar de hacer lo que me parezca por ella. Quiero llevarle esta fruta a su pobre madre y me parece que está muy bien hacerlo. Jamás se burlará de mí por hacer lo que me venga en gana. ¡Tendría gracia que, por temor a una chica altiva, dejara de hacer un favor a quien yo quiera! Lo hago por el señor Hale; lo hago desafiándola».

Fue a paso muy vivo, más que de costumbre, y enseguida llegó a Crampton. Subió las escaleras de dos en dos y entró en la salita —sofocado, con los ojos brillantes de amable dedicación— sin dar tiempo a Dixon a anunciar la visita. La señora Hale yacía en el sofá con mucha fiebre. El señor Hale leía en voz alta. Margaret trabajaba en un taburete bajo al lado de su madre. Le dio un vuelco el corazón al verlo. A él no, ni le prestó la menor atención, como tampoco al señor Hale. Se dirigió sin preámbulos a la señora Hale con la cesta y, en ese tono suave y afable que resulta tan conmovedor viniendo de un hombre robusto y sano cuando se dirige a un enfermo, le dijo:

—Me he encontrado con el doctor Donaldson, señora, y, como me ha dicho que la fruta le sentaría bien, me he tomado la libertad, la gran libertad, de traerle esta, que me ha parecido buena.

La señora Hale se sorprendió muchísimo y se alegró infinitamente, tanto, que temblaba de impaciencia. El señor Hale expresó una gratitud más profunda con unas pocas palabras.

—Margaret, vete a buscar una fuente o una cesta o lo que sea.

Margaret se quedó al lado de la mesa, temerosa de moverse o de hacer algún ruido que llamara la atención del señor Thornton hacia su persona. Le parecía que encontrarse así de repente sería una situación incómoda para los dos. Pensó que, como al principio estaba en un taburete bajo y después se había puesto de pie detrás de su padre, no había reparado en ella. ¡Como si no notara él su presencia en todo momento, aunque no la hubiera mirado ni una vez!

—Tengo que irme —dijo él—, no puedo quedarme. Disculpe esta libertad que me he tomado, estos bruscos modales míos, demasiado impetuosos, me temo, pero la próxima vez lo haré con más cuidado. Concédame el placer de traerle más fruta en otro momento, si veo alguna especialmente tentadora. Buenas tardes, señor Hale. Adiós, señora.

Y se marchó sin una palabra ni una mirada a Margaret. Ella creyó que no la había visto. Fue a buscar una fuente en silencio y levantó la fruta con ternura, con la punta de los delicados y finos dedos. Era un gran detalle por parte del señor Thornton, ¡sobre todo después de lo del día anterior!

—¡Ah! ¡Qué delicia! —exclamó la señora Hale débilmente—. ¡Qué amable ha sido acordándose de mí! Margaret, cielo, ¡prueba estas uvas! Qué bondadoso, ¿verdad?

—Sí —dijo Margaret en voz baja.

—¡Margaret! —dijo la señora Hale quejumbrosamente—. No te gusta nada de lo que hace el señor Thornton. ¡Cuántos prejuicios tienes, hija!

El señor Hale estaba pelando un melocotón para su mujer, cortó un trozo para probarlo y dijo:

—Si yo tuviera algún prejuicio, este regalo de fruta tan deliciosa habría terminado con todos. No había probado un melocotón tan delicioso desde la infancia... Ni siquiera en Hampshire. Aunque me parece que a los niños les gusta toda la fruta. Recuerdo el placer con el que me comía las endrinas y las manzanas silvestres. Margaret, ¿te acuerdas de los groselleros tan cargados que había en la esquina de la pared del oeste del jardín de casa?

¡Cómo no! ¡Cómo no iba a acordarse de hasta la última mancha que dejaban la lluvia y la nieve en el viejo muro de piedra, de los líquenes grises y amarillos que parecían un mapa, de las pequeñas malvas que nacían en las grietas! Los acontecimientos de los dos últimos días la habían afectado mucho; en esos momentos, toda su vida ponía a prueba su fortaleza; las palabras que su padre había pronunciado como al descuido, recordando el esplendor de una época pasada, fueron la gota que colmó el vaso. Dejó la labor en el suelo y salió presurosamente de la habitación para irse a la suya. Apenas había dado rienda suelta al primer llanto cuando se dio cuenta de que Dixon estaba al lado de la cómoda buscando algo en los cajones.

—¡Ay, Dios, señorita! ¡Qué susto me ha dado! La señora no está peor, ¿verdad? ¿Qué le pasa, señorita?

—No, nada. Es que soy tonta, Dixon, y necesito un vaso de agua. ¿Qué estás buscando? Los vestidos de muselina están en aquel cajón.

Dixon no dijo nada, pero siguió revolviendo. El olor de lavanda inundó la habitación.

Por fin la mujer encontró lo que buscaba, pero Margaret no vio lo que era. Dixon dio media vuelta y le dijo:

—Pues no quiero decirle lo que buscaba porque ya tiene usted bastante con lo suyo y sé que esto le daría otra preocupación. Tenía intención de decírselo esta noche, tal vez, o en algún otro momento.

—¿De qué se trata? Dímelo, por favor, Dixon, ahora mismo.

—Esa joven a la que va a ver..., quiero decir, Higgins.

—¿Qué?

—Pues... que ha muerto esta mañana, y ha venido su hermana a pedir una cosa muy rara. Al parecer, la muchacha quería que la enterraran con algo suyo, y la hermana ha venido a pedirlo..., así que estaba buscando un gorro de dormir un poco viejo para dárselo.

—¡Ah! Ahora mismo lo busco yo —dijo Margaret entre lágrimas—. ¡Pobre Bessy! No pensaba que no volvería a verla.

—¡Ah! Y otra cosa: la chica que vino también quería preguntarle si le gustaría verla.

—Pero ¡si ha muerto! —dijo Margaret palideciendo un poco—. Nunca he visto a una persona muerta. ¡No! Prefiero no verla.

—No se lo habría contado si no hubiera venido usted de pronto. Le he dicho a la chica que usted no querría.

—Voy a hablar con ella —dijo Margaret, pensando que Dixon podía asustar a la pobre chica con sus bruscos modales.

Encontró un gorro de dormir y bajó a la cocina. Mary tenía la cara hinchada de tanto llorar, y empezó de nuevo al ver a Margaret.

—¡Ah, señora! ¡Cuánto la quería, cuánto la quería! ¡La quería mucho!

A Margaret le costó trabajo que le dijera algo más. Por fin, entre su comprensión y una regañina de Dixon, les contó algunas cosas: Nicholas Higgins había salido por la mañana y había dejado a Bessy tan bien como el día anterior. Pero una hora después se puso peor, una vecina fue a buscar a Mary al trabajo; no sabían dónde estaba el padre; Mary llegó pocos minutos antes de que expirara.

—Hace dos días dijo que la enterraran con algo suyo. Siempre estaba hablando de *usté*. Decía que era lo más bonito que había visto en su vida. La quería muchísimo. Lo último que dijo fue: «Dale todo mi cariño y procura que padre no beba». Venga a verla, señora. Sé que le habría parecido un gran cumplido.

—Sí —dijo Margaret, estremecida—, tal vez sí. Sí, iré antes de cenar. Pero ¿dónde está tu padre, Mary?

Mary hizo un gesto negativo con la cabeza y se levantó para irse.

—Señorita Hale —dijo Dixon en voz baja—, ¿de qué va a servir que vaya a ver a esa pobre amortajada? No me opondría por nada del mundo si a la chica le sirviera de algo, ni me importaría ir yo misma si con eso se conforma. Esta gente llana tiene la idea de que es una muestra de respeto a los muertos. Vamos —le dijo a Mary dando media vuelta bruscamente—, voy yo a ver tu hermana. La señorita Hale está ocupada y no puede ir, porque si no, iría.

La chica miró a Margaret con tristeza. Que fuera Dixon podía considerarse una muestra de respeto, pero no era lo mismo para la pobre hermana, que había tenido celos de Bessy por la amistad que había trabado con la señorita.

—¡No, Dixon! —dijo Margaret con decisión—. Voy yo. Mary, me verás esta tarde.

Y, por temor a su propia cobardía, se fue de la cocina para no tener la oportunidad de cambiar de opinión.

CAPÍTULO XXVIII

CONSUELO EN EL PESAR

¡De la cruz a la corona! Y aunque a vuestra vida espiritual
pruebas indecibles asalten con fuerza colosal,
¡alegraos! ¡Confiad! Pronto terminará la amarga lucha,
y vos por fin reinaréis en paz con Cristo.

KOSEGARTEN

Sí, en verdad nos sentimos tan fuertes en la prosperidad
que no Os necesitamos en ese camino;
pero cuando el infortunio aparece, muda es el alma,
si no clama a Dios.

MRS. BROWNING

Por la tarde se fue a buen paso a casa de los Higgins. Mary la estaba esperando con cara de desconfianza. Margaret le sonrió mirándola a los ojos para tranquilizarla. Cruzaron por dentro de la casa rápidamente y subieron al piso de arriba, a la silenciosa presencia de la difunta. Y Margaret se alegró de haber ido: el rostro, a menudo vencido por el dolor y los pensamientos inquietantes, lucía en ese momento la débil sonrisa del descanso eterno. Lentamente, las lágrimas le llenaron los ojos, pero una calma profunda le inundó el alma. ¡Así era la muerte! Parecía más pacífica que la vida. Le vinieron a la cabeza todas las frases bellas de las escrituras: «Descansarán de sus trabajos», «Haced reposar a los cansados», «El Señor da el sueño a los que ama».[19]

Muy poco a poco Margaret se alejó de la cama. Mary lloraba humildemente en el fondo. Bajaron las escaleras sin pronunciar palabra.

19 Apocalipsis 14, 13; Isaías 28, 12; Salmos 127, 2 respectivamente.

Nicholas Higgins estaba en medio de la cocina con la mano apoyada en la mesa y la mirada sobresaltada por la noticia que había oído a muchas lenguas charlatanas al entrar en el patio. Tenía los grandes ojos secos y fieros, pensando en la realidad de la muerte de la hija, intentando comprender que ya no la vería más en casa. Como había estado tanto tiempo enferma, agonizando, se había convencido de que no moriría, de que «lo superaría».

A Margaret le pareció que no tenía por qué estar allí, familiarizándose con la muerte que él, el padre, acababa de conocer. Al verlo, se había detenido un instante en el último peldaño de las retorcidas escaleras, pero después intentó pasar inadvertidamente ante la mirada abstraída del hombre y dejarlo en el solemne círculo de la desdicha de la casa.

Mary se sentó en la primera silla que encontró, se tapó la cabeza con el delantal y empezó a llorar.

El ruido despertó al padre. De repente agarró a Margaret del brazo y la retuvo hasta que encontró palabras para hablar. Parecía que tenía la garganta seca, pues le salió una voz ronca y entrecortada:

—¿Estaba usted con ella? ¿La vio morir?

—No —respondió Margaret, deteniéndose con toda la paciencia, ya que la había descubierto. El hombre tardó un poco en volver a hablar, pero no le soltó el brazo.

—Todos tenemos que morir —dijo por fin con una seriedad extraña que, al principio, hizo sospechar a Margaret que debía de haber bebido..., no lo suficiente para emborracharse, pero sí para empañarle la cabeza—. Pero ella era más joven que yo. —Siguió considerando el acontecimiento sin dirigirse a Margaret, pero sujetándola con fuerza. De repente la miró con una expresión inquisitiva—. ¿Está completamente segura de que está muerta..., que no está soñando, desmayada, como otras veces?

—Está muerta —respondió Margaret sin temor. Higgins le apretó tanto el brazo que le hizo daño y unos destellos terribles le cruzaron por la mirada estupefacta—. ¡Está muerta! —repitió.

Siguió mirándola de la misma forma, pero parecía que los ojos se le nublaban. De repente le soltó el brazo y, arrojándose sobre la mesa, se echó a llorar con tal violencia que se movieron la mesa y todos los muebles de la habitación. Mary se acercó temblando a su padre.

—¡Fuera de aquí! ¡Largo! —gritó, dándole manotazos ciegamente—. ¡Tú no me importas nada!

Margaret tomó dulcemente de la mano a la muchacha. Higgins se mesó los cabellos, se dio cabezazos contra la dura madera, hasta que se quedó pasmado, agotado. Pero Margaret y su hija no se movieron. La chica temblaba de pies a cabeza.

Por fin —tanto pudo durar un cuarto de hora como una hora entera— se incorporó. Tenía los ojos hinchados y enrojecidos y parecía haber olvidado que no estaba solo; al verlas allí las miró con mala cara. Se sacudió con fuerza, las miró otra vez hoscamente y, sin decir una palabra, se dirigió a la puerta.

—¡Ay, padre, padre! —exclamó Mary, tirándose a sus brazos—. ¡Esta noche no! ¡Cuando quieras, pero esta noche no! ¡Ay, por favor, ayúdeme, señorita! Quiere irse a beber otra vez. Padre, no voy a dejarte. Aunque me pegue, yo no lo dejo. ¡Lo último que me dijo mi hermana fue que procurara que no bebieras!

Margaret se plantó en el umbral, en silencio, pero con firmeza. Él la miró desafiante.

—Esta es mi casa. ¡Quítese de en medio, muchacha, o sabrá lo que es bueno!

Empujó a Mary violentamente y parecía prepararse para golpear a Margaret, pero ella no pestañeó ni le quitó de encima la mirada, profunda y seria. Él la miraba a su vez lúgubre y ferozmente. Si Margaret movía una mano o un pie, la apartaría con mayor violencia que a su hija, que sangraba del golpe que se había dado contra una silla.

—¿Por qué me mira de esa forma? —le preguntó por fin, impresionado y amilanado ante la severa calma de la joven—. Si se cree que me va a impedir ir a donde me dé la gana, porque mi hija la quería..., y en mi propia casa, a la que jamás la invité, se equivoca. Es muy duro para un hombre no poder ir a consolarse al único sitio que le queda.

Margaret comprendió que reconocía el poder que ejercía sobre él. ¿Qué podía hacer a continuación? El hombre se había sentado cerca de la puerta, medio conquistado, medio receloso, con la intención de salir en cuanto ella cambiara de posición, pero sin querer recurrir a la violencia con la que la había amenazado unos momentos antes. Margaret le puso la mano en el brazo.

—Venga conmigo —le dijo—; venga a verla.

Lo dijo en un tono muy grave y solemne, pero sin miedo ni vacilación, segura de que obedecería. Higgins se levantó a regañadientes y se quedó sin saber qué hacer. Ella esperó en silencio, con paciencia, a que hiciera el siguiente movimiento. A él le procuraba un extraño placer hacerla esperar, pero al final se dirigió a las escaleras.

Se acercaron los dos al cadáver.

—Lo último que le dijo a Mary fue que procurara que usted no bebiera.

—Ahora ya no puede hacerle daño —murmuró él—, ya nada puede hacerle daño. —Levantó la voz en un grito de dolor y continuó—: Podemos pelearnos y enfadarnos, podemos hacer las paces y ser amigos, podemos quedarnos en los huesos..., pero ninguna de nuestras penas volverá a afectarla. Ya tuvo su parte, primero trabajando duro, después la enfermedad, una vida de perros. ¡Y se ha muerto sin conocer una sola alegría en la vida! No, hija, dijeras lo que dijeras, ahora ya no puedes saberlo, y yo necesito un trago para reanimarme de esta pena.

—No —dijo Margaret, apaciguada al verlo más sosegado—, no irá. Si la vida de su hija ha sido como ha dicho usted, le aseguro que no temía a la muerte como otros. ¡Ah, si la hubiera oído hablar de la vida futura..., la vida al amparo de Dios, a la que ya se ha ido!

El hombre hizo un gesto negativo con la cabeza mirando a Margaret de lado. Estaba pálido y demacrado y le dio mucha pena.

—Lo veo muy cansado. ¿Dónde ha estado todo el día? Trabajando no, ¿verdad?

—No, desde luego —dijo él con una risa breve y forzada—, lo que se dice trabajando, no. He estado en el comité hasta que me harté de intentar que esos necios entraran en razón. Me llamaron para que fuera a ver a la mujer de Boucher antes de las siete de la mañana. Ella está encamada, pero preguntaba a gritos dónde andaba el zoquete de su marido como si yo fuera su guardián..., como si se dejara guiar por mí. ¡Ese puñetero necio que nos ha *destrozao* la huelga! Y me duelen los pies de la caminata que me he *dao* buscando a unos hombres que no se dejan ver, porque ahora la ley nos busca a nosotros. Y también me duele el corazón, que es peor que los pies; y si me encontré con un amigo que quiso invitarme, yo no sabía que estabas aquí muriéndote, Bess, hija, me crees, me creerías..., ¿verdad? —le suplicó encarecidamente a la pobre difunta.

—Seguro que sí —dijo Margaret—, y estoy convencida de que usted no lo sabía; ha sido muy repentino. Pero ahora es diferente, claro; ahora lo sabe, la ve ahí y sabe cuáles fueron sus últimas palabras. Así que, ¿no se irá?

No hubo respuesta. Lo cierto era que ¿adónde podía ir en busca de consuelo?

—Venga a casa conmigo —dijo Margaret finalmente con audacia, casi temblando por lo que le iba a proponer—. Al menos podrá comer algo caliente, que seguro que lo necesita.

—¿Su padre es párroco? —le preguntó, cambiando de idea de repente.

—Lo era —respondió Margaret sucintamente.

—Iré a comer algo con él, ya que me lo ha pedido. Hay muchas cosas que siempre he querido decirle a un párroco, y me da igual que ejerza o no ejerza ya.

Margaret se quedó perpleja: Higgins cenando con su padre, que no estaría preparado para semejante improvisación, y su madre tan enferma... Era una cosa totalmente descabellada; pero, si se desdecía, sería peor que nunca... Higgins se iría de cabeza a la taberna. Pensó que, si al menos conseguía llevarlo a su casa, sería un paso tan grande que podría afrontar cualquier cosa que sucediera después.

—¡Adiós, hija mía! Aquí nos despedimos. Pero has sido una bendición para tu padre desde el día en que naciste. Benditos sean tus labios blancos, chiquilla, ¡que ahora sonríen! Y me alegro de verlo una vez más, aunque me quedo solo y abandonado para siempre.

Se agachó y besó a su hija tiernamente, le tapó la cara y se volvió para seguir a Margaret. Ella había bajado rápidamente las escaleras para decirle a Mary lo que iban a hacer, que era lo único que se le había ocurrido para que no fuera a la taberna, y para pedirle que los acompañara ella también, porque se le partía el corazón de pensar en dejar sola a la pobre muchacha. De todos modos, Mary había dicho que tenía amigos en el vecindario que irían a estar un rato con ella; bien, de acuerdo, pero el padre...

Le habría dicho más cosas, pero el padre estaba allí, a su lado. Había dominado la emoción como si le avergonzara haberle dado rienda suelta, y se había excedido tanto que optó por soltar una especie de risa amarga como el crujido de ramas de espino debajo de una cazuela.

—¡Voy a cenar con su padre! ¡Claro que sí!

Se caló la gorra hasta las cejas al salir a la calle y se puso a andar al lado de Margaret sin mirar a izquierda ni a derecha; temía que los vecinos lo interrumpieran compasivamente con palabras o, peor aún, con miradas. Así que se alejaron en silencio.

Cuando llegaron cerca de la calle en la que sabía que vivía Margaret, se miró la ropa, las manos y los zapatos.

—Tenía que haberme *aseao* antes de salir.

Habría sido lo mejor, sin duda, pero Margaret le dijo que podía ir al patio, que le darían jabón y toalla; no podía dejarlo escapar en ese momento.

Mientras él seguía a la criada por el pasillo y cruzaba la cocina, procurando pisar en las marcas oscuras del dibujo del suelo para disimular las huellas sucias, Margaret corrió escaleras arriba. Se encontró con Dixon en el rellano.

—¿Qué tal está mi madre? ¿Dónde está mi padre?

La señora estaba cansada y se había ido al dormitorio. Quería meterse en la cama, pero Dixon la había convencido de que se tumbara en el sofá, y que le llevaría la cena allí; sería mejor que estar tanto rato en la cama, porque se pondría nerviosa.

De momento, todo bien. Pero ¿dónde estaba el señor Hale? En la salita. Margaret fue a la salita casi sin aliento para contarle a toda prisa lo que tenía que decirle. Naturalmente, no se lo contó todo, y su padre se quedó perplejo al saber que el tejedor borracho lo esperaba en su tranquilo estudio, que se suponía que cenaría con él y que su hija estaba intercediendo por él insistentemente. El sumiso y bondadoso señor Hale habría procurado consolarlo sin vacilar, pero Margaret tuvo la mala fortuna de hacer hincapié en que había estado bebiendo, que por eso ella había tenido que llevarlo a casa, para que no volviera a la taberna. Unas cosas habían llevado a otras con tanta naturalidad que Margaret no se daba cuenta de lo que había hecho, hasta que vio la cara de repugnancia de su padre.

—¡Ay, papá! Ya verás como no te desagrada..., si no te cohíbe tanto estar con él.

—Pero, Margaret, traer a casa a un borracho... ¡estando tu madre tan enferma!

—Lo siento, papá —dijo Margaret, desanimada—. Está sereno..., no está ni achispado siquiera, solo lo vi un poco raro al principio, pero a lo mejor ha sido por el disgusto de la muerte de la pobre Bessy.

Se le llenaron los ojos de lágrimas y el señor Hale le tomó la cara, tierna y suplicante, entre las manos y la besó en la frente.

—Está bien, querida. Procuraré que esté tan a gusto como sea posible, y tú, vete con tu madre. Aunque, si puedes ir después al estudio para que seamos tres, tanto mejor.

—¡Sí, claro! Gracias. —Pero, cuando el señor Hale ya salía de la habitación, ella fue corriendo detrás de él—: Papá, no te extrañes de lo que diga; es..., quiero decir que no cree nada de lo que creemos nosotros.

«¡Ay, Señor! ¡Un tejedor borracho y descreído!», dijo el señor Hale para sí, un tanto desanimado. Pero a Margaret solo le dijo:

—Si tu madre se duerme, ven al estudio inmediatamente.

Margaret entró en el dormitorio de su madre. La señora Hale se despertó de una cabezadita.

—¿Cuándo escribiste a Frederick, Margaret, ayer o antes de ayer?

—Ayer, mamá.

—Ayer, ¿y mandaste la carta al correo?

—Sí, la llevé yo misma a la estafeta.

—¡Ay, Margaret! ¡Qué miedo me da que venga! Que lo reconozcan y lo apresen... Que lo ejecuten después de los años que lleva viviendo a salvo en el extranjero... Cada vez que me duermo sueño que lo detienen y lo juzgan.

—¡Ah, mamá, no tengas miedo! Hay algo de peligro, claro está; pero lo reduciremos al mínimo posible. ¡No es para tanto! Si estuviéramos en Helstone, sería veinte veces o cien veces peor, porque allí todo el mundo se acordaría de él y, si hubiera un desconocido en casa, seguro que adivinaban que era Frederick. En cambio, aquí nadie nos conoce ni se preocupa de lo que hacemos o dejamos de hacer. Dixon guardará la puerta como un dragón mientras esté él aquí, ¿a que sí, Dixon?

—¡Muy listos tendrán que ser para pasar por encima de mí! —dijo Dixon enseñando los dientes solo de pensarlo.

—Y no tiene por qué salir de casa, solo por la noche, pobrecito.

—¡Pobrecito! —repitió la señora Hale—. Pero casi preferiría que no le hubieras escrito. ¿Será tarde para que no venga si le vuelves a escribir, Margaret?

—Creo que sí, mamá —dijo ella acordándose de cuánto había insistido en que volviera inmediatamente si quería ver viva a su madre.

—¡Qué poco me gusta hacer las cosas con tanta prisa! —dijo la señora Hale.

Margaret no respondió.

—Vamos, señora —dijo Dixon en un animoso tono autoritario—, sabe perfectamente que ver al señorito Frederick es lo que más desea del mundo. Y me alegro de que la señorita Margaret le escribiera enseguida sin vacilar ni un minuto. Había pensado hacerlo yo misma. Y descuide, que aquí estará a salvo. Martha es la única de la casa que no se molestaría mucho en salvarlo en caso de apuro, así que he pensado que vaya a ver a su madre. Ya me ha dicho dos o tres veces que le gustaría ir, porque su madre ha tenido un ataque de apoplejía estando ella aquí, pero no se ha atrevido a pedir permiso. En cuanto sepamos cuándo llega él, ¡que Dios lo bendiga!, la mando a su casa. Así que tómese el té tranquilamente y confíe en mí.

La señora Hale confiaba en Dixon más que en Margaret y las palabras de la doncella la calmaron de momento. Margaret sirvió el té en silencio pensando en algo agradable que decir; pero los pensamientos le respondieron como Daniel O'Rourke cuando el hombre de la luna le pidió que dejara la guadaña: «Cuanto más nos la pidas, menos te la daremos». Cuanto más intentaba ella pensar en algo —lo que fuera, menos el peligro al que se expondría Frederick—, más insistía su cabeza en imaginar las consecuencias de la infortunada idea. Su madre charlaba con Dixon como si hubiera olvidado completamente que, por su deseo expreso, aunque por la mano de Margaret, le habían pedido que se arriesgara. La madre desechaba las peores posibilidades, las probabilidades más infaustas y las oportunidades de desgracia de todas clases como un cohete desecha chispas; pero, si las chispas alcanzan alguna materia combustible, parece que se apagan, pero al momento estallan en llamas terribles. Margaret se alegró cuando, concluidos sus deberes filiales con cariño y cuidado, pudo bajar al estudio. Se preguntaba qué tal se habrían entendido Higgins y su padre.

El señor Hale trataba de la misma forma a todos sus congéneres, jamás se le había ocurrido hacer diferencias según la categoría de cada cual. Puso una silla para Nicholas y se quedó de pie hasta que él, a petición del señor Hale, se sentó; y siempre se dirigía a él como «señor Higgins», en vez de llanamente «Nicholas» o «Higgins», como llamaba todo el mundo al «tejedor borracho y descreído». Sin embargo, Nicholas no era ni un borracho de verdad ni un descreído muy convencido. Bebía para ahogar las penas, como habría dicho él mismo, y era descreído porque, hasta el momento, no había encontrado ninguna fe en la que creer con alma, vida y corazón.

A Margaret la sorprendió un tanto, y le agradó mucho encontrárselos en animada conversación, hablándose con toda cortesía aunque tuvieran opiniones contrarias. Nicholas —aseado, aunque solo se hubiera lavado en la bomba de agua, y hablando con serenidad— parecía otra persona, pues solo lo había visto en la cruda independencia de su propia cocina. Se había «aplastado» el pelo con agua fresca; se había ajustado el pañuelo y había pedido un cabo de vela para limpiarse los zuecos; y ahí estaba, intentando convencer a su padre de algo con su marcado acento de Darkshire, por cierto, pero en voz baja y con toda compostura. También su padre escuchaba con interés lo que decía su compañero. Cuando Margaret entró, la miró y sonrió, le cedió su silla en silencio y se sentó en otra lo más rápido posible, después de pedir disculpas a su invitado por la interrupción con un movimiento de cabeza. Higgins la saludó con un gesto; ella dejó la labor en la mesa sin hacer ruido y se dispuso a escuchar.

—Como iba diciendo, señor, apuesto a que no tendría tanta fe si hubiera vivido aquí..., si se hubiera *criao* aquí. Discúlpeme si no hablo muy correcto, pero lo que quiero decir con fe en este momento son dichos, máximas y promesas que han hecho unos a los que ni siquiera ha visto una vez, y sobre unas cosas y una vida que tampoco ha visto ni *usté* ni nadie. Pero *usté* dice que son cosas, dichos y vida verdaderos. Yo solo digo, ¿cómo se demuestra eso? Hay muchos, muchísimos hombres más sabios y cientos más cultos que yo a mi alrededor, gente que ha tenido tiempo de pensar en esas cosas, mientras que yo he tenido que gastarlo todo en ganarme el pan. Bien, pues veo a esa gente. Veo su vida con toda claridad. Son gente de verdad. No creen en la Biblia, no, esos no. Aunque digan que sí por quedar bien; pero, por Dios, señor, ¿cree que lo primero que dicen al despertarse es: «¿Qué voy a hacer hoy para alcanzar la vida eterna?» o «¿Qué voy a hacer hoy para llenarme la bolsa? ¿Adónde voy? ¿Cuánto voy a ganar?». La bolsa, el oro y los billetes son cosas de verdad, cosas que se pueden ver y tocar; son la realidad; pero la vida eterna no son más que palabras que solo sirven para...; le ruego me disculpe, señor, es usted un párroco sin parroquia, tengo entendido. Bueno, yo nunca le falto al respeto a un hombre que está en la misma situación que yo. Pero le voy a hacer otra pregunta, señor, y no quiero que responda, solo póngase la pipa en la boca y fume antes de considerarnos necios y simplones a los que solo creemos en lo que vemos. Si la salvación y el más allá y todo lo demás fuera verdad, no porque lo digan los hombres, sino porque lo crean de corazón, ¿no le parece que nos lo meterían en la cabeza como hacen con la política y la economía? Se esfuerzan mucho por convencernos de eso, pero lo otro sería una conversión mucho mayor, si fuera verdad.

—Pero los patronos no tienen nada que ver con su religión. Se relacionan con ustedes solo porque les dan trabajo, o eso creen ellos, y, por lo tanto, lo único que les concierne rectificar es sus opiniones sobre la ciencia de la industria.

—Señor, me alegro de que diga «o eso creen ellos» —manifestó Higgins con un curioso guiño—. Me parece que, si no, lo habría *considerao* un hipócrita, aunque sea *usté* párroco, o, mejor dicho, porque lo es. Es que, si me hubiera *hablao* de la religión como algo que, de ser verdad, no tuvieran todos los hombres la obligación de inculcársela a los demás por encima de todo, habría *pensao* que era *usté* un párroco sin principios; y prefiero pensar que se equivoca, sin ánimo de ofender, señor.

—No me ofende, no. Considera que estoy equivocado y yo considero que su equivocación es mucho más fatídica. No espero convencerlo en un día, ni en una conversación; conozcámonos mejor el uno al otro, hablemos libremente de estas cosas y al final prevalecerá la verdad. No creería en Dios si no creyera que así será. Señor Higgins, confío en que usted cree, aunque haya renunciado a otras cosas —el señor Hale bajó la voz reverencialmente—: Usted cree en Él.

Nicholas Higgins se levantó de repente, rígido. Margaret, sobresaltada, también se puso de pie y, por la cara del hombre, pensó que tenía convulsiones. El señor Hale la miró con consternación. Por fin, Higgins encontró palabras:

—¡Hombre! Lo tiraría al suelo por tentarme. ¿Por qué tiene *usté* que ponerme a prueba con sus dudas? Piense en ella, ahí muerta, con la vida que ha *llevao* la pobre, y piense en cómo me negaría el único consuelo que me queda: que Dios existe y que le dio la vida. No creo que nunca vuelva a la vida —dijo; se sentó y siguió hablando con tristeza, como dirigiéndose al indiferente fuego—. Yo solo creo en esta vida, en la que tanto tuvo que sufrir y que tantos disgustos le dio; y no soporto pensar que todo fue una serie de circunstancias que se podían haber *cambiao* con un soplo de aire. He *pensao* muchas veces que no creo en

Dios, pero nunca lo he dicho en voz alta, como hacen otros. Me he reído de los que creen para no desarmarme, pero después he *mirao* atrás, a ver si Él me había oído, si es que existe. Pero hoy estoy desolado y no quiero saber nada de sus preguntas ni de sus dudas. Solo hay una cosa segura y serena en este mundo tan confuso y, tenga o no tenga razón, a ella me agarro. Es muy fácil para los que son felices...

Margaret le tocó el brazo con toda suavidad. No había dicho nada hasta entonces ni él se había dado cuenta de que estaba de pie.

—Nicholas, no queremos razonar; ha interpretado mal a mi padre. Nosotros no razonamos, creemos. Y usted también. Es el único consuelo en momentos como este.

—Sí —dijo él volviéndose y agarrándole la mano—, sí, claro. —Se secó las lágrimas con el dorso de la mano—. Pero, está en casa, verdad, muerta, y yo, con tanta pena que a veces no sé ni lo que digo. Es como si lo que han dicho algunos, cosas que en el momento me parecieron inteligentes y bien dichas, lo oyera ahora que se me ha roto el corazón. La huelga también ha fracasado, ¿lo sabía, señorita? Iba a pedirle un poco de consuelo a mi hija, como el mendigo que soy, cuando alguien se acercó y terminó de hundirme diciéndome que se había muerto..., que se había muerto, ya ve. Y nada más. Eso ya fue demasiado para mí.

El señor Hale se sonó la nariz y se levantó a apagar las velas para ocultar la emoción.

—No es un descreído, Margaret; ¿cómo has podido decirme eso? —murmuró en un tono de reproche—. Tengo la intención de leerle el decimocuarto capítulo de Job.

—Todavía no, papá. Quizá nunca. Vamos a preguntarle por la huelga y a darle el consuelo que necesita, el que esperaba encontrar en la pobre Bessy.

Le preguntaron y le escucharon. Los cálculos de los obreros se basaban (como muchos de los de los patronos) en premisas falsas. Confiaban en sus compañeros como si se pudieran calcular sus capacidades igual que las de las máquinas, ni más ni menos, sin tener en cuenta que las pasiones humanas podían nublarles la cabeza, como en el caso de Boucher y los demás alborotadores, y creyendo que la mano de obra de otras tierras lejanas vería las injusticias (imaginarias o reales) por las que protestaban ellos. Por eso les sorprendieron tanto los pobres irlandeses y se indignaron con ellos, porque se habían dejado llevar a otro sitio para sustituirlos a ellos. La indignación quedó contrarrestada hasta cierto punto por el desprecio a «esos irlandeses» y el placer de pensar en que serían unos ineptos y que sus nuevos patronos se quedarían atónitos ante tanta ignorancia y estupidez; ya circulaban por la ciudad historias raras y exageradas sobre ellos. Pero la jugada más cruel fue la de los obreros de Milton, que desafiaron y desobedecieron las órdenes del sindicato de mantener la paz por encima de todo y, a consecuencia de la revuelta que promovieron, se extendió el pánico a que la ley persiguiera a los sindicalistas.

—Entonces, la huelga ha terminado —dijo Margaret.

—Sí, señorita. Se acabó. Las fábricas tendrán que abrir las puertas mañana de par en par y admitir a todo el que quiera trabajar, aunque solo sea por demostrar que no tenían nada que ver con la huelga, que, si tuviéramos lo que hay que tener, habría traído una subida de salarios como no se ha visto en diez años.

—A usted le darán trabajo, ¿verdad? —preguntó Margaret—. Es un obrero famoso, ¿no es así?

—Hamper me dará trabajo en su fábrica cuando se corte la mano derecha, ni antes ni después —dijo Nicholas en voz baja.

Margaret se quedó tristemente en silencio.

—En cuanto a los salarios —dijo el señor Hale—, sin ánimo de ofender, creo que cometieron algunos errores penosos. Me gustaría leerles unos comentarios de un libro que tengo por aquí. —Se levantó y se dirigió a las estanterías de libros.

—No se moleste, señor —dijo Nicholas—. Lo que dicen los libros me entra por un oído y me sale por el otro. No me sirve de nada. Antes de que Hamper y yo rompiéramos, el capataz le dijo que yo estaba alborotando a los obreros para que pidieran salarios más altos; un día, Hamper me vio en el patio. Llevaba un libro *delgao* en la mano y me dijo: «Higgins, me han dicho que eres uno de esos malditos zoquetes que creen que van a subirles el salario solo por pedirlo, eso, y que se lo van a mantener cuando lo consigan por la fuerza. Bien, pues voy a darte la oportunidad de demostrar que tienes sentido común. Toma este libro, lo ha escrito un amigo mío y, si lo lees, verás que los salarios se nivelan solos, sin la intervención de los amos ni de los obreros, a menos que los obreros se busquen la ruina con huelgas, como idiotas rematados que son». Bien, señor, ahora le pregunto a *usté,* que es párroco y ha predicado y ha tenido que intentar convencer a la gente de que su forma de pensar es la justa, ¿empezaba *usté* llamándoles imbéciles y cosas por el estilo o antes les decía buenas palabras, para que se dispusieran a escucharle y a dejarse convencer, si podían? Y cuando predicaba, ¿se paraba de vez en cuando para decirles a ellos y a *usté* mismo: «Pero como sois un hatajo de idiotas, es inútil que intente meteros algo sensato en la cabeza»? Reconozco que no me entraron muchas ganas de leer lo que había escrito el amigo de Hamper, porque me quiso humillar al ofrecérmelo de esa manera; sin embargo, pensé: «Bueno, veamos lo que dicen estos individuos y a ver quién es el zoquete, si ellos o yo». Así que acepté el libro y me puse a leer. Pero ¡ay!, hablaba del capital y el trabajo, del trabajo y el capital, sin parar, hasta que me quedé dormido. No logré entender qué era cada cosa. Y trataba las dos como si fueran virtudes o vicios; pero lo que yo quería saber era los derechos de los hombres, tanto ricos como pobres..., porque todos son hombres.

—A pesar de todo —dijo el señor Hale— y reconociendo totalmente la actitud ofensiva, la poca vista y la falta de sentimiento cristiano con la que el señor Hamper le recomendó el libro de su amigo, si encontró en él lo que le dijo que encontraría, que los salarios se nivelan solos y que la huelga más triunfal solo consigue subirlos un momento para hundirlos mucho más después, a consecuencia de la huelga misma, el libro le enseñaría la verdad.

—Bueno, señor —insistió Higgins tenazmente—, puede que sí y puede que no. Es cuestión de opiniones. Pero supongamos que fuera verdad por partida doble: para mí no lo sería si no pudiera entenderlo. Seguro que hay mucha verdad en esos libros de latín que tiene en las estanterías, pero para mí no, para mí no es más que un galimatías si no entiendo el significado de las palabras. Si usted, señor, o cualquier otro hombre sabio y paciente me dijera que me iba a enseñar lo que significan sin castigarme por ser un poco tonto o porque se me olvidara cómo casan unas cosas con otras, bueno, quizá con el tiempo llegara a ver la verdad de todo eso; o quizá no. No quiero decir que vaya a terminar pensando lo mismo que otro hombre cualquiera. Y tampoco me parece que la verdad se pueda poner en palabras con precisión y sin fallos, como se cortan las láminas de hierro en la fundidora. No todo el mundo se puede tragar los mismos huesos. A uno se le atascarán en una parte de la garganta y a otro, en otra. Y aparte de eso, cuando se los traguen, pueden ser demasiado para uno y muy poco para otro. Los que se proponen aleccionar al mundo con su verdad tienen que adaptarse a las diferentes formas de pensar y ser un poco amables a la hora de hacerlo, porque si no, los pobres necios enfermos pueden escupírselo todo en la cara. Pues eso: lo primero que hace Hamper es soltarme un bofetón en el oído y después tirarme una pastilla bien gorda diciendo que está seguro de que no me servirá de nada porque soy un zoquete, esa es la cosa.

—Me gustaría que algunos de los patronos más amables y sensatos se reunieran con algunos de ustedes y hablaran largo y tendido de estos asuntos; sin duda sería la forma de resolver las dificultades que, tengo para mí, surgen de su ignorancia, con perdón, señor Higgins, de las cuestiones que, por el interés mutuo de patronos y obreros, ambas partes deberían entender perfectamente. ¿Sería posible —continuó, dirigiéndose también a su hija— convencer al señor Thornton de hacer algo así?

—Papá —respondió ella en voz muy baja—, recuerda lo que dijo un día sobre las formas de gobernar, ya sabes.

No quería ser más explícita en su alusión a la conversación que habían tenido sobre la forma de gobernar a los obreros —dándoles los conocimientos necesarios para que se gobernaran por sí solos o que el patrón ejerciera un despotismo juicioso— porque vio que Higgins había oído el nombre del señor Thornton, si no la frase entera; y, en efecto, empezó a hablar de él:

—¡Thornton! Es el que escribió inmediatamente a esos irlandeses y provocó los tumultos que destrozaron la huelga. Hasta Hamper, a pesar de los malos tratos, habría esperado un poco..., pero Thornton... donde pone el ojo pone la bala. Y ahora que el sindicato le habría *dao* las gracias por denunciar y perseguir a Boucher y a los que se saltaron nuestras órdenes, resulta que sale con que, como la huelga ha *terminao,* él, como parte perjudicada, retira los cargos contra los alborotadores. Creía que tenía más agallas. Pensaba que habría *llevao* la cosa hasta el final y se habría *vengao* a gusto; pero, según me contó uno del *juzgao,* fue y dijo: «Los conoce todo el mundo, encontrarán el castigo natural a su conducta porque les va a costar mucho que les den trabajo. Me parece pena suficiente». Lo que me gustaría es que pillaran a Boucher y lo llevaran ante Hamper. ¡Ya veo a ese viejo tigre echándosele encima! ¿Lo habría *dejao* irse de rositas? ¡Él no, seguro!

—El señor Thornton tiene razón —dijo Margaret—. Usted está enfadado con Boucher, Nicholas; si no, sería el primero en ver que en el pecado lleva la penitencia y, si esta es suficientemente severa, castigarlos más sería recurrir a la venganza.

—Mi hija no aprecia mucho al señor Thornton —dijo el señor Hale sonriendo a Margaret, y ella, más roja que las amapolas, empezó a trabajar con doble diligencia—, pero creo que lo que ha dicho es verdad. Por eso yo sí lo aprecio.

—Verá, señor, esta huelga me ha *dao* muchos dolores de cabeza, así que no le extrañe que esté un poco *decepcionao* al ver que ha *fracasao* solo por culpa de unos pocos que no estaban dispuestos a aguantar en silencio, con valentía y firmeza.

—Que no se le olvide una cosa —dijo Margaret—. No conozco mucho a Boucher, pero la única vez que lo he visto, no hablaba de lo que sufría él, sino su mujer enferma y sus hijitos.

—¡Cierto! Pero no es de hierro, desde luego. Lo siguiente habría sido lamentarse por sus propias desgracias. No aguanta nada.

—¿Cómo es que está en el sindicato? —preguntó Margaret inocentemente—. No parece que le tenga usted mucho respeto; tampoco ha ganado gran cosa por afiliarse.

Higgins se entristeció y guardó silencio un par de minutos. Después, brevemente, dijo:

—No quiero hablar en contra del sindicato. Hacen lo que hacen y ya está. Los que trabajan en una cosa tienen que unirse, y si no quieren ir con los demás, el sindicato dispone de formas y medios.

El señor Hale vio que a Higgins no le gustaba el giro que tomaba la conversación y no dijo nada. En cambio Margaret, aunque también vio la cara de Higgins, quiso seguir. Instintivamente creía que, si conseguía que se expresara sinceramente, sacaría algo en limpio por lo que defender su idea de lo que era justo y correcto.

—¿De qué formas y medios dispone el sindicato?

El hombre la miró como resistiéndose a darle información. Pero al ver que lo miraba fijamente, tan paciente y confiada, prefirió responder.

—Pues, si uno no está en el sindicato, sus compañeros de trabajo que sí lo están tienen órdenes de no hablar con ellos..., aunque sea un *desgraciao* o esté enfermo; se queda fuera de juego, no es nadie para nosotros; está con nosotros, trabaja con nosotros, pero no es de los nuestros. En algunos sitios hasta multan al que hable con él. Inténtelo usted, señorita, intente vivir un año o dos entre compañeros que apartan la vista cuando los miras; intente trabajar a menos de dos metros de muchos compañeros sabiendo que te tienen inquina; que si les dices que estás contento, ninguno se alegrará ni dirá una palabra; que si estás *preocupao* no puedes contárselo porque se hacen los sordos a tus suspiros y no ven que lo estás pasando mal (¿acaso no es nadie un hombre que se queja de que nadie le hace caso?), inténtelo, señorita..., diez horas cada día, trescientos días al año, inténtelo y sabrá algo de lo que es un sindicato.

—¡Vaya! —exclamó Margaret—. ¡Parece una verdadera tiranía! No, Higgins, enfádese si quiere, porque me da igual. Sé que no se va a enfadar conmigo aunque quiera, así que voy a decirle la verdad: en toda la historia que he leído nunca he visto una tortura más lenta y duradera que esta. Usted está en el sindicato ¡y critica la tiranía de los patronos!

—Nada, nada. Diga lo que quiera —respondió Higgins—. La muerta está entre *usté* y yo y todo lo que me pueda enfadar. ¿Cree que no sé quién yace allí y lo mucho que la quería a *usté*? Son los patronos los que nos han hecho pecar, si es que el sindicato es un *pecao*. Esta generación igual no, la de sus padres. Sus padres machacaron a los nuestros hasta reducirlos a polvo; ¡nos reducen a polvo! ¡Párroco! Le aseguro que he oído a mi madre leer un texto en voz alta: «Los padres comieron las uvas agrias, y los dientes de los hijos tienen la dentera».[20] Pues lo mismo les pasa a ellos. El sindicato empezó en aquellos tiempos de dura opresión, era necesario. Sigue siendo necesario ahora, en mi opinión, para oponerse a la injusticia pasada, presente y futura. Puede ser como una guerra, y en la guerra se cometen delitos, pero el mayor delito sería consentir que esto siga igual. La única posibilidad que tenemos es la unión, unirnos todos por una causa común; y los cobardes y los necios tienen que unirse también en la gran marcha, cuya única fuerza es que seamos muchos.

20 Ezequiel 18, 2.

—¡Ah! —suspiró el señor Hale—. Su sindicato sería algo hermoso, glorioso, la cristiandad misma, si su objetivo fuera el bien común, y no el de una sola clase en oposición a otra.

—Creo que ya es la hora de irme, señor —dijo Higgins cuando el reloj dio las diez.

—¿A casa? —preguntó Margaret en voz muy baja.

El hombre la entendió y le dio el apretón de manos que le ofrecía.

—A casa, señorita. Confíe a mí, aunque sea sindicalista.

—Confío en usted completamente, Nicholas.

—¡Un momento! —dijo el señor Hale acercándose a las estanterías a toda prisa—. Señor Higgins, únase a nosotros en la oración familiar.

Higgins miró a Margaret sin saber muy bien qué hacer y ella respondió con una expresión seria y dulce en la cara, sin obligarlo a nada, solo con un gran interés. Higgins no dijo nada, pero se quedó donde estaba.

Margaret la creyente, su padre el disidente y Higgins el descreído se arrodillaron juntos. No les hizo ningún mal.

CAPÍTULO XXIX

UN RAYO DE SOL

Algunos deseos me pasaron por la cabeza y me
animaron vagamente,
y uno o dos pobres y melancólicos placeres,
cada uno en la tenue y apenas cálida luz de la esperanza,
plateando su delicada ala, pasaron volando silenciosos.
¡Polillas en un rayo de luna!

COLERIDGE

La mañana siguiente Margaret recibió carta de Edith. Era afectuosa e intrascendente, como la autora. Pero Margaret, de carácter afectuoso, apreciaba mucho el afecto y, por otra parte, estaba acostumbrada a la intrascendencia, de manera que no la percibió. Decía lo siguiente:

¡Ah, Margaret! ¡Vale la pena el viaje desde Inglaterra solo por ver a mi niño! Es un muchachito espléndido, sobre todo con los gorritos y principalmente con el que le mandaste tú, ¡tú, la perseverante damita buena de dedos hábiles! Como por aquí ya soy la envidia de todas las madres, quiero presentarle a una persona nueva y oír una serie completa y nueva de expresiones de admiración; tal vez sea este el único motivo o tal vez no, bueno, en realidad creo que hay un poco de cariño de prima también, pero me gustaría muchísimo que vinieras. ¡Margaret, seguro que sería lo mejor para la salud de tía Hale! Aquí todos son jóvenes y están sanos, el cielo siempre es azul y el sol brilla todos los días, la banda toca maravillosamente de la mañana a la noche y, por insistir un poco más con mi cantinela, mi niño siempre sonríe. Quiero que lo dibujes a todas horas, Margaret. Haga lo que haga, es la cosa más preciosa, más bonita y más graciosa del mundo. Creo que lo quiero mucho más que a mi marido, que se está volviendo cabezota y gruñón, aunque lo llama «estar ocupado». ¡No, no es eso!

Acaba de llegar con una noticia estupenda: los oficiales del Hazard, que está anclado en la bahía, van a organizar una merienda espléndida. Como me ha traído una noticia tan alentadora, retiro todo lo que he dicho de él. ¿No hubo alguien que se quemó la mano por haber dicho algo de lo que después se arrepintió?[21] Bueno, yo no voy a quemarme porque me dolería y me dejaría una cicatriz muy fea, pero me retracto sin dilación de todo lo que he dicho. Cosmo[22] es tan encantador como nuestro hijito, no es nada cabezota y es el marido menos gruñón del mundo, solo que a veces tiene muchísimo trabajo. Y no lo digo por amor de esposa. ¿Por dónde iba? Hace un rato tenía algo muy importante que decirte. ¡Ah, sí! Es esto, queridísima Margaret: tienes que venir a verme; a tía Hale le sentaría muy bien, como he dicho antes. Haz que el médico se lo prescriba. Dile que el humo de Milton es lo que le hace tanto daño. Estoy segura de que es eso. Tres meses (no podéis venir por menos tiempo) de este clima delicioso, siempre soleado, con uvas tan abundantes como las moras, seguro que la curan. No se lo pido a mi tío —Aquí la letra se hizo más apretada y mejor escrita; el señor Hale estaba castigado en un rincón como los niños malos, por haber renunciado a su cargo— porque supongo que aborrece la guerra, a los soldados y las bandas de música; que yo sepa, muchos disidentes son miembros de la Sociedad de la Paz, y me temo que no le gustaría venir; pero, en caso contrario, te ruego que le digas que Cosmo y yo procuraremos hacerle la estancia lo más agradable posible. Y esconderé la casaca roja y la espada de Cosmo y pediré a la banda que toque piezas serias y solemnes, y que si tocan música más ligera, que lo hagan a la mitad de velocidad. Querida Margaret, si decide acompañaros, procuraremos que esté a gusto, aunque me da miedo una persona que ha hecho algo por motivos de conciencia. Espero que tú no lo hayas hecho. Dile a tía Hale que no traiga mucha ropa de abrigo, aunque sospecho que cuando vengáis estaremos ya casi a finales de año. Pero ¡es que no sabes el calor que hace aquí! Me llevé mi maravilloso chal indio grande a una merienda campestre y, para no quitármelo, me iba recordando dichos y refranes del estilo de «la mujer, para estar guapa, tiene que sufrir», pero no me sirvió de nada. Parecía la perrita Tiny de mamá con los arreos de un elefante; estaba sofocada, escondida, me mataban mis galas; así que lo convertí en una alfombra estupenda en la

21 Se refiere a Thomas Cranmer, que, cuando iba a ser quemado por traición en tiempos de la reina Mary Tudor (católica), metió la mano derecha en el fuego por haber firmado con ella su retractación de la doctrina protestante.

22 Aquí Edith llama «Cosmo» a su marido, pero más adelante lo llama «Sholto», como a su hijo.

que nos sentamos. Aquí está mi niño, Margaret: si no haces el equipaje inmediatamente, en cuanto recibas esta carta, y vienes directamente a verlo, ¡pensaré que eres descendiente del rey Herodes!

Margaret deseaba vivir siquiera un día como Edith, disfrutar de esa ausencia de preocupaciones, de una casa alegre, de cielos soleados. Si pedir un deseo la hubiera podido transportar, se habría ido. Ansiaba la fuerza que debía de dar un cambio así..., aunque solo fueran unas horas en medio de una vida tan luminosa, y volver a sentirse joven. ¡No había cumplido ni veinte años y había soportado tanto peso que tenía la sensación de ser vieja! Fue lo primero que sintió después de leer la carta de Edith. Volvió a leerla sin compararse con su prima y le hizo gracia lo propia que era de Edith; se estaba riendo alegremente con ella cuando la señora Hale entró en la salita del brazo de Dixon. Margaret voló a colocarle los cojines, pues la vio mucho más débil que de costumbre.

—¿De qué te reías, Margaret? —le preguntó en cuanto se recuperó del esfuerzo de acomodarse en el sofá.

—De una carta de Edith que he recibido esta mañana. ¿Te la leo, mamá?

La leyó en voz alta y la señora Hale pareció tomársela con interés al principio, pues no sabía qué nombre le habían puesto a su hijo, y le dijo los que le parecían más acertados, así como los motivos por los que podía haberle puesto cualquiera de ellos. En estos razonamientos estaba cuando llegó el señor Thornton con otra cesta de fruta para la señora Hale. No pudo —o, mejor, no quiso— negarse el placer de ver a Margaret, no por nada en concreto, sino por la simple gratificación de verla. Era la firme obstinación de un hombre más razonable y contenido por general. Nada más entrar advirtió la presencia de Margaret; pero, después de una primera inclinación de cabeza fría y desde lejos, no volvió a mirarla en ningún momento. Se limitó a entregar los melocotones y a decir unas pocas palabras amables, y después se despidió de Margaret, muy serio, con una mirada fría y ofendida, y se fue. Margaret se sentó en silencio, pálida.

—¿Sabes una cosa, Margaret? Este señor Thornton empieza a gustarme bastante.

Margaret no respondió, hasta que forzada y gélidamente, dijo:

—¿Ah, sí?

—¡Sí! Me parece que sus modales se están refinando mucho.

—Es muy amable y atento —respondió Margaret en un tono más normal—, de eso no hay duda.

—Me extraña que la señora Thornton no venga nunca. Seguro que sabe que estoy enferma, porque nos prestó el colchón de agua.

—Casi seguro que sabe de ti por su hijo.

—Sea como sea, me gustaría verla. Tienes muy pocos amigos aquí, Margaret.

La hija sabía en lo que estaba pensando la madre: un tierno deseo de asegurarle a su hija, que pronto se quedaría huérfana de madre, la amistad de una mujer bondadosa. Pero no pudo hablar.

—¿Crees que podrías ir a decirle que venga a verme? —preguntó un momento después—. Una sola vez, no quiero ser cargante.

—Cumpliré cualquier deseo tuyo, mamá, pero si..., pero cuando venga Frederick...

—¡Ah, sí, claro! Tenemos que cerrar la puerta a cal y canto..., no dejar entrar a nadie. Casi no sé si deseo que venga o no. A veces me parece que mejor no. Sueño cosas horribles sobre él.

—¡Ay, mamá! Tomaremos todas las precauciones. Atrancaré la puerta con el brazo antes que consentir que le pase algo. Confía en mí, mamá, lo cuidaré como una leona a sus cachorros.

—¿Cuándo sabremos algo de él?

—Hay que esperar al menos una semana, si no más.

—Tenemos que mandar a Martha a su casa a tiempo. No conviene esperar a que llegue él y hacerlo entonces a toda prisa.

—Seguro que a Dixon no se le olvida, mamá. He pensado que, si queremos un poco de ayuda doméstica mientras esté aquí, a lo mejor podríamos llamar a Mary Higgins. No rinde mucho, pero es buena chica y se esforzará al máximo por hacerlo bien, estoy segura: se iría a dormir a su casa y no haría falta que subiera aquí para nada, así que no sabría quién está y quién no.

—Como quieras. Como quiera Dixon. Pero, Margaret, por favor, no empieces a utilizar ese vocabulario horrible de Milton. «No rinde». Es muy provinciano. ¿Qué diría tu tía Shaw si te oyera hablar así cuando vuelva?

—¡Ah, mamá! No hables de tía Shaw como si fuera el coco —respondió Margaret riéndose—. Edith imita toda clase de jerga militar que le oye al capitán Lennox y tía Shaw no le dice nada.

—Pero tu jerga es industrial.

—Es que vivimos en una ciudad industrial, así que puedo hablar como se habla aquí cuando quiera. ¡Si supieras, mamá! Te asombraría la cantidad de palabras que he aprendido y que tú no has oído nunca. Seguro que no sabe lo que es un rompehuelgas.

—No, hija. Solo sé que suena vulgar, y no quiero oírte decir esas cosas.

—Muy bien, queridísima madre, no las diré, pero tendré que recurrir a una larga frase explicativa.

—No me gusta Milton —dijo la señora Hale—. Edith tiene razón cuando dice que estoy tan enferma por culpa de este humo.

Margaret se sobresaltó al oírle decir eso. Su padre acababa de entrar en la salita y ella deseaba por encima de todo que la leve impresión que sabía que tenía de que el aire de Milton había perjudicado a su madre no se le hiciera patente si nadie se lo confirmaba. No sabía si habría oído las palabras de la señora Hale, pero empezó a hablar a toda prisa de otras cosas, sin darse cuenta de que detrás de su padre entraba el señor Thornton.

—Mamá me acusa de haberme vuelto vulgar desde que llegamos a Milton.

La «vulgaridad» a la que se refería Margaret solo tenía que ver con el uso del vocabulario local, y el comentario quedó fuera del contexto de la conversación que acababan de tener. Sin embargo, el señor Thornton puso mala cara y Margaret entendió enseguida que podía haber interpretado mal sus palabras; y así, por un dulce deseo espontáneo de evitar ofenderlo innecesariamente, se vio obligada a adelantarse con un saludo y a seguir con lo que estaba diciendo dirigiéndose expresamente a él.

—A ver, señor Thornton, aunque «rompehuelgas» no suena muy bien, ¿verdad que es una palabra muy expresiva? ¿Podría prescindir de ella hablando de lo que representa? Si usar vocabulario local es vulgar, cuando vivíamos en el bosque yo era muy vulgar, ¿no es así, mamá?

No era nada habitual que Margaret impusiera un tema de conversación a los demás; pero en este caso, estaba tan ansiosa por evitar que el señor Thornton se molestara por lo que había oído accidentalmente que no se dio cuenta hasta que terminó de hablar; y entonces se sonrojó hasta las cejas, sobre todo porque parecía que el señor Thornton no había entendido la esencia de lo que había dicho y pasó a su lado con una actitud ceremoniosa de fría reserva para ir a hablar con la señora Hale. Esta, al verlo, se acordó de su deseo de conocer a la señora Thornton para encomendarle a su hija. Margaret, sentada en mortificante silencio, avergonzada y humillada por no haber sabido estar en su sitio ni mantener la calma cuando el señor Thornton pasó a su lado, oyó a su madre cuando, hablando lentamente, le pidió que la señora Thornton le hiciera una visita cuanto antes, al día siguiente, si era posible. El señor Thornton le prometió que sí, se quedó un rato conversando y después se despidió. De pronto, fue como si Margaret, liberada de unas cadenas invisibles, pudiera moverse y hablar de nuevo con total libertad. Él no la miró en ningún momento; sin embargo, el empeño que puso en evitarla delató que, de alguna manera, sabía exactamente dónde estaba si sus ojos se cruzaban con ella por casualidad. Si Margaret hablaba, él no daba señales de atender, pero lo siguiente que le decía a cualquier otro de los presentes se modificaba según lo que hubiera dicho ella, aunque dedicado a otra persona como si no se lo hubiera inspirado nadie. No eran los malos modales de la ignorancia sino el resentimiento insistente debido a una ofensa profunda, deliberado en el momento, aunque después se arrepintiera. Pero ninguna intención premeditada ni ninguna cuidadosa artería lo habrían podido poner en mejor situación. Margaret pensaba en él más que nunca; no con el menor matiz de lo que se considera amor, sino lamentando haberlo molestado tanto e intentando con paciencia y dulzura volver a la relación anterior de amistad entre antagonistas, pues consideraba que el trato que habían tenido había sido de amigos, con ella y con su familia. En general, su actitud hacia él era de humildad, como disculpándose sin palabras por la reacción tan excesiva que había tenido el día de los disturbios.

Sin embargo, a él le había dejado una amargura muy profunda. Todavía le resonaban las palabras de Margaret en los oídos; y se enorgullecía del sentido de la justicia que le permitía seguir siendo lo más atento posible con sus padres. Le regocijaba poder demostrar que era capaz de enfrentarse a ella cada vez que se le ocurría algo con lo que complacer a su padre o a su madre. Creía que le disgustaba ver a una persona que lo había mortificado tan resueltamente; pero se equivocaba. Estar en la misma habitación que ella y percibir su presencia era un placer acuciante. Sin embargo, no tenía por costumbre analizar sus motivos y, como he dicho, se equivocaba.

CAPÍTULO XXX

POR FIN EN CASA

Hasta el pájaro más triste encuentra una estación
para cantar.

SOUTHWELL

No tendrás que esconder bajo el manto ese secreto dolor,
ni, abrumado de nuevo por las nubes de la memoria,
agachar la cabeza. ¡Has vuelto a casa!

MRS. HEMANS

El día siguiente por la mañana, la señora Thornton fue a ver a la señora Hale, que se encontraba mucho peor. Durante la noche había sufrido un cambio repentino, un gran paso visible hacia la muerte, y su propia familia se asombró del aspecto tan grisáceo y demacrado que le habían dejado esas doce horas de sufrimiento. La señora Thornton, que hacía semanas que no la veía, se ablandó al instante. Había ido porque se lo había pedido su hijo como favor personal, pero enarbolando toda la orgullosa inquina de su carácter contra la familia de Margaret. No creía que la señora Hale estuviera enferma de verdad; no creía que tuviera ninguna necesidad real, solo caprichos, que a ella la privaban de hacer las cosas a las que había pensado dedicar ese día. Le dijo a su hijo que deseaba que jamás hubieran ido a Milton y que él no los hubiera conocido nunca; que el latín y el griego eran las lenguas más inútiles que se habían inventado. Él lo soportó todo en silencio; pero cuando terminó la invectiva contra las lenguas muertas, su hijo insistió, con una expresión decidida, concisa y seca, en que fuera a ver a la señora Hale a la hora acordada, que sería la más conveniente para la enferma. La señora Thornton se sometió al deseo de su hijo con toda la mala gana que pudo, sin dejar de quererlo más y más por ello y exagerando mentalmente la misma idea que tenía él de ser extremadamente bondadoso por seguir relacionándose con los Hale.

Esa bondad, rayana en la debilidad (como le parecían a ella todas las virtudes más tiernas), el desprecio que sentía por el señor y la señora Hale y la hostilidad sin paliativos que le profesaba a Margaret eran las únicas cosas que le ocupaban el pensamiento, hasta que se quedó anonadada al verse ante la sombra oscura de las alas del ángel de la muerte. La señora Hale, madre como ella misma y mucho más joven, yacía en el lecho sin la menor señal de esperanza de que pudiera volver a levantarse. No habría más cambios de luces y sombras para ella en la habitación en penumbra; ni más capacidad de acción, y muy poco movimiento; solo tenues alteraciones en los susurros y en el atento silencio; y, sin embargo, ¡hasta esa monotonía parecía excesiva! Cuando entró la señora Thornton, fuerte y llena de vida, la señora Hale no se movió, aunque, por la expresión de la cara, era evidente que sabía perfectamente quién era. Se quedó un par de minutos con los ojos cerrados. Antes de abrirlos, la densa humedad de unas lágrimas se detuvo entre las pestañas; después, palpando débilmente por encima de las sábanas en busca del tacto firme de los largos dedos de la señora Thornton, en voz tan baja que la mujer tuvo que renunciar a seguir erguida para poder oírla, le dijo:

—Margaret... Usted tiene una hija..., mi hermana está en Italia. Mi hija se va a quedar sin madre... en un sitio extraño... Si me muero, ¿querrá usted...?

Los empañados y débiles ojos se clavaron en el rostro de la señora Thornton con una intensidad anhelante. Durante un minuto no hubo cambios, solo la rigidez de costumbre, la severidad inamovible... Si la mirada de la enferma no hubiera empezado a nublarse por la lenta acumulación de lágrimas, habría visto que una nube oscura envolvía las frías facciones de la señora Thornton. Lo que la conmovió finalmente no fue pensar en su hijo ni en su hija viva, Fanny, sino el súbito recuerdo (que algo en la disposición de la habitación le trajo a la memoria) de una hijita muerta en la infancia, hacía muchos años, que, como un repentino rayo de sol, derritió la capa de hielo detrás de la que había una mujer verdaderamente tierna.

—Quiere que sea amiga de la señorita Hale —dijo la señora Thornton alto y claro, en su tono mesurado, que no se le enterneció lo mismo que el corazón.

La señora Hale, que seguía mirándola fijamente, le apretó la mano, que cubría con la suya sobre la colcha. No podía hablar. La señora Thornton suspiró.

—Seré una verdadera amiga si las circunstancias lo requieren, pero no una amiga tierna. Eso no puede ser... —«con ella», iba a añadir, pero se contuvo al ver la cara de preocupación de la enferma—. No tengo costumbre de demostrar afecto ni siquiera cuando lo siento, ni ofrezco consejos en general. Sin embargo, ya que me lo pide usted, y si le sirve de consuelo, se lo voy a prometer.

Necesitaba pensarlo. Tenía sus principios y no quería prometer lo que sabía que no podría cumplir; y ser tierna con Margaret, a la que aborrecía en ese momento más que nunca, sería difícil, casi imposible.

—Le prometo —dijo con gran seriedad, cosa que inspiró a la moribunda una fe en algo más estable que la vida misma..., ¡esa vida tan volátil y vagarosa tan efímera!—, le prometo que si la señorita Hale se ve en cualquier dificultad...

—¡Llámela Margaret! —dijo la señora Hale casi sin resuello.

—Y viene a mí en busca de ayuda, la ayudaré en la medida de mis posibilidades como si fuera mi propia hija. También le prometo que si alguna vez la veo haciendo algo que considere inadecuado...

—Margaret nunca hace nada inadecuado..., no a propósito —protestó la señora Hale en tono suplicante.

—Si alguna vez la veo haciendo algo que considere inadecuado... —continuó la señora Thornton como antes, como si no la hubiera oído—, algo que no tenga que ver conmigo ni con los míos, en cuyo caso podría considerarse interesado por mi parte, se lo diré sinceramente, sin rodeos, como me gustaría que se lo dijeran a mi hija.

Hubo una larga pausa. La senora Hale tenía la sensación de que esa promesa no lo incluía todo y, sin embargo, era mucho. Había reservas en esa promesa que no alcanzaba a comprender, y además estaba muy mareada, débil y cansada. La señora Thornton estaba pensando en todos los motivos probables que, para cumplir la promesa, requerirían su intervención. Le causaba un grandísimo placer pensar en decirle verdades desagradables so pretexto de cumplir con su cometido. La señora Hale empezó a hablar.

—Se lo agradezco, que Dios la bendiga. No volveré a verla en este mundo, pero mis últimas palabras son: le doy las gracias por prometerme que será bondadosa con mi hija.

—¡Bondadosa no! —replicó la señora Thornton, crudamente sincera hasta el final.

Después de aliviarse la conciencia con esas palabras, no lamentó que ya no las oyera. Apretó la blanda y lánguida mano a la señora Hale, se puso de pie y salió de la casa sin ver a nadie.

Mientras la señora Thornton tenía esta entrevista con la señora Hale, Margaret y Dixon pensaban juntas en la mejor forma de guardar en secreto absoluto la llegada de Frederick para todos los de la casa. Recibirían una carta suya en cualquier momento y él llegaría inmediatamente después, sin duda. Había que mandar a Martha de vacaciones; Dixon sería la estricta guardiana de la puerta, solo dejaría entrar a las pocas visitas que pasaran directamente al estudio del señor Hale, que estaba abajo: la gravedad del estado de salud de la señora Hale sería la excusa perfecta. Si llamaban a Mary Higgins para que ayudara a Dixon en la cocina, oiría y vería a Frederick lo menos posible; si era necesario, hablarían de él llamándolo señor Dickinson. Pero Mary era una muchacha tan lenta y falta de curiosidad que no harían falta muchas precauciones.

Decidieron que Martha se fuera esa misma tarde a ver a su madre. Margaret habría preferido que se hubiera ido el día anterior, porque le parecía que podría resultar extraño dar vacaciones a una criada cuando la señora necesitaba tanta atención.

¡Pobre Margaret! Aquella tarde tuvo que cumplir la función de hija munífica prestando fuerzas a su padre, de las pocas que le quedaban a ella. El señor Hale procuraba tener esperanza, no desesperarse cada vez que la enfermedad atacaba a su mujer con fuertes dolores; cobraba ánimos entre un ataque y el siguiente y creía que era el comienzo de la recuperación definitiva. Cuando se reanudaba el espasmo, siempre más grave que el anterior, volvía a sumirse en la agonía y sufría una decepción mayor. Se sentó en la salita, incapaz de soportar la soledad de su estudio o de dedicarse a otra cosa. Apoyó la cabeza en la mesa y se la tapó con los brazos. Margaret sufría al verlo en ese estado, pero, como no hablaba, tampoco quiso ofrecerle consuelo voluntariamente. Martha se había ido y Dixon velaba a la señora Hale cuando se dormía. La casa estaba en silencio, nada se movía, y llegó la oscuridad, pero nadie se dispuso a encender las velas. Margaret miraba las luces de la calle desde el asiento de la ventana; no veía nada..., solo percibía los hondos suspiros de su padre. No quería bajar a buscar las velas por si, al dejarlo solo, diera rienda suelta a una emoción más violenta sin estar ella cerca para calmarlo. Sin embargo, estaba pensando en que debía bajar para ver si el fuego de la cocina continuaba encendido, pues era la única que podía cuidarlo, cuando oyó el amortiguado timbre de la puerta; alguien había tirado de él con tanta fuerza que los cables sonaron por toda la casa, aunque el ruido en sí no se oyó demasiado. Se levantó sobresaltada, pasó al lado de su padre, que ni se había movido, retrocedió y lo besó con dulzura. Y ni aun así se movió ni reaccionó al cariñoso abrazo. Después cruzó el oscuro umbral y bajó a la puerta. Dixon habría puesto la cadena antes de abrir, pero Margaret tenía la cabeza tan ocupada que no pensó en el temor. Había un hombre alto entre la iluminada calle y ella. Tenía la cabeza vuelta hacia otra parte pero, al oír correrse el pestillo, miró rápidamente a la puerta.

—¿Vive aquí el señor Hale? —preguntó con una voz clara, perfecta y delicada.

Margaret empezó a temblar de pies a cabeza y no respondió enseguida. Después exclamó en un susurro:

—¡Frederick! —Y lo agarró de las manos para hacerlo entrar en casa.

—¡Ay, Margaret! —dijo y, después de besarse entre ellos, la separó un poco poniéndole las manos en los hombros como si, a pesar de la penumbra, le viera la cara y adivinara por la expresión una respuesta a sus preguntas más rápida que las palabras—. ¡Mi madre! ¿Vive?

—¡Sí, está viva, queridísimo hermano! Muy... muy enferma, ¡pero viva! ¡Está viva!

—¡Gracias a Dios! —dijo él.

—Papá está muy postrado, no puede con este dolor.

—Me esperabais, ¿verdad?

—No, no hemos recibido ninguna carta.

—Eso es que he llegado yo antes. Pero ¿mi madre sabe que venía?

—¡Ah! Eso lo sabíamos todos. Pero espera un momento. Ven aquí, dame la mano. ¿Qué es esto? ¡Ah, la bolsa de viaje! Dixon ha cerrado los postigos, pero estamos en el estudio de papá y puedo traerte una silla para que descanses un poco, mientras voy a decírselo.

Buscó a tientas una vela y las cerillas. De pronto, cuando se vieron a la débil luz, ella se cohibió. Lo único que distinguió fue el color curiosamente oscuro del rostro de su hermano y la mirada sigilosa de unos ojos azules muy rasgados, que de repente parpadearon al darse cuenta del propósito común de reconocerse el uno al otro. Sin embargo, aunque hubo un instante de compresión recíproca en las respectivas miradas, no dijeron una palabra; pero Margaret tuvo la certeza de que disfrutaría de la compañía de su hermano en la misma medida en que lo quería por ser un familiar tan cercano. Subió las escaleras con un ánimo mucho más ligero; el pesar era el mismo, pero resultaba menos agobiante porque había una persona exactamente en la misma posición que ella con la que compartirlo. Ni siquiera la frenó el abatimiento de su padre, que seguía con la cabeza en la mesa, más desamparado que nunca, porque ella tenía la fórmula mágica que lo reviviría. Sin embargo, su alivio era tan grande que la aplicó tal vez con demasiada energía.

—Papá —dijo abrazándolo cariñosamente por el cuello, e incluso levantándole la abatida cabeza con una enérgica delicadeza, hasta que la tuvo entre los brazos y pudo mirarlo a los ojos para transmitirle fuerzas y seguridad—. Papá, ¡a ver si adivinas quién ha venido!

La miró. Ella vio la sombra de la verdad brillar tras un velo de tristeza, pero luego ese brillo desapareció, como si fuera una locura inconcebible.

Volvió a poner la cabeza en la mesa, tapándosela con los brazos. Lo oyó suspirar y se agachó con ternura para escuchar lo que decía.

—No sé. No me digas que es Frederick... Frederick no. No lo soporto..., estoy muy débil ¡y su madre se está muriendo!

Empezó a sollozar y a gemir como un niño. Era todo tan distinto de lo que Margaret se había imaginado que se desilusionó por completo y se quedó callada un instante. Después volvió a hablar, pero en otro tono mucho más tierno y cauto.

—Papá, es Frederick. Piensa en lo contenta que se va a poner mamá, ¡tenemos que alegrarnos también por ella! Y por él, nuestro pobrecito chico.

El padre no cambió de actitud, pero parecía que intentaba entenderlo.

—¿Dónde está? —preguntó al fin, con la cara escondida aún entre los brazos.

—En tu estudio, y solo. He encendido una vela y he subido corriendo a avisarte. Está completamente solo, y se preguntará por qué...

—Voy a verlo —la interrumpió el padre; se levantó y se apoyó en el brazo de su hija como buscando guía.

Margaret lo acompañó hasta la puerta del estudio, pero estaba tan alterada que pensó que no sería capaz de presenciar el reencuentro. Dio media vuelta y subió las escaleras llorando con toda el alma. Era la primera vez en muchos días que se permitía semejante desahogo. Había sido un esfuerzo enorme, como pudo comprobar. Pero ¡Frederick había vuelto! Él, el queridísimo y único hermano estaba allí, ¡sano y salvo, con ellos de nuevo! Casi no podía creerlo. Dejó de llorar y abrió la puerta del dormitorio. No se oía nada y casi temía haberlo soñado. Bajó las escaleras y se puso a escuchar en la puerta del estudio. Oyó rumor de voces; suficiente, no necesitaba saber más. Fue a la cocina, atizó el fuego, encendió velas y se dispuso a preparar un refrigerio para el viajero. Afortunadamente, la madre estaba dormida. Lo sabía porque lo había visto alumbrándose con la vela por el ojo de la cerradura. El viajero podría descansar y reponerse de la emoción del reencuentro con su padre antes de que su madre se diera cuenta de que pasaba algo fuera de lo común.

Lo preparó todo y fue al estudio. Abrió la puerta y entró como una doncella de servicio, con una bandeja cargada entre las manos. Se enorgullecía de servir a Frederick. Pero él, al verla, se levantó al instante y la liberó de la carga. Era una muestra, un ejemplo del alivio que supondría su presencia. Pusieron la mesa entre los dos hermanos, sin hablar apenas, pero rozándose las manos y hablando con los ojos en el lenguaje espontáneo que tan inteligible es entre los que llevan la misma sangre. El fuego se había apagado y Margaret se afanó en encenderlo de nuevo, porque empezaba a notarse el frío de la noche, aunque era preciso hacer el menor ruido posible para no molestar a la señora Hale.

—Según Dixon, encender fuego es un don, no un arte que se aprende.

—*Poeta nascitur, non fit* —murmuró el señor Hale, y Margaret se alegró de volver a oírle una cita, aunque fuera lánguidamente.

—¡Mi querida Dixon! ¡Los besos que nos vamos a dar! —dijo Frederick—. Siempre me besaba y después me miraba la cara para asegurarse de que era yo, y luego me besaba otra vez. Pero, Margaret, ¡qué chapucera eres! No he visto en mi vida unas manos más torpes e inútiles que las tuyas. Vete ahora mismo a lavártelas y prepárame pan y mantequilla, y deja el fuego en paz, yo me ocupo. Encender fuego es una de mis virtudes naturales.

Margaret salió y volvió y no paró de entrar y salir de la habitación con una alegre inquietud que no podía satisfacer quedándose sentada. Cuantas más cosas se le antojaban a Frederick más contenta se ponía, y lo entendía por instinto. Eran momentos de regocijo robados al duelo en que se encontraba la casa, y con mayor gusto los saboreaban porque sabían el dolor irremediable que los aguardaba.

En estas estaban cuando oyeron los pasos de Dixon en las escaleras. El señor Hale se levantó sobresaltado del sillón, desde el que contemplaba a sus hijos como en un sueño, como si estuvieran representando una escena feliz, muy bonita de ver, pero que estaba muy lejos de la realidad, y en la que él no participaba. Se quedó de pie mirando la puerta con una preocupación repentina tan evidente por apartar a Frederick de la vista de quien pudiera entrar, aunque fuera la fiel Dixon, que Margaret se estremeció hasta lo más hondo. Le recordó el nuevo temor que les inquietaba la vida. Agarró a Frederick del brazo con fuerza, frunció el ceño y apretó los dientes. Aunque sabían que solo eran los pasos mesurados de Dixon. La oyeron recorrer el pasillo y entrar en la cocina. Margaret se levantó.

—Voy a decírselo y preguntarle qué tal está mamá.

La señora Hale estaba despierta. Al principio divagaba, pero después de darle un poco de té se centró, aunque no estaba en disposición de hablar. Era preferible dejar que pasara la noche y decirle al día siguiente que su hijo había llegado. El doctor Donaldson pasaría a verla, y ya sería agitación suficiente para la noche; tal vez pudiera aconsejarles cómo prepararla para ver a Frederick. Estaba allí, en la casa, podían llamarlo en cualquier momento.

Margaret era incapaz de estar quieta. Fue un alivio ayudar a Dixon a preparar las cosas para «el señorito Frederick». Tenía la sensación de que nunca se cansaría. Cada vez que se asomaba un momento a la habitación en la que estaba conversando tranquilamente con su padre —no sabía de qué ni le importaba—, cobraba más fuerzas. Ya le llegaría a ella el momento de hablar con él y de escucharle, estaba tan segura que no tenía ninguna prisa por que llegara ese momento. Las facciones de su hermano eran tan delicadas que resultaban casi femeninas, de no ser por la piel, tan curtida y morena, y por la intensidad de la expresión. Los ojos, risueños casi todo el tiempo, cambiaban de repente de vez en cuando, y la boca también, de una manera que daba la idea de una pasión latente que casi resultaba temible. Pero ese gesto duraba solo un instante y carecía de obstinación y de afán de venganza; era más bien la expresión instantánea de fiereza propia de los nativos de países salvajes o sureños, una fiereza que resalta el encanto de la ternura infantil en la que suelen disolverse esos gestos. Margaret podía temer la violencia del carácter impulsivo que a veces se manifestaba de esa forma, pero no desconfiaba del hermano reencontrado ni la acobardaba en absoluto. Al contrario, le había encantado la forma en que se habían tratado desde el principio. Se había dado cuenta de la gran responsabilidad que había tenido que asumir gracias al exquisito alivio que experimentaba en presencia de su hermano. Él entendía a su padre y a su madre, el carácter de cada uno, sus debilidades, y seguía comportándose con despreocupación y libertad y, al mismo tiempo, con total delicadeza para no herir sus sentimientos. Parecía saber por instinto cuándo su padre, sumido en una profunda depresión, no se iba a molestar por su desenvuelta forma de hablar y de comportarse, y cuándo podía aliviar el dolor de su madre. En los momentos en que podía resultar inoportuno o fuera de tono, ponía en marcha una devoción paciente y una vigilancia que lo convertían en una enfermera admirable. Por otra parte, a Margaret le emocionaban casi hasta las lágrimas las alusiones que hacía a menudo a sus tiempos de niños en New Forest; nunca la había olvidado, ni había olvidado Helstone, en todo el tiempo que llevaba por el mundo, en países lejanos, entre gentes foráneas. Podía hablar con él de su antigua casa sin temor a cansarlo. Antes de que llegara, temía el reencuentro al tiempo que lo deseaba; le parecía que ella misma había cambiado mucho en siete u ocho años y, sin tener en cuenta hasta qué punto seguía siendo la misma, había pensado que si sus gustos y sus sentimientos se habían transformado tanto sin haber salido de casa, él, que había llevado una vida tan activa y variada, que ella apenas conocía, sería otro Frederick completamente distinto de aquel jovencito alto con uniforme de marinero al que admiraba con tanto respeto. Sin embargo, lejos el uno de la otra, habían crecido y eran más parecidos que antes en edad y en otras muchas cosas. Y así fue como en esa penosa situación se alivió el peso que soportaba Margaret. No tenía más luz que la presencia de su hermano. La madre mejoró durante unas horas al ver a su hijo. Se sentó, le tomó la mano y no quiso soltarlo ni cuando se durmió; y Margaret tuvo que darle de comer como a un niño pequeño, por no molestar a la madre si él movía un solo dedo. En estas estaban cuando la señora Hale se despertó; movió la cabeza lentamente de un lado a otro y sonrió a sus hijos, porque entendió lo que estaban haciendo y por qué lo hacían.

—Soy muy egoísta —dijo—, pero pronto se me pasará.

Frederick se inclinó y besó la mano que lo aprisionaba. Esta tranquilidad no podía durar muchos días, ni siquiera muchas horas quizá; eso fue lo que le dijo a Margaret el doctor Donaldson. Cuando el amable médico se fue, Margaret bajó a hablar con Frederick, que se había quedado escondido en silencio en la salita de atrás, que era el dormitorio de Dixon, aunque se lo había cedido a él. Le contó lo que había dicho el doctor Donaldson.

—No lo creo —exclamó—. Está muy enferma, quizá en peligro, incluso, en un peligro inminente tal vez; pero no me imagino que pudiera estar como está si fuera a morirse. ¡Margaret, hay que buscar otra opinión...! Un médico de Londres o algo. ¿No se os ha ocurrido?

—Sí —dijo Margaret—, más de una vez. Pero no creo que sirva de nada. Además, no tenemos dinero para traer aquí a una eminencia londinense, y estoy segura de que el doctor Donaldson no le va a la zaga al mejor de los médicos..., si no lo es él.

Frederick empezó a andar de un lado a otro de la habitación, impaciente.

—Tengo crédito en Cádiz —dijo—, pero aquí no tengo nada, debido al maldito cambio de nombre. ¿Por qué quiso mi padre irse de Helstone? Eso fue un error garrafal.

—No, no lo fue —dijo Margaret con pesar—. Y, sobre todo, procura que no te oiga decir esas cosas. Sé que lo atormenta la idea de que mamá no habría enfermado si nos hubiéramos quedado en Helstone, ¡y no te imaginas la capacidad de mortificarse que tiene!

Frederick se separó unos cuantos pasos como si estuviera en cubierta. Por fin se paró frente a ella y se fijó un momento en la actitud abatida y desanimada de su hermana.

—¡Mi pequeña Margaret! —exclamó, acariciándola—. No perdamos la esperanza mientras sea posible. ¡Pobre mujercita! ¿Qué es esto? ¿Una carita llena de lágrimas? Yo no pierdo la esperanza, no la pierdo digan lo que digan mil médicos. ¡Vamos, Margaret, sé valiente, no pierdas la esperanza!

Margaret se atragantó al intentar hablar y, cuando pudo, lo hizo en voz muy baja.

—Tengo que ser paciente y no perderla. ¡Ay, Frederick! ¡Mamá estaba empezando a quererme mucho y yo empezaba a entenderla mejor! ¡Y ahora viene la muerte a separarnos!

—¡Ven, anda! Vamos arriba a hacer algo, en vez de perder un tiempo que puede ser precioso. Muchas veces me he puesto triste pensando, cielo, pero eso no me pasa nunca nunca si estoy haciendo algo. Tengo una teoría inspirada en el dicho de «Gana dinero, hijo mío, honradamente si puede ser, pero gana dinero». Mi precepto es: «Haz algo, hermana mía, honradamente si puede ser, pero haz algo».

—Aunque sea una trastada —dijo Margaret, sonriendo levemente entre las lágrimas.

—Por descontado. Pero sin remordimientos después. Si eres tan concienzuda, tapa tus desmanes con una buena acción lo antes posible, como cuando corregíamos las sumas en la pizarra de la escuela, que solo borrábamos lo que estaba mal. Era preferible a llenar el borrador de lágrimas por dos razones: se perdía menos tiempo esperando que cayeran las lágrimas y el efecto final era mejor.

Aunque esa teoría le pareció un poco tosca al principio, Margaret vio que, al aplicarla, los resultados eran inmejorables. Frederick pasó una mala noche con su madre (porque él mismo insistió en hacer un turno de vela), y a la mañana siguiente, antes de desayunar, se ocupó de idear un escaño para que Dixon descansara las piernas, pues empezaba a acusar la fatiga de la vigilancia constante. En el desayuno, despertó el interés al señor Hale contándole vívida y gráficamente animadas anécdotas de su vida en las selvas de México, Sudamérica y demás. Margaret habría renunciado con desesperación a rescatar a su padre de ese estado de abatimiento; incluso la habría afectado tanto que no habría sido capaz de hablar, siquiera. Pero Fred, siguiendo su teoría, hacía algo constantemente, y, en el desayuno, lo único que se podía hacer, aparte de comer, era hablar.

Ese mismo día, antes de que cayera la noche, el diagnóstico del doctor Donaldson se cumplió. Volvieron las convulsiones y, cuando terminaban, la señora Hale se quedaba inconsciente. Aunque su marido se acostara a su lado y moviera la cama con sus sollozos, aunque su hijo la colocara con sus fuertes brazos en una postura más cómoda, aunque su hija le lavara la cara, ella no sabía quiénes eran. No volvería a reconocerlos hasta que se encontraran en el Cielo.

Todo acabó antes del amanecer.

Margaret se impuso al abatimiento y a los temblores y se convirtió en un ángel de fortaleza y consuelo para su padre y su hermano. Porque Frederick se derrumbó y las teorías no le sirvieron de nada. Rompió a llorar tan impetuosamente cuando se encerró en la soledad de su cuartito por la noche que Margaret y Dixon bajaron, asustadas, para recordarle que debía guardar silencio, porque las paredes de la casa eran finas y los vecinos de al lado podían oír sus juveniles gemidos apasionados, tan diferentes del temblor apaciguado de la pérdida, cuando nos reconciliamos con la pena y no nos atrevemos a rebelarnos contra el sino inexorable, porque sabemos quién lo ha decretado.

Margaret estaba con su padre en la habitación de la difunta. Habría dado gracias si lo hubiera visto llorar. Pero solo estaba junto al lecho, en silencio; de vez en cuando destapaba el rostro y lo acariciaba suavemente haciendo un ruidito débil e ininteligible, como una madre animal acariciando a su cachorro. No prestaba atención a la presencia de Margaret. Ella se acercó un par de veces a darle un beso, y él se dejó, pero la separó de sí en cuanto terminó, como si el afecto de su hija lo distrajera de su concentración en la difunta. Se sobresaltó al oír los gritos de Frederick e hizo un gesto negativo con la cabeza. «¡Pobre hijo! ¡Pobre hijo!», exclamó, y no quiso saber nada más. A Margaret le dolía el alma. Pensando en el estado de su padre, ni se acordaba de su propia pérdida. La noche avanzaba, se acercaba el alba cuando Margaret, sin previo aviso, rompió el silencio con una voz tan clara que hasta ella misma se sorprendió; y dijo: «No se turbe vuestro corazón»,[23] y siguió leyendo hasta el final el capítulo, que ofrecía un consuelo indecible.

23 Juan 14, 1.

CAPÍTULO XXXI

¿HAY QUE OLVIDAR A LOS VIEJOS AMIGOS?

¿No muestran esos modales y todas esas muecas
la astucia de la serpiente y la caída del pecador?

CRABBE

Llegó la helada mañana de octubre, pero no del octubre del campo, con sus sutiles brumas plateadas que desaparecen bajo los rayos del sol que iluminan la maravillosa belleza de la abundancia de color, sino del octubre de Milton, con su espesa niebla, donde el sol, cuando conseguía brillar un poco, iluminaba solamente largas calles oscuras. Margaret, desanimada, iba de un lado a otro ayudando a Dixon a arreglar la casa. Las lágrimas le emborronaban la vista constantemente, pero no tenía tiempo para entregarse a ellas con libertad. El padre y el hermano dependían de ella; mientras ellos daban rienda suelta a su dolor, ella tenía que trabajar, organizar, decidir. Hasta los preparativos del entierro parecían depender de ella.

Cuando el fuego brillaba y chisporroteaba, cuando todo estaba listo para el desayuno y el hervidor silbaba alegremente, Margaret echó un último vistazo a la habitación antes de ir a llamar al señor Hale y a Frederick. Quería que todo resultara animoso y, sin embargo, al verlo en contraste con sus pensamientos, estalló de pronto en lágrimas. Se arrodilló al lado del sofá con la cara escondida entre los cojines para que nadie la oyera; de pronto Dixon le tocó el hombro.

—Vamos, señorita Hale, ¡vamos, querida! No se deje llevar, porque si nos dejamos todos... No hay nadie más en la casa capaz de dar órdenes de ninguna clase, y hay mucho que hacer. Hay que organizar el entierro y saber quién va a venir, y dónde se celebrará, y disponerlo todo. El señorito Frederick no hace más que llorar y el señor nunca ha sabido organizar nada; el pobre caballero anda por ahí como perdido. El panorama no es nada halagüeño, ya lo sé, pero la muerte nos llega a todos, y suerte ha tenido usted de no haber perdido a nadie hasta ahora.

Tal vez. Pero esta pérdida no tenía comparación con ninguna otra, con nada del mundo. A Margaret no la consolaron las palabras de Dixon, pero la extraordinaria ternura de la quisquillosa doncella le tocó la fibra sensible y, más que nada para demostrarle agradecimiento, levantó la cabeza, sonrió en respuesta a la preocupación de la mujer y fue a decir a su padre y a su hermano que el desayuno estaba listo.

El señor Hale acudió como en un sueño, o mejor dicho, inconsciente como un sonámbulo que no percibe el presente, sino otras cosas. Frederick entró enérgicamente, con una alegría forzada, le tomó la mano a su hermana, la miró a los ojos y se echó a llorar. Margaret procuró mantener una conversación intrascendente durante el desayuno para evitar que sus compañeros se acordaran de la última vez que se habían reunido para comer, cuando aguzaban el oído constantemente por si en la habitación de la enferma se oía alguna señal.

Después del desayuno se decidió a hablar del entierro con su padre. El hombre hizo un gesto negativo con la cabeza, pero asintió a todo lo que ella le propuso, aunque algunas cosas se contradecían totalmente con otras. No consiguió arrancarle ninguna decisión, y ya se iba cabizbaja de la habitación para consultar a Dixon cuando el señor Hale le indicó que volviera a su lado.

—Pregunta al señor Bell —le dijo con una voz tenebrosa.

—¡El señor Bell! —repitió ella, un tanto sorprendida—. ¿El señor Bell de Oxford?

—Sí, el señor Bell —insistió él—. Fue mi padrino de boda.

Margaret entendió la asociación.

—Le escribo hoy mismo —dijo ella.

El padre volvió a su estado de apatía. Margaret estuvo toda la mañana trabajando, deseando descansar, pero envuelta en un remolino de tristes obligaciones.

Por la tarde Dixon le dijo:

—Lo he hecho, señorita. Temía por el señor, que le diera una apoplejía con tanta pena. Lleva todo el día con la señora y, cuando me acercaba a la puerta, le oía hablar con ella como si estuviera viva. Si entraba, él se callaba, pero como si estuviera ido. Así que me dije: «Hay que espabilarlo; y si al principio se lleva una impresión muy grande, puede que luego sea mejor». Por eso he ido y le he dicho que no me parece seguro que el señorito Frederick se quede aquí. Y es que no me lo parece, porque el martes, cuando salí, me encontré con uno de Southampton, el primero que veo desde que vine a Milton; esa gente no suele viajar tan al norte, me parece. Bueno, pues era el joven Leonards, el hijo del viejo Leonards, el de la pañería; es el mayor granuja del mundo, casi mató a su padre a disgustos y luego se fue al mar. Nunca pude con él. Se embarcó en el Orion al mismo tiempo que el señorito Frederick, eso lo sé, pero no me acuerdo de si participó en el motín.

—¿Te reconoció? —preguntó enseguida Margaret.

—Eso es lo peor. No creo que me hubiera reconocido si no hubiera hecho la tontería de llamarlo por su nombre. Pero, como era de Southampton y estaba en una ciudad desconocida..., si no, jamás habría dirigido la palabra así como así a un individuo tan malo e inútil como él. Me dijo: «¡Señorita Dixon! ¿Quién iba a imaginarse que la encontraría aquí? Pero a lo mejor me equivoco y ya no es usted la señorita Dixon, ¿o sí?». Entonces le dije que podía seguir llamándome por mi nombre de soltera y que, si no hubiera sido tan exigente, habría tenido muchas oportunidades de casarme bien y, muy cortésmente, me respondió que me creía, que solo hacía falta verme para saberlo. Pero sabía que el muy bribón me estaba tomando el pelo, y así se lo dije. Por ser amable le pregunté por su padre como si fueran los mejores amigos del mundo, aunque yo sabía que lo había echado de casa. Entonces, para fastidiarme, porque, claro, a pesar de los buenos modales, echábamos pestes el uno del otro, empezó a preguntarme por el señorito Frederick y dijo que en menudo lío se había metido (como si los líos del señorito Frederick pudieran blanquear los de George Leonards, ¡vamos! ¡Se quedarían igual de negros y sucios!) y que, si lo pillaban, lo mandarían a la horca por el motín y que habían ofrecido una recompensa de cien libras a quien lo encontrara y que no había traído más que desgracias a la familia... Todo para fastidiarme, ya ve, querida mía, porque en otra época, allá, en Southampton, bien que ayudé a su padre a echarle buenos rapapolvos. Y le contesté que conocía a otras familias que tenían muchos más motivos para avergonzarse de sus hijos y que podían dar gracias si creían que se estaban ganando la vida honradamente lejos de casa. A lo cual me respondió, como el desvergonzado que es, que su situación era confidencial, y que si conocía a algún joven desgraciado que se hubiera metido en caminos perniciosos y quisiera enderezarse, que él le ofrecería apoyo con mucho gusto. ¡Él, precisamente, que es capaz de corromper a un santo! Hacía años que no me ponía tan mala como el otro día, ahí de pie, hablando con él. Me habría puesto a gritar de rabia por no poder hacerle más daño, porque no dejaba de mirarme con una sonrisa de oreja a oreja, como si se tomara por halagos todos mis comentarios; le resbalaba todo lo que dijera yo, se notaba, pero a mí me estaba volviendo loca con los suyos.

—Pero no le contaste nada de nosotros..., de Frederick, ¿verdad?

—Ni una palabra —respondió Dixon—. Ni siquiera se le ocurrió el detalle de preguntar dónde vivía, aunque no se lo habría dicho. Tampoco yo le pregunté cuál era esa preciosa situación confidencial. Él estaba esperando el autobús, que llegó justo en ese momento, y le hizo señas para que se detuviera. Pero para fastidiarme bien fastidiada hasta el último momento, antes de subirse, se volvió y me dijo: «Señorita Dixon, si me ayuda a atrapar al alférez Hale, nos repartimos la recompensa, mitad y mitad. Sé que le gustaría ser mi compañera, ¿verdad que sí? No sea tímida, diga que sí». Y se subió al autobús y vi esa carota fea burlándose de mí con una sonrisa perversa, porque me había ganado la partida diciendo él la última palabra.

—¿Se lo has contado a Frederick? —preguntó Margaret, muy preocupada.

—No —dijo Dixon—. Me inquietó saber que ese mal tipo de Leonards está en la ciudad; pero había tantas cosas que hacer que no pensé más en eso. Luego, cuando vi al señor tan rígido, con los ojos vidriosos y tan triste, pensé que tal vez espabilaría si tenía que pensar un poco en la seguridad del señorito Frederick. Así que se lo conté todo, aunque me avergonzaba decir que un jovenzuelo me había abordado en la calle. Y creo que al señor le ha sentado bien. Si queremos que nadie sepa que el señorito Frederick está aquí, el pobrecito tendrá que irse antes de que llegue el señor Bell.

—¡Ah, no! No hay nada que temer del señor Bell; el que me da miedo es ese tal Leonards. Tengo que decírselo a Frederick. ¿Cómo es ese Leonards?

—Un tipo con mala pinta, se lo aseguro, señorita. Unas patillas tan rojas que le darían vergüenza a cualquiera. Y, por lo que dijo, está en una situación confidencial, iba vestido de fustán, como los obreros.

Era evidente que Frederick tenía que irse. Irse, cuando había encajado tan bien en su lugar en la familia y prometía ser el sólido apoyo de su padre y de su hermana. Irse, cuando todas sus atenciones con la madre mientras vivía y todo el pesar cuando murió parecían haberlo unido completamente a ellos por el amor común a los que se han ido. En estas cosas pensaba Margaret sentada junto al fuego, en la salita —y su padre, inquieto y tenso con el nuevo temor, del que todavía no había hablado—, cuando entró Frederick, un poco menos enérgico, pero también un poco menos afectado por el intensísimo dolor. Se acercó a Margaret y la besó en la frente.

—¡Qué pálida te encuentro, Margaret! —le dijo en voz baja—. Has estado pendiente de todo el mundo y nadie se ha preocupado por ti. Túmbate en el sofá..., ahora no se puede hacer nada más.

—Eso es lo peor —respondió Margaret en un triste susurro.

Pero se tumbó, su hermano le tapó los pies con un chal y se sentó en el suelo a su lado; y empezaron a hablar en voz baja.

Margaret le contó todo lo que le había dicho Dixon de su conversación con el joven Leonards. Frederick apretó los labios con una exclamación de desánimo.

—Me gustaría decirle un par de cosas a ese jovenzuelo. Es el peor marinero que he visto en mi vida, y la peor persona. Oye, Margaret, ¿conoces las circunstancias de todo el asunto del motín?

—Sí, mamá me lo contó.

—Bien. Cuando todos los marineros que valían la pena estaban indignados con el capitán, ese tipo, por afán de congraciarse..., ¡bah! ¡Y pensar que está aquí! ¡Ah! Si tuviera la menor idea de que estoy a menos de veinte millas de él, me delataría para vengarse de rencillas pasadas. Preferiría que cualquiera se ganara las cien libras que creen que valgo antes que ese granuja. ¡Lástima que no convenciera a nuestra querida Dixon de que me entregara! Al menos podría contar con algo para la vejez.

—¡Ay, Frederick, calla! ¡No digas esas cosas!

El señor Hale se acercó, trémulo y ansioso. Había oído lo que decían. Tomó la mano a Frederick y le dijo:

—Hijo mío, tienes que irte. Es una lástima, pero no hay más remedio. Has hecho todo lo que has podido..., has prestado una gran ayuda a tu hermana.

—¡Ay, papá! ¿De verdad tiene que irse? —dijo Margaret en un tono suplicante, aunque estaba convencida de que era necesario.

—Te aseguro que me enfrentaría y que me llevaran a juicio. ¡Si al menos encontrara las pruebas! No soporto la idea de estar en poder de un canalla como Leonards. En otras circunstancias habría disfrutado de esta visita secreta; tiene el encanto que la famosa señora francesa[24] atribuía a los placeres prohibidos.

—Fred, uno de los primeros recuerdos que tengo —dijo Margaret— es el lío en el que te metiste por robar manzanas. Nosotros teníamos de sobra, árboles cargados de ellas; pero te habían dicho que las manzanas robadas eran las más dulces, tú te lo tomaste *au pied de la lettre* y empezaste a robarlas. No has cambiado mucho de parecer desde entonces.

—Sí..., sí, tienes que irte —repitió el señor Hale, respondiendo a la pregunta que Margaret le había hecho antes.

No pensaba en otra cosa, y le costaba un esfuerzo seguir los comentarios cruzados de sus hijos..., un esfuerzo que no había hecho.

Margaret y Frederick se miraron. Esa comprensión inmediata entre ellos no les duraría mucho si tenía que irse. Se entendían con la mirada mejor que con las palabras. Se quedaron los dos pensando en lo mismo hasta entristecerse. Frederick fue el primero en cambiar de tema.

—¿Sabes una cosa, Margaret? He estado a punto de darle un susto mortal a Dixon esta tarde, y a mí mismo también. Estaba en mi dormitorio y oí que llamaban a la puerta, pero creía que la persona que había llamado se habría ido hacía rato, así que estaba a punto de salir al pasillo cuando, al abrir la puerta del cuarto, vi a Dixon bajando las escaleras; me miró con mala cara y me empujó para que me escondiera otra vez. Dejé la puerta abierta y oí que traían un recado para un hombre que estaba en el estudio de mi padre, y que después se fue. ¿Quién podía ser? ¿Un dependiente de una tienda?

—Posiblemente —dijo Margaret con indiferencia—. Vino un hombrecito muy discreto a buscar el pedido hacia las dos de la tarde.

24 Posible referencia a Madame de Sevigné.

—Pero el que yo vi no era un hombrecito, sino un tipo grandote y fuerte, y eran más de las cuatro.

—Era el señor Thornton —dijo el señor Hale. Se alegraron de que participara en la conversación.

—¡El señor Thornton! —exclamó Margaret un poco sorprendida—. Creía que...

—¿Qué creías tú, pequeña? —preguntó Frederick, al ver que no terminaba la frase.

—¡Ah, nada! —respondió, ruborizada y mirándolo directamente—. Pensaba que te referías a una persona de otra clase, no a un caballero, sino a alguien que traía un recado.

—Es que era lo que parecía —dijo Frederick sin darle importancia—. Lo tomé por un dependiente de una tienda, y resulta que era un industrial.

Margaret no dijo nada. Se acordó de que al principio, antes de conocerlo mejor, había pensado y dicho de él lo mismo que su hermano. Y, aunque era natural que le hubiera causado esa impresión, le molestó un poco. No quería hablar; quería que Frederick entendiera la clase de persona que era el señor Thornton..., pero no le salieron las palabras.

—Creo que vino para ofrecernos toda la ayuda que pudiera prestarnos —dijo el señor Hale—. Pero no quise recibirlo, así que le dije a Dixon que le preguntara si quería hablar contigo... Creo que le dije que te avisara para que fueras tú a verlo. No sé lo que dije.

—Debe de ser un conocido muy amable, ¿verdad? —preguntó Frederick lanzando la pregunta como una pelota, para que la recogiera quien quisiera.

—Es un amigo sumamente amable —dijo Margaret al ver que su padre no respondía.

—Margaret —dijo Frederick al cabo de unos momentos—, lamento no poder dar las gracias a todos los que os han tratado amablemente. Vuestras amistades y las mías no pueden conocerse. A menos que me arriesgue a presentarme ante el tribunal militar o que mi padre y tú vengáis conmigo a España. —Dejó caer esa posibilidad para tantear, y de pronto se lanzó—. No sabéis cuánto me gustaría que vinierais. Estoy bien situado y con posibilidades de mejorar —continuó, sonrojándose como una niña—. Esa Dolores Barbour de la que te he hablado, Margaret... Sería maravilloso que la conocieras, estoy seguro de que te gustaría..., no, de que la querrías, eso es, gustar es poco... Padre, tú la querrías si la conocieras. Va a cumplir dieciocho años, pero si dentro de un año no ha cambiado de opinión, nos casaremos. El señor Barbour no quiere que lo llamemos compromiso. Pero si vinieras, encontrarías amigos en todas partes, además de Dolores. Piénsalo, padre. Margaret estará de mi parte.

—No..., se acabaron las mudanzas para mí —dijo el señor Hale—. El último me ha costado la vida de mi mujer. No más cambios en esta vida. Ella estará aquí y aquí me quedo hasta que me llegue la hora.

—¡Ah, Frederick! Cuéntanos más cosas de ella. No se me había ocurrido pensarlo... Pero me alegro mucho. Tendrás a alguien a quien querer y que te quiera a ti allá, en ese país. Cuéntanoslo todo.

—En primer lugar, es católica. Es el único inconveniente que preveo. Pero, como mi padre ha cambiado de opinión... Vamos, Margaret, no suspires así.

Margaret tuvo motivos para suspirar un poco más antes de que la conversación se terminara. Frederick también era católico, aunque todavía no había hecho profesión de fe. Por eso en sus cartas apenas se había hecho eco del gran disgusto de Margaret cuando su padre dejó la Iglesia. Ella había pensado que se debía al descuido de los marineros, pero en realidad, él también estaba dispuesto a renunciar a la religión en la que lo habían bautizado, aunque sus opiniones se inclinaban en la dirección diametralmente opuesta a las de su padre. Ni el propio Frederick habría sabido explicar hasta qué punto el amor tenía que ver con ese cambio. Por fin Margaret dejó de hablar de ese aspecto de la cuestión y, volviendo al del compromiso, empezó a verlo bajo otra luz:

—Pero, Fred, seguro que por ella intentarás que se retiren los cargos tan exagerados de los que te acusan, aunque el del motín sea real. Si te presentaras ante el tribunal militar y encontraras testigos, al menos podrías demostrar que, si desobedeciste a la autoridad, fue porque esa autoridad no era digna de su cargo.

El señor Hale se dispuso a escuchar la respuesta de su hijo.

—Margaret, en primer lugar, ¿quién va a encontrar a esos testigos? Todos son marineros, los habrán destinado a otros barcos, menos a aquellos cuyo testimonio no sería tenido en cuenta porque participaron en la revuelta o se pusieron a favor. En segundo, permíteme que te diga que no sabes lo que es un tribunal militar; te parecerá que es una asamblea que administra justicia, pero no es eso, sino un juicio en el que la autoridad pesa nueve décimas partes en la balanza y las pruebas solo una. En esos casos, las pruebas por sí solas no pueden contra el prestigio de la autoridad.

—Pero ¿no vale la pena ver cuántas pruebas se podrían encontrar y acumularlas a tu favor? Por ahora, todas las personas que te conocían de antes creen que eres culpable sin sombra de duda, pero tú nunca has intentado justificarte y nosotros no sabemos cómo demostrar que tus actos estaban justificados. Pero ahora, por la señorita Barbour, deja tan claros como puedas los motivos de tu conducta a la vista del mundo. Tal vez ella no le dé importancia a lo que hiciste. Estoy segura de que confía en ti tanto como nosotros, pero no debes consentir que se una a alguien que tiene pendientes unos cargos tan graves, si antes no demuestras al mundo cuál es tu posición exactamente. Desobedeciste a la autoridad..., eso estuvo mal, pero habría sido infinitamente peor que te hubieras quedado al margen, sin decir ni hacer nada, cuando se aplicaba la autoridad con crueldad. La gente sabe lo que hiciste, pero no los motivos por los que deja de ser un delito para ser un acto heroico de protección de los débiles. El mundo debe saberlo por el bien de Dolores.

—Pero ¿cómo voy a explicárselo? No estoy seguro de que quienes me vayan a juzgar sean verdaderamente puros y justos si me presento ante el tribunal militar, ni aunque pudiera presentar a un pelotón de testigos que declararan la verdad. No puedo mandar a un pregonero que anuncie a voces y proclame por las calles eso que te gusta llamar mi heroísmo. Y aunque publicara un escrito de autojustificación, nadie lo leería después de tanto tiempo.

—¿Consultarás a un abogado las posibilidades que tienes de que te exculpen? —preguntó Margaret, levantando la mirada y poniéndose muy roja.

—Primero tengo que encontrar a ese abogado, mirarlo de arriba abajo y ver si me gusta para convertirlo en mi confidente. Hay muchos picapleitos sin trabajo capaces de retorcerse la conciencia para llegar a pensar que podrían ganar cien libras fácilmente mediante una buena acción: entregarme a la justicia.

—¡Tonterías, Frederick! Conozco a uno del que me fío totalmente y de cuya inteligencia y profesionalidad habla muy bien todo el mundo; y que creo que estaría dispuesto a tomarse muchas molestias por... un sobrino de tía Shaw. El señor Henry Lennox, papá.

—Me parece buena idea —dijo el señor Hale—. Pero no propongas nada que retenga a tu hermano en Inglaterra. ¡No, por amor de tu madre!

—Podrías ir a Londres mañana en el tren nocturno —continuó Margaret, animándose con la idea—. Me temo, papá —añadió con ternura—, que tiene que irse mañana, así lo hemos acordado, por la llegada del señor Bell y por el desagradable encuentro de Dixon.

—Sí, tengo que irme mañana —dijo Frederick con decisión.

—No soporto separarme de ti —protestó el señor Hale— y, sin embargo, me angustia muchísimo que te quedes.

—Bien —dijo Margaret—, esto es lo que vamos a hacer: Frederick llega a Londres el viernes por la mañana. Yo..., tú podrías..., ¡no! Lo mejor será que te dé una nota para el señor Lennox. Lo encontrarás en sus habitaciones de El Temple.

—Haré una lista de todos los nombres que recuerdo del Orion. Podría dársela a él para que intente localizarlos. Es el hermano del marido de Edith, ¿verdad? Alguna vez has hablado de él en tus cartas. Mi dinero está en manos de Barbour. Puedo pagar una minuta alta si hay alguna posibilidad de conseguir algo. Un dinero, padre, que tenía destinado para otra cosa; así que, de momento, lo consideraré un préstamo que me hacéis Margaret y tú.

—No lo hagas —dijo Margaret—. No lo arriesgas si lo haces. Y será un riesgo, pero vale la pena intentarlo. ¿Puedes embarcarte en Londres igual que en Liverpool?

—Sin duda, gansita. Allá donde note el agua moviéndose debajo de la tablazón, estoy como en casa. Alquilaré cualquier embarcación que me saque de aquí, no temas. No voy a quedarme en Londres más de veinticuatro horas, lejos de ti por una parte y de otra persona por otra.

A Margaret le pareció muy bien que Frederick se pusiera a mirar por encima de su hombro mientras ella escribía al señor Lennox; porque eso la animó a redactar la carta con rapidez y concisión; si no, habría dudado muchas veces qué palabra o qué expresión emplear, pues la avergonzaba ser la primera en escribir después del último encuentro, que tan desagradablemente había terminado para ambas partes. Sin embargo, Frederick le quitó la nota sin darle tiempo siquiera a releerla y la guardó como un tesoro en una cartera, de la que asomó un largo mechón de pelo negro; a Frederick se le iluminaron los ojos de placer al verlo.

—¡Ah, ah! Te gustaría verlo, ¿a que sí? —le dijo—. Pues no, tienes que esperar a verla a ella en persona. Es demasiado perfecta para que la conozcas a trocitos. En la construcción de mi palacio no habrá ningún ladrillo feo.

CAPÍTULO XXXII

FATALIDADES

¡Qué! Continuar para ser
condenado, arrastrado, tal vez, encadenado.

BYRON (*Werner*)

El día siguiente lo pasaron los tres juntos. El señor Hale apenas habló, solo cuando sus hijos le hacían alguna pregunta y lo obligaban, por así decir, a volver al presente. Frederick no lloró ni se lamentó más; el paroxismo del principio había pasado y se avergonzaba de haberse dejado abatir tanto por la emoción; y, aunque sentía real y profundamente haber perdido a su madre y ese dolor le duraría toda la vida, ya no volvería a hablar de ello. En cambio Margaret, menos apasionada en los primeros momentos, sufría más. A veces lloraba mucho y, aunque hablara de otras cosas, lo hacía con una tierna actitud de duelo, que se intensificaba siempre que miraba a Frederick y pensaba que se iba a marchar enseguida. Se alegraba de que se fuera por su padre, aunque en su fuero interno lo lamentaba muchísimo. El terror y la preocupación en los que vivía el señor Hale, por si alguien reconocía a su hijo o lo arrestaban, sobrepasaba con mucho el placer de tenerlo cerca. Su inquietud había aumentado en gran medida desde la muerte de la señora Hale, probablemente porque sus pensamientos se centraban solo en la peligrosa situación. Se sobresaltaba con cualquier ruido inesperado y nunca estaba a gusto si Frederick no se sentaba fuera de la vista de quien pudiera entrar en la habitación. Al final de la tarde dijo:

—Margaret, ¿vas a acompañar a Frederick a la estación? Prefiero saber que parte sano y salvo. De todos modos, ¿me traerás la confirmación de que ha salido de Milton?

—Claro, papá —dijo Margaret—, además me apetece, si no vas a quedarte muy solo sin mí.

—No, no; estaría todo el tiempo imaginándome que alguien lo reconoce y lo detienen, a menos que tú puedas decirme que lo has visto partir. Id a la estación de Outwood. Está bastante cerca y no hay tanta gente. Id en un coche de alquiler, así se arriesga menos a que lo vean. ¿A qué hora es el tren, Fred?

—A las seis y diez, casi de noche. Así, Margaret, ¿qué vas a hacer después?

—¡Ah, me las arreglaré! Me he vuelto muy valiente y atrevida. De noche, el camino hasta casa está bien iluminado. Y la semana pasada salí mucho más tarde.

Margaret se alegró de que terminaran las despedidas. La de la madre difunta y la del padre vivo. Hizo entrar a Frederick en el coche a toda prisa para acortar una escena tan dolorosa para su padre, que lo acompañó a ver a su madre por última vez. A consecuencia de esto, por una parte, y de uno de los errores comunes de la «Guía de trenes» sobre los horarios de llegada a los apeaderos, cuando entraron en la estación se dieron cuenta de que les sobraban casi veinte minutos. La taquilla estaba cerrada, de manera que ni siquiera pudieron comprar el billete. Decidieron bajar las escaleras hasta el túnel que pasaba por debajo de las vías. Un ancho camino de cenizas cruzaba en diagonal un campo flanqueado por una carretera, y por ahí se pusieron a andar a cortos paseos de ida y vuelta los pocos minutos que les quedaban.

Margaret se agarró del brazo de su hermano y él le puso la mano encima afectuosamente.

—Margaret, voy a consultar al señor Lennox las posibilidades de que me exculpen, para poder volver a Inglaterra cuando quiera, sobre todo por ti, más que por nadie. Me disgusta lo sola que te quedarías si a mi padre le pasara algo. Está cambiado, muy triste..., profundamente alterado. Me gustaría que le hicieras pensar en la idea de Cádiz por muchos motivos. ¿Qué harías si él falleciera? Aquí no tienes amigos. Es curioso que estemos tan desprovistos de relaciones sociales.

Margaret apenas pudo contener las lágrimas por la tierna preocupación con la que Frederick le acababa de exponer una circunstancia que a ella también le parecía posible, por lo mucho que habían afectado a su padre los acontecimientos de los últimos meses. Pero intentó animarse y respondió:

—Ha habido tantos cambios extraños e inesperados en mi vida en los dos últimos años que creo más que nunca que no vale la pena pensar demasiado en lo que haría si sucediera algo en el futuro. Procuro pensar solo en el presente.

Hizo una pausa; se quedaron quietos un momento, en el lado del campo, cerca de la cancela que daba a la carretera. El sol poniente les iluminaba la cara. Frederick le tomó la mano y la miró a los ojos con tristeza y preocupación, pues vio más inquietud y aflicción de la que expresaban las palabras.

—Nos escribiremos a menudo —continuó ella— y prometo, porque sé que te tranquilizará, contarte todas las dificultades con las que me encuentre. Papá está...

Se sobresaltó imperceptiblemente, pero Frederick notó el súbito movimiento de la mano que sujetaba y se volvió a mirar a la carretera, por la que pasaba lentamente un jinete, justo por delante de la cancela en la que se encontraban. Margaret saludó con una inclinación de cabeza y el hombre le devolvió el saludo rígidamente.

—¿Quién era? —preguntó Frederick, casi al alcance del oído del jinete.

—El señor Thornton —respondió Margaret un poco turbada y sonrojada—, ya lo habías visto, recuerda.

—Solo de espalda. ¡Qué tipo tan vulgar! ¡Menuda expresión tiene!

—Le ha pasado una cosa que lo ha sacado de quicio —dijo Margaret como disculpándose—. Si hubieras visto cómo trataba a mamá no te habría parecido tan vulgar.

—Debe de ser la hora de ir a comprar el billete. Si hubiera sabido que se iba a hacer tan de noche no habría despedido al coche.

—¡Ah, no te inquietes por eso! Puedo pedir otro aquí mismo, si quiero, o puedo volver por la carretera, porque habrá tiendas y gente y farolas por todo el camino. No pienses en mí, ocúpate de tu seguridad. Me pongo mala de pensar que Leonards pueda estar en el mismo tren que tú. Mira bien en el vagón antes de subirte.

Volvieron a la estación. Margaret insistió en exponerse a la luz de gas del interior para ir a comprar el billete. Había algunos jóvenes ociosos alrededor del jefe de estación y creyó reconocer a uno de ellos, que tuvo la impertinencia de mirarla con todo descaro; ella reaccionó con una orgullosa actitud de dignidad ofendida. Volvió rápidamente con su hermano, que se había quedado fuera, y lo agarró del brazo.

—¿Tienes la bolsa? Vamos a pasear por el andén —le dijo, un poco nerviosa porque iba a quedarse sola enseguida, y con menos seguridad en sí misma de la que le habría gustado reconocer.

Oyó unos pasos que los seguían; cesaron cuando ellos se pararon a mirar las vías al oír el silbido del tren que se acercaba. No hablaron, tenían el corazón en un puño. El tren entraría enseguida en la estación y al minuto siguiente su hermano se habría ido. Margaret casi se arrepintió de haber insistido en que se fuera a Londres con tanta prisa, porque había más posibilidades de que lo detectaran. Si se hubiera embarcado directamente en Liverpool rumbo a España podía haber estado fuera del país en dos o tres horas.

Frederick dio media vuelta y la luz de la farola, que se intensificó al acercarse el tren, le dio de lleno en la cara. Un hombre con bata de mozo de la estación se aproximó; tenía mal aspecto, como si hubiera bebido hasta embrutecerse, aunque tenía los sentidos perfectamente despiertos.

—Con permiso, señorita —dijo, empujando a Margaret rudamente a un lado y agarrando a Frederick por el cuello de la levita—. Usted es Hale, ¿verdad?

En un instante —Margaret no vio cómo, porque todo le daba vueltas—, Frederick lo derribó con una llave de lucha y el hombre se cayó del andén al terreno blando de al lado de la vía, una distancia de tres o cuatro pies. Y allí se quedó.

—¡Corre, corre! —dijo ella respirando entrecortadamente—. El tren ya está aquí. Era Leonards, ¿verdad? ¡Vamos, corre! Yo te llevo la bolsa.

Y lo agarró del brazo tirando de él con todas sus débiles fuerzas. La portezuela de un vagón estaba abierta, Frederick se subió de un salto y, cuando se asomó para decir: «¡Que Dios te bendiga, Margaret!», el tren pasó por delante de ella y se quedó sola. Estaba tan mareada y tan débil que agradeció poder entrar en la sala de espera de señoras y sentarse un instante. Al principio solo podía jadear. Había sido todo tan rápido, tan horriblemente alarmante; había estado a punto de suceder. Si el tren no hubiera estado allí en ese momento, el hombre se habría levantado otra vez y habría pedido ayuda para arrestar a su hermano. Se preguntó entonces si el hombre se habría vuelto a

MILTON

poner de pie; intentó recordar si lo había visto moverse; ¿o se habría herido gravemente? Se aventuró a salir; el andén estaba completamente iluminado, pero tranquilo, sin gente; fue hasta el final y miró al otro lado de la vía con cierto temor. No, allí no había nadie; y se alegró de haber ido a comprobarlo, de lo contrario, habría pensado lo peor y habría tenido pesadillas. De todos modos, temblaba tanto y estaba tan asustada que le pareció que no podría volver a casa andando, pues la calle estaba realmente oscura y solitaria, vista desde la luz intensa de la estación. Esperaría a que pasara el tren de vuelta y allí descansaría. Pero ¿y si Leonards la había tomado por la compañera de Frederick? Miró a todas partes antes de atreverse a ir a la taquilla a comprar el billete. Solo había unos oficiales ferroviarios charlando entre ellos a voces.

—¡Así que Leonards ha vuelto a beber! —dijo uno que parecía tener autoridad—. Esta vez va a necesitar todas las influencias de las que tanto presume para que no lo echen.

—¿Dónde está? —preguntó otro.

Entretanto, Margaret, de espaldas a ellos, contaba las monedas sueltas con dedos temblorosos, sin atreverse a dar media vuelta hasta oír la respuesta a esa pregunta.

—No sé. No hace ni cinco minutos que vino contando no sé qué larga historia de que se había caído, jurando sin parar; y me pidió prestado para ir a Londres en el próximo tren. Me hizo toda clase de promesas de borracho, pero yo tenía más que hacer que oírle a él. Le dije que se largara y se fue a la puerta de la estación.

—Apostaría a que está en la taberna más cercana —dijo el primero que había hablado—, y tu dinero también, si has sido tan tonto de prestárselo.

—¡Qué va, hombre! Sé perfectamente lo que significa su Londres. ¿Pues acaso me ha pagado los cinco chelines que me debe? —Y así siguieron.

La única preocupación que le quedó a Margaret fue que el tren llegara cuanto antes. Volvió a guarecerse en la sala de espera de señoras; se imaginaba que cada ruido que oía eran los pasos de Leonards, que cada voz alborotadora era la suya. Pero nadie se acercó a ella hasta que llegó el tren, cuando un mozo de la estación la ayudó amablemente a subir al vagón; no se atrevió a mirarle la cara hasta que el tren arrancó, y vio que no era Leonards.

CAPÍTULO XXXIII

PAZ

> ¡Sigue durmiendo, amor mío, en tu lecho frío,
> no te preocupes jamás!
> Es mi último buenas noches; no despertarás
> hasta que tu destino alcance.
>
> DR. KING

En casa, todo parecía demasiado tranquilo, después de tanto terror y tanto ruido. Su padre había procurado disponer un refrigerio para cuando volviera, después se había sentado en su sillón de siempre y se había sumido en una de sus tristes ensoñaciones. Dixon regañaba y dirigía a Mary Higgins en la cocina; aunque la regañaba en furiosos susurros, no por eso lo hacía con menos energía; le parecía que hablar en un tono más audible sería una irreverencia mientras hubiera una difunta en la casa. Margaret había decidido no contarle a su padre el mal trago que habían pasado en la estación. No valía la pena. Todo había terminado bien; lo único que temía era que Leonards consiguiera dinero para llevar a cabo su propósito de seguir a Frederick a Londres y buscarlo allí. Pero era una idea con probabilidades muy remotas de que se cumpliera, de manera que se propuso no atormentarse pensando en una cosa que no podía evitar de ninguna manera. Frederick estaría en guardia, sabría protegerse como lo habría hecho ella y, al día siguiente o al otro a lo sumo, estaría a salvo fuera de Inglaterra.

—Supongo que mañana sabremos algo del señor Bell —dijo Margaret.

—Sí —respondió su padre—, supongo que sí.

—Calculo que, si puede venir, llegará mañana por la noche.

—Si no puede, le pediré al señor Thornton que me acompañe al entierro. No puedo ir solo. Me derrumbaría sin remedio.

—No se lo digas al señor Thornton, papá. Déjame acompañarte —dijo Margaret impetuosamente.

—¿Tú? Querida mía, por lo general, las mujeres no asisten a los entierros.

—No, porque son incapaces de contenerse. Las mujeres de nuestra clase no van porque no saben controlar sus emociones, aunque se avergüencen de expresarlas. Las mujeres pobres sí van, y les da igual que las vean desbordadas de dolor. Pero, papá, te prometo que, si me dejas acompañarte, no te arrepentirás. No elijas a un desconocido y me dejes fuera a mí. Querido padre, si el señor Bell no puede venir iré yo. Pero si viene, no insistiré más en contra de tus deseos.

El señor Bell no pudo ir. Tenía un ataque de gota. Escribió una carta sumamente afectuosa lamentando sincera y hondamente no poder acudir. Esperaba poder ir a verlos pronto, si estaban dispuestos a recibirlo; sus propiedades de Milton requerían un poco de atención y su agente le había dicho por carta que su presencia era absolutamente necesaria; si no, habría procurado no tener que ir a Milton mientras fuera posible; sin embargo, dadas las circunstancias, lo único que lo reconciliaba con la idea de esa visita ineludible era poder ver, y tal vez consolar, a su querido amigo.

A Margaret le costó Dios y ayuda convencer a su padre de que no invitara al señor Thornton. La mera idea la repugnaba de una forma indescriptible. La víspera del entierro llegó una regia nota de la señora Thornton para la señorita Hale diciendo que, por deseo de su hijo, ponían su carruaje a su disposición para el entierro, si la familia no tenía inconveniente en aceptarlo. Margaret le pasó la nota a su padre.

—¡Ah, cuántas formalidades! —dijo ella—. Vamos tú y yo solos, papá. No se preocupan por nosotros, porque de lo contrario, el señor Thornton se habría ofrecido a ir él, en vez de proponernos un carruaje vacío.

—Creía que te oponías frontalmente a que fuera él quien me acompañara, Margaret —dijo el señor Hale, sorprendido.

—Y me opongo. No quiero que venga para nada; y sobre todo me disgustaría pensar en pedírselo siquiera. Pero esto parece una burla del duelo que no me esperaba de él.

Para gran asombro de su padre, Margaret rompió a llorar. Había estado tan discreta en su dolor, pensando siempre en los demás, tan atenta y paciente con todas las cosas, que no entendía esa actitud de impaciencia; parecía inquieta y agitada, y toda la ternura que le estaba prodigando su padre la pagaba con más lágrimas.

Pasó tan mala noche que no estaba preparada para otra preocupación más que vino a sumarse en forma de una carta de Frederick. El señor Lennox no estaba en la ciudad; su secretario le había dicho que volvería el martes siguiente como máximo; que tal vez estuviera en casa el lunes. Por lo tanto, después de pensarlo bien, Frederick había resuelto quedarse en Londres un par de días más. Había pensado volver a Milton, la tentación había sido muy fuerte; pero pensar en el señor Bell aposentado en casa de su padre y el susto que se había llevado en el último momento en la estación de tren le hicieron quedarse en Londres. Aseguró a Margaret que tomaría todas las precauciones para que no lo detectara ningún Leonards. Margaret dio gracias por haber recibido la carta cuando su padre estaba en la habitación de la madre. Si hubiera estado presente, habría esperado que se la leyera en voz alta, y se habría alarmado tanto que le habría resultado imposible tranquilizarlo. Lo que le heló la sangre en las venas no fue solo la posibilidad de que lo descubrieran en Londres, cosa que la tenía preocupadísima, sino también que su padre se enterara de que lo habían reconocido en la estación y de que era posible que lo hubieran perseguido. ¿Cómo se lo habría tomado? Se arrepintió muchas veces de haber propuesto la idea de consultar al señor Lennox, y de haberla impuesto. En el momento le había parecido que solo le retrasaría el viaje un poco y que las posibilidades de que lo reconocieran no aumentarían en exceso; sin embargo, todo lo que había sucedido después le hacía pensar que había sido una idea pésima. Se debatió contra estos argumentos por algo que ya no tenía remedio, contra los reproches que se hacía a sí misma por haber dicho lo que dijo cuando le parecía la mejor solución, pero que después había resultado ser un error. Pero su padre estaba tan deprimido física y mentalmente que no podía defenderse por sí mismo: sucumbiría a los malsanos reproches por lo que no se podía deshacer. Margaret recurrió a todas sus fuerzas para sobreponerse. Parecía que su padre se había olvidado de que había motivos para esperar carta de Frederick esa mañana. Solo pensaba en una cosa: que le iban a quitar la última prueba visible de la presencia de su mujer y se la ocultarían para siempre. Daba lástima ver cómo temblaba cuando el empleado de las pompas fúnebres le puso la banda negra. Miró a Margaret con tristeza y, cuando el hombre lo soltó, se acercó rápidamente a ella murmurando: «Ruega por mí, Margaret. No me quedan fuerzas. No puedo rezar. Renuncio porque es lo que tengo que hacer. Intento soportarlo, te lo aseguro. Sé que es la voluntad de Dios. Pero no entiendo por qué ha tenido que morir. Ruega por mí, Margaret, para que encuentre la fe que me permita rezar. Estoy en un callejón sin salida, hija mía».

Margaret se sentó a su lado en el sofá, casi sujetándolo entre los brazos, y recitó todos los versos nobles de santo consuelo y los textos que exaltaban la resignación por la fe que podía recordar. No se le quebró la voz en ningún momento, al contrario, las santas palabras le insuflaron mayor entereza. Su padre movía los labios después de ella y repetía los textos que sabía de memoria a medida que los recordaba; era terrible ver la paciencia con la que se esforzaba por sentir una resignación que su corazón no había logrado invocar por falta de fuerzas.

Margaret estuvo a punto de perder la fortaleza cuando Dixon, con un leve movimiento de la mano, señaló hacia Nicholas Higgins y su hija, que estaban un poco apartados, pero muy atentos a la ceremonia. Nicholas llevaba la ropa de fustán de siempre, pero había puesto algo negro en el sombrero: una señal de luto que no había exhibido en memoria de su hija Bessy. Pero el señor Hale no vio nada. Solo repetía para sí, mecánicamente, las oraciones y fórmulas del servicio a medida que las leía el clérigo que lo oficiaba; cuando todo acabó, suspiró dos o tres veces y después, poniendo la mano a Margaret en el brazo, le rogó sin palabras que se lo llevara de allí como si fuera ciego y ella, su fiel guía.

Dixon lloró sin recato; se tapó la cara con un pañuelo y se concentró tanto en su pena que no se dio cuenta de que el gentío que suelen atraer estas celebraciones empezaba a dispersarse hasta que alguien se acercó y le dijo algo. Era el señor Thornton. Había estado presente desde el principio, con la cabeza gacha, detrás de un grupo de gente, de manera que nadie lo había reconocido.

—Discúlpeme... ¿Tendría la amabilidad de decirme cómo se encuentra el señor Hale, y también la señorita Hale? Me gustaría saber qué tal están los dos.

—Claro, señor. Están como se supone que tienen que estar. El señor no levanta cabeza. La señorita Hale lo sobrelleva mejor de lo esperado.

Le habría gustado oír que la señorita Hale sufría la pena natural. En primer lugar, era suficientemente egoísta para complacerse en la idea de que podría consolarla y animarla con su gran amor, de la misma forma que una madre siente un extraño placer lacerante cuando su hijo, abatido y confiando en ella para todo, se acurruca a su lado. Pero la deliciosa visión de lo que podía haber sucedido —y en lo que, a pesar de la repulsa de Margaret, él se habría complacido hacía tan solo unos días— se disolvió tristemente al recordar lo que había visto cerca de la estación de Outwood. «Se disolvió tristemente» no es lo bastante fuerte. Lo obsesionaba el recuerdo del apuesto joven que la acompañaba y la actitud de intimidad que tenían; un recuerdo que lo atravesó de parte a parte como un cuchillo y le hizo apretar los puños para dominar el dolor. ¡Tan lejos de casa a esas horas! Le costó un gran esfuerzo moral despertar de nuevo la confianza —tan perfecta hasta entonces— en la exquisita pureza de Margaret; en cuanto dejaba de hacer el esfuerzo, la confianza caía, muerta y desvalida, y toda clase de visiones imaginarias le pasaban por la cabeza, una tras otra, como los sueños. Y ahí tenía la prueba vergonzosa y corrosiva que lo confirmaba: «Lo sobrelleva mejor de lo esperado», en esos dolorosos momentos. Eso significaba que tenía una esperanza en la que apoyarse, tan luminosa que, por su carácter afectuoso, podía aligerar las negras horas de una hija que acababa de perder a su madre. ¡Sí! ¡Sabía cómo sería su forma de amar! No se habría enamorado de ella si no hubiera sabido por instinto la capacidad de amar que tenía. Su espíritu se regocijaría en la gloriosa luz del sol si un hombre, con su capacidad de amar, fuera digno de ganar su amor. Aunque estuviera de luto, descansaría con una fe pacífica en la comprensión de él. ¡La comprensión de él! ¿La compresión de quién? La de ese otro hombre. Que fuera la de otro hizo palidecer más aún al serio señor Thornton al oír la respuesta de Dixon.

—Supongo que puedo hacerle una visita —dijo fríamente—. Al señor Hale, quiero decir. Tal vez me reciba pasado mañana o al otro.

Lo dijo como si la respuesta le fuera indiferente. Pero no era así. A pesar del dolor, deseaba ver a la que se lo producía. Aunque a veces aborrecía a Margaret, cuando pensaba en esa tierna actitud familiar y en todas las circunstancias que la acompañaban, sentía un deseo inquieto de renovar su imagen mental: un anhelo de respirar el mismo aire que ella. Se encontraba en un remolino de pasión y forzosamente tenía que dar vueltas y más vueltas alrededor del fatídico centro.

—Yo creo que sí, señor, que le recibirá. Lamentó mucho tener que rechazarlo el otro día, pero las circunstancias no se lo permitieron.

Por algún motivo, Dixon no llegó a hablar con Margaret de esta breve conversación que había tenido con el señor Thornton. Sería por pura casualidad, pero no llegó a saber que había asistido al entierro de su madre.

CAPÍTULO XXXIV

FALSO Y VERDADERO

La verdad nunca te fallará, ¡jamás!
Aunque la tempestad azote tu barca,
aunque cada tablón arrancado se parta,
la verdad te sostendrá por siempre.

ANÓNIMO

Esa forma de sobrellevarlo «mejor de lo esperado» era una carga tremenda para Margaret. A veces pensaba que debía darse rienda suelta y gritar su dolor cuando le pasaba por la cabeza, incluso en plena conversación animada con su padre, la idea de que ya no tenía madre. También pensar en Frederick le procuraba una gran inquietud. El servicio de correos, limitado los domingos, retrasaba las cartas que llegaban de Londres y el martes la sorprendió y la decepcionó que no llegaran noticias. No sabía lo que pensaba hacer su hermano y su padre sufría con tanta incertidumbre, hasta el punto de que abandonó la costumbre que había tomado últimamente de quedarse la mitad del día en una mecedora sin hacer nada y empezó a dar paseos de un lado a otro de la habitación; después salía y ella lo oía en el rellano abriendo y cerrando las puertas de los dormitorios sin motivo aparente. Intentó tranquilizarlo leyendo en voz alta, pero era evidente que no la escuchaba mucho rato seguido. Cuánto se alegraba de haber guardado para sí el otro motivo de preocupación: el encuentro con Leonards. También se alegró al ver que anunciaban la visita del señor Thornton, que desviaría los pensamientos de su padre por otros derroteros.

El señor Thornton entró y se dirigió directamente al señor Hale; le apretó ambas manos sin decir una palabra y se las retuvo un par de minutos con una cara, una mirada y una actitud que comunicaban más comprensión de la que se podía expresar con palabras. Después se dirigió a Margaret. No le pareció que estuviera «mejor de lo esperado». Las vigilias y las lágrimas habían deteriorado su regia belleza. La expresión del rostro era de una tristeza serena cargada de paciencia..., no de sufrimiento presente. No tenía intención de saludarla sino con la estudiada frialdad que había adoptado, pero, sin poder evitarlo, se acercó a ella, que se había quedado un poco apartada, intimidada por su actitud distante de las últimas veces, y le dijo unas pocas palabras, las necesarias y comunes, en un tono tan tierno que a Margaret se le llenaron los ojos de lágrimas y dio media vuelta para ocultar la emoción. Se sentó en silencio, con la labor entre las manos. Al señor Thornton se le aceleró el corazón y en ese momento se le olvidó completamente la escena de Outwood. Intentó hablar con el señor Hale y, como sabía que siempre le agradaba su compañía y que su firmeza y su actitud decidida, así como sus opiniones, eran un puerto seguro, le hizo la conversación inesperadamente agradable a su padre, como pudo ver Margaret.

Poco después, Dixon apareció en la puerta y dijo:

—Señorita Hale, la llaman abajo.

A Margaret le dio un vuelco el corazón al ver lo nerviosa que estaba Dixon. A Fred le había sucedido algo, sin la menor duda. Afortunadamente su padre y el señor Thornton estaban muy entretenidos con su conversación.

—¿Qué pasa, Dixon? —preguntó Margaret en cuando cerró la puerta de la salita.

—Venga por aquí, señorita —dijo la mujer, refiriéndose al anterior dormitorio del señor Hale, que últimamente ocupaba Margaret porque su padre no quería volver a dormir ahí después de la muerte de su mujer—. No es nada, señorita —añadió, un poco entrecortadamente—. Solo es un inspector de policía. Ha preguntado por usted. Pero seguro que no es nada importante.

—¿Ha dicho algo de...? —inquirió Margaret casi inaudiblemente.

—No, señorita, no ha dicho nada de nada. Solo ha preguntado si vivía aquí y si podía hablar con usted. Abrió la puerta Martha y le hizo entrar; lo ha llevado al estudio del señor. Fui yo a hablar con él, a ver si se conformaba, pero no..., quiere hablar con usted.

Margaret no dijo nada más hasta que puso la mano en el pomo de la puerta del estudio. En ese momento se volvió y dijo:

—Procura que mi padre no baje; ahora está con el señor Thornton.

Al inspector casi lo intimidó la arrogancia con la que entró. Había en su actitud una sombra de indignación, pero tan dominada y controlada que le daba un soberbio aire de desdén, sin el menor asomo de sorpresa o curiosidad. Se quedó esperando que empezara a justificar su presencia. No le hizo ninguna pregunta.

—Discúlpeme, señora, pero tengo el deber de hacerle unas sencillas preguntas. Ha muerto un hombre en el hospital a consecuencia de una caída que le provocaron en la estación de Outwood, entre las cinco y las seis de la tarde del jueves, veintiséis de los corrientes. En aquel momento no pareció que la caída hubiera sido grave, pero resultó ser mortal, según los médicos, debido a una complicación interna y al hábito de la bebida.

Los grandes ojos oscuros que miraban fijamente al inspector se dilataron un poco, pero el experto observador no percibió ninguna otra reacción. Los carnosos labios describían una curva más pronunciada de lo habitual debido a la tensión de los músculos, pero como el hombre no sabía cómo los tenía normalmente, no podía reconocer el inusual gesto hosco de desafío de las firmes líneas de la boca. No palideció ni tembló. Lo miraba fijamente. Mientras el inspector hacía una pausa antes de continuar, Margaret, casi como animándolo a seguir, le dijo:

—Bien..., ¡continúe!

—Se supone que habrá que abrir una investigación; hay alguna prueba de que el golpe, el empujón o la refriega que provocó la caída se debiera a la impertinencia que el pobre hombre, medio borracho, cometió con una joven que paseaba con un hombre, el cual lo tiró del andén de un empujón. Esto fue lo que vio una persona, aunque en el momento no le dio importancia, porque no le pareció que el golpe fuera grave. También existen motivos para creer que la joven era usted, en cuyo caso...

—Yo no estaba allí —dijo Margaret, sin dejar de mirarlo inexpresivamente, como si fuera una sonámbula.

El inspector hizo una inclinación de cabeza pero no dijo nada. La joven que estaba ante él no parecía sentir ninguna emoción, ni temor, ni preocupación, ni deseos de terminar la entrevista. La información que tenía el inspector era muy imprecisa; un mozo de la estación, que salió corriendo a recibir al tren, había visto desde el otro extremo del andén la refriega entre Leonards y el caballero que iba acompañado de la joven, pero no oyó nada; el tren arrancó y, antes de que alcanzara su máxima velocidad, Leonards, corriendo medio borracho, maldiciendo y blasfemando con rabia, casi había arrollado al mozo al pasar. Este último no volvió a pensar en el incidente hasta que lo recordó hablando con el inspector, que estaba haciendo más pesquisas y había oído decir al jefe de estación que a esa hora había visto allí a un caballero con una joven —una joven sumamente atractiva— a la que identificó un dependiente de una verdulería, que se encontraba allí en ese momento, como la señorita Hale, que vivía en Crampton y cuya familia era cliente de la tienda. No tenían la certeza de que la joven y el caballero fueran los mismos que la otra pareja, pero había muchas probabilidades de que lo fueran. Leonards, por su parte, enloquecido de rabia, se había ido a la taberna más cercana en busca de consuelo y, aunque los atareados camareros no habían prestado atención a sus balbuceos de borracho, recordaban que no paraba de maldecirse a sí mismo por no haber pensado antes en el telégrafo para hacer algo, aunque no sabían qué, y creían que se había ido con la idea de poner un telegrama. En el camino, desbordado por el dolor o por la bebida, se había tumbado en la carretera, donde lo había encontrado la policía y lo había llevado al hospital. No llegó a recuperar la conciencia lo suficiente para contar lo que le había pasado, aunque en un par de momentos de lucidez dijo cosas que obligaron a las autoridades a solicitar la presencia de un magistrado, con la esperanza de que pudiera tomar declaración al moribundo sobre el incidente. Pero cuando llegó el magistrado, el hombre deliraba, decía que estaba en el mar, mezclaba nombre de capitanes y alféreces con los de otros compañeros de la estación, y sus últimas palabras fueron para maldecir «la llave de Cornualles» que, según decía, lo había dejado cien libras más pobre de lo que era. El inspector repasó todos esos datos mentalmente: la incerteza de las pruebas de la presencia de Margaret en la estación y la rotundidad y serenidad de su respuesta negativa. Ella se quedó esperando lo siguiente que tuviera que decir con una compostura perfecta.

—Entonces, señora, ¿niega usted que fuera la joven que acompañaba al caballero que dio el golpe o el empujón que causó la muerte a ese pobre hombre?

Un dolor lacerante e instantáneo le cruzó el cerebro. «¡Ay, Dios, si supiera que Frederick está a salvo!». Un observador perspicaz de la expresión humana podría haber visto el instante de angustia en sus grandes ojos tristes, el sufrimiento de un animal atrapado. Pero el inspector, aunque era un gran observador, no profundizaba tanto. No obstante, le llamó la atención la respuesta a su última pregunta, que fue como una repetición mecánica de la primera, sin cambiar ni modificar nada.

—Yo no estaba allí —dijo ella lentamente, arrastrando las palabras.

No cerró los ojos en ningún momento ni cambió la mirada vidriosa, como soñadora. El eco sordo de la primera negación le despertó sospechas, como si se hubiera impuesto una única mentira y le faltaran fuerzas para cambiarla.

El inspector sacó la libreta de notas con toda lentitud. Después levantó la mirada; la joven no se había movido un ápice, parecía una gran estatua egipcia.

—Espero que no me considere impertinente si le digo que es posible que tenga que hablar con usted otra vez. Tal vez deba comparecer y aportar una coartada a la investigación si mis testigos —solo uno la había reconocido— se ratifican en declarar que estaba usted allí cuando sucedió el desagraciado accidente.

La miró de pronto. Seguía totalmente impertérrita, ningún cambio de color, ninguna sombra de culpabilidad en el orgulloso rostro. Creyó detectar un estremecimiento: no conocía a Margaret Hale. Le intimidaba un poco esa compostura inalterable. La identificación debía de ser errónea. Continuó diciendo:

—Señora, es muy improbable que tenga que pedirle algo así. Espero que sepa disculparme por lo que hago solo en cumplimiento del deber, aunque parezca impertinente.

Margaret inclinó la cabeza cuando el inspector se dirigió a la puerta. Tenía los labios rígidos y secos. No pudo decir ni unas simples palabras de despedida. Pero, de repente, se adelantó y abrió la puerta del estudio, lo precedió hasta la de la casa y la abrió de par en par para que saliera. No dejó de mirarlo de la misma forma hasta que hubo salido del todo a la calle. Cerró la puerta y se dirigió al estudio, pero antes de llegar dio media vuelta como movida por un impulso repentino y echó el cerrojo.

A continuación entró en el estudio, se detuvo, dio unos pasos rápidos, se detuvo de nuevo, se balanceó un instante en el sitio, perdió el conocimiento y se cayó de bruces al suelo.

CAPÍTULO XXXV
EXPIACIÓN

> No hay nada tan finamente hilado
> que no llegue al sol.

El señor Thornton alargó la visita. Le parecía que al señor Hale le agradaba su compañía y le enterneció el melancólico ruego, apenas pronunciado, de que se quedara un poco más, el suplicante «No se vaya todavía» que su pobre amigo le decía de vez en cuando. Le extrañaba que Margaret no volviera, pero si alargaba la visita no era por verla. En esa hora —y en presencia de una persona que sentía en lo más hondo de su ser que este mundo no era nada— se mostraba razonable y contenido. Le interesaba mucho todo lo que decía el señor Hale.

> De la muerte y del sueño pesado,
> y del cerebro que se ha nublado.

Curiosamente, la sola presencia del señor Thornton hacía que el señor Hale desvelara los pensamientos secretos que no confiaba a Margaret siquiera. Fuera porque la comprensión de su hija sería muy ardiente y la exteriorizaría de una forma tan vívida que le hacía temer su propia reacción, o fuera porque en esos momentos su afán especulativo le presentaba toda clase de dudas rogando y pidiendo a gritos soluciones y certezas, y porque sabía que la mera expresión de esas dudas la habría afectado profundamente, el caso es que le resultaba más fácil confiar al señor Thornton las ideas, fantasías y temores que le habían tenido el cerebro congelado hasta entonces. El señor Thornton hablaba muy poco; pero cada cosa que decía aumentaba la confianza y el interés del señor Hale por él. Si hacía una pausa al expresar el recuerdo de una angustia, el señor Thornton era capaz de terminar la frase con dos o tres palabras, demostrando así la profundidad de su comprensión. Si una duda, un temor, una incerteza inquieta buscaba reposo pero no lo hallaba —porque las lágrimas lo cegaban—, el señor Thornton, en vez de escandalizarse, parecía haber pasado por ese mismo trance y era capaz de indicar dónde podía encontrarse un rayo de luz que iluminara los rincones oscuros. Siendo el hombre de acción que era, tan implicado en la gran batalla del mundo, y a pesar de su terquedad y de todos sus errores, lo unía a Dios de corazón una religiosidad más profunda que la que el señor Hale podía imaginarse. Nunca volvieron a hablar de esas cosas, pero esta única conversación los acercó íntimamente, los unió de una forma como no lo conseguiría ninguna charla indiscriminada sobre asuntos sagrados. Cuando todo se admite, no hay lugar más sagrado que otros.

Entretanto, Margaret yacía inmóvil y pálida en el suelo del estudio, como muerta. Se había derrumbado bajo el peso de la carga que llevaba desde hacía tiempo, había sido muy sumisa y paciente hasta que la fe se le hizo añicos y buscó ayuda a ciegas. Una lastimosa arruga le fruncía el ceño, aunque no se apreciaba ninguna otra señal de consciencia. Los labios —carnosos y desafiantes un rato antes— estaban relajados y lívidos.

E par che de la sua labbia si mova
uno spirito soave e pien d'amore
Chi va dicendo a l'anima: sospira![25]

El primer síntoma de recuperación fue un temblor de los labios: un pequeño intento mudo de decir algo; pero los ojos seguían cerrados y el temblor cesó. Después, apoyándose débilmente en los brazos un instante para calmarse, se incorporó y se puso de pie. Se le había caído el prendedor del pelo y lo buscó con un deseo intuitivo de borrar los rastros de la debilidad y de

25 Dante Alighieri, *Vida nueva:* «Y escaparse parece de sus labios / un delicado espíritu amoroso / que al alma va diciéndole: suspira». En traducción de Luis Martínez Merlo, Cátedra (2010).

recomponerse, aunque de vez en cuando, mientras lo buscaba, tenía que sentarse a recuperar fuerzas. Con la cabeza colgando hacia delante y una mano sobre la otra intentó recordar la intensa tentación, los detalles del susto mortal que le había provocado el desvanecimiento, pero no podía. Solo entendía dos cosas. Una: que Frederick había estado en peligro de que lo persiguieran hasta Londres y lo detuvieran no solo como culpable de la muerte de un hombre, sino sobre todo por lo más imperdonable: haber sido el cabecilla del motín. Y dos: que había mentido para salvarlo. Una cosa la consolaba: la mentira lo había salvado, aunque solo fuera por ganar un poco de tiempo. Si el inspector volvía al día siguiente, después de haber recibido la carta que tanto anhelaba, la que le confirmaría que su hermano estaba a salvo, afrontaría la vergüenza y soportaría el amargo castigo: ella, la orgullosa Margaret, reconocería ante un tribunal atestado de gente, si fuere necesario, que había sido «un perro, para hacer tal cosa».[26] Pero si el agente se presentaba antes de recibir noticias de Frederick, si volvía pocas horas después, tal como había dicho, ¡mentiría de nuevo! Aunque no sabía, no podía saber cómo le saldrían las palabras —después de esa terrible pausa, que le había dado tiempo a reflexionar y a reprocharse las cosas— sin que se le notara que mentía. Pero repetirlo sería ganar tiempo..., tiempo para Frederick.

La entrada de Dixon la devolvió al presente; la doncella acababa de acompañar al señor Thornton a la puerta.

El señor Thornton no había dado ni diez pasos por la calle cuando un ómnibus se detuvo cerca de él y se apeó un hombre, que se tocó el sombrero al verlo. Era el inspector de policía.

El señor Thornton le había procurado su primer puesto en la policía y estaba al corriente de los ascensos de su protegido, pero se habían visto pocas veces y, al principio, no lo reconoció.

—Soy Watson, George Watson, señor, el que usted...

—¡Ah, sí! Me acuerdo. Parece que está prosperando mucho, según dicen.

—Sí, señor. Y se lo debo a usted. Pero me he atrevido a dirigirme a usted ahora por un asunto menor. Tengo entendido que anoche acudió como magistrado al hospital para tomar declaración a un pobre hombre que al final murió.

26 2 Reyes 8, 13.

—Sí, en efecto —contestó el señor Thornton—. Solo dijo incoherencias que, según el secretario, no servían de nada. Sospecho que no era más que un borracho, aunque sin duda la causa de la muerte fue un acto violento. Una de las criadas de mi madre era su prometida, creo, y hoy está muy disgustada. ¿Qué quiere decirme de él?

—Pues hay alguna extraña relación entre esa muerte y alguien que vive en la casa de la que lo acabo de ver salir, la de un tal señor Hale, creo.

—Sí —respondió el señor Thornton volviéndose bruscamente para mirar al inspector con un súbito interés—. ¿Qué pasa con él?

—Pues, verá, señor, me parece que tengo una clara cadena de pruebas que indican que el caballero que paseaba con la señorita Hale esa noche por la estación de Outwood es el que golpeó o tiró a Leonards del andén causándole la muerte. Pero la joven niega haber estado allí en aquel momento.

—¡La señorita Hale niega haber estado allí! —repitió el señor Thornton, alterado—. Dígame, ¿qué noche sucedió? ¿A qué hora?

—Sobre las seis de la tarde del jueves, veintiséis.

En silencio, caminaron los dos juntos un par de minutos. El inspector fue el primero en hablar:

—Verá, señor, es probable que el juez abra una investigación; y tengo a un joven que está seguro, o al menos lo estaba al principio, porque, desde que sabe que la señorita lo niega, dice que no quiere jurarlo, pero sigue estando muy seguro de que vio a la señorita Hale en la estación paseando con un caballero menos de cinco minutos antes de la hora, cuando un mozo vio una reyerta que achacó a algún acto de grosería por parte de Leonards, pero que terminó con la caída que le causó la muerte. Y al verlo ahora saliendo de esa casa, señor, me pareció que podía atreverme a preguntarle si..., bueno, es que, claro, son difíciles los casos en los que la identificación no es segura, y a nadie le gusta dudar de la palabra de una joven respetable a menos que se tengan pruebas irrefutables.

—¿Y negó que estuviera en la estación esa tarde? —repitió el señor Thornton en un tono grave y pensativo.

—Sí, señor; dos veces, con total claridad. Le dije que tendría que volver, pero al verlo a usted precisamente cuando acabo de interrogar al joven que dijo que era ella, se me ha ocurrido pedirle consejo a usted, por ser magistrado y además la persona que me abrió las puertas de la policía.

—Bien, bien —dijo el señor Thornton—. No haga nada hasta que volvamos a vernos.

—La señorita espera mi visita, porque le dije que volvería.

—Solo le pido que lo retrase una hora. Son las tres. Venga al almacén a las cuatro.

—Muy bien, señor.

Y se separaron. El señor Thornton se fue rápidamente al almacén, prohibió terminantemente a los oficinistas que lo interrumpieran y se encerró en su despacho. Después se permitió la tortura de pensar en todo otra vez, hasta el último detalle. ¿Cómo había podido adormecerse, no hacía ni dos horas, en la calma confiada en la que se había reflejado esa imagen llorosa de ella, hasta que él, presa de la debilidad, la compadeció y anheló acercarse olvidando los celos brutales y desconfiados que le había desatado verla con aquel desconocido, a aquellas horas y en aquel sitio? ¿Cómo podía haberse rebajado tanto una persona tan pura, noble y decorosa? Pero no era una falta de decoro. ¿O sí? Se aborreció por la idea que se le impuso —no más de un instante—, aunque, mientras duró, lo conmovió con toda la fuerza de la atracción que sentía por ella. Y después, esa mentira —¡qué terrible debe de ser el miedo a que se descubra algo vergonzoso!—, porque, al fin y al cabo, la provocación de un hombre como Leonards, bajo los efectos del alcohol, podría, con toda probabilidad, ser más que suficiente para justificar a cualquiera que estuviera dispuesto a exponer las circunstancias abiertamente y sin reservas. ¡Qué miedo tan mortal sería para obligar a la sincera Margaret a mentir! Casi la compadecía. ¿Hasta dónde llegaría el asunto? No debía de haber pensado en el riesgo que corría si se abría la investigación y el joven declaraba. De pronto reaccionó: era necesario impedir la investigación. Salvaría a Margaret. Asumiría personalmente la responsabilidad de evitar que se llevara a cabo; el informe médico no era categórico (se lo había oído al médico de guardia), podía resultar dudoso; se había descubierto una enfermedad interna en estado muy avanzado que sin duda era mortal; afirmaron que la caída podía haber acelerado la muerte, o tal vez el alcohol que tomó después y la exposición al frío. Si al menos hubiera sabido cómo se había visto envuelta Margaret en el accidente, si hubiera previsto que sería capaz de manchar su pureza con una mentira, la habría salvado con una sola palabra; porque la noche anterior habían sopesado la cuestión de si se abriría la investigación o no. Aunque la señorita Hale amara a otro hombre —y a él lo desdeñara con indiferencia—, la serviría lealmente y ella jamás lo sabría. Aunque la despreciara, tenía que proteger de la vergüenza a la mujer de la que se había enamorado un día, porque sería vergonzoso que tuviera que obligarse a mentir en un juicio público o, en todo caso, reconocer sus motivos para preferir la oscuridad a la luz.

El señor Thornton salió y pasó entre sus empleados muy serio y preocupado. Se ausentó media hora y, cuando volvió, seguía igual de serio, aunque había logrado su propósito.

Escribió un par de líneas en una hoja de papel, la metió en un sobre y lo cerró. Después se lo entregó a uno de los oficinistas y le dijo:

—He citado aquí a Watson, el que trabajaba de empacador en el almacén y se hizo policía; vendrá a las cuatro. Pero acabo de encontrarme con un caballero de Liverpool que quiere verme antes de irse de la ciudad. Ocúpate de dar esta nota a Watson cuando llegue.

La nota decía: «No habrá investigación. El informe médico no es suficiente para justificarla. No haga nada más. No he visto al juez de paz, pero asumo la responsabilidad personalmente».

«Bien —pensó Watson—, me libra de una tarea incómoda. Ninguno de mis testigos parecía estar seguro de nada, menos la señorita. Ella lo dijo con toda claridad; el mozo de la estación había visto una reyerta y, cuando descubrió que podían llamarlo como testigo, empezó a decir que a lo mejor solo estaban haciendo un poco el tonto y que Leonards podía haber saltado del andén... No estaba seguro de nada. Y Jennings, el de la verdulería..., en fin, estaba más seguro, pero dudo que hubiera podido convencerlo de declarar bajo juramente en cuanto se enteró de que la señorita Hale lo negaba. Habría sido un trabajo complicado y nada satisfactorio. Y ahora tengo que ir a decirles que no se les citará».

Y así, por la noche, se presentó de nuevo en casa del señor Hale. El padre y Dixon habían intentado convencer a Margaret de que se fuera a la cama, pero no sabían por qué ella se negaba una y otra vez. Dixon se había enterado de la verdad en parte, pero solo en parte. Margaret no le contaría a ningún ser humano lo que había dicho ni quiso revelar el desdichado final de la caída de Leonards. Y así, la curiosidad de Dixon se combinó con su empeño en mandarla a descansar, porque, tumbada como estaba en el sofá, era evidente que lo necesitaba. No hablaba a menos que le dirigieran la palabra; intentaba responder con sonrisas a las inquietas miradas de su padre y a su tierno interés, pero, en vez de sonreír, los pálidos labios dejaban escapar un suspiro. La gran preocupación del padre la obligó a consentir por fin en retirarse a su habitación y prepararse para irse a la cama. Ya eran más de las nueve y tenía ganas de renunciar a la idea de que inspector no volvería esa noche.

Se apoyó en el respaldo del sillón de su padre y le dijo:

—Te irás pronto a la cama, ¿verdad, papá? ¡No te quedes aquí solo!

Margaret no oyó la respuesta; las palabras se perdieron en una fuente de sonido mucho menor que sus temores se encargaron de ampliar y que le llenó el cerebro: llamaron a la puerta.

Le dio un beso a su padre y bajó las escaleras con una rapidez que habría parecido imposible a cualquiera que la hubiera visto un minuto antes. Apartó a Dixon.

—No vayas, abro yo. Sé que es él…, puedo…, tengo que arreglármelas yo sola.

—¡Como quiera, señorita! —respondió Dixon con impaciencia; pero al momento añadió—: Pero no está usted en condiciones. Está más muerta que viva.

—¿Ah, sí? —replicó Margaret, y se volvió con los ojos iluminados por un fuego extraño y las mejillas sonrojadas, aunque los labios seguían resecos y lívidos.

Abrió la puerta al inspector y lo condujo al estudio. Dejó la vela en la mesa y la apagó con cuidado antes de volverse hacia él.

—¡Se ha retrasado usted! —le dijo—. ¿Y bien? —Contuvo la respiración esperando la respuesta.

—Lamento haberle causado unas molestias innecesarias, señora, porque, al final, han decidido no abrir la investigación. Habría venido antes, pero he tenido que hacer otras cosas y ver a otras personas.

—Bien, pues hemos terminado —dijo Margaret—. No habrá investigación.

—Creo que tengo la nota del señor Thornton aquí —dijo el inspector rebuscando en la cartera.

—¡El señor Thornton! —dijo Margaret.

—Sí, es magistrado… ¡Ah, aquí está!

No veía lo suficiente para leerla, no, aunque estaba cerca de la vela. Las palabras flotaban en el papel, pero ella lo sujetaba y lo miraba como si lo estuviera estudiando.

—Le aseguro, señora, que a mí me quita un peso de encima; porque las pruebas de que el hombre había recibido un golpe eran muy imprecisas..., y añadir a eso la cuestión de la identificación..., en fin, que complicaba mucho el caso, como le dije al señor Thornton...

—¿Al señor Thornton? —repitió Margaret.

—Me lo encontré esta mañana precisamente cuando venía yo hacia aquí y, como nos conocemos desde hace tiempo, además de ser el magistrado que vio a Leonards anoche, me atreví a contarle la difícil situación en la que me encontraba.

Margaret dejó escapar un hondo suspiro. No quería saber nada más; tanto temía lo que acababa de oír como lo que podía oír a continuación. Deseaba que el hombre se fuera. Hizo un esfuerzo por decir algo.

—Gracias por venir. Ya es muy tarde. Seguro que son más de las diez. ¡Ah, tenga, la nota! —continuó, al darse cuenta de lo que significaba la mano tendida. El hombre la estaba guardando cuando ella añadió—: Me ha parecido una letra muy apretada y no he podido leerla, ¿me la leería usted?

Se la leyó en voz alta.

—Gracias. ¿Le dijo al señor Thornton que yo no estaba allí?

—Sí, claro, señora. Siento mucho haber actuado acorde a una información que, al parecer, era completamente errónea. Al principio, el muchacho estaba muy seguro, pero ahora dice que se confundió desde el principio y que espera no haberle ocasionado muchas molestias y que no desean perderla como cliente. Buenas noches, señora.

—Buenas noches.

Tocó la campanilla para que Dixon lo acompañara a la puerta. Cuando Dixon volvía por el pasillo, Margaret la adelantó rápidamente.

—Todo arreglado —dijo sin mirarla.

Y, antes de que la mujer pudiera seguirla y hacerle más preguntas, subió las escaleras, entró en su dormitorio y cerró la puerta con pestillo.

Se tiró en la cama vestida, tal como estaba. El agotamiento le impedía pensar. Pasó media hora o más hasta que la postura y el frío la hicieron reaccionar. Y empezó a recordar, a combinar, a preguntarse cosas. Lo primero que pensó fue que la situación de alarma por Frederick estaba superada. En segundo lugar, quería recordar palabra por palabra todo lo que había dicho el inspector en relación con el señor Thornton. ¿Cuándo se habían encontrado? ¿Qué había dicho él? ¿Qué había hecho el señor Thornton? ¿Qué decía exactamente la nota? Y los pensamientos se negaron a pasar a otra cosa hasta que logró acordarse de las expresiones exactas de la nota, hasta la última coma. A continuación llegó a una conclusión muy clara: el señor Thornton la había visto cerca de la estación de Outwood el fatídico jueves por la noche, le habían contado que ella lo había negado y, por lo tanto, él sabía que había mentido. Era una mentirosa. Sin embargo, no tenía conciencia de haber pecado ante Dios; el caos y la noche rodeaban una sola verdad escabrosa: se había degradado ante el señor Thornton. No se molestó en buscar excusas, ni siquiera para sí. Esto no tenía nada que ver con el señor Thornton; jamás se le habría ocurrido que él o cualquier otra persona pudiera encontrar motivos de sospecha en una cosa tan natural como acompañar a su hermano; sin embargo, él sabía lo que realmente era falso y estaba mal hecho y, por lo tanto, tenía derecho a juzgarla. «¡Ay, Frederick, Frederick! —se lamentó—. ¡Lo que he sacrificado por ti!». Incluso cuando se durmió, siguió dando vueltas a la misma cuestión, pero aumentando y exagerando monstruosamente las dolorosas circunstancias.

Cuando se despertó se le ocurrió una idea nueva a la luz de la mañana. El señor Thornton sabía que ella había mentido antes de ir a ver al juez de paz; todo parecía indicar que seguramente lo había hecho para evitar que tuviera que mentir otra vez. Pero desechó esa ocurrencia con una malsana terquedad infantil. De ser así, no se lo agradecía, porque solo significaba hasta qué punto consideraba que ya había caído en desgracia antes de tomarse inesperadamente la molestia de evitar que volviera a cuestionarse una credibilidad que ya había comprometido por completo. Lo habría soportado todo, habría jurado en falso para salvar a Frederick, antes, mucho antes que no hacerlo para que el señor Thornton no tuviera motivos que lo impulsaran a intervenir para salvarla. ¿Qué mala estrella lo había puesto en contacto con el inspector? ¿Por qué había tenido que ser él el magistrado que asistiera a la declaración de Leonards? ¿Qué había dicho Leonards? ¿Cuánto entendió el señor Thornton, que, por lo que sabía ella, debía de estar al tanto de la acusación contra Frederick por su mutuo amigo, el señor Bell? De ser así, se había esforzado por salvar al hijo que, desafiando a la ley, había acudido al lecho de muerte de la madre. Eso sí podía agradecérselo —todavía no, si llegaba a agradecérselo un día—, pero no si lo había hecho movido por el desprecio. ¡Ay! ¿Acaso alguien tenía motivos justos para despreciarla? ¡El señor Thornton de entre todo el mundo, al que, hasta el momento, había mirado por encima del hombro desde su altura imaginaria! De pronto se encontró a sus pies, curiosamente afligida por haber caído. Se acobardó al seguir desarrollando las premisas hasta su conclusión y tener que reconocer el valor que le concedía al respeto y la buena opinión que tenía de ella. Cada vez que se le presentaba esta idea al final de una larga cadena de pensamientos, daba la espalda al camino por el que la llevaban..., no quería creerlo.

Era más tarde de lo que pensaba; con la agitación de la noche anterior, se le había olvidado dar cuerda al reloj; el señor Hale había ordenado expresamente que no la despertaran a la hora de costumbre. Pasó el tiempo hasta que la puerta se abrió poco a poco y Dixon asomó la cabeza. Al ver que Margaret estaba despierta, entró con una carta.

—Aquí le traigo una cosa que le sentará bien, señorita. Una carta del señorito Frederick.

—Gracias, Dixon. ¡Qué tarde es!

Hablaba sin fuerzas, pero consiguió no arrebatársela y esperó a que Dixon la dejara encima de la colcha, delante de ella.

—Seguro que quiere el desayuno. Se lo traigo ahora mismo. Sé que la bandeja del señor ya está preparada.

Margaret no respondió; la dejó marchar; quería estar sola para abrir la carta y por fin la abrió. Lo primero que le llamó la atención fue la fecha: era de hacía dos días. Entonces, la había escrito cuando había dicho que lo haría y les podía haber evitado la alarma. Pero la leería y ya vería. Era concisa, breve y totalmente satisfactoria. Había visto a Henry Lennox, que sabía lo suficiente del caso para hacer un gesto negativo con la cabeza al principio, y le dijo que se había arriesgado muchísimo volviendo a Inglaterra cuando pendía sobre él semejante acusación respaldada por alguien tan influyente. Pero, después de hablar un rato, el señor Lennox reconoció que podía haber alguna posibilidad de exculpación si conseguía demostrar sus argumentos mediante testigos fehacientes y que, en tal caso, podría merecer la pena ir a juicio, pero que, de lo contrario, el riesgo sería enorme. Lo examinaría exhaustivamente. «Hermanita mía, me sorprendió —decía Frederick— que tu presentación le hiciera tanto efecto. ¿Sería eso? Me hizo muchas preguntas, te lo aseguro. Me pareció un hombre perspicaz e inteligente y muy bien situado, a juzgar por lo que vi y por la cantidad de empleados que tenía alrededor. Aunque eso pueden ser trucos de abogados, nada más. Acabo de encontrar un paquebote que está a punto de zarpar, es posible que salgamos dentro de cinco minutos. Tal vez tenga que volver a Inglaterra por este asunto, así que no le digas a nadie que he estado aquí. Mandaré a mi padre un jerez añejo muy selecto, de los que no se encuentran en Inglaterra, del que tengo una botella aquí mismo. Le hace falta algo así. Dale todo mi afecto y que Dios lo bendiga. Creo que... aquí está el coche que he pedido. Posdata: ¡Me he salvado por los pelos! Acuérdate de no decir ni pío de mi estancia..., ni siquiera a las Shaw».

Margaret volvió a mirar el sobre; decía «Retrasado». Seguramente había confiado la carta a un camarero descuidado que se habría olvidado de echarla al correo. ¡Ah, qué fina es la telaraña de acontecimientos que nos separa de la tentación! Hacía veinte, no, treinta horas que Frederick estaba a salvo fuera de Inglaterra, y solo diecisiete del momento en que tuvo que mentir para evitar que lo persiguieran, aunque hubiera sido en vano. ¡Había perdido la fe! ¿Dónde estaba ahora su famoso lema, *Fais ce que dois, advienne que pourra*? ¡Cuánto se alegraría ahora si se hubiera atrevido a decir la verdad con valentía, desafiándolos a descubrir lo que no quería contar de otros! No habría ofendido a Dios por no haber confiado en Él; no se habría degradado ni humillado ante el señor Thornton. Se contuvo de pronto con un temblor inexplicable. ¿Cómo se le ocurría poner en el mismo nivel la baja opinión que tendría el señor Thornton de ella y el haber ofendido a Dios? ¿Por qué pensaba en él todo el tiempo? ¿Cómo podía ser? ¿Por qué le preocupaba su opinión, a pesar de lo orgullosa que era, a pesar de sí misma incluso? Creía que habría podido soportar en la conciencia el peso de haber ofendido al Todopoderoso, porque Él lo sabía todo y veía su pesar y oía su demanda de ayuda. Pero el señor Thornton..., ¿por qué temblaba y hundía la cara en la almohada? ¿Qué sentimiento irrefrenable la desbordaba por fin?

Se levantó de la cama y rezó mucho, con toda el alma. La consoló y la reconfortó abrir el corazón de esa forma. Pero, en cuanto volvió a pensar en la situación, notó que la espina seguía clavada; que no era suficientemente digna ni pura para que le resultara indiferente que un congénere tuviera una baja opinión de ella; que la idea de que la despreciara se interponía entre ella y la conciencia de haber mentido. Tan pronto como se vistió le llevó la carta a su padre. Aludía al incidente de la estación tan levemente que el señor Hale pasó por encima sin prestarle atención. Lo cierto es que en ese momento solo se fijó en que Frederick había zarpado sin que lo descubrieran y sin levantar sospechas, pero nada más. Le inquietaba la palidez de Margaret. Parecía estar continuamente al borde de las lágrimas.

—Estás hecha una pena, Margaret, y no me extraña. Ahora tienes que dejarme que te cuide yo.

Le dijo que se acostara en el sofá y fue a buscar un chal para taparla. A ella se le saltaron las lágrimas con tanta ternura y lloró amargamente.

—¡Pobre hija! ¡Pobre hija! —exclamó él mirándola con cariño.

Margaret se había tumbado de cara a la pared y el llanto la conmovía de pies a cabeza. Un rato después se tranquilizó y empezó a preguntarse si se atrevería a permitirse el consuelo de contar a su padre todo lo que la atormentaba. Pero pesaban más los motivos para no contárselo. El único a favor era quitarse una carga de encima, y en contra, sería cargar a su padre con otra inquietud, si llegaba a ser necesario que Frederick volviera a Inglaterra, pues pensaría demasiado en que su hijo había provocado la muerte a un hombre, aunque hubiera sido inintencionada e involuntariamente; la idea lo torturaría sin cesar y exageraría y distorsionaría la simple verdad. En cuanto a su propio gran pecado..., lo afligiría de una forma inconmensurable esa falta de valor y de fe, aunque buscaría toda clase de motivos para excusarla. En otra época, habría acudido a él como sacerdote y como padre, le habría contado la tentación y el pecado; pero hacía mucho tiempo que no hablaban de esas cuestiones y, después de su cambio de opiniones, no sabía cómo respondería si apelaba desde lo más hondo del alma a la de él. No, guardaría el secreto y llevaría la carga sola. Sola se presentaría ante Dios y suplicaría la absolución. Sola afrontaría la pérdida de dignidad ante el señor Thornton. La conmovían indeciblemente los tiernos esfuerzos de su padre por pensar en temas animosos de conversación para alejarla de los pensamientos sobre lo sucedido en los últimos días. Hacía meses que no estaba tan parlanchín como en ese momento. No le permitió que se levantara del sofá y ofendió mucho a Dixon por su insistencia en atender personalmente a su hija.

Por fin Margaret sonrió; fue una sonrisa triste y débil, pero a él le procuró un auténtico placer.

—Es curioso que lo que nos da más esperanza para el futuro se llame Dolores, precisamente —dijo Margaret.

Esa clase de comentarios era más propia de su padre que de ella, parecía que se habían cambiado los papeles.

—Su madre era española, creo, por eso es católica. Su padre era un presbiteriano radical cuando lo conocí. Pero el nombre es bonito y suave.

—¡Qué joven es! Tiene catorce meses menos que yo. La misma edad que tenía Edith cuando se prometió con el capitán Lennox. Papá, vamos a ir a España a verlos.

El padre hizo un gesto negativo con la cabeza, pero dijo:

—Si quieres, Margaret. Pero después volveríamos aquí. No estaría bien, no sería justo para con tu madre; Milton no le gustaba nada y no podemos dejarla sola aquí, ahora que no puede venir con nosotros. No, cielo; vete tú a verlos y tráeme un informe de mi hija española.

—No, papá, si tú no vas, yo tampoco. ¿Quién va a cuidarte si me ausento?

—Me gustaría saber quién cuida a quién en este caso. Pero si te vas, convencería al señor Thornton de que tomara el doble de clases conmigo. Trabajaríamos a los clásicos estupendamente. Eso sería un interés constante. Y después puedes ir a Corfú a ver a Edith, si quieres.

—Gracias, papá —respondió ella, muy seria, al cabo de un rato—, pero no quiero ir. Esperemos que el señor Lennox haga las cosas tan bien que Frederick pueda traer a Dolores cuando se casen. En cuando a Edith, el regimiento no va a quedarse mucho tiempo en Corfú. Quizá los veamos a los dos aquí antes de un año.

Los temas animados del señor Hale se terminaron. Un recuerdo penoso le pasó por la cabeza y lo redujo al silencio. Después, Margaret dijo:

—Papá, ¿viste a Nicholas Higgins en el entierro? Estaba allí, y Mary también. ¡Pobre hombre! Fue su manera de demostrarnos compasión. A pesar de esa actitud tan directa y brusca, tiene muy buen corazón.

—Seguro que sí —respondió el señor Hale—. Lo vi desde el principio, incluso cuando intentaste convencerme de que era malo en todos los aspectos. Mañana vamos a verlos, si estás en condiciones de ir tan lejos a pie.

—Sí, claro. Quiero verlos. No pagamos a Mary... o, mejor dicho, ella no quiso aceptar el dinero, según Dixon. Iremos justo cuando él termine de comer y antes de que vuelva al trabajo, así lo encontraremos.

Al final de la tarde, el señor Hale dijo:

—Esperaba la visita del señor Thornton. Ayer me habló de un libro que tiene y que me interesa. Dijo que intentaría traérmelo hoy.

Margaret suspiró. Sabía que el señor Thornton no se presentaría. Procuraría no correr el riesgo de encontrarse con ella mientras tuviera fresca en la memoria la vergonzosa mentira. La mera mención de su nombre le renovó la aflicción y recayó en el estado de depresión y agotamiento. Se dejó llevar por la languidez. De pronto se dio cuenta de que esa era una forma extraña de demostrar paciencia o de compensar a su padre por el cuidado que le había procurado a lo largo del día. Se sentó y se ofreció a leer en voz alta. Al hombre se le cerraban los ojos y aceptó la propuesta de buen grado. Margaret leyó bien, con el énfasis necesario, pero si cuando terminó le hubieran preguntado el significado de lo que había leído, no habría sabido decirlo. La afligía la sensación de ingratitud con el señor Thornton, ya que por la mañana no había querido aceptar que había sido muy amable al hablar con los médicos para impedir que se abriera la investigación. ¡Ah, cuánto se lo agradecía! Había sido cobarde y falsa y lo había demostrado de una forma que no quería recordar; pero no era desagradecida. Le templó el corazón saber lo que podía sentir por una persona que tenía motivos para despreciarla. Motivos tan justos que lo respetaría menos si creyera que no la despreciaba. Era un placer sentir lo profundamente que lo respetaba. Él no podía privarla de sentirlo; era su único consuelo entre tanta desolación.

El libro que esperaba el señor Hale llegó más tarde «con los afectuosos saludos del señor Thornton y el deseo de saber qué tal se encuentra la señorita Hale».

—Dile que me encuentro mucho mejor, Dixon, pero que la señorita Hale...

—No, papá —lo interrumpió Margaret—; no digas nada de mí. No lo pregunta.

—¡Hija mía, estás temblando! —dijo el padre unos minutos después—. Tienes que irte inmediatamente a la cama. ¡Qué pálida te has quedado!

Margaret obedeció, aunque no quería dejar solo a su padre. Necesitaba el alivio de la soledad para compensar un día de tanto pensar y aún más de arrepentirse.

Sin embargo, al día siguiente parecía la de costumbre; unos restos de seriedad y de tristeza, un quedarse como ausente de vez en cuando eran síntomas naturales en los primeros días de luto. Ella había recuperado la salud y, en la misma proporción, su padre había recaído en el ensimismamiento y no dejaba de pensar en la mujer que había perdido y en la etapa de la vida que había concluido para siempre.

CAPÍTULO XXXVI

LA UNIÓN NO SIEMPRE HACE LA FUERZA

> Los pasos de los porteadores, pesados y lentos,
> los sollozos de los dolientes, profundos y sordos.
>
> SHELLEY

Salieron de casa para ir a ver a Nicholas Higgins y a su hija a la hora que habían concretado el día anterior. Ambos recordaron la reciente pérdida por la nueva ropa de luto, que curiosamente los cohibía, y por ser la primera vez que salían juntos desde hacía muchas semanas. Caminaban muy pegados el uno al otro, en mutua comprensión.

Nicholas estaba sentado junto al fuego en su rincón de siempre, pero sin la pipa. Tenía la cabeza apoyada en la mano y un brazo en la rodilla. No se levantó cuando entraron, aunque Margaret notó en la mirada que se alegraba de verlos.

—Siéntense, siéntense. El fuego está casi *apagao* —dijo, revolviéndolo con el badil como para alejar la atención de sí mismo.

Estaba bastante desaliñado, desde luego, con una barba negra de varios días que le hacía parecer más pálido y una chaqueta que necesitaba unos cuantos remiendos.

—Pensamos que tendríamos más posibilidades de encontrarlo en casa después de comer —dijo Margaret.

—Nosotros también hemos sufrido lo nuestro desde la última vez que nos vimos —dijo el señor Hale.

—Eso, eso; últimamente abunda más el sufrimiento que la comida; pero, vamos, a mí la hora de comer me dura todo el día; era fácil encontrarme.

—¿Está sin trabajo? —preguntó Margaret.

—Eso —respondió brevemente y, tras un breve silencio, añadió—: No necesito dinero, no se crea. Mi pobre Bessy guardaba algo debajo de la almohada para dármelo cuando hiciera falta, y Mary está cortando fustán. Pero aun así, yo no tengo trabajo.

—Le debemos dinero a Mary —dijo el señor Hale antes de que Margaret pudiera impedírselo apretándole el brazo.

—Si se atreve a aceptarlo la echo de casa. Yo me quedo entre estas cuatro paredes y ella, fuera. Punto.

—Pero le estamos muy agradecidos por sus amables servicios —insistió el señor Hale.

—Yo nunca le di las gracias a su hija por las obras de amor que le hizo a mi pobre niña. No sabía cómo hacerlo. Pero tendré que intentarlo ahora si empieza *usté* a ponerse *pesao* con lo bien que les sirvió Mary.

—¿Se ha quedado sin trabajo a causa de la huelga? —preguntó Margaret amablemente.

—La huelga se acabó. Hasta la próxima. Me he quedado sin trabajo porque no lo he pedido. Ni pienso, porque las malas palabras son muchas y las buenas, pocas.

Estaba de un humor gruñón y se complacía en dar respuestas que parecían acertijos. Pero Margaret comprendió que le gustaría que le pidieran una explicación.

—¿Y cuáles serían las buenas palabras?

—Pedir trabajo. Creo que son las mejores que puede decir un hombre. «Deme trabajo» significa «y lo haré como un hombre». Esas son las buenas palabras.

—Y las malas es que no se lo den cuando lo pide.

—Eso. Malas palabras es que te digan: «¡Ajá, mi buen amigo! Has sido fiel a los tuyos y yo lo seré a los míos. Hiciste cuanto pudiste por los que necesitaban ayuda, esa es tu forma de ser bueno con los tuyos, y yo lo seré con los míos. Has hecho el tonto, porque lo único que sabes hacer es ser un tonto fiel. Así que, anda, vete por ahí, maldito seas. Aquí no hay trabajo para ti». Esas son malas palabras. Yo no soy tonto y, si lo fuera, tendrían que haberme *enseñao* a ser listo a su manera. A lo mejor habría aprendido si alguien me hubiera *enseñao.*

—¿No sería mejor —dijo el señor Hale— que le preguntara a su antiguo patrón si no lo contrataría de nuevo? Puede que tenga pocas posibilidades, pero podría intentarlo.

Miró de nuevo secamente a su interlocutor y después soltó una risita amarga.

—Señor, sin ánimo de ofender, voy a hacerle yo un par de preguntas.

—Adelante —respondió el señor Hale.

—Me imagino que *usté* se gana la vida de alguna manera. Es raro que alguien viva en Milton por gusto, si puede hacerlo en otra parte.

—Tiene razón. Tengo algunas propiedades independientes, pero me he instalado en Milton con la intención de ejercer de profesor particular.

—Y enseñar a la gente. ¡Bien! Supongo que le pagan las clases, ¿verdad?

—Sí —respondió el señor Hale sonriendo—. Doy clases para que me paguen.

—Y los que le pagan, ¿le dicen lo que puede hacer o no hacer con el dinero que le dan a cambio de las molestias, en justo pago por su trabajo?

—¡No, naturalmente!

—No le dicen: «Puede *usté* tener un hermano o un amigo al que aprecie tanto como a un hermano y que quiera este dinero para algo que a ambos les parezca bien, pero tiene que prometerme que no se lo dará. Aunque le parezca que estaría bien empleado si lo pusiera en ese algo, a nosotros no nos parece bien, así que si se lo gasta en eso, dejaremos de tener tratos con *usté*». No le dicen esas cosas, *¿verdá?*

—¡No, claro que no!

—Si se las dijeran, ¿lo soportaría?

—Tendría que estar en circunstancias muy extremas para pensar siquiera en someterme a semejante orden.

—No hay circunstancia extrema en el ancho mundo que me pueda obligar a mí —dijo Nicholas Higgins—. Ahora lo entiende. Ha *dao* en la diana. Hampers, donde trabajaba yo, obliga a sus hombres a prometer que no darán ni un penique para ayudar al sindicato ni para evitar que los huelguistas se mueran de hambre. Pueden prometer y les hacen prometer —continuó con sarcasmo—, pero serán mentirosos e hipócritas. Y, a mi entender, eso es un pecado menor que endurecer así el corazón de los hombres para que nieguen ayuda a quien lo necesita y no apoyen una causa justa aunque vaya contra el fuerte. Pero yo nunca renunciaré a mí mismo ni por todo el trabajo que pueda darme el rey. Soy sindicalista y creo que el sindicato es el único que puede beneficiar en algo a los obreros. Y he sido huelguista y sé lo que es pasar hambre. Por eso, si gano un chelín, seis peniques les daré si me los piden. Lo malo es que no sé de dónde voy a sacar un chelín.

—¿Esa norma de no contribuir con el sindicato está vigente en todas las fábricas? —preguntó Margaret.

—No lo sé. Es una norma nueva en la nuestra; y creo que no podrán mantenerla, pero está vigente ahora. Con el tiempo se darán cuenta de que la tiranía cría mentirosos.

Hubo una pequeña pausa. Margaret dudaba si decir lo que estaba pensando; no quería irritar a un hombre que ya estaba bastante deprimido y abatido. Por fin lo soltó, pero en un tono tan suave y una actitud tan contenida, dando a entender que no deseaba decir nada desagradable, que Higgins no se molestó; solo, tal vez, se quedó perplejo.

—¿Se acuerda de cuando Boucher dijo que el sindicato era un tirano? Creo que dijo que era el peor de todos. Y recuerdo que en aquel momento me pareció que tenía razón.

Higgins tardó un buen rato en responder. Tenía la cabeza apoyada en las dos manos y miraba el fuego, así que Margaret no pudo verle la expresión de la cara.

—No niego que al sindicato le parezca necesario obligar a uno por su propio bien. La verdad es que el que no esté en el sindicato, que se aguante con lo que le toque en la vida. Pero en cuanto entra, el sindicato se ocupa de defender sus intereses mejor que si lo hiciera él solo. La única forma que tenemos los obreros de que se reconozcan nuestros derechos es unirnos. Cuantos más seamos, más posibilidades tenemos cada uno de que se nos haga justicia. El gobierno se encarga de los necios y de los locos; si alguien pretende hacerse daño a sí mismo o al vecino, le para un poco los pies, tanto si le gusta como si no. Y eso es lo que hacemos en el sindicato. No podemos meter a nadie en la cárcel, pero podemos ponerle la vida tan difícil que se vea obligado a entrar en el sindicato y a portarse bien y a ser útil lo quiera o no. Boucher siempre ha sido un necio, sobre todo al final.

—¿Los perjudicó? —preguntó Margaret.

—Ya lo creo. Teníamos a la opinión pública de nuestra parte hasta que él y los de su calaña empezaron a alborotar y a saltarse la ley. Por eso terminó la huelga.

—Entonces, ¿no habría sido mucho mejor dejarlo en paz y no obligarlo a entrar en el sindicato? No le sirvió de nada y usted lo volvió loco.

—Margaret —dijo el padre en tono grave de advertencia, porque vio la mala cara que ponía Higgins.

—Me gusta la señorita —dijo Higgins de repente—. Dice claramente lo que piensa, pero, a pesar de todo, no entiende lo que es el sindicato. Es una gran fuerza, la única que tenemos. Una vez leí una poesía sobre un *arao* que aplastaba una margarita y se me saltaron las lágrimas, pero eso fue antes de tener otros motivos para llorar. Aunque seguro que el hombre tenía suficiente sentido común para seguir empujando el arado por mucha pena que le diera la margarita. El sindicato es el arado, que prepara la tierra para la siguiente cosecha. Boucher..., bueno, compararlo con una margarita sería demasiado para él; se parece más a la mala hierba que se esparce por el campo. Pues él y los que son como él tendrían que decidirse a quitarse de en medio. En estos momentos estoy muy enfadado con él, por eso a lo mejor digo estas cosas. Con mucho gusto lo aplastaría yo mismo con el arado.

—¿Por qué? ¿Ha hecho algo más? ¿Alguna novedad?

—Eso, sí. Ese hombre siempre está metiendo cizaña. Primero brama como un maldito loco y arma aquel alboroto. Después, se esconde, y escondido seguiría si Thornton lo hubiera perseguido hasta encontrarlo, como yo esperaba. Pero Thornton, en cuanto consiguió lo que quería, dejó de perseguir a los culpables del disturbio. Y Boucher se metió otra vez en su casa. Tuvo el detalle de tardar un par de días en dejarse ver, pero, después, ¿sabe adónde fue? Pues a Hampers, ¡maldito sea! Se presentó con esa cara cetrina que tiene, que me revuelve el estómago solo de verla, a pedir trabajo, aunque sabía de sobra cuál era la nueva norma de prometer que no pagarían al sindicato ¡ni ayudarían a los huelguistas que pasaban hambre! Cuando él mismo se habría muerto de hambre si el sindicato no lo hubiera ayudado. Y allí que fue dispuesto a prometer lo que fuera y a comprometerse con lo que fuera, a contar todo lo que sabía de nuestros procedimientos, ¡el muy judas! ¡El muy inútil! Pero he de decir a favor de Hamper, y se lo agradeceré a la hora de la muerte, que lo echó y no quiso ni escucharle..., no, ni una palabra; aunque los que estaban por allí dicen que ¡el traidor lloraba como un crío!

—¡Ay, qué horror! ¡Pobre hombre! —exclamó Margaret—. Higgins, hoy no lo reconozco. ¿No ve que usted ha convertido a Boucher en lo que es al llevarlo al sindicato contra su voluntad... sin que estuviera convencido? ¡Usted lo ha hecho como es!

¡Usted lo ha hecho como es! ¿Qué era él?

Poco a poco empezó a oírse un ruido como un eco mesurado en la estrecha calle, que finalmente les llamó la atención. Mucha gente hablando en voz baja, muchos pasos que no avanzaban, no al menos a una velocidad normal, sino como si estuvieran rodeando algo. Sí, un ruido de pisadas lentas se abrió paso por el aire y llegó a sus oídos: el paso lento y esforzado de varias personas llevando una carga pesada. Un impulso irresistible los hizo salir a todos a la puerta de la casa, no por curiosidad, sino por la solemnidad del momento.

Seis hombres caminaban por el centro de la calle, tres eran policías. Llevaban a hombros una puerta que habían arrancado de sus goznes y, encima de la puerta, un ser humano muerto; algo goteaba constantemente por los lados de la puerta. Toda la calle salió a mirar, muchos se unieron al grupo y todos preguntaban a los porteadores, que por fin, y a regañadientes, repetían la historia una vez más.

—Lo hemos encontrado en el arroyo, en el campo del otro lado.

—¡En el arroyo! ¡Si no lleva agua suficiente para ahogarse!

—Era un tipo muy decidido. Se tumbó boca abajo. Ya estaba harto de vivir, elige tú el motivo.

Higgins se acercó sigilosamente a Margaret y, con una voz aguda y débil, dijo:

—¿No será John Boucher? ¡Qué va, no tiene agallas para eso! ¡No es John Boucher! ¡Anda, están mirando hacia aquí! ¡Ay! Tengo un ruido en la cabeza y no oigo.

Posaron la puerta en el suelo y todos pudieron ver al pobre desgraciado: los ojos vidriosos, uno medio abierto, mirando directo al cielo. Por la posición en la que lo habían encontrado, boca abajo, tenía la cara hinchada y descolorida; además, se le había manchado la cara con agua del arroyo, sucia de tintes. No tenía pelo en la parte frontal de la cabeza, pero sí unas greñas largas y ralas en la parte de atrás que chorreaban por cada mechón. A pesar de lo desfigurado que estaba, Margaret reconoció a John Boucher. Le pareció un sacrilegio estar mirando ese pobre rostro distorsionado por la agonía y, sin pensarlo dos veces, se acercó y le tapó la cara con su pañuelo. Los ojos que la vieron la siguieron cuando volvió de su piadosa acción, y así se encontraron con Nicholas Higgins, que seguía clavado en su sitio. Los hombres hablaron entre ellos hasta que uno se acercó a Higgins, que con gusto habría vuelto a meterse en casa.

—¡Higgins, tú lo conocías! Tienes que ir a decírselo a su mujer. Hazlo con tacto, pero rápido, porque no podemos dejarlo aquí mucho tiempo.

—No puedo ir —dijo Higgins—. No me lo pidas. No puedo mirarla a la cara.

—¡Eres el que más la conoce! —insistió el hombre—. Nosotros ya hemos hecho bastante trayéndolo aquí..., pon algo de tu parte.

—No puedo —dijo Higgins—. Tengo bastante con verlo. No éramos amigos; y ahora está muerto.

—Bueno, si no quieres, no quieres, pero alguien tiene que hacerlo. Es una tarea desagradable, y a cada minuto que pasa hay más posibilidades de que se entere de una forma más brusca, y no por alguien que se lo cuente poco a poco, por así decir.

—Papá, ve tú —dijo Margaret en voz baja.

—Si pudiera..., si tuviera tiempo para pensar en cómo decírselo de la mejor manera... Pero, así, de repente...

Margaret vio que su padre era verdaderamente incapaz. Temblaba de los pies a la cabeza.

—Voy yo —dijo ella.

—Bendita sea, señorita; será un acto de caridad; porque la mujer está muy enferma, según dicen, y no la conoce casi nadie por aquí.

Margaret llamó a la puerta, pero dentro se oía tal jaleo de niños que no le pareció que se acercara nadie a abrir. Incluso pensó que no la habían oído, y cada vez estaba menos dispuesta a hacerlo; pero al final abrió la puerta, entró, la cerró tras de sí e incluso, sin que la mujer la viera, pasó el pestillo.

La señora Boucher estaba en una mecedora, al otro lado de la desatendida chimenea; daba la impresión de que hacía días que nadie ponía un poco de orden en la casa.

Margaret dijo algo, no sabía bien qué, tenía la garganta y la boca secas, y el alboroto de los niños le impedía hacerse oír. Lo intentó de nuevo.

—¿Qué tal está, señora Boucher? Me temo que no la veo muy bien.

—Nunca estaré bien —dijo quejumbrosamente—. Estoy sola con estos niños y no tengo nada que darles para que se estén quietos. John no tenía que haberme *dejao* aquí de esta manera.

—¿Cuánto hace que se fue?

—Cuatro días ya. Aquí nadie le da trabajo y se ha ido andando a Greenfield. Pero tenía que haber vuelto ya o mandarme recado, si es que le han *dao* trabajo. Tenía que...

—¡Ah, no lo culpe! —dijo Margaret—. Estoy segura de que lo sintió mucho...

—¡Willto, calla de una vez! ¡Déjame oír lo que dice la señora! —exclamó ella dirigiéndose con brusquedad a un niñito que no tendría más de un año. En un tono más de disculpa siguió hablando con Margaret—: Se pasa el día lloriqueando por *el papa* y por pan; pero no tengo nada que darle y *el papa* no está, me parece que nos ha *olvidao* a todos. Este es el ojito derecho del *papa* —añadió con un súbito cambio de humor y, acercándose al pequeño a las rodillas, empezó a besarlo cariñosamente.

Margaret tocó el brazo a la mujer para llamarle la atención. Se miraron las dos.

—¡Pobrecito! —dijo Margaret lentamente—. Era el ojito derecho de su padre.

—Es el ojito derecho de su padre —dijo la mujer levantándose inmediatamente y poniéndose enfrente de Margaret. Ninguna dijo nada, hasta que la señora Boucher empezó a refunfuñar en un tono grave, cada vez más descontrolado—. Le digo que es el ojito derecho de su padre. Los pobres pueden querer a sus hijos tanto como los ricos. ¿Por qué no dice nada? ¿Por qué me mira con esa cara de pena? ¿Dónde está John? —A pesar de lo débil que estaba, quiso arrancarle una respuesta a sacudidas—. ¡Ay, Dios mío! —exclamó, al comprender el significado de esa mirada lacrimosa.

Volvió a hundirse en la mecedora y Margaret le puso al niño entre los brazos.

—Lo quería mucho —dijo.

—Eso —respondió la mujer—, nos quería a todos. Una vez, hace mucho tiempo, había alguien que nos quería; cuando estaba vivo y con nosotros, nos quería. A lo mejor quería más a este chiquitín, pero a mí me quería y yo a él, aunque haya dicho cosas feas de él hace cinco minutos. ¿Está segura de que ha muerto? —preguntó, intentando levantarse—. Si solo está enfermo y a punto de morirse, todavía pueden traerlo aquí. Yo estoy muy enferma también..., hace mucho que estoy muy enferma.

—Pero él está muerto. ¡Se ha ahogado!

—A los ahogados los reviven. ¿En qué estoy pensando, que me he *sentao,* cuando tenía que estar moviéndome? Calla, hijo, calla; ¡calla! Toma esto, juega con esto, pero no llores, ¡que se me parte el alma! Ay, ¿dónde están mis fuerzas? ¡Ay, John! ¡Ay, mi marido!

Margaret evitó que se cayera sujetándola entre los brazos. Se sentó en la mecedora y se la puso en el regazo, apoyándole la cabeza en el hombro. Los demás niños se acercaron unos a otros, asustados, y empezaron a entender la misteriosa escena; pero las ideas llegaban poco a poco, porque el cerebro les funcionaba despacio. Al adivinar la verdad soltaron tales gritos de desesperación que Margaret no sabía cómo soportarlos. El que más fuerte lloraba era Johnny, aunque el pobrecito no sabía por qué.

La madre temblaba entre los brazos de Margaret. Se oyó un ruido en la puerta.

—Abre. ¡Abre, rápido! —le dijo Margaret al mayor de los niños—. El pestillo está echado; no hagas ruido..., estate quieto. ¡Ay, papá! Que suban arriba muy despacio, con cuidado, y a lo mejor ella no los oye. Se ha desmayado, nada más.

—Mejor para ella, pobre hija —dijo una mujer que entró detrás de los que llevaban al muerto—. Pero usted no puede con ella. Un momento, voy a buscar un cojín y la pondremos con cuidado en el suelo.

La solícita vecina fue un alivio para Margaret; evidentemente no conocía la casa; acababa de llegar al barrio, pero era tan amable y dispuesta que a Margaret le pareció que ya no hacía falta allí y que tal vez sería mejor dar ejemplo saliendo de la casa, que no tardó en llenarse de mirones compasivos que no tenían nada mejor que hacer.

Buscó a Nicholas Higgins con la mirada. No estaba allí. Se dirigió a la mujer que había tomado la iniciativa de poner a la señora Boucher en el suelo.

—¿Puede indicar a todas estas personas que sería mejor que se fueran en silencio? Para que, cuando la señora Boucher vuelva en sí, encuentre solo a una o dos que conozca. Papá, ¿hablas tú con los hombres y les dices que se vayan? Esta pobre mujer no puede respirar con tanta gente alrededor.

Margaret estaba arrodillada junto a la señora Boucher, dándole toquecitos en la cara con vinagre; pocos minutos después la sorprendió una corriente de aire fresco. Miró atrás y vio que la mujer y su padre intercambiaban una sonrisa.

—¿Qué pasa? —preguntó.

—Nada, esta buena amiga nuestra —respondió el padre—, que se le ha ocurrido una forma excelente de despejar la casa.

—Les pedí que se fueran y que cada uno se llevara a un niño, que los cuidaran porque son huérfanos, y su madre se ha *quedao* viuda. No he podido hacer nada mejor, y al menos hoy los niños comerán y tendrán cariño. ¿Ella sabe cómo murió?

—No —dijo Margaret—. No se lo he podido decir todo a la vez.

—Hay que explicárselo, porque habrá una investigación. ¡Mire! ¡Ya vuelve en sí! ¿Se lo dice *usté* o se lo digo yo? O mejor su padre.

—No, usted, usted —dijo Margaret.

Esperaron a que se recuperara del todo en silencio. Después, la vecina se sentó en el suelo, con la cabeza y los hombros de la señora Boucher en el regazo.

—Vecina —le dijo—, su marido ha muerto. ¿Sabe cómo ha sido?

—Se ha ahogado —dijo la señora Boucher con voz débil, empezando a llorar por primera vez ante la nueva desgracia que le había caído encima.

—Lo encontraron ahogado. Volvía a casa muy desesperado de todo este mundo. Pensó que Dios no sería peor que los hombres, que a lo mejor lo trataba mejor. No digo que lo que hizo estuviera bien ni mal. Lo único que pido es que ni yo ni los míos estemos nunca tan desesperados ni hagamos una cosa igual.

—¡Me ha dejado sola con estos niños! —gimió la viuda, menos afectada de lo que Margaret esperaba por la forma en que había muerto su marido; pero le pareció muy propio de su carácter incapaz que lamentara la pérdida por lo que significaba para ella y para los niños.

—Sola no —dijo el señor Hale solemnemente—. ¿Quién está con usted? ¿Quién se va a ocupar de usted? —La viuda abrió los ojos de par en par y miró al que había hablado, cuya presencia desconocía hasta el momento—. ¿Quién ha prometido ser padre para los huérfanos? —prosiguió.

—Pero yo tengo seis hijos y el mayor no tiene ni ocho años. No es que dude del poder del Señor..., pero hace falta confiar mucho —y rompió a llorar de nuevo.

—Mañana le hará más caso, señor —dijo la vecina—. Ahora, el mayor consuelo sería tener aquí a su hijo. Siento que se hayan llevado al pequeño.

—Voy a buscarlo —dijo Margaret.

Y volvió a los pocos minutos con Johnnie, que tenía la cara llena de churretones de comida y las manos cargadas de tesoros en forma de conchas, trocitos de cristal y la cabeza de una figura de yeso. Se lo puso a la madre en los brazos.

—Ya está —dijo la mujer—, ahora váyanse. Llorarán juntos y se consolarán juntos, un niño es quien puede hacerlo mejor. Me quedaré con ella lo que haga falta y, si viene usted mañana, podrá hablar a gusto con ella, porque hoy no puede.

Se fueron lentamente por la calle y, al pasar por la puerta de Higgins, Margaret se detuvo.

—¿Entramos? —preguntó el padre—. Yo también estaba pensando en él.

Llamaron, pero no hubo respuesta, así que intentaron abrir la puerta, pero estaba cerrada con llave; les pareció oírlo dentro.

—¡Nicholas! —lo llamó Margaret.

Tampoco hubo respuesta, y se habrían ido pensando que no había nadie si no hubieran oído un ruido dentro, un libro al caerse.

—¡Nicholas! —repitió Margaret—. Somos nosotros. ¿No nos deja entrar?

—No —respondió él—. Lo he dicho bien claro sin palabras cerrando con llave. Ahora déjenme solo.

El señor Hale habría insistido, pero Margaret se llevó un dedo a los labios.

—No me extraña —dijo—. Yo también quiero estar sola. Creo que es lo mejor que se puede hacer después de un día como este.

CAPÍTULO XXXVII

PINCELADAS DEL SUR

¡Una pala! ¡Un rastrillo! ¡Una azada!
¡Un pico o una podadera!
Una hoz para cosechar, o una guadaña para segar,
un mayal o lo que queráis,
y aquí hay una mano dispuesta
a emplear la herramienta necesaria,
y la habilidad suficiente, adquirida en las duras lecciones
de la ruda escuela del trabajo.

HOOD

Al día siguiente, cuando fueron a ver a la viuda de Boucher, la puerta de Higgins seguía cerrada; pero en esa ocasión un vecino entrometido les informó de que no estaba en casa. Sin embargo, antes de atender a sus cosas, fueran las que fuesen, había pasado por casa de la señora Boucher. La visita no resultó satisfactoria. La señora Boucher consideraba el suicidio de su marido una forma de maltratarla a ella, y el germen de verdad de esta idea hacía que refutarla fuera casi imposible. Otro motivo de insatisfacción era que solo pensaba en sí misma y en la posición en la que se quedaba, un egoísmo que abarcaba además a sus hijos, que le parecían una carga, a pesar del afecto un tanto primitivo que les profesaba. Margaret intentó acercarse a algunos de ellos mientras su padre se esforzaba en encauzar los pensamientos de la viuda hacia un canal un poco más elevado que las simples quejas de desamparo. Descubrió que los niños lamentaban la pérdida de una forma más sincera y sencilla que la viuda. *El papa* había sido un buen padre; cada uno supo contarle, a su manera vacilante, algún detalle de ternura o de indulgencia que había tenido con ellos.

—¿De *verdá* esa cosa de arriba es él? No lo parece. Me asusta y *el papa* nunca me asustó.

A Margaret le dio un vuelco el corazón al enterarse de que la madre, buscando comprensión egoístamente, había subido a los niños a ver a su padre, a pesar de lo desfigurado que estaba. Era una forma de mezclar el horror crudo con la profunda aflicción natural. Intentó hacerles pensar en otra cosa: en lo que podían hacer para ayudar a su madre, en —para dárselo a entender con mayor eficacia— lo que su padre habría deseado que hicieran. Los esfuerzos de Margaret tuvieron mejores resultados que los de su padre. Los niños, al ver con claridad las pequeñas tareas pendientes, empezaron a hacer lo que ella les iba indicando para ordenar y limpiar la sucia habitación. Su padre, en cambio, puso el listón muy alto: le propuso a la indolente viuda un punto de vista demasiado abstracto y no logró elevar sus aletargados pensamientos ni consiguió que se hiciera cargo de la desolación que habría sufrido su marido para dar ese drástico último paso; la mujer solo se paraba a considerar las consecuencias que tenía para ella; no entendía la clemencia eterna de un Dios que no había hecho nada para evitar que el agua ahogara a su postrado marido; y, aunque en el fondo culpaba al marido por haber caído en tan tremenda desesperación y negaba que hubiera tenido excusa para cometer ese último acto definitivo, seguía insultando insistentemente a todo el que de alguna manera pudiera culparse de haberlo conducido hasta semejante desesperación. Los patronos, sobre todo el señor Thornton, cuya fábrica había atacado Boucher, el mismo que, después de denunciarlo para que lo detuvieran por alborotador, retiró la denuncia; el sindicato, del que Higgins era representante a ojos de la pobre mujer; los niños, que eran tantos y siempre tenían hambre y armaban jaleo: entre todos formaban un gran ejército de enemigos personales, los culpables de que ella se hubiera quedado viuda y desamparada.

Margaret, desanimada, no quiso oír más sinrazones y, cuando se fueron, no pudo animar a su padre.

—Es la vida de la ciudad —dijo—. Con tanta prisa, tanto bullicio y lo rápido que sucede todo alrededor, tienen los nervios de punta, por no hablar del confinamiento en esas casas apretujadas, que inducen por sí mismas a la depresión y a la preocupación. En cambio, en el campo, la gente vive mucho más en el exterior, hasta los niños, e incluso en invierno.

—Pero la gente tiene que vivir en las ciudades. Y, en el campo, algunos se estancan en ciertos hábitos y se vuelven casi fatalistas.

—Sí, es cierto, lo reconozco. Supongo que cada estilo de vida tiene sus pros y sus contras. Ser pacientes y mantener la calma debe de ser difícil para los que viven en las ciudades, igual que para los del campo ser activos y ecuánimes en situaciones de emergencia. A ambos les parecerá difícil imaginarse un futuro cualquiera, a los unos porque el presente que los rodea está tan vivo y es tan apremiante; los otros, porque la vida los tienta a disfrutar de un sentido de la existencia meramente animal, sin saber nada de deseos de placer (ni, por lo tanto, preocuparse de ello) que los hagan esforzarse por anhelarlos, por satisfacerlos o por negárselos.

—Por eso, tanto los efectos de la necesidad de acción como los de conformarse estúpidamente con el presente son los mismos. Pero ¡qué poco podemos hacer por la pobre señora Boucher!

—Y, sin embargo, no queremos dejar de esforzarnos por ella, por inútil que nos parezca. ¡Ay, papá, qué difícil es vivir en este mundo!

—Sí, hija, sí. Ahora nos damos cuenta; pero hemos sido felices, incluso a pesar de las desgracias. ¡Qué alegría me dio la visita de Frederick!

—¡Ay, sí! —exclamó Margaret muy animada—. El gran encanto de lo prohibido.

Pero de repente dejó de hablar. Había estropeado el recuerdo del reencuentro con Frederick por cobardía. El defecto que más despreciable le parecía en los demás era la falta de valor, la ruindad que lleva a la mentira. ¡De lo que ella era culpable! Después se acordó de que el señor Thornton sabía que había mentido. Se preguntó si, en caso de que hubiera sido otra persona la que lo hubiera detectado, le habría pesado tanto. Se imaginó el caso con su tía Shaw y con su prima Edith; con su padre, con el capitán Lennox; con Frederick. Este último fue el que más le dolió, aunque lo hubiera hecho por él, porque, como hermano y hermana, vivían una efervescencia de cariño y respeto mutuos. A pesar de todo, que su hermano pudiera tener una peor opinión de ella no era nada en comparación con la vergüenza, la horrible vergüenza que le daba pensar en encontrarse de nuevo con el señor Thornton. Sin embargo, deseaba verlo y solucionarlo de una vez, saber por fin en qué concepto la tenía. Le ardieron las mejillas al recordar el orgullo con el que (al principio, cuando se conocieron) ella le había dado a entender que la actividad comercial no le parecía digna, porque a menudo llevaba a engañar, a vender mercancía inferior por mercancía superior, y también a conceder más categoría a unos o a otros en función de su riqueza y de sus recursos. Se acordó de la mirada tranquila y desdeñosa del señor Thornton cuando, en pocas palabras, respondió que en el amplio mundo del comercio, todo proceder deshonesto resultaba perjudicial a la larga y que, simplemente comparándolo con la falta de éxito, se demostraba que dicho proceder engañoso era absurdo y desacertado, tanto en el comercio como en todo lo demás. Se acordó de que, ella, firme en su verdad inamovible, le había preguntado si no le parecía que comprar al menor precio y vender al máximo en el mercado era hasta cierto punto faltar a la justicia transparente que está tan íntimamente conectada con la idea de la verdad; y además había usado la palabra «caballerosidad», que su padre corrigió con otra superior: «cristiano», y así había seguido él con el debate mientras ella se quedaba en silencio con una ligera sensación de desdén.

¡No más actitudes desdeñosas para ella! ¡No más hablar de caballerosidad! A partir de ese momento se sentiría humillada y rebajada en su presencia. Pero ¿cuándo lo vería? Se sobresaltaba aprensivamente cada vez que llamaban a la puerta, pero después, cuando todo quedaba en calma, la decepción la dejaba curiosamente apenada y dolida. Era evidente que su padre lo esperaba, no entendía que no se presentara. Lo cierto era que la noche anterior no habían tenido tiempo de ahondar en algunos aspectos de la conversación, pero pensaban continuar al día siguiente, si era posible, y, si no, al menos la primera noche de la que pudiera disponer el señor Thornton. El señor Hale esperaba volver a verlo desde el mismo momento en que se habían despedido. Todavía no había vuelto a impartir las clases, que había suspendido desde que su mujer había empeorado y, por lo tanto, tenía menos ocupaciones que de costumbre. Y los sucesos de los dos últimos días (el suicidio de Boucher) lo habían devuelto a sus especulaciones con más ímpetu que nunca. Estuvo inquieto toda la tarde. No paraba de decir: «Esperaba la visita del señor Thornton. Creo que el recadero que trajo el libro anoche debía de traer también una nota y se le olvidó dármela. ¿Crees que habrá mandado recado hoy?».

—Voy a preguntar, papá —respondió Margaret, después de que su padre repitiera lo mismo con algunos cambios—. Un momento, acaban de llamar a la puerta.

Volvió a sentarse al instante e, inclinando la cabeza, se concentró en la labor. Oyó pasos en las escaleras, pero eran de una sola persona, y sabía que se trataba de Dixon. Levantó la cabeza y suspiró creyendo que se alegraba.

—Es ese tal Higgins, señor. Quiere verlo a usted o, si no, a la señorita Hale. O tal vez a la señorita Hale en primer lugar y después a usted, señor, porque está muy raro ese hombre.

—Mejor que venga aquí, Dixon; así nos verá a los dos y podrá elegir al que prefiera que lo escuche.

—¡Ah, muy bien, señor! Yo no tengo el menor interés en escuchar lo que tenga que decir, se lo aseguro; pero si le viera usted los zapatos, seguro que diría que el mejor sitio para recibirlo era la cocina.

—Supongo que se los puede limpiar —dijo el señor Hale.

Y Dixon salió para decirle que subiera. De todos modos, se calmó un poco al mirarlo a los pies y ver que, con vacilación, se sentaba en el último peldaño, se quitaba los zapatos y, sin una palabra, empezaba a subir las escaleras.

—¡Servidor, señor! —dijo al entrar en la habitación alisándose el pelo hacia atrás—. Le pido disculpas —dijo, dirigiéndose a Margaret— por presentarme en calcetines. He estado recorriendo la ciudad todo el día y las calles no están nada limpias.

Margaret pensó que el cambio de actitud podía deberse al cansancio, pues estaba más tranquilo y pacífico que de costumbre, y además le iba a costar un tanto decir lo que había ido a decir.

El señor Hale, siempre tan comprensivo con los tímidos y los inseguros y con los faltos de autodominio, acudió en su auxilio.

—Vamos a tomar el té enseguida, así lo tomará usted con nosotros, señor Higgins. Seguro que está cansado, si ha estado en la calle casi todo el día, con esta lluvia. Margaret, querida, ¿quieres ir a ver si lo pueden traer ya?

La única forma en que Margaret podía hacerlo era ir a prepararlo ella misma, y ofender, de paso, a Dixon, que empezaba a reponerse del dolor por su antigua señora y estaba de un humor quisquilloso e irritable. Para Martha, como para todo el que tenía contacto con Margaret —y hasta para la propia Dixon a la larga—, era un placer y un honor cumplir todos los deseos de la señorita; y, entre la buena disposición de la criada y la dulzura con la que reaccionó Margaret, Dixon no tardó en avergonzarse de sí misma.

—¡Ah! No entiendo por qué, desde que vinimos a Milton, el señor y usted siempre están pidiendo a las clases inferiores que subamos arriba. En Helstone, nunca nos ascendían más allá de la cocina, y ya le he dicho a algunas que consideren un honor estar aquí, siquiera.

A Higgins le resultó más fácil descargarse con una persona que con dos. Cuando Margaret salió de la habitación, él se acercó a la puerta para comprobar si estaba cerrada; después se quedó junto al señor Hale.

—Señor —le dijo—, no adivinaría usted tras de lo que llevo todo el día hoy. Sobre todo si se acuerda de lo que dije ayer. He estado buscando trabajo. Sí, señor —afirmó—. Me dije que tenía que procurar ser más educado al hablar, dejar que los demás dijeran lo que tuvieran que decir. Morderme la lengua para no abrir la boca a destiempo. Todo por ese hombre..., ya me entiende —añadió, señalando con el pulgar en una dirección desconocida.

—No, no lo entiendo —dijo el señor Hale, al ver que Higgins esperaba una respuesta y sin la menor idea de quién podría ser «ese hombre».

—El muerto ese —dijo repitiendo el gesto—. El que fue y se ahogó, pobre hombre. Ni se me ocurrió que pensara en quitarse la vida, que fuera a meter la cabeza en el agua hasta morirse. Boucher, ya sabe.

—Sí, ahora sí lo sé —dijo el señor Hale—. Recuerde lo que acaba de decir de no hablar a destiempo...

—Pues por él. Bueno, no por él, porque esté donde esté y haga lo que haga, ya no volverá a pasar hambre ni frío; pero sí por su mujer y los chiquillos.

—¡Dios lo bendiga! —exclamó el señor Hale, emocionado, y luego más calmado y casi sin aliento, añadió—: ¿A qué se refiere? Cuéntemelo.

—Ya se lo he dicho —respondió Higgins, un poco asombrado al ver al señor Hale tan emocionado—. No he ido a buscar trabajo por mí, es que me toca hacerme cargo de ellos. Creo que podía haber llevado a Boucher por un camino mejor, pero lo dejé *tirao,* y ahora tengo que responder por él.

Sin decir una palabra, el señor Hale le dio un entusiasta apretón de manos. Higgins se quedó acobardado y avergonzado.

—No es para tanto, señor. Cualquiera que se considere un hombre haría lo mismo; eso, y algo mejor todavía; y créame, no hay trabajo para mí, ni rastro, en ningún sitio. Le dije a Hamper (por no hablar de esa norma suya, que jamás firmaría, no, no podría ni por los chiquillos) que nunca tendrá en su fábrica un obrero tan bueno como lo sería yo..., pero no quiso saber nada de mí, ni los demás tampoco. Así que soy una pobre oveja negra sin mancha..., los niños se morirán de hambre si dependen de mí, si no..., si usted, párroco, no me ayuda.

—¡Ayudarlo, yo! ¿Cómo? Haría lo que fuera, pero... ¿qué puedo hacer?

—La señorita... —refiriéndose a Margaret, que acababa de entrar y escuchaba en silencio— siempre habla muy bien del sur y de cómo se hacen las cosas allí. Bueno, no sé lo lejos que está, pero he *pensao* que si los puedo llevar allí, donde la comida es barata y pagan buenos salarios, y todo el mundo, los ricos y los pobres, los amos y los obreros, son amigos, tal vez *usté* pueda ayudarme a encontrar trabajo. No tengo ni cuarenta y cinco años y todavía estoy muy fuerte, señor.

—Pero ¿qué clase de trabajo podría hacer usted, amigo mío?

—Bueno, supongo que puedo darle un poco al arado...

—Y por eso, Higgins —se adelantó Margaret—, por cualquier cosa que pueda hacer con la mejor voluntad del mundo, tal vez lograra ganar nueve chelines a la semana; diez como máximo. La comida cuesta allí lo mismo que aquí, aunque allí podría tener un huertecito...

—De eso podrían ocuparse los niños —dijo él—. De todos modos, estoy harto de Milton, y Milton está harto mí.

—A pesar de todo —dijo Margaret—, no puede ir al sur. No lo soportaría. Tendría que estar a la intemperie con sol o con lluvia. El reumatismo lo mataría. El trabajo físico, a su edad, le haría perder la salud. No está acostumbrado a la comida de allí.

—Lo que como aquí no tiene nada de particular —replicó como ofendido.

—Pero usted dice que come carne de la carnicería una vez al día, cuando tiene trabajo; no sé si podría pagarla de los diez chelines que ganaría y mantener además a esos niños. Me veo en la obligación de decírselo muy claro, porque yo le he puesto esas ideas en la cabeza. No soportaría usted esa vida tan aburrida, no sabe lo que es; se lo comería como el óxido se come el hierro. Quienes han vivido allí toda la vida están acostumbrados a empaparse en aguas estancadas. Trabajan un día sí y otro también completamente solos en los campos encharcados, sin hablar jamás de levantar la cabeza. El duro trabajo de la azada y el arado les roba el cerebro; la monotonía del trabajo les ahoga la imaginación; no les interesa reunirse para hablar de cosas y pensar juntos después del trabajo, ni siquiera de las más sencillas ni de las más fantasiosas; se van a casa embrutecidos de agotamiento, pobre gente, sin preocuparse de nada más que de la comida y la cama. No podría despertar en ellos ninguna clase de compañerismo, como el que tiene en una ciudad tan bien abastecida como el aire que respira, sea bueno o malo, que no lo sé; lo que sí sé es que usted es el menos indicado para soportar una vida entre esa clase de trabajadores. Lo que para ellos es paz, para usted sería una inquietud constante. No piense más en eso, Nicholas, se lo ruego. Por otra parte, no podría pagar el traslado de los niños y la madre de ninguna manera, para empezar.

—Eso ya lo he *pensao*. Con una casa para todos hay bastante, y habrá que deshacerse de los muebles de la otra. Los hombres de allí tendrán que mantener a su familia, seis o siete hijos, a lo mejor. ¡Que Dios los asista! —dijo él, más convencido por lo que acababa de decir que por todo lo que le había dicho Margaret, y renunciando de pronto a la idea que se había gestado repentinamente en una cabeza saturada de cansancio y de preocupaciones—. ¡Que Dios los asista! Tanto el norte como el sur tienen inconvenientes, cada uno los suyos. Allí el trabajo es seguro, siempre lo hay, pero los sueldos son de hambre; aquí, de pronto te llueve el dinero y de pronto te quedas sin un chelín. Sin duda, el mundo es un lío que no se entiende, ni yo, ni nadie. Necesita unos arreglos, pero ¿quién lo va a arreglar, si la cosa es como dicen y no hay nada más que lo que vemos?

El señor Hale estaba distraído cortando pan y mantequilla. Margaret se alegró, porque vio que era mejor dejar a Higgins a su aire; es decir, si su padre empezaba a darle réplicas, por muy suaves que fueran, Higgins consideraría que tenía que responder al debate y seguramente defendería su terreno. Su padre y ella siguieron hablando de cosas indiferentes hasta que Higgins, sin ser apenas consciente de si comía o no, dio buena cuenta de un té abundante. Después separó la silla de la mesa e intentó interesarse por lo que decían el padre y la hija, pero no le sirvió de nada y volvió a caer en una triste ensoñación. De repente, Margaret, que llevaba un rato pensando en una cosa, pero las palabras se le habían atascado en la garganta, dijo:

—Higgins, ¿ha ido a la fábrica de Marlborough a pedir trabajo?

—¿La de Thornton? Sí, he ido donde Thornton.

—¿Y qué le dijo?

—Es difícil que un tipo como yo pueda ver al amo. El capataz me dijo que me largara, que me fuera a hacer puñetas.

—Es una lástima que no pudiera verlo —dijo el señor Hale—, tal vez no le habría dado trabajo, pero no le habría dicho esas cosas.

—Estoy acostumbrado a que me digan esas cosas, y me da igual. No soy tan refinado cuando me largan. Lo malo es que no me quieran allí ni en ningún otro sitio.

—Pero es una lástima que no lo viera —repitió Margaret—. ¿Volvería a intentarlo? Ya sé que cuesta insistir, pero ¿volvería a intentarlo mañana? Me alegraría mucho que lo hiciera.

—Mucho me temo que no serviría de nada —dijo el señor Hale en voz baja—. Sería mejor que antes hablara yo con él.

Margaret seguía esperando una respuesta de Higgins; era difícil resistirse a esa mirada seria y tierna y, al final, el hombre, con un hondo suspiro, dijo:

—Si fuera por mí, me dolería el orgullo un tanto; antes preferiría pasar hambre o soltarle un puñetazo que pedirle un favor. O que me dieran de latigazos. Pero usted no es una chica cualquiera, con perdón, ni hace las cosas de cualquier manera. Aunque tenga que ponerme una pinza en las narices, iré mañana. Pero no crea que servirá de nada. Ese hombre se dejaría quemar en la hoguera antes que dar su brazo a torcer. Lo haré por usted, señorita Hale, y le advierto que es la primera vez que cedo ante una mujer; ni la mía ni Bess podrían acusarme de eso jamás.

—Pues tanto más se lo agradezco —dijo Margaret con una sonrisa—, aunque no le creo. Seguro que ha cedido ante su mujer y su hija como casi todos los hombres.

—En cuanto al señor Thornton —dijo el señor Hale—, le daré una nota para él, y me atrevería a decir que entonces le recibirá.

—Se lo agradezco mucho, señor, pero prefiero valerme por mí mismo. No puedo tragar la idea de que me haga un favor una persona que no conoce los intríngulis de la lucha. Entrometerse entre amo y obrero es como hacerlo entre marido y mujer, más que nada. Hace falta mucha mano izquierda para que sirva de algo. Haré guardia en la garita de la entrada. Me plantaré allí a las seis de la mañana y no me iré hasta que me reciba, aunque preferiría barrer las calles si los indigentes no se encargaran ya de ese trabajo. No espere nada, señorita.

Será más fácil sacarle leche a una piedra. Les deseo muy buenas noches, y muchas gracias por todo.

—Sus zapatos están junto al fuego de la cocina; los puse a secar allí —dijo Margaret.

El hombre se volvió y la miró fijamente, se pasó la delgada mano por los ojos y se fue.

—¡Qué hombre tan orgulloso! —dijo el padre, un poco molesto por que Higgins hubiera rechazado que intercediera por él.

—Pues sí —dijo Margaret—, pero tiene madera de gran hombre, a pesar del orgullo.

—Es curioso lo mucho que respeta los aspectos del carácter del señor Thornton que más se parecen a los suyos propios.

—Estos norteños son de granito, ¿no te parece, papá?

—El pobre Boucher no, desde luego; ni su mujer.

—Por el acento, diría que tienen algo de sangre irlandesa. ¿Cómo le saldrán las cosas mañana? Si el señor Thornton y él hablaran de hombre a hombre... Si Higgins dejara de pensar que el amo es el amo y hablara con él como con nosotros, y si el señor Thornton tuviera la paciencia de escucharlo con la parte humana de su corazón, no con los oídos de amo...

—Margaret, empiezas a hacer justicia al señor Thornton —dijo el padre, pellizcándole la oreja.

A Margaret se le puso un nudo en la garganta que le impidió responder. «¡Ay! —pensó—. Si yo fuera hombre iría y lo obligaría a expresar lo que tenga en mi contra, y reconocería sinceramente que me lo merezco. Me duele perder su amistad, ahora que empiezo a saber lo mucho que vale. ¡Cuánta ternura dedicó a mi querida madre! Desearía que viniera, aunque solo fuera por ella, y así al menos sabría hasta qué punto he caído a sus ojos».

CAPÍTULO XXXVIII

PROMESAS CUMPLIDAS

Así, orgullosa, con orgullo se levantó,
mas, con lágrimas en los ojos:
—Digáis lo que digáis, penséis lo que penséis,
¡no obtendréis palabra alguna de mí!

BALADA ESCOCESA

No era solamente que el señor Thornton supiera que Margaret había mentido —aunque ella se imaginara que la despreciaba solo por ese motivo—, sino que la falsedad iba unida en sus pensamientos a la idea de otro hombre en su vida. No podía olvidar la intensidad con la que se miraban cuando los vio, la actitud de intimidad entre ellos, si no de amor declarado. Esta idea era un dolor perpetuo; tenía la imagen delante de los ojos fuera donde fuese e hiciera lo que hiciese. Por si esto fuera poco (y rechinaba los dientes cada vez que se acordaba), la hora, un oscuro crepúsculo; el sitio, tan lejos de casa y relativamente solitario. Al principio, su parte más noble le decía que todo eso podía ser circunstancial, inocente, justificable; pero, si reconocía su derecho a amar y ser amada (¿tenía motivos para negárselo?, ¿acaso no había rechazado su amor explícita y severamente?), era posible que se hubiera dejado llevar a un paseo más largo y a una hora más tardía de lo previsto. Pero ¡esa mentira! Esa mentira demostraba una conciencia clara de estar haciendo algo malo, algo que debía ocultar, y mentir no era propio de ella. Todo este margen le concedía, aunque habría sido un alivio considerarla totalmente indigna de su afecto. Ahí estaba el motivo de su desgracia: la amaba apasionadamente y, a pesar de los defectos, para él era más adorable y excelente que cualquier otra mujer, pero la creía tan atada a otro hombre, tan enamorada, que había sido capaz de traicionar su propia integridad. La mentira que la manchaba era la prueba de lo ciegamente que amaba a otro hombre, un hombre de tez curtida, esbelto, elegante y atractivo, mientras que él era rudo, severo y fornido. Los celos lo fustigaban, lo atormentaban. Pensaba en aquella mirada, en aquella actitud..., ¡habría puesto la vida a sus pies por esa mirada tierna, por esa amorosa entrega! Se mofó de sí mismo por haber dado tanto valor al gesto mecánico de protegerlo de la furia de la turba; ahora sabía lo tierna y encantadoramente que miraba al hombre al que amaba. Recordaba lo que había dicho palabra por palabra, con toda la carga de mordacidad: «No había un solo hombre en toda la multitud por el que no hubiera hecho con mayor entusiasmo lo que hice por usted». Él había compartido con la multitud el deseo de Margaret de evitar el derramamiento de sangre, pero ese hombre, ese amante misterioso, no compartía nada con nadie: solo para él las miradas, las palabras, las manos unidas, las mentiras, el misterio..., todo para él.

El señor Thornton se daba cuenta de que nunca, en toda su vida, había estado tan irritable como en esos momentos; cada vez que alguien le hacía una pregunta, deseaba responder con brusquedad, secamente, más con un gruñido que otra cosa; y saberlo le hería el orgullo; siempre se había jactado de su capacidad de dominarse, y eso era lo que tenía que hacer: dominarse. Por eso se sometió a una serena deliberación, pero era un propósito más difícil y serio de lo normal. En casa estaba más silencioso que de costumbre. Se pasaba las veladas yendo de un lado a otro de la habitación, cosa que habría molestado sobremanera a su madre si se hubiera tratado de cualquier otra persona, pero no estaba dispuesta a ser tolerante ni con su amado hijo.

—¿Puedes parar? ¿Por qué no te sientas un momento? Tengo que decirte una cosa, si dejas de pasearte de aquí para allá de una vez. —El hijo se sentó al instante en una silla que estaba pegada a la pared—. Es sobre Betsy. Dice que tiene que irse, que la muerte de su novio la ha afectado tanto que no puede entregarse al trabajo.

—Muy bien, supongo que habrá que entrevistar a otras cocineras.

—¡Qué típico de los hombres! No es solo por la cocina, es que además sabe perfectamente cómo funciona esta casa. Por otra parte, me ha contado no sé qué de tu amiga, la señorita Hale.

—La señorita Hale no es amiga mía. Mi amigo es el señor Hale.

—Me alegro de que lo digas, porque si no, no te habría gustado nada lo que me ha contado Betsy.

—Oigámoslo —dijo él, con la calma extremada que había adoptado en los últimos días.

—Dice que la noche en que su novio..., se me ha olvidado su nombre, porque ella nunca lo menciona...

—Leonards.

—La noche en que Leonards fue visto por última vez en la estación..., en horario de trabajo, por cierto, la señorita Hale estaba allí, paseando con un joven que, según Betsy, mató a Leonards de un golpe o de un empujón.

—Leonards no murió por un golpe ni por un empujón.

—¿Cómo lo sabes?

—Porque se lo pregunté específicamente al médico del hospital. Me dijo que tenía una enfermedad interna desde hacía mucho tiempo, provocada por el hábito de beber en exceso. La coincidencia de que el súbito empeoramiento le sobreviniera en pleno estado de embriaguez fue lo que determinó que el fatal desenlace se debió al exceso de alcohol, no a la caída.

—¿La caída? ¿Qué caída?

—La que siguió al golpe o al empujón del que habla Betsy.

—Entonces, ¿le dieron un golpe o un empujón?

—Eso creo.

—¿Quién se lo dio?

—De acuerdo con la opinión del médico, no se abrió una investigación, así que no puedo decírtelo.

—Pero ¿la señorita Hale estaba allí?

No respondió.

—¿Y con un joven?

Tampoco respondió, hasta que dijo:

—Madre, le he dicho que no se abrió la investigación..., no se hicieron pesquisas. Que no hubo investigación judicial, quiero decir.

—Betsy dice que Woolmer, un conocido suyo que trabaja en una verdulería de Crampton, puede jurar que la señorita Hale estaba en la estación en aquel momento, paseando de un lado a otro con un joven.

—¿Y eso qué tiene que ver con nosotros? La señorita Hale puede hacer lo que le venga en gana.

—Me alegro de que lo digas —replicó la señora Thornton incisivamente—. Sin duda tiene muy poco que ver con nosotros, y contigo menos... ¡después de lo que pasó! Pero yo..., yo le hice una promesa a la señora Hale, que, si su hija tenía mal comportamiento, la regañaría y la aconsejaría como es debido. Y, desde luego, le haré saber lo que opino de semejante conducta.

—No veo nada reprochable en lo que hizo aquella noche —respondió el señor Thornton.

Se levantó y se acercó a su madre; después se quedó junto a la repisa de la chimenea, de espaldas a la habitación.

—Te habría parecido mal que Fanny saliera a la calle de noche y fuera a un sitio solitario a pasear con un joven. Por no hablar del momento que eligió para dar ese paseo, con su madre todavía de cuerpo presente.

—En primer lugar, como no hace tantos años que yo también era dependiente en una pañería, la simple circunstancia de que un dependiente de verdulería viera algo no cambia ese algo en sí, en mi opinión. Y, en segundo, hay una gran diferencia entre la señorita Hale y Fanny. Me imagino que la primera tendría razones de peso para pasar por alto cualquier conducta aparentemente inapropiada. Pero Fanny nunca ha hecho nada por razones de peso. Necesita que cuiden de ella. Y creo que la señorita Hale sabe cuidarse sola.

—¡Bonita manera de hablar de tu hermana, sin duda! John, realmente se diría que la señorita Hale te ha abierto los ojos. Te incitó a que le ofrecieras un compromiso con una atrevida demostración de falso interés por ti..., para desecharte al compararte con ese otro tan joven, no me cabe duda. Ahora veo claramente todo lo que ha hecho. Crees que es su amante; supongo que estamos de acuerdo en eso.

Se volvió hacia su madre con una expresión sombría y desalentada.

—Sí, madre. Creo que es su amante. —Después de hablar se dio la vuelta otra vez y se retorció como agobiado por un dolor físico. Apoyó la cara en la mano y, antes de que hablara ella, se volvió bruscamente y dijo—: Madre, es su amante, sea quien sea; pero puede necesitar ayuda y consejos de otra mujer; puede tener dificultades o tentaciones que desconozco. Eso me temo. No quiero saber cuáles son; pero, como siempre ha sido una madre tan buena..., ¡sí!, y tan tierna conmigo, vaya a verla y gánese su confianza, y aconséjele sobre el mejor modo de proceder. Sé que pasa algo malo, que hay algún temor que debe de ser una tortura para ella.

—¡John, por amor de Dios! —exclamó la madre, verdaderamente alarmada—. ¿A qué te refieres? ¿Qué quieres decir? ¿Qué sabes? —El hijo no respondió—. ¡John, no sabré qué pensar hasta que me contestes! ¡No tienes derecho a decir esas cosas en su contra!

—¡En su contra no, madre! No podría hablar en contra de ella.

—¡Vaya! Pues no tienes derecho a decir lo que has dicho, a menos que te expliques. ¡Esas insinuaciones son un desastre para el buen nombre de una mujer!

—¡Su buen nombre! Madre, no se atreva... —Dio media vuelta y la fulminó con la mirada. Después, volviendo a la compostura y a la dignidad, dijo—: No voy a decir nada más que lo siguiente, que es la pura verdad, ni más ni menos, y estoy seguro de que me creerá: tengo buenos motivos para pensar que la señorita Hale se encuentra en un apuro, en alguna dificultad relacionada con un ser querido que en sí misma, por lo que sé de la personalidad de la señorita Hale, es totalmente inocente y justa. No le diré cuáles son esos motivos. Pero no quiero oír una palabra de nadie en contra de ella que signifique nada más allá de que necesita consejo de una mujer buena. ¡Usted le prometió a la señora Hale que sería esa mujer!

—¡No! —replicó la señora Thornton—. Me satisface decir que yo no prometí ternura ni amabilidad, porque en aquel momento me pareció que sería incapaz de ofrecérselas a una persona de la actitud y el carácter de la señorita Hale. Prometí aconsejarla y reconvenirla, llegado el caso, tal como lo haría con mi propia hija. Y hablaré con ella como lo haría con Fanny, si se hubiera ido a pasear con un joven en la oscuridad. Le hablaré en relación con las circunstancias que conozco, sin dejarme influir en un sentido ni en otro por los «buenos motivos» que no quieres confiarme. Así cumpliré mi palabra y mi deber.

—No lo soportará —dijo él con vehemencia.

—Pues tendrá que soportarlo si le hablo en nombre de su difunta madre.

—Bien —dijo él, alejándose—, no me cuente nada más de todo esto. No puedo ni pensar en ello. Prefiero que hable con ella como sea a que no le diga nada en absoluto. ¡Ah, aquella mirada amorosa! —siguió mascullando al encerrarse en su cuarto—. ¡Y la maldita mentira, que es la prueba de algo terriblemente vergonzoso que no puede salir a la luz, en la que yo creía que vivía ella perpetuamente! ¡Ay, Margaret! ¿No podías haberte enamorado de mí? Soy desmañado y severo, pero jamás habría consentido que mintieras por mí.

Cuanto más pensaba la señora Thornton en lo que había dicho su hijo, en esa forma de suplicar que juzgara con clemencia la indiscreción de Margaret, más animadversión sentía contra ella. Se regodeaba ferozmente en la idea de «decirle cuatro verdades» so pretexto de cumplir una promesa. Se complacía pensando en demostrarle que a ella no la tenía encantada como a todos los demás. Se burlaba de la idea de la belleza de su víctima: ese pelo negro como el azabache, esa tez limpia y suave, esos lúcidos ojos... no le evitarían una sola palabra del reproche justo y severo que la señora Thornton estuvo media noche preparando mentalmente.

—¿La señorita Hale se encuentra en casa?

Sabía que sí, porque la había visto por la ventana, y entró en el pequeño vestíbulo antes de que Martha hubiera terminado de responder a la pregunta.

Margaret estaba sola, escribiendo a Edith, contándole detalles de los últimos días de su madre. Era una tarea emotiva y tuvo que secarse unas lágrimas inoportunas en el momento en que le anunciaron la visita de la señora Thornton.

La recibió con tanta amabilidad y delicadeza que la mujer se cohibió y fue incapaz de pronunciar el discurso que con tanta facilidad había compuesto cuando no tenía a nadie a quien dedicárselo. En un tono grave y sonoro, más suave que de costumbre, con una actitud más encantadora, porque agradecía mucho la atención que la señora Thornton tenía con ella haciéndole una visita, se esforzó en buscar temas de conversación; alabó a Martha, la criada que les había recomendado ella; había preguntado a Edith por una cancioncilla griega de la que había hablado con ella. La mujer se desconcertó. Su daga damascena parecía inútil y fuera de lugar entre pétalos de rosa. Guardaba silencio mientras intentaba imponerse el cumplimiento del deber que la había llevado allí. Por fin se decidió, impulsada por una sospecha que, aun siendo muy improbable, se permitió pensar: todo ese derroche de dulzura no era más que una forma de intentar congraciarse con el señor Thornton; había renunciado al otro joven por algún motivo y ahora a la señorita Hale le convenía volver al

pretendiente que había rechazado. ¡Pobre Margaret! Es posible que hubiera algo de verdad en semejante sospecha: la señora Thornton era la madre de un hombre cuya consideración, que tanto valoraba, temía haber perdido, idea que inconscientemente se sumaba al deseo de complacer a quien había tenido la amabilidad de ir a verla. La señora Thornton se puso en pie, pero parecía que todavía tenía algo que decir. Carraspeó y empezó:

—Señorita Hale, tengo un deber que cumplir. Le prometí a su pobre madre que si, a mi juicio, su conducta dejaba algo que desear —y aquí bajó un poco el tono de voz—, aunque fuera inadvertidamente, no se lo dejaría pasar sin reconvenirla o al menos darle un consejo, tanto si lo aceptaba usted como si no.

Margaret se quedó enfrente de ella y se sonrojó como cualquier culpable, mirándola con los ojos muy abiertos. Creyó que le iba a recordar la mentira que había dicho, que el señor Thornton había recurrido a su madre para que le explicara el peligro al que se había expuesto de ser refutada ante un tribunal; y, aunque la descorazonó que no hubiera preferido ir él en persona a reprenderla, a ponerle la penitencia y a devolverle la consideración en la que la había tenido, era una lección de humildad tan grande que podía asumir la culpa con paciencia y sumisión.

—Al principio —prosiguió la señora Thornton—, cuando una criada me contó que la habían visto paseando con un caballero lejos de casa, en la estación de Outwood, y de noche, no me lo podía creer. Pero lamento decir que mi hijo me lo ha confirmado. Fue una indiscreción, por no llamarlo de otra forma; no sería la primera de tantas jóvenes que han perdido el buen nombre...

A Margaret le salían chispas por los ojos. Esa era una idea nueva, un verdadero insulto. Si la señora Thornton se hubiera referido a la mentira, bien, de acuerdo, la habría reconocido y se habría humillado. Pero poner en tela de juicio su conducta..., ¡hablar de perder el buen nombre! Ella..., la señora Thornton, una desconocida... ¡Era una impertinencia excesiva! No le respondería..., no le diría ni una palabra. La señora Thornton vio el ánimo belicoso en los ojos de Margaret, que espoleó también el suyo.

—Por su madre, me ha parecido oportuno prevenirla contra semejantes faltas de decoro, que a la larga la degradarán a los ojos del mundo, aunque no lleguen a hacerle daño de otra forma.

—Por mi madre —repitió Margaret con voz llorosa— puedo soportar mucho, pero no cualquier cosa. Estoy segura de que nunca quiso exponerme al insulto.

—¡Insulto, señorita Hale!

—Sí, señora —contestó ella, más serena—, es un insulto. ¿Qué sabe usted de mí que le haga sospechar...? ¡Ah! —exclamó y, derrumbada, se tapó la cara con las manos—. Ahora lo sé; el señor Thornton le ha dicho...

—No, señorita Hale —replicó la señora Thornton, cuya franqueza impidió que Margaret confesara lo que iba a confesar, aunque ella se moría de curiosidad por saberlo—. No siga. El señor Thornton no me ha dicho nada. Usted no conoce a mi hijo ni merece conocerlo. Voy a contarle lo que dijo. Esté atenta, jovencita, a ver si es capaz de entender la clase de hombre al que ha rechazado. Ese fabricante de Milton, ese gran corazón, tierno como es y burlado como ha sido, lo único que me dijo anoche fue: «Vaya a verla. Tengo buenos motivos para creer que se encuentra en un apuro relacionado con un ser querido y necesita consejo de una buena mujer». Esas fueron sus palabras. Por lo demás, aparte de reconocer que estaba usted en la estación de Outwood con un caballero la noche del veintiséis, no habló de otra cosa, ni una palabra contra usted. Si sabe algo de eso que tanto la hace llorar, se lo guardó.

Margaret seguía tapándose la cara con las manos, tenía los dedos empapados de lágrimas, cosa que aplacó un poco a la señora Thornton.

—Vamos, señorita Hale, reconozco que puede haber circunstancias que, debidamente justificadas, expliquen una aparente falta de decoro.

Margaret seguía sin responder, pensaba en lo que podía decir; deseaba quedar bien con la señora Thornton, pero no podía darle explicaciones, era imposible. La señora Thornton se impacientó.

—Lamentaré renunciar a una amistad, pero, por Fanny..., como le dije a mi hijo, si Fanny hubiera hecho una cosa así, lo consideraríamos una gran desgracia... y habría que mandarla a otro sitio...

—No puedo darle explicaciones —dijo Margaret en voz baja—. He actuado mal, pero no en el sentido que le da usted ni de la forma que cree saber. Creo que el señor Thornton es más clemente conmigo que usted —dijo, conteniendo las lágrimas que la asfixiaban—, pero, señora, creo que lo hace usted con buena intención.

—Gracias —dijo la señora Thornton irguiéndose—. No pensaba que fuera a poner en duda mi buena intención. Es la última vez que intervengo. No deseaba hacerlo cuando su madre me lo pidió. No me parecía bien que mi hijo le hubiera tomado afecto, aunque yo solo tenía sospechas. No me parecía usted digna de él. Pero, cuando se comprometió como lo hizo el día de los disturbios y se expuso a los comentarios de criadas y obreros, me pareció que ya no tenía derecho a ponerme en contra del deseo de mi hijo de hacerle proposiciones a usted. —Margaret se estremeció y aspiró con un sonido largo y sibilante, al que la señora Thornton no prestó la menor atención—. Él se presentó aquí y, al parecer, usted había cambiado de opinión. Ayer le dije a mi hijo que tal vez, en este corto intervalo de tiempo, podía haberse enterado de algo en relación con ese otro amante...

—¿Quién cree que soy, señora? —preguntó Margaret, y echó la cabeza hacia atrás con orgulloso desprecio hasta curvar la garganta como un cisne—. No diga nada más, señora Thornton. Me niego a justificar ningún comportamiento mío. Permítame que salga de aquí.

Y salió majestuosamente, con la silenciosa elegancia de una princesa ofendida. La señora Thornton tenía suficiente sentido común para darse cuenta de que la había dejado en una situación ridícula. No podía hacer otra cosa que acompañarse a sí misma hasta la puerta. El proceder de Margaret no la molestó particularmente, no tenía tanto interés en ella. Se había tomado la regañina más en serio de lo que se esperaba, y las lágrimas la habían aplacado al instante mucho más que cualquier silencio o reserva. Demostraban el efecto de sus palabras. «Jovencita —pensó—, tiene un gran temperamento. Si John y usted se hubieran unido, mi hijo habría tenido que atarla corto para que entendiera cuál era su sitio. Pero no creo que vuelva a salir por ahí con su dandi a semejantes horas ni con tanta prisa. Es demasiado orgullosa y enérgica para eso. Me gusta que las chicas huyan de la idea de dar pie a habladurías. Eso demuestra que no son atolondradas ni atrevidas. En cuanto a esta en concreto, puede que sea atrevida, pero no atolondrada. Se lo tengo que reconocer. Sin embargo, Fanny... es atolondrada, pero no atrevida. Le falta valor, ¡pobrecita mía!».

El señor Thornton no estaba pasando una mañana tan satisfactoria como su madre. Ella, al menos, estaba cumpliendo lo que se había propuesto. Él intentaba entender cuál era su situación, el daño que había hecho la huelga. Tenía gran parte del capital inmovilizado en maquinaria cara; además había comprado una gran cantidad de algodón para cubrir los grandes pedidos próximos, pero todo iba con un retraso tremendo debido a la huelga. Habría tenido dificultades para cumplir los plazos de entrega aunque hubiera contado con los hábiles obreros de siempre; pero, tal como estaban las cosas, con los incompetentes obreros irlandeses, que tenían que aprender a hacer el trabajo en unos momentos en los que se requería una actividad extraordinaria, las preocupaciones eran diarias.

No era el mejor momento para que Higgins hiciera su petición. Pero le había prometido a Margaret que lo haría por encima de todo. Y así, aunque a cada minuto que pasaba aumentaban la repugnancia, el orgullo y el rencor, allí estuvo, apoyado en el muro ciego una hora detrás de otra, primero sobre una pierna, después sobre la otra. Por fin levantaron la tranca bruscamente y apareció el señor Thornton.

—Quiero hablar con usted, señor.

—Lo siento, ahora no puedo entretenerme. Ya llego tarde.

—Bien, señor, puedo esperar hasta que vuelva.

El señor Thornton ya estaba a medio camino. Higgins suspiró, pero en vano. Abordarlo en la calle era la única posibilidad de ver «al amo»; si hubiera llamado a la puerta de la garita de la entrada o hubiera ido hasta la casa a preguntar por él, lo habrían mandado a hablar con el capataz. Así que allí se quedó otra vez, sin dar explicaciones, pero saludando a los pocos hombres que conocía y que hablaron con él, a medida que salían todos al patio para la hora de comer, y mirando con la peor cara a los rompehuelgas irlandeses que acababan de traer de fuera. Hasta que por fin volvió el señor Thornton.

—¡Cómo! ¿Todavía sigue aquí?

—Eso es, señor. Tengo que hablar con usted.

—Pase, pues. Un momento, vamos al otro lado del patio; los hombres no han vuelto y estaremos solos. Veo que esta buena gente se ha ido a comer —dijo, mientras cerraba la puerta de la garita.

Se detuvo a hablar con el portero, que le dijo en voz baja:

—Supongo, señor, que sabe que ese hombre es Higgins, uno de los mandamases del sindicato; el que dio el discurso en Hurstfield.

—No, no lo sabía —respondió el señor Thornton lanzando una mirada al que lo seguía. Había oído el nombre de Higgins asociado a un espíritu agitador—. Sígame —le dijo en un tono más áspero que antes.

«Estos hombres —pensó— son los que interrumpen el comercio e injurian la ciudad en la que viven: demagogos, ansiosos de poder aunque sea a costa de los demás».

—Bien, dígame, ¿qué quiere de mí? —dijo Thornton mirándolo a la cara tan pronto como llegaron al despacho de contabilidad de la fábrica.

—Soy Higgins...

—Eso ya lo sé —lo interrumpió el señor Thornton—. ¿Qué es lo que quiere, señor Higgins? Hable de una vez.

—Quiero trabajar.

—¡Trabajar! ¡Qué bonito, venir aquí a pedirme trabajo! Desvergüenza no le falta, eso está claro.

—Tengo enemigos y difamadores, como mis superiores, pero nunca dijeron de mí que fuera demasiado modesto —respondió Higgins. La actitud del señor Thornton le alteró la sangre más que las palabras.

El señor Thornton vio en la mesa una carta a su nombre. La abrió y la leyó. Al final, levantó la vista y dijo:

—¿A qué espera?

—A que responda a mi pregunta.

—Ya he respondido. No pierda más tiempo.

—Usted me ha llamado desvergonzado, pero a mí me enseñaron que es de buena educación decir «sí» o «no» cuando te hacen una pregunta con buenos modales. Le agradecería que me diera trabajo. Hamper puede decirle lo bueno que soy.

—Se me ocurre que es mejor que no me mande a Hamper a preguntar por nadie, porque a lo mejor me entero de más de lo que le gustaría.

—Estoy dispuesto a arriesgarme. Lo peor que pueden decirle de mí es que hice lo que me pareció mejor, aunque a mí me perjudicara.

—En tal caso, vaya donde Hamper, a ver si le dan trabajo. ¿Cree que se lo voy a dar yo después de haber despachado a más de cien de los mejores obreros que tenía solo por seguirlo a usted y a otros como usted? Sería como encender una mecha en medio del algodón.

Higgins le dio la espalda; después se acordó de Boucher y volvió a mirarlo de frente haciendo la mayor concesión que podía.

—Le prometo, patrón, que no diré una palabra que pueda ir en su contra si usted nos trata bien; y lo que es más, le prometo que cuando vea que se equivoca y hace alguna injusticia, primero se lo diré a usted en particular, para advertírselo con discreción. Si no nos pusiéramos de acuerdo sobre su proceder, podrá despacharme sin previo aviso.

—¡Por Dios que tiene usted una gran opinión de sí mismo! Hamper se lo ha perdido. ¿Cómo es que lo ha soltado, con tanta sabiduría como tiene?

—Pues rompimos de mutuo desacuerdo. Yo no estaba dispuesto a prometer lo que nos pedía, y él no estaba dispuesto a aceptarme por nada. Así que estoy libre y puedo comprometerme con quien quiera; y, como le dije antes, aunque no tendría que decirlo yo, soy un buen obrero, patrón, y soy de fiar, sobre todo si no bebo, y no volveré a beber, ya que no lo dejé antes.

—Para guardar dinero para la próxima huelga, ¿no es eso?

—¡No! Daría gracias si pudiera hacer eso; es para mantener a la viuda y a los hijos de un hombre que perdió la cabeza por culpa de esos rompehuelgas suyos; le quitó el puesto un irlandés de esos que no distinguen la trama de la urdimbre.

—Bien, pues más vale que piense en otra cosa, si tiene tan buenas intenciones en la cabeza. Le aconsejaría que no se quedara en Milton, aquí lo conocen demasiado.

—Si fuera verano —dijo Higgins—, me iría a trabajar de temporero, como los irlandeses, o de peón caminero, de segador o lo que sea y no volvería a Milton nunca más. Pero estamos en invierno y los niños se morirían de hambre.

—¡Buen peón caminero sería usted! No haría ni la mitad de trabajo que un irlandés en un día.

—Cobraría la mitad si solo pudiera hacer la mitad en las doce horas. ¿No sabrá de ningún sitio en el que quieran ponerme a prueba, lejos de las fábricas, si soy una mecha tan peligrosa? Aceptaré el sueldo que les parezca que merezco, lo hago por esos niños.

—¿No ve en lo que se convertiría? ¡En un rompehuelgas! Aceptaría un salario inferior a los demás... y todo por los hijos de otro hombre. ¿Se da cuenta de que perjudicaría a cualquier otro pobre hombre que quisiera aceptar lo que le dieran a usted para mantener a sus propios hijos? Usted y su sindicato no tardarían en tirársele encima. ¡No, no! Aunque solo sea por el recuerdo de la forma en que han tratado a los pobres rompehuelgas, le digo que no. La respuesta a su pregunta es ¡no! No le daré trabajo. No le digo que crea el pretexto con el que ha venido a pedirme trabajo; eso no lo sé. Puede que sea verdad y puede que no. De todos modos, es una historia poco plausible. Déjeme pasar. No le daré trabajo. Ahí tiene la respuesta.

—Oído, señor. No habría venido a molestarlo si no se lo hubiera prometido a una persona que, al parecer, considera que hay algo bueno en usted. Pero creo que ella está equivocada y me ha aconsejado mal. Bueno, tampoco soy el primero que sigue un mal consejo de una mujer.

—La próxima vez, dígale que se meta en sus asuntos, en vez de hacerle perder el tiempo a usted y a mí. Creo que las mujeres están en el fondo de todos los males de este mundo. Márchese.

—Ha sido *usté* muy amable, patrón, y se lo agradezco, y sobre todo esta forma tan educada de decirme adiós.

El señor Thornton no se dignó responder. Pero un minuto después, al mirar por la ventana, le llamó la atención la figura delgada y encorvada que salía del patio: la forma de arrastrar los pies contrastaba extrañamente con la resolución y la firme determinación del hombre durante la entrevista. Se acercó a la garita del portero.

—¿Cuánto tiempo ha esperado ese Higgins para hablar conmigo?

—Estaba fuera desde antes de las ocho. Creo que llevaba ahí desde entonces.

—¿Y ahora son las...?

—Es la una, señor.

«Cinco horas —pensó el señor Thornton— es mucho tiempo para cualquiera, sin hacer nada más que esperar primero y temer después».

CAPÍTULO XXXIX

NUEVAS AMISTADES

> No, ya he terminado; nada más de mí tendrás;
> y me alegro, sí, me alegro de todo corazón,
> de ser, por ello, completamente libre.
>
> DRAYTON

Después de dejar a la señora Thornton, Margaret se encerró en su habitación. Empezó a pasear de un lado a otro de la estancia, como solía cuando estaba inquieta, pero de pronto se acordó de que en esa casa de paredes y suelos delgados se oía hasta el último paso en todas partes, de manera que se sentó hasta que oyó salir a la señora Thornton. Se propuso repasar toda la conversación que habían mantenido, frase por frase, obligando a la memoria a recuperarla íntegramente. Al final se levantó y, en un tono melancólico, se dijo:

«En cualquier caso, no me afecta nada de lo que ha dicho; me resbala, porque soy inocente de lo que me acusa. Sin embargo, ¡qué amargo es que cualquiera, cualquier mujer, sea capaz de creer todo eso con tanta facilidad! Es amargo y triste. No me acusa de lo que he hecho mal... porque no lo sabe. Él no se lo ha dicho. ¡Tendría que haberme dado cuenta de que él no hablaría!».

Levantó la cabeza como si se enorgulleciera de la delicadeza que había demostrado el señor Thornton. Después se le ocurrió otra idea y empezó a retorcerse las manos.

«Él también creerá que Frederick es un amante —pensó, sonrojándose—, ahora lo entiendo. No solo sabe que he mentido, además cree que hay otro hombre que se interesa por mí, y que yo... ¡Ay, madre! ¡Ay, madre! ¿Qué voy a hacer? ¿Qué significa esto? ¿Por qué me preocupa lo que piense, aparte de la opinión que pueda tener de mí por haber mentido? No lo sé. Pero ¡qué desgraciada soy! ¡Ay, qué año tan aciago ha sido este! He pasado de la infancia a la vejez. No he tenido juventud... ni madurez; para mí se han acabado las esperanzas de madurez, porque nunca me casaré, y preveo cargas y pesares como si fuera una anciana, y con el mismo espíritu temeroso. Estoy cansada de esta exigencia continua de ser fuerte. Podría soportarlo por papá, porque es mi deber piadoso y natural. Y creo que también soportaría..., de todos modos, podría tener energía suficiente para ofenderme por las injustas e impertinentes sospechas de la señora Thornton. Pero no soporto que él haya podido interpretarme tan mal. ¿Qué me pasa? ¿Por qué tengo estos pensamientos tan malsanos hoy? No lo sé. Solo sé que no los puedo evitar. A veces necesito dejarme llevar. ¡No, nada de eso! —se dijo, poniéndose de pie de repente—. ¡No voy a pensar en mí ni en mi posición! No voy a hurgar en mis sentimientos. Ahora mismo no me sirve para nada. Un día, si llego a vieja, a lo mejor me siento al amor de la lumbre y, mirando las ascuas, veo lo que la vida habría podido ser para mí».

Entretanto, iba preparándose a toda prisa para salir, deteniéndose solo de vez en cuando a secarse las lágrimas con impaciencia.

«Seguro que más de una mujer habrá cometido un error tan penoso como el mío y lo habrá descubierto cuando ya era tarde. ¡Y con cuánta altivez e impertinencia le hablé aquel día! Pero entonces yo no lo sabía. Me he ido dando cuenta poco a poco y no sé cuándo empezó. Ahora no voy a flaquear. Con este peso en la conciencia me costará un esfuerzo adoptar la misma actitud ante él, pero mantendré la calma, apenas me moveré y hablaré muy poco. Aunque, claro, a lo mejor no lo veo, él procura quitarse de en medio, es evidente. Eso sería lo peor de todo. Pero no me extraña que me evite, si está convencido de lo que sospecho».

Salió a la calle a paso vivo, en dirección al campo, procurando que la velocidad le impidiera reflexionar.

Cuando volvió, su padre la alcanzó en la puerta.

—¡Así me gusta, hija mía! —le dijo—. Has ido a ver a la señora Boucher. Justo ahora estaba pensando en ir a verla yo, si me da tiempo antes de comer.

—No, papá, no he ido a verla —dijo Margaret sonrojándose—. Ni me he acordado. Pero iré inmediatamente después de comer, mientras echas una siestecita.

Y así fue. La señora Boucher estaba muy enferma, enferma de verdad, no solo quejumbrosa. Al parecer, la amable y bondosa vecina que había ido el otro día se había hecho cargo de todo. Algunos niños se habían ido con los vecinos. Mary Higgins había ido a buscar a los tres menores a la hora de comer y, entretanto, Nicholas había ido a avisar al médico, que todavía no había llegado. La señora Boucher estaba agonizando y no se podía hacer nada más que esperar. Margaret quería saber el diagnóstico del médico y pensó que lo mejor que podía hacer entretanto era ir a ver a los Higgins. Tal vez pudiera averiguar si Nicholas había ido a pedir trabajo al señor Thornton.

Encontró a Higgins haciendo bailar una moneda sobre el canto del aparador para entretener a los tres niños, que se agarraban a sus pantalones sin ningún temor. Tanto él como los pequeños sonreían porque la moneda no paraba de bailar, y a Margaret le pareció que el interés y la alegría con que se tomaba la tarea era una buena señal. Cuando la moneda dejó de dar vueltas, el «pequeño Johnny» empezó a llorar.

—Ven conmigo —le dijo Margaret, tomándolo en brazos y apartándolo del aparador; le puso el reloj de pulsera al lado del oído mientras preguntaba a Nicholas si había visto al señor Thornton.

La expresión del hombre cambió al instante.

—Eso, sí —respondió—, ya lo he visto y lo he oído de sobra.

—Entonces, ¿no lo ha aceptado? —preguntó Margaret, apenada.

—No lo dude. Yo lo sabía desde el primer momento. No se puede esperar clemencia de esos patronos. Usted no es de aquí, es una extraña y no sabe cómo funcionan estas cosas, pero yo sí.

—Siento haberle pedido que fuera a verlo. ¿Estaba enfadado? No lo trató como Hamper, ¿verdad?

—Tampoco fue demasiado amable —respondió Nicholas, poniendo la moneda a bailar otra vez, tanto por los niños como por sí mismo—. No se preocupe. Estoy donde estaba. Mañana volveré a patear las calles. Pero no me mordí la lengua, le dije que no tenía tan buena opinión de él para haber vuelto otra vez por mí, pero que usted me aconsejó que fuera a verlo hasta que me recibiera.

—¿Le dijo que iba de mi parte?

—No sé si llegué a decir su nombre. Creo que no, le dije que una mujer que no tenía ni idea me había aconsejado que fuera a ver si le quedaba algo de corazón.

—¿Y él...?

—Dijo que le dijera que se metiera en sus asuntos. Bien, chicos, este ha sido el baile más largo. Y no se imagina lo amable que fue conmigo. Pero da igual. Estamos donde estábamos, ni más ni menos; y me pondré a picar piedra en la carretera antes que permitir que estos chiquillos pasen hambre.

Margaret dejó al inquieto Johnny en el suelo, al lado del aparador, en el mismo sitio de antes.

—Siento mucho haberle pedido que fuera a verlo. El señor Thornton me ha decepcionado.

Oyó un leve ruido detrás y se volvió al mismo tiempo que Nicholas, y allí estaba el señor Thornton, con cara de sorpresa y disgusto. Obedeciendo a un impulso inmediato, Margaret pasó por delante de él sin decir una palabra, solo con una leve inclinación de cabeza para ocultar la palidez que notó que le sobrevenía. Él respondió con el mismo gesto y cerró la puerta en cuanto ella salió. Al dirigirse rápidamente a casa de la señora Boucher, Margaret oyó el ruido de la cerradura, que la mortificó más aún: a él también le había molestado encontrarla allí. Había ternura en él, «algo de corazón», como lo había dicho Nicholas Higgins; pero se enorgullecía de ocultarlo; lo guardaba en secreto y le molestaba cualquier circunstancia que pudiera desvelarlo. Pero, aunque temiera tanto que lo descubrieran, deseaba en la misma medida que los hombres reconocieran su sentido de la justicia, y tenía la sensación de haber sido injusto al responder con tanto sarcasmo a una persona que había tenido la humildad y la paciencia de esperar cinco horas para hablar con él. Le daba igual que el hombre le hubiera hablado con descaro cuando tuvo la oportunidad. Al contrario, incluso le había gustado, y era consciente de que en aquel momento estaba muy irritado, de manera que habían quedado igualados. Lo que le asombraba de verdad eran las cinco horas de espera. Él no podía permitirse perder cinco horas, pero sí una..., dos, de su trabajo intelectual y físico en verificar la historia que le había contado Higgins, qué clase de persona era, qué vida llevaba. Se convenció, a su pesar, de que todo lo que le había contado era verdad. Y después, esa convicción le tocó las fibras sensibles como una varita mágica; la paciencia del hombre y la sencilla generosidad del motivo (porque se había enterado de la pelea que había tenido con Boucher) le hicieron olvidar por completo los simples razonamientos del sentido de la justicia y sustituirlos por los de un instinto más divino. Y decidió ir a verlo para ofrecerle trabajo; pero encontrar a Margaret allí le molestó más que las últimas palabras que esta le había dedicado, porque entendió que era ella la mujer que había insistido en que Higgins fuera a hablar con él y temía reconocer que lo que iba a hacer únicamente porque le parecía lo justo tuviera la menor relación con ella.

—Así que, ¿era esa dama la mujer a la que se refería? —preguntó, indignado, a Higgins—. Podía haberme dicho de quién se trataba.

—Y entonces a lo mejor hubiera *hablao usté* de ella con más educación; su madre de *usté* le habría hecho morderse la lengua cuando dijo que las mujeres están en el fondo de todos los males.

—Y, naturalmente, se lo ha contado a la señorita Hale, ¿verdad?

—Naturalmente. Pues claro. Se lo aseguro, y también que le dije que no volviera a meterse en sus asuntos de *usté*.

—¿Son suyos estos niños? —El señor Thornton sabía muy bien de quién eran, por lo que había averiguado; pero le incomodaba que la conversación hubiera empezado con tan mal pie.

—No y sí.

—¿Son los niños de los que me habló esta mañana?

—Y entonces *usté* dijo —replicó Higgins volviéndose con fiereza mal aplacada— que eso podía ser verdad o no, pero era muy poco plausible. Eso no se me olvida, patrón.

—A mí tampoco —respondió el señor Thornton tras un silencio—. Me acuerdo de lo que dije. Me referí a estos niños de una forma a la que no tenía derecho alguno. No lo creí. Yo no me habría hecho cargo de los hijos de otro hombre si ese hombre se hubiera portado conmigo como tengo entendido que se portó Boucher con usted. Pero ahora sé que todo era verdad. Le ruego que me disculpe.

Higgins no se dio media vuelta ni respondió inmediatamente. Pero después habló en un tono más suave, aunque igualmente brusco.

—No tiene derecho a meter las narices en lo que pasó entre Boucher y yo. Él se ha muerto y yo lo siento. Nada más.

—Así es. ¿Quiere usted trabajar en mi fábrica? Eso es lo que he venido a preguntarle.

Higgins flaqueó, se recobró y se mantuvo firme en su obstinación. No diría nada. El señor Thornton no se lo volvería a preguntar. Higgins miró a los niños.

—Me ha *llamao desvegonzao,* mentiroso y agitador, y podía haber añadido, sin faltar del todo a la verdad, que de vez en cuando me doy a la bebida. Y yo lo he *llamao* tirano y bulldog, y amo duro y cruel. Así están las cosas. Pero, por los niños, patrón, ¿le parece que llegaremos a entendernos algún día?

—¡Bueno! —exclamó el señor Thornton, casi riéndose—, no he propuesto que nos hagamos amigos. Pero hay algo bueno en lo que ha dicho: ninguno de los dos puede tener peor opinión del otro de la que tenemos ahora.

—Eso es cierto —respondió Higgins, pensativo—. Desde que lo vi no he *parao* de pensar en el favor que me hizo por no aceptarme, porque es *usté* el hombre más insoportable que conozco. Pero puede que sea una impresión precipitada y, para alguien como yo, el trabajo es el trabajo. Así que, patrón, acepto, y lo que es más, se lo agradezco; por mi parte, hay trato —dijo con franqueza, dándose media vuelta de pronto y mirando al señor Thornton a la cara por primera vez.

—Por la mía también —respondió el señor Thornton, y se dieron un buen apretón de manos—. Procure ser puntual —añadió, volviendo a la actitud de amo—. No quiero holgazanes en mi fábrica. La penalización es cuantiosa. Y la primera vez que lo pille agitando a los obreros, lo despido. Así que ya sabe lo que tiene que hacer.

—Esta mañana se refirió a mi sabiduría. Supongo que puedo llevarla conmigo, ¿o preferiría que fuera a trabajar *descerebrao*?

—Descerebrado si piensa inmiscuirse en mis asuntos. Con el cerebro si se lo guarda para usted.

—Voy a necesitar todo el cerebro para saber dónde terminan mis asuntos y empiezan los suyos.

—Los suyos no han empezado todavía, y los míos me están esperando, así que buenas tardes.

Un momento antes de que el señor Thornton llegara a la altura de la puerta de la señora Boucher, Margaret salió de la casa, pero no lo vio y él la siguió unos cuantos metros admirando su paso leve y ágil y su figura alta y esbelta. Pero de repente, esa sencilla emoción de placer se vio empañada, envenenada por los celos. Deseaba darle alcance y hablar con ella para ver cómo lo recibiría, ahora que debía de saber que estaba al tanto de su afecto por otro. También deseaba, aunque lo avergonzaba, darle a entender que había aconsejado bien a Higgins y que se había arrepentido de la decisión que había tomado por la mañana. Se acercó a Margaret y la sobresaltó.

—Señorita Hale, permítame decirle que se precipitó al decir que la había decepcionado. He ofrecido trabajo a Higgins.

—Me alegro —dijo ella fríamente.

—Me ha dicho que le contó lo que dije esta mañana de... —El señor Thornton vaciló y Margaret completó la frase.

—De que las mujeres no se entrometan. Tenía usted todo el derecho a expresar su opinión, que además era bastante acertada, no me cabe la menor duda. Pero —continuó con un poco más vehemencia— Higgins no le contó exactamente la verdad.

La palabra «verdad» le recordó a su mentira y se paró en seco con una gran sensación de incomodidad.

Al principio, el señor Thornton no entendió ese silencio súbito, pero enseguida recordó también que ella había mentido... y todo lo demás.

—¡Exactamente la verdad! —dijo—. Muy pocas veces se dice exactamente la verdad. Yo ya he perdido la esperanza. Señorita Hale, ¿no tiene ninguna explicación que darme? Comprenderá que no puedo dejar de pensar. —Margaret no dijo nada. Se preguntaba qué clase de explicación podría respetar la lealtad que le debía a Frederick—. Está bien —añadió—, no le hago más preguntas. Es posible que la esté tentando. Hoy por hoy, le guardaré el secreto. Pero permítame decirle que la indiscreción la pone en peligro. Se lo digo únicamente como amigo de su padre. Si he tenido alguna otra esperanza, ya no la tengo, por supuesto. No me mueve ningún otro interés.

—Lo sé —dijo Margaret, obligándose a hablar en un tono indiferente y descuidado—. Sé lo que debe opinar de mí, pero el secreto no es mío, sino que atañe a otra persona, a la que perjudicaría si se lo contara a usted.

—No tengo el menor deseo de inmiscuirme en los secretos del caballero —dijo él, cada vez más enfadado—. Mi interés se reduce a usted... como amigo, nada más. Tal vez no me crea, señorita Hale, pero, a pesar de haberla amenazado con denunciarla en una ocasión…, ya no hay nada de eso, todo ha pasado ya. ¿Me cree, señorita Hale?

—Sí —dijo ella tristemente, en voz baja.

—Bien, entonces, no veo ningún motivo para que sigamos caminando juntos. Pensé que tal vez quisiera contarme algo, pero veo que no significamos nada el uno para el otro. Si está convencida de que, por mi parte, no media ninguna pasión insensata, me despido. Buenas tardes.

Y se alejó a paso rápido.

«¿Qué habrá querido decir? —pensó Margaret—. ¿Qué habrá querido decir con todo eso, como si yo creyera que tiene algún interés en mí, cuando sé perfectamente que no? No puede. Su madre le habrá dicho todas esas cosas tan crueles que piensa de mí. Pero me da igual. Soy suficientemente dueña de mí para dominar este sentimiento absurdo, extraño y triste que me ha tentado incluso a traicionar a mi querido Frederick para poder recuperar la buena opinión que tenía de mí…, la buena opinión de un hombre que se toma tantas molestias para decirme que no significo nada para él. ¡Vamos, corazoncito mío! ¡Anímate, sé valiente! Vamos a ser muy importantes el uno para el otro si nos desprecian y nos condenan a la desolación».

A su padre casi lo sobresaltó verla tan animada esa mañana. Hablaba sin cesar y exageraba su humor natural hasta el extremo; y, si había una sombra de amargura en casi todo lo que decía y si lo que comentaba del grupo de Harley Street resultaba un poco sarcástico, su padre no se atrevía a interrumpirla, como habría hecho en otra época, porque se alegraba de ver que se quitaba preocupaciones de la cabeza. En mitad de la velada la llamaron para hablar con Mary Higgins y, cuando volvió, el señor Hale creyó verle trazas de lágrimas en las mejillas. Pero no podía ser, porque le traía buenas noticias: Higgins había encontrado trabajo en la fábrica del señor Thornton. De todos modos, se le había empañado el ánimo, no pudo seguir hablando tan locuazmente como hasta un ratito antes.

Pasó unos días de un humor extrañamente variable y su padre empezaba a preocuparse por ella, cuando llegaron noticias por dos lados que prometían algunos cambios y algo de variedad para ella. El señor Hale recibió una carta del señor Bell en la que le decía que iría a verlos, y se imaginó que la compañía de su viejo amigo de Oxford sería un soplo de aire fresco tanto para las ideas de su hija como para las suyas propias. Margaret procuró interesarse por lo que satisfacía a su padre, pero estaba demasiado alicaída para animarse con ningún señor Bell, aunque fuera su padrino veinte veces. La animó más una carta de Edith, muy condolida por la muerte de su tía, llena de detalles sobre sí misma y sobre su marido y su hijo; y que al final decía que, como el clima no le sentaba bien al niño y su madre empezaba a pensar en volver a Inglaterra, le parecía probable que el capitán Lennox dejara el ejército y así podrían irse todos a vivir otra vez en la antigua casa de Harley Street, que, no obstante, no estaría completa sin ella. Margaret añoraba aquella vieja casa y la plácida tranquilidad de la vida monótona y ordenada. Cuando estaba allí, a veces esa vida le parecía aburrida, pero, desde que se había ido, las circunstancias la habían zarandeado tanto y estaba tan exhausta de luchar contra sí misma que un poco de estancamiento, le parecía, sería un descanso y una renovación. Empezó a hacerse ilusiones de una larga estancia con los Lennox, cuando volvieran a Inglaterra, no con esperanzas de nada en particular, sino por disponer de un tiempo de ocio que le permitiera volver a ser dueña de sí misma. Porque últimamente tenía la impresión de que todo giraba en torno al señor Thornton, como si no pudiera olvidarlo a pesar de todos sus esfuerzos. Si iba a ver a los Higgins, oía hablar de él; su padre había retomado las lecturas con él y siempre le comentaba sus opiniones; hasta la visita del señor Bell puso el nombre de su arrendatario sobre el tapete cuando les anunció que tendría que pasar gran parte del tiempo con él, porque iban a cambiar las condiciones del contrato y tendrían que ponerse de acuerdo.

CAPÍTULO XL

DESAFINADA

> Nada puedo pedir, si no tengo ningún derecho,
> nada hay para mí donde nada he tenido,
> sin embargo, para mi desgracia no puedo estar
> tan tranquilo;
> porque quizá otro puede alegrarse
> con eso, con lo que a mí, pesaroso, me entristece.
>
> WYATT

A Margaret no le hacía una ilusión especial la visita del señor Bell, solo la esperaba por lo que representaba para su padre, pero cuando el padrino llegó, adoptó inmediatamente con toda naturalidad la actitud más cordial del mundo. El señor Bell le dijo que no tenía ningún mérito por ser como era, una muchacha que le robaba el corazón; que era una cualidad que había heredado y que consistía en adueñarse de toda su consideración en cuanto aparecía; ella le respondió que le sentaban muy bien el birrete y la capa de miembro de la facultad, que le hacía más joven y dinámico.

—Joven y dinámico en calidez y amabilidad, quiero decir. Tengo que reconocer que me da la impresión de que sus opiniones son las más añejas y mohosas que he conocido en mi vida.

—¡Oye lo que dice esta hija tuya, Hale! La vida en Milton la ha corrompido. Es una demócrata, una republicana roja, miembro de la Sociedad de la Paz, una socialista...

—Papá, lo dice porque estoy a favor del progreso del comercio. Al señor Bell le gustaría que todo siguiera funcionando a base de trueque.

—¡No, no, qué va! Yo cavaría la tierra y plantaría patatas. Y esquilaría a los animales silvestres para convertir la lana en paño. No exageres, señorita. Pero es que me cansa tanto trajín. Todo el mundo atropella a todo el mundo por el ansia de enriquecerse.

—No todos pueden quedarse tan tranquilos en las habitaciones de una facultad y dejar que las riquezas crezcan sin ningún esfuerzo por su parte. Sin duda hay muchos aquí que agradecerían que sus propiedades se revalorizaran como las tuyas sin tener que mover un dedo —dijo el señor Hale.

—No creo que les gustara. Lo que les gusta es el jaleo y la lucha. En cuanto a lo de quedarse tan tranquilos y aprender del pasado o moldear el futuro mediante un trabajo digno de confianza y un espíritu profético... ¡Bah! ¡Ni mucho menos! No creo que haya nadie en Milton que sepa lo que es quedarse tan tranquilo es un sitio, ¡y es todo un arte!

—Sospecho que aquí opinan que en Oxford nadie sabe moverse. Estaría bien que se relacionaran un poco unos con otros.

—Estaría bien para los de aquí, como muchas otras cosas que para otros serían desagradables.

—¿Acaso no es de aquí? —preguntó Margaret—. Creía que estaría orgulloso de su ciudad natal.

—Confieso que no sé de qué pueden sentirse orgullosos. Si fueras a Oxford, Margaret, te enseñaría un sitio del que disfrutarías inmensamente.

—Bien —dijo el señor Hale—, pues esta tarde vendrá el señor Thornton a cenar, y está tan orgulloso de Milton como tú de Oxford. A ver si procuráis enseñaros el uno al otro a tener una mentalidad más abierta.

—Yo no quiero tener una mentalidad más abierta, gracias —dijo el señor Bell.

—¿El señor Thornton va a venir a cenar, papá? —preguntó Margaret en voz baja.

—O a cenar o un poco más tarde. No lo sabía. Me dijo que no lo esperásemos.

El señor Thornton se había propuesto no preguntar a su madre si había ido a hablar con Margaret de su indecorosa conducta. Estaba seguro de que, si lo había hecho y luego le contaba lo sucedido, solo conseguiría desazonarse y disgustarse más, y percibir claramente el matiz que le daría ella a todo el asunto. No quería ni oír el nombre de Margaret; aunque él la culpaba, aunque tenía celos de ella, aunque renunciara a ella, la amaba con toda el alma muy a su pesar. Soñaba con Margaret, soñaba que se le acercaba bailando, con los brazos abiertos, con una ligereza y una alegría que lo repugnaba y lo atraía al mismo tiempo. Pero la impresión de esa imagen de Margaret, sin rastro de su carácter singular, como si un espíritu maligno se hubiera apoderado de ella, se le grababa tan profundamente en la imaginación que, cuando se despertaba, apenas distinguía la verdadera de la falsa, y el desagrado de la última parecía envolver y desfigurar a la primera. Con todo, el orgullo le impedía reconocer esta debilidad y, por lo tanto, ni la evitaba ni procuraba buscar la ocasión de estar con ella. Para convencerse de que era capaz de controlarse, esa tarde hizo con parsimonia todo lo que tenía que hacer, se movió deliberadamente con lentitud y, así, llegó a casa del señor Hale pasadas las ocho. Se reunió en el estudio con el señor Bell para solucionar los asuntos pendientes y este último, sentado junto al fuego, siguió hablando con aire cansino hasta mucho después de haber terminado los asuntos pendientes, cuando podían haberse trasladado a la salita. Pero el señor Thornton no quiso proponerlo. Molesto e irritado, le pareció que el señor Bell era un compañero sumamente prosaico, mientras que este le devolvía el cumplido pensando para sí que el señor Thornton era el hombre más brusco y seco que había conocido, y sin asomo de inteligencia ni buenos modales. Por fin, se oyó un ruido arriba que les hizo pensar en subir con los Hale. Encontraron a Margaret leyendo una carta, hablando entusiasmada de lo que decía con su padre. La dejó a un lado inmediatamente, tan pronto como entraron los caballeros, pero los agudos sentidos de Thornton captaron algunas palabras que el señor Hale le dijo al señor Bell.

—Es una carta de Henry Lennox que ha dado esperanzas a Margaret.

El señor Bell asintió. Margaret se puso como una amapola cuando el señor Thornton la miró. A él le entraron unos imperiosos deseos de levantarse e irse en ese mismo instante para no volver a poner el pie en esa casa.

—Pensábamos —dijo el señor Hale— que, como han tardado tanto tiempo en subir, estarían intentando convertirse el uno al otro siguiendo el consejo de Margaret.

—Y creíais que lo único que quedaba de nosotros era una opinión, como las colas de los gatos de Kilkenny.[27] Y, dime, por favor, ¿quién crees que demostró una mayor vitalidad y obstinación?

---

27 Legendaria pareja de gatos. Se enzarzaron en una pelea y solo quedaron de ellos las colas y las uñas.

El señor Thornton no sabía de lo que hablaban y no quiso preguntar. El señor Hale se lo explicó amablemente.

—Señor Thornton, esta mañana acusábamos al señor Bell de ser un tanto intolerante (al estilo de los eruditos medievales de Oxford) con su ciudad natal; y nosotros, Margaret concretamente, dijo que le vendría bien relacionarse un poco con los industriales de Milton.

—Discúlpame, pero Margaret dijo que a los industriales de Milton les vendría bien relacionarse un poco más con los hombres de Oxford. ¿No fue así, Margaret?

—Creo que dije que a ambos les vendría bien relacionarse más... Me parece que la idea no fue solo mía, sino de mi padre y yo.

—Pues ya lo ve, señor Thornton, teníamos que habernos dedicado a iluminarnos mutuamente en el estudio, en vez de hablar de familias desaparecidas de Smiths y Harrisons. Sin embargo, estoy dispuesto a cumplir con mi parte ahora. Me pregunto cuándo intentan vivir ustedes, los hombres de Milton. Parece que se pasan la vida reuniendo materiales para vivir.

—Supongo que con «vivir» se refiere a «disfrutar».

—Sí, a disfrutar... sin especificar con qué, porque supongo que los dos consideramos el mero placer un disfrute de poca monta.

—Me gustaría saber de qué clase de disfrute hablamos concretamente.

—Pues a disfrutar de tiempo de ocio..., del poder y la influencia que proporciona el dinero. Ustedes se esfuerzan por ganar dinero. ¿Para qué lo quieren?

—En realidad no lo sé —dijo el señor Thornton después de pensarlo unos momentos en silencio—, pero yo no me esfuerzo por ganar dinero.

—¿Entonces...?

—Es una cuestión personal; no creo estar preparado para exponerme tanto a un discurso aleccionador.

—¡No! —dijo el señor Hale—. No personalicemos. Ninguno de ustedes es representativo de la humanidad, son ustedes demasiado particulares.

—No sé si considerarlo un halago o todo lo contrario. Me gustaría ser representativo de Oxford, de su belleza y su erudición, de su gran historia. ¿Qué dices tú, Margaret? ¿Debería sentirme halagado?

—No conozco Oxford. Pero no es lo mismo ser representativo de una ciudad que de sus habitantes.

—Muy cierto, señorita Margaret. Recuerdo que esta mañana estabas contra mí y muy a favor de Milton y de la industria.

Margaret vio la breve mirada de sorpresa que le dirigió el señor Thornton, y la molestó la idea que podía extraer de las palabras del señor Bell.

—¡Ah! —prosiguió el señor Bell—. Me gustaría enseñarte nuestra High Street..., nuestra Radcliffe Square. Y no menciono las facultades como permito al señor Thornton que no aluda a las fábricas para ensalzar los encantos de Milton. Tengo derecho a decir lo que quiera de mi ciudad natal. No olvidéis que soy de Milton.

Al señor Thornton lo molestaba en exceso cuanto decía el señor Bell. No estaba de humor para bromas. En otro momento podría haber encontrado la gracia a esa forma de criticar a una ciudad en la que la vida era tan distinta de los hábitos que había adquirido en otra; pero ya estaba bastante exasperado para intentar defender lo que en ningún momento se había atacado en serio.

—Milton no me parece una ciudad modélica.

—¿Se refiere a la arquitectura? —preguntó astutamente el señor Bell.

—No. Hemos estado demasiado ocupados para pensar en las meras apariencias superficiales.

—No diga «meras» apariencias superficiales —puntualizó el señor Hale discretamente—. Nos impresionan a todos, desde la infancia en adelante, todos los días de nuestra vida.

—Espere un momento —dijo el señor Thornton—. Recuerde que no somos de la misma raza que los griegos, que valoraban la belleza por encima de todo y a quienes el señor Bell podría hablar de una vida de ocio y disfrute sereno, disfrute que, en su mayor parte, entra por los sentidos. Ni los desprecio ni pretendo imitarlos. Pero yo llevo sangre teutona; en esta parte de Inglaterra está menos mezclada que en otras; conservamos gran parte de su habla, más espíritu teutón; no consideramos que la vida sea un tiempo para disfrutar, sino para hacer cosas y esforzarse. Nuestra gloria y nuestra belleza nacen de nuestra fuerza interior, la que nos procura la victoria sobre la resistencia material y sobre dificultades aún mayores. Aquí, en Darkshire, somos teutones de otra manera. Aborrecemos las leyes que nos imponen desde fuera. Nos gustaría que nos dejaran organizarnos por nosotros mismos, en vez de estar inmiscuyéndose continuamente con sus leyes imperfectas. Defendemos el autogobierno y nos oponemos a la centralización.

—En resumen, les gustaría volver a la heptarquía. Bien, sea como fuere, me desdigo de lo que dije esta mañana: que ustedes, las gentes de Milton, no respetaban el pasado. Son ustedes adoradores de Thor.

—Si no respetamos el pasado como ustedes en Oxford es porque queremos algo más directamente aplicable al presente. Está bien que el estudio del pasado lleve a una previsión del futuro. Pero, para los que avanzamos a tientas entre unas circunstancias nuevas, sería mucho mejor que las palabras de la experiencia nos dirigieran para lograr lo que nos concierne más íntima e inmediatamente, que es algo cuajado de dificultades que se deben afrontar; nuestro futuro depende de saber enfocarlas y superarlas, no simplemente dejándolas de lado de momento. Que la sabiduría del pasado nos sirva de algo en el presente. Pero no. La gente habla de utopías con mucha más facilidad que de las obligaciones del día siguiente; y, sin embargo, cuando esas obligaciones las han cumplido otros, esa misma gente enseguida grita: «¡Qué vergüenza!».

—Hace un rato que no sé de lo que habla. ¿Milton estaría dispuesto a consultar con Oxford sus dificultades presentes? Todavía no nos han puesto a prueba.

El señor Thornton se rio con ganas.

—Creo que me refería sobre todo a lo que nos ha tenido preocupados últimamente; pensaba en las huelgas por las que hemos pasado, que son bastante inquietantes y perjudiciales, como he comprobado en carne propia. Sin embargo, esta última, de la que todavía no me he recuperado, ha sido respetable.

—¡Una huelga respetable! —exclamó el señor Bell—. Parece que ha ido usted muy lejos en su adoración a Thor.

Margaret percibía, más que ver, que al señor Thornton lo incomodaba que el señor Bell bromeara constantemente con lo que para él eran asuntos muy serios. Intentó cambiar el tema que una parte se tomaba a la ligera y la otra tan a pecho, por su interés personal. Haciendo un esfuerzo, intervino.

—Dice Edith que el percal estampado de Corfú es mejor y más barato que el de Londres.

—¿Ah, sí? —preguntó el padre—. Será una exageración de tu prima. ¿Estás segura, Margaret?

—Estoy segura de que es lo que dice, papá.

—Entonces yo me lo creo —dijo el señor Bell—. Margaret, te tengo por tan veraz que me fío del carácter de tu prima: no creo que una prima tuya sea capaz de exagerar.

—¿Tanto se distingue la señorita Hale por su veracidad? —dijo el señor Thornton incisivamente, y al momento se habría mordido la lengua.

¿Qué hacía? ¿Por qué tenía que atacarla con su vergüenza de esa manera? Estaba trastornado, poseído por el mal humor porque lo habían retenido mucho tiempo lejos de ella; irritado por haber oído un nombre que creía que era el de un pretendiente más afortunado; y de un humor pésimo porque no había podido enfrentarse de buen talante a un hombre que intentaba animar la velada agradablemente diciendo cosas ingeniosas y ligeras, el amigo de siempre en todas las reuniones cuya actitud debía de conocer ya de sobra el señor Thornton, después de tratar con él tantos años. Y además, ¡decirle eso a Margaret! Sin embargo, ella no se había levantado para salir de la habitación, como en otras ocasiones, cuando su brusquedad o su humor la habían molestado. Se había quedado muy tranquila en su sitio después de la primera mirada de sorpresa y reproche, con una expresión en los ojos como la de una niña que recibe un desaire inesperado; se le habían dilatado las pupilas lentamente hasta adquirir una expresión triste y avergonzada; después bajó la cabeza, siguió con su labor y no volvió a hablar. Pero no podía evitar mirarla, y vio que un suspiro le conmovía el cuerpo, como si temblara de frío. Se sintió como una madre que acuna y regaña a su hijo y se marcha antes de que una sonrisa lenta y confiada, prueba de una confianza perfecta en el amor maternal, demuestre la renovación del cariño. Daba respuestas breves y cortantes; estaba incómodo y rabioso, incapaz de distinguir entre la broma y el interés; anhelando únicamente una mirada, una palabra suya ante la que postrarse humildemente en penitencia. Pero ella ni lo miraba ni decía nada. Los largos y finos dedos pinchaban la aguja y tiraban de ella con una rapidez y una seguridad como si no tuvieran otra misión en la vida. No tenía el menor interés en él, pensó, porque si no, el apasionado y fervoroso deseo la habría obligado a levantar los ojos, aunque solo fuera un instante, para ver el tardío arrepentimiento en los suyos. La habría golpeado antes de irse para lograr, mediante un extraño gesto de rudeza cruda, ganarse el privilegio de expresar el remordimiento que lo roía por dentro. Afortunadamente, concluyó la velada con un largo paseo al aire libre. Se tranquilizó y renovó la severa decisión de coincidir con ella lo menos posible en adelante, porque ver esa cara y esa forma, el solo hecho de oír esa voz (como los aires suaves de la melodía pura) lo desestabilizaba por completo. ¡Bueno! Había conocido lo que era amar: una punzada cortante, una experiencia ardiente en la que se debatía; pero se abriría camino como fuera entre esas llamas para llegar a la serenidad de la madurez más sabio y más humano por haber vivido una gran pasión.

Después de que él saliera un tanto bruscamente de la habitación, Margaret se levantó y empezó a guardar la labor en silencio. Las largas costuras pesaban más de lo normal para sus lánguidos brazos. Las líneas redondeadas de la cara se alargaron, se hicieron más rectas, y toda ella parecía haber pasado por un día muy fatigoso. Mientras los tres se preparaban para ir a dormir, el señor Bell musitó unas palabras condenatorias sobre el señor Thornton.

—No conozco a nadie tan echado a perder por culpa del éxito. No soporta una palabra ni una broma de ninguna clase. Parece que todo le toca las fibras más sensibles de su gran dignidad. Antes era sencillo y noble como la luz del día; nada lo ofendía porque no tenía vanidad.

—Ni la tiene ahora —dijo Margaret, dándose media vuelta, en un tono bajo y claro—. Esta noche no parecía él. Seguro que le ha pasado algo preocupante antes de venir.

El señor Bell la miró inquisitivamente por encima de las gafas. Ella lo soportó con calma, pero, en cuanto salió de la habitación, el señor Bell preguntó de pronto:

—¡Hale! ¿Te has dado cuenta de que ese Thornton y tu hija sienten lo que los franceses llaman una *tendresse* el uno por el otro?

—¡No! —dijo el señor Hale, sorprendido primero y confuso después ante esa idea nueva—. No, seguro que te equivocas. Estoy casi seguro de que te equivocas. Si hay algo, es solo por parte del señor Thornton. ¡Pobre hombre! Espero y confío en que no piense en ella, porque no lo aceptaría.

—¡En fin! Soy soltero y siempre he procurado no enredarme en asuntos amorosos, así que tal vez mi opinión no valga gran cosa. De lo contrario, diría que a ella le veo muchos síntomas.

—Pues creo que te equivocas —insistió el señor Hale—. Tal vez él sienta algo por ella, aunque lo ha tratado muy mal en alguna ocasión, Pero ella... ¡Qué va! Jamás pensaría en él, estoy seguro. ¡Ni se le ha pasado por la cabeza, vamos!

—Bastaría con que se le pasara por el corazón. Pero solo he lanzado una posibilidad. Seguro que me equivoco. Y tanto si me equivoco como si no, me muero de sueño; así que, después de perturbarte el descanso nocturno, como veo, con estas últimas imaginaciones mías, me retiro al mío con la conciencia tranquila.

El señor Hale decidió que semejantes ideas absurdas no iban a quitarle el sueño; y tardó en dormirse pensando en no planteárselas.

El señor Bell se despidió al día siguiente recomendando a Margaret que lo considerase un amigo con derecho a ayudarla y protegerla siempre que fuera necesario por el motivo que fuere. Al señor Hale le dijo:

—Esta hija tuya me ha robado el corazón. Cuídala, porque es un ser precioso, demasiado buena para Milton, digna únicamente de Oxford, a decir verdad. Me refiero a la gente, claro, no a la ciudad. Todavía no sé con quién la emparejaría. Cuando lo sepa, traeré al joven elegido para que conozca a su jovencita, como el genio de *Las mil y una noches* emparejó al príncipe Kamar con la princesa Budur.

—Te ruego que no hagas tal cosa. Recuerda las desgracias que acontecieron después; además, no puedo prescindir de Margaret.

—No; pensándolo bien, será mejor que dentro de diez años nos cuide ella, cuando seamos dos viejos inválidos y gruñones. En serio, Hale, me encantaría que te fueras de Milton, no es ciudad apropiada para ti, aunque yo mismo te la recomendé al principio. Si quisieras, renunciaría a mis dudas y aceptaría un puesto universitario, y Margaret y tú vendríais a vivir a la casa parroquial, serías algo así como un coadjutor laico y te ocuparías de los pobres, y ella sería nuestra ama de casa, la dama munífica durante el día, y por la noche nos leería hasta que nos durmiéramos. Sería feliz con una vida así. ¿Qué te parece?

—¡Jamás! —dijo el señor Hale tajantemente—. Ya he hecho el gran cambio y he pagado un precio muy alto. Me quedo aquí hasta el fin de mis días, aquí me enterrarán y me perderé entre la multitud.

—Pues yo no renuncio a la idea. Pero no voy a tentarte con nada más por ahora. ¿Dónde está la perla?[28] Ven, Margaret, dame un beso de despedida; y recuerda, querida, que tienes un amigo en mí, hasta donde me alcancen las fuerzas. Eres mi niña, Margaret. No lo olvides y que Dios te bendiga.

Volvieron a la monotonía de la vida tranquila que llevarían en adelante, sin enferma por la que temer. Tampoco tenían motivos para preocuparse de los Higgins, por quienes se habían tomado tanto interés. Margaret procuraba prestar toda la atención posible a los hijos de los Boucher, que se habían quedado huérfanos de madre y padre, e iba a menudo a ver a Mary Higgins, que se encargaba de ellos. Vivían las dos familias bajo el mismo techo; los niños mayores iban a una escuela humilde y a los menores, cuando Mary se iba a trabajar, los atendía la amable vecina que había asombrado a Margaret por su sensatez cuando murió el señor Boucher. Naturalmente le pagaban por ello. Sin duda, todas estas medidas denotaban el buen juicio y el sentido común de Nicholas, tan distinto de su anterior manera brusca y alocada de hacer las cosas. Era tan constante en su trabajo que Margaret apenas lo vio en los meses de invierno, pero cuando se encontraban, lo notaba reacio a hablar del padre de esos niños, de los que se había hecho cargo tan generosamente. Tampoco solía hablar del señor Thornton.

—A decir verdad —confesó un día—, me despista un tanto. Es como dos tipos distintos. Uno al que ya conocía de antes, un patrón de patronos, y otro que no tiene ni un pelo de patrón. No sé cómo pueden estar los dos en uno, es un acertijo que tengo que resolver. Pero lo resolveré. Entretanto, viene a casa a menudo, por eso conozco al que es un hombre, no un patrón. Y sospecho que está tan sorprendido conmigo como yo con él. Me escucha y me mira como si yo fuera un animal raro recién traído de algún rincón del mundo. Pero no me intimida. No soy tan fácil de intimidar en mi propia casa, y lo sabe. Y le digo lo que pienso de algunas cosas que me parece que le tenían que haberle *contao* cuando era más joven.

—¿Y no le responde? —preguntó el señor Hale.

—Bueno, no se puede decir que solo le aproveche a él, por más que yo presuma de poder enseñarle algo. A veces se encrespa y suelta algo que parece

28 El nombre de Margaret se deriva del término griego μ, que significa «perla».

desagradable al principio, pero que, cuando lo piensas, resulta que es verdad. Va a venir esta noche, creo, para ver lo que aprenden los niños. No está satisfecho con la escuela y quiere examinarlos.

—¿Qué están...? —empezó a preguntar el señor Hale, pero Margaret le señaló el reloj que llevaba en la muñeca.

—Son casi las siete —dijo—. Ahora las tardes se alargan. Vamos, papá.

No respiró a gusto hasta que se alejaron un poco de la casa. Después, más tranquila, deseó no haber querido irse con tanta prisa, porque últimamente veían muy poco al señor Thornton y, como era posible que hubiera ido a casa de Higgins, le habría gustado encontrarse con él esa noche, por la antigua amistad.

En efecto, los visitaba muy poco, ni siquiera con el simple propósito de seguir con las clases. Al señor Hale le decepcionaba la pérdida de interés de su alumno por la literatura griega, que tanto lo entusiasmaba hasta hacía poco. A menudo mandaba una nota a última hora diciendo que tenía mucho trabajo y que no podía ir a leer con el señor Hale. Y, aunque otros alumnos ocupaban su lugar en lo que al tiempo se refiere, para el señor Hale no había nadie como el primero. El parcial abandono de unas sesiones que tanto habían llegado a significar para él lo deprimía y lo entristecía, y pensaba mucho en los posibles motivos de esa deserción.

Una noche sobresaltó a Margaret con una pregunta inesperada:

—Margaret, ¿alguna vez te ha dado el señor Thornton motivos para pensar que se interesaba por ti?

Lo preguntó casi con sonrojo, pero la idea que había insinuado el señor Bell había hecho su efecto y las palabras se le escaparon de la boca sin saber muy bien lo que hacía.

Margaret no respondió enseguida, pero, por la forma en que agachó la cabeza, le pareció que ya sabía cuál sería la respuesta.

—Sí, eso creo... ¡Ay, papá! Tenía que habértelo contado. —Dejó la labor y se cubrió la cara con las manos.

—No, cielo; no me tomes por un curioso impertinente. Estoy seguro de que me lo habrías confiado si hubieras creído que podías corresponderle. ¿Te lo dijo en algún momento?

Tardó un poco en responder, pero después, a su pesar y en voz baja dijo: «Sí».

—¿Y lo rechazaste?

Un largo suspiro, una actitud más indefensa y lánguida y otro «Sí». Pero, antes de que su padre añadiera algo más, Margaret levantó la cara, sonrosada de una hermosa vergüenza y, mirándolo a los ojos, dijo:

—Bien, papá, ya te he dicho que sí y no puedo decirte nada más; todo esto es muy doloroso para mí; cualquier palabra o hecho relacionado con esto me resulta tan indeciblemente amargo que no soporto ni pensarlo. ¡Ay, papá! Lamento que hayas perdido a un amigo por eso, pero no he podido evitarlo. ¡Cuánto lo siento, de verdad! —Se sentó en el suelo y apoyó la cabeza en las rodillas.

—Yo también lo siento mucho, querida mía. Me sobresaltó que el señor Bell me insinuara algo así...

—¡El señor Bell! ¡Ay! ¿Se dio cuenta?

—Un poco, al parecer. Pero se le metió en la cabeza que tú..., ¿cómo te lo diría? Que no estabas del todo indispuesta con el señor Thornton, aunque yo sabía que era imposible. Esperaba que fueran imaginaciones suyas, pero yo sabía de sobra lo que opinabas de él y ni se me ocurrió que pudieras apreciarlo de esa forma. Lo siento mucho.

Estuvieron unos minutos en silencio, sin moverse. Pero, poco después, cuando le acarició la cara, el señor Hale casi se asustó al notarla húmeda de lágrimas. En cuanto la rozó, Margaret se levantó y, con una sonrisa forzadamente radiante, empezó a hablar de los Lennox con un deseo tan vehemente de conversar que el señor Hale, enternecido, fue incapaz de volver al tema anterior.

—Mañana..., sí, mañana llegan de nuevo a Harley Street. ¡Ah, qué raro será! ¿En qué habitación pondrán al niño? Tía Shaw estará muy contenta con el pequeñín. Edith, madre, ¡qué gracia! Y el capitán Lennox... ¿qué pensará hacer, ahora que ha dejado el ejército?

—Mira, hija —dijo el padre, deseando distraerla con ese nuevo interés—, creo que tengo que prescindir de ti un par de semanas para que vayas a ver a los viajeros. Seguro que en media hora de charla con el señor Henry Lennox sobre las posibilidades de Frederick te enterarás de más cosas que con las cartas que nos manda; así que en realidad sería un viaje de negocios y de placer.

—No, papá, no puedes prescindir de mí, y lo que es más, no voy a permitirlo. —Después de una pausa añadió—: Es una pena, pero estoy perdiendo las esperanzas con Frederick; nos está abandonando poco a poco, pero me parece que el señor Lennox cree que no encontrará testigos después de tantos años. No —insistió—, teníamos esa ilusión tan hermosa y querida, pero ha estallado como una burbuja, igual que otras muchas, y debemos consolarnos pensando que Frederick es feliz y que tú y yo nos tenemos el uno al otro. Así que no me ofendas diciendo que puedes prescindir de mí, papá, porque te aseguro que no puedes.

Pero la idea de un cambio de aires enraizó y germinó en el corazón de Margaret, aunque no en la forma que había propuesto su padre. Empezó a pensar que a él le vendría bien un cambio; últimamente, su habitual falta de ánimo lo hundía a menudo en la depresión, y la enfermedad y la muerte de su mujer le habían afectado mucho la salud, aunque nunca se quejaba. Seguía dando clases a sus alumnos, pero tanto dar sin recibir nada a cambio no podía considerarse compañerismo, como al principio con el señor Thornton, cuando estudiaba con él. Margaret entendía lo que le faltaba, lo que le hacía sufrir, aunque él mismo lo ignoraba: la falta de interacción con otros hombres. En Helstone siempre había ocasiones para hacer visitas a los clérigos vecinos y para recibirlas; los campesinos pobres, mientras trabajaban en el campo, volvían tranquilamente a casa por la tarde o atendían al ganado en el bosque, siempre estaban dispuestos a charlar con calma. Pero en Milton nadie tenía tiempo de pararse un rato a hablar y a intercambiar ideas; las conversaciones giraban en torno a los negocios, a asuntos prosaicos y presentes y, cuando la tensión mental de los incidentes del día terminaba, caían en un descanso improductivo hasta la mañana siguiente. No se encontraba a los trabajadores una vez concluida la jornada laboral; unos se iban a una conferencia, otros a un club o a la taberna, según el gusto de cada cual. El señor Hale pensó en impartir un ciclo de conferencias en alguna institución, pero haciendo un esfuerzo tan grande y con tan poca ilusión por el trabajo y su objetivo que Margaret estaba convencida de que no lo haría bien hasta que pudiera planteárselo con un poco más de interés.

CAPÍTULO XLI

EL FINAL DEL VIAJE

> Veo mi camino como los pájaros su inexplorado camino.
> ¡Llegaré! Cuándo, en qué primer recorrido,
> no pregunto; pero a menos que Dios envíe su granizo
> o cegadoras bolas de fuego, escarcha o sofocante nieve,
> en algún momento —a su debido tiempo— llegaré;
> Él me guía, a mí y al pájaro. ¡A Su debido tiempo!
>
> PARACELSO DE BROWNING

El invierno seguía su curso y los días empezaban a alargarse sin traer consigo la luz de la esperanza que suele acompañar a los rayos de sol en febrero. Por supuesto, la señora Thornton había dejado de hacerles visitas. El señor Thornton pasaba por la casa muy de vez en cuando, pero solo para ver al padre, y no salían del estudio. El señor Hale decía que no había cambiado y, como esas visitas eran tan escasas, las apreciaba todavía más. Y, por lo que Margaret deducía de lo que había dicho el señor Thornton, nada indicaba que la falta de asiduidad se debiera a algún resentimiento o disgusto. Se le habían complicado los negocios a raíz de la huelga y requerían mayor atención que el invierno anterior. Incluso llegó a descubrir que alguna vez hablaba de ella, y siempre, que ella supiera, con la misma cordialidad serena, sin evitar ni procurar nunca pronunciar su nombre.

No estaba de humor para animar a su padre. El largo periodo de inquietudes y preocupaciones —incluso de tormentas— que había precedido a la aburrida paz del momento presente le había echado a perder la elasticidad mental. Intentó ocuparse enseñando a los dos Boucher menores y se esforzaba por hacerlo bien, pero, a pesar del empeño, al final parecía tener el corazón inerte; aunque trabajaban con ahínco, no lograba sentir la menor alegría y la vida seguía pareciéndole aburrida y gris. Lo único que hacía bien eran actos inconscientes movidos por la compasión: reconfortar y consolar a su padre en silencio. Estuviera del humor que estuviera, el señor Hale siempre encontraba comprensión en Margaret, que se anticipaba a sus deseos y los satisfacía. Sin duda eran deseos simples que solía formular con vacilación, disculpándose. Y lo más completo y hermoso era su dócil espíritu de obediencia. En marzo llegaron noticias de la boda de Frederick. Recibieron carta de él y de Dolores; ella se expresaba en una mezcla de español e inglés, como era natural, y él, con pequeños giros e inversiones de palabras que demostraban hasta qué punto se le contagiaban los modismos del país de su prometida.

Después de recibir carta de Henry Lennox, en la que anunciaba la poca esperanza que había de que lograra la exculpación de un tribunal militar, por falta de testigos, Frederick también escribió una carta muy vehemente a su hermana en la que renunciaba a Inglaterra para siempre; le habría gustado poder desnaturalizarse y afirmaba que no aceptaría el perdón aunque se lo ofrecieran ni volvería a vivir en el país aunque le dieran permiso. Todo esto hizo llorar a Margaret amargamente, pues al principio le pareció muy antinatural; pero, pensándolo bien, comprendió que tales declaraciones se debían a la intensidad de la decepción que había terminado con sus esperanzas, y consideró que lo único que podía hacer su hermano era tomárselo con paciencia. En la carta siguiente Frederick hablaba del futuro con tanta ilusión que no se refirió al pasado para nada, y Margaret pensó que podía aplicarse el mismo remedio que había deseado para su hermano: tomárselo con paciencia. Tendría que ser paciente. En cambio, las cartas de Dolores, bonitas, tímidas e infantiles, empezaban a tener cierto encanto para ella y también para su padre. Era tan evidente que la joven española deseaba causar buena impresión a los familiares ingleses de su enamorado que se le notaba la preocupación femenina en cada tachadura; y las cartas en las que anunciaba la boda llegaron acompañadas de una espléndida mantilla negra de encaje que la propia Dolores había elegido para su desconocida cuñada, a la que Frederick presentaba como la encarnación de la belleza, la sabiduría y la virtud. Gracias al matrimonio, Frederick ascendió de posición social hasta donde era deseable. Barbour and Co. era una de las empresas españolas más importantes y lo habían aceptado como socio adjunto. Margaret sonrió un poco y después suspiró al recordar de nuevo sus antiguas diatribas contra el comercio. ¡Ahí tenía al valiente caballero que era su hermano convertido en comerciante, en mercader! Pero enseguida se rebeló contra ese pensamiento y protestó en silencio por confundir a un comerciante español con un industrial de Milton. ¡En fin! Con comercio o sin él, Frederick era muy muy feliz, Dolores debía de ser encantadora ¡y la mantilla era exquisita! Y con esto, volvió a la vida real.

En primavera, su padre tenía a veces algunas dificultades para respirar, cosa que lo tuvo muy preocupado una temporada. Margaret no estaba tan alarmada, porque las dificultades desaparecían por completo en los intervalos, pero aun así, ansiaba tanto que no volvieran a aparecer que le pareció muy urgente que aceptara la invitación del señor Bell de ir a verlo a Oxford en abril. Margaret estaba incluida en la invitación. Y lo que es más, le escribió una carta personal ordenándole que fuera; pero ella consideró que la aliviaría más quedarse sola en casa, sin ninguna responsabilidad, para poder descansar mental y emocionalmente como no había podido hacerlo desde hacía dos años.

Cuando su padre se fue a la estación, Margaret se dio cuenta del peso tan grande y duradero con el que había cargado, tanto sobre su tiempo como sobre su ánimo. Era asombroso, casi increíble, sentirse tan libre —sin nadie a quien tener que cuidar y animar—, si no decididamente feliz, sin enfermos por los que moverse y pensar. Podía estar de brazos cruzados, en silencio, sin acordarse de nada, y lo que parecía el mayor privilegio de todos: podía ser infeliz si quería. Había estado muchos meses guardando en un armario oscuro sus propias preocupaciones e inquietudes; ahora podía sacarlas a la luz y lamentarse y estudiarlas y buscar una forma de reducirlas verdaderamente a elementos pacíficos. Hacía muchas semanas que tenía una vaga conciencia de que estaban ahí, pero escondidas. Por fin era el momento de considerarlas y atribuir a cada una su verdadera función. Así que se pasaba horas en la salita, sin apenas moverse, repasando cada recuerdo amargo con firmeza y resolución. Solo gritó una vez al pensar con dolor en la falta de fe que había dado lugar a aquella mentira degradante.

Ya no quería ni reconocer la fuerza de la tentación; todas sus iniciativas para ayudar a Frederick habían fracasado y la tentación seguía ahí, burlándose de ella, una burla que nunca había tenido vida propia; había sido una mentira despreciable y estúpida, vista a la luz de los acontecimientos siguientes, y la fe que había perdido en el poder de la verdad, ¡tan infinitamente superior!

Agitada y nerviosa, abrió inconscientemente un libro de su padre que había en la mesa; el fragmento que le llamó la atención parecía escrito expresamente para el estado de humillación en el que se encontraba:

> Je ne voudrois pas reprendre mon cœur en ceste sorte: meurs de honte, aveugle, impudent, traistre et desloyal à ton Dieu, et sembables choses; mais je voudrois le corriger par voye de compassion. Or sus, mon pauvre cœur, nous voilà tombe dans la fosse, laquelle nous avions tant resolu d'eschapper. Ah! revelons-nous, et quittons-la pour jamais, reclamons la misericorde de Dieu, et esperons en elle qu'elle nous assistera pour desormais estra plus fermes; et remettons-nous au chemin de l'humilitè. Courage, soyons meshuy sur nos gardes, Dieu nous aydera.

«El camino de la humildad. ¡Ah! —pensó—, ¡eso es lo que perdí! Pero, valor, corazoncito. Volveremos y, con la ayuda de Dios, encontraremos la senda perdida».

Se levantó y resolvió al momento ponerse a hacer algo que la rescatara de sí misma. Para empezar, llamó a Martha cuando pasó por delante de la puerta al subir las escaleras e intentó averiguar lo que había debajo de esa actitud seria, respetuosa y servil que recubría su personalidad como una corteza de obediencia casi mecánica. No fue fácil inducirla a hablar de sus intereses personales, pero por fin Margaret tocó una cuerda sensible al mencionar a la señora Thornton. A Martha se le iluminó la cara y, estimulándola un poco, le contó una larga historia sobre la relación de su padre, hacía mucho tiempo, con el marido de la señora Thornton, es decir, que había tenido ocasión de hacerle un favor; ella no sabía qué había sido, porque era muy pequeña; después, las circunstancias habían separado a las dos familias, hasta que Martha se hizo mayor; su padre había perdido categoría en el almacén en cuyas oficinas trabajaba, su madre había muerto y su hermana y ella se habrían «perdido», por usar las palabras de Martha, de no haber sido por la señora Thornton, que fue a buscarlas y se encargó de ellas.

—Yo tenía unas fiebres y estaba delicada, y la señora Thornton y el señor Thornton no descansaron hasta que me llevaron a su casa y me cuidaron, y me mandaron a la costa y todo. Los médicos decían que las fiebres eran contagiosas, pero a ellos les dio igual..., solo la señorita Fanny tenía miedo y se fue de visita a casa de la familia del hombre con el que se va a casar. Así que, aunque al principio se asustó, después todo salió bien.

—¡La señorita Fanny se va a casar! —exclamó Margaret.

—Sí, con un caballero rico, además, aunque es mucho mayor que ella. Se apellida Watson, y tiene las fábricas más allá de Hayleigh; es un buen matrimonio, aunque él tenga tantas canas.

Ante esta novedad, Margaret guardó silencio el tiempo suficiente para que Martha volviera a su actitud de costumbre y a sus respuestas breves. Limpió la chimenea, preguntó a qué hora debía preparar la comida y salió de la habitación tan seria como había entrado. Margaret tuvo que dejar de permitirse una fea costumbre en la que había caído últimamente, la de intentar imaginarse cómo afectaría al señor Thornton todo lo que sucedía u oía en relación con él: si le gustaría o le desagradaría.

Al día siguiente fue a dar clase a los pequeños Boucher, se permitió un largo paseo y terminó con una visita a Mary Higgins. Para su sorpresa, se encontró con Nicholas, que ya había vuelto del trabajo; las horas de luz se habían alargado y no se había dado cuenta de la hora que era. También él, por su actitud, parecía haber tomado el camino de la humildad: estaba más tranquilo y menos arrogante.

—Así que el caballero se ha ido de viaje, ¿eh? —dijo él—. Me lo han contado los chiquillos. ¡Qué listos son, *¿verdá?*! A veces me parecen más listos que mis hijas, aunque no tendría que decir eso, porque una está en la tumba. Parece que este tiempo nos descarría un poco a todos. Mi patrón, el del despacho aquel, anda también por esos mundos.

—¿Por eso ha venido tan temprano a casa? —preguntó Margaret inocentemente.

—*Usté* no me conoce, por eso lo pregunta —respondió él con desdén—. No tengo dos caras, una para el amo y otra a su espalda. Conté las campanadas de los relojes de la ciudad antes de irme del trabajo. ¡No! El señor Thornton es un buen contrincante en la lucha, pero es demasiado bueno para engañarlo. Fue *usté* la que me procuró trabajo y se lo agradezco. Tal como están las cosas, la fábrica de Thornton no está mal. A ver, chiquillo, ponte de pie y cántale el himno a la bonita señorita Margaret. Eso es. Firmes esas piernas, y el brazo derecho, recto como un espetón. A la una, a las dos y... ¡a las tres!

El pequeño cantó un himno metodista, cuya letra no entendía, aunque el vaivén del ritmo se le había pegado muy bien al oído, y lo repitió con la cadencia de todo un diputado del gobierno. Margaret aplaudió la actuación y Nicholas pidió otra y otra más, cosa que la asombró al verlo tan curiosa e inconscientemente interesado en las cosas sagradas de las que antes se burlaba.

Llegó tarde a cenar, pero se alegró de que nadie hubiera tenido que esperarla y de poder seguir pensando en sus cosas mientras descansaba, en vez de observar con preocupación a otra persona para saber si debía estar seria o alegre. Después empezó a revisar un gran paquete de cartas y a separar las que había que destruir.

Entre ellas encontró cuatro o cinco del señor Henry Lennox sobre los asuntos de Frederick; las releyó atentamente con la única intención, en principio, de calibrar hasta qué punto pendía de un hilo la posibilidad de exculpar a su hermano. Pero cuando terminó la última y sopesó los pros y los contras, se dio cuenta de lo impersonales que eran. Evidentemente, por la formalidad de la redacción, el señor Lennox no había olvidado su relación con ella, por más interés que pusiera en el objeto de la correspondencia. Escribía con inteligencia, eso lo vio en un abrir y cerrar de ojos, pero le faltaba alguna muestra de cordialidad y comprensión. Sin embargo, se trataba de correspondencia valiosa y debía conservarla, así que la puso aparte. Cuando terminó esta pequeña tarea, se sumió en una especie de ensueño; esa noche su padre ausente le rondaba por la cabeza de un modo extraño. Casi se avergonzó de haber disfrutado de la soledad (y, por lo tanto, de su ausencia), pero lo cierto era que ese par de días la habían renovado, le habían dado fuerzas y esperanzas más halagüeñas. Las cosas que últimamente le parecían obligaciones se le presentaban como placeres. Las escamas de tristezas le desaparecieron de los ojos y se veía más entregada a su trabajo. Si el señor Thornton le devolviera la antigua amistad o, mejor, si quisiera al menos volver a frecuentar la casa para que su padre se animara como antes, aunque ella no lo viera nunca..., le parecía que podría esperar un futuro claro, ya que no brillante. Con un suspiro, se levantó para irse a la cama. A pesar de lo que decía el himno, «me basta con dar un paso»,[29] a pesar del único y sencillo deber de cuidar a su padre con devoción, sentía en el pecho una ansiedad y una punzada de pesar.

Y esa misma noche de abril, el señor Hale pensaba en Margaret de la misma forma extraña y persistente que ella en él. Se había cansado yendo de un lado a otro, visitando a viejas amistades y antiguos lugares conocidos. Tenía ideas exageradas sobre el efecto que causaría a sus amigos el cambio de opinión respecto a la Iglesia; pero, aunque algunos se habrían escandalizado, ofendido o indignado por su caída en lo abstracto, tan pronto como vieron el rostro del hombre al que habían apreciado alguna vez, se olvidaron de todo, o solo lo recordaron lo suficiente para adoptar una actitud de tierna seriedad. No eran muchos los que habían conocido al señor Hale, porque había pertenecido a una de las facultades más pequeñas y siempre había sido tímido y reservado; pero los que en la juventud se habían molestado en ahondar en los delicados pensamientos y sentimientos que llenaban su silencio y su indecisión le habían tomado mucho cariño y lo trataban con una bondad protectora como la que habrían dedicado a una mujer. Y ver renovado ese afecto, después de tantos años y de un intervalo con tantos cambios, lo abrumaba más que cualquier rechazo o desaprobación.

—Me temo que hemos hecho demasiadas cosas —dijo el señor Bell—. Ahora sufres las consecuencias de haber respirado tanto tiempo ese aire de Milton.

—Estoy cansado —dijo el señor Hale—, pero no se debe al aire de Milton. Tengo cincuenta y cinco años, pequeño detalle que justifica por sí mismo la pérdida de fuerzas.

—¡Tonterías! Yo tengo más de sesenta y no noto ninguna pérdida de fuerzas, ni física ni mentalmente. No quiero oírte decir eso nunca más. ¡Cincuenta y cinco! Pero... ¡si eres un crío!

—¡Estos últimos años! —exclamó el señor Hale haciendo un gesto negativo con la cabeza. Pero, después de una pausa, se incorporó de la postura semipostrada que había adoptado en un lujoso butacón del señor Bell y, con una vehemencia trémula, dijo—: ¡Bell! No creas que si hubiera previsto lo que iba a suceder por cambiar de opinión y renunciar a mi puesto en la Iglesia..., ¡no!,

29 El himno *Lead kindly light* (1833), del cardenal Newman.

ni siquiera si hubiera sabido lo mucho que iba a sufrir ella..., desharía lo que hice: reconocer abiertamente que ya no tenía la misma fe en la Iglesia de la que era sacerdote. Tal como lo veo ahora, aunque hubiera podido prever el más cruel de los martirios que se puede sufrir por ver sufrir a un ser querido, habría hecho exactamente lo mismo: habría abandonado sin ocultarlo, tal como lo hice. Tal vez habría tomado unas decisiones diferentes a las que tomé después, a raíz de la renuncia, y que afectaban a mi familia. Pero creo que Dios no me concedió mucha sabiduría ni mucha fuerza —añadió, y volvió a la postura de antes.

—Te concedió fuerza para hacer lo que la conciencia te dictó como el buen camino, y no creo que necesitemos una fuerza más alta ni más santa que la que tienes; ni más sabiduría, por cierto. Yo sé que no tengo ni eso; y, sin embargo, los hombres hablan de mí en sus necios libros como si fuera un verdadero sabio, una personalidad independiente, vigorosa y no sé cuántas cosas más. El idiota más idiota que siga su propia y sencilla ley de lo que está bien, aunque solo sea para limpiarse los zapatos en el felpudo, es más sabio y fuerte que yo. Pero ¡qué zopencos son los hombres!

Hubo una pausa. La interrumpió el señor Hale, que siguió desarrollando el hilo de sus pensamientos.

—En cuanto a Margaret...

—¡Bien, Margaret! ¿Qué vas a decir?

—Si me muero...

—¡Tonterías!

—¿Qué va a ser de ella? Es una cosa que pienso a menudo. Supongo que los Lennox le pedirían que fuera a vivir con ellos. Procuro pensar que sí. Su tía Shaw la quería mucho, a su manera discreta; aunque se olvida de querer a los ausentes.

—Un defecto muy corriente. ¿Cómo son los Lennox?

—Él, apuesto, desenvuelto y agradable. Edith, una bella mujercita mimada. Margaret la quiere con toda el alma y Edith a ella, con todo el cariño del que puede prescindir.

—Bien, Hale: ya sabes que esa hija tuya me ha robado casi todo el corazón. Te lo he dicho otras veces. Naturalmente, como hija tuya y ahijada mía, tenía un gran interés en ella antes de haberla visto por última vez en Milton. Pero después de la visita que te hice, soy su esclavo. Me convertí en una víctima vieja que sigue el carro del conquistador. Porque lo cierto es que la encontré tan insuperable y serena como quien ha luchado y puede seguir luchando, aunque tenga la victoria segura a la vista. Sí, a pesar de sus preocupaciones del momento, eso es lo que vi en su rostro. Por eso, todo cuanto tengo lo pongo a su servicio, si lo necesita, y, cuando me muera, será todo suyo, tanto si quiere como si no. Además, yo mismo seré su caballero, gotoso y sesentón como soy. En serio, amigo mío, tu hija será mi principal misión en la vida, y tendrá toda la ayuda que pueda prestarle mi ingenio, mi sabiduría y mi voluntad. Pero no me parece que haya que preocuparse. Hace mucho que aprendí una cosa: siempre hay que tener algún motivo de inquietud, porque si no, no se es feliz. Sin embargo, tú vas a vivir muchos más años que yo. Vosotros, los hombres sobrios y delgados, siempre estáis burlando a la muerte. Los gordos y orondos, como yo, son los que se van primero.

Si el señor Bell hubiera tenido algunas dotes proféticas, habría visto que la vela se apagaba y que el ángel de rostro serio y tranquilo estaba muy cerca, haciéndole señas a su amigo. Esa noche el señor Hale reposó la cabeza en la almohada de la que ya no se movería con vida. El criado que entró por la mañana en la habitación no recibió respuesta a su saludo; se acercó a la cama y vio un rostro sereno y hermoso que yacía, blanco y frío, bajo el inefable sello de la muerte. Tenía una apariencia exquisitamente pacífica; no había sufrido dolores... ni se había debatido. Se le debía de haber parado el corazón mientras dormía.

El señor Bell, impresionado, no salió de su asombro hasta que llegó el momento de enfadarse a cada idea de su criado.

—¿Una investigación judicial? ¡Bah! ¡No estarás insinuando que lo he envenenado! El doctor Forbes dice que es la conclusión natural de una dolencia cardiaca. ¡Pobre Hale! Ese tierno corazón tuyo se ha gastado antes de tiempo. ¡Pobre amigo mío! Cómo hablaba de su... ¡Wallis! Quiero la bolsa de viaje preparada en cinco minutos. Y yo aquí, hablando y hablando. Prepara la bolsa, vamos. Tengo que ir a Milton en el próximo tren.

Se preparó la bolsa, se pidió un coche de alquiler y, veinte minutos después de haberse decidido, el señor Bell estaba en la estación. El tren de Londres pasó silbando, retrocedió unas yardas y el impaciente guarda hizo subir al último pasajero a toda prisa. El señor Bell se dejó caer en el asiento y cerró los ojos para intentar entender cómo era posible que uno que ayer estaba vivo muriera de pronto al día siguiente; poco después, unas lágrimas se le escaparon entre las rizadas pestañas y, al notarlas, abrió los vivos ojos y compuso el gesto más animoso que le permitió la determinación. No iba a ponerse a llorar delante de unos desconocidos. ¡Ah, no!

No había desconocidos allí, solo uno, sentado lejos de él, en la misma fila. Un rato después, lo miró discretamente para saber qué clase de hombre podía haberse fijado en su emoción y, detrás de las enormes hojas desplegadas del *Times,* reconoció al señor Thornton.

—¡Caramba! ¿Es usted, Thornton? —dijo, y enseguida se cambió a un asiento más cercano.

Le dio un fuerte apretón de manos, que no cesó hasta que tuvo que soltarse para secarse las lágrimas. La última vez que había visto a Thornton había sido en casa de su amigo.

—Voy a Milton para un asunto muy triste. Tengo que comunicar a la hija del señor Hale la repentina muerte de su padre.

—¿Muerte? ¿El señor Hale ha muerto?

—Así es, no dejo de repetírmelo. «¡Hale ha muerto!», pero todavía no me lo puedo creer. Sin embargo, ha muerto. Estaba bien cuando se fue a la cama, o eso parecía, y esta mañana, cuando mi criado fue a despertarlo, lo encontró completamente frío.

—¿Dónde? ¡No lo entiendo!

—En Oxford. Vino a pasar unos días conmigo, hacía diecisiete años que no iba por allí... y ya está, se acabó.

Estuvieron más de un cuarto de hora en silencio, hasta que el señor Thornton dijo:

—¡Y ella! —Y dejó de hablar.

—Se refiere a Margaret. ¡Sí! Voy a decírselo. ¡Pobre hombre! ¡Cuánto se acordaba de ella anoche! ¡Dios mío! Anoche mismo. ¡Y ahora está infinitamente lejos! Pero me haré cargo de Margaret como si fuera mi propia hija, por él. Anoche dije que lo haría por ella. Bueno, pues que sea por los dos.

El señor Thornton intentó decir algo un par de veces, antes de dar con las palabras que buscaba.

—¿Qué va a ser de la señorita Hale?

—Creo que habrá al menos dos personas esperándola. Yo mismo en primer lugar. Metería a un dragón vivo en casa si, con semejante guardián y algunos criados más, pudiera disfrutar de una vejez feliz con Margaret como hija. ¡Pero también están esos Lennox!

—¿Quiénes son? —preguntó el señor Thornton con trémulo interés.

—Pues unas personas elegantes de Londres que seguramente pensarán que tienen más derecho a ella que nadie. El capitán Lennox es el marido de su prima..., la joven con la que vivió y se educó. Son buenas personas, creo. Y su tía, la señora Shaw. Tal vez tenga la posibilidad de ofrecerme a casarme con esa gran señora, aunque eso sería el último recurso. Y todavía queda el hermano.

—¿Qué hermano? ¿Un hermano de la tía?

—No, no, un Lennox inteligente, comprenda que el capitán es un necio; se trata de un abogado joven que querrá quedarse con Margaret. Sé que hace cinco años o más que la tiene en el punto de mira, me lo dijo un compañero suyo; solo lo echa atrás que ella no tiene fortuna, pero eso se va a solucionar.

—¿Cómo? —preguntó el señor Thornton con tanto interés que no se dio cuenta de que cometía una indiscreción.

—Pues le voy a dejar todo mi dinero cuando me muera. Y si ese Henry Lennox se la merece un poco y a ella le gusta..., ¡en fin! Puede que yo encuentre otra manera de formar un hogar casándome. Mucho me temo que la tía me tiente cuando me pille con la guardia baja.

Ni el señor Bell ni el señor Thornton estaban de humor para reírse, así que los curiosos comentarios del primero les pasaron desapercibidos a los dos. El señor Bell silbó sin emitir más sonido que una exhalación sibilante, en tanto el señor Thornton seguía inmóvil, con la mirada fija en un punto del periódico, que había vuelto a abrir para darse ocasión de pensar a gusto.

—¿Dónde ha estado usted? —preguntó el señor Bell al cabo de un rato.

—En El Havre, intentando descubrir el secreto de la gran subida del precio del algodón.

—¡Uf! Algodón, especulaciones y humo, maquinaria limpia y reluciente y manos sucias y descuidadas. ¡Pobre Hale! ¡Pobre amigo mío! ¡Si supiera usted el cambio que le supuso salir de Helstone...! ¿Conoce New Forest?

—Sí —respondió escuetamente.

—Entonces se imaginará lo que pudo ser cambiarlo por Milton. ¿Qué parte conoce? ¿Ha estado en Helstone alguna vez? Es un pueblecito pintoresco, como algunos de la Selva de Oden. ¿Conoce Helstone?

—Lo he visto. Fue un gran cambio salir de allí para ir a Milton.

Volvió al periódico decididamente, como si no quisiera más conversación, y el señor Bell tuvo que seguir con su ocupación anterior: buscar la mejor forma de darle la noticia a Margaret.

Ella estaba en una ventana del piso de arriba y lo vio aparecer; adivinó la verdad en un destello de intuición. Se quedó en medio de la salita, como detenida en el primer impulso de correr escaleras abajo, como si el horrible pensamiento la hubiera convertido en piedra; así de pálida e inmóvil estaba.

—¡Ay, no me lo diga! ¡Me lo dice su cara! Tenía que haber mandado un... ¡No lo habría dejado solo... si estuviera vivo! ¡Ay, papá, papá!

CAPÍTULO XLII

¡SOLA! ¡SOLA!

Cuando esa adorada voz que era para ti,
tanto sonoridad como dulzura, cese de repente
y el silencio, contra el cual no te atreves a llorar,
duela rodeándote como una nueva y ofensiva enfermedad,
¿qué esperanza? ¿Qué ayuda? ¿Qué música deshará
ese silencio de tu sentir?

Mrs. Browning

La impresión fue tremenda. Margaret cayó en un estado de postración, sin gemidos ni llanto, sin refugiarse siquiera en las palabras. Tumbada en el sofá con los ojos cerrados, no decía nada a menos que se dirigieran a ella, y entonces respondía en susurros. El señor Bell estaba perplejo. No se atrevía a dejarla sola ni a pedirle que volviera con él a Oxford, que era una de las ideas que se le habían ocurrido en el viaje a Milton; estaba tan agotada físicamente que no podría hacer semejante esfuerzo, por no hablar de la escena que tendría que afrontar. Sentado junto al fuego, pensaba en cuál sería el mejor proceder. Margaret, tumbada a su lado, no se movía ni respiraba apenas. No la dejaría sola ni para ir a comer lo que le había preparado Dixon abajo y con lo que, llorosa y atenta, habría procurado tentarlo de buena gana. Le subió un plato de algo. Por lo general, era bastante exigente y maniático y distinguía bien los diferentes sabores de la comida, pero en ese momento el pollo picante le sabía a serrín. Troceó un poco para Margaret y lo salpimentó generosamente, pero cuando Dixon, siguiendo sus indicaciones, intentó dárselo a la boca, el lánguido gesto negativo que hizo con la cabeza fue suficiente para saber que, en el estado en el que se encontraba, la comida, lejos de alimentarla, se le atragantaría.

El señor Bell exhaló un hondo suspiro; levantó las robustas piernas, entumecidas del viaje, y salió de la habitación detrás de Dixon.

—No puedo dejarla sola. Tengo que escribir a Oxford para que empiecen los preparativos, que vayan haciéndolo todo hasta que llegue yo. ¿La señora Lennox no podría venir a hacerle compañía? Le escribiré y le diré que es imprescindible. La muchacha necesita tener cerca a una amiga, aunque solo sea para convencerla de que llore cuanto necesite.

Dixon, en cambio, lloraba por las dos; pero, después de secarse las lágrimas y recobrar la voz, consiguió decirle al señor Bell que la señora Lennox no podía hacer ningún viaje de momento porque ya estaba fuera de cuentas.

—En tal caso, habrá que pedírselo a la señora Shaw; ha vuelto a Inglaterra, ¿verdad?

—Sí, señor, pero no creo que quiera dejar a la señora Lennox en unos momentos tan interesantes —dijo Dixon, que no estaba muy conforme con que un extraño se metiera en casa a compartir con ella el cuidado de Margaret.

—Momentos interesantes de... —El señor Bell prefirió toser por no terminar la frase—. Estuvo tan a gusto en Venecia o en Nápoles o donde fuera en los anteriores «momentos interesantes» que tuvieron lugar en Corfú, creo. Y, además, ¿qué significan los «momentos interesantes» de esa próspera mujercita, en comparación con la pobre Margaret..., tan indefensa, sin hogar ni amigos, que yace en el sofá como si fuera un monumento funerario y ella, la estatua de piedra? Le aseguro que la señora Shaw vendrá. Procure tenerle preparada una habitación o lo que quiera para mañana por la noche. Yo me ocuparé de que venga.

Y así, el señor Bell escribió una carta, que, según declaró la señora con lágrimas en los ojos, era tan parecida a las de su querido general cuando iba a tener un ataque de gota que la guardaría como una joya toda la vida. Si él se lo hubiera pedido con ruegos o súplicas dejando alguna posibilidad de que se negara, tal vez se hubiera negado, a pesar del cariño verdadero que le profesaba a Margaret. Fue necesario darle una orden seca y directa para que venciera la inercia y se dejara llevar por su doncella, después de que esta le hiciera el equipaje. Edith, cubierta de gorros, chales y lágrimas, salió al rellano cuando el capitán Lennox acompañaba a su madre al carruaje.

—Mamá, que no se te olvide que Margaret tiene que venir a vivir con nosotros. Sholto va a ir a Oxford el miércoles, así que que nos mande un aviso por medio del señor Bell para saber cuándo volveréis. Y si quieres que Sholto te acompañe, puede ir de Oxford a Milton. Que no se te olvide, mamá, tienes que volver con Margaret.

Edith volvió a la sala de estar. El señor Henry Lennox estaba allí hojeando las páginas de una revista nueva. Sin levantar la cabeza, dijo:

—Edith, si prefieres que Sholto vuelva antes contigo, espero que me permitas ir a Milton para ayudar en lo que pueda.

—¡Ay, gracias! —dijo Edith—. Seguro que el señor Bell hará cuanto pueda y no se necesitará más ayuda. Solo que no se puede esperar mucho *savoir-faire* de un académico eminente como él. ¡Mi queridísima Margaret! ¡Será estupendo tenerla aquí otra vez! Hace años erais grandes aliados, ¿verdad?

—¿Ah, sí? —preguntó él con indiferencia, como si estuviera interesado en un párrafo de la revista.

—Bueno, tal vez no..., se me ha olvidado. Sholto ocupaba todos mis pensamientos. Pero ¿no te parece una feliz coincidencia que mi tío se haya muerto precisamente ahora, que ya hemos vuelto a Inglaterra, nos hemos instalado en la casa de siempre y podemos recibirla? ¡Pobrecita mía! ¡Qué cambio será irse de Milton! Le pondré una cretona nueva en el dormitorio, para que todo parezca nuevo y lleno de color, a ver si se anima un poco.

Con ese mismo espíritu bondadoso viajaba la señora Shaw a Milton, temiendo de vez en cuando el primer encuentro y preguntándose cómo salvarlo; pero sobre todo pensando en cómo sacar a Margaret lo antes posible de «ese sitio horrible» y volver a la agradable comodidad de Harley Street.

—¡Ay, madre! —le dijo a la doncella—. ¡Fíjate qué chimeneas! ¡Mi pobre hermana Hale! ¡No creo que hubiera podido descansar en Nápoles si hubiera sabido lo que era esto! Tenía que haber venido a buscarla a ella y a Margaret y habérmelas llevado conmigo.

Y en su fuero interno reconoció que siempre había considerado un hombre débil a su cuñado, pero nunca tanto como en esos momentos, al ver el lugar por el que había cambiado el encantador hogar de Helstone.

Margaret seguía en el mismo estado: blanca, inmóvil, sin hablar, sin llorar. Le habían dicho que su tía Shaw iba a llegar enseguida, pero no había expresado sorpresa, ni placer ni disgusto. El señor Bell, que había recuperado el apetito y apreciaba los esfuerzos de Dixon por gratificarlo, la instó en vano a probar las mollejas estofadas con ostras; ella volvió a negarse con la misma obstinación que el día anterior y el hombre tuvo que consolarse del rechazo comiéndoselas él solo. Sin embargo, fue Margaret la primera que oyó pararse el coche en el que llegó su tía de la estación. Le temblaron los párpados, los labios adquirieron color y se movieron. El señor Bell bajó a recibir a la señora Shaw y, cuando subieron, la encontraron de pie, intentando estabilizarse; cuando vio a su tía, se acercó con los brazos abiertos para recibirla y por fin pudo dar rienda suelta al apasionado alivio de las lágrimas en el hombro de la señora Shaw. Todos los pensamientos de silencioso amor y ternura de tantos años de relación con la difunta, todo el inexplicable parecido de aspecto, de tono y de actitud, que debía de ser inherente a la familia y que a Margaret le recordó inevitablemente a su madre, convergieron por fin en el entumecido corazón, que se deshizo en un torrente de lágrimas.

El señor Bell salió de la estancia, bajó al estudio, pidió que encendieran la chimenea y procuró distraerse examinando algunos libros. Cada ejemplar le recordaba a su difunto amigo de alguna forma. Aunque ya no tuviera que ocuparse de cuidar a Margaret, como en los dos días anteriores, el cambio de actividad no conllevó un cambio de pensamientos. Se alegró de oír la voz del señor Thornton en la puerta. Dixon no quería dejarlo entrar porque la aparición de la doncella de la señora Shaw le había evocado los buenos tiempos pasados, la noble sangre de los Beresford, la categoría, como le gustaba decir, de la que habían privado a su joven señora y que ahora, gracias a Dios, pronto le sería devuelta. Estas evocaciones, en las que se había solazado con complacencia hablando con la doncella de la señora Shaw (mencionando hábilmente todos los detalles de clase y categoría relacionados con la casa de Harley Street, para aleccionar a Martha, que era todo oídos), la predispusieron en contra de los habitantes de Milton, y así, aunque el señor Thornton siempre le había resultado imponente, le explicó lo más secamente que pudo que ninguno de los que se encontraban en la casa podía recibirlo esa noche. La incomodó mucho que el señor Bell la contradijera cuando se asomó a la puerta del estudio y dijo en voz alta:

—¿Es usted, Thornton? Entre un momento, quiero hablar con usted.

El señor Thornton entró en el estudio y Dixon tuvo que retirarse a la cocina y reafirmar su amor propio contando la prodigiosa historia del carruaje de seis caballos de sir John Beresford cuando era juez de paz.

—En realidad, no sé qué quería decirle. Lo cierto es que es muy triste estar en una habitación en la que todo habla de un amigo muerto. Sin embargo, Margaret y su tía necesitan estar a solas en la salita.

—¿La señora..., su tía ha venido? —preguntó el señor Thornton.

—¡Ya lo creo! Y con doncella y todo. ¡Bien podía haber venido sola en un momento como este! Y ahora tendré que irme a buscar habitación en el Clarendon.

—No vaya al Clarendon. En casa tenemos cinco o seis dormitorios libres.

—¿Bien aireados?

—Puede confiar en mi madre para eso.

—Entonces, subo un momento a darle las buenas noches a esa lánguida niña, me despido de la tía y me voy con usted sin perder un instante.

El señor Bell no volvió enseguida y al señor Thornton se le estaba haciendo muy largo, porque tenía muchas cosas que hacer y apenas había podido robar unos minutos para pasar por Crampton a preguntar por la señorita Hale.

Cuando salieron, el señor Bell dijo:

—Esas mujeres me han entretenido en la salita. La señora Shaw está deseando volver a casa, por lo de su hija, dice, y quiere que Margaret se vaya con ella inmediatamente. Pero está tan preparada para viajar como yo para volar. Además ha dicho, con toda la razón, que quiere ver a unos cuantos amigos, que quiere despedirse de varias personas, y entonces su tía le ha echado en cara que se olvidaba de los antiguos amigos. Y ella, con otro ataque de llanto, ha dicho que se alegraría de irse de un sitio en el que ha sufrido mucho. Bien, yo tengo que volver a Oxford mañana y no sé de qué lado ponerme.

Hizo una pausa como esperando una respuesta, pero no la hubo. Una frase se repetía como un eco en la cabeza de su compañero:

«En el que ha sufrido mucho». ¡Ay! Eso sería lo que recordaría de los dieciocho meses que había pasado en Milton: unos meses preciosos para él hasta en lo más amargo, que valía más que todas las dulzuras del resto de su vida. Ni la pérdida del padre ni la de la madre, a pesar del gran aprecio que le había tomado, habrían podido emponzoñar el recuerdo de las semanas, los días, las horas, cuando un paseo de dos millas, cada uno de cuyos pasos era un placer, porque lo acercaban más a ella, lo llevaban a su deseable presencia, y cada paso que lo alejaba era más dulce, pues le hacía recordar una nueva gracia en su actitud o la agradable mordacidad de su carácter. Sí. A pesar de todo lo que le había pasado al margen de esa relación con ella, jamás habría dicho que aquella temporada —cuando podía verla a diario, cuando la tenía tan cerca, por así decir— había sido de sufrimiento. Para él, había sido una temporada esplendorosa, con todos los insultos y reproches, en comparación con la pobreza que lo acechaba y que reducía las expectativas de futuro a la sordidez y a una vida sin ambiente de esperanza ni de temor.

La señora Thornton y Fanny estaban en el comedor; esta última, exultante de emoción mientras la doncella le enseñaba ricas telas, una detrás de otra, para probar el efecto de los trajes de boda a la luz de las velas. Su madre intentaba comprenderla sinceramente, pero no podía. Ni el gusto ni los vestidos eran de su agrado y habría preferido con diferencia que Fanny hubiera aceptado la propuesta de su hermano de encargar los vestidos de la boda a una modista londinense de primera categoría, y evitarse así los debates pesados e interminables y la agitada indecisión de Fanny, que se empeñaba en elegir y supervisar todo personalmente. Para el señor Thornton era un alivio dar su aprobación a cualquier hombre sensato que se sintiera cautivado por los escasos méritos de su hermana y lo agradecía proporcionándole generosos recursos para el ajuar, que sin duda rivalizaban con los de su prometido, si no los superaban, según ella. Cuando llegó su hermano con el señor Bell, Fanny se sonrojó, sonrió con afectación y se puso a revolotear entre las telas de una manera que habría llamado la atención a cualquiera, menos al señor Bell, que, si se paró un momento a pensar en su hermana y en las sedas y satenes, fue para compararla a ella y a las telas con la joven pálida y pesarosa que había dejado en su casa, inmóvil, con la cabeza gacha y las manos juntas, en una habitación tan silenciosa que hasta podía parecer que el rumor de los oídos era el de los espíritus de los difuntos, que todavía acompañaban a su querida hija. Pues, cuando el señor Bell había llegado a la salita de arriba, la señora Shaw estaba dormida en el sofá y ningún ruido rompía el silencio.

La señora Thornton recibió al señor Bell formalmente y de buen grado. Siempre se mostraba muy amable cuando recibía a los amigos de su hijo en su propia casa y, cuanto más inesperadas fueran las visitas, más se esmeraba en proporcionarles todas las comodidades.

—¿Qué tal se encuentra la señorita Hale? —preguntó.

—Tan hundida como se puede usted imaginar, tras este último trance.

—Estoy segura de que le viene muy bien contar con un amigo como usted.

—Preferiría ser su único amigo, señora. Suena brutal, lo sé; pero he tenido que desplazarme aquí y abandonar mi puesto de consolador y consejero por causa de una señora elegante, que es su tía; y además sus primas y no sé cuánta gente más la reclama en Londres, como si fuera un perrito faldero de su propiedad. Pero está muy débil y triste para tener voluntad propia.

—Debe de estar muy débil, sin duda —dijo la señora Thornton con segundas intenciones, que su hijo captó perfectamente—. Pero —añadió la señora Thornton— ¿dónde estaban esos familiares todo este tiempo, cuando la señorita Hale ha tenido que soportar tantas angustias? Porque parecía que estuviera casi sola en el mundo.

Pero, al parecer, la respuesta no le interesaba mucho, porque salió del comedor para ir a hacer los preparativos domésticos.

—Estaban en el extranjero. Tienen algún derecho sobre ella, lo reconozco. La tía la crio muchos años y su prima y ella han sido como hermanas. Pero, verá, lo que me revienta es que yo quería adoptarla como hija y tengo celos de esas personas, que, por lo visto, no conceden valor alguno a su derecho. Claro que si la reclamara Frederick todo sería distinto.

—¡Frederick! —exclamó el señor Thornton—. ¿Quién es? ¿Qué derecho...? —Cortó la vehemente pregunta en seco.

—Frederick —dijo el señor Bell, sorprendido—. ¿Es que no lo sabe? ¡Es su hermano! ¿No le han contado...?

—No he oído ese nombre en mi vida. ¿Dónde está? ¿Quién es?

—Seguro que le he hablado de él cuando la familia se trasladó a Milton..., el hijo que estaba implicado en aquel motín.

—Jamás he sabido nada de él hasta este momento. ¿Dónde vive?

—En España. Podrían detenerlo en el momento en que pusiera un pie en Inglaterra. ¡Pobre muchacho! Lamentará no poder asistir al entierro de su padre. Tendremos que conformarnos con el capitán Lennox, porque no conozco a ningún otro familiar con el que podamos contar.

—Espero que se me permita asistir.

—Naturalmente, se lo agradezco. Es usted un buen hombre, Thornton, después de todo. Hale lo apreciaba. Me habló de usted el otro día, en Oxford.

Lamentó lo poco que se veían últimamente. Le agradezco mucho que exprese el respeto que le tenía.

—Pero ¿Frederick nunca viene a Inglaterra?

—Nunca.

—¿No estaba aquí cuando murió la señora Hale?

—No. Yo sí estuve y no lo vi. Hace muchos años que no lo veo y, si se acuerda usted, yo vine... No, eso fue un poco después. Pero el pobre Frederick Hale no estaba aquí. ¿Por qué cree que sí?

—Un día vi a un joven paseando con la señorita Hale —respondió el señor Thornton—, y creo que fue por entonces.

—¡Ah! Sería ese joven Lennox, el hermano del capitán. Es abogado y se escribía a menudo con él, y recuerdo que el señor Hale me dijo que creía que vendría a verlos. ¿Sabe una cosa? —añadió el señor Bell dándose media vuelta para guiñar un ojo al señor Thornton y ver mejor la cara que ponía—. En algún momento me pareció que sentía usted algo por Margaret.

No hubo respuesta ni cambio de expresión.

—Y al pobre Hale también. Al principio no, hasta que le puse yo la idea en la cabeza.

—Admiraba a la señorita Hale, como le pasa a todo el mundo. Es un ser muy hermoso —dijo el señor Thornton, acorralado por la insistencia del señor Bell.

—¿Nada más? ¿Es todo lo que puede decir de ella, que es un ser muy hermoso? ¿Solo algo que llama la atención de la vista? Creía que tenía usted la nobleza suficiente para pagarle también el homenaje del corazón. Aunque creo..., bien, en realidad lo sé, que le habría rechazado, pero haberla amado sin ser correspondido lo habría elevado a usted por encima de todos esos, sean quienes sean, que jamás la han conocido enamorada. ¡«Un ser muy hermoso»! ¿Habla de ella como si fuera un caballo o un perro?

Al señor Thornton le salían chispas por los ojos.

—Señor Bell —dijo—, antes de decir esas cosas, recuerde que no todos podemos expresar nuestros sentimientos con tanta libertad como usted. Cambiemos de tema.

Aunque el corazón le había saltado en el pecho con cada palabra del señor Bell como al toque de una corneta y aunque sabía que lo que había dicho uniría para siempre al viejo erudito de Oxford con lo más preciado que guardaba en el corazón, no estaba dispuesto a expresar de ningún modo sus sentimientos por Margaret. Porque otro ensalzara lo que él reverenciaba y amaba con pasión, no iba a entrar en una competición de alabanzas para intentar ganarle la batalla. Y así empezaron a hablar de otros asuntos prosaicos que los afectaban como arrendatario y arrendador.

—¿Qué es ese montón de ladrillos y cemento con el que nos hemos encontrado en el patio? ¿Hay algo que reparar?

—No, nada, gracias.

—¿Está construyendo algo por su cuenta? En tal caso, se lo agradezco mucho.

—Estoy construyendo un comedor, es decir, para los hombres, para los obreros.

—Lo consideraría muy exigente en sus gustos si esta habitación no le pareciera suficiente para usted, siendo soltero.

—Conozco a un tipo muy curioso y he mandado a la escuela a un par de niños que le interesan especialmente. Un día, al pasar casualmente por su casa, entré para arreglar un pago sin importancia, y me dio que pensar la mísera cena que había en la mesa: un trocito de carne negro, grasiento y ceniciento. Pero este invierno, al aumentar tanto las provisiones, se me ocurrió que comprando al por mayor y cocinando para muchos podía ahorrarse una gran cantidad de dinero y ganar mucho en comodidad. Entonces hablé con este amigo... o enemigo..., al que me he referido antes, y criticó todos los aspectos de mi idea, por lo que la olvidé, tanto por impracticable como porque, si lo imponía a la fuerza, interferiría con la independencia de mis obreros, pero de pronto, este tal Higgins se me acerca y me dice propone airosamente una idea tan semejante a la mía que podía haberla reivindicado como propia con toda la razón y, además, con la aprobación de varios compañeros suyos. Su actitud me molestó un poco, lo reconozco, y pensé en tirarlo todo por la borda y que fuera lo que Dios quisiera. Pero consideré que era un tanto infantil renunciar a una idea que me había parecido buena y bien pensada solo porque no era yo el que recibiría honor y reconocimiento por ser el autor, de manera que acepté tranquilamente la función que me asignaban: algo así como el camarero de un club. Yo compro las provisiones al por mayor y pongo a un buen cocinero o cocinera.

—Espero que desempeñe satisfactoriamente su nuevo papel. ¿Entiende algo de patatas y cebollas? Aunque supongo que la señora Thornton lo asistirá en la compra.

—Nada más lejos —replicó el señor Thornton—. No le parece nada bien la idea, y ya no hablamos nunca de eso. Pero me las arreglo muy bien entre los grandes cargamentos de Liverpool y la carne de nuestra propia familia de carniceros. Y le aseguro que los platos calientes que hace nuestra cocinera no son nada despreciables.

—¿Prueba usted todos los platos que sirve en virtud de su cargo? Espero que tenga una varita mágica.

—Al principio era muy escrupuloso, procuraba no hacer nada más que la compra, e incluso en eso seguía las órdenes de los obreros, que me llegaban por medio de la cocinera, más que seguir mi propio criterio. Un día, el buey era demasiado grande; otro, el cordero era pequeño. Creo que entendían que ponía empeño en darles toda la libertad y no interferir en sus ideas. Un día, dos o tres hombres, mi amigo Higgins entre ellos, me invitaron a comer un tentempié con ellos. Era un día de mucho trabajo, pero vi que les sentaría mal si, después de haber dado ellos el paso, yo no aceptaba, de manera que entré y le aseguro que no he comido tan bien en mi vida. Les dije, bueno, a los que tenía más cerca (porque yo no soy aficionado a dar discursos), que me había gustado mucho; y, durante un tiempo, siempre que se servía ese plato especial, esos hombres venían a buscarme y me decían: «Patrón, hoy hay estofado para comer. ¿Se apunta?». Si no me lo hubieran pedido ellos, no me habría entrometido, igual que no habría ido a la misa del cuartel sin invitación.

—Supongo que sus anfitriones no hablarían con total libertad en la mesa, estando usted allí. No pueden poner pingando al amo si está delante. Supongo que se resarcen los días que no hay estofado.

—Pues, hasta el momento, no hemos tocado cuestiones delicadas. Pero si volviera a surgir alguna de las desavenencias de antes, le aseguro que les diría lo que pienso el próximo día que hubiera estofado. Pero apenas conoce a los hombres de Darkshire, aunque usted también sea de aquí. ¡Tienen un gran sentido del humor y son bastante lenguaraces! Realmente, ahora empiezo a conocer bien a algunos, y se expresan con toda libertad delante de mí.

—Nada mejor que comer juntos para igualar a los hombres. No se puede comparar con la muerte: el filósofo muere sentenciosamente; el fariseo, ostentosamente; el sencillo de corazón, humildemente; el pobre idiota, ciegamente, como cae el gorrión al suelo; pero tanto el filósofo como el idiota, el publicano como el fariseo, todos comen igual, si tienen buen estómago. ¡Ahí tiene una buena teoría!

—No tengo teorías, no me gustan las teorías.

—Lo siento. Para compensarle, ¿me aceptaría diez libras para la compra, para que les dé un banquete a esos pobres tipos?

—Gracias, pero no. Me pagan por el horno y los hornillos de la parte de atrás de la fábrica; y tendrán que pagar más por el comedor nuevo. No quiero que sea una cuestión de caridad. No acepto donativos. Si lo aceptara una vez, empezarían a hablar y, esto, que es tan sencillo, se estropearía.

—Las novedades siempre dan que hablar. Es inevitable.

—Mis enemigos, si es que los tengo, pueden armar un escándalo filantrópico sobre esta idea del comedor; pero usted es un amigo y espero que respete mi experimento guardando silencio. De momento es una escoba nueva y barre bien. Pero, con el tiempo, seguro que encontramos muchos obstáculos, no lo dude.

CAPÍTULO XLIII

MARGARET DESAPARECE

> La cosa más mezquina de la que nos despidamos
> pierde su mezquindad en el momento del adiós.
>
> ELLIOTT

La señora Shaw aborrecía Milton todo lo que le permitía su dulce manera de ser. Era ruidoso, estaba lleno de humo y las pobres gentes que veía en la calle iban sucias; las señoras ricas se engalanaban en exceso y a ninguno de los hombres que vio, altos o bajos, les sentaba bien la ropa que llevaban. Estaba convencida de que Margaret no se recuperaría mientras siguiera en Milton, y además temía volver a sufrir un ataque de nervios. Margaret tenía que irse con ella, y enseguida. Este era el mensaje, si no las palabras exactas, de lo que le decía a su sobrina, hasta que la joven, débil y desanimada, cedió y, a su pesar, prometió que después del miércoles se prepararía para acompañarla a la ciudad y dejaría a Dixon a cargo de pagar las facturas, disponer de los muebles y cerrar la casa. Antes de ese miércoles, ese funesto miércoles, cuando se celebraría el entierro del señor Hale lejos de las dos casas en las que había vivido siempre y lejos de la mujer que yacía sola entre desconocidos (que era la mayor preocupación de Margaret, porque pensaba que, si no se hubiera dejado llevar por una desidia desbordante los primeros y tristes días, podría haber arreglado las cosas de otra manera), antes de ese miércoles, Margaret recibió carta del señor Bell.

Mi querida Margaret:

Quería volver a Milton antes del jueves, pero desafortunadamente resulta que es una de esas raras ocasiones en las que nos requieren a los colegas de Plymouth para cumplir uno u otro deber, y no puedo ausentarme de mi puesto. El capitán Lennox y el señor Thornton están aquí. El primero parece un hombre inteligente y bien intencionado; ha propuesto ir a Milton para ayudarte a buscar el testamento; pero tu padre no dejó ningún testamento o, de lo contrario, ya lo habrías encontrado tú a estas alturas, si has seguido mis indicaciones. Además, dice el capitán que tiene que llevaros a casa a su suegra y a ti, habida cuenta del estado de su mujer. No esperes que se quede más allá del viernes. De todos modos, esa Dixon tuya es de toda confianza y puede mantener el orden hasta que llegue yo. Si no hay testamento, pondré el asunto en manos de mi abogado de Milton, porque me temo que este elegante capitán no es un gran hombre de negocios. A pesar de todo, tiene unos mostachos espléndidos. Habrá que organizar una venta, así que selecciona lo que quieras conservar. O manda una lista después. Dos cosas más y termino. Sabes, o, si no, lo sabía tu pobre padre, que heredarás mi fortuna y mis pertenencias cuando muera. No tengo intención de hacerlo todavía, pero te lo digo para que sepas lo que va a pasar. Parece que estos Lennox te tienen mucho cariño ahora, y tal vez siga siendo así o tal vez no, de manera que más vale empezar con un acuerdo formal, es decir: les pagarás doscientas cincuenta libras al año mientras tanto ellos como tú deseéis vivir juntos. (Dixon está incluida, naturalmente; que no te tomen el pelo haciéndote pagar más por ella). Y no te quedarás sin nada, si algún día el capitán decide que quiere toda la casa para él solo; podrás irte donde quieras con tus doscientas cincuenta libras, si es que antes no te he reclamado yo para que vengas a vivir conmigo. Y, en cuanto al vestuario, Dixon, gastos personales y golosinas (todas las jóvenes las comen hasta que la edad les aconseja que las dejen), consultaré a una dama amiga mía para saber cuánto tendrás de tu padre antes de fijar una cantidad. Bien, Margaret, ¿te has ido a otra parte antes de llegar hasta aquí preguntándote qué derecho tiene este viejo a arreglar tus asuntos con tanta arrogancia? Estoy seguro de que sí. Sin embargo, este viejo tiene derecho. Ha querido a tu padre cincuenta y cinco años seguidos; fue su padrino de boda y, como no puede hacer gran cosa por ti en lo espiritual, porque sabe de tu superioridad en ese campo, desea ayudarte mínimamente en lo material. El viejo no tiene familiares conocidos en el mundo, «¿quién va a llorar por Adam Bell?», pero pone todo su empeño en esta única cosa, y Margaret Hale no es la jovencita que le va a decir que no. Escríbeme a vuelta de correo, aunque solo sean dos líneas, para darme la respuesta. Pero no las gracias.

Margaret empuñó una pluma y, con mano temblorosa, escribió: «Margaret Hale no es la jovencita que le va a decir que no». Estaba tan débil que no pudo pensar en decirlo de otra manera, aunque le disgustó hacerlo así. Pero era tan grande la fatiga incluso al hacer un esfuerzo tan pequeño que, si se le hubiera ocurrido otra forma de expresarse, no habría podido sentarse a escribir ni una sílaba. Tuvo que tumbarse otra vez y procurar no pensar.

—¡Mi querida niña! ¿Estás disgustada o inquieta por culpa de esa carta?

—No —respondió Margaret con un hilo de voz—. Pasado mañana estaré mejor.

—Seguro que sí, cielo; no te recuperarás hasta que te saque de este aire horrible. No me imagino cómo has podido soportarlo dos años.

—¿Adónde iba a ir? No podía dejar a mis padres.

—Bueno, no te alteres, querida mía. Seguro que todo ha sido para bien, pero no tenía la menor idea de cómo estabais viviendo. La mujer de nuestro mayordomo tiene una casa mejor que esta.

—A veces la ciudad se pone bonita... en verano; no la juzgues por cómo está ahora —dijo, y cerró los ojos para terminar la conversación.

La casa resultaba muy cómoda en esos momentos, en comparación con el principio. Las noches refrescaban mucho y la señora Shaw había ordenado que se encendiera la chimenea en todas las habitaciones. Mimaba a Margaret cuanto podía, compraba toda clase de exquisiteces y pequeños lujos de los que se habría rodeado ella en busca de consuelo. Pero a Margaret le daban igual todas esas cosas; o, si se obligaba a prestarles atención, era solo por agradecimiento a su tía, que había dejado de ocuparse tanto de sí misma para pensar en su sobrina. A pesar del cansancio, estaba inquieta. Se pasó el día de habitación en habitación para no pensar en la ceremonia que se estaba celebrando en Oxford; apartó lánguidamente los objetos que deseaba conservar. Por deseo expreso de la señora Shaw, Dixon la siguió a todas partes para recibir instrucciones, oficialmente, pero con la intención de que se la llevara a descansar lo antes posible.

—Dixon, quiero quedarme con estos libros. ¿Mandarás todos los demás al señor Bell? Los apreciará por sí mismos, además de por ser de papá. Este otro... me gustaría que se lo llevaras al señor Thornton cuando me vaya. Un momento, voy a escribirle una nota.

Se sentó con prisa, como si temiera pensar, y escribió:

> Estimado señor: Este libro que acompaña la presente nota era de mi padre y creo que lo apreciará como recuerdo.
>
> Cordialmente,
>
> Margaret Hale

Reanudó el viaje por la casa tocando diversos objetos, como acariciándolos, objetos que conocía desde la infancia, de los que le dolía desprenderse, a pesar de lo viejos y anticuados que eran. Pero no dijo nada más, y Dixon informó a la señora Shaw de que «dudaba que la señorita Hale hubiera oído ni una palabra de lo que le había dicho, aunque no había parado de hablarle para distraerla». Como se había pasado el día deambulando por la casa, llegó a la noche excesivamente cansada y durmió mejor que ninguna otra noche desde la muerte del señor Hale.

Al día siguiente, a la hora del desayuno, dijo que quería ir a despedirse de un par de amigos. La señora Shaw se opuso:

—Cielo, seguro que no tienes aquí amigos tan íntimos para ir a visitarlos tan temprano, antes de ir a la iglesia.

—Pero es el único día que puedo. Si el capitán Lennox llega esta tarde y si tenemos que..., si de verdad tenemos que irnos mañana...

—¡Ah, sí! Mañana nos vamos. Cada vez estoy más convencida de que este aire es pernicioso para ti y te pone pálida y te enferma; además, Edith nos espera, estará deseando que llegue, y tú no puedes quedarte sola a tu edad, cielo. No; si te empeñas en hacer esas visitas, te acompaño. Supongo que Dixon puede pedirnos un coche de alquiler, ¿no?

La señora Shaw fue con Margaret para cuidar de ella y se llevó también a la doncella, para que sujetara los chales y los cojines inflables. Margaret estaba tan triste que fue incapaz de sonreír al ver tantos preparativos para hacer dos visitas que había hecho tan a menudo a cualquier hora del día. No se atrevía a confesar que uno de los sitios a los que quería ir era a casa de Nicholas Higgins; lo único que podía hacer era esperar que su tía no quisiera apearse del coche ni recorrer el patio entre la ropa húmeda colgada en cuerdas de casa a casa, que le golpearía en la cara a cada soplo de viento.

La señora Shaw se debatió mentalmente entre la comodidad y el sentido maternal de lo correcto; ganó la batalla la comodidad y, recomendando encarecidamente a Margaret que tuviera mucho cuidado de no contagiarse de ninguna de las fiebres que siempre acechaban en esos sitios, consintió que fuera adonde tantas veces había ido sin tomar precauciones ni necesitar permiso.

Nicholas no estaba en casa, solo encontró a Mary con un par de los Boucher menores. Le irritó no haber previsto mejor la hora de la visita. Mary era muy corta de entendederas, pero tenía buen corazón y, en el momento en que entendió el propósito de la visita, empezó a llorar y a gemir tan desenfrenadamente que a Margaret no le sirvió de nada decirle las mil cositas en las que había pensado en el trayecto. Solo pudo intentar consolarla diciéndole que tal vez volvieran a verse algún día en alguna parte y rogarle que dijera a su padre que, si podía, por favor fuera a verla después del trabajo. Cuando se iba, se detuvo un momento mirando a un lado y a otro; después, con cierta vacilación, dijo:

—Me gustaría que me dieras un recuerdo de Bessy.

Mary reaccionó generosamente al momento. ¿Qué podía darle? Y, cuando Margaret señaló la tacita que siempre tenía Bessy al lado, con agua para los febriles labios, Mary dijo:

—¡Ay, llévese algo mejor! Eso solo cuesta cuatro peniques.

—Con esto me basta, gracias —dijo Margaret, y se alejó rápidamente dejando a Mary con una expresión luminosa en la cara por el gusto de haber podido darle algo.

«Y ahora, la señora Thornton —se dijo—. No queda otro remedio». Pero se quedó pálida y rígida solo de pensarlo y le costó mucho encontrar las palabras precisas para explicar a su tía quién era la señora Thornton y por qué debía ir a despedirse de ella.

Esta vez la señora Shaw se apeó del coche. Las hicieron entrar en la salita, cuya chimenea acababan de encender. La señora Shaw se arropó en el chal temblando de frío.

—¡Esta habitación está helada! —exclamó.

Tuvieron que esperar un rato hasta que llegó la señora Thornton. Se ablandó un poco con Margaret al saber que iba a perderla de vista. Se acordaba más de la fortaleza que había demostrado en varios momentos y lugares que de la paciencia con la que había soportado tantas preocupaciones duraderas y agotadoras. La saludó con una expresión más afable de lo habitual, incluso con cierto matiz de ternura al fijarse en el rostro pálido e hinchado por las lágrimas y en el temblor de la voz que intentaba dominar.

—Permítame presentarle a mi tía, la señora Shaw. Mañana me voy de Milton, no sé si lo sabía, pero quería verla una vez más, señora Thornton, para..., para disculparme por la falta de modales la última vez que nos vimos y para decirle que estoy segura de que su intención era buena..., a pesar de los malentendidos entre usted y yo.

La señora Shaw se quedó completamente perpleja al oír las palabras de Margaret. ¡Gracias por las buenas intenciones y disculpas por la falta de modales! Pero la señora Thornton replicó:

—Señorita Hale, me alegro de que sea justa conmigo. Si la reconvine de aquella forma fue solo porque creía que era mi deber. Siempre he querido ser amiga suya. Me alegro de que sea justa conmigo.

—Y —dijo Margaret, sonrojándose demasiado— ¿lo será usted también conmigo y creerá que, aunque no pueda ni quiera darle explicaciones sobre mi proceder, no hice nada deshonroso, tal como parecía usted pensar?

Habló con una voz tan dulce y una mirada tan suplicante que la señora Thornton se vio afectada por primera vez por el encanto al que hasta entonces había sido invulnerable.

—Sí, la creo. No hablemos más de ello. ¿Dónde va a instalarse, señorita Hale? Sabía por el señor Bell que se iría usted de Milton. Nunca le gustó esta ciudad, ¿verdad? —dijo la señora Thornton con una sonrisa forzada—, pero, a pesar de todo, no crea que me alegra que se vaya. ¿Dónde va a vivir?

—Con mi tía —respondió Margaret, volviéndose hacia la señora Shaw.

—Mi sobrina residirá conmigo en Harley Street. La considero casi una hija —dijo la señora Shaw mirando a Margaret con ternura—, y me complace agradecerle todo el bien que le haya procurado. Si usted y su marido van alguna vez a la ciudad, mi hijo y mi hija, el capitán y la señora Lennox, estarán tan encantados como yo de hacer cuanto sea posible por atenderlos.

La señora Thornton pensó que Margaret no se había tomado la molestia de explicar a su tía la situación entre ella y su difunto marido, al que la elegante señora acababa de hacer extensiva su simpatía de una forma tan delicada, por lo que respondió sucintamente:

—Mi marido murió. El señor Thornton es mi hijo. Nunca voy a Londres, así que no creo que vaya a aprovecharme de su amable invitación.

En ese momento entró el señor Thornton en la habitación, recién llegado de Oxford. El traje de luto que llevaba revelaba lo que había ido a hacer allí.

—John —dijo su madre—, esta dama es la señora Shaw, la tía de la señorita Hale. Lamento decir que la señorita Hale ha venido a despedirse.

—Entonces... ¡se va usted! —dijo él en voz baja.

—Sí —respondió Margaret—. Nos vamos mañana.

—Esta noche llega mi yerno para acompañarnos —dijo la señora Shaw.

El señor Thornton les dio la espalda. No se había sentado y parecía mirar de cerca algo que había en la mesa, como si acabara de descubrir una carta abierta que le hubiera hecho olvidar con quién estaba. Ni siquiera pareció darse cuenta de que las damas se levantaban para irse. No obstante, salió con ellas para ayudar a la señora Shaw a llegar al coche. Mientras el vehículo se acercaba, el señor Thornton y Margaret esperaron en el umbral de la puerta, muy cerca el uno de la otra y, como era inevitable, ambos recordaron el día de los disturbios. Él se acordó también de la apasionada declaración de ella cuando le dijo que en toda aquella multitud desesperada y violenta no había un solo hombre que le preocupara menos que él, se puso muy serio al acordarse de las provocadoras palabras, pero el corazón le latía con toda la fuerza de su anhelo amoroso. «¡No! —se dijo—, lo puse a prueba una vez y lo perdí todo. Que se vaya... con ese corazón de piedra y esa belleza. ¡Qué expresión tan terrible y decidida tiene ahora, a pesar de lo preciosa que es! Teme que le diga algo severo. Que se vaya. Por muy bella y heredera que sea, no le será fácil encontrar un amor más verdadero que el mío. ¡Que se vaya!».

Y, sin sombra de reproche ni de emoción alguna en la voz, se despidió de ella; tomó la mano que le ofrecía con calma y decisión y la soltó después con la misma indolencia que si hubiera sido una flor marchita. Pero aquel día no se volvió a ver al señor Thornton por la casa. Tenía mucho que hacer, o eso fue lo que dijo.

Margaret estaba tan agotada después de las visitas que tuvo que someterse a toda la vigilancia, todos los mimos y todos los suspiros de «te lo dije» de su tía. Dixon dijo que la encontraba tan mal como el día en que supo que su padre había muerto; la señora Shaw y Dixon deliberaron sobre la conveniencia de retrasar el viaje del día siguiente. Pero cuando la tía propuso retrasarlo unos días, Margaret se encorvó como atacada por un súbito dolor y dijo:

—¡Ah, vámonos! No puedo seguir aquí. No me voy a reponer nunca si no me voy. Quiero olvidar.

Y así, los preparativos continuaron; llegó el capitán Lennox y, con él, noticias de Edith y del pequeño; y la conversación indiferente y superficial de una persona que, por amable que fuera, carecía de calidez y comprensión le sentó bien. Se reanimó y, cuando se acercó la hora en la que esperaba a Higgins, pudo salir de la habitación en silencio y esperar en su dormitorio a que la avisaran.

—¡Ay! —exclamó Higgins nada más entrar—. ¡Pensar que el buen caballero ha terminado de esa forma...! Cuando me lo dijeron, si me pinchan no sangro ni gota. «¿El señor Hale?», dije yo. «¿El que era pastor?». «Ese mismo», me dijeron. «Entonces», dije yo, «se ha ido el mejor hombre que ha habido en el mundo». Y vine a verla a *usté* para decirle que lo sentía mucho, pero las mujeres de la cocina no la avisaron. Me dijeron que estaba *usté* muy enferma... y que me aspen si es *usté* la misma de siempre. Y va a ser una gran dama en Londres, ¿verdad?

—Una gran dama no —dijo Margaret sonriendo levemente.

—¡Vaya! Ayer o antes de ayer me dijo Thornton... Va y me dice: «Higgins, ¿ha visto a la señorita Hale?». «No», le digo yo. «Unas mujeres me dijeron que no podía verla. Pero puedo esperar, si está enferma. Nos conocemos bastante ella y yo, y sabe que siento mucho la muerte del buen caballero, aunque no me dejen verla para decírselo». Y él dice: «Pues apúrese si quiere verla, mi buen amigo. No va a quedarse con nosotros más de un día, y no lo puede remediar. Tiene una familia de categoría y se la van a llevar, y ya no la veremos más». Y voy y le digo: «Patrón, si no la veo antes de que se vaya, haré lo que sea para ir a Londres la próxima Pascua, se lo aseguro. Ningún familiar será capaz de impedirme que me despida de ella». Pero, bendita sea, sabía que vendría. Lo dije solo por tomar el pelo al patrón, se lo dije como si creyera que iba a irse *usté* de Milton sin verme.

—Tiene razón —dijo Margaret—. Me conoce bien. Y no me olvidará, estoy segura. Aunque nadie más se acuerde de mí en Milton, usted sí, seguro, y de mi padre también. Sabe lo bueno y compasivo que era. Mire, Higgins, esta era su Biblia. La he guardado para usted. Me da pena deshacerme de ella, pero sé que él habría querido dársela a usted. Seguro que por él la cuidará bien y la estudiará.

—No lo dude. Aunque la hubiera escrito el demonio, si *usté* me pide que la lea por su padre y por *usté,* la leeré. ¿Qué es eso, muchacha? No pienso aceptar su dinero, así que ni lo intente. Hemos sido buenos amigos sin que hubiera entre nosotros ruido de monedas.

—Es para los niños, para los hijos de Boucher —dijo Margaret inmediatamente—. Les hará falta. Usted no tiene derecho a rechazarlo, es para ellos. A usted no le daría ni un penique —añadió, sonriente—, ni se le ocurra pensar que es para usted.

—¡Bueno, muchacha! Solo puedo decir ¡bendita sea! Y amén.

CAPÍTULO XLIV

TRANQUILA, NO EN PAZ

Una monótona rotación, que nunca se detiene,
imagen gemela hoy del rostro de ayer.

COWPER

De cómo cada uno debería ser, ve el modo y la norma,
y hasta que no llega a eso, su felicidad nunca es plena.

RÜCKERT

A Margaret le sentó muy bien la tranquilidad absoluta de la casa de Harley Street mientras Edith se recuperaba del parto, pues le proporcionó el descanso que necesitaba. Tuvo tiempo de asimilar el giro repentino de los acontecimientos en los dos últimos meses. Se encontró recluida de pronto en una casa espléndida en la que no parecía haber calado la menor idea de que existieran dificultades o preocupaciones. Los engranajes de la maquinaria de la vida diaria estaban perfectamente engrasados y funcionaban con una suavidad deliciosa. La señora Shaw y Edith no podían estar más pendientes de Margaret desde que había vuelto a la que insistían en llamar su casa. Pero para ella, y en secreto, «su casa» significaba más bien la rectoría de Helstone o, mejor dicho, la humilde vivienda de Milton, con su padre tan preocupado y su madre en cama, además de las pequeñas preocupaciones domésticas de una vida en relativa pobreza. Por eso se consideraba casi desagradecida. Edith estaba impaciente por recuperarse del todo para poder llenar la habitación de Margaret de las mismas comodidades y adornos bonitos que abundaban en la suya. La señora Shaw y su doncella se ocuparon de dotar el guardarropa de Margaret de variedad y elegancia. El capitán Lennox era tranquilo, amable y caballeroso; pasaba una o dos horas con su mujer en el tocador todos los días; jugaba con su hijito otra hora y holgazaneaba el resto del tiempo en su club, cuando no tenía un compromiso para cenar. Poco antes de que Margaret completara el periodo de tranquilidad y reposo que tanto necesitaba, antes incluso de empezar a notar que la vida se le hacía gris e insulsa, Edith salió de su habitación y volvió a ocupar su lugar en la vida doméstica, y Margaret recayó en la antigua costumbre de contemplar a su prima, admirarla y atenderla. Se encargaba con alegría de las aparentes tareas de Edith: responder las notas que recibía, recordarle los compromisos o entretenerla cuando no había ninguna diversión en perspectiva y, en consecuencia, creía que estaba enferma. Pero el resto de la familia disfrutaba plenamente de las diversiones de la temporada londinense y Margaret se quedaba a menudo sola en casa. En esos momentos volvía a pensar en Milton con una sensación extraña por el contraste entre la vida de las dos ciudades. Empezaba a abrumarla la monótona tranquilidad que no le exigía esfuerzos ni deberes. Temía incluso caer en un adormecimiento mortal y olvidarse de todo lo que no fuera la vida entre lujosos algodones. Aunque en Londres hubiera obreros y trabajadores, no los veía nunca, incluso los criados vivían en los sótanos, en un mundo aparte cuyos temores y esperanzas desconocía; solo aparecían de pronto para satisfacer algún capricho o alguna necesidad de sus señores. Margaret sentía un extraño vacío interior, una insatisfacción en su forma de vida; un día Edith, cansada del baile del día anterior, estaba tumbada en el sofá, y Margaret, sentada a su lado en un escabel, como solían hacer en otros tiempos, le insinuó someramente estos pensamientos; su prima le acarició lánguidamente la cara y dijo:

—¡Pobre niña! Es un poco triste que tengas que quedarte aquí sola una noche sí y otra también precisamente ahora que todo el mundo se divierte tanto. Pero pronto empezaremos a organizar nuestras fiestas, en cuanto Henry vuelva de sus asuntos, entonces podrás divertirte un poco. ¡No me extraña que te aburras, pobrecita mía!

A Margaret no le parecía que las fiestas fueran la panacea, pero Edith se animó con la idea de sus propias fiestas, «tan distintas —dijo— de las de viudas viejas de los tiempos de mamá». La señora Shaw parecía disfrutar tanto de los grandes cambios que habían introducido el señor y la señora Lennox en las celebraciones y en el círculo de amistades de la casa como de las reuniones y los entretenimientos, más formales, que organizaba ella. El capitán Lennox siempre trataba a Margaret con una deferencia extraordinaria, como si fuera su hermana. En realidad ella lo apreciaba mucho, salvo cuando se ocupaba en exceso del vestido y el aspecto de Edith con el único objetivo de impresionar al mundo con su belleza. En esos momentos se despertaba la Vasti[30] que había en ella y apenas podía contenerse de expresar su parecer.

Para Margaret, los días transcurrían de la siguiente manera: una o dos horas de tranquilidad antes de un desayuno tardío; una comida a una hora imprecisa, con gente medio dormida y desganada, que se alargaba letárgicamente y en la que se esperaba que estuviera presente, porque, a continuación, debatían sobre las actividades de la tarde y, aunque a ella no le concernían, se esperaba que les diera la razón, ya que no podía contribuir aconsejándolos; escribir una infinidad de notas, que Edith dejaba a su cargo invariablemente con muchas caricias y halagos por lo elocuentemente que las redactaba; un rato de juegos con Sholto cuando volvía del paseo; encargarse de los niños mientras los criados comían; hacer una salida o recibir visitas; una comida o algún compromiso de su tía y primos por la mañana, que le dejaba un rato de asueto, es cierto, pero resultaba aburrido por la inactividad general, y más estando desanimada y delicada de salud.

Esperaba con muda añoranza la sencilla familiaridad que Dixon, que tenía que llegar de Milton, donde se había quedado hasta el momento ocupándose de resolver los asuntos de la familia Hale. Esa falta total de noticias de las personas con las que había vivido tanto tiempo le provocaba un vacío en el corazón. Ciertamente, cuando Dixon le escribía sus prosaicas cartas, de vez en cuando citaba las opiniones del señor Thornton sobre lo que debía hacer con los muebles o cómo tratar con el propietario de la casa de Crampton Terrace. Pero ese nombre, o cualquier otro de Milton, solo aparecía esporádicamente. Una noche, se encontraba sola en la salita de los Lennox, pero no leyendo las cartas de Dixon que tenía en la mano, sino pensando en ellas, recordando los días pasados e imaginándose la vida ajetreada e inolvidable de la que la habían arrancado; se preguntaba si todo seguiría igual en aquel torbellino, como si su padre y ella jamás hubieran estado allí, si alguien entre la multitud la echaría

30 Ester, 1.

de menos (no Higgins, no estaba pensando en él), cuando anunciaron al señor Bell; Margaret escondió enseguida las cartas en la cesta de la labor y se levantó sobresaltada, sonrojada como si estuviera haciendo algo malo.

—¡Ah, señor Bell! ¡No me imaginaba que volvería a verlo!

—Pero me recibirás, espero, a pesar de la sorpresa que te he dado.

—¿Ha cenado? ¿Cómo ha venido? Voy a pedir que le sirvan algo de comer.

—Si vas a cenar tú también, de acuerdo. Si no, ya sabes que la comida me preocupa muy poco. Pero ¿dónde están todos? ¿Han salido a cenar? ¿Te han dejado sola?

—¡Ah, sí! Y para mí es un descanso. Estaba pensando... Pero ¿se arriesga a cenar? No sé si habrá algo en la cocina.

—Pues la verdad es que ya he cenado en el club. Aunque ya no cocinan tan bien como antes, así que pienso que, si tú vas a cenar ahora, a lo mejor me animo. Pero no te molestes, no te molestes. No hay ni diez cocineras en Inglaterra en las que se pueda confiar para cenas improvisadas. Aunque tengan habilidad y fuego para ello, se ponen de mal humor. Prepárame un té, Margaret. Y dime, ¿qué estabas pensando? Ibas a decírmelo. ¿Qué cartas eran esas que has escondido con tanta presteza, ahijada?

—Son cartas de Dixon —dijo ella, ruborizándose hasta las orejas.

—¿Nada más? ¡Caramba! ¡Adivina con quién me he encontrado en el tren!

—No sé —respondió Margaret, decidida a no apostar.

—¿Cómo se dice? ¿Cómo se llama el hermano de un primo político?

—¿El señor Henry Lennox? —preguntó ella.

—Sí. Lo conocías de antes, ¿verdad? ¿Qué clase de persona es, Margaret?

—Hace tiempo lo apreciaba —respondió bajando la mirada un momento. Enseguida la levantó de nuevo y continuó con naturalidad—: Ya sabe que, desde entonces, hemos mantenido correspondencia sobre Frederick, pero hace casi tres años que no lo he visto, y es posible que haya cambiado. ¿Qué impresión le causó a usted?

—No sé. Al principio estaba tan empeñado en averiguar quién era yo, y después en saber qué era, que no soltó prenda sobre sí mismo; a menos que esa velada curiosidad suya por saber con quién estaba hablando sea una certera indicación de su carácter. ¿Te parece apuesto, Margaret?

—No, en absoluto. ¿A usted sí?

—No, a mí no. Pero me pareció que a lo mejor a ti sí. ¿Es una persona importante aquí?

—Creo que sí, cuando está en la ciudad. Ha estado fuera desde que llegué. Pero..., señor Bell..., ¿venía usted de Milton?

—Sí, de Milton, ¿no ves lo ahumado que estoy?

—Desde luego, pero me pareció que podía ser un efecto de las antigüedades de Oxford.

—¡Vamos, un poco de sensatez, mujer! En Oxford, habría podido con todos los arrendadores del lugar y me habría salido con la mía con la mitad de esfuerzo que me ha exigido el vuestro de Milton, que además me ha ganado la batalla. No quería rescindir vuestro contrato hasta junio. Afortunadamente, el señor Thornton encontró a un inquilino para ocupar vuestro lugar. Margaret, ¿por qué no me preguntas por el señor Thornton? Me ha demostrado que es un gran amigo tuyo, te lo aseguro. Me ha quitado de encima la mitad de las complicaciones.

—Y... ¿qué tal está? ¿Cómo se encuentra la señora Thornton? —preguntó ella, apurada, casi sin voz a su pesar.

—Están bien, supongo. Me he alojado en su casa hasta que me echó el eterno cacareo por la boda de esa muchacha Thornton. No lo soportaba ni el propio Thornton, aunque sea su hermana. Normalmente se encerraba siempre en su habitación. Ya no está en edad de preocuparse de esas cosas, sean principales o accesorias. Me sorprendió que la madre se dejara llevar por el entusiasmo de su hija con el azahar y los encajes. Creía que era una mujer más seria.

—Es capaz de hacer lo que sea para disimular la debilidad de su hija —dijo Margaret en voz baja.

—Es posible. La has estudiado, ¿verdad? No parece que te tenga mucho aprecio.

—Ya lo sé. ¡Ah, el té, por fin! —exclamó ella, como aliviada.

Y con el té llegó el señor Lennox, que había ido andando a Harley Street después de una cena tardía y, evidentemente, esperaba encontrar a su hermano y a su cuñada en casa. Margaret sospechó que se alegraba tanto como ella de la presencia de una tercera persona, precisamente la primera vez que se veían desde el día memorable en Helstone, cuando le hizo la proposición y ella lo rechazó. Al principio no sabía qué decirle y agradeció ocuparse de los preparativos del té, que era una buena excusa para no decir nada y, para él, la oportunidad de recuperarse. Porque, a decir verdad, se había impuesto la visita a Harley Street esa noche para solventar de una vez un encuentro no deseado incluso en presencia del capitán Lennox y de Edith, y doblemente no deseado al ver que Margaret era la única dama allí y la persona con la que más tendría la obligación de hablar. Ella se sobrepuso antes que él. Después del ataque inicial de incómoda timidez, empezó a hablar del primer tema que se le ocurrió.

—Señor Lennox, le agradezco muchísimo todo lo que ha hecho por Frederick.

—Lamento que no haya servido de nada —respondió él, mirando un momento al señor Bell, como sopesando lo que podía o no podía decir delante de él.

Margaret, que le leyó el pensamiento, se dirigió al señor Bell incluyendo al abogado en la conversación, de modo que entendiera que el padrino estaba al corriente de los pasos que se habían dado para exculpar a Frederick.

—Ese Horrocks, el último testigo posible, ha resultado tan inútil como los demás. El señor Lennox ha descubierto que se embarcó rumbo a Australia el pasado mes de agosto, solo dos meses antes de que Frederick viniera a Inglaterra y nos diera el nombre de los...

—¿Frederick vino a Inglaterra? ¡No me lo habías dicho! —exclamó el señor Bell, sorprendido.

—Creía que lo sabía. Nunca pensé que no se lo hubieran dicho. Bueno, claro, era un gran secreto y tal vez no tenía que haberlo recordado ahora —dijo Margaret, alicaída.

—Jamás se lo he dicho ni a mi hermano ni a su prima —terció el señor Lennox con cierta sequedad profesional, como reprochándoselo.

—No te preocupes, Margaret. No vivo en un mundo de chismorreos y habladurías, y menos entre personas que quieran sonsacarme datos; no te asustes tanto por haber levantado la liebre ante un viejo y leal ermitaño como yo. Jamás diré que ha estado en Inglaterra. Si alguien me lo pregunta, no caeré en la tentación. ¡Un momento! —se interrumpió bruscamente—. ¿Estuvo en el entierro de tu madre?

—Estaba a su lado cuando murió —respondió ella en voz baja.

—¡Claro, claro! Resulta que alguien me preguntó si había estado y yo lo negué rotundamente... no hace muchas semanas... ¿Quién fue? ¡Ah, ya me acuerdo!

Pero no dijo el nombre; y, aunque Margaret habría dado cualquier cosa por saber si había sido el señor Thornton, que era lo que sospechaba, no se lo preguntó al señor Bell.

Hubo una pausa, hasta que el señor Lennox, dirigiéndose a Margaret, dijo:

—Supongo que el señor Bell conoce todas las circunstancias del desafortunado dilema de su hermano, así que lo mejor que puedo hacer es informarle con exactitud del punto en que se encuentra la investigación en busca de las pruebas favorables que esperábamos encontrar. Así, pues, si me hace el honor de desayunar mañana conmigo, repasaremos el nombre de los desaparecidos de buena familia.

—Me gustaría saberlo todo, si es posible. ¿No puede usted venir aquí? No me atrevo a invitarlo a desayunar, aunque estoy seguro de que sería bien recibido. Pero quisiera saber todo lo posible de Frederick, aunque de momento no haya esperanzas.

—Tengo un compromiso a las once y media, pero vendré si lo desea —contestó el señor Lennox con tanto entusiasmo, después de pensarlo un momento, que Margaret se alarmó y casi deseó no haber hecho una proposición tan espontánea.

El señor Bell se levantó y echó un vistazo en busca de su sombrero, que habían desplazado de la mesa para servir el té.

—Bien —dijo—, no sé qué es lo que desea hacer el señor Lennox, pero yo me dispongo a irme a casa. Hoy he hecho un viaje y parece que mis sesenta y pico años empiezan a acusar los desplazamientos.

—Creo que me quedaré para ver a mi hermano y a mi hermana —dijo el señor Lennox sin la menor intención de irse.

A Margaret la invadió un temor extraño a quedarse sola con él. Tenía tan presente lo sucedido en la terracita del jardín de Helstone que no podía evitar pensar que a él le pasaba lo mismo.

—Señor Bell —dijo al momento—, no se vaya todavía. Quiero que vea a Edith y que ella lo vea a usted. ¡Por favor! —insistió, poniéndole la mano en el brazo con levedad y determinación.

Él la miró y vio la confusión de su rostro; volvió a sentarse, como si ese leve roce tuviera una fuerza irresistible.

—Ya ve, señor Lennox, me tiene dominado —dijo él—, y espero que se haya percatado de lo acertadamente que me lo ha pedido: quiere que yo vea a su prima Edith, que, según me han dicho, es una auténtica belleza; pero ya ve qué sutil cambio de palabra cuando se ha referido a mí: quiere que la señora me «conozca». Supongo que no soy muy digno de «ver», ¿eh, Margaret?

Bromeó para darle tiempo a recuperarse del nerviosismo que había detectado en su actitud cuando dijo que se iba; Margaret captó el tono y le devolvió la pelota. El señor Lennox se preguntaba por qué su hermano, el capitán, le había dicho que Margaret había perdido todo el encanto. Sin duda, con el discreto vestido negro contrastaba mucho con Edith, que bailaba con su crespón blanco de luto y el dorado pelo flotando alrededor, toda encanto y brillo. Sonrió y se sonrojó de una forma muy favorecedora cuando le presentaron al señor Bell, sabiendo que tenía que mantener alto el estandarte de su belleza y que no podía consentir que ningún Mardoqueo[31] se negara a adorarla y admirarla, ni aunque fuera un viejo erudito del mundo universitario al que nadie conocía. La señora Shaw y el capitán Lennox lo recibieron amable y sinceramente, cada cual a su manera, y lo conquistaron al momento, muy a su pesar, sobre todo al ver con cuánta naturalidad ocupaba Margaret su lugar de hermana e hija de la casa.

—¡Qué lástima que no estuviéramos en casa para recibirlo! —dijo Edith—. Y a ti también, Henry, aunque no sabíamos que vendrías. Ni el señor Bell, porque el señor Bell de Margaret...

—¡Qué sacrificio no habrías hecho! —dijo su cuñado—. Incluso renunciar a una cena y al placer de ponerte ese vestido que tanto te favorece. —Edith no supo si sonreír o fruncir el ceño, pero al señor Lennox no le convenía que hiciera lo segundo, así que añadió—: ¿Estarías dispuesta a demostrar lo mucho que puedes sacrificarte mañana por la mañana, primero invitándome a desayunar, para reunirme con el señor Bell, y después teniendo la bondad de pedir que nos lo sirvan a las nueve y media, en vez de las diez? Quiero enseñar a la señorita Hale y al señor Bell unas cartas y unos documentos.

31 Ester, 3.

—Espero que el señor Bell considere esta su casa durante su estancia en Londres —dijo el capitán Lennox—. Lo único que lamento es no poder ofrecerle un dormitorio.

—Muchas gracias. Se lo agradezco mucho. Me consideraría usted un patán, porque creo que no lo aceptaría, a pesar de lo tentadora que es esta agradable compañía —dijo el señor Bell haciendo una inclinación de cabeza a cada uno de los presentes.

En su fuero interno se felicitó a sí mismo por lo limpiamente que le había dado la vuelta a la frase, que, dicha en lenguaje llano, habría significado más bien: «No soportaría el encorsetamiento de unas personas tan bien educadas y corteses como ustedes: sería como carne sin sal. Me alegro de que no dispongan de una cama. ¡Y qué redonda me ha quedado la frase! Estoy pillándoles el aire a los buenos modales».

La satisfacción le duró hasta que llevaba un rato en las calles, caminando al lado de Henry Lennox. De repente se acordó de la mirada suplicante de Margaret cuando le pidió que se quedara un poco más, y también de los comentarios que tiempo atrás le había hecho un conocido del señor Lennox sobre la admiración que le profesaba a Margaret, recuerdos que le cambiaron el rumbo de los pensamientos.

—Conoce usted a la señorita Hale desde hace tiempo, tengo entendido. ¿Qué tal la ha encontrado? A mí me parece que está muy pálida y enferma.

—La he encontrado francamente bien. Quizá no tanto al principio, cuando llegué, ahora que lo pienso. Pero, sin duda, cuando se animó, me pareció que estaba mejor que nunca.

—Ha pasado muy malos tragos —dijo el señor Bell.

—Sí. He lamentado mucho saber lo que ha tenido que soportar; no solo el pesar común y universal cuando se pierde a un ser querido, sino la preocupación y las molestias que le habrá causado el proceder de su padre, y además...

—¡El proceder de su padre! —repitió el señor Bell en un tono de sorpresa—. Seguro que habido algún malentendido. Su proceder fue de lo más concienzudo. Demostró más firmeza de decisión de la que jamás habría creído posible en él en otro tiempo.

—Es posible que me hayan informado mal. Pero, según me ha dicho su sucesor en la parroquia, un hombre inteligente y sensato y un clérigo muy activo, el señor Hale no tenía derecho a hacer lo que hizo: renunciar a su puesto y arrojarse con su familia en los tiernos brazos de la enseñanza privada en una ciudad industrial; el obispo le acababa de ofrecer otro destino, es cierto, pero si le surgieron dudas, podía haberse quedado donde estaba sin necesidad de renunciar. Aunque lo cierto es que estos clérigos rurales llevan una vida muy aislada..., aislada en el sentido de que no tienen contacto alguno con hombres cultivados como ellos, con los que poder tratar sus ideas y descubrir si van demasiado deprisa o demasiado despacio; y, por lo tanto, tienden a perturbarse imaginando dudas sobre los artículos de fe y a desechar las oportunidades de hacer el bien so pretexto de ideas caprichosas que se les ocurren.

—Discrepo de su opinión; no creo que tiendan a hacer lo que hizo mi pobre amigo Hale. —El señor Bell empezaba a impacientarse.

—Tal vez he usado una expresión muy general al decir que tienden a perturbarse. Sin embargo, a menudo su régimen de vida los lleva a un exceso de suficiencia o a un estado de conciencia malsano —replicó el señor Lennox con total frialdad.

—¿Acaso no abunda la suficiencia entre los abogados, por ejemplo? —preguntó el señor Bell—. ¿Y algunos casos de conciencia malsana, me imagino?

Cada vez se irritaba más y ya no se acordaba de que estaba pillándoles el aire a los buenos modales. El señor Lennox se dio cuenta de que lo había molestado y, como había hablado mucho solo por decir algo y pasar el rato mientras sus caminos coincidían, para él no tenía importancia tomar un partido u otro sobre esa cuestión y, discretamente, dio la vuelta al argumento diciendo:

—Sin duda tiene mucho mérito que un hombre de la edad del señor Hale deje la casa en la que ha vivido veinte años y renuncie a sus costumbres por una idea que probablemente fuera errónea, aunque eso carece de importancia, por un pensamiento intangible. Es digno de admiración, una admiración matizada de compasión, semejante a la que nos inspira Don Quijote. Además era todo un caballero. Jamás olvidaré el refinado y sencillo recibimiento que me brindó en Helstone hasta el último día.

No del todo aplacado, pero deseoso de todos modos (para acallar ciertos escrúpulos de conciencia personales) de creer que el proceder del señor Hale tenía algo de quijotesco, el señor Bell refunfuñó:

—¡Eso! Y usted no conoce Milton. ¡Nada que ver con Helstone! Hace años que no voy..., pero seguro que sigue ahí, con cada palo y cada piedra en su sitio, como desde hace un siglo, mientras que Milton... Voy a Milton cada cuatro o cinco años, nací allí, pero le aseguro que me pierdo a menudo..., sí, entre la cantidad de almacenes que han construido en lo que era la huerta de mi padre. ¿Nos separamos aquí? Bien, buenas noches, señor. Nos veremos mañana por la mañana en Harley Street.

CAPÍTULO XLV

NO TODO ES UN SUEÑO

¿Dónde están los sonidos que nadaban acompañando
ese aire optimista cuando era joven?
La última vibración ya pasó
y los que escuchaban ya no están.
¡Ah! Deja que cierre los ojos y sueñe.

W. S. LANDOR

A raíz de la conversación con el señor Lennox, la despierta mente del señor Bell se quedó con la idea de Helstone y soñó con el pueblecito toda la noche. Era otra vez profesor en la facultad de la que, en la realidad, era miembro de la junta; estaba pasando unas largas vacaciones en casa de su amigo recién casado, el flamante marido y feliz párroco de Helstone. Saltaban prodigiosamente arroyos burbujeantes y parecía que flotaran en el aire días enteros. No había tiempo ni espacio, aunque todo lo demás parecía real. Cuanto sucedía se medía por las emociones, no por su existencia física, porque nada la tenía. Pero los árboles lucían su espléndido follaje otoñal, la cálida fragancia de las flores y hierbas endulzaba los sentidos, la joven esposa iba y venía por la casa con una mezcla de fastidio por la posición, en lo relativo a la riqueza, y lo orgullosa que estaba de su atractivo y devoto marido, sentimiento que el señor Bell había percibido en la vida real hacía veinticinco años. El sueño era tan vívido que, cuando se despertó, la realidad le parecía un sueño. ¿Dónde estaba? ¡En una habitación bien amueblada de un hotel de Londres! ¿Dónde estaban los que hablaban con él, los que se movían a su alrededor, los que lo tocaban no hacía ni un instante? ¡Muertos! ¡Enterrados! Perdidos para siempre, mientras durara este mundo. Era un hombre viejo que un momento antes disfrutaba de toda la fuerza de la juventud. Era insoportable pensar en lo solo que vivía. Se levantó inmediatamente y, mientras se vestía a toda prisa para ir a desayunar a Harley Street, intentó olvidar lo que ya no podría ser nunca más.

Fue incapaz de prestar atención a todos los pormenores que contaba el abogado que, como vio, hacían abrir los ojos a Margaret desmesuradamente y le robaban el color de los labios, a medida que cada posible prueba que exoneraría a Frederick caía por decreto del destino, o eso parecía, y se desvanecía. Hasta el tono profesional y regular del señor Lennox adquirió un matiz más tierno al acercarse a la extinción de la última esperanza. Y no es que Margaret no conociera perfectamente el resultado desde el principio, sino que los detalles de cada decepción destruían toda esperanza con una precisión tan implacable que al final no pudo contener las lágrimas. El señor Lennox dejó de leer.

—Es mejor que no siga —dijo, preocupado—. Ha sido una proposición absurda por mi parte. El alférez Hale... —la mera mención del cargo del que lo habían despojado tan cruelmente alivió a Margaret en cierto modo—. El alférez Hale ahora es feliz, tiene por delante un futuro mucho más satisfactorio y prometedor que lo que podría haber soñado jamás en la marina y, sin la menor duda, ha adoptado el país de su mujer como propio.

—Así es —dijo Margaret—. Soy muy egoísta por lamentarlo —añadió, intentando sonreír—, pero lo he perdido y me he quedado muy sola.

El señor Lennox dio la vuelta a los documentos y deseó ser tan rico y próspero en ese momento como creía que llegaría a serlo con el tiempo. El señor Bell se sonó la nariz, pero, por lo demás, guardó silencio; y Margaret no tardó ni dos minutos en recuperar la compostura de siempre, o eso le pareció. Dio las gracias al señor Lennox muy cortésmente por las molestias que se había tomado, tanto más cortés y encantadoramente por cuanto, debido a su reacción, el abogado se habría quedado con la impresión de haberle causado un dolor innecesario. Sin embargo, era un dolor que habría sentido de todos modos.

El señor Bell se acercó a despedirse de ella.

—Margaret —le dijo, mientras preparaba los guantes—. Mañana voy a Helstone, a echar un vistazo a la vieja casa parroquial. ¿Te gustaría venir conmigo? ¿O sería demasiado doloroso para ti? ¡Habla sin miedo!

—¡Ay, señor Bell! —exclamó ella, y no pudo decir nada más, pero le tomó la arrugada mano gotosa y se la besó.

—¡Vamos, vamos! ¡Ya basta! —dijo él, incómodo y ruborizado—. Supongo que tu tía Shaw confiará en mí. Nos vamos mañana por la mañana, llegaremos sobre las dos, calculo. Tomamos un tentempié y encargamos la comida en la pequeña posada..., Lennard Arms se llamaba, y luego nos vamos a abrir el apetito al bosque. ¿Lo soportarás, Margaret? Nos cansaremos, lo sé, pero para mí al menos será un placer. Y comemos allí..., carne de cierva para mí, si es que la hay; después echo una siesta y tú te vas a ver a tus amistades. Te devolveré sana y salva, si no sufrimos un accidente en el tren, y pagaré un seguro de mil libras por ti antes de marchar, para mayor tranquilidad de tus familiares. Por lo demás, estarás de vuelta con tu tía Shaw entera y verdadera el viernes a la hora de comer. Así que, si me dices que sí, subo ahora mismo a proponérselo.

—Es inútil que intente decirle lo mucho que me complace —dijo Margaret entre lágrimas.

—Bien, pues demuéstrame gratitud cerrando esas dos fuentes que tienes un par de días. De lo contrario, mis conductos lacrimales se pondrán raros también, y no me hace ninguna gracia.

—No lloraré ni una gota —dijo Margaret, parpadeando para quitarse las lágrimas de las pestañas y sonriendo forzadamente.

—¡Así me gusta! Pues vamos arriba a arreglarlo todo.

Margaret casi temblaba de emoción mientras el señor Bell explicaba su idea a la señora Shaw, que al principio se sobresaltó, después, perpleja, dudó, y al final cedió, más por la fuerza de las palabras del señor Bell que por estar convencida, porque, hasta que Margaret regresó sana y salva, no consiguió decidir si estaba bien o mal, si era acertado o disparatado, ni pudo asegurar con certeza que «sin duda el señor Bell había tenido una gran idea, justo lo que ella había deseado para Margaret, el cambio de ambiente que necesitaba, después de la temporada tan terrible que había pasado».

CAPÍTULO XLVI

ANTES Y DESPUÉS

Así que en aquellos felices días de antaño
que me atrevo a rememorar una vez más,
todavía he de extrañar a esos amigos tan cumplidos,
a quienes la muerte ha separado de mi lado.

Mas siempre que la verdadera amistad une,
espíritu es lo que el espíritu encuentra;
en espíritu entonces nuestra dicha encontramos,
en espíritu a ellos aún estoy unido.

UHLAND

Margaret estaba preparada mucho antes de la hora prevista y tuvo tiempo de sobra para llorar un poquito en silencio, cuando nadie la veía, y de sonreír espléndidamente cuando la miraban. Lo último que la alarmó fue la posibilidad de que perdieran el tren, pero no, llegaron a tiempo y respiró a gusto, contenta, en cuanto se vio sentada en el vagón, enfrente del señor Bell, viendo pasar las conocidas estaciones, las antiguas ciudades y pueblos del sur, adormecidos a la cálida y pura luz del sol, que daba mayor intensidad a los tejados de tejas rojas, tan diferentes de la fría pizarra del norte. Bandadas de palomas revoloteaban alrededor de los picudos y encantadores hastiales, se posaban lentamente en cualquier parte y se ahuecaban las relucientes plumas como si quisieran exponer hasta la última fibra al delicioso sol. En las estaciones había poca gente, casi como si todos estuvieran tan satisfechos que no desearan viajar; nada que ver con el ajetreo y el movimiento que Margaret había visto en los dos viajes desde Londres hacia el norte. Unos meses más tarde, esa línea del sur se llenaría de bulliciosos veraneantes, pero nada comparable con el continuo ajetreo de industriales y comerciantes de las líneas del norte. En las estaciones del sur, se veía casi siempre a algún espectador ocioso, tan absorto en el simple acto de mirar con las manos en los bolsillos que los viajeros se preguntaban a qué se dedicaría cuando el tren pasara de largo y solo quedaran a la vista los raíles vacíos, unos pocos cobertizos y un par de campos a lo lejos. El aire caliente bailaba sobre la dorada quietud de la tierra, iban pasando las granjas una tras otra, que a Margaret le recordaban a los idilios alemanes, a Herman y Dorotea y a Evangeline.[32] Se despertó por fin de estas ensoñaciones cuando llegaron a la estación en la que debían apearse y tomar la calesa hasta Helstone. La asaltaron entonces unos sentimientos más fuertes, aunque no sabía si de dolor o de placer. En cada milla del recorrido encontraba recuerdos que no habría querido perder por nada del mundo, pero al mismo tiempo la hacían llorar con un anhelo inefable por unos tiempos que no volverían. Había recorrido ese camino por última vez cuando se marchó con su padre y su madre; hacía un día triste, era una estación triste y ella estaba desolada, pero iban los tres juntos. En cambio en ese momento se había quedado sola, era huérfana, ellos la habían dejado, habían desaparecido de la faz de la tierra. Le dolía ver el camino de Helstone tan inundado de sol, cada curva y cada árbol tan iguales como siempre en pleno verano. La naturaleza no cambiaba y siempre era joven.

El señor Bell tenía una idea de lo que estaría pensando Margaret y, prudente y amable, guardaba silencio. Llegaron al Lennard Arms, que era granja y posada al mismo tiempo y se encontraba un poco apartada de la carretera, es decir, que no dependía de los viajeros que pasaran por allí, sino al contrario, ellos tenían que acercarse. La casa estaba orientada hacia el parque del pueblo y justo a la entrada se erguía un tilo inmemorial con una bancada alrededor, entre cuyas frondosas ramas, oculto en algún sitio, colgaba el imponente blasón de los Lennard. La puerta de la posada estaba abierta de par en par, pero nadie salió presurosamente a recibir a los viajeros. Cuando por fin apareció la patrona —y entretanto podían haber sustraído muchas cosas—, los recibió con toda cordialidad, casi como si los hubiera invitado a su casa, y se disculpó por haber tardado tanto en salir diciendo que estaban en plena siega, que tenía que mandar el almuerzo a los segadores de los campos y que

32 Poemas de Goethe y Longfellow respectivamente.

estaba tan atareada preparando las cestas que no había oído llegar el coche por el sendero de césped, que se desviaba desde la carretera.

—¡Ay, madre! —exclamó la mujer al final de las disculpas, cuando un rayo de sol iluminó la cara de Margaret, en la que no se había fijado hasta el momento en la penumbra del recibidor—. ¡Es la señorita Hale! ¡Jenny! —continuó, corriendo hacia la puerta para llamar a su hija—. ¡Ven, ven enseguida! ¡Es la señorita Hale! —Y, acercándose a ella, le estrechó las dos manos con cariño maternal—. ¿Cómo están todos ustedes? ¿Qué tal el párroco y la señorita Dixon? Y sobre todo el párroco, ¡Dios lo bendiga! Cuánto hemos lamentado que se fuera...

Margaret intentó decirle que su padre había muerto; era evidente que la señora Purkis sabía lo de su madre, porque había omitido su nombre. Pero fue incapaz de hablar y se limitó a tocarse la ropa de luto y a pronunciar una sola palabra: «Papá».

—Por favor, señor, ¡no puede ser! —dijo la señora Purkis, pidiéndole confirmación al señor Bell de la triste sospecha que acababa de concebir—. Tuvimos aquí a un caballero en primavera, aunque tal vez fuera en invierno, que nos contó muchas cosas del señor Hale y de la señorita Margaret, y nos dijo que la señora Hale se había ido, pobrecita. Pero ¡ni una palabra de que el párroco estuviera enfermo!

—Sin embargo, así es —dijo el señor Bell—. Murió de repente, durante una visita que me hizo a Oxford. Era un buen hombre, señora Purkis, y muchos agradeceríamos morir con la misma serenidad que él. ¡Vamos, Margaret, querida! Su padre era mi amigo más antiguo y ella es mi ahijada, así que se me ocurrió que podíamos venir los dos a ver su antigua casa; y sé desde hace mucho que usted puede proporcionarnos unas habitaciones cómodas y una comida estupenda. Ya veo que no se acuerda de mí, pero soy Bell; he dormido aquí un par de veces, cuando ya no se cabía en la rectoría, y he probado su excelente cerveza.

—Sí, claro; discúlpeme; pero ya ve, me ha sorprendido mucho ver a Margaret. Vamos, señorita Margaret, voy a enseñarle su habitación, para que pueda quitarse la capota y lavarse la cara. Esta misma mañana corté unas rosas y las puse boca abajo en el aguamanil, porque pensé que tal vez viniera alguien, y no hay nada más refrescante que el agua de manantial perfumada con un par de rosas mosqueta. ¡Pensar que el párroco ha muerto! Bueno, claro, todos tenemos que morir, pero aquel caballero dijo que se estaba recuperando del disgusto de la defunción de la señora Hale.

—Señora Purkis, cuando acomode a la señorita Hale, ¿podría venir a atenderme a mí? Quiero preguntarle una cosa sobre la comida.

La ventanita del cuarto de Margaret estaba casi cubierta por ramas de rosal y de enredadera, pero apartándolas un poco y asomándose, vio las chimeneas de la rectoría por encima de los árboles y distinguió entre el follaje una cuantas que conocía muy bien.

—Pues sí, señorita —dijo la señora Purkis mientras alisaba la colcha y mandaba a Jenny a buscar unas cuantas toallas perfumadas de espliego—, los tiempos cambian; el nuevo párroco tiene siete hijos y está construyendo una habitación más fuera, donde estaban antes la pérgola y el caseto, para los que vengan. También ha cambiado las rejillas y ha puesto una cristalera en la salita. Tanto él como su mujer son muy activos, han hecho muchas cosas buenas; al menos eso dicen; de no ser así, a mí me parecería que solo lo cambian todo para nada. El nuevo párroco es abstemio, señorita, y magistrado, y su mujer sabe muchas recetas de platos económicos y prefiere hacer el pan sin levadura; y los dos hablan a la vez y tanto que te tumban, por así decir, y hasta que se van y te quedas un poco en paz, no te das cuenta de que también tenías algo propio que decir en la conversación. El nuevo párroco busca las latas de los que trabajan en el campo de heno, mira lo que beben y luego monta una regañina porque no era refresco de jengibre, pero yo no puedo evitarlo. Antes, mi madre y mi abuela les mandaban buen licor de malta a los hombres, y tomaban sales o infusión de sen cuando les dolía algo, y yo tengo que seguir con sus costumbres, aunque la señora Hepworth quiera darme dulces en vez de remedios, que, según ella, son mucho más agradables, solo que yo no tengo fe en ellos. Me voy un momento, señorita, aunque quiero que me cuente muchas cosas. No tardo nada en volver.

El señor Bell tenía fresas y nata, un pan moreno y una jarra de leche (además de queso Stilton y una botella de oporto para él) listos para cuando Margaret bajara; y, después de este rústico almuerzo, salieron a pasear sin saber muy bien hacia dónde ir, porque cada uno quería volver a ver sitios distintos.

—¿Vamos hasta más allá de la rectoría? —preguntó el señor Bell.

—No, todavía no. Vamos por aquí, dando un rodeo, y pasamos por allí al volver —respondió Margaret.

En varios sitios habían talado árboles el otoño anterior o había desaparecido alguna cabaña improvisada que ya estaba medio derruida. Margaret echó de menos todas y cada una de estas cosas y lamentó su pérdida como si se tratara de viejos amigos. Pasaron por el sitio en el que el señor Lennox y ella se habían puesto a dibujar. El tronco blanco de la venerable haya, entre cuyas raíces se habían sentado, ya no estaba; el anciano que vivía en la ruinosa cabaña había muerto; habían derrumbado la cabaña y en su lugar habían levantado otra limpia y respetable. En el sitio que ocupaba el haya había un huertecito.

—No creía que me hubiera hecho tan mayor —dijo Margaret después de un silencio y, con un suspiro, dio media vuelta.

—¡Sí! —dijo el señor Bell—. Los primeros cambios entre las cosas conocidas hacen que el tiempo sea un misterio para los jóvenes, después perdemos la sensación de lo misterioso. Yo me tomo los cambios que veo como algo normal. La inestabilidad de todo lo humano me es familiar, para ti es nueva y opresiva.

—Vamos a ver a la pequeña Susan —dijo Margaret, llevando a su compañero por un sendero de hierba que discurría a la sombra de un clavero.

—De mil amores, aunque no sé quién pueda ser esa Susan. Pero tengo debilidad por las que llevan ese nombre solo por Susan la Sencilla.[33]

—Mi pequeña Susan se llevó una decepción cuando me marché sin despedirme, y no se me ha olvidado el disgusto que le di, cuando podía haberlo evitado con un pequeño esfuerzo por mi parte. Pero vive lejos. ¿Seguro que no se cansará demasiado?

—Seguro. Es decir, si no andas muy deprisa. Es que, claro, aquí no hay panorámicas que nos den una excusa para pararnos a recobrar el aliento. Te parecería romántico pasear por aquí con un hombre «gordo y sin aliento»,[34] si yo fuera Hamlet, príncipe de Dinamarca. Ten compasión de mis debilidades, aunque solo sea por él.

—Andaré más despacio solo por usted. Lo prefiero mil veces a Hamlet.

—¿Porque vale más un burro vivo que un león muerto?

—Tal vez. No analizo mis sentimientos.

---

33 *Simple Susan*, cuento infantil de Maria Edgeworth, muy popular en la educación de los niños a lo largo del siglo XIX.

34 *Hamlet* V, II.

—Me conformo con que me prefieras, sin examinar con demasiada curiosidad a qué se debe la preferencia. Pero tampoco hace falta que vayamos a paso de tortuga.

—Muy bien. Marque usted el paso y yo lo sigo. O deténgase a meditar, como el Hamlet con el que se ha comparado, si me acelero.

—Gracias. Pero, como mi madre no ha asesinado a mi padre ni se ha casado después con mi tío, no sabría en qué pensar, si no es en calcular las posibilidades de que nos hayan preparado una buena comida o no. ¿Tú qué crees?

—Hay esperanza. La posadera tenía muy buena fama de cocinera entre la gente de Helstone.

—Pero ¿tienes en cuenta lo distraída que puede estar con todo ese lío de la siega?

Margaret se daba cuenta del cariño con el que el señor Bell procuraba mantener una conversación animada sobre cualquier cosa para evitar que ella no pensara demasiado en el pasado. En realidad habría preferido recordar sus queridos paseos de antaño sola, en silencio, pero no lo deseaba, pues no era tan desagradecida.

Llegaron a la cabaña en la que vivía la madre viuda de Susan, pero la hija no estaba. Había ido a la escuela parroquial. La pobre mujer, al ver la desilusión de Margaret, empezó a disculparse.

—¡Ah, no se preocupe! —le dijo ella—. Me alegro mucho de que vaya a la escuela. Se me tenía que haber ocurrido. Pero es que siempre pasaba por casa con usted.

—Sí, sí; y la echo mucho de menos. Yo le enseñaba lo poco que sé por la noche. No era gran cosa, claro. Pero era una niña muy hacendosa y la echo mucho de menos. Ahora sabe mucho más que yo —dijo la madre con un suspiro.

—Yo me equivoco mucho —farfulló el señor Bell—. No tenga en cuenta lo que diga. Voy cien años por detrás del mundo. Pero me da la impresión de que la niña se estaba educando mejor en casa, de una forma más sencilla y natural, ayudando a su madre y aprendiendo a leer un capítulo del Nuevo Testamento cada noche con usted, que con toda la escolarización del mundo.

Margaret no respondió por no animarlo a que siguiera y alargaran el debate delante de la madre. Así que se volvió hacia ella y le preguntó:

—¿Qué tal está la señora Betty Barnes?

—No sé —respondió la mujer brevemente—. No somos amigas.

—¿Por qué? —preguntó Margaret, que antiguamente era la pacificadora del pueblo.

—Me robó el gato.

—¿Sabía que era suyo?

—No sé, supongo que no.

—¡Bueno! ¿No lo pudo recuperar cuando le dijo que era suyo?

—No, porque lo quemó.

—¡Lo quemó! —exclamaron Margaret y el señor Bell al mismo tiempo.

—Lo asó —se explicó la mujer.

Pero eso no era una explicación. A fuerza de preguntar, al final Margaret le sacó la horrible historia: un gitano había convencido a Betty Barnes de que le prestara el traje de los domingos de su marido, con la promesa de devolvérselo el sábado por la noche, antes de que Goodman Barnes lo echara de menos; pero la mujer, alarmada porque el gitano no volvía y temerosa de la cólera de su marido, había recurrido a una bárbara superstición rural, según la cual los maullidos de agonía de un gato al ser hervido o asado atraían (por así decir) a las fuerzas de la oscuridad, que cumplirían los deseos de la persona en cuestión. Evidentemente, la madre de Susan creía en el encantamiento, pero se había indignado porque la vecina había elegido a su gato, de entre todos los demás, para sacrificarlo. Margaret la escuchó con horror e intentó convencerla de que eso era una supercheria, pero fue en vano y, desesperada, tuvo que renunciar. Paso a paso consiguió que la mujer reconociera algunas cosas lógicamente relacionadas y secuenciadas, al menos para ella; pero al final, la viuda, desconcertada, solo repitió lo primero que había dicho, es decir, que había sido muy cruel, sin duda, y que a ella no se le ocurriría hacerlo, pero que no existía mejor manera de que una persona consiguiera lo que deseaba, eso lo sabía desde pequeña, pero a pesar de todo, era una crueldad. Margaret renunció y se fue realmente afectada.

—Has hecho bien al no querer ganarme la partida —dijo el señor Bell.

—¿Qué? ¿A qué se refiere?

—Reconozco que no es cierto lo que he dicho de la escolarización. Cualquier cosa es mejor que educar a esa niña en semejantes prácticas paganas.

—¡Ah, sí! Ya me acuerdo. ¡Pobre Susan! Tengo que ir a verla; ¿le molestaría pasar por la escuela?

—Ni pizca. Tengo curiosidad por saber qué clase de escolarización está recibiendo.

No hablaron mucho más, solo siguieron andando por amenas hondonadas boscosas, pero ni el suave verdor consiguió aliviar la pena que semejante recital de crueldad le había dejado a Margaret en el corazón, y no solo el recital en sí, también la falta de imaginación que traslucía y, por lo tanto, la ausencia total de compasión por el desgraciado animal.

Tan pronto como salieron del bosque al despejado parque del pueblo, donde estaba situada la escuela, se empezó a oír un murmullo de voces como el zumbido de una colmena de abejas humanas. La puerta estaba abierta de par en par y entraron. Una mujer enérgica vestida de negro, que parecía estar en todas partes, los vio pasar y los saludó con cierto aire de anfitriona, la misma actitud que solía adoptar su madre, aunque de una forma más lánguida, las pocas veces que algún visitante esporádico se acercaba a inspeccionar la escuela. Enseguida supo que era la mujer del párroco, la sucesora de su madre, y se habría echado atrás si hubiera sido posible; pero enseguida se sobrepuso y avanzó con modestia respondiendo a las luminosas miradas que la reconocían y oyendo vocecitas que murmuraban: «Es la señorita Hale». La mujer del párroco oyó el nombre y al momento cambió a una actitud más amable. Margaret habría preferido no darse cuenta de que esa actitud también era más fatua. La señora tendió la mano al señor Bell y dijo:

—Su padre, supongo, señorita Hale. Se nota el parecido. Me alegro mucho de verlo, señor, y el párroco también se alegrará.

Margaret le dijo que no era su padre y, tartamudeando, la informó de que había muerto; se preguntó cómo habría reaccionado el señor Hale si hubiera vuelto a Helstone, en caso de que hubiera sido quien suponía la señora. No oyó lo que decía la señora Hepworth y dejó que respondiera el señor Bell mientras ella se entretenía mirando a todas partes, buscando a las personas conocidas.

—¡Ah! Ya veo que le gustaría dar una clase, señorita Hale. Lo comprendo perfectamente. Las de primero, en pie para dar una clase de gramática con la señorita Hale.

Nada más lejos de la intención de la pobre Margaret que hacer una visita de inspección, pues sus motivos eran sentimentales, pero se vio atrapada y se sentó; también era en cierto modo una manera de ponerse en contacto con las caritas ilusionadas que tan bien había conocido y que habían recibido el solemne sacramento del bautismo de manos de su padre; se perdió un poco intentando reconocer a las niñas, cuyas facciones habían cambiado; le dio la mano a Susan un momento, cuando nadie la veía, mientras las de primero sacaban los libros y la mujer del párroco se apropiaba del señor Bell tanto como le estaba permitido a una dama, explicándole el sistema fonético y contándole la conversación que había tenido con el inspector sobre el tema.

Margaret miró su libro sin ver nada más y, oyendo el zumbido de las voces infantiles, se acordó de los viejos tiempos y se le empañaron los ojos, hasta que de repente hubo una pausa: una niña había tropezado con un simple «una» y no sabía cómo llamarlo.

—«Una» es un artículo indeterminado —dijo Margaret dulcemente.

—Discúlpeme —dijo la mujer del párroco, que todo lo veía y todo lo oía—, pero el señor Milsome nos enseña que «una» es un…, ¿quién se acuerda?

—Un adjetivo determinativo —dijeron unas cuantas voces al mismo tiempo.

Y Margaret se desconcertó. Las niñas sabían más que ella. El señor Bell se dio media vuelta y sonrió.

Margaret no volvió a hablar durante la clase. Pero, cuando terminó, se acercó discretamente a un par de sus antiguas alumnas predilectas y habló un poco con ellas. Estaban haciéndose mayores, no eran como las recordaba, igual que ellas empezaban a olvidarla después de tres años de ausencia. De todos modos se alegró de volver a verlas, aunque la alegría se tiñó un poco de tristeza. Las clases del día terminaron a primera hora de la tarde veraniega y la señora Hepworth propuso a Margaret y al señor Bell que la acompañaran a la rectoría para que vieran las…, casi se le escapó la palabra «mejoras», pero la sustituyó cautamente por «los cambios» que estaba haciendo el nuevo párroco. A Margaret no le interesaba nada verlos, pues estropearían el entrañable recuerdo que tenía de la que había sido su casa; por otra parte, deseaba contemplar su antiguo hogar una vez más, aunque procuró no pensar en el dolor que sabía que le causaría.

La rectoría estaba tan cambiada por fuera y por dentro que no le dolió tanto como había pensado. No parecía el mismo sitio. El jardín, el césped, antes tan primoroso que hasta una hoja de rosal que hubiera caído parecía una salpicadura en la exquisita disposición, estaba regado de cosas infantiles: una bolsa de canicas por aquí, un aro por allá; un sombrero de paja colgado de un rosal como si fuera una percha, que destruía una hermosa rama tierna, cargada de flores, que en otros tiempos habrían levantado y sujetado con cariño, con amor. También en el pequeño vestíbulo cuadrado abundaban los rastros de una infancia sana, alegre y alborotadora.

—¡Ay! —dijo la señora Hepworth—, disculpe el desorden, señorita Hale. Cuando terminen el cuarto de los niños insistiré en que sean más ordenados. Estamos construyendo uno en la que era su habitación, creo. ¿Cómo se las arreglaban sin cuarto de los niños, señorita Hale?

—Solo éramos dos —dijo Margaret—. Usted tiene muchos, supongo.

—Siete. ¡Mire! Estamos abriendo una ventana a la carretera por este lado. El señor Hepworth está gastando muchísimo dinero en la casa, pero lo cierto es que apenas era habitable cuando llegamos..., para una familia tan numerosa, quiero decir, por supuesto.

Todas las habitaciones estaban cambiadas, además de la que indicaba la señora Hepworth, que había sido el estudio del señor Hale, cuya verde penumbra y delicioso silencio lo habían conducido, como él mismo había dicho, a tomar la meditación por costumbre, aunque quizá, hasta cierto punto, a formarse un carácter más apropiado para el pensamiento que para la acción. La nueva ventana daba a la carretera y gozaba de muchas ventajas, como explicó la señora Hepworth. Desde allí podían verse las ovejas que se descarriaban del rebaño de su marido para ir a la tentadora taberna sin que las vieran, o eso creían, pero en realidad las veían, pues el activo párroco no perdía de vista la carretera ni siquiera cuando escribía los sermones más ortodoxos, y el sombrero y el bastón siempre estaban preparados para salir a toda prisa detrás de los parroquianos, que debían tener las piernas muy ligeras si querían refugiarse en el Jolly Forester antes de que el abstemio párroco se lo impidiera. Toda la familia era activa, brusca, hablaba en voz muy alta, tenía buen corazón y no se entretenía en pensamientos delicados. Margaret temió que la señora Hepworth se diera cuenta de que el señor Bell le seguía el juego cuando le venía en gana expresar admiración por todo lo que más chocaba con su propio gusto. Pero nada más lejos, ella se lo tomaba literalmente y con tan buena fe que Margaret, sin poder evitarlo, lo regañó en el camino hacia la posada.

—No me riñas, Margaret. Lo he hecho por ti. Si cuando te enseñaba hasta el último detalle no se hubiera puesto tan orgullosa de su superioridad para distinguir las mejoras que podían hacerse, me habría portado bien. Pero si vas a seguir dándome un sermón, déjalo para después de la cena, porque así me dormiré enseguida y haré mejor la digestión.

Los dos estaban cansados, Margaret mucho más, tanto que no tenía ganas de salir, como se había propuesto, para dar otro paseo por los bosques y los campos que rodeaban la casa de su infancia. La visita a Helstone no había sido nada..., no había sido exactamente lo que esperaba. Mirara donde mirase, algo había cambiado, levemente, pero lo impregnaba todo. Casas que estaban diferentes porque se habían quedado deshabitadas, o porque los moradores habían muerto o se habían casado, o por las mutaciones naturales debidas al paso de los días, los meses y los años, que nos llevan imperceptiblemente de la infancia a la juventud y de ahí a la madurez y a la vejez, cuando caemos como fruta madura en la silenciosa madre tierra. Muchos rincones habían cambiado: aquí faltaba un árbol, allí una rama que dejaba entrar un largo rayo de luz donde antes no lo había, un camino despejado y más estrecho y un sendero verde que discurría a su lado, vallado y cultivado. Lo llamaban «grandes mejoras», pero Margaret echaba de menos las pintorescas estampas de antaño, la penumbra y las cunetas cubiertas de hierba de otros tiempos. Estaba en el asiento del ventanuco, mirando con tristeza las sombras de la noche que empezaban a extenderse y que tan bien armonizaban con su pensativo estado de ánimo. El señor Bell dormía profundamente después del ejercicio extraordinario del día. Hasta que lo despertó la llegada de la bandeja del té, que traía una rubicunda muchacha campesina que, evidentemente, había estado en los campos de heno haciendo algo distinto de su ocupación habitual de camarera.

—¡Hola! ¿Quién está ahí? ¿Dónde estamos? ¿Quién es esa...? ¿Margaret? ¡Ah, ya me acuerdo! No me imaginaba quién podía ser esa mujer de la ventana que miraba fuera atentamente con esa actitud tan pesarosa, abrazada a sus rodillas. ¿Qué mirabas? —preguntó el señor Bell poniéndose detrás de ella.

—Nada —respondió, levantándose enseguida y hablando al instante en el tono más animado que pudo.

—¡Nada, claro! Un triste fondo de árboles, unos tendales con ropa secándose en el seto de rosal silvestre y una gran vaharada de aire húmedo. Cierra la ventana y ven a servir el té.

Margaret se quedó en silencio, jugueteando con las cucharillas y sin prestar atención a lo que decía el señor Bell. Él la contradijo y ella respondió con una sonrisa como si le hubiera dado la razón. Después suspiró, dejó la cucharilla y, sin más ni más, empezó a hablar en el tono agudo que suele demostrar que la persona llevaba un rato pensando en lo que quería decir:

—Señor Bell, se acuerda de lo que decíamos anoche de Frederick, ¿verdad?

—Anoche. ¿Dónde estaba yo anoche? ¡Ah, ya me acuerdo! Parece que fue la semana pasada. Sí, sí, claro, me acuerdo, hablamos de él, pobre muchacho.

—Sí..., ¿y se acuerda de que el señor Lennox habló de cuando mi hermano había estado en Inglaterra en la época en que murió mi madre? —preguntó, en voz más baja de lo normal.

—Me acuerdo, yo no lo sabía.

—Y yo creía..., siempre he creído que mi padre se lo había contado.

—¡No, no! Pero ¿por qué me lo preguntas, Margaret?

—Quiero contarle una cosa muy mala que hice en aquellos días —respondió ella, mirándolo con una expresión clara y sincera—. Mentí. —Y se ruborizó por completo.

—Cierto, mentir es muy feo, aunque yo he mentido muchas veces en mi vida, no siempre de palabra, como supongo que hiciste tú, también de obra y de alguna otra manera retorcida, para inducir a alguien a que dejara de creer una verdad o a que empezara a creer en una mentira. Margaret, ¿sabes quién es padre de las mentiras? Pues muchas personas que se consideran muy buenas viven en toda clase de mentiras raras, matrimonios morganáticos que se mantienen en secreto y primos lejanos. La sangre corrupta de la mentira corre por las venas de todos nosotros. Nunca habría pensado eso de ti, como de la mayoría de la gente. ¿Cómo? ¿Estás llorando, hija? Bueno, bueno, no hablemos más de esto, si tienes que terminar así. Estoy seguro de que lo has lamentado mucho y no lo volverás a hacer, y además fue hace tiempo; en resumen, quiero que esta noche estés muy alegre, nada de tristezas.

Margaret se secó las lágrimas e intentó cambiar de tema, pero de pronto volvió al llanto.

—Por favor, señor Bell, permítame que se lo cuente..., tal vez pueda ayudarme un poco; bueno, no ayudarme, pero, si supiera la verdad, quizá podría decirme algo... Tampoco es eso. —La desesperaba no dar con palabras más precisas.

—Cuéntamelo todo, hija —le dijo el señor Bell, cambiando de actitud.

—Es una larga historia, pero, cuando vino Fred, mamá estaba muy enferma y yo, deshecha de preocupación y de miedo por haberlo puesto en peligro. Justo después de que muriera, nos alarmamos mucho, porque Dixon se encontró con un conocido en Milton, un tal Leonards, que conocía a Fred y que, por lo visto, le guardaba rencor por algo y además estaba dispuesto a cobrar la recompensa que ofrecían por él. Por eso pensé que lo mejor sería que Fred se marchara cuanto antes a Londres, para consultar al señor Lennox, como hablamos la otra noche, sobre las posibilidades que tendría de ganar si se sometía a juicio. Entonces, fuimos, es decir, mi hermano y yo, a la estación; era por la tarde y empezaba a oscurecer, pero todavía había luz suficiente para que nos reconocieran, y llegamos temprano; nos fuimos a pasear por un campo que había allí cerca. Yo estaba muy asustada por si aparecía ese tal Leonards, porque estaba segura de que no andaría lejos; entonces, cuando estábamos en el campo, con el sol bajo y rojo dándome en la cara, pasó alguien a caballo por la carretera, justo al lado de la cancela en la que nos habíamos parado. Vi que me miraba, pero al principio yo no sabía quién era, porque el sol me deslumbraba, pero después reconocí al señor Thornton, que me saludó...

—Y vio a Frederick, naturalmente —dijo el señor Bell, creyendo que la ayudaba.

—Sí; y después, en la estación, un hombre se acercó, borracho, tambaleándose; intentó agarrar a Frederick por el cuello, Frederick le hizo una llave para soltarse, el hombre perdió el equilibrio y se cayó del andén; había poca distancia, no más de tres pies, pero ¡ay! Aquella caída de algún modo lo mató.

—Qué raro. Supongo que era Leonards. ¿Y cómo se libró Fred?

—Ah, nos fuimos de allí inmediatamente sin pensar ni por un momento que el pobre hombre se hubiera hecho daño, porque la caída fue leve.

—Entonces, ¿no murió allí mismo?

—No, tardó un par de días o así. Y entonces... ¡Ay, señor Bell! Ahora viene lo peor —dijo ella, retorciéndose las manos con nerviosismo—. Un inspector de policía fue a casa y me acusó de ser la compañera del joven que había empujado o golpeado a Leonards causándole la muerte; eso era falso, ¿sabe?, pero no sabíamos si Fred había salido del país, era posible que todavía estuviera en Londres y que pudieran detenerlo con ese falso pretexto y, si se descubría que en realidad era el alférez Hale, acusado de amotinarse, era posible que lo mataran de un disparo; eso fue lo que me pasó por la cabeza, y entonces dije que no era yo. Que yo no estaba en la estación aquella noche. No sabía nada de nada. Solo podía pensar en salvar a Frederick.

—Digo que obraste como debías. Yo habría hecho lo mismo. Te olvidaste de ti por tu hermano. Yo habría hecho lo mismo, o eso espero.

—No, no, usted no. Fui desobediente, perdí la fe, obré mal. En esos mismos momentos Fred ya estaba a salvo fuera de Inglaterra y, en mi ceguera, se me olvidó que había otro testigo que podía dar fe de que yo había estado allí.

—¿Quién?

—El señor Thornton. Ya le he dicho que me vio cerca de la estación; nos saludamos.

—Bueno, pero él no sabría nada de la muerte del borracho. Supongo que la investigación no pasó a mayores.

—No. Se suspendieron las pesquisas previas a la investigación. El señor Thornton lo sabía todo, porque era el magistrado del caso, y descubrió que la causa de la muerte no fue la caída. Pero ya sabía que había mentido. ¡Ay, señor Bell! —Se tapó la cara con las manos, como si quisiera esconderse del recuerdo.

—¿Le diste alguna explicación? ¿Llegaste a decirle el motivo, tan fuerte e instintivo?

—Lo instintivo fue la falta de fe y aquella forma de aferrarme a un pecado para mantenerme a flote —replicó ella con amargura—. ¡No! ¿Cómo iba a explicárselo? Él no sabía nada de Frederick. ¿Iba a desvelarle los secretos de la familia, que, según parecía entonces, podían echar por tierra las posibilidades de exculpación del pobre Frederick, solo por justificarme ante él? Lo último que me había dicho mi hermano fue que guardara el secreto de la visita que nos había hecho, que no se lo contara a nadie. Hasta mi padre se lo ocultó a usted, ya ve. ¡No! Soportaría la vergüenza... o eso creía. Y la soporté. Pero el señor Thornton me perdió el respeto.

—Estoy seguro de que te respeta —dijo el señor Bell—. Ya lo creo, ahora me explico... Siempre habla de ti con aprecio y consideración, aunque empiezo a entender cierta reserva que he observado en su actitud.

Margaret no dijo nada; no prestó atención a lo que siguió diciendo el señor Bell; perdió el hilo por completo. Al cabo de un rato dijo:

—¿A qué se refiere cuando dice que habla de mí con «cierta reserva»? ¿Me lo dirá?

—Bueno, sencillamente, que no me daba la razón cuando yo te alababa. Como viejo necio que soy, pensé que todo el mundo opinaría lo mismo que yo, pero, evidentemente, él no podía estar de acuerdo. En aquel momento me desconcertó. Pero tiene que estar perplejo si nunca le han explicado el asunto. En primer lugar, que estuvieras de paseo con un joven en la oscuridad...

—Pero ¡era mi hermano! —exclamó Margaret, sorprendida.

—Cierto. Pero ¿cómo iba a saberlo él?

—No sé. ¿Cómo se me iba a ocurrir pensar en algo así? —dijo Margaret, sonrojada y ofendida.

—Y tal vez él tampoco, de no haber sido por la mentira... que, dadas las circunstancias, sigo considerando necesaria.

—Yo no. Ahora lo sé, y me arrepiento amargamente. —Hubo una larga pausa, hasta que Margaret volvió a hablar—: No creo que vuelva a ver al señor Thornton nunca más.

—Diría que no es lo más improbable del mundo —replicó el señor Bell.

—Pero yo lo creo así. De todos modos, a nadie le gusta caer tan bajo ante un amigo, como me ha pasado a mí. —Tenía los ojos anegados en lágrimas, pero la voz firme, y el señor Bell no la estaba mirando—. Y ahora que Frederick ha renunciado a toda esperanza y casi al deseo de limpiar su nombre y volver a Inglaterra, aclararlo sería hacerme justicia. Por favor, si puede, si se le presenta una buena oportunidad, aunque le ruego que no fuerce las cosas, pero si puede, ¿le contará las circunstancias y le dirá que le he dado permiso para hacerlo porque me parece que, por la memoria de mi padre, no me gustaría que me perdiera el respeto, aunque es fácil que no volvamos a vernos nunca?

—Dalo por hecho. Creo que él merece saberlo. No me gusta que te roce ni la menor sombra de falta de propiedad; él no sabría qué pensar cuando te vio a solas con un joven.

—En cuanto a eso —replicó ella con cierta arrogancia—, creo que *honni soit qui mal y pense*. De todos modos, preferiría que se lo explicara, si surge espontáneamente una oportunidad para decírselo con sencillez. Pero no para justificar las sospechas de conducta indecorosa (porque si creyera que había sospechado de mí, su opinión me sería indiferente), sino para que sepa el cómo y el porqué de la tentación y el motivo por el que caí en la trampa; en resumen, por qué mentí.

—Cosa de la que no te culpo, y no es que sea parcial por tratarse de ti, te lo aseguro.

—Lo que piensen los demás sobre si hice bien o mal no es nada comparado con el profundo convencimiento que tengo de que obré como no debía. Pero dejemos esto, por favor. Ya está hecho: cometí el pecado. Ahora tengo que cargar con ello y no volver a caer nunca más, si puedo.

—Muy bien. Si prefieres estar incómoda y tener mala conciencia, que así sea. Yo cerraré la mía a cal canto en una caja de sorpresas, porque cuando se abra de pronto, me sorprenderá el tamaño de la sorpresa. Así que la guardo otra vez en su sitio, como el pescador al genio en la lámpara. «Maravilloso —le digo—, pensar que llevas tanto tiempo escondido en un objeto tan pequeño y yo, sin saber que estabas ahí. Pero te ruego que, en vez de hacerte más y más grande a cada momento y de desconcertarme con esos contornos inciertos, te comprimas de nuevo y vuelvas a tus dimensiones anteriores». Y, cuando lo tenga encerrado, sellaré la lámpara y la abriré otra vez con sumo cuidado e iré contra Salomón, el más sabio de los hombres, que fue quien lo confinó en primer lugar.

Pero Margaret no sonrió. Apenas oía lo que decía el señor Bell. Pensaba en una idea que antes sopesaba, pero que en ese momento aceptó convencida: el señor Thornton ya no la tenía en buena opinión..., lo había decepcionado. Le parecía que ninguna explicación lograría devolverla a su lugar anterior..., no ya a su amor, porque había resuelto no volver a pensar nunca en eso y mantenía la decisión por encima de todo, sino al respeto y a la alta consideración que, como destilan los bellos versos de Gerald Griffin, podrían haberlo predispuesto a:

Volverte a mirar atrás al oír
el sonido de mi nombre.

Cada vez que lo pensaba se atragantaba y tosía. Intentaba consolarse con la idea de que lo que él se imaginara que era ella no alteraba para nada lo que era en realidad. Aunque eso era una obviedad sin peso alguno, una tontería, y se hundía en la congoja. Tenía en la punta de la lengua veinte preguntas que hacerle al señor Bell, pero no le hizo ninguna. El señor Bell creyó que estaba cansada y la mandó temprano a su habitación. No obstante, antes de acostarse se quedó muchas horas al lado de la ventana abierta, mirando la bóveda purpúrea en la que aparecían las estrellas, titilaban y desaparecían detrás de los umbrosos árboles. Una lucecita brilló toda la noche; una vela en su antigua habitación, convertido en el cuarto de los niños de la casa parroquial, hasta que construyeran el nuevo. La invadió una sensación de cambio, de vacío individual, de perplejidad y decepción. Nada era igual, y esa leve inestabilidad que todo lo impregnaba le causaba más dolor que si todo hubiera estado completamente irreconocible.

«Ahora empiezo a entender lo que debe de ser el cielo y..., ¡ah!, la grandeza del reposo de las palabras: "El mismo ayer y hoy y por los siglos". ¡Eternamente! "Desde el siglo y hasta el siglo, Tú eres Dios".[35] Es como si ese cielo que veo desde aquí abajo no pudiera cambiar, pero cambiará. ¡Qué cansada estoy...! Cansada de tanto zarandeo por estas fases de mi vida, sin que nada se quede conmigo, ni personas ni lugares; es como el círculo en el que dan vueltas continuamente las víctimas de la pasión terrenal. Las mujeres de otras religiones, cuando se encuentran en un estado como el mío, se refugian en el velo. Yo busco la constancia celestial en la monotonía terrenal. Si fuera católica y pudiera amortiguar el corazón, atontarlo con un golpe tremendo, me haría monja. Pero suspiraría de amor por los míos; no, por los míos no, porque el amor a mi especie jamás me llenaría tanto el corazón como para excluir el amor a personas concretas. Tal vez tenga que ser así o tal vez no. Esta noche no lo puedo decidir».

Se fue desalentada a la cama, se levantó desalentada cuatro o cinco horas después. Pero la mañana llegó acompañada de esperanza y de una visión más luminosa de las cosas.

«Al fin y al cabo, así está bien —se dijo, al oír, mientras se vestía, voces de niños que jugaban fuera—. Si el mundo no se moviera, degeneraría y se corrompería, si eso tiene alguna lógica. Si miro fuera de mí y del dolor que me produce el cambio, el progreso que me rodea es justo y necesario. Si pretendo juzgar con acierto o tener esperanza y confianza verdaderas, no debo pensar tanto en cómo me afectan las circunstancias a mí, sino a los demás». Y, con

35 Hebreos 13:8 y Salmos 90:2 respectivamente.

una sonrisa en la mirada, dispuesta a llegar a los labios, fue al recibidor y saludó al señor Bell.

—¡Ah, señorita! Ayer te acostaste tarde, así que te has levantado tarde. Tengo una noticia que darte. ¿Qué te parece una invitación a cenar hoy? He recibido una visita por la mañana, literalmente a la hora del rocío. Resulta que el párroco pasó por aquí de camino a la escuela. Tal vez con la intención principal de darle a nuestra anfitriona un sermón sobre la sobriedad en beneficio de los segadores, no sé, pero el caso es que aquí estaba cuando bajé, poco antes de las nueve; y nos ha invitado a cenar hoy.

—Pero Edith me espera..., no puedo ir —dijo Margaret, felicitándose por tener una buena excusa.

—Ya, ya lo sé, y eso fue lo que le dije. Me pareció que no te apetecería. De todos modos, no está decidido, si te apetece.

—¡No, no! —exclamó ella—. Hagamos lo que habíamos pensado. Nos vamos a las doce. Se lo agradezco mucho a los dos, pero de verdad que no puedo ir.

—Muy bien, no te pongas nerviosa, yo lo arreglo.

Antes de irse, Margaret se acercó sigilosamente por detrás del jardín de la rectoría y cortó una ramita de madreselva. No había querido hacerlo el día anterior por temor a que la vieran y comentaran sus motivos y sus sentimientos. Pero, al volver por el parque, le pareció que el ambiente era tan encantador como antaño. Los ruidos habituales de la vida resultaban más musicales allí que en cualquier otra parte del mundo, la luz parecía más dorada, la vida más tranquila, empapada en un ensueño delicioso. Se acordó de lo que sentía el día anterior y se dijo:

«Y yo también cambio constantemente: ahora una cosa, después, otra; primero todo me decepciona y me contraría porque no es exactamente como me lo había imaginado y ahora, de pronto, descubro que la realidad es mucho más hermosa de lo que creía. ¡Ah, Helstone! Jamás amaré ningún otro lugar».

Unos días después, encontró el equilibrio y decidió que se alegraba mucho de haber ido y de haberlo visto de nuevo, y que, para ella, siempre sería el rincón más bello del mundo, pero lo asociaba tan intensamente a otra época y, sobre todo, a su padre y a su madre, que, si tuviera que volver a pasar por todo, rechazaría la idea de otra visita como la que había hecho con el señor Bell.

CAPÍTULO XLVII

ALGO FALTA

> La experiencia, como un pálido músico, sostiene
> un salterio de paciencia en la mano,
> de donde armonías que no podemos entender,
> del propósito de Dios en Sus mundos, la melodía despliega
> tristes e imprevistos acordes menores.
>
> Mrs. Browning

En esos mismos días, Dixon volvió de Milton y ocupó de nuevo su lugar como doncella de Margaret. Tenía muchas cosas que contar de Milton: Martha se había ido a vivir con la señorita Thornton, que se había casado; los trajes que lucieron las damas de honor que habían acompañado a la novia y los desayunos que organizaron para la interesante celebración. La gente criticaba al señor Thornton porque había organizado una boda demasiado grandiosa, habida cuenta de lo mucho que había perdido a causa de la huelga y lo que había tenido que pagar por haber incumplido los contratos. Lo poco que había sacado de vender los muebles, los que tanto quería Dixon, aquello había sido vergonzoso, teniendo en cuenta lo rica que era la gente de Milton; la señora Thornton había ido un día y se había llevado dos o tres gangas, y después había ido el señor Thornton y, como quería quedarse a toda costa con un par de artículos, se hizo la competencia a sí mismo para gran regocijo de los mirones, así que, comentó Dixon, las cosas quedaron equilibradas, porque la señora Thornton había pagado muy poco y el señor Thornton había pagado mucho. El señor Bell había mandado muchas instrucciones respecto a los libros, pero, como era tan meticuloso, no había forma de entenderlas; si hubiera ido él personalmente habría estado bien, pero las cartas siempre han sido y siempre serán más liosas que otra cosa. De los Higgins tenía poco que contar. Tenía una memoria con cierta tendencia aristocrática y la traicionaba mucho cuando intentaba recordar alguna circunstancia relacionada con los que consideraba inferiores. Creía que Nicholas estaba muy bien. Había ido a casa varias veces para que le diera noticias de la señorita Margaret; era la única persona que había preguntado por ella, sin contar al señor Thornton, que había preguntado una vez. ¿Y Mary también? ¡Ah, sí, claro! Mary también estaba muy bien, una gran muchacha, robusta y torpe. También oyó, o tal vez lo soñó, aunque sería raro que ella soñara con gente como los Higgins, que Mary estaba trabajando en la fábrica del señor Thornton, porque su padre quería que aprendiera a cocinar, pero a ella le parecía una bobada, no lo entendía. A Margaret también le pareció una incoherencia y que debía de haberlo soñado. De todas maneras, era muy agradable tener a alguien con quien hablar de Milton. A Dixon no le entusiasmaba el tema, prefería dejar en la oscuridad lo referente a su propia vida. Le interesaban mucho más las cosas que decía el señor Bell, que le había insinuado sus intenciones de nombrar a Margaret heredera universal de sus bienes. Pero la señorita no la alentaba en este sentido ni mucho menos respondía a sus preguntas sibilinas, por más que las disfrazara de sospechas o afirmaciones.

Entretanto, Margaret sentía un anhelo vago y extraño por saber si el señor Bell había ido a Milton en una de sus visitas obligadas, porque en la conversación que habían sostenido en Helstone habían acordado que diera al señor Thornton la explicación que deseaba hacerle llegar, de palabra y sin obligarlo a nada ni forzar la situación. El señor Bell no escribía cartas a menudo, pero algunas veces sí, largas o cortas, según el humor del momento y, aunque Margaret no era consciente de albergar ninguna esperanza concreta, cada vez que las recibía, las dejaba después con una leve sensación de decepción. El señor Bell no iba a ir a Milton o, en todo caso, no lo decía. Bien, tendría que ser paciente. Las tinieblas se disiparían tarde o temprano. Las cartas del señor Bell no eran como de costumbre, sino breves y quejumbrosas, y de vez en cuando se percibía un poco de amargura, nada propio de él. No tenía ilusión por el futuro, más bien parecía lamentar el pasado y estar cansado del presente. A Margaret se le ocurrió que tal vez no se encontrara bien de salud, pero, a modo de respuesta, cuando le preguntó qué tal se encontraba, recibió una breve nota en la que decía que existía una enfermedad antigua que se llamaba «esplín», y que eso era lo que le pasaba, y que decidiera ella si era mental o física, pero que le apetecía permitirse refunfuñar sin tener la obligación de mandarle un boletín informativo cada vez.

En consecuencia, Margaret no volvió a preguntarle por la salud. Un día Edith comentó casualmente una conversación que habían tenido con el señor Bell la última vez que había estado en Londres, que a Margaret le dio la idea de que tenía intención de llevarla a ver a su hermano y a su reciente cuñada a Cádiz en otoño. Preguntó a Edith con insistencia, hasta la hartó; entonces le dijo que no había nada más que añadir, que lo único que había dicho el señor Bell era que tal vez le convendría ir y oír por sí mismo lo que Frederick tuviera que decir del motín; y que sería una buena oportunidad para que Margaret conociera a su nueva cuñada, y que él siempre iba a algún sitio en vacaciones y que por qué no iba a ir a España como a cualquier otro sitio. Y nada más. Edith le confesó que esperaba que no quisiera dejarlos, que eso le preocupaba mucho. Y después, como no tenía nada mejor que hacer, se echó a llorar diciendo que sabía que ella tenía en cuenta a su prima mucho más que su prima a ella. Margaret la consoló lo mejor que pudo, pero no podía explicarle por qué la idea de ir a España, meros castillos en el aire, la atraía y le encantaba. Pero Edith estaba convencida de que cualquier placer que disfrutara lejos de ella era una afrenta tácita, o, en el mejor de los casos, una prueba de indiferencia. Y así, Margaret tuvo que reservarse el placer para sí misma y darle salida únicamente preguntado a Dixon, cuando la ayudaba a vestirse para cenar, si no le gustaría muchísimo ver al señorito Frederick y conocer a su mujer.

—Ella es católica, ¿verdad, señorita?

—Creo que... ¡Ah, sí, claro! —dijo Margaret al recordarlo con un poco de pena.

—Y viven en un país católico, ¿no?

—Sí.

—Entonces, me temo que me quedaré aquí, porque quiero a mi alma más que al señorito Frederick. Estaría muerta de miedo todo el tiempo, señorita, por si me convierten.

—¡Ah! —dijo Margaret—. No sé si voy a ir, pero, si voy, no soy una dama tan fina que no pueda viajar sin ti. No, mi querida viejita, tendrás unas largas vacaciones si vamos. Pero me temo que ese «si» se hará esperar.

A Dixon no le gustaron nada esas palabras. En primer lugar, no le hacía gracia que Margaret la llamara «mi querida viejita» cuando se ponía especialmente afectuosa. Sabía que la señorita Hale solía llamar «viejito» o «viejita», en un sentido cariñoso, a todas las personas a las que apreciaba, pero de todos modos siempre se estremecía cuando se la aplicaba a ella, porque, con sus cincuenta y pocos años, se consideraba en la flor de la vida. En segundo, no quería que se tomara al pie de la letra lo que decía sin más ni más; a pesar del miedo, sentía una curiosidad no confesada por España, la Inquisición y los misterios católicos. Y así, después de carraspear como insinuando que estaba dispuesta a afrontar cualquier escollo, preguntó a la señorita Hale si le parecía que, si procuraba no ver a ningún cura ni entrar en ninguna de sus iglesias, correría tanto peligro de que la convirtieran. Sin duda la conversión del señorito Frederick era inexplicable.

—Me imagino que lo que lo predispuso fue el amor —dijo Margaret suspirando.

—¡Desde luego, señorita! —replicó Dixon—. Bueno, yo sé cuidarme de los curas y de las iglesias, pero el amor acecha sin que nos demos cuenta. Me parece que es mejor que no vaya.

Margaret temía hacerse muchas ilusiones con la idea del viaje a España, pero pensar en ello le evitaba impacientarse cada vez que se acordaba de la explicación que se le debía al señor Thornton. Al parecer, el señor Bell no se iba a mover de Oxford de momento ni tenía intención de ir a Milton, pero una especie de contención secreta impedía a Margaret preguntarle o aludir de nuevo a esa probable visita suya. Tampoco se creía con derecho a hablar de lo que le había contado Edith sobre el posible viaje a España, que tal vez había sido una mera idea pasajera. En Helstone no había dicho nada en todo aquel día soleado de ocio; seguramente había sido un capricho momentáneo..., pero, si fuera verdad, le vendría de perlas para salir de la monótona vida que llevaba, que ya empezaba a pesarle.

Una de las mayores alegrías de su vida en aquellos momentos se la proporcionaba el hijo de Edith. Era el orgullo y el juguete de su padre y de su madre, siempre y cuando se portara bien; pero el niño tenía un carácter obstinado y, cada vez que se enrabietaba por no poder salirse con la suya, Edith renunciaba, desesperada y cansada, y suspiraba: «¡Ay, Dios mío! ¿Qué voy a hacer con él? Por favor, Margaret, toca la campanilla para que venga Hanley».

Pero a Margaret casi le gustaba más cuando se enfadaba tanto que cuando se comportaba como el niño más bueno del mundo. Se lo llevaba a otra habitación y allí lo solucionaban entre los dos; ella, con una firmeza que lo pacificaba, hasta que, entre mimos y estratagemas, el niño terminaba abrazándola, frotando la carita congestionada y cubierta de lágrimas contra la de ella, besándola y acariciándola; incluso llegaba a dormirse en sus brazos, apoyado en su hombro la mayoría de las veces. Tales eran los momentos más tiernos de los que disfrutaba Margaret. Le proporcionaban una idea de lo que creía que le sería negado de por vida.

El señor Henry Lennox acudía a menudo a la casa y aportaba un elemento nuevo y nada desagradable al curso de la vida doméstica. A Margaret le parecía que se mostraba más frío, aunque más ingenioso que antes; pero sus definidos gustos intelectuales y la variedad de conocimientos que tenía daban sabor a las conversaciones que, de otro modo, eran tan insípidas. Margaret percibía en él atisbos de un leve menosprecio por su hermano y su cuñada, por su estilo de vida, que, al parecer, consideraba frívolo y vano. En un par de ocasiones habló con su hermano, delante de Margaret, en un tono de interrogatorio bastante seco; le preguntó si tenía intención de abandonar su profesión definitivamente; y, cuando el capitán le respondió que disponía de suficientes medios para vivir, vio cómo arrugaba el labio el señor Lennox y replicaba: «¿A eso aspiras en la vida, nada más?».

En realidad, los hermanos estaban muy unidos, la clase de unión que ata a dos personas cualesquiera cuando una es inteligente y conduce siempre a la otra, si se conforma con que la conduzcan. El señor Lennox prosperaba en su trabajo y cultivaba calculadoramente todas las relaciones que pudieran servirle de algo en algún momento; tenía una vista de águila y era previsor, inteligente, sarcástico y orgulloso. Desde la larga conversación que habían mantenido sobre el asunto de Frederick el día en que llegó el señor Bell, no había hablado con él más que de las cosas que surgían en la estrecha convivencia con las personas de la casa. Pero fue suficiente para que Margaret perdiera la timidez y él, todo rastro de orgullo y vanidad mortificados. Se veían constantemente, como es natural, pero Margaret tenía la impresión de que evitaba quedarse a solas con ella, y también, cosa curiosa, de que se habían distanciado de lo que los unía en otro tiempo, tanto en opiniones como en gustos.

Y, sin embargo, cuando decía algo más brillante de lo normal o con un notable contenido epigramático, Margaret notaba que lo primero que hacía era mirarla, aunque solo fuera un instante; y que, en las relaciones familiares que los reunían tan a menudo, solo escuchaba con deferencia sus opiniones, tanto más deferente porque lo hacía a su pesar y procurando disimularlo cuanto le era posible.

CAPÍTULO XLVIII

ADIÓS PARA SIEMPRE

Amigo mío, ¡amigo de mi padre!
¡No puedo separarme de ti!
Nunca he demostrado, nunca has sabido,
cuán querido eras para mí.

ANÓNIMO

Los ingredientes de las cenas que organizaba la señora Lennox eran los siguientes: sus amigas aportaban la belleza; el capitán Lennox, las noticias del día que todos conocían; el señor Henry Lennox y unos cuantos hombres prometedores que se consideraban amigos suyos, el ingenio, la inteligencia y un gran conocimiento general del que sabían valerse perfectamente sin resultar pedantes ni sobrecargar el flujo rápido de las conversaciones.

Estas cenas eran deliciosas; pero a Margaret, para su sorpresa, ni siquiera le resultaban satisfactorias. Todos los talentos, todos los sentimientos, todos los conocimientos, y lo que es más, toda tendencia virtuosa, servían para hacer fuegos artificiales; el oculto fuego sagrado se extinguía en chispas y estallidos. Hablaban de arte solo desde un punto de vista sensual, distrayéndose con los efectos superficiales, en vez de permitirse aprender lo que el arte tenía que enseñar. Se incitaban unos a otros a hablar con entusiasmo de temas en los que jamás pensaban cuando estaban solos; reducían sus capacidades perceptivas a un mero fluir de palabras apropiadas. Un día, cuando los caballeros subieron al salón, el señor Lennox se acercó a Margaret y le dirigió unas palabras voluntariamente por primera vez desde su regreso a Harley Street.

—Me ha parecido que no le gustaba lo que decía Shirley en la cena.

—¿Ah, sí? Debo de tener una cara muy expresiva —replicó ella.

—Siempre ha sido así. No ha perdido la elocuencia en el gesto.

—No me gustó —dijo ella rápidamente— esa forma de abogar por lo que sabe que no está bien, nada bien, ni siquiera en broma.

—Pero ha sido muy ingenioso. ¡Qué expresividad en cada palabra! ¿Recuerda los epítetos más acertados?

—Sí.

—Y los encuentra despreciables, le gustaría añadir. Por favor, no tenga reparos, aunque sea amigo mío.

—¡Eso es! Ese es el tono exacto en el que usted... —cortó la frase en seco.

Él esperó un momento, a ver si la terminaba, pero Margaret se sonrojó y se dio media vuelta; sin embargo, antes le oyó decir en voz baja y clara:

—Si lo que le disgusta es mi tono o mi forma de pensar, ¿sería tan amable de decírmelo? Así me daría la oportunidad de aprender a complacerla.

En todas esas semanas Margaret no tuvo noticias de que el señor Bell fuera a viajar a Milton. Lo había mencionado en Helstone como si se tratara de una obligación que tenía que cumplir enseguida, pero debía de haber arreglado las cosas por correo, pensó Margaret, porque prefería evitar ir a un sitio que no le agradaba y, además, no entendería la importancia que tenía para ella, en secreto, la explicación que solo podía darse de palabra. Sabía, no obstante, que él comprendería la necesidad de hacerlo así, pero daba igual que fuera en verano, en otoño o en invierno. Corría ya el mes de agosto y tampoco se había dicho nada del viaje a España al que había aludido Edith, y Margaret procuró reconciliarse con la idea de olvidar lo que tanta ilusión le hacía.

Una mañana recibió una carta del señor Bell; le decía que tenía intención de ir a Londres la semana siguiente; quería verla para hablar de una idea que se le había ocurrido y, además, pretendía someterse a un tratamiento médico, porque había empezado a opinar como ella, que sería preferible pensar que, si estaba irritable y enfadado, era por motivos de salud, y no de carácter. El tono general de la carta era de un optimismo forzado, como comprobó Margaret después; pero cuando la leyó Edith, le sorprendió su reacción:

—¡Va a venir a Londres! ¡Ay, Dios! Y este calor me agota tanto que no creo que me queden fuerzas para organizar otra cena. Además, todo el mundo está fuera, menos nosotros, que somos tontos y no nos decidimos a ir a ningún sitio. El señor Bell no podrá ver a nadie.

—Estoy segura de que prefiere venir a cenar solo con nosotros que con más invitados, aunque sean los desconocidos más agradables que puedas encontrar. Por otra parte, no está bien de salud, no deseará invitaciones. Me alegro de que por fin lo haya reconocido. Sabía que le pasaba algo por el tono de las cartas, pero no me contestaba cuando le preguntaba y no conozco a nadie que pudiera darme noticias de él.

—¡Ah! No estará tan enfermo, porque, si no, no pensaría en ir a España.

—No ha dicho nada de eso.

—No, pero es evidente que la idea que quiere proponerte tiene algo que ver. Pero ¿de verdad irías, con el calor que hace?

—Bueno, el tiempo empezará a refrescar poco a poco. ¡Sí! ¡Imagínate! Lo único que temo es haber pensado demasiado en ese viaje y haberlo deseado tanto…, y con esa ilusión que termina decepcionando… o gratificando al pie de la letra, pero sin ninguna trascendencia.

—Eso es supersticioso, Margaret, seguro.

—No, a mí no me lo parece. Me lo recuerdo a modo de advertencia, para no dar rienda suelta a los deseos con demasiada ansia. Es como decir: «Dame hijos o, si no, me muero»,[36] que en mi caso sería: «Déjame ir a Cádiz o, si no, me muero».

—Mi querida Margaret, te convencerán para que te quedes con ellos, y entonces, ¿qué voy a hacer yo? ¡Ay! Me gustaría encontrar a alguien aquí con quien te casaras, así podría estar segura de que volverías.

—Nunca me casaré.

—¡No digas tonterías! Pues, como dice Sholto, eres la gran atracción de esta casa; son muchos los hombres que estarían encantados de venir aquí de visita solo por ti.

—¿Sabes una cosa, Edith? —replicó Margaret irguiéndose con altivez—, a veces me parece que la vida en Corfú te ha enseñado…

—¿Qué?

—Un poquito de vulgaridad.

36. Génesis 30, 1.

Edith empezó a llorar tan desconsoladamente y a decir con gran disgusto que Margaret ya no la quería nada ni la consideraba una amiga, que Margaret llegó a pensar que se había expresado con demasiada rudeza solo para resarcirse porque su prima le había herido en el orgullo, y terminó siendo la esclava de Edith lo que quedaba del día, mientras que la damita, embargada por sus sentimientos heridos, yacía en el sofá como una víctima, exhalando algún que otro suspiro profundo, hasta que por fin se durmió.

El señor Bell no se presentó ni el día al que había pospuesto la visita por segunda vez. La mañana siguiente llegó una carta de Wallis, su criado, en la que decía que hacía unos días que su señor no se encontraba bien y que por ese motivo había anulado el viaje y que, en el preciso momento en que tenía que haberlo iniciado, había sufrido un ataque de apoplejía. Añadía Wallis que, en opinión de los médicos, no pasaría de esa noche y que lo más probable era que, cuando la señorita Hale recibiera la presente, su pobre amo habría pasado a mejor vida.

Margaret recibió la carta a la hora del desayuno y se puso muy pálida mientras la leía; después, en silencio, la dejó en manos de Edith y salió de la habitación.

A Edith le causó una gran impresión y, asustada, empezó a llorar y a gemir como una niña, para gran disgusto de su marido. La señora Shaw estaba desayunando en su habitación, así que recayó en él la tarea de reconciliar a su mujer con lo que, al parecer, era el primer contacto de su vida, que ella recordara, con la proximidad de la muerte. ¡El hombre que tenía que cenar con ellos esa noche yacía muerto o agonizante en esos momentos! Tardó un poco en acordarse de Margaret. Dixon estaba preparando una bolsa de viaje con algunos artículos de tocador mientras Margaret se ponía la capota a toda prisa sin dejar de llorar; le temblaban tanto las manos que casi no podía anudarse las cintas.

—¡Ay, querida Margaret! ¡Qué desgracia! ¿Qué haces? ¿Vas a salir? Sholto puede ir al telégrafo o hacer cualquier cosa que desees.

—Me voy a Oxford. Hay un tren dentro de media hora. Dixon se ha ofrecido a acompañarme, pero podría ir sola. Tengo que verlo otra vez. Además, puede que haya mejorado y necesite cuidados. Ha sido como un padre para mí. No me detengas, Edith.

—Pero tengo que hacerlo. A mamá no le va a gustar nada. Vete a preguntárselo, Margaret. No sabes adónde vas. No me preocuparía si tuviera su propia casa, pero... ¡esas habitaciones de los miembros de la junta...! Vamos a ver a mamá y pídele permiso antes de irte. No tardarás ni un minuto.

Margaret cedió y perdió el tren. Lo imprevisto y súbito de la situación desconcertó a la señora Shaw, se puso histérica y el tiempo voló. Pero había otro tren dos horas más tarde y, después de mucho debate sobre lo decoroso y lo indecoroso, se decidió que el capitán Lennox la acompañara, puesto que en lo único en que Margaret se mantuvo constante fue en la decisión de tomar el siguiente tren, sola o con quien fuera, dijeran lo que dijeran sobre el decoro. El amigo de su padre, su propio amigo, se encontraba al borde de la muerte; esta idea se le presentaba tan vívida que hasta ella se sorprendió de la firmeza con la que impuso su derecho a obrar con independencia, y, cinco minutos antes de que saliera el tren, estaba sentada en un vagón enfrente del capitán Lennox.

Siempre la confortó haber ido, aunque solo fuera para saber que había muerto la noche anterior. Vio las habitaciones que había ocupado y las guardó para siempre entrañablemente en la memoria, asociadas al recuerdo de su padre y el de su único y querido amigo fiel.

Antes de emprender el viaje habían prometido a Edith que, si todo había terminado, volverían a cenar a casa, por eso tuvo que interrumpir la acariciadora mirada a la habitación en la que había muerto su padre para despedirse en silencio del rostro amable que tan a menudo le dedicaba palabras agradables, ocurrencias graciosas y bromas divertidas.

El capitán Lennox se durmió en el viaje de vuelta y Margaret pudo llorar a gusto y recordar el fatídico año que había pasado y las desgracias que le había traído. Tan pronto como asimilaba una pérdida llegaba otra, pero no para suplantar el dolor de la primera, sino para reabrir heridas y sentimientos que no estaban curados del todo. Sin embargo, al oír las dulces voces de su tía y de Edith y la alegre risa con que la recibía el pequeño y gracioso Sholto, y al ver las habitaciones iluminadas y a las señoras tan pálidas y bonitas, tan tristes e interesadas por ella, Margaret se sobrepuso al penoso trance de desesperanza casi supersticiosa y empezó a creer que todavía podía verse rodeada de alegría y contento. Ocupó el sitio de Edith en el sofá; a Sholto le dijeron que llevara a tía Margaret una taza de té con mucho cuidado y, cuando fue a desvestirse, pudo dar gracias a Dios porque le hubiera evitado a su querido amigo una enfermedad larga o dolorosa.

No obstante, cuando cayó la noche, nochc solemne, con toda la casa en silencio, Margaret seguía contemplando la belleza del cielo londinense en esa noche de verano, el suave reflejo rosado de las luces de la tierra en las blandas nubes que flotaban tranquilas a la luz de la luna, el cálido resplandor que cubre el horizonte inmóvil. La habitación de Margaret había sido el cuarto de los niños de la infancia, cuando ya rozaba la niñez, cuando los sentimientos y la conciencia iniciaban una vida activa y completa. En noches como esa se prometía ser valiente y noble como las heroínas sobre las que leía u oía hablar, vivir *sans peur et sans reproche;* le parecía entonces que bastaba con desearlo para que se hiciera realidad. Sin embargo, con el tiempo, había aprendido que no desearlo no bastaba, que rezar también era una condición necesaria para la verdadera heroicidad. Había caído por confiar en sí misma. Que la persona a cuyos ojos había caído tan bajo no llegara a conocer jamás las excusas y las tentaciones que la habían llevado a mentir era la justa consecuencia del pecado al que por fin se enfrentaba cara a cara. Lo reconocía tal como era. Nunca había creído de verdad la amable sofistería del señor Bell, de que casi todos los hombres eran culpables de actos equívocos, y de que el motivo prestaba nobleza al mal. Su idea primera de que, si lo hubiera sabido todo, habría podido decir la verdad sin temor le parecía floja y vana. Y lo que es más, ese anhelo de limpiar en parte su amor a la verdad ante el señor Thornton, como había prometido hacer el señor Bell, era una consideración mezquina y sin importancia, porque la muerte le había vuelto a enseñar lo que debía ser la vida. Aunque todo el mundo, de palabra o de obra, guardara silencio con intención de engañar, aunque los más preciados intereses pendieran de un hilo o los seres más queridos corrieran peligro, aunque nadie llegara nunca a saber la verdad sobre su sinceridad o su falsedad para medir así el respeto o el desprecio que merecía, allí sola, pidió a Dios que le diera la fuerza necesaria para hablar y obrar con total sinceridad hasta el fin de sus días.

CAPÍTULO XLIX

RESPIRAR CON TRANQUILIDAD

Y por la soleada playa pasea ella despacio,
con muchas vacilaciones en el camino;
el dolor tiene una influencia tan silenciosa y sagrada.

HOOD

—¿No es Margaret la heredera? —susurró Edith a su marido en la intimidad del dormitorio, la noche del triste viaje a Oxford.

Estaba de puntillas, agachándole la alta cabeza, y le imploró que no se escandalizara antes de atreverse a hacerle la pregunta. Sin embargo, el capitán Lennox no lo sabía. Si se lo habían dicho alguna vez, se le había olvidado. Un miembro de una pequeña junta universitaria no podía haber dejado mucho; él nunca había querido cobrarle por vivir allí y doscientas cincuenta libras anuales era algo ridículo, incluso teniendo en cuenta que ella no bebía vino. Edith puso los pies en el suelo y se quedó un poco más triste sin el romance que esperaba.

Una semana después se acercó a su marido dando saltos y le hizo una reverencia.

—Yo he acertado y tú te has equivocado, mi nobilísimo capitán. Margaret ha recibido carta de un abogado y es heredera universal de unas dos mil libras y unas cuarenta mil en propiedades en Milton, según su valor actual.

—¡Hay que ver! ¿Y cómo se ha tomado semejante fortuna?

—Pues, por lo visto, hacía tiempo que lo sabía, aunque no pensaba que fuera tanto. Está muy pálida y ojerosa y dice que le da miedo; pero eso es una tontería, ¿verdad?, y enseguida se le pasará. He dejado a mamá derrochando enhorabuenas y me he escapado para contártelo.

Al parecer, se suponía, por consenso general, que lo más natural era que, a partir de ese momento, el señor Lennox se convirtiera en el asesor legal de Margaret, porque no tenía la menor idea de cómo funcionaban los negocios y necesitaba consultarlo para casi todo. Fue él quien le eligió un representante y luego fue a verla con documentos para firmar. Nunca había sido tan feliz como en esos momentos, enseñándole en qué consistían todos esos misteriosos tipos y signos de la ley.

—Henry —dijo Edith un día maliciosamente—, ¿sabes en qué espero que terminen todas esas largas conversaciones que sostienes con Margaret?

—No, ni idea —dijo él sonrojándose—, y no quiero que me lo digas.

—¡Ah, muy bien! En tal caso, no hace falta que le diga a Sholto que no invite al señor Montagu a casa tan a menudo.

—Haz lo que te parezca —respondió él con forzada indiferencia—. Lo que estás pensado puede suceder o no, pero esta vez tengo que ver claramente dónde estoy antes de ponerme en un compromiso. Invita a quien quieras. Aunque no sea muy cívico, Edith, si te entrometes, lo echarás todo a perder. Ha estado muy hosca conmigo mucho tiempo, pero parece que ahora empieza a descongelarse esa Zenobia[37] que lleva dentro. Es más apropiado compararla con Cleopatra, solo le faltaría ser un poco más pagana.

—Por mi parte —dijo Edith con cierta malicia—, me alegro mucho de que sea cristiana. ¡Conozco a muy pocas!

Ese otoño Margaret se quedó sin el viaje a España, aunque tuvo esperanzas hasta el final de que algún acontecimiento oportuno obligara a Frederick a ir a París, donde podía haber ido a verlo acompañada. En vez de Cádiz tuvo que conformarse con Cromer. Ese fue el destino que eligieron la señora Shaw y los Lennox. Desde el principio querían que Margaret los acompañara y, por lo tanto, según su forma de ser, no hicieron el menor esfuerzo por facilitarle el viaje que prefería ella. En cierto sentido, tal vez Cromer fuera lo más conveniente para ella, porque necesitaba fortalecerse físicamente, además de descansar.

---

37 Reina de Palmira que perdió la lucha contra los romanos en el siglo III de la era cristiana.

Entre otras esperanzas que se habían desvanecido, estaba la esperanza, la confianza que había depositado en el señor Bell para que explicara al señor Thornton las circunstancias familiares que habían precedido al desafortunado y fatal accidente de Leonards. Deseaba que cualquier opinión, por muy distinta que fuera de lo que el señor Thornton había creído en otros tiempos, se basara en un conocimiento verdadero de lo que había hecho y de los motivos que la habían llevado a obrar así. Para ella habría sido un placer, habría sido la posibilidad de descargarse de un peso que, sin embargo, tendría que llevar en la conciencia toda la vida, a menos que decidiera no volver a pensarlo. Hacía ya tanto tiempo que había sucedido que no había forma de explicarlo, más que la que había perdido con la muerte del señor Bell. Lo único que podía hacer era conformarse, como muchos otros, con que su conducta se interpretara mal; pero, aunque se convenciera de que su caso no era único en el mundo, el anhelo de que algún día, años más tarde —en cualquier caso antes de morir—, él pudiera llegar a saber el alcance de la tentación, seguía pesándole en el ánimo con la misma intensidad. Pensó que, si al menos pudiera asegurarse de que lo sabía, no querría enterarse de que alguien se lo había explicado todo. Pero eso era un deseo inútil, como tantos otros; y, en cuanto se convenció de esto, se entregó en cuerpo y alma a la vida inmediata tal como se le presentaba, resuelta a esforzarse por sacarle el mayor partido posible.

Pasó largas horas en la playa observando atentamente las olas que, en constante movimiento, rompían contra los guijarros de la orilla, o mirando a las que se levantaban a lo lejos centelleando contra el cielo, oyendo, sin ser consciente, el eterno salmo que ascendía sin cesar. Se apaciguó sin saber cómo ni por qué. Apática, se sentaba en el suelo agarrándose las rodillas con las manos mientras su tía Shaw hacía algunas compras y Edith y el capitán Lennox se iban a cabalgar a sus anchas por la playa y por los campos. Las niñeras, que paseaban con niños, desfilaban de ida y de vuelta por delante de ella y, en susurros, se preguntaban qué miraría tanto tiempo, un día tras otro. Cuando la familia se reunía para comer, Margaret estaba tan silenciosa y absorta que Edith consideró que estaba deprimida y, muy satisfecha, se adueñó de una proposición de su marido: invitar al señor Henry Lennox a pasar una semana en Cromer cuando volviera de Escocia en octubre.

Pero todo ese tiempo dedicado a pensar le permitió situar los acontecimientos en su sitio en cuanto a su origen y a su significado, y en relación con el pasado y el futuro de su vida. No fue tiempo perdido el que pasó a la orilla del mar, como podía ver cualquiera que supiera interpretar o se tomara la molestia de entender la expresión que iba adquiriendo su rostro. Al señor Lennox lo sorprendió sobremanera.

—Da la impresión de que el mar le ha sentado maravillosamente a la señorita Hale —dijo, cuando ella salió de la habitación el día en que el recién llegado se incorporó al círculo familiar—. Parece diez años más joven que en Harley Street.

—¡Es por la capota que le he regalado! —exclamó Edith, triunfante—. Supe que la favorecería desde el momento en que la vi.

—Discúlpame —dijo el señor Lennox en el tono entre despectivo e indulgente con el que solía dirigirse a ella—, pero creo que sé distinguir entre los encantos de una prenda de vestir y los de una mujer. Una simple capota no puede dar un brillo tan tierno a los ojos ni hacer los labios tan carnosos y rojos..., ni la cara, en general tan luminosa y llena de paz. Se parece —dijo bajando la voz— a la Margaret Hale de Helstone, solo que más...

A partir de ese momento, este hombre inteligente y ambicioso se empleó a fondo en conquistar a Margaret. Le encantaba su dulce belleza. Veía el gran potencial de su mente, que podría conducir con facilidad (o eso creía) para que se entregara a los objetivos que más anhelaba él. Consideraba su fortuna solo una parte del todo completo y magnífico que era ella, así como de su posición, aunque era plenamente consciente del ascenso inmediato que le proporcionaría: dejaría de ser un abogado pobre. Con el tiempo, tendría tanto éxito y se le reconocerían tantos honores que podría devolverle con intereses el adelanto de riquezas que le debería. Al volver de Escocia había pasado por Milton para resolver asuntos de las propiedades de Margaret; con su vista de águila de abogado experto, siempre dispuesto a entender y sopesar contingencias, se había dado cuenta de que el valor de las tierras y los edificios de la próspera ciudad de Milton, de los que ya era propietaria, aumentaba todos los años. Se alegraba de que la relación de asesor legal y cliente que mantenían se superpusiera poco a poco a aquel desafortunado y mal planteado día en Helstone, pues le daba muchas ocasiones de tratar íntimamente con ella, aparte de las que le proporcionaba la relación entre las dos familias.

Margaret estaba más que dispuesta a escuchar siempre y cuando hablara de Milton, aunque él no había visto a ninguna de las personas a las que más conocía. Con su tía y su prima había empleado un tono de desagrado y desdén al hablar de Milton, igual que ella —se avergonzaba de recordar— los primeros días de su vida allí. Pero el señor Lennox casi la superaba en admiración por el carácter de la ciudad y de sus habitantes. Esa energía, esa fuerza, ese valor indomable en el esfuerzo y en la lucha, esa existencia tan vívida y expresiva lo cautivaban, le capturaban la atención. Nunca se cansaba de hablar de ellos, pero no había advertido lo egoístas y materialistas que eran casi todos los fines en los que empleaban ese poderoso esfuerzo incansable, hasta que Margaret, a pesar de todo, se lo señaló francamente como la mácula que ensombrecía la admirable nobleza de aquellas gentes. De todos modos, cuando otros temas no le interesaban y respondía brevemente a muchas preguntas, Henry Lennox descubrió que, si se refería a alguna otra particularidad del carácter de Darkshire, se le iluminaban los ojos y recobraba el color de las mejillas.

Cuando volvieron a la ciudad, Margaret empezó a poner en práctica una de las decisiones que había tomado en la costa: hacerse con las riendas de su vida. Antes de ir a Cromer, acataba las normas de su tía con tanta docilidad como cuando era la pequeña recién llegada que se durmió llorando aquella primera noche en el cuarto de los niños de Harley Street. Pero después de todas esas horas de solemne reflexión había aprendido que algún día tendría que dar cuentas de su vida y de lo que había hecho con ella, e intentó dilucidar la cuestión, tan difícil para casi todas las mujeres, de hasta qué punto tenía que obedecer a la autoridad y a partir de dónde podía ser libre de hacer lo que quisiera. La señora Shaw tenía muy buen temperamento y Edith había heredado esa encantadora cualidad doméstica; seguramente Margaret era la peor dotada de las tres en este aspecto porque, debido a la rapidez de percepción y a una imaginación desbordada, a veces se precipitaba, y además, el temprano rechazo de la indulgencia le había moldeado el orgullo; pero tenía un fondo de dulzura indescriptiblemente infantil que, desde siempre, suavizaba sus modales de una forma irresistible, incluso las raras veces que se obstinaba por algo y, como estaba más segura gracias a lo que la gente llamaba su buena fortuna, logró convencer a su tía, que, a su pesar, al final consintió en permitirle hacer su voluntad. Y así Margaret conquistó que se le reconociera el derecho a seguir sus propias ideas sobre lo que debía hacer.

—Solo te pido que no te hagas la fuerte —le rogó Edith—. Mamá quiere que tengas un lacayo propio, haz lo que quieras, aunque te advierto que son una auténtica pesadez. Lo único que te pido es que no te hagas la fuerte, aunque solo sea por mí, cielo.

—No temas, Edith. A la primera ocasión, me desmayaré en tus manos cuando la servidumbre esté comiendo; pero, entonces, ¿qué pasará cuando Sholto esté jugando con el fuego y el chiquitín se ponga a llorar y tú empieces a echar de menos a una mujer fuerte capaz de atender cualquier emergencia?

—¿Y dejarán de gustarte las bromas y las diversiones?

—¡No, qué va! Me divertiré más que nunca, ahora que puedo hacer lo que quiera.

—¿Y no irás hecha un desastre y me dejarás que te compre vestidos?

—¡Ah! Pienso comprármelos yo. Si quieres me acompañas, pero solo yo sé lo que me gusta.

—¡Ah, qué alivio! Temía que fueras a vestirte de marrón y pardo, para que no se notara la suciedad que se te pegará en todos esos sitios. Me alegro de que conserves un poco de coquetería y que no olvides quién eras.

—Voy a ser la misma de siempre, Edith, aunque mi tía y tú no os lo creáis. Pero, como no tengo marido ni hijos que me den obligaciones naturales, tengo que buscarme algunas propias, además de ordenar mis vestidos.

El cónclave familiar, compuesto por Edith, su madre y su marido, decidió que tal vez esas ideas que tenía Margaret la pondrían más cerca de las manos de Henry Lennox. La mantenían aparte de otros amigos que tuvieran hijos o hermanos que pudieran ser pretendientes; y también coincidieron en que no parecía que le gustara mucho relacionarse con nadie de fuera de la familia, solo con Henry. A los demás admiradores, atraídos por su aspecto, por su fama o por su fortuna, los empujaba con su inconsciente sonrisa desdeñosa hacia otras jóvenes menos exigentes u otras herederas más ricas. Poco a poco Henry y ella iban intimando más; pero ni el uno ni la otra estaban dispuestos a dar la menor señal de las incidencias de su relación.

CAPÍTULO L

CAMBIOS EN MILTON

Ahora subimos, subiendo, subiendito.
¡Y ahora bajamos, bajando, bajandito!

CANCIÓN DE CUNA

Entretanto, en Milton, las chimeneas humeaban y el rugido constante, los poderosos golpes y el estrépito mareante de las máquinas no cesaban. La madera, el hierro y el vapor cumplían su deber sin saberlo, sin conocer su propósito, pero la persistencia de su monótono trabajo competía con la incansable resistencia de fuertes multitudes que, sabiendo su cometido y conociendo su propósito, se ocupaban sin descanso en busca de..., ¿de qué? Había poca gente ociosa en las calles, nadie paseaba simplemente por placer; todos los rostros tenían una expresión de impaciencia o de anhelo; se buscaban las noticias con una avidez feroz; los hombres se empujaban unos a otros en el Mercado y en la Bolsa, como lo hacían en la vida, con el profundo egoísmo de la competitividad. Se respiraba el abatimiento en la ciudad. Venían pocos compradores y a esos pocos, los vendedores los miraban con recelo, porque el crédito era inseguro, y hasta los más estables podían ver su fortuna afectada por la ráfaga de bancarrotas de las compañías navieras del gran puerto vecino. No había habido quiebras en Milton hasta entonces, pero, de las inmensas especulaciones que habían salido a la luz al terminar mal en América, y también más cerca del país, se sabía que algunas compañías de Milton debían de estar en una situación tan grave que todos los días los hombres se preguntaban con el gesto, si no con la lengua: «¿Qué se sabe? ¿Quién ha quebrado? ¿Cómo me va a afectar a mí?». Y si dos o tres se ponían a hablar, preferían hacer cábalas sobre los que estaban a salvo, sin atreverse a nombrar a los que, en su opinión, era más fácil que fracasaran; porque hablar por hablar en semejantes circunstancias podría provocar la quiebra de alguien que, de otro modo, podría haber capeado el temporal; y si uno cae, puede arrastrar a muchos consigo. «Thornton está a salvo —decían—. Tiene una gran empresa que no para de expandirse todos los años; pero aunque tiene buena cabeza y es muy prudente a pesar de su osadía...». Ese hombre se lleva a otro aparte, acerca la cabeza al oído del compañero y le dice: «Thornton tiene una empresa grande, pero se ha gastado los beneficios en expandirla; no tiene capital de reserva; hace dos años renovó la maquinaria y le costaría... ¡Alto ahí! ¡No hace falta decir más!». Pero este señor Harrison era un agorero; había heredado la fortuna de su padre, ganada en el comercio; temía perderla si introducía algún cambio para ampliar la empresa y envidiaba hasta el último penique que invertían otros más audaces y con mayor visión.

Pero lo cierto era que el señor Thornton estaba en apuros. Y lo acusaba en su punto vulnerable: su orgullo por el carácter comercial que había imprimido a su empresa él solo. Era el arquitecto de su prosperidad, aunque no lo atribuía a ningún mérito o cualidades especiales de su persona, sino a la fuerza que, a su modo de ver, prestaba el comercio a todo hombre valiente, honrado y perseverante para ascender a un nivel desde el que podía ver y entender el gran juego del éxito en la vida y, honradamente, gracias a esa gran visión, hacerse con más poder e influencia que en cualquier otro modo de vida. Lejos de allí, en el este y en el oeste, donde jamás lo conocerían personalmente, tenían su nombre en gran consideración, cumplían sus deseos y su palabra valía tanto como el oro. Tal era la idea de la vida en el mercado con la que había comenzado el señor Thornton. «Cuyos mercaderes eran príncipes»,[38] decía su madre leyendo el texto en voz alta, como si fuera el clarín que llamaba a su hijo a la lucha. Él, sencillamente como tantos otros hombres, mujeres y niños, atendía a lo lejano y desatendía lo cercano. Deseaba hacerse con un nombre influyente en otros países, en mares remotos, convertirse en el dueño de una

38 Isaías 23, 8.

empresa que conocieran muchas generaciones; le había costado largos años de silencio alcanzar un destello de lo que podía ser en esos momentos, en el presente, ahí, en su propia ciudad, en su propia fábrica, entre los suyos. Él y ellos habían vivido en paralelo, muy cerca, pero sin tocarse nunca, hasta que accidentalmente (o eso parecía) conoció a Higgins. Encarado frente a frente, de hombre a hombre, con un representante de las masas que lo rodeaban y (nótese) fuera de la relación como amo y obrero, cada uno por su parte reconoció en primer lugar que «todos tenemos un corazón humano».[39] Así empezó todo. Hasta ese momento, en que la aprensión de perder el contacto con dos o tres obreros a los que habían empezado a conocer como hombres y de no haber podido poner a prueba un par de ideas que eran experimentos muy caros a su corazón, hacía más palpable el temor sutil que a veces lo embargaba. Hasta ese momento nunca había reconocido lo mucho y lo profundamente que, desde hacía poco, le interesaba su posición como industrial solo porque lo acercaba más al poder y le daba la oportunidad de ganarlo entre una raza de gente extraña, astuta e ignorante, pero, por encima de todo, con un gran carácter y un fuerte sentimiento humano.

Revisó su posición como industrial de Milton. La huelga de hacía un año y medio —o más, porque había sido en invierno y ya estaban a finales de primavera—, esa huelga —cuando era joven, ahora era viejo— le había impedido entregar unos grandes pedidos que tenía en marcha. Tenía gran parte del capital inmovilizado en maquinaria nueva y cara y también había adquirido una gran cantidad de algodón para cubrir los pedidos ya firmados. No había podido entregarlos debido en parte a la absoluta falta de habilidad de los obreros irlandeses que había contratado; gran parte del trabajo que hacían era defectuoso e inservible para una empresa que se preciaba de fabricar únicamente artículos de primera calidad. Las consecuencias de la huelga habían sido un obstáculo para el señor Thornton y a menudo, cuando veía a Higgins, sentía ganas de hablarle de mala manera sin motivo, solo por la gravedad de los daños derivados de un asunto en el que había estado implicado. Sin embargo, cuando se dio cuenta de este resentimiento súbito y colérico, decidió dominarlo. Pero no evitando a Higgins, eso no le satisfacía; tenía que convencerse

39 «The Old Cumberland Beggar», William Wordsworth.

de que era dueño de su cólera y procurar que Higgins tuviera acceso a él siempre que las estrictas normas de la casa y el tiempo libre lo permitieran. Y, poco a poco, el resentimiento se le pasó ante el asombro que le causaba que dos hombres como Higgins y él, que vivían de la misma industria y trabajaban por lo mismo, cada uno a su manera, eran capaces de considerar la posición y las obligaciones del otro de una forma tan curiosamente distinta. Y así nació esa relación que, aunque tal vez no pudiera evitar las divergencias de opinión y de acción en el futuro, cuando surgiera la ocasión, en cualquier caso les permitiría a ambos considerarse mutuamente con mucha más caridad y comprensión y soportarse con mayor paciencia y amabilidad. Aparte de este progreso en las relaciones, tanto el señor Thornton como sus hombres aprendían muchas cosas los unos de los otros.

Pero la actividad comercial se encontraba en un mal momento y la caída del mercado trajo consigo la devaluación de las grandes existencias. Las del señor Thornton se redujeron casi a la mitad. No entraban pedidos y así perdió los intereses del capital que tenía en maquinaria; incluso era difícil conseguir que le pagaran los pedidos que entregaba; además, los gastos para mantenerse en funcionamiento eran un grifo abierto. Después llegaron las facturas del algodón que había comprado y, como el dinero escaseaba, solo pudo pedir préstamos a un interés desorbitado, pues tampoco podía convertir la propiedad en efectivo. Sin embargo, no se desesperaba; día y noche se esforzaba en prever y solucionar cualquier contingencia; trataba a las mujeres de su casa con más calma y amabilidad que nunca; con los obreros de la fábrica hablaba poco, pero a esas alturas ya lo conocían y, aunque a menudo les respondía seca y tajantemente, lo comprendían, porque veían el peso que soportaba, en vez de dejarse llevar por el antagonismo reprimido que antes siempre estaba latente, listo para las malas palabras y los juicios severos. «El patrón lleva mucho peso a las espaldas», dijo Higgins un día cuando oyó preguntar al señor Thornton breve y secamente por qué no se había obedecido una determinada orden; y oyó el suspiro contenido que exhaló al pasar a la sala en la que trabajaban unos cuantos obreros. Higgins y otro compañero se quedaron esa noche, sin decírselo a nadie, para terminar el trabajo que había quedado sin hacer; lo único que llegó a saber el señor Thornton fue que lo había terminado el revisor, a quien había dado la orden de hacerlo en primer lugar.

«¡Vaya! Sé quién lamentaría ver a nuestro patrón así, como un trozo de percal gris. Al viejo párroco se le rompería ese corazón de mujer que tenía si lo viera con esa cara», pensó Higgins un día, cuando se acercaba al señor Thornton en Marlborough Street.

—Patrón —lo llamó. Y le hizo detener los pasos rápidos y resueltos y levantar la cara con sobresalto e irritación, como si estuviera pensando en algo muy lejano—, ¿ha sabido algo de la señorita Hale últimamente?

—¿La señorita... qué? —replicó el señor Thornton.

—La señorita Margaret..., la señorita Hale, la hija del viejo párroco..., ya sabe a quién me refiero, piense un momento —añadió, sin el menor atisbo irrespetuoso en el tono de voz.

—¡Ah, sí! —Y de repente, la cara, helada de preocupación, se iluminó como si un viento de verano se hubiera llevado todos los pesares; y, aunque tenía los labios tan apretados como antes, los ojos sonrieron benignamente al que le hablaba—. Ahora es mi arrendadora, ya sabe, Higgins. De vez en cuando sé algo de ella por su agente aquí. Se encuentra bien y está con amigos..., gracias, Higgins.

Ese «gracias» que quedó colgado al final de la frase, pero que sonó mucho más cálido, encendió una lucecita nueva en la cabeza al perspicaz Higgins. Quizá solo fuera una luciérnaga, pero pensó en seguirla y averiguar adónde lo llevaba.

—¿Y no se va a casar, patrón?

—Todavía no. —Se volvió a ensombrecer—. Corren algunos rumores; alguien relacionado con la familia, al parecer.

—Entonces, supongo que no volverá a Milton.

—No.

—Un momento, patrón. —Se acercó en actitud confidencial y dijo—: ¿El joven caballero se ha *librao*? —dijo, con un guiño que daba a entender que lo sabía todo, aunque al señor Thornton le pareció más misterioso que antes—. El joven caballero, me refiero al señorito Frederick, como lo llaman..., el hermano que estuvo aquí, ya sabe.

—Aquí.

—Eso, claro, cuando murió la señora. No se asuste porque se lo cuente, Mary y yo lo sabíamos desde el principio, pero no hemos dicho nada, porque nos enteramos cuando Mary trabajó en la casa.

—¿Y estuvo aquí? ¡Era el hermano!

—Sí, sí, pensaba que usted lo sabía, porque, si no, jamás se lo habría dicho. ¿No sabía que tenía un hermano?

—Sí, lo sé todo. ¿Y estuvo aquí cuando murió la señora Hale?

—¡No! No voy a decir nada más. A lo mejor ya los he metido en un lío, porque lo guardaban muy en secreto. Lo único que quería saber es si se había *librao*.

—No, que yo sepa. Pero no lo sé. Ahora solo sé de la señorita Hale por medio de un abogado, y porque es mi arrendadora.

Dejó a Higgins y prosiguió con lo que estaba haciendo antes de que este se le acercara; Higgins se quedó desconcertado.

«Era su hermano —se dijo el señor Thornton—. Me alegro. Aunque no la vuelva a ver, es un consuelo saberlo..., un alivio. Sabía que no era capaz de hacer nada indecoroso, pero deseaba convencerme. ¡Cuánto me alegro!».

Era un hilito de oro que pasaba entre la oscura red de los acontecimientos del presente, que cada vez eran más funestos. Su agente había confiado mucho en una compañía americana que había quebrado, junto con otras en esos momentos; como las cartas de una baraja, que se empujan unas a otras, la caída de una arrastraba a las demás. ¿Qué compromisos tenía él? ¿Lo podría soportar?

Todas las noches se llevaba libros y documentos a su habitación y se quedaba mucho tiempo después de que la familia se hubiera ido a la cama. Creía que nadie sabía lo que hacía en esas horas, que debía emplear en dormir. Una mañana, cuando la luz del día empezó a colarse por las rendijas de la persiana y todavía no se había acostado y, con indiferencia, pensó que le bastaría con descansar un par de horas, pues era el tiempo que faltaba para que empezara de nuevo el movimiento diario, se abrió la puerta de su habitación y apareció su madre, vestida con la misma ropa que el día anterior. Ella tampoco había dormido esa noche. Se miraron a los ojos. Ambos tenían el rostro frío y rígido, ojeroso de la larga vela.

—¡Madre! ¿Por qué no está en la cama?

—Hijo, John —dijo ella—, ¿crees que me puedo ir a dormir con la conciencia tranquila mientras tú estás en vela y con tantas preocupaciones? No me has contado qué es lo que te agobia tanto, pero llevas muchos días así.

—El comercio va mal.

—Y temes…

—No temo nada —respondió él irguiendo la cabeza—. Ahora sé que ningún hombre sufrirá por mi causa. Esa era mi preocupación.

—Pero ¿en qué situación te encuentras? ¿Vas a…, habrá quiebra? —preguntó con un desacostumbrado temblor en la voz.

—Quiebra no. Tengo que dejar el negocio, pero pagaré a todos los obreros. Tal vez me recupere…, es una gran tentación…

—¿Qué? ¡Ay, John! Mantén tu nombre…, inténtalo todo. ¿Cómo te recuperarías?

—Especulando con una oferta que me han hecho, muy arriesgada, pero, si sale bien, me situará por encima de la línea de flotación y nadie tendría por qué saber los apuros que estoy pasando ahora. Pero si fracasa…

—Si fracasa… —dijo ella, adelantándose y poniéndole una mano en el brazo, con los ojos luminosos y emocionados. Contuvo el aliento para oír el final de la frase.

—Un granuja sin escrúpulos arruinará a unos hombres honrados —dijo, abatido—. Tal como están las cosas, el dinero de mis acreedores está asegurado hasta el último penique, pero no sé de dónde voy a sacar dinero para mí…, puede que en este momento haya desaparecido todo y que esté sin un penique. Por lo tanto, lo que tendría que arriesgar es el dinero de los acreedores.

—Pero, si sale bien, no tendrán por qué saberlo nunca. ¿Tan arriesgada es la especulación? Seguro que no, porque, de lo contrario, ni siquiera habrías pensando en hacerlo. Si sale bien…

—Sería rico ¡y tendría un gran cargo de conciencia!

—¿Por qué? No habrías hecho daño a nadie.

—No, pero me habría arriesgado a arruinar a muchos por engrandecerme miserablemente. Lo he decidido. No lo lamentarás mucho si dejamos esta casa, ¿verdad, mi querida madre?

—¡No! Lo que me rompería el corazón es que dejaras de ser el que eres. ¿Qué vas a hacer?

—Ser siempre el mismo John Thornton, pese a cualquier circunstancia, procurar hacer las cosas bien y equivocarme a menudo, y después, intentar ser valiente y empezar de nuevo. Pero es difícil, madre. He trabajado y pensado mucho. He descubierto tarde que tenía nuevos poderes en mi situación, pero ahora ya ha pasado el momento. Soy viejo para empezar de cero con el mismo ímpetu. Es difícil, madre.

Se dio media vuelta y se tapó la cara con las manos.

—No sé cómo son las cosas —dijo ella, con un lúgubre tono desafiante—, no sé cómo puede ser. Mi hijo, un buen hijo, un hombre justo y bondadoso..., fracasa en todo lo que se propone: encuentra a una mujer a la que amar y ella lo rechaza como si fuera un hombre cualquiera; trabaja, y su trabajo termina en nada. Otros prosperan y se enriquecen, su nombre miserable sube a lo alto y la vergüenza no los salpica.

—Nunca me salpicará la vergüenza —dijo él en voz baja, pero ella siguió hablando.

—Me he preguntado a veces dónde estaba la justicia y ahora no creo que exista tal cosa en el mundo... Haber llegado a esto, tú, mi propio John Thornton, ¡tú y yo juntos podríamos ser mendigos, mi queridísimo hijo!

Lo abrazó por el cuello y lo cubrió de besos y lágrimas.

—¡Madre! —dijo él, sujetándola con ternura entre los brazos—. ¿Quién me ha mandado esta suerte en la vida, tanto la buena como la mala? —Ella hizo un gesto negativo con la cabeza. No quería pensar en la religión en ese momento—. Madre —continuó, al ver que no le decía nada—, yo también he sido rebelde, pero me esfuerzo por dejar de serlo. Ayúdame como lo hacías cuando era pequeño. Me dijiste muchas cosas buenas cuando... cuando padre murió y a veces nos faltaban muchas cosas... que ya no volveremos a tener; me decías cosas valientes, nobles y confiadas, madre, que nunca olvidé, aunque tal vez dejé a un lado. Háblame como lo hiciste entonces, madre. Que no lleguemos a pensar que la vida nos ha endurecido el corazón. Si me dijeras aquellas cosas, volvería a sentir un poco la piadosa sencillez de la infancia. Me las digo yo, pero no me salen como a ti y me acuerdo de todos los pesares y aprietos que tuviste que pasar.

—Muchos fueron, sí —dijo ella, llorando—, pero ninguno tan doloroso como este. ¡Verte expulsado del lugar que te corresponde! Podría decírmelas a mí, pero a ti no, John. ¡A ti no! Dios ha querido ser duro contigo, mucho.

Todo su cuerpo se estremecía con los gemidos convulsos de una persona anciana cuando llora. Por fin se dio cuenta del silencio que la rodeaba y se calmó para escuchar. Nada. Levantó la mirada. Su hijo estaba sentado al lado de la mesa, con los brazos encima y la cabeza gacha.

—¡Ay, John! —exclamó, y le levantó la cara.

Una sombra blanca se la cubría, tan extraña que por un momento pensó que era preludio de la muerte; pero, a medida que el rostro perdía rigidez y cobraba su color natural, y al ver que su hijo volvía a ser el mismo, toda la mortificación terrenal se disolvió en la nada, porque se dio cuenta de la gran bendición que era para ella la simple existencia del hijo. Dio gracias a Dios por eso y solo por eso con un fervor que le limpió la cabeza de sentimientos rebeldes.

Thornton no dijo nada, pero abrió los postigos de las ventanas para que la rojiza luz del sol inundara la habitación. Sin embargo, soplaba el viento del este y hacía frío, como desde hacía semanas; ese año no habría demanda de telas ligeras de verano. Había que renunciar a la esperanza de reanimar el comercio.

Mucho lo confortó la conversación con su madre y saber que, aunque no volvieran a hablar de esas cuestiones, se entendían perfectamente y que podían seguir, si no en armonía, sí al menos sin discordias por sus diferentes puntos de vista. Al marido de Fanny lo irritó que Thornton se negara a participar en la operación especulativa que le había propuesto y retiró hasta la menor posibilidad de que contara con él para ayudar a su cuñado con dinero en metálico, pues lo necesitaba él para su propia inversión.

Finalmente, nada se pudo hacer, salvo lo que el señor Thornton temía desde hacía semanas; tuvo que dejar el negocio que había levantado con tanto esfuerzo, honor y éxito y buscar un empleo de subordinado. El contrato de alquiler de la fábrica de Marlborough y la vivienda aneja era de larga duración, así que tenían que subarrendarlas si era posible. Al señor Thornton le salió enseguida una posible oferta. El señor Hamper se habría alegrado mucho de contar con él como socio estable y experto para su hijo, que empezaba a asentarse con un gran capital en una ciudad vecina; pero el joven estaba educado solo a medias en lo referente a información, nada de nada en cuanto a cualquier responsabilidad más allá de ganar dinero y completamente embrutecido por lo que hacía tanto a sus placeres como a sus pesares. El señor Thornton no quiso asociarse con él de ninguna manera, porque tendría que renunciar a las pocas ideas que le quedaban para sobrevivir a la pérdida de su fortuna. Preferiría ser solo un administrador con cierto poder y ganar algún dinero a tener que adaptarse a la tiranía de un socio rico con el que sin duda discutiría al cabo de unos meses.

Y así, esperó y se hizo a un lado con profunda humildad cuando corrió la noticia por la Bolsa de la enorme fortuna que había ganado su cuñado con la arriesgada especulación. El asombro duró nueve días. El éxito trajo consigo la consecuencia material de una admiración máxima. Al señor Watson se lo consideraba el hombre más listo y visionario.

CAPÍTULO LI

EL REENCUENTRO

Estemos tranquilos y firmes, valiente corazón,
dominemos los ojos, la lengua y las mejillas,
que no aparezca el menor signo de revelación,
de que ella siempre fue, es y será querida.

JUEGO DE RIMAS

Hacía una calurosa noche de verano. Edith fue al dormitorio de Margaret dos veces, la primera, porque siempre lo hacía; la segunda, vestida ya para la cena. La primera, no había nadie; la siguiente, encontró a Dixon colocando el vestido de Margaret encima de la cama; pero Margaret no estaba. Y empezó a molestar:

—¡Ay, Dixon! ¡Esas horribles flores azules con ese vestido de color oro apagado! ¡Qué mal gusto! Un momento, voy a traerte unas flores de granado.

—No es de color oro apagado, senora. Es de color paja. Y el azul siempre quedaba bien con el color paja.

Pero Edith sacó unas vistosas flores rojas antes de que Dixon terminara de hablar.

—¿Dónde está la señorita Hale? —preguntó en cuanto probó el efecto del adorno—. No entiendo cómo —continuó, de mal humor— mi tía podía permitirle esa costumbre de pasear tanto cuando vivía en Milton. Es que siempre estoy esperando que se encuentre con algo horrible en esos sitios tan espantosos a los que va. Yo jamás me atrevería a ir por esas calles sin un criado. No son aptas para las damas.

Dixon todavía estaba molesta por el desprecio que le había hecho a su gusto; por eso respondió secamente:

—No me extraña nada que las damas hablen tanto de lo damas que son..., sobre todo si son muy temerosas, delicadas y exquisitas; no me extraña nada que ya no haya santas en la tierra...

—¡Ah, Margaret! Ya estás aquí. Te he echado mucho de menos. Pero ¡qué sofocada vienes con este calor, pobrecita! ¿Sabes lo que ha hecho el pelma de Henry? Sobrepasa los límites de un cuñado, la verdad. Ya tenía yo la mesa perfectamente dispuesta para encajar precisamente al señor Colthurst, cuando aparece Henry, disculpándose, eso sí, y poniéndote a ti por excusa, y me pregunta si puede invitar a un tal señor Thornton de Milton: tu arrendatario, ya sabes, que está en Londres por un asunto de negocios. Me lo estropea todo, la verdad.

—La cena me da igual. No quiero cenar —dijo Margaret en voz baja—. Dixon puede traerme un té aquí y, cuando subáis al salón, allí estaré. Necesito tumbarme un rato.

—¡No, no! Eso no puede ser. Sí que estás terriblemente pálida, sin duda, pero es solo por el calor, y no podemos prescindir de ti. (Dixon, esas flores un poco más abajo. Parecen llamas divinas, Margaret, sobre el pelo negro). Ya sabes que teníamos la intención de que hablaras de Milton con el señor Colthurst. ¡Ah, claro! Ese hombre que dice Henry es de Milton. En realidad será estupendo, porque el señor Colthurst podrá exprimirlo cuanto quiera con todas las cuestiones que le interesan, y será muy divertido detectar tus experiencias y todo lo que le cuente el señor Thornton en el próximo discurso que dé el señor Colthurst en la Cámara. Me parece que Henry ha tenido una idea genial. Le pregunté si era un hombre del que una se avergonzaría y me dijo: «No, si tienes la sensatez suficiente, hermanita mía». Así que supongo que pronunciará las haches aspiradas, cosa que no se hace en Darkshire, ¿verdad, Margaret?

—¿El señor Lennox no ha dicho por qué ha venido el señor Thornton a la ciudad? ¿Es por algún asunto legal relacionado con la propiedad? —preguntó Margaret con una voz forzada.

—Bueno, ha quebrado o algo por estilo, eso que te contó Henry el día que tenías aquel terrible dolor de cabeza..., ¿qué era? Eso es, Dixon, muy bien, fabuloso. La señorita Hale es un orgullo para todos, ¿verdad? Margaret, me encantaría ser tan alta como una reina y tan morena como una gitana.

—Pero ¿qué le pasa al señor Thornton?

—¡Ah! Es que tengo muy mala cabeza para los asuntos legales. Henry estará encantado de contártelo todo. Sé que la impresión que me dio a mí cuando me lo dijo fue que el señor Thornton está en una situación pésima, que es un hombre muy respetable y que lo trate con toda la consideración; pero, como yo no sabía cómo hacerlo, he venido a pedirte que me ayudaras. Y ahora, baja conmigo y descansa un cuarto de hora en el sofá.

El privilegiado cuñado llegó temprano y Margaret, ruborizándose al hablar, empezó a hacerle las preguntas sobre el señor Thornton cuyas respuestas quería conocer.

—Ha venido por el subarriendo de la propiedad, es decir, la fábrica de Marlborough, la casa y las demás dependencias. No puede mantenerla, así que hay que revisar escrituras y contratos de arrendamiento, además de redactar algunos acuerdos. Espero que Edith lo reciba como es debido; aunque vi lo inconveniente que le pareció que me tomara la libertad de invitarlo. Pero pensé que a usted le gustaría tener una atención con él, y además hay que poner buen cuidado en ser respetuosos con un hombre que está pasando por malos momentos en la vida.

Estaba sentado al lado de Margaret y había bajado la voz, pero, en cuanto terminó, se levantó de repente para presentar al señor Thornton, que acababa de llegar, a Edith y al capitán Lennox.

Entretanto, Margaret miraba al señor Thornton con preocupación. Hacía bastante más de un año que no se veían y en ese tiempo habían sucedido cosas que lo habían cambiado mucho. Destacaba por su buena figura incluso entre los hombres de altura media; la agilidad con la que se movía le prestaba un aspecto distinguido y natural; pero el rostro parecía envejecido y agobiado; sin embargo, mantenía una noble compostura que, por su expresión digna y varonil, impresionó a los que acababan de saber de su cambio de fortuna. Advirtió la presencia de Margaret desde el primer momento en que entró en la habitación; vio su mirada centrada, escuchando lo que decía el señor Henry Lennox, y se acercó a ella con la actitud perfecta de un viejo amigo. A Margaret se le subieron los colores al oír sus primeras palabras, y así siguió toda la velada. No parecía que tuviera mucho que decirle. Lo decepcionó la discreción con que le preguntó lo que a él le parecieron sencillamente las cuestiones de rigor sobre sus conocidos de Milton; pero se acercaron otras personas más íntimas de la casa y él se retiró al fondo, donde charlaba de vez en cuando con el señor Lennox.

—La señorita Hale tiene buen aspecto, ¿no le parece? —dijo el señor Lennox—. Milton no le sentaba bien, supongo, porque, cuando llegó a Londres, creí que nunca había visto a nadie tan cambiado. Esta noche está radiante. Es que se ha fortalecido mucho. El otoño pasado se cansaba con un paseo de un par de millas. El viernes por la tarde fuimos andando hasta Hampstead, ida y vuelta, y el sábado tenía tan buen aspecto como hoy.

«¡"Fuimos"! ¿Quiénes? ¿Ellos dos solos?».

El señor Colthurst era muy inteligente, un miembro en alza del Parlamento. Enseguida captaba el carácter de las personas, y le llamó la atención un comentario que hizo el señor Thornton en la cena. Preguntó a Edith quién era el caballero. Edith, para su gran sorpresa, dedujo, por el tono de su «¡No me diga!», que, al contrario de lo que se había imaginado, el señor Thornton de Milton no le era desconocido del todo. La cena iba sobre ruedas. Henry estaba muy animado y sacó a relucir su humor cáustico admirablemente. El señor Thornton y el señor Colthurst encontraron un par de temas que les interesaban a los dos, que solo pudieron tocar superficialmente y se guardaron para una conversación más privada en la sobremesa. Margaret estaba preciosa con las flores de granado y a Edith no le preocupó que se recostara en el respaldo de la silla y hablara poco, porque la conversación seguía su curso con fluidez sin necesidad de que interviniera. Margaret observaba el rostro del señor Thornton y, como él no la miró ni una sola vez, pudo estudiarlo sin ser vista y tomar nota de los cambios que había experimentado en tan poco tiempo. Solo cuando el señor Lennox dijo algo agudo inesperadamente cobró su rostro el color, el brillo de los ojos y la insinuación de la luminosa sonrisa de antaño en los labios semiabiertos; y, por un instante, la buscó instintivamente con la mirada como buscando complicidad. Pero, cuando ella lo miró a su vez, todo su rostro se transformó y volvió a la expresión seria y agobiada; y se propuso no volver a mirarla en toda la cena.

Solo había dos damas más, aparte de las de la casa, y como ambas estaban ocupadas charlando con Edith y la señora Shaw, cuando subieron al salón

Margaret se puso a hacer una labor lánguidamente. Un rato después subieron los caballeros; el señor Colthurst y el señor Thornton hablaban entre ellos. El señor Lennox se acercó a Margaret y le dijo en voz baja:

—Creo que Edith me debe las gracias por mi contribución a la cena. No se hace idea de lo agradable y sensible que es ese arrendatario suyo. Ha sido el hombre idóneo para dar a Colthurst todos los detalles que necesitaba saber. Es increíble que le hayan salido tan mal las cosas.

—Con las capacidades y oportunidades que él ha tenido, usted habría triunfado —dijo Margaret en un tono que al señor Lennox no terminó de gustarle, aunque las palabras solo expresaron una idea que también a él se le había ocurrido.

Como él no respondió, captaron algo de la conversación que se desarrollaba junto a la chimenea entre el señor Colthurst y el señor Thornton.

—Le aseguro que cuando oí hablar de eso me interesó mucho conocer los resultados..., o tal vez debería decir que sentí curiosidad. En el poco tiempo que pasé en el vecindario oí hablar de usted a menudo.

Las demás palabras se perdieron y después oyeron hablar al señor Thornton.

—No hay motivo para tanta popularidad..., si decían esas cosas de mí, se equivocaron. Inicio proyectos nuevos poco a poco y me resulta difícil darme a conocer, incluso a las personas a las que deseo acercarme y con las que no tendría reservas de ninguna clase. Sin embargo, a pesar de estos inconvenientes, me pareció que estaba en el buen camino y que, empezando por trabar amistad con uno, llegaría a conocer a muchos. Los dos salíamos ganando, porque consciente e inconscientemente aprendíamos el uno del otro.

—Dice usted «aprendíamos», pues confío en que no deje de hacerlo.

—Tengo que frenar a Colthurst —dijo Henry Lennox de pronto.

Y, con un brusco comentario oportuno, cambió el hilo de la conversación para que el señor Thornton no tuviera que pasar por el trance de reconocer la falta de éxito y el consiguiente cambio de posición social. Pero, tan pronto como el nuevo hilo llegó a su fin, el señor Thornton retomó la conversación anterior en el punto en el que la habían dejado y dio cumplida respuesta a la pregunta del señor Colthurst.

—He fracasado en los negocios, tengo que renunciar a mi puesto de patrón. Espero encontrar empleo en Milton con alguien que esté dispuesto a dejarme seguir a mi manera en esos asuntos. Confío en mí mismo porque no tengo teorías visionarias que poner en práctica precipitadamente. Lo único que deseo es aprovechar la oportunidad de cultivar una relación con los obreros más allá del mero «vínculo monetario». Pero podría ser el punto de apoyo que pedía Arquímedes para mover la Tierra, habida cuenta de la importancia que le dan algunos de nuestros industriales, que mueven la cabeza negativamente y se ponen serios en cuanto nombro el par de experimentos que me gustaría poner a prueba.

—Ya veo que los llama «experimentos» —dijo el señor Colthurst con una actitud delicadamente más respetuosa.

—Porque creo que es lo que son. No estoy seguro de qué consecuencias puedan tener, pero sé que hay que ponerlos a prueba. Tengo el convencimiento de que ninguna institución, por muy bien que funcione y por mucho esfuerzo intelectual que se haya requerido para organizarla y ponerla en marcha, pueda unir a una clase con otra, a menos que su función consista en poner en contacto personal a individuos de las diferentes clases. Ese contacto es el verdadero soplo vital. No es posible que un obrero llegue a saber cuánto ha trabajado su patrón en el estudio de ideas que beneficien a sus trabajadores. La idea completa surge como una máquina más, apta aparentemente para cualquier imprevisto. Y así la aceptan los obreros, como una máquina más, sin entender el intenso trabajo mental e intelectual que se requiere para alcanzar tal perfección. Pero yo propondría una idea que, para ponerla en marcha, precisaría de la relación personal; tal vez al principio no diera fruto, pero cada contratiempo despertaría el interés de más hombres, hasta que, al final, todos desearían que funcionara, puesto que todos habrían participado en la puesta en marcha de la idea; pero incluso entonces seguro que perdería vitalidad, dejaría de estar viva desde el momento en que decayera ese interés común que invariablemente hace que la gente encuentre los medios y la forma de verse unos a otros y de conocer el carácter y la personalidad de los demás, e incluso las manías y formas de hablar de cada uno. Nos entenderíamos mejor unos a otros, e incluso aventuraría que nos querríamos más.

—¿Y cree que así se evitarían las huelgas periódicas?

—No, ni mucho menos. Solo aspiro a que las huelgas no sean la fuente de odio amargo y ponzoñoso que han sido hasta ahora. Si fuera más optimista me imaginaría que una relación más íntima y cordial entre las clases podría terminar con las huelgas. Pero no lo soy.

De repente, como si se le acabara de ocurrir algo, se acercó a donde Margaret estaba sentada y, de buenas a primeras, porque sabía que lo había oído todo, le dijo:

—Señorita Hale, he recibido una carta de mis hombres, sospecho que de puño y letra de Higgins, en la que dicen que desean trabajar para mí si algún día estoy en condiciones de darles empleo otra vez por mi cuenta. Eso está bien, ¿verdad?

—Sí, está muy bien. Me alegro mucho —dijo Margaret, mirándolo directamente a la cara con sus elocuentes ojos, y bajándolos después ante la expresiva mirada de él, que siguió mirándola un momento como si no supiera exactamente lo que quería hacer. Después suspiró y dijo:

—Sabía que le parecería bien.

Dio media vuelta y no volvió a dirigirle la palabra hasta que se despidió y le dio las buenas noches formalmente.

Cuando el señor Lennox se iba a despedir también, Margaret, con un rubor que no podía dominar y con cierta vacilación, le dijo:

—¿Puedo hablar con usted mañana? Necesito que me ayude en... una cosa.

—Naturalmente. Vendré a la hora que me diga. No puede darme mayor alegría que servirla en lo que necesite. ¿A las once? Muy bien.

Al señor Lennox le brillaban los ojos de euforia. ¡Qué bien estaba aprendiendo a confiar en él! Parecía que cualquier día, pronto, podría dar el paso con toda certeza; sin tal certeza, había decidido no volver a hacerle proposiciones nunca más.

CAPÍTULO LII

ADIÓS, NUBARRONES

> En la dicha o la pena, en la esperanza o el temor,
> desde ahora y desde aquí,
> en la paz o la lucha, con lluvia o sol.
>
> ANÓNIMO

La mañana siguiente, Edith iba de puntillas de un lado a otro y hacía callar a Sholto cada vez que levantaba la voz, como si cualquier ruido repentino fuera a interrumpir la conferencia que tenía lugar en el salón. Dieron las dos y seguían allí, con las puertas cerradas. Después se oyeron pasos de hombre corriendo escaleras abajo y Edith se asomó al salón.

—¿Y bien, Henry? —dijo ella con una mirada inquisitiva.

—¡Bien! —respondió él secamente.

—¡Ven a comer!

—No, gracias, no puedo. Ya he perdido mucho tiempo aquí.

—Entonces, no está todo arreglado —replicó Edith, desalentada.

—No, nada más lejos. No se arreglará nunca, si ese «todo» es lo que creo que quieres decir.

—Pero sería tan estupendo para todos... —dijo Edith en tono suplicante—. Siempre estaría tranquila con respecto a los niños si Margaret se asentara cerca de mí. Pero lo cierto es que temo que se vaya a Cádiz.

—Cuando me case, intentaré que sea con una joven que sepa manejar a los niños. Es lo único que puedo hacer. La señorita Hale no me acepta. Y no se lo voy a pedir.

—Entonces, ¿de qué habéis hablado?

—De mil cosas que no entenderías: inversiones, contratos y valor de la tierra.

—¡Ah, no me lo cuentes si es solo eso! Tú y ella sois insoportablemente estúpidos, si habéis estado tanto tiempo hablando solo de esas cosas tan aburridas.

—Muy bien. Mañana vuelvo con el señor Thornton para hablar un poco más con la señorita Hale.

—¡El señor Thornton! ¿Qué tiene que ver en esto?

—Es el arrendatario de la señorita Hale —dijo el señor Lennox, y dio media vuelta—. Y quiere rescindir el contrato.

—¡Ah, muy bien! No entiendo los detalles, así que no quiero saberlos.

—El único detalle que quiero que entiendas es que nos dejes la salita de atrás y que no nos molesten, como hoy. Los niños y los criados no paran de entrar y salir y así no hay quien pueda explicar las cosas satisfactoriamente; y los acuerdos a los que tenemos que llegar mañana son importantes.

Nunca se supo por qué el señor Lennox no acudió a la cita al día siguiente. El señor Thornton se presentó a la hora acordada y, después de tenerlo una hora esperando, Margaret bajó muy pálida y angustiada.

—Lo siento —empezó, presurosa—, el señor Lennox no ha llegado..., él lo habría hecho mucho mejor que yo. Es mi asesor en este...

—Lamento haber venido si la molesta. ¿Quiere que vaya a las habitaciones del señor Lennox, a ver si está?

—No, gracias. Quería decirle a usted lo mucho que siento perderlo como arrendatario. Pero el señor Lennox dice que seguro que las cosas mejoran...

—El señor Lennox no sabe mucho de esto —dijo el señor Thornton en voz baja—. Es afortunado y feliz en todo lo que puede desear un hombre, no entiende lo que significa encontrarse viejo de repente... y arrojado al punto de partida para el que se requiere la energía y la esperanza de la juventud..., saber que ya se ha pasado la mitad de la vida y no se ha hecho nada..., que no queda nada de las oportunidades perdidas, nada más que el recuerdo de lo que fueron. Señorita Hale, prefiero no saber la opinión del señor Lennox sobre mis asuntos. Los que triunfan y son felices suelen tomarse a la ligera las desgracias ajenas.

—Es usted injusto —dijo Margaret suavemente—. El señor Lennox solo ha dicho que le parece muy probable que pueda usted recuperar lo que ha perdido... y más..., no diga nada hasta que termine, se lo ruego. —Y, recomponiéndose de nuevo, siguió hablando rápidamente, dando la vuelta a documentos legales y estados de cuentas con cierto temblor y mucha prisa—. ¡Ah! ¡Aquí está! Y me redactó una propuesta..., cuánto me gustaría que estuviera él aquí para explicársela... Una propuesta que demuestra que, si acepta que le preste una cantidad de dinero, mil ochocientas cincuenta y siete libras, que están en el banco ahora mismo sin hacer nada y que solo me rinden un dos y medio por ciento, usted podría pagarme un interés mayor y seguir trabajando en la fábrica Marlborough.

La voz sonó más firme y clara. El señor Thornton no dijo nada y ella siguió buscando el documento en el que estaban escritas las propuestas de garantías, porque deseaba por encima de todo que lo considerase un mero acuerdo de negocios más ventajoso para ella. Mientras buscaba el papel, se le paró el pulso al oír el tono en el que habló el señor Thornton. Con una voz ronca y temblorosa de tierna pasión, dijo:

—¡Margaret!

Ella levantó la cabeza un instante y después quiso ocultar los luminosos ojos bajando la frente a las manos. Y nuevamente, dando un paso hacia ella, le suplicó repitiendo su nombre con voz trémula y anhelante:

—¡Margaret!

Aún más bajó ella la cabeza, más escondió la cara, casi apoyándola en la mesa. Él se acercó hasta arrodillarse a su lado, bajó la cara al nivel de su oído y murmuró..., jadeó las palabras:

—Tenga cuidado... Si no habla... diré que es mía de una forma extraña y presuntuosa... ¡Mándeme marchar ahora mismo si tengo que irme...! ¡Margaret!

A esta tercera llamada, volvió hacia él la cara, tapada todavía con las pequeñas manos blancas, y la escondió en su hombro; y era tan delicioso notar el roce de la suave mejilla contra la suya que no deseaba ver ni el sonrojo ni los amorosos ojos. La estrechó contra sí. Pero los dos guardaban silencio. Después, ella murmuró con voz rota:

—¡Ah, señor Thornton! ¡No lo merezco!

—Que no lo merece... ¡Por favor, no se burle! El que no la merece soy yo.

Un par de minutos después, le separó dulcemente las manos de la cara y le puso los brazos donde se los había puesto una vez para protegerlo de los alborotadores.

—¿Te acuerdas, mi amor? —murmuró él—. ¿Y de la insolencia con la que te compensé al día siguiente?

—Solo me acuerdo de lo mal que te traté, nada más.

—¡Mira! Levanta la cabeza. Quiero enseñarte una cosa. —Ella levantó la cabeza poco a poco y lo miró con una hermosa vergüenza radiante—. ¿Sabes qué rosas son estas? —dijo él, sacando la cartera en la que guardaba con cariño unas flores secas.

—No —respondió ella con inocente curiosidad—. ¿Te las regalé yo?

—No, vanidosa, tú no. Es probable que te hayas puesto unas iguales alguna vez.

Ella miró las flores sin comprender, pero enseguida sonrió levemente y dijo:

—Son de Helstone, ¿verdad? Lo sé por lo profundas que son las hendiduras del borde de las hojas. ¡Ah! ¿Has ido allí? ¿Cuándo?

—Quería ver el sitio en el que Margaret se había transformado en lo que es incluso en los peores momentos, cuando no tenía la menor esperanza de considerarte mía jamás. Fui allí al volver de El Havre.

—Tienes que dármelas —dijo ella intentando quitárselas de la mano con tierna violencia.

—Muy bien. Pero tienes que pagármelas.

—¿Cómo se lo voy a decir a tía Shaw? —murmuró ella después de un delicioso silencio.

—Se lo digo yo, si me dejas.

—¡No, no! Se lo debo..., pero ¿qué va a decir?

—Sé lo primero que va a decir: «¡Ese hombre!».

—¡Calla! —dijo Margaret—, o te muestro yo la indignación con la que tu madre dirá: «¡Esa mujer!».